现代汉语

诗歌

陈希 主编

燧人氏
SUI REN SHE

SPM
南方传媒

广东人民出版社
·广州·

图书在版编目（CIP）数据

现代汉语诗歌 / 陈希主编. —广州：广东人民出版社，2023.12
（2024.8重印）
ISBN 978-7-218-17046-6

Ⅰ.①现…　Ⅱ.①陈…　Ⅲ.①新诗—诗歌研究—中国—当代
Ⅳ.①I207.25

中国国家版本馆CIP数据核字（2023）第206382号

XIANDAI HANYU SHIGE

现代汉语诗歌

陈　希　主编

出 版 人：肖风华

责任编辑：汪　泉　李幼萍
责任技编：吴彦斌　马　健

出版发行：广东人民出版社
地　　址：广州市越秀区大沙头四马路 10 号（邮政编码：510199）
电　　话：（020）85716809（总编室）
传　　真：（020）83289585
网　　址：http://www.gdpph.com
印　　刷：佛山市迎高彩印有限公司
开　　本：787mm × 1092mm　1/16
印　　张：36.75　字　　数：720 千
版　　次：2023 年 12 月第 1 版
印　　次：2024 年 8 月第 1 次印刷
定　　价：98.00 元

如发现印装质量问题，影响阅读，请与出版社（020-85716849）联系调换。
售书热线：（020）87716172

《现代汉语诗歌》编写说明

一、本书收录1917年以来百余位代表性诗人的现代汉语诗歌，以审美价值、汉语诗性、诗学影响为标准，精选名篇佳作，体现时代水准，引领诗学发展。愿经典的建构，展现诗意世界。

二、本书编选原则是正变对举、雅俗并蓄、情理兼容，不拘一格、不定一尊、不守一隅，照顾各种风格流派，但宁缺毋滥，所选诗歌品质上乘，诗意和表达皆优。诗作编排，主要以诗歌风格流派和时间先后分类排序。个别诗歌篇幅较长，采取节选的办法，没有全文收录，敬请谅解。

三、本书设置诗歌导读和相关评论内容。诗作导读，对所选诗篇进行简要解析；评论精选，借鉴古典诗词选本做法，臻选公开发表的代表性诗人诗作评论，兼及诗歌现象，体现不同时期的不同看法，方便阅读、比较和研讨。

四、诗无达诂。本书荟萃百家名篇，甄选评论力作，既是新诗创作史、诗艺发展史，也是新诗评论史、诗学研究史。

五、本书注重诗歌史料的原初性，尽可能以诗作发表的原始期刊或最初版本为依据，复活元气淋漓的历史现场。个别诗作进行汇校，采用诗界接受、认可的通行诗句和形式。

六、本书是国家社科基金重点项目"意象派与中国新诗"阶段性成果之一，为新时代一流本科课程教学改革教材，可供学生、研究者和诗歌爱好者阅读、参考。

目 录

胡适

胡适（1891—1962），原名嗣穈，学名洪骍，字希疆，后改名适，字适之，安徽绩溪人。1910年赴美留学，师从哲学家约翰·杜威。1917年初于《新青年》发表《文学改良刍议》与8首白话诗，同年夏天回国，受聘北京大学教授。1918年加入《新青年》编辑部，因提倡文学改良成为新文化运动的领袖之一。其出版于1920年的《尝试集》，为中国现代文学史上第一部个人白话诗集。在学术方面胡适主张"大胆的假设，小心的求证"，著有《中国古代哲学史》《白话文学史》《胡适文存》等。曾任北京大学校长、中央研究院院长等职。

蝴蝶

两个黄蝴蝶，双双飞上天。
不知为什么，一个忽飞还。
剩下那一个，孤单怪可怜；
也无心上天，天上太孤单。

1916年8月23日

诗作导读

1917年2月，留学美国的胡适在《新青年》第2卷第6号上，发表了8首用白话写作的小诗，《蝴蝶》（原名《朋友》）即其中一首，原作于1916年8月23日。

这是新诗史上第一首白话诗。全诗描写一只独自在空中飞舞的黄蝴蝶，抒写了诗人远离家人、孤身一人在国外求学的孤独苦闷之情，因景起兴、有感而发，既内蕴丰厚，又含蓄蕴藉。该诗纯用白话写成，清新质朴、明白晓畅，但在形式上未脱五律窠臼,尚未实现完全的解放。"蝴蝶"为古典诗歌常用的原型意象,喻示爱情与理想,诗人在此用来喻指同道、朋友,可谓别出心裁。该诗整体含意很简单,写两只蝴蝶本有相同的志趣,相约凌风飞翔,扶摇直上。行程未半,其中一只却不知何故突然放弃,徒留另一只在半空错愕。这留下的一只虽然还有斗志,却突然感到了征途的寂寞,想象即使真能上天,天宫也必定孤单,遂只能彷徨于无地。一眼可见,该诗写的是"五四"新文学运动的闯将切实感受到的势单力薄、不被理解的苦闷。

胡适在美留学期间,常与好友梅光迪、任鸿隽等讨论中国语言文字变革的问题。胡适不满于言文不一致的状况,意图改良陈腐的形式,但梅光迪、任鸿隽等对激进的变革持犹疑、否定的态度。在诗歌创作问题上,后者认为文言文、古诗体式自有其恒久的价值,不可完全废弃,不赞同胡适提出的"作诗如作文""用白话写诗"等构想和主张。胡适创作这首原题为"朋友"的小诗,一是为了抒发朋友的不理解、不支持给他带来的孤独愁闷,二是为了向朋友证明,用白话来作诗确无不可。这首诗的出现有着非凡的文学史价值,虽然以审慎的眼光来看,它过于直白浅露,与含蓄蕴藉的诗美要求相龃龉,但它无疑证明了白话自由体诗生长和存在的可能。

胡适在1920年编选《尝试集》时,将这首《朋友》更名为《蝴蝶》,这表明他已不再对旧友的不解与反对耿耿于怀,他在《新青年》创作群体中找到了很多志同道合的新的朋友,他也看到了白话自由体的新诗必将展翅高飞的命运,不再深感焦虑,彷徨无措。"蝴蝶"是胡适对自己作为一名新诗实验者最终的赞赏,亦是对"新诗"命运的预言与总结。他们是青春的新诗,新诗是青春的他们,执着向前飞去的蝴蝶,每振一下翅,都是一百年前青春里飞腾的极致自由。

评论精选

适之是现在第一个提倡新文学的人……现在又看见这本《尝试集》,居然就采用俗语俗字,并且有通篇用白话做的。"知"了就"行",以身作则,做社会的先导。我对于适之这番举动,非常佩服,非常赞成。

———钱玄同:《〈尝试集〉序》[①]

旧体诗大体上遵格律,拘音韵,讲雕琢,尚典雅。现代诗反之,自由成章,而没有一定的格律,且自然的音节而不必拘音韵,贵质朴而不讲雕琢,以白话入行而

---

① 《尝试集》,胡适著,上海亚东图书馆1920年版。

不尚典雅。

——康白情：《新诗底我见》①

"内容粗浅，艺术幼稚"；这是我试加在《尝试集》上的八个字。

——朱湘：《新诗评·一、尝试集》②

在胡适和其同时代的白话文先驱们的所谓白话诗文上游戏着无数古典文学、古典诗词的"踪迹"，这并不因作者的主观愿望就停止干预……胡适的"两只蝴蝶"在内在结构与韵味上都不难找出古典诗词的踪迹的干预。

——郑敏：《世纪末的回顾：汉语语言变革与中国新诗创作》③

胡君之《尝试集》，死文学也。以其必死必朽也。物之将死，必精神失其常度，言动出于常轨。胡君辈之诗之卤莽灭裂趋于极端，正其必死之征耳。……在欧美有Edar Lee Masters所著*Spoon River Anthology*与Carl Sandberg之*Chicago Poems*等劣诗，在中国则有胡君之"权威"，"你莫忘记"，沈尹默"鸽子"，陈独秀"相隔一层纸"等劣诗。……《尝试集》之价值与效用为负性的。④

——胡先骕：《评〈尝试集〉》⑤

梦与诗⑥

都是平常经验，

都是平常影象，

偶然涌到梦中来，

变幻出多少新奇花样！

都是平常情感，

都是平常言语，

偶然碰着个诗人，

---

① 《少年中国》第1卷第9期，1920年3月25日。

② 《晨报副刊·诗镌》1926年1月。

③ 《文学评论》1993年第3期。

④ 此处论及的诗人及诗作为：马斯特斯Edar Lee Masters的《匙河诗选》（*Spoon River Anthology*），桑德堡Carl Sandberg的《芝加哥诗抄》（*Chicago Poems*）。另外，《相隔一层纸》作者应为刘半农，胡先骕误为陈独秀。

⑤ 《学衡》1922年1月第1期。

⑥ 选自《新青年》第8卷第5号，1921年1月。

变幻出多少新奇诗句!

醉过才知酒浓,
爱过才知情重:——
你不能做我的诗,
正如我不能做你的梦。

1920年10月10日

诗作导读

《梦与诗》作于1920年10月,胡适在该诗的跋中声称:"做梦尚且要经验做底子,何况做诗?"这首诗可谓对其重要诗学主张——"诗的经验主义"做出了生动阐释。

胡适因古典诗歌惯用滥调套语,以獭祭辞藻、堆砌典故为能事,对其深恶痛绝,他认为这样的文学完全与人们的现实生活、现实感受相脱节,应该遭到时代的抛弃。相应地,胡适在提倡新诗创作时,就特别提出诗应该与社会现实,与一般人的日常经历、性情见解发生关涉,不能言之无物、凌空蹈虚,这即是"诗的经验主义"。一方面,这一诗学主张的提出源自胡适对古诗痼弊的发现和反对,对重建现实主义文学传统的重视;另一方面,这也与他受到西方实验主义哲学的影响有关,体现着一种现代意识。自此,诗与经验之关系,成为诗人学者们时常讨论的热门话题。

《梦与诗》共分三段,每段形式结构相同,给人以整饬有序之感。内容上平白浅俗,不过是叙出了梦与诗的相似之处,以及个人经验、感受对于做梦、作诗的重要性。前两段说明梦与诗虽然需要想象的加工,但构成它们的基本原料却只是现实中"平常"的事物,再奇妙玄幻的梦境与诗境,也必须植根于现实经验,不可能空穴来风、无中生有。该诗真正出彩的是第三段,这一段完全卸除了说教意味,把深刻厚重的人生体悟直接呈现出来:每个人的爱憎、痛痒都是他独有的宝贵资产,是他产出独一无二的梦与诗的必备材料;一个人要想把某种感受、道理品得透彻、说得透彻,必须经过自己亲身体验,而不能仰仗他人的传授。这一段把"绝知此事要躬行"的真理阐述得生动优美,尤其"醉过才知酒浓,爱过才知情重"两句,后来被化用入《女人花》《未曾深爱已无情》等歌曲中,广为传唱,足见其经典。

评论精选

这是我的"诗的经验主义",简单一句话:做梦尚且要经验做底子,何况作诗?现在人的大毛病就在爱作没有经验做底子的诗。

——胡适:《梦与诗·自跋》[①]

这个解放的诗体最不容易羼假,一定要诗的内容充实。如果逢场作戏,随便写点玩玩,(但不能随便说旧体诗)当然也没有什么,如尝试集里"梦与诗"这一首,这只可谓之在诗国里过屠门而大嚼了……这些初期白话诗家,他们善于运用文字,所以他们的白话新诗,有时并无啥意思,他们却会把句子写得好。

——废名、朱英诞:《新诗讲稿》[②]

至于那首《梦与诗》中最后一节"醉过才知酒浓,/爱过才知情重:——/你不能做我的诗,/正如我不能做你的梦"这种对人生中人际关系的不可抹灭的距离感所暗涵的哲理与"子非鱼安知鱼之乐"是丝缕相连的,白话诗并不能从零度开始它的写作,看来是一件幸运的事。

——郑敏:《世纪末的回顾:汉语语言变革与中国新诗创作》[③]

[①] 《新青年》第8卷第5号。
[②] 北京大学出版社2008年版,第12页。
[③] 《文学评论》1993年第3期。

沈尹默

沈尹默（1883—1971），原名君默，后改尹默，字中，又字秋明，号君墨。祖籍浙江湖州，陕西安康人。早年留学日本，后任北京大学教授、北平大学校长、辅仁大学教授，曾担任《新青年》杂志编委，是最早倡导白话诗创作并亲身实践的诗人之一。现代著名学者、诗人、书法家。

月夜①

霜风呼呼的吹着，
月光明明的照着。
我和一株顶高的树并排立着，
却没有靠着。

诗作导读

中国新诗发轫期，各新诗实验者虽有意使用完全的白话、完全的自由体式创作有诗意诗味的作品，但由于思考不够，经验不足，创作的诗歌往往不尽人意，不但在结构形式上时常可见旧诗的影子，而且在表意方面过于直白通透，如玻璃球一般一览无余。废名就曾感叹初创期的新诗大多"只能算是白话韵文"。相较而言，沈尹默的这首《月夜》却不同凡响，虽然整体意境并非卓异特殊，但使用自由的句式，凸显了逼人的形象，给人以强烈鲜明的画面感，与那些表意苍白、蕴意空洞的作品不可同日而语。该诗最可称道之处在于寓意的含混、丰富，只是把一幅颇有味道的图画呈现给读者，并不框限、点明表达的所指，读者既可认为它是在象征、影

---

① 选自《新青年》第4卷第1号，1918年1月。

射当时的社会环境，表白作者的独立人格，又可有更多、更纯粹的理解。"言有尽而意无穷"在这里体现得淋漓尽致。

把"月夜"作为书写对象，并非是沈尹默的独造，在中国古典诗词中，月、月光、月夜就常被描写，并常写常新。沈尹默的创作与写月的古诗词一样，都凸显了一种淡然皎然的境界，但两者又有根本上的不同：表面来看，沈诗是有我之境，而古诗词多是无我之境；深入来看，沈诗虽然有我，但这个"我"是外视的"我"、感受的"我"，并不会遮蔽外在客体，反而被置入客体之中，实现了与客观世界的对话。古诗词虽然无"我"，但其实隐含一个内视、思考的"我"，所叙内容似乎是在描摹月或月夜，实则多不过是以景物为符号，借景起兴，目的只在言己之志、抒己之情。由此可见，沈诗以一种现代性的思维和书写方式，超越了写月的古诗词。

这首诗通过霜风、月光、树的衬托，融情于景，托物言志，表现了独立不倚的五四时代精神和个性解放思想。四行短诗，完全打破旧诗格律，用自由体白话写成。诗以动词"照""靠"押韵，每行诗尾缀以虚词"着"，句式和表达灵活多变，显示了新诗的特点和美德。

评论精选

在中国新诗史上，算是第一首散文诗。其妙处可以意会而不可以言传。

——北社编：《新诗年选·一九一九年》①

"'愚庵'评'其妙处可以意会而不可以言传'；但是我吟味不出。第三行也许说自己的渺小，第四行就不明白了。若说的是遗世独立之慨，未免不充分——况且只有四行诗，要表现两个主要的意思也难。

——朱自清：《选诗杂记》②

这首诗不愧为新诗的第一首诗。我今日翻开来看，觉得这件事情很有趣，试把这首诗《月夜》同《新青年》四卷一号别的几首诗相比（共有九首），便可以比得出来写新诗是怎样的与写旧诗不同，新诗实在是有新诗的本质了。

——废名、朱英诞：《新诗讲稿》③

---

① 上海亚东图书馆1922年版，第52页。
② 《中国新文学大系·导论集》，上海良友图书印刷有限公司1935年版，第15页。
③ 北京大学出版社2008年版，第37页。

沈尹默的《月夜》，虽有些气氛，但是力不从心，每句话都像压在肩头的千钧担子，使人感到不是人写诗，而是诗写人。

——司马长风：《中国新文学史》①

诗人没有直接明白地说出自己所要传达的主旨，在仅有的短短四行诗句里构成的人与物与情完全融而为一的自然景物画面中，暗示性地传达了中国五四启蒙时期里一个触动人心的思想：对于人的个性自主、人格独立精神的赞美。最普通的自然景物，最普通的语言意象，却蕴涵了让人激奋，也引人深思的诗意的深沉和优美。

——孙玉石：《现代白话文与中国新诗之发生——〈新青年〉杂志与白话文学暨新诗诞生之关系》②

① 香港昭明出版社1975年版，第201页。
② 《北京大学学报》（哲学社会科学版）2015年第5期。

刘半农

刘半农（1891—1934），原名寿彭，后名复，初字半侬，后改半农，江苏江阴人。五四新文化运动先驱，文学家，语言学家。曾参加辛亥革命，1917年赴北京大学任法科预科教授，并参与《新青年》杂志的编辑工作，是新文化运动的重要参与者，亦是早期白话诗写作的重要诗人之一。其致力于新诗格律的探索，曾于法国留学期间撰写《汉语字声实验录》，凭此获得法国康士坦丁·伏尔内语言学专奖。在创作时尝试用方言写诗、取法民间歌谣，出版诗集有《扬鞭集》《瓦釜集》等。

相隔一层纸①

屋子里拢着炉火，
老爷吩咐开窗买水果，
说"天气不冷火太热，
别任它烤坏了我。"

屋子外躺着一个叫化子，
咬紧了牙齿，对着北风呼"要死"！
可怜屋外与屋里，
相隔只有一层薄纸！

1917年10月

---

① 选自《新青年》第4卷第1号，1918年1月。

诗作导读

1918年《新青年》第4卷第1号上，刊载了9首白话诗，除却胡适的4首和沈尹默的3首外，还包括刘半农的《相隔一层纸》和《题女儿小蕙周岁日造像》，以白话代替文章，以自由体突破传统的格律体，这些作品共同构成了新诗运动最初的实绩。《相隔一层纸》作为刘半农的第一首新诗，不仅在形式上完全跳脱古诗的樊笼，达成了创造新诗体、新诗韵的目的，而且所观照的是社会状况而非个人痛痒，通过并置、对比"老爷"和"叫化子"悬殊的生活状态，巧妙地讽刺、批判了黑暗的现实，促进了读者大众民主意识的觉醒，实属难能可贵。

中国古典文学，尤其诗歌，自来就有忧国忧民、感时伤世的书写传统，以激浊扬清、斥恶扬善为其本职之一。《诗经》中就有《伐檀》《硕鼠》等怨刺篇目，对剥削阶级奴役他人、不劳而获等丑恶现象进行了辛辣的批判和嘲讽；盛唐诗人杜甫作为古诗创作者的典范，也写下了"三吏""三别"这样同情民间疾苦、痛斥世道恶浊的作品，千载之后仍能震撼人们的心灵。刘半农的《相隔一层纸》虽在体例上属于新诗，但在内蕴上却很好地继承了中国古典诗歌的忧患主题、现实批判精神，并未为了创新而完全与古诗决裂。然而，我们亦需注意，在创作的思想观念上，刘半农与古典诗人截然不同：古代的诗人多为士大夫阶级，指导他们创作忧患、怨刺作品的是一种儒者的道义感，他们对下层劳苦民众所持有的是一种远距离的、俯就的同情和关怀，这类同情和关怀于社会状况的实际改善作用不大；刘半农虽出身知识分子家庭，虽曾沾染过"鸳鸯蝴蝶派"文人的油滑气，但他后来却成为一个革命者。指导他创作《相隔一层纸》的乃是对民间疾苦、社会不公的切身体察，他将地主与乞丐的生存状态并置对比，目的是要将争取民主自由的启蒙思想传导给民众，而非自证良心不泯。

"平民文学"是五四时期一代知识分子对新文学建设的重要构想，在胡适、鲁迅、周作人、钱玄同、刘半农等人的意识中，新文学与旧文学的根本区别之一就是，新文学应该能够指涉普通人的生存状况和所思所感，能够成为平民大众表情达意的媒介，而非如同旧文学，只顾迎合庙堂的趣味，只是贵族阶级的一种玩物。正由于此，在新诗草创时期，流浪儿、乞丐、人力车夫等就成为诗人们重点关注和表现的对象，大量诗歌致力于描写底层民众生活的艰辛并寄予同情，同时揭露社会的不公、现实的荒诞。

除了对比手法之外，更能体现刘半农的实验意识的，是这首诗所运用的"对话"手法。在早期白话诗的尝试里，诗原先使用的富含意象性、想象性、凝固性的语言变为彰显推论性、描述性、连续性的散文化语言，使得新诗的诗意生成较之古典诗歌的注重超验的想象，更着重经验、语言、形式的互动。"对话"收纳了日常化的生活用语，描摹戏剧性场景，从而孕育出新诗与古典诗歌不同的诗意。如杜甫"朱门酒肉臭，路有冻死骨"的对比早已是诗歌处理民生类题材的常见手法，"对话"却是新诗独自开拓的、打通现实的言说路径。

评论精选

一般来说，初期白话诗中写社会现象的作品，在技巧方面（不谈意识了罢），似乎不及其他的作品……以我看来，似乎病在说尽，少回味。《相隔一层纸》正是如此。换一句话，明快有余而深刻不足。

——茅盾：《论初期白话诗》[①]

刘半农的《相隔一层纸》也是很有价值的社会诗。他运用鲜明对比的传统手法，写了贫富悬殊的社会现实，一边是"屋子里拢着炉火，老爷吩咐开窗买水果，说'天气不冷火太热，别任它烤坏了我'，一边是"屋子外躺着一个叫化子，咬紧了牙齿，对着北风呼'要死'！"。而这两种人，两种生活，相隔只有一层薄薄的窗纸。这是当时社会矛盾的真实反映，表达了诗人对人民深刻的同情。

——陈文仲：《新诗园地的拓荒者——谈胡适、刘半农、刘大白、沈尹默的诗》[②]

这首诗的结构，是一种对比性结构：屋里与屋外对比，老爷与乞丐对比，热与冷对比，将对比双方隔开的，是窗户上的"一层纸"。一里一外一隔层，就是这首诗的构架。透过这"一层纸"，我们看到的是贫与富的悬殊差别，是一个阶级与另一个阶级的对立。应当撕掉这"一层纸"，彻底铲除造成这种现象的社会根源。这便是这首诗的意义所在。这个意义，难道不是从诗的对比性结构中显示出来的吗？

——王长俊：《"召唤结构"分析——兼谈诗歌的结构问题》[③]

在这首诗里，"空白"连起来的片段给读者带来了无穷的想象空间……当读者由上节诗的空缺过渡到下一节的片段和空白时，他们就会将上节诗"空缺"转移到下节诗的片段和空白所形成的空缺加以修正，因此这些空缺的相互修正使读者将片段连在一个场中，从而使他们在这个"空白结构"中读出了诗意：贫与富的差别、

---

① 《文学》第8卷第1号，1937年1月。
② 《语文学刊》1984年第6期。
③ 《南京师大学报》（社会科学版）1991年第3期。

冷与热需求的颠倒、阶级的对立和人性的异化等。

　　——曹山柯：《都是为了追寻文本的意义踪迹——结构主义与解构主义文论思想比较研究》①

　　这首诗在新诗史上的意义在于刘半农用一种在"尝试"中，还没有趋于成熟的新的诗歌形式表达了新的时代内容，体现出诗歌新的时代精神——批判精神和人道主义关怀。该诗通过"老爷"和"叫化子"两个人物形象的对话突出社会贫富差距的悬殊，诗人在批判社会不平等现象的同时，又显示出他对下层人深情的人文关怀。

　　——熊辉：《百年新诗精神的开端：启蒙之外》②

①　《四川外语学院学报》第18卷第1期，2002年1月。
②　《北方论丛》2017年第3期。

周作人

　　周作人（1885—1967），原名周櫆寿、周奎绶，后改名周作人，字星杓，又名启明、启孟、起孟，笔名遐寿、仲密等，浙江绍兴人。是鲁迅（周树人）之弟，周建人之兄。五四时期任"新潮社"主任编辑，亦是《新青年》的重要同人作者，写有《人的文学》等评论文章，积极倡导新文学。后与郑振铎等人发起成立"文学研究会"，并参与创办《语丝》周刊，任主编和主要撰稿人。他的贡献主要在小品文创作和域外文学翻译上，但他对于新诗也有涉猎，出版有诗集《过去的生命》等。

小河①

　　有人问，我这诗是什么体，连自己也回答不出。法国波特来尔（Baudelaire）提倡起来的散文诗，略略相像，不过他是用散文格式，现在却一行一行的分写了。内容大致仿那欧洲的俗歌；俗歌本来最要叶韵，现在却无韵。或者算不得诗，也未可知；但这是没有什么关系。

　　　　一条小河，稳稳的向前流动。
　　　　经过的地方，两面全是乌黑的土；
　　　　生满了红的花，碧绿的叶，黄的实。

　　　　一个农夫背了锄来，在小河中间筑起一道堰，
　　　　下流干了；上流的水，被堰拦着，下来不得：
　　　　不得前进，又不能退回，水只在堰前乱转。
　　　　水要保他的生命，总须流动，便只在堰前乱转。
　　　　堰下的土，逐渐淘去，成了深潭。

---

　　① 选自《新青年》第6卷第2号，1919年2月。

水也不怨这堰——便只是想流动，
想同从前一般，稳稳的向前流动，

一日农夫又来，土堰外筑起一道石堰。
土堰坍了；
水冲着坚固的石堰，还只是乱转。

堰外田里的稻，听着水声，皱眉说道，——
"我是一株稻，是一株可怜的小草，
我喜欢水来润泽我，
却怕他在我身上流过。
小河的水是我的好朋友，
他曾经稳稳的流过我面前，
我对他点头，他向我微笑，
我愿他能够放出了石堰，
仍然稳稳的流着，
向我们微笑；
曲曲折折的尽量向前流着，
经过的两面地方，都变成一片锦绣。
他本是我的好朋友，——
只怕他如今不认识我了；
他在地底里呻吟，
听去虽然微细，却又如何可怕！
这不像我朋友平日的声音，
——被轻风挽着走上沙滩来时，
快活的声音。
我只怕他这回出来的时候，
不认识从前的朋友了，
便在我身上大踏步过去：
我所以正在这里忧虑。"
田边的桑树，也摇头说，——
"我生的高，能望见那条小河，——
他是我的好朋友，

他送清水给我喝，

使我能生肥绿的叶，紫红的桑葚。——

他从前清澈的颜色，

现在变了青黑；

又是终年挣扎，脸上添出许多痉挛的皱纹。

他只向下钻，早没工夫对了我的点头微笑，

堰下的潭，深过了我的根了。

我生在小河旁边，

夏天晒不枯我的枝条，

冬天冻不坏我的根。

如今只怕我的好朋友，

将我带倒在沙滩上，

拌着他卷来的水草。

我可怜我的好朋友，

但实在也为我自己着急。"

田里的草和虾蟆，听了两个的话，

也都叹气，各有他们自己的心事。

水只在堰前乱转；

坚固的石堰，还是一毫不摇动。

筑堰的人，不知到哪里去了？

1919年1月24日

诗作导读

胡适将周作人的这首《小河》誉为"新诗中的第一首杰作"，朱自清亦称自《小河》始"新诗乃正式成立"。这首诗以其语句的清新自然、形象的生动有趣，以及看似叙述平常景观，却似浅实深、似癯实腴地蕴含了一种"忧惧"的人生体验，蜚声诗坛上百年，它确有文学性和历史性的双重价值。

直白、热烈有余而含蓄不足，是五四新诗的普遍缺点，胡适的《蝴蝶》，沈尹默、刘半农等人的创作，都曾在这方面受到诟病；另外，新诗创作者们虽明确声称要打破一切形式上的框栏，但其作品却大都有意无意地遵从了某种固有的框框，并未做到完全的解放、完全的自由。《小河》一诗横空出世，可谓实现了对上述两个问题的突破。首先，该诗很好地践行了胡适提出的作诗要"具体"的主张，全篇只有形象、只有情境，而绝无直接的说理。作者的情思、所想要表达的意旨，含而不露地寄寓于小河雍塞、草木忧惧的故事情节中，使人在初读之下只觉得新奇有趣，读完却若有所悟，体认到诗歌所表达的实是一种人生的境况和感受。在平庸板滞、无病呻吟的诗作充斥的五四初期，这种"融景入情，融情入理"的创作路数，确实卓尔不群，能够让人眼前一亮。其次，该诗运用完全的白话写成，既无文言字词掺杂其中，亦无明显的欧化痕迹，一路写来一如日常说话，却又比说话更精粹、更优美，在语言方面堪称白话新诗的楷模。在形式上，这首《小河》完全抛弃了旧诗词的格律，完全无意于押韵和整饬，纯由散文化的句子构成，却产生了摇曳多姿、诗意盎然的审美效果，诗体解放的可能性在这里得到了佐证。那些名为自由，实则仍受外在律左右的作品，不可望其项背。

关于《小河》的内蕴，历来有多种解释，比较通俗而流行的一种是，把筑堰的农夫和受阻的小河看作二元对立的两极——压迫者和受压迫者，这样，这首诗就成了"对于压迫自由思想和解放运动者的警告"（茅盾语）。这种看法当然有合理性，但亦有主观臆想、穿凿附会之嫌。另外有考据史料的研究者认为，《小河》所写的是"放肆者"和"戒惧者"的冲突，影射陈独秀与蔡元培一派的纷争，[①]这一观点也提供了一种索解的可能。可以从比较宏观和抽象的角度理解这首诗：小河象征自然界的一切生命，农夫筑堰则是人力对生命发展的强行干预；人如果不顾自然规律，阻碍生命力的正常流动，就会积聚起巨大的破坏因子，后患无穷。

评论精选

这首诗是新诗中的第一首杰作，但是那样细密的观察，那样曲折的理想，决不是那旧式的诗体词调所能达得出的。

——胡适：《谈新诗》[②]

注意句中字的音节的和谐，这在有韵诗是如此，在无韵诗也是如此。后者的最好的例子是周作人的《小河》……我们在《小河》里看到了对于压迫自由思想和解

---

① 见张传敏：《百年新诗"第一首杰作"〈小河〉解》，《现代中国文化与文学》2019年第2期。
② 《星期评论》纪念号，1919年10月。

放运动者的警告。

——茅盾：《论初期白话诗》[1]

在形式上可以说，摆脱了诗词歌赋的规律，完全用语体散文来写，这是一种新表现……至于内容那实在是很旧的……一句话就是那种古老的忧惧，这本是中国旧诗人的传统，不过他们不幸多是事后的哀伤，我们还算好一点的是将来的忧虑。

——周作人：《苦茶庵打油诗》[2]

以不拘格律的自由诗，童话风的寓言体，诗人通过小河的隐喻来批判外力对天性的压抑，感慨原本自然鲜活的生命力却因压抑扭曲而变成一股毁灭性的力量。《小河》具体而微地示范了周作人在《人的文学》里排斥的一切"妨碍人性的生长，破坏人类的平和"的文学。

——奚密：《现代汉诗中的自然景观：书写模式初探》[3]

周作人《小河》的这种独树一帜的表现，是他的诗思体现了与传统诗歌的本质性不同。他从早年"别求新声于异邦"的文学翻译活动中意识到，只有白话或散文文体才能更准确地转译西方的思想与文学，对于新诗也是如此。

——王泽龙：《"新诗散文化"的诗学内蕴与意义》[4]

山居杂诗（其五）[5]

一片槐树的碧绿的叶，
现出一切的世界的神秘；
空中飞过的一个白翅膀的白蛉子，
又牵动了我的惊异。
我仿佛会悟了这神秘的奥义，
却又实在未曾了知。
但我已经很是满足，
因为我得见了这个神秘了。

1921年6月21日

---

① 《文学》第8卷第1期，1937年1月。
② 《杂志》第14卷第1期，1944年10月。
③ 《扬子江诗刊》2016年第3期。
④ 《中国社会科学》2007年第5期。
⑤ 选自《新青年》第9卷第5号，1921年9月。

诗作导读

走入日常生活是早期新诗人共同的创作趋向。一来，白话这种连续性、流动性较强的、由口语转化而来的语言，与记叙、议论、说理等言说方式更贴近，与日常化、通俗化的题材更契合；二来，从日常生活中取材，可以更好地拉近诗歌与个体感受间的距离，凸显"我"主观化、个性化的情绪流动，有利于"自我"在新诗创作过程中的崛起；此外，早期新诗格外注重表意的效果，通过加强内容的现实物质性来挣脱古典诗歌日益僵化的符号系统，因而将琐碎烦杂的日常生活纳入新诗，也是许多新诗人不约而同的选择，周作人也不例外。

《山居杂诗》共七首，1921年发表于《新青年》第9卷第5号，诗中大多记述诗人在西山养病期间所见到的日常事物，如与古树交织不可分离的藤萝，花朵盛开的石榴树，总被"我"和少年认错的核桃，各色吟唱生命歌曲的小虫，飞离冷菊的黄蜂等。诗人营造出清幽、淡雅、寂冷的意境氛围，一反新诗运动中的热烈昂扬，这既源自诗人病中独处独思的心理状态，也体现了诗人拥有古典式的审美偏好。诗人在病中思考了时代、存在、死亡、生活形态等命题，逐渐生发出一种澄明、沉静、淡泊的生命感受，并将这种感受与琐杂的日常景象相结合，以清淡雅致的散文化语言，写出乱世中颠沛流离的个体面临的存在境遇，极大地深化了新诗的表意空间，拓宽了新诗的意义内蕴，丰富了新诗的审美表达。

该诗为《山居杂诗》的第五首，诗人寓动于静，寓复杂的思索于平常的景致，兼得"一花一叶一世界"的古朴禅意，捕捉到一个日常的诗性瞬间。在这个瞬间，诗人用沉静深邃的智性思索统摄了细腻的情感波动，又用动态化瞬间的定格凝聚复杂的现代思绪：虽似懂非懂，似见非见，而"我"已然满足于这似与非之间，不必再去探寻什么明晰路径了。诗人在熟悉的日常中看见神秘的未知，以此保持对生命无穷无尽的深思。具体化的写法与现代化的个体经验相辅相成，使得日常的事物获得了某种超越性，成为命运的象征。而叙述、描绘、逻辑转换等散文化的表达模式，在诗中宛若一条潜流，冥冥之中暗示新诗所构筑的诗美，与古典诗歌迥然而异的命途。

评论精选

周作人在新青年时代所作所译的散文诗，是各散文诗作者中最散文的一个。使文字，离去辞藻的虚诞，成为言语，同时影响到散文风格的形成，胡适之是与周作人同样使人不会忘记的。胡适之的明白畅达，周作人的清淡朴讷，后者在现代中国创作者取法的似乎还稍多。

——沈从文：《我们怎么样去读新诗》①

作者的感悟微妙而玄妙，"仿佛会悟了""又实在未曾了知"。我们能从平淡的诗句中见出作者的悟性：一种与青春期特有的好奇心、惊异感联系在一起的悟性。满怀着对新生活的渴望。五四作者时时处处希望挖掘出平淡生活中的深意。这种对"深意"的挖掘并不在于弄清外界事物的究竟。一片叶子与一只白蛉子的究竟要由植物学与动物学去弄清，它们是可知的，而作者宁愿将它们看作未知的、甚至不可知的事物，以便通过这"未知"事物所引起的感兴，体味无尽的生命。

——刘纳：《青春生命的感悟——从另一个角度看五四新诗，兼与辛亥革命时期进步诗歌比较》②

周作人与万有生命真正发生深刻的感应是在1921年6月西山养病期间，这一时期他完成了组诗《山居杂诗》（6月10—25日作），借助诗歌形式进行多层次的表达，显示出其情感体验之深。首先，此时周作人与万有生命间的联系，已不再是如小儿初睁双眼时仅欢喜、惊异地凝视着新鲜的自然物象，他明显地感觉到自己已然透视到了万有生命中所包含着的世界的"神秘的奥义"。

——张先飞：《五四"人间感"的发现——新感觉、情感世界与初期新文学主题、形态生成》③

---

① 《现代学生》创刊号，1930年10月。
② 《文艺研究》1988年第4期。
③ 《河南社会科学》2016年第4期。

康白情

康白情（1896—1959），字鸿章，四川安岳人，五四运动健将，中国新诗的开拓者之一。1918年与傅斯年、罗家伦等组织"新潮社"，创办《新潮》月刊。1919年7月参加"少年中国学会"成立大会，创办《少年中国》月刊，曾是李大钊的亲密战友，毛泽东加入少年中国学会的介绍人。1920年留学美国，在美创立"新中国党"，后又担任美洲中国文化同盟主任。1926年回国，先后在山东大学、中山大学、厦门大学、华南师范大学任教。著有诗集《草儿》《河上集》等。

窗外①

窗外的闲月
　　紧恋着窗内蜜也似的相思。
相思都恼了，
　　她还涎着脸儿在墙上相窥。

回头月也恼了，
　　一抽身儿就没了。
月倒没了；
　　相思倒觉着舍不得了。

1919年2月9日，北京

---

① 选自《草儿》，康白情著，上海亚东图书馆1922年版。

诗作导读

随着白话诗实验的深入，诗人们言说今日之"我"的诉求越来越强烈。在描摹夜空的诗作里，"我"也不再是《月夜》中单一的意象，开始逐渐成为全诗的言说者，从"我"的视角出发，自然景物被赋予了更多非自然化的、个人化的思想情绪。康白情的《窗外》，即将窗外的明月与窗内人儿的思念拟人化，名为写月色入室，实则写人的缠绵情思，对月亮"相窥""一抽身"，相思"舍不得"等拟人化动作、心理活动的描写，让全诗充盈着细腻的感情流动。月亮不再是静态的、客观的、等待想象去阐释的意象，通过诗人拟人化思维的处理，月亮能与人欲说还休、羞涩懵懂的情感挣扎产生共鸣，已然成为"我"的思绪的领受者与对话者。

康白情亦是格外关注新诗美学合法性的一位诗人。1920年诗人发表《新诗底我见》一文，在总体秉承胡适"具体的做法"这一创作观的基础上，提出了有别于彼时新诗坛创作风向的一些观点，如诗是贵族的、新诗必须努力经营诗美等。《窗外》一诗虽是诗人创作早期的作品——诗人在创作此诗时不过二十出头的年纪，却已展现了对新诗诗美的自觉追求。康白情的语言较为清丽明朗、轻快简练，他的写景诗善于选取鲜明的景象来进行述说，格调清朗自然；而他的抒情诗细腻鲜活，正如这一首所体现的这样。这首诗另有古典的含蓄与婉约，更得兼容之美。

诗人使用了顶真、拟人等常用的修辞手法，营造出层层递进的情感线索，又用细腻的情感波纹推进全诗形式的构筑。全诗上半部分双句押韵，下半部分四句以"了"这个语气词作结，体现了新诗承继的古典诗歌的押韵传统，又展现出新诗不同于古典诗歌的乐感经营："了"作为虚词，一方面契合情感表达的节奏，音韵流淌自在、自如、自然；另一方面凸显了情感的波动状态，介入了全诗的意义生成，二者内外兼具，共同指明了新诗音乐性经营的路径——虽然不能借助音乐，但可以取出音乐的成分，新诗也可拥有深层的诗美。

评论精选

这个意思，若用旧体诗，一定不能说得如此细腻。

——胡适：《谈新诗》[①]

只有到了康白情，才真正做到了自由放纵地做诗。他以全新的语言和节奏，划

---

① 《星期评论》双十节纪念专号，1919年10月。

开了新诗与旧诗的界限，为新诗开拓了个自由的新天地。

——郭沫若：《我的作诗的经过》①

这时期新诗做到了"告白"的一步。《尝试集》的《应该》最有影响，可是一半的趣味怕在文字的激绕上。康白情氏《窗外》却好。

——朱自清：《中国新文学大系·诗集·导言》②

据初版《草儿》，这首诗里月和相思都是加上人名号，即拟人化了的；相思显然是恋爱中人的借代。"有情皓月怜孤影"，明月窥窗，使窗内恋中人辗转反侧夜不成寐。他不禁迁怒于明月；可直到月落，他还被恋情折腾得不能入梦，暗中又觉无聊，反舍不得月落了。此诗的好处是写得比较深曲：曲折地写出了相思磨人，很有情致地表现了恋爱的苦与乐。深则深矣，毕竟略觉隔了一层，较少热情。康白情写此诗时不过二十一岁，但表现的已是成年人的情怀。

——贺圣谟：《"五四"诗坛上的蕙兰——论汪静之的早期爱情诗》③

全诗通过一组特写镜头，利用顶真修辞建构了一组非常优美的意象，把月拟人化，把相思人格化，表现出相思者对恋人的思念和细致入微的心理变化，将月下不眠人难以言说的内心情绪婉曲而又尽兴地暗示出来，体现了一种人性的觉醒和追求恋爱自由的情思，同时将矛盾的戏剧性经验表达出来。

——龚奎林：《"新诗的我见"——白话诗人康白情新论》④

如果仅仅从情感的角度来分析这首诗，我们得不到任何符合五四时代精神的元素，因为借助"月"这一意象表达相思之情的诗歌在中国诗歌史上举不胜举，并无新意可言。但如果从使命意识或者说新诗人在五四时期的时代使命等角度看，该诗在表达个体生命情感的同时，又承载着五四新诗革命的重任——形式革命。

——熊辉：《百年新诗精神的开端：启蒙之外》⑤

---

① 《质文》1936年第2卷第2期。
② 《中国新文学大系·诗集（影印本）》，上海文艺出版社2003年版，第4页。
③ 《中国现代文学研究丛刊》1987年第1期。
④ 《诗探索》2006年第3辑。
⑤ 《北方论丛》2017年第3期。

俞平

伯

俞平伯（1900—1990），原名俞铭衡，字平伯，祖籍浙江湖州，出生于江苏苏州，是新文学与新诗的重要倡导者，提倡"诗的平民化"。1918年与傅斯年等发起成立"新潮社"，创办《新潮》杂志。1921年加入文学研究会，1922年与朱自清等共同创办最早的新诗刊物《诗》，同年出版个人诗集《冬夜》，并与郑振铎、朱自清等共同出版诗集《雪朝》。在学术方面，俞平伯是"新红学"的开拓者之一，著有《红楼梦辨》等，对于昆曲他亦兴趣盎然，多有研究。

我与诗①

我在楼上写诗，
写完了，
不是我底了；
读了一遍，三四遍后，
我也不见了。

1922年3月，杭州湖上

诗作导读

俞平伯与康白情都是早期活跃在新诗坛的青年诗人，与康白情相似，俞平伯很早就开始关注新诗的长期发展问题。1919年，19岁的俞平伯发表《论白话诗的三大条件》，这是第一篇深入论述新诗的理论文章。他格外注意新诗的形式与语言问题，之后在创作中，诗人也致力于将个人深厚的古典文学修养与新式的生活经验糅

① 选自《雪朝》，朱自清等著，商务印书馆1922年版。

合于一体。他的写景诗有不少佳作，如《孤山听雨》，清新中有幽远，明朗里有静穆。而诗人自身偏爱的说理、议论之作，大多未获得诗界认同，不过，这首于1922年泛舟西湖时写下的五行小诗，道出新诗特有的现代思索，可谓俞平伯诗作中的一颗遗珠。

随着新诗革命浪潮的退去，思想启蒙与解放立场在人们心中淡化，新诗的发展也面临着一种近乎必然的转向——"自我"在抒情中绝对的主体地位不再，高涨的个人意志即将崩解。诗人们关于"新诗"之"新"的探索热情逐渐回落，"新诗"之"诗"一步步走入新诗坛的中心视域。

1922年，围绕新诗如何建构属于"诗"的审美品质，新诗坛内部争论不休，俞平伯也加入了"平民的与贵族的"等相关论争。俞平伯已体会到，先前激情四溢的主题话语无法真正聚焦"自我"的现代性，在毫无节制、毫无弹性的情感的单一张扬里，袒露出的"自我"其实是"游移的，浮泛的"，就像天空绽放的烟火，在瞬间璀璨之后便烟消云散。一旦这种膨胀的自我消解，新诗那全新的经验、语言与形式也会随之变得可疑。而那些批驳新诗不如古典诗歌、有毁汉语诗歌美感的声音，亦会重新响起。这让俞平伯头疼不已。

因而在这首小诗中，俞平伯直面自我注定消解的事实：诗一旦写出就不再属于作者，读者对诗歌文本的不同阐释，会加速诗中残存的自我意志的消融。原本"我"的言说诉求催生了新诗的发生，对"自我"的不同演绎，促使新诗创作活力四射，塑造"自我"已是新文学不争的使命。但此时此刻，在"我"与"诗"之间，"我"已不再是主导者，"我"的存在不再处于绝对支配的主体地位，"我"的去处没有明晰的指向，而诗歌本身将成为独立自主的存在物。诗人用极为平淡的、日常化的语言，写尽了其对新诗中"我"逐步下沉、消逝的怅惘，传达了对"自我"消融、新诗转向的惋惜与感慨。语言通俗简明而又余韵深长，颇有俞平伯诗作中常见的淡永韵味。

评论精选

俞氏"在路上"意识有两层涵义：其一，它反映了一种时代情绪，即五四时期笼罩于作品中的一种普遍的彷徨苦闷心绪及迷途之感。当然，也不排除非时代因素的个人感伤、无奈与无措，且向着孤独之路的沉沦。

——邓艮：《旁逸斜出：重审俞平伯新诗》①

———————————

① 《浙江学刊》2006年第1期。

除了朦胧的意境，以哲理入诗是他新诗的另一艺术特色，诗人把对社会人生的思考和理解，提炼升华为闪耀着思想火花的哲理，从而成为诗篇所表达的主题。他的《我与诗》写得非常耐人寻味……这种境界并非经常能遇到，因而更显珍贵，真正的好诗往往便是这样诞生的。

——张彤：《俞平伯新诗艺术风格探微》[①]

---

① 《安康学院学报》2011年第5期。

郭沫若

郭沫若（1892—1978），原名郭开贞，字鼎堂，号尚武，乳名文豹，四川乐山人。现代著名诗人、文学家、历史学家、考古学家。1914年留学日本，在九州帝国大学学医，1919年在日本福冈发起组织救国团体夏社，响应国内的五四运动，并开始发表新诗。1921年诗集《女神》出版，同年与郁达夫、成仿吾等成立创造社。1923年回国，编辑《创造周报》《洪水》，出版诗集《星空》，后加入革命文学阵营，因发文揭露蒋介石罪行，受到通缉。1928年流亡日本，专注研究中国古代社会和甲骨文字、青铜铭文等，七七事变后秘密回国，从事抗日救亡运动。中华人民共和国成立后屡任要职。

凤凰涅槃①

序曲

除夕将近的空中，
飞来飞去的一对凤凰，
唱着哀哀的歌声飞去，
衔着枝枝的香木飞来，
飞来在丹穴山上。

山右有枯槁了的梧桐，
山左有消歇了的醴泉，
山前有浩茫茫的大海，
山后有阴莽莽的平原，
山上是寒风凛冽的冰天。

---

① 选自《女神》，郭沫若著，上海泰东图书局1921年版。

天色昏黄了,
香木集高了,
凤已飞倦了,
凰已飞倦了,
他们的死期将近了。

凤啄香木,
一星星的火点迸飞。
凰扇火星,
一缕缕的香烟上腾。

凤又啄,
凰又扇,
山上的香烟弥散,
山上的火光弥满。

夜色已深了,
香木已燃了,
凤已啄倦了,
凰已扇倦了,
他们的死期已近了!

啊啊!
哀哀的凤凰!
凤起舞,低昂!
凰唱歌,悲壮!
凤又舞,
凰又唱,
一群的凡鸟,
自天外飞来观葬。

　　凤歌
即即!即即!即即!

即即！即即！即即！
茫茫的宇宙，冷酷如铁！
茫茫的宇宙，黑暗如漆！
茫茫的宇宙，腥秽如血！

宇宙呀，宇宙，
你为什么存在？
你自从哪儿来？
你坐在哪儿在？
你是个有限大的空球？
你是个无限大的整块？
你若是有限大的空球，
那拥抱着你的空间
他从哪儿来？
你的外边还有些什么存在？
你若是无限大的整块，
这被你拥抱着的空间
他从哪儿来？
你的当中为什么又有生命存在？
你到底还是个有生命的交流？
你到底是个无生命的机械？

昂头我问天，
天徒矜高，莫有点儿知识。
低头我问地，
地已经死了，莫有点儿呼吸。
伸头我问海，
海正扬声而鸣咽。

啊啊！
生在这样个阴秽的世界当中，
便是把金钢石的宝刀也会生锈！
宇宙呀，宇宙，

我要努力地把你诅咒：
你脓血污秽着的屠场呀！
你悲哀充塞着的囚牢呀！
你群鬼叫号着的坟墓呀！
你群魔跳梁着的地狱呀！
你到底为什么存在？

我们飞向西方，
西方同是一座屠场。
我们飞向东方，
东方同是一座囚牢。
我们飞向南方，
南方同是一座坟墓。
我们飞向北方，
北方同是一座地狱。
我们生在这样个世界当中，
只好学着海洋哀哭。

凰歌

足足！足足！足足！
足足！足足！足足！
五百年来的眼泪倾泻如瀑。
五百年来的眼泪淋漓如烛。
流不尽的眼泪，
洗不净的污浊，
浇不熄的情炎，
荡不去的羞辱，
我们这缥缈的浮生，
到底要向哪儿安宿？

啊啊！
我们这缥缈的浮生
好像那大海里的孤舟。

左也是漶漫，
右也是漶漫，
前不见灯台，
后不见海岸，
帆已破，
樯已断，
楫已飘流，
柁已腐烂，
倦了的舟子只是在舟中呻唤，
怒了的海涛还是在海中泛滥。

啊啊！
我们这缥缈的浮生
好像这黑夜里的酣梦。
前也是睡眠，
后也是睡眠，
来得如飘风，
去得如轻烟，
来如风，
去如烟，
眠在后，
睡在前，
我们只是这睡眠当中的
一刹那的风烟。

啊啊！
有什么意思？
有什么意思？
痴！痴！痴！
只剩些悲哀，烦恼，寂寥，哀败，
环绕着我们活动着的死尸，
贯串着我们活动着的死尸。

啊啊！

我们年青时候的新鲜哪儿去了？

我们年青时候的甘美哪儿去了？

我们年青时候的光华哪儿去了？

我们年青时候的欢爱哪儿去了？

去了！去了！去了！

一切都已去了，

一切都要去了。

我们也要去了，

你们也要去了，

悲哀呀！烦恼呀！寂寥呀！衰败呀！

凤凰同歌

啊啊！

火光熊熊了。

香气蓬蓬了。

时期已到了。

死期已到了。

身外的一切！

身内的一切！

一切的一切！

请了！请了！

群鸟歌

岩鹰

哈哈，凤凰！凤凰！

你们枉为这禽中灵长！

你们死了吗？你们死了吗？

从今后该我为空界的霸王！

孔雀

哈哈，凤凰！凤凰！

你们枉为这禽中的灵长！

你们死了吗？你们死了吗？
从今后请看我花翎上的威光！

鸱枭

哈哈，凤凰！凤凰！
你们枉为这禽中的灵长！
你们死了吗？你们死了吗？
哦！是哪儿来的鼠肉的馨香！

家鸽

哈哈，凤凰！凤凰！
你们枉为这禽中的灵长！
你们死了吗？你们死了吗？
从今后请看我们驯良百姓的安康！

鹦鹉

哈哈，凤凰！凤凰！
你们枉为这禽中的灵长！
你们死了吗？你们死了吗？
从今后请听我们雄辩家的主张！

白鹤

哈哈，凤凰！凤凰！
你们枉为这禽中的灵长！
你们死了吗？你们死了吗？
从今后请看我们高踏派的徜徉！

凤凰更生歌

鸡鸣

听潮涨了，
听潮涨了，
死了的光明更生了。

春潮涨了，
春潮涨了，
死了的宇宙更生了。

生潮涨了，
生潮涨了，
死了的凤凰更生了。

凤凰和鸣
我们更生了。
我们更生了。
一切的一，更生了。
一的一切，更生了。
我们便是他，他们便是我。
我中也有你，你中也有我。
我便是你，
你便是我。
火便是凰。
凤便是火。
翱翔！翱翔！
欢唱！欢唱！

我们新鲜，我们净朗，
我们华美，我们芬芳，
一切的一，芬芳。
一的一切，芬芳。
芬芳便是你，芬芳便是我。
芬芳便是他，芬芳便是火。
火便是你。
火便是我。
火便是他。
火便是火。

翱翔！翱翔！
欢唱！欢唱！
我们热诚，我们挚爱。
我们欢乐，我们和谐。
一切的一，和谐。
一的一切，和谐。
和谐便是你，和谐便是我。
和谐便是他，和谐便是火。
火便是你。
火便是我。
火便是他。
火便是火。

翱翔！翱翔！
欢唱！欢唱！
我们生动，我们自由，
我们雄浑，我们悠久。
一切的一，悠久。
一的一切，悠久。
悠久便是你，悠久便是我。
悠久便是他，悠久便是火。
火便是你。
火便是我。
火便是他。
火便是火。

翱翔！翱翔！
欢唱！欢唱！
我们欢唱，我们翱翔。
我们翱翔，我们欢唱。
一切的一，常在欢唱。
一的一切，常在欢唱。
是你在欢唱？是我在欢唱？

是他在欢唱？是火在欢唱？

欢唱在欢唱！

欢唱在欢唱！

只有欢唱！

只有欢唱！

欢唱！

欢唱！

欢唱！

1920年1月30、31日①

诗作导读

1919年9月，《时事新报·学灯》刊登了3首新诗：《抱和儿浴博多湾中》《鹭鸶》《死的诱惑》，编辑宗白华惊叹作者奇特的想象力与惊人的创造力，开始与他通信。1920年1月，这位年轻作者的新作《立在地球边上放号》《地球，我的母亲！》《凤凰涅槃》等源源不断刊登在《时事新报·学灯》，引来热烈的反响。这位年轻的作者就是郭沫若。通过建构抒情主体，革新自由诗的语言与形式，真正地从内容到形式确立自由诗存在的合法性，由此这位27岁的青年成为新诗发展史上的一块碑石。

《凤凰涅槃》是一首长诗，由五个部分组成。第一部分《序曲》乃全篇的预言，预示凤凰死亡之日的临近；第二部分《凤歌》是抒情主体对世界、对宇宙这一牢笼的怒吼与诅咒，第三部分《凰歌》是抒情主体对人类群体、对自我存在的思索与否定。经过这几个部分激烈的思想斗争与形体挣扎，诗人用第五部分《群鸟歌》烘托出凤凰浴火时万物纷乱、众生喧闹的景象，暗示新生的气象即将来临；最后诗人的笔触宛若江海汹涌，激情四溢，以《凤凰和鸣》欢庆凤凰的涅槃重生。诗人将西方神话中浴火不死的神鸟"菲尼克斯"与中华民族的图腾凤凰合二为一，勾勒出凤凰涅槃惊心动魄、荡气回肠的全部历程，凤凰的死与生象征个体、自我的挣扎、裂变与崛起，象征民族的苦难与新生。

全诗打破了古典诗歌抒情机制中的"意在言外"，含蓄朦胧，曲折委婉，也将抒情中的"情"上升为各种文化形态交汇点中的"自我"独立意识，这是一种生命本质的激情，是民族在巨大转型期激流碰撞的呐喊，是那个急速前进的时代中，

① 1920年1月初稿，发表于《时事新报·学灯》。

"自我"自觉向世界靠拢、向现代走近、向着民族重塑奋进的现代特质。可以说，新诗之"新"在郭沫若的笔下，得到了全方位的、淋漓尽致的彰显。

《凤凰涅槃》的神奇之处不止于此。一方面，它糅合了古埃及神话、西方神话的"菲尼克斯"与东方传说的凤凰，虚构了浴火重生、涅槃永生的凤凰这一洋溢着神性光辉的意象，从中注入奇异的神话色彩，营构起宏大的历史书写；另一方面，它又与郭沫若丰富多彩的生命体验、极度亢奋的创作灵感、极具张力的诗性想象息息相关，充斥着个体血肉寻死觅生的强力意志，是郭沫若以个体想象民族，以灵感通向神性，以抒情直抵世界的艺术创举。郭沫若用文学的想象驾驭时代精神与民族命运的构想，《凤凰涅槃》的阐释也摆脱了历史或现实的束缚，呈现一派充满生机和希望的梦想世界。而"凤凰"这一古老的神话传说形象，融合了东西双方的维度之后，它的浴火重生指向民族的重生，包裹在漫长民族传统中的自我终会像记忆中的风烟一般走向消散，拥抱世界与现代文明的时代之火让凤凰重生，让"人"重生。

评论精选

那诗是象征着中国的再生，同时也是我自己的再生。

——郭沫若：《我的作诗的经过》[1]

他的诗里有两样新东西，都是我们传统里没有的——不但诗里没有——泛神论，与二十世纪的动的和反抗的精神。

——朱自清：《中国新文学大系·诗集·导言》[2]

《女神》追求打破一切形式束缚与矫揉造作的"自然流露"和"心中的诗意诗境底纯真的表现"，以神话传说、历史故事、宏大自然、英雄人物、幻想世界等的奇幻异象，雄浑奔放和刚柔相间的个性语言，构成一个前所未有的浪漫主义形象系统和抒情世界。《女神》开了新诗浪漫主义历史的新纪元。

——孙玉石：《1920年代中国新诗发展述略》[3]

《凤凰涅槃》是青年郭沫若孤悬海外，个性精神觉醒时期心灵历程的产物。它既不是听命于政治威权的附庸之作，也不是古代载道、传道的代圣人立言的传统写作。它是真正的个性直通语词觉悟的神性写作，它与郭沫若本人独特的生命体验血肉相关。它是东西方文化对创生成的崭新杰作。可以说，郭沫若是中国新诗先锋神

---

[1] 《质文》1936年第2期。
[2] 《中国新文学大系·诗集（影印本）》，上海文艺出版社2003年版，第5页。
[3] 《北京大学学报》（哲学社会科学版）2008年第2期。

性写作的五四源头。

——龚盖雄：《中国新诗"鸟意象"的原型革命——论郭沫若〈凤凰涅槃〉的神性写作开端》①

诗人的想象经历漫长的岁月才从现实的真中解放出来，进入了一个完全假定的艺术境界，古埃及的神话和中国传统的形象，结合起来，构成一个在烈火中复活的、永生的翱翔的凤凰。现实的、粗糙的"寻死"，原生的悲观情绪，进入了一种想象的神话的虚幻境界，发生了性质的变异。在这个想象的境界中，不但形象，而且是逻辑也发生了超越现实的变异。自觉的毁灭旧我，导致了新我的永恒的复活。

——孙绍振：《"凤凰涅槃"：一个经典话语丰富内涵的建构历程》②

夜步十里松原③

海已安眠了。
远望去，只见得白茫茫一片幽光，
听不出丝毫的涛声波语。
哦，太空！怎么那样的高超，自由，雄浑，清寥！
无数的明星正圆睁着他们的眼儿，
在眺望这美丽的夜景。
十里松原中无数的古松，
都高擎着他们的手儿沉默着在赞美天宇。
他们一枝枝的手儿在空中战栗。
我的一枝枝的神经纤维在身中战栗。

1919年12月20日④

诗作导读

郭沫若的写景诗，取材上虽与古典诗歌一脉相承，如夜晚、松树、星辰，但他将夜空升华为一个没有差别、万物平等、真正自由的世界，在这里，所有生物的存

---

① 《郭沫若学刊》2009年第2期。
② 《中国现代文学研究丛刊》2014年第5期。
③ 选自《女神》，郭沫若著，上海泰东图书局1921年版。
④ 初发表于《时事新报·学灯》。

在都是最纯粹的，故"我"的声音在夜空中回荡得也最为通透。这种对话无须指代任何具体的事物，是发生在纯粹的"我"与整个自然之间的，不需要刻意营造意象与意境。诗人融"我"的感受、想象、认知、理解与世间万物于一体，彻底扭转了"我"与自然、与世界的关系，至此，早期新诗终于冲破了古典诗歌借景抒情的咏怀传统。

郭沫若也成功地将诗人们的注意力从单一的月亮、星辰，引入更为宽广深邃的"夜"。原先白话诗人群致力于观照并赋予夜空中的单独景象以情感的能量，现在郭沫若则以其奔涌咆哮的情感统摄了夜空中的所有事物。"夜"，神秘、深邃、包罗万象，并蕴含着多种生命的活力。这首诗里，夜空下的大海、古松和璀璨的星空相互交映，诗人将古松的枝条想象为赞美天宇的高高伸出的手臂，并为眼前这片在静谧之中涌动着生机的壮丽图景深深战栗。肆情言说的"我"收敛起情感单向的勃发，在言说中纳入了生命意识、世界意识与宇宙意识，从夜空下万物的隐秘跃动中感受到生命的强劲和宇宙的伟大。

需要注意的是，诗中的古松形象源自古典诗歌中冷峻忠贞的松树，却又经过诗人激情和现代意识的发酵，绽出与众不同的现代性色彩——古松向天空伸出手臂，好似独自屹立的自我向世界张开怀抱，敢于迎接万物、融通万物，体现了东西文化猛烈碰撞的20世纪里，现代中国与世界接轨的时代情绪。幽美沉邃与激昂壮阔，两支截然不同的旋律融汇成《夜步十里松原》这一首独特的交响曲。

评论精选

日本是个风景如画的岛国，闻名世界的富士山不必说，单讲郭氏求学过的东京、冈山尤其福冈等地，就有不少锦山绣水，如太宰府、十里松原、博多湾、门司海港等。郭先生原本就是大自然的热爱者和崇拜者，再加上第二故乡旖旎风光的触引，《女神》中的大量日本乡土诗，便呱呱坠地了。无论壮美的还是优美的自然风物，诗人都放开歌喉加以礼赞。

——陈鉴昌：《从〈女神〉看郭老的"世界乡情"》[①]

郭沫若企图通过泛神论这个中介让诗思与宇宙建立起一种亲密无间的本质关系。泛神论是从宇宙本体出发来看待众生万类之间的关系的，这是一种把神融化在大自然中的哲学观点，宣称本体即神，神即万汇，并没有什么超自然的主宰或精神力量，如果说有，那就是自然——宇宙自身的内在规律。因此郭沫若在致宗白华的

---

① 《郭沫若学刊》1997年第2期。

信中说:"我想诗人与哲学家底共通点是在同以宇宙全体为对象,以透视万事万物底核心为天职。"

——骆寒超:《论新诗草创期诗思意识的觉醒与现代诗境的开拓》[1]

这片天声的松涛奔涌着一种新的律动——"二十世纪的动的和反抗的精神"。这种强烈的时代精神,不仅旧诗中"绝无",前此及当时的新诗中也是"仅有"。诗人的神经纤维和大自然的枝枝叶叶以同一"振幅(Rhythm)"感应着时代精神。

——江锡铨:《试论"创造"诗派的新诗绘画美》[2]

郭沫若从冈山六高到九州帝国大学,他的思想变化极大。他曾有一个时期烦恼过,精神衰弱、耳病、人生哀婉。伴随学知及外界的影响,再加上从青少年步入成人的阶段,他长大了许多,安娜及家庭是精神愉快的源泉,田汉、宗白华鼓舞着他的文学;泰戈尔、歌德等人哲学观改造他的人生思想观。身置博多,心念五四新文坛,赞美自我表现的宇宙全体,借自然宇宙来抒发自我个性。

——宫下正兴:《以日本大正时代为背景的郭沫若文学论考》[3]

他在九州帝国大学读书时所创作的诗,不仅有景色的描写,也包含着对当时社会的批判。他尝试着用新诗来表现所有的情景与情感,对他来说,这是一种"实验的创作"。

——岸田宪也:《郭沫若与"千代松原"》[4]

虽然依旧是"咏松"的题材,但是在郭沫若这里,传统的咏物诗范式正在发生着一种重要的改变,物态化的即景抒情开始向意志化的以情寓物转移,寻求物我互证比兴方式正在为主客体激荡振奋所取代。

——李怡:《骚动的"松"与梅——留日郭沫若的自然视野》[5]

笔立山头展望[6]

大都会的脉搏呀!
生的鼓动呀!

---

[1]《中国现代文学研究丛刊》1999年第4期。
[2]《江苏教育学院学报》(社会科学版)1999年第4期。
[3] 山东大学博士学位论文,2008年,第57页。
[4]《现代中国文化与文学》2009年第1期。
[5]《兰州学刊》2015年第8期。
[6] 选自《女神》,郭沫若著,上海泰东图书局1921年版。

打着在，吹着在，叫着在，……

喷着在，飞着在，跳着在，……

四面的天郊烟幕朦胧了！

我的心脏呀，快要跳出口来了！

哦哦，山岳的波涛，瓦屋的波涛，

涌着在，涌着在，涌着在，涌着在呀！

万籁共鸣的Symphony，

自然与人生的婚礼呀！

弯弯的海岸好像Cupid的弓弩呀！

人的生命便是箭，正在海上放射呀！

黑沉沉的海湾，停泊着的轮船，进行着的轮船，数不尽的轮船，

一枝枝的烟筒都开着了朵黑色的牡丹呀！

哦，哦，二十世纪的名花！

近代文明的严母呀！

1920年6月①

诗作导读

　　这首诗描绘了诗人登上日本笔立山，俯瞰日本门司海港时看到的壮观风景，表达了诗人的激动之情。现代化、工业化的大都市展现了20世纪独特的景观，冲击着中国长久以来的古典农耕社会给予诗人的传统经验，使得诗人欣喜无比，满怀激动与兴奋，迎接20世纪急速的变动与现代文明的洗礼。

　　这首诗将繁多的现代意象与抒情主体的赞叹交织在一起，营造出紧密、短促、充满力度感的语言节奏，辅以灵活变化的自由形式，第一次为新诗熔铸了城市运行、工业生产等现代文明特有的动感景观。充满运动感的都市脉搏，流溢出现代社会的力量、希望、朝气，击响与世界潮流共振的激越心潮。郭沫若为新诗注入了全新的内蕴，让新诗除了描摹生活图景、批判黑暗现实外，拥有了更多面向世界与未来的开放色彩，他笔下诸如工业、都市、死亡等充盈着强烈现代特色的意象，使得新诗的书写充满了"世界之大同的色彩"。

　　在这首诗里，郭沫若将自然的奔腾编织在工业的兴盛之中，自然与工业文明交汇了，新诗于内和于外的两个维度终于被打通。郭沫若出众的想象力再度得到发挥，黑

---

　　①　初发表于1920年《时事新报·学灯》。

烟好似牡丹，海岸好似传说中爱神的弓弩，山岳和瓦屋的波涛恰如交响乐，这些横跨了古今东西、神话传说、历史典故、文明景观的意象在诗人笔端自由穿梭，共同汇成一朵20世纪的名花。诗人以其别出心裁的共鸣、赞美深深影响了之后城市诗的创作观念，而对现代工业无限的向往，亦加强了新诗在经验选取与传达上的"现代"特质。

评论精选

二十世纪是个动的世纪。这种的精神映射于女神中最为明显。《笔立山头展望》最是一个好例。

——闻一多：《〈女神〉之时代精神》[1]

这幅典型的"近代文明"的图景，激动着年轻的心。他把全部热情与赞美，献给了这个大都会动人心魄的交响。从意象，节奏，气氛，表现形式，到作者与近代文明契合的心境，都是新诗题材里前所未有的。《笔立山头展望》不愧为20世纪中国现代诗歌史中最早的一首现代大都会的赞美诗，是中国现代城市诗中一篇开山性的力作。

——孙玉石：《论郭沫若的城市意识与城市诗（上）》[2]

《笔立山头展望》是现代诗歌献给都市的第一首颂歌，是对都市中"动"与"力"的现代精神的全面体认，它所蕴涵的现代性内涵是现代诗歌走向现代化的基本核心。同时，《笔立山头展望》中对都市的价值判断直接影响了现代诗人，从而形成了现代诗歌对都市生存空间中生命新形态的关注和表现。

——鲍昌宝：《郭沫若〈笔立山头展望〉的诗学意义——兼论现代诗歌中的生命新形态》[3]

这里的矛盾之处就在于，从西方近现代的历史发展来看，这些所谓的现代"名花"正是建立在近代以来人类对自然的征服和开发上面的，而这种蒸汽机以及轮船都成为人类试图征服自然的一种象征。不过，在这首诗歌之中，"自然"还是和这些被诗人誉之为"近代文明的严母""名花"圆满地结合在了一起。当然，结合的结果是"自然"刚刚在现代中国文化中出现，就已经被遮蔽了。

——李卫涛：《中国现代视野中"自然"的发生和"自然之死"——以五四时期郭沫若的"自然"观念为例》[4]

---

[1]　《创造周报》1923年6月。
[2]　《荆州师范学院学报》（社会科学版）2002年第3期。
[3]　《郭沫若学刊》2003年第3期。
[4]　《当代文坛》2009年第4期。

梅花树下醉歌①
——游日本太宰府

梅花！梅花！

我赞美你！我赞美你！

你从你自我当中

吐露出清淡的天香，

开放出窈窕的好花。

花呀！爱呀！

宇宙的精髓呀！

生命的泉水呀！

假使春天没有花，

人生没有爱，

到底成了个什么世界？

梅花呀！梅花呀！

我赞美你！

我赞美我自己！

我赞美这自我表现的全宇宙的本体！

还有什么你？

还有什么我？

还有什么古人？

还有什么异邦的名所？

一切的偶像都在我面前毁破！

破！破！破！

我要把我的声带唱破！

诗作导读

    1920年春，在东京留学的田汉以度假为由来到日本九州冈山，拜会了与其通信数月的郭沫若。虽然郭沫若比田汉大七岁，但在诗歌与文艺问题的交流上，二人意趣相投，相谈甚欢。郭沫若携田汉游览太宰府时，写下了此诗，抒发诗人与挚友同

① 选自《女神》，郭沫若著，上海泰东图书局1921年版。

游的喜悦，以及胸中激昂澎湃的热情。

作为古典诗歌的经典题材，梅花向来以一种清冷、高洁的形象，寄寓着诗人美好的指向和情感，而能让沉默的古松与世界展开对话的郭沫若，在这首诗中同样另辟蹊径，一方面采用古典意象，激发想象空间，丰富情感意蕴，弥补新诗与古典诗之间过于断裂的痕迹；另一方面仅让梅花参与情感的起兴，由赞叹梅花生命之美迅速转入赞美自我的生命力，梅花不但参与诗境的塑造，而且见证自我情感的喷发。全诗通过"我赞美你"的不断重复，让夜空下静谧的万物与"我"的热切赞叹构成对比，从而烘托出热烈赤诚的浪漫氛围。

从咏梅到赞美生命，从赞美生命到歌颂自我，从歌颂自我到毁灭偶像，《梅花树下醉歌》完成了"自我"的独立塑造，集中体现了郭沫若抒情主体的狂放与激荡。"自我"象征主宰言说的主体意志，它的喷发、膨胀、激走、怒号撕扯着全诗的语言与形式，一如诗题的"醉歌"。诗人使用杂白的口语，缔造错综的诗行，表意灵活，变化多端；又在"我+动词+宾语"的基本句型之外，大量使用语气词"呀"加深情感，并运用疑问、反问等修辞增强诗中情感的流转。长句、短句、单字句的错落，配合语气词和反问句，形成诗句抑扬顿挫的节奏，让诗歌内部情感爆裂之动感，与余韵渲染之悠长形成动态的平衡。此外，标点符号，尤其是感叹号、问号的大量运用亦增强了抒情的力度。

评论精选

诗里面，这个个性解放的我，是通过泛神论特色来表现的，因而具有着泛神论的内容。但又由于这个"我"，对于一切陈腐的偶像来说，是一个那么敢于蔑视、敢于反抗的"我"，这就使全诗内容（包括泛神论思想）获得了具体、现实的战斗意义。

——魏竞江：《〈女神〉和泛神》[1]

《女神》的革命浪漫主义的另一特征，表现在对大自然的热爱、歌颂上，作者把我国传统的自然抒情诗推进了新的领域。我国古典诗歌对自然的描绘力求含蓄、委婉地表达感情，讲究诗画交融，要求读者透过优美的诗句去捕捉迷离的情感。郭沫若的诗歌不像历代诗人那样描写自然，而是把自然当作"自我表现的全宇宙的本体"。因此诗篇里充溢着生命的激流。

——邓翠芳：《论〈女神〉的革命浪漫主义特色》[2]

---

[1] 《湖南师院学报》（哲学社会科学版）1979年第2期。

[2] 《菏泽师专学报》（社会科学版）1990年第4期。

《周易大传》曰"天下同归而殊途,一致而百虑",正是东西方直觉思维的哲学观相互交融才产生了郭沫若的泛神论思想。《梅花树下醉歌》就表现了这两种天人合一心境下的审美感受。有了这种感受,再看万事万物也就没有高低贵贱之分了。所以这个层次的天人合一同样可以推出"万物一体的宇宙观"和个性解放的人生观。

——唐竹:《天人合一与郭沫若的泛神论思想》①

从赞美梅花到赞美自我再到捣毁偶像,郭沫若的思维经过了相当曲折的转折,远非"以物起兴""感物吟志"的古典传统所能够涵盖,在这里,我们读到的是一个个体生命如何在自然—人生的经验不断汲取信念、不断充实自我,最终自我确立、生命勃发的丰富过程。

——李怡:《骚动的"松"与梅——留日郭沫若的自然视野》②

这样一个新生的"我"的树立,典型地体现了"五四"新诗人称意识的现代性内蕴。"我"的主体个性及自我精神由此被作为现代诗歌最为基本的抒写主题得以彰显,这也正是"五四"时期郭诗的独特意义所在。

——王泽龙、倪贝贝:《现代汉语人称代词与中国现代诗歌》③

---

① 《郭沫若学刊》1999年第2期。
② 《兰州学刊》2015年第8期。
③ 《华中师范大学学报》(人文社会科学版)2016年第1期。

冰 心

冰心（1900—1999），原名谢婉莹，福建福州人，受五四运动洗礼成为新文学创作者。1919年发表《两个家庭》《斯人独憔悴》等"问题小说"，开始使用笔名"冰心"。1921年加入文学研究会，次年发表小诗《繁星》，掀起小诗创作热潮。1923年诗集《繁星》《春水》出版。曾留学于美国威尔斯利学院，并获得文学硕士学位，留学期间发表若干散文，后结集为《寄小读者》，是中国早期儿童文学的代表。回国后任教于燕京大学、清华大学等，抗战结束后东渡日本，担任东京大学第一位外籍女讲师。1951年归国，专注从事儿童文学创作。

繁星（一）（一〇）①

一

繁星闪烁着——
　　深蓝的太空，
　　何曾听得见他们对语？
沉默中，
　　微光里，
　　　他们深深的互相颂赞了。

一〇

嫩绿的芽儿，
　　和青年说：
　　"发展你自己！"

---

① 选自《繁星》，冰心著，商务印书馆1923年版。

淡白的花儿，
　　和青年说：
"贡献你自己！"
深红的果儿，
　　和青年说：
"牺牲你自己！"

春水（七十）（一四七）①

七十

玫瑰花的浓红
　　在我眼前照耀，
伸手摘将下来，
　　她却萎谢在我的襟上。

我的心低低的安慰我说：
"你隔绝了她和'自然'的连结，
　　这浓红便归尘土；
青年人！
　　留意你枯燥的灵魂。"

一四七

绿阴下
　　沉思的坐着——
游丝般的诗情呵！
迷蒙的春光
　　刚将你抽出来
叶底园丁的剪刀声
　　又将你剪断了。

---

① 选自《春水》，冰心著，新潮社1922年版。

诗作导读

1922年1月，冰心于《晨报副刊》上陆续发表了164首小诗，总名《繁星》，掀起了小诗运动的高潮。在泰戈尔诗歌与日本俳句的影响下，短小精悍、轻灵飘逸的小诗，一时间成为新诗人传达情感与体悟的首选。在此之前，冰心已通过"问题小说"于新文学界崭露头角。顺遂的童年、幸福的家庭、美丽的故乡，使冰心的生命体验有别于大多历经坎坷的新文学创作者。她为充斥着"苦与难"的新文学现实，带来一汪清新、灵动、纯净的温婉细流。

《繁星》《春水》承载了22岁的冰心对世界所有美好的想象，是她单纯思想的集结，亦是她对人生中爱与美体验的凝聚。冰心深受泰戈尔的诗歌、基督教思想等影响，诗作多以赞美母爱、吟咏自然、讴歌童真为主，在小诗中构建属于自我的爱的宇宙，用爱的视角观照生命进程中的纷繁图景。

《繁星》（一）总括全集，开篇写银河浩瀚，正如思绪的波澜，广袤无垠，充盈着未知，涌动着生命静谧而深邃的秘密。《繁星》（一〇）运用比拟手法，选取嫩芽、小花、红果三个意象，来比喻生命的不同阶段，表达了诗人对青年的热烈期待，呼吁青年珍惜时光，努力奋斗。《春水》（七十）择取了诗人偏爱的玫瑰意象，用玫瑰象征生命的光辉，以玫瑰与人的接触和凋零，寓意诗人对自然的敬畏，对生命本身的珍惜，对美丽的向往。《春水》（一四七）将诗情的酝酿过程，比作一朵小花的遭际。这朵小花在春光里热烈生长，却又因意外的毁灭戛然而止。诗人化用了古典诗词中春风似剪刀的比喻，含蓄中隐藏着强烈的戏剧性，青春喷薄的激情与乍然恍惚的失落交替上演，倾吐生命的有常与无常。

冰心独树一帜的语言风格亦在《繁星》《春水》中体现得淋漓尽致。她以简明自然的白话驾驭古典诗歌的含蓄、典雅、婉约，创作的诗歌甜美澄静、清灵婉转。她笔触清丽，思绪灵动，想象多变，融纯真诚挚的情感于清丽澄澈的自然物象，为新诗留下一处"真善美"的柔婉印记。

评论精选

冰心是"闺秀派"的代表作家，她早期的作品不但具有中国女作家的细腻和俏丽，同时也典雅、温婉，意味隽永。她《繁星》《春水》中格言式的小诗，像一块块玲珑透剔的碧玉，以清澄、庄重之美吸引着广大读者，又像一束束淡雅的小花，散发着清新的幽香，而那寓意深远的哲理，更能启迪我们的智慧，指导我们去认识世界和人生。

——徐荣街：《冰心"小诗"论》①

冰心的小诗较之郭沫若的诗歌创作更能体现中国新诗发展的自身的逻辑性，冰心的小诗是直接承袭着胡适的传统的，胡适把中国新诗放在了现代白话的基础上，但他把现代新诗写成了分行的散文，没有找到具有诗意的语言形式；冰心则是从表达自己的一些"零碎的思想"开始的，她没有想到写成新诗，但人们却在她的这些文字中读出了诗意，成了中国现代新诗发展史上第一种具有独立审美功能的诗歌形式。

——王富仁：《中国现代新诗的"芽儿"——冰心诗论》②

这里［《繁星》（一〇）］蕴涵着诗人多么热切的对青年的关怀和期待（当然也可看作是诗人对自己的勉励），平淡之中透露出一股深浓的感情细流，好像就是这种厚重的感情本身构成了它的艺术魅力。更何况在这首小诗里，诗人虚拟了三个象征性的意象——"嫩绿的芽儿""淡白的花儿""深红的果儿"赋予了人生三个阶段以富有特征的鲜明感人的形象，淡化了说教色彩，增强了启迪意义，让人自自然然地受到灵魂的陶冶、净化。

——凡尼：《东方情思的凝结——论20世纪20年代初期的小诗诗潮》③

这首有特色的诗［《繁星》（一）］是她青年时代最成功作品的典型代表……在这首语言流丽平实的小诗中，我们看到了有着无数星辰的宇宙，苍穹中浩瀚的银河，和一位初露诗歌天分的女诗人……诗中的苍穹指向上帝或者是创造了一切的造物主。围绕着他的是被爱所包裹的整个宇宙，爱渗透到了一切现象中。

——马立安·高利克著，尹捷译，刘燕校订：《青年冰心的精神肖像与她的小诗》④

---

① 《中国文学研究》1988年第2期。
② 《北京师范大学学报》（社会科学版）1996年第5期。
③ 《东方丛刊》2002年第1辑。
④ 《江汉学术》2017年第1期。

梁宗岱

梁宗岱（1903—1983），广东新会人，中国现代著名诗人、学者、翻译家。少有诗名，16岁就获得"南国诗人"的美誉。1923年被保送至岭南大学文科，次年赴法留学，结识了法国象征派诗人保尔·瓦雷里，并将其诗作译成中文传布国内。1925年出版个人诗集《晚祷》，诗作多近似象征派，伤感灰暗，讲求音律，表意含蓄。1931年回国，辗转多地任教。1944年出版词集《芦西风》。中华人民共和国成立后就职于中山大学、广州外国语学院等。

晚祷（二）①
——呈敏慧

我独自地站在篱边。
主呵，在这暮霭底茫昧中。
温软的影儿恬静地来去，
牧羊儿正开始他野蔷薇底幽梦。
我独自地站在这里，
悔恨而沉思着我狂热的从前，
痴妄地采撷世界底花朵。
我只含泪地期待着——
祈望有幽微的片红
给暮春阑珊的东风
不经意地吹到我的面前：

---

① 选自《晚祷》，梁宗岱著，商务印书馆1925年版。

虔诚地，静谧地
在黄昏星忏悔底温光中
完成我感恩底晚祷。

诗作导读

1924年6月，梁宗岱正身处象征主义诗歌的中心——法国，这首诗便是一首熏染了象征主义气息的别致之作。全诗欲言又止，思绪连绵，情感却在静谧幽暗的黄昏里激荡，沉浸在宗教般庄重严穆的氛围中。诗的开篇写沉静的暮霭，恬淡的景致，勾起诗人对于青春、爱情的怅惘的追思。承载这追思的，是鲜艳明目的意象，狂热、痴迷从中隐隐透出，烙印鲜明；这鲜亮的印记，在诗人笔下兜兜转转，回归幽微的忧郁，宛若一曲扩散的安眠曲，隐去热切，收归诚挚，最终定格黄昏下诗人的祈祷姿态。

这首诗的副标题为"呈敏慧"，敏慧为诗人中学时期的同学，相传二人有一段十分甜蜜的爱恋。然而其时梁宗岱早已被父母安排，须迎娶何氏女子为妻，包办婚姻拆散了一对相恋者，这让诗人痛苦不已，写下这首诗道出对恋人的愧悔与追怀。不过诗人萌动的诗心并未拘泥于个体的悲喜，而是伴随宗教思想的浸润与启迪，蔓延至世间万物。全诗虽写一人之爱恨，却渐渐升华至对整个世界的一种慈悲、澄静的和解，凸显出一种洗尽铅华、独觅生命本真的纯粹，达到物我浑融、物我两忘的状态。诗人笔下追怀的爱情，逐步升格为生命、神性，乃至于宇宙喻示的象征。

评论精选

由于作者有在教堂生活的体验，同时也是借用宗教气氛的描写，使自己对女友的感情在肃穆宁静中而显得庄严、纯净。诗人后来用法文写诗的精致，在他这些作品里已经可以看到了。

——周良沛：《现代诗人简介（二）：周作人、徐玉诺、梁宗岱、冰心》[①]

在梁宗岱的诗集《晚祷》中，我们发现其中有两首诗明显地反映了"宇宙之爱"的观念：这就是《星空》和《晚祷》。……笔者以为，《晚祷》（Ⅱ），与冰

———————

① 《名作欣赏》1985年第6期。

心的同名诗相似，在此类中国诗中当属最美。

——马利安·高立克著，胡宗锋、艾福旗译：《以圣经为源泉的中国现代诗

歌：从周作人到海子》[①]

诗中实际上还有一种欲言又止的宗教的忏悔，弥漫然而幽微，既在诗人的内心轻微地颤动，又溶解在万物的静谧之中。这是一种洗尽尘俗的静谧，却又包容着诗人的尘世之爱，诗人似乎有所犹疑，又以谦卑之心感恩万物，化解生命中的痛苦。诗中的宗教感是音乐性的，也是有色彩感的，一种缓慢扩散的忧郁的调子内在于诗的音乐性中，又似乎可以伸手触摸一幅油画中的风景。

——吴投文：《郭沫若冰心梁宗岱诗歌导读》[②]

诗人对过去充满"悔恨"，对未来满怀希望，很有"悟以往之不鉴，知来者之可追"的意思。但这一切都表达得很隐晦，若有若无，时隐时现，通过很艺术的方式呈现出来。特别是一些经典意象的运用……又使诗歌充满某种浪漫的情调和一丝淡淡的忧伤，这些意象和宗教的词汇交织在一起，形成一种既矛盾又和谐、既庄严又感伤、既直白又朦胧的氛围，最终取得非常独特的艺术效果。

——周永涛：《墙里开花墙外香——梁宗岱自译诗歌〈晚祷（二）〉探析》[③]

[①]　《人文杂志》2007年第5期。
[②]　《阴山学刊》2016年第4期。
[③]　《广东外语外贸大学学报》2019年第5期。

宗
白
华

宗白华（1897—1986），本名之櫆，字白华、伯华，江苏常熟人。毕业于同济大学，1919年受聘为《时事新报·学灯》编辑、主编，现代著名诗人、美学家。1919年加入少年中国学会。1920年出版与田汉、郭沫若讨论诗歌与文艺的书信集《三叶集》，1922年参与小诗创作，次年诗集《流云》出版。宗白华致力于哲学、美学的研究，曾在德国法兰克福大学、柏林大学深造，回国后就职于南京大学、北京大学，并担任中华美学学会顾问和中国哲学学会理事，出版有美学论著《美学漫步》《艺境》等。

我们①

我们并立天河下。

人间已落沉睡里。

天上的双星

映在我们的两心里。

我们握着手，看着天，不语。

一个神秘的微颤。

经过我们两心深处。

1922年9月7日②

---

① 选自《流云》，宗白华著，上海亚东图书馆1923年版。
② 初发表于《时事新报·学灯》，原名《无题》。

小诗[①]

生命的树上
雕了一枝花
谢落在我的怀里，
我轻轻的压在心上。
她接触了心中的音乐
化成小诗一朵。

1922年9月9日[②]

诗作导读

冰心的《繁星》与宗白华的《流云》，前者纯真清婉，后者深邃灵静，是小诗运动中两道并立的风景。宗白华深受泛神论的影响，将个体的精神浮动与宇宙物质的变幻紧密相连，《我们》（初发表时名《无题》）便是最典型的例证。一对恋人的心心相印与天上双星的辉映闪烁协同共奏，天际的闪动与心头的颤动相互触发，充满情热的思绪仿佛蔓延至全宇宙，相恋的两人在静谧的夜里体悟到生命的存在与终极。诗人珍爱这一刹那的心灵感应，遂以一首小诗将其定格，此诗以动静变幻的描写传达精微的生命体验，语言清新，结构精巧，可谓以"小"诗传"大"悟，独出心裁。

宗白华的美学造诣同样深厚，他从新诗发轫期便开始关注新诗的诗美问题。1920年，宗白华发表《新诗略谈》一文，从美学的角度出发，模糊"新旧"的二元对立，倡导新诗应具备图画形式的美与音乐式的情调。《我们》是一幅深邃意远的结伴观夜图，《小诗》则是一串细微灵动的音符。诗人以具象化的方式描绘诗意与爱意的交融相生。在诗人笔下，诗意来自触动，触动来自生命的启迪，生命的启迪需用心感悟美好的事物，将其"轻轻的压在心上"，方能孕育独特的音乐。当"她"与诗人心底的音乐巧妙碰撞时，诗，这爱的、美的、生命的化身方呼之欲出。

为避免小诗陷入琐碎狭隘的误区、流于徒讲形式的窠臼，宗白华只择取一两个精练的生活图景，注入一瞬情理交织的生命感悟，如此结构成篇。明澈的心境、隽永的语言、真切的观照、哲思的超越，使得他的小诗升华成"美"的集中体，鲜明体现了"小诗"的精妙和凝练。

---

① 选自《流云》，宗白华著，上海亚东图书馆1923年版。
② 初发表于《时事新报·学灯》，原名《无题》。

评论精选

从"画境—诗境—禅境"由表入里，由外向内，由浅入深地构成了《流云》艺境的三个层次。这三个层次互相渗透，彼此交融，浑然一体完成了《流云》艺境系统的建构，实现了《流云》诗"景""情""理"的和谐统一。第一、二个层次，使《流云》艺境显得充实丰厚，意义丰满；第三个层次又使《流云》艺境空灵生动，旷邈幽深；而三个层次的交互作用，却最终使《流云》成为一部充实而空灵的宇宙诗，载入文学史册。

——唐小林：《一部充实而空灵的宇宙诗——〈流云〉艺境探微》①

宗白华的这首小诗（无题一），表现了一对恋人或友人心灵刹那间相互的美妙感应。情与景、心与物、人与星空、象征与被象征和谐地交织在一起。小巧的诗形，清新的神韵，给我们以审美的愉悦。正如狄德罗所说：美是小的！

——金宏宇：《中国现代小诗审美浅议》②

作为20世纪初中国新诗运动的"殿军"，宗白华的小诗意象新颖、风格独标，其中活跃着自然生命的感悟、宇宙万象的体会，既有理智的清醒与深邃，也有情绪的纯真与感动，传达了诗人的人生立场与生命情怀。而以明澈的理性引领创作实践，是宗白华较一般新诗诗人优越的地方。

——王德胜：《宗白华小诗创作风格与诗美观念初探》③

《流云》中优秀作品含蓄而不晦涩，婉曲不失明丽。这是由于，诗人对待一系列问题，作了独特的诗化处理。小诗篇幅较小，容纳不了繁富的自然现象、社会现象，诗人则注意只选取自然界、社会上一两个场景，一两个意象。他深知：过"实"易失之琐碎；过"虚"则难免空洞；关键在于诗人对抒写对象有新的不同于别人的感悟和不同于别人的深的认识。

——陆耀东：《宗白华的〈流云〉及其诗论》④

他的短诗，属于哲理的一派，写对于人类生活、人生信仰的执着，写对于自然美的爱，写哲理的冥想与沉思……真正的小诗，须有诗人自己独到感悟的意韵和境界、富有禅意和哲理的蕴藏、抒情"弹力的集中"所凝成的简练含蓄。

——孙玉石：《1920年代中国新诗发展述略》⑤

---

①　《中国现代文学研究丛刊》1992年第3期。
②　《湖北民族学院学报》（社会科学版）1993年第4期。
③　《首都师范大学学报》（社会科学版）2001年第4期。
④　《湘潭大学学报》（哲学社会科学版）2004年第1期。
⑤　《北京大学学报》（哲学社会科学版）2008年第2期。

冯雪峰

冯雪峰（1903—1976），原名福春，笔名雪峰、画室、洛阳等，浙江义乌人。现代著名诗人、文艺理论家。1921年考入浙江省立第一师范学校，并加入文学团体晨光文学社，开始写作新诗。1922年春与应修人、潘漠华、汪静之于杭州结成湖畔诗社，共同出版诗集《湖畔》《春的歌集》，并加入明天社。1928年结识鲁迅，编辑出版《萌芽》月刊，1930年发起并参加了中国左翼作家联盟，成为20世纪30年代左翼文艺的重要领导人之一。

花影①

憔悴的花影倒入湖里，
水是忧闷不过了；
鱼们稍一跳动，
伊的心便破碎了。

作于1922年，杭州西湖

诗作导读

1922年春，杭州第一师范学校学生汪静之、冯雪峰、潘漠华，与好友应修人齐聚西湖之畔，相约共同出版诗集。同年4月，诗集《湖畔》面世，其中诗作多以歌咏自然、爱情为主，情感真挚热切，风格清新，引来新诗坛的注目，四位年轻的诗人因而得名"湖畔诗人"。

冯雪峰是"湖畔诗人"中年纪最小的一位，上述这首小诗写于1922年的暮春，

① 选自《湖畔》，湖畔诗社1922年版。

诗人当时只有19岁。暮春正是"桃花谢时",花落的一瞬勾起年轻诗人的万般情思与哀愁。这首小诗虽只有四行,但句句衔接紧密,诗人巧妙运用拟人手法,首句写花落入水,宛若憔悴的少女。次句以水喻诗人的心情,目睹美丽凋谢难免"忧闷"。第三句稍稍转折,关注点从沉闷的水转向动态的鱼,全诗生发起一丝欢动感。末句以水面的搅动比喻心的破碎,少年懵懂而细腻的春心在自然景致的撩拨下,蓦然忆起美好的易逝,无比怅惘起来。衰落的美景、郁闷的心事、破碎的期待,同现于短小的篇幅,青春中萌发的真切心曲生动形象地袒露出来,整体表达清新而又含蓄,令人回味无穷。

评论精选

　　冯雪峰同志在一九二六年以前写的诗,数量不多,但富天真气味,呈清新诗风;时代的风云在这里有回响、投影,但诗并未描绘风云本身。

——陆耀东:《论"湖畔"派的诗》①

　　这正是"五四"浪潮弄敏锐了的青年灵魂深处的一种真实的心音。他们要以自己的耳去听世界,以自己的眼睛去看世界,诗人把这种独特的愿望"物化"给了"杨柳",而所得的感受却如"花影",是"心"的"破碎"。他们热爱人生、热爱人生的美好的浪漫蒂克的梦"破碎"了。

——王吉鹏:《试论冯雪峰的诗》②

　　这无非也是与前述无二致的孩子似地出神关注一处。只是为了点这静境中最后的破水一霎,便稍有点刻意地披一层幽情。但即使有点残销的花影入湖中,水自不动,却有凝然的风绰。冯雪峰本来要为已造出的"老成"再推进一程,以"碎"来表现终极,却不成其真髓,随鱼跃的同时,不是碎裂了水的心,而是有笑纹波漪呢!

——王平、张直心:《赤子雪峰——试评浙一师时期冯雪峰的诗作》③

---

① 《文学评论》1982年第1期。
② 《语文学刊》1986年第2期。
③ 《杭州师范大学学报》(社会科学版)2018年第2期。

应修人

应修人（1900—1933），字修士，原名麟德，笔名丁九、丁休人，浙江慈溪人。14岁进入社会做学徒，后为上海的一名银行职员。五四时期开始创作新诗，结识汪静之、冯雪峰、潘漠华等人，1922年春于杭州结成湖畔诗社，发行诗集《湖畔》《春的歌集》。1925年加入共产党，1927年赴苏联留学，归国后从事左翼文艺创作和革命文化宣传工作，1933年与特务搏斗时壮烈牺牲。除诗歌以外亦著有童话《旗子的故事》《金宝塔银宝塔》等。

到邮局去[①]

异样闪眼的繁的灯。
异样醉心的轻的风。
我带着那封信，
那封紧紧的封了的信。

异样闪眼的繁的灯。
异样醉心的轻的风。
手指儿近了信箱时，
再仔细看看信面字。

诗作导读

应修人是"湖畔诗社"的发起人，年纪在诗社四人之中较长。他14岁就步入社

[①] 选自《春的歌集》，湖畔诗社1923年版。

会闯荡，有着丰富的生活经验，因深爱古典文学走入了诗的世界，又进一步认识并喜欢上了新诗。不同于潘漠华的哀伤忧郁、缜密沉厚，应修人追求爱情与自然中美的风致，诗作融进了古典诗词的清新隽永，朱自清曾评价应修人的诗"味儿稍微淡些"，是说他创作的题材与经验的处理上偏于清淡，相比潘漠华的伤感、冯雪峰的清亮、汪静之的大胆，略显平稳。

不过应修人的抒情小诗以生动的拟人手法和真挚的情意见长，仍具有打动人心的力量。这首《到邮局去》便呈现了青年丰盈而纯粹的心灵世界，在短短的语句中熔铸了浓烈的情感。信是彼时人们与外界沟通的方式，是心与心相连的媒介，紧紧封着的信象征着诗人此刻紧张而又迫切的心情。在这个到邮局去寄信的晚上，灯光繁美，晚风轻柔，诗人不由得心醉神迷，陷入无尽的期待之中。诗人以繁灯轻风的景象衬托寄信人明快的脚步，又以信口的紧封和寄信前的仔细揣摩形成递进，增强期许与忐忑之情的表露，一个丰富的思绪空间由此建构而出。在湖畔诗人中，应修人对新诗诗艺钻研最多，《到邮局去》就体现了他这方面的努力：两段的第一、第二句构成反复修辞，韵律齐整，朗朗上口；两段的第三、第四句分别换韵，静中有动，喻示诗人按捺着心头的小鹿乱撞。第一段诗行错落，第二段各行均等，形式整饬，表现出到邮局去和走到邮局口诗人心境的变化。

评论精选

应修人同志一九二四年以前写的诗大都以自然景物（包括人化的自然和自然景物的拟人化）和男女爱情为抒写对象……应修人的爱情诗，不乏佳作，如《悔煞》《邻家》《邻家座上》《楼梯边》《偷寄》《那时候》《茶时候》这些抒情小诗，都写人之所未写，道人之所未道。取一瞬间的感情，采一转念的思绪，摄一片段的图景，表现了青年男女们的爱情。

——陆耀东：《论"湖畔"派的诗》[1]

他们[2]原来写自由诗主要学习的是当时已发表的新诗和翻译过来的外国诗（因为还不通外文），在格律诗探索上他们走的第一条路，就是在原有自由诗的基础上加以规整，实际上主要是借鉴外国诗歌，如鲁迅曾向汪静之推荐的拜伦、雪莱、海涅的诗。……应修人的《到邮局去》又是一种类型：半格律。……它在格式上整齐

---

[1] 《文学评论》1982年第1期。

[2] 指"湖畔"派诗人。

了，但又不十分严。这种复沓的方式中外都有，但AABBAACC的韵脚却不是我国传统的习惯。

——范亦豪：《论"湖畔"派的诗体探索》①

应修人是四位诗人中对诗歌艺术比较有研究的一位，他一心"想创个有中外特长的，适宜于中国字的诗体"。他能博采众长，为己所用，能注意借鉴古典诗词中有益的成分。我们可以看到诗人的一些绘景抒情的小诗，很有词和小令的味道，也不失清丽、隽永的美感。

——叶蓓：《湖畔四诗人之比较——纪念湖畔诗社成立80周年》②

---

① 《中国现代文学研究丛刊》1983年第2期。
② 《南京师范大学文学院学报》2001年第3期。

汪
静
之

汪静之（1902—1996），安徽绩溪人。早年求学于屯溪茶务学校，1919年左右开始创作新诗，1921年考入浙江省第一师范学校，结识潘漠华等人，共同发起成立晨光文学社。1922年春与应修人、潘漠华、冯雪峰结成湖畔诗社，出版诗集《湖畔》。同年8月，出版个人诗集《蕙的风》，大胆直率的风格引发文坛强烈的反响，获得鲁迅等人的赏识。1927年出版个人诗集《寂寞的国》，之后转向新文学教育，辗转多地任教。

竹影①

窗外清清的竹，
映进淡淡的影，
幽幽地贴在我手上，
密密地荡漾着我底情思；
从我沉闷的心头，
浪动着闲适的诗趣。

我吻了吻手上的影，
笑了笑和蔼的笑。
我默默地静着，
很不愿离开，
也不忍离开。

太阳不惜别地跑去，

---

① 选自《蕙的风》，汪静之著，上海亚东图书馆1922年版。

影儿微微地颤也颤。
太阳没了，
影儿也没了。
我依依恋恋地，
以为伊还在手上；
我不能自已地亲吻伊，
在永久的黑暗里。

1922年1月2日

诗作导读

汪静之是"湖畔诗社"中诗名最盛的一位。1922年8月，他的诗集《蕙的风》由上海亚东图书馆出版，在新诗坛引起热烈反响。《蕙的风》无疑是湖畔诗人的爱情歌咏中最坦诚、最赤裸，亦最纯烈的一部作品，诗人炽热的少年情怀，细腻又直白的爱意倾吐，深切缠绵的思绪波动，都被汪静之汇入其抒吐爱情的篇章。悲喜离合，心动心碎，在这些炽烈诚挚的歌咏中淋漓地展现出来，深深震撼着一百年前国人面对爱情与欲望时紧闭的心扉。

与诗集同名的《蕙的风》，写给因家人反对而离开了诗人的女伴傅慧贞，而这首《竹影》写在傅慧贞离去后，诗人与此前有过因缘际会的少女符竹英重逢之时。不同《蕙的风》渴盼恋人回归的热切激烈，《竹影》更能体现汪静之纯粹细致、坦率真挚的少年心怀。诗中的竹便是符竹英的象征，竹影在日光下流丽清幽，映照心田，唤起波光荡漾，令少年久久沉醉。以至于黄昏初上，竹影褪去，少年仍难以自拔。诗中三段层层递进，情感绵密细致。第一段写竹影与心境的切合，第二段写"我"的陶醉，第三段写竹影逝去后"我"的恋恋不忘，道出诗人对符竹英真切的向往与依恋。恋人是他心头的竹影，清丽幽静，构成他心中美好的宽慰，给他在黑暗中坚持与振奋的力量。汪静之落笔坦陈直率，层层铺叙陷入爱情中的少年的神态与动作，运用大量的叠词做形容修饰，刻画出浓厚的情感，又融情于景，以竹象征恋人的影迹，带着些难得的含蓄与朦胧，使得情感的表达更有令人咀嚼回味的空间。

评论精选

是有意地挑拨人们肉欲啊？还是自己兽性的冲动之表现啊？……不可以一定说他是替淫业的广告，但却有故意公布自己兽性冲动和挑拨人们不道德行为之嫌疑……堕落二字，许是的评！

——胡梦华：《读了〈蕙的风〉以后》[①]

鲁迅语：情感自然流露，天真而清新，是天籁，不是硬做出来的。然而颇幼稚，宜读拜伦、雪莱、海涅之诗，以助成长。

——汪静之：《回忆湖畔诗社》[②]

在"湖畔"诗人中，汪静之同志的诗，就热度而论，不一定超过了潘漠华同志的诗；艺术上的成熟，未必能及冯雪峰同志的名篇；天真的稚气，似不如应修人的佳作；但是，汪氏的诗，比较泼辣，大胆，对于封建礼教具有更大的冲击力，故当时的影响也更大。

——陆耀东：《论"湖畔"派的诗》[③]

从年龄上看，汪静之当时正处于青春期，他对心底萌发的爱情感受得特别强烈真切；成年人被世事磨钝了的心灵不再能感受到的，他敏锐地摄取了；阅历较浅，思想上较少因袭的重担，成年人碍于身份、格于礼法不便直说的感情，他能无顾忌，无讳饰地直抒出来；受旧诗的影响不深，没有躲躲闪闪去追求温柔敦厚、怨而不怒的境界。

——贺圣谟：《"五四"诗坛上的蕙兰——论汪静之的早期爱情诗》[④]

汪静之的诗歌，尤其是《蕙的风》，具有浓郁的浪漫主义色彩，在崇尚自我、强化自我意识，以及崇尚自然、追寻自然与人类灵魂契合方面都体现了浪漫主义诗歌的特征。《蕙的风》扉页的题词"放情地唱呵"也是他在作品中所追求的。

——吴笛：《个性的"放情"与理想的"诗教"——评汪静之抒情诗的浪漫主义特质》[⑤]

---

① 《时事新报·学灯》1922年10月24日。
② 《诗刊》1979年第7期。
③ 《文学评论》1982年第1期。
④ 《中国现代文学研究丛刊》1987年第1期。
⑤ 《上海鲁迅研究》2012年第3期。

冯至

冯至（1905—1993），原名冯承植，字君培，河北涿州人。现代著名诗人、学者、翻译家。就读北京四中期间，受五四新文化运动影响，开始写诗。1921年考入北京大学，1923年加入文艺团体浅草社，1925年参与创立沉钟社。1927年其第一部诗集《昨日之歌》出版，1929年第二部诗集《北游及其他》出版，鲁迅盛赞他20世纪20年代创作的抒情诗，誉他为"最优秀的抒情诗人"。1930年赴德国学习哲学，开始受到德语诗人里尔克的影响，诗风渐渐转向智性与凝静。回国后先任教于上海同济大学，后任昆明西南联大、北京大学。1951年后，担任人民文学出版社副总编辑，中国社会科学院外国文学研究所研究员、所长。主要诗歌作品有《昨日之歌》《十四行集》《十年诗抄》等。

蛇①

我的寂寞是一条长蛇，
冰冷地没有言语——
姑娘，你万一梦到它时
千万啊，莫要悚惧！

它是我忠诚的侣伴，
心里害着热烈的乡思：
它在想那茂密的草原，——
你头上的，浓郁的乌丝。

它月影一般轻轻地，

---

① 选自《昨日之歌》，冯至著，北新书局1927年版。

从你那儿潜潜走过；
为我把你的梦境衔了来，
像一只绯红的花朵！

诗作导读

这是冯至著名的诗作之一，全诗想象奇特，用"蛇"这一冰冷阴郁的动物来象征炽热深切的思念，并将其作为一个核心意象贯穿于整首诗中，是诗人大胆而独出心裁的创造。美女与蛇的搭配，也是耐人寻味的。一方是至美至善，另一方则是阴冷凶残，将这两者放在一起后，却产生了十分奇妙的化学反应，颇能使读者领悟到一种独特美感。姑娘梦到了蛇，原本应该是十分恐惧的，但是诗人却告诉她千万不要恐惧，因为这蛇正代表着他深藏于寂寞之中的对于姑娘的钦慕。而那蛇的形象，正是诗人缠绵不断、蜿蜒不止的相思之情啊！浓密的草丛是蛇的栖息之处，而诗人所思念的，也正是那一头若草原般浓密的秀发，以及那秀发的主人。蛇有着冰冷而沉郁的属性，而"我"的寂寞，也带有这样的一种属性，两者放在一起之后，让人更能体会到作者寂寞之深沉、思念之隽永。

诗的最后一节写蛇的归来，月影般的身影，既表现出了它的轻盈，又透露出了它的灵性。蛇轻轻地衔来了姑娘的梦境予"我"，这样，便从姑娘的梦又回到了"我"处，使"我"与心上人之间有了紧密的联结。绯红的花朵，更为整首诗营造了一种浓郁的羞涩基调，这若绯红花朵般的姑娘的梦境，也正是对"我"的寂寞与思念的一种回答。

评论精选

1926年，我见到一幅黑白线条的画（我不记得是毕亚兹莱本人的作品呢，还是在他影响下另一个画家画的），画上是一条蛇，尾部盘在地上，身躯直立，头部上仰，口中衔着一朵花。蛇，无论在中国，或是在西方，都不是可爱的生物，在西方它诱惑夏娃吃了智果，在中国，除了白娘娘，不给人以任何美感，可是这条直挺挺、身上有黑白花纹的蛇，我看不出什么阴毒险狠，却觉得秀丽无邪。它那沉默的神情，像是青年人感到的寂寞，而那一朵花呢，有如一个少女的梦境。于是我写了一首题为《蛇》的短诗……

——冯至：《联邦德国国际交流中心"文学艺术奖"颁发仪式上的答词》[①]

---

① 《冯至全集》（第五卷），冯至著、张恬卷编，河北教育出版社1999年版，第197-198页。

《蛇》所表现的也就是对于爱情的渴望；然而却写得那样不落常套，那样有色彩。我想不应该把这首诗的长处仅仅归结为构思的巧妙（冯至的诗歌的特点并不是精致和巧妙），而是由于作者青年时期对于"寂寞"有深切的感受。

——何其芳：《诗歌欣赏》①

我认为《蛇》是一首在"世纪末"文艺思潮，特别是"新文艺"美术的影响下产生的作品。从文学史的角度来说，它是中西文化大碰撞时代吸取西方文艺而创作出来的实验诗。冯至在这首诗里试图描绘一幅"世纪末"风景，我们与其说他抒发的是爱情的苦闷，不如说是诗人对时代所感到的苦闷，对现实所感到的无可奈何。《蛇》的文学价值和审美价值应该在爱情抒情诗的范畴之上。

——岩佐昌暲：《对冯至诗〈蛇〉的一种看法》②

诗人把热恋中的"我"的"寂寞"比做是"一条长蛇"，冰冷无言，令人悚惧。这个大胆的意象本身，就有现代诗人的超前性。后面关于蛇衔来梦境像衔一只绯红的花朵的奇想，更冲去了浓重的感情色彩，具有明显的理智性的特征。这种美学追求的智性特点有着波特莱尔的影子。

——孙玉石：《中国现代诗国里的哲人——论二十年代冯至诗作哲理性的构成》③

孤独不仅是一种情绪，也是人的存在状况。而冯至也认为，孤独尽管引起神秘感和恐惧，却也最具有诱惑力。由是他写了最著名的《蛇》（1926）：……这里，孤独化身为一条蛇，在诗人心灵上徘徊不去。它既温存，又可怕，既是"忠实"的，又不可预测，这条蛇滑行爬过诗人的内心世界，显现出情投意合及其对立面——形单影只——那种玄妙莫名的关系。如同《绿衣人》中的邮夫一样，蛇的意象本用来表达诗人对爱人的感情，但却暴露出两个寂寞的灵魂之间不能持久的关系。

——王德威：《梦与蛇：何其芳、冯至与"重生的抒情"》④

---

①　《何其芳文集》（第五卷），人民文学出版社1983年版，第456页。
②　《中国文化研究》1994年春之卷（总第3期）。
③　《北京大学学报》（哲学社会科学版）1994年第4期。
④　《中国现代文学研究丛刊》2017年第12期。

南方的夜①

我们静静地坐在湖滨，
听燕子给我们讲南方的静夜。
南方的静夜已经被它们带来，
夜的芦苇蒸发着浓郁的情热。——
　　我已经感到了南方的夜间的陶醉，
　　请你也嗅一嗅吧这芦苇丛中的浓味。

你说大熊星总像是寒带的白熊，
望去使你的全身都感到凄冷。
这时的燕子轻轻地掠过水面，
零乱了满湖的星影。——
　　请你看一看吧这湖中的星象，
　　南方的星夜便是这样的景象。

你说，你疑心那边的白果松，
总仿佛树上的积雪还没有消融。
这时燕子飞上了一棵棕榈，
唱出来一种热烈的歌声。——
　　请你听一听吧燕子的歌唱，
　　南方的林中便是这样的景象。

总觉得我们不像是热带的人，
我们的胸中总是秋冬般的平寂。
燕子说，南方有一种珍奇的花朵，
经过二十年的寂寞才开一次。——
　　这时我胸中觉得有一朵花儿隐藏，
　　它要在这静夜里火一样地开放！

1929年7月②

---

① 选自《北游及其他》，冯至著，北平沉钟社1929年版。
② 初发表于《华北日报副刊》第112号。

诗作导读

冯至沉静深邃的诗风在他青年时代的创作中便初绽出别样的光彩。以这首《南方的夜》为例，青年诗人吟咏青春，多从生气勃发的繁春、盛夏寻觅蓬勃的生命激情，而冯至却偏爱在夜的冷峻气息里捕捉青春的闪烁。这首诗写于1929年，那时冯至正在北方生活，任北京大学助教。在这北方的夜里，冯至回忆起了南方。第一节中，"我们"坐在湖滨，在这北方的夜里，在这静谧的环境中，诗人通过燕子，这一种冬去春归的可爱候鸟，开始向友人讲述属于南方的夜晚，并借由夜的芦苇丛中的味道，将诗引入了南方的夜中。之后，在第二节和第三节中，诗人通过"你"的话语，将北方的夜和南方的夜串联起来，以北方的夜的冷色调与南方的夜的热烈景象形成对比：北方尚且寒气未消之时，南方早已经生气盎然；北方星象凄迷，南方群星璀璨，生命的喧哗与静默交替来回，诗意在穿越时空的想象里酝酿成酒。

而直到最后一节，诗中藏匿已久的情感才迸发出来，若珍奇的花朵，经历了二十年的寂寞，二十年的漫长等待才获得了一次绽放，因而显得无比珍贵和绚烂，而这首诗的情感，也是在这最后几句才完全显露出来。整首诗的语言平实流畅，人称代词"我""我们""你"的穿插使用，丰富了全诗的视角，又加重了日常化的口语色彩，平淡的口吻里包含诗人的温情与怅惘。

评论精选

诗人试图使"你"理解"南方的静夜"，不想让她只看到现实世界——湖边星空中的大熊星，进而想到"寒带的白熊"。这表面上是诗人对她的劝说，实际上这里面蒸腾着诗人自己的愿望，他希望姑娘从冰冷的感觉中走出来，找到南方夜晚"芦苇的情热"，抛弃生活中的阴暗和凄冷，更希望自己所爱的姑娘内心里怀着"南方式"热烈的爱——就像自己的母亲一样。

——陈雷：《梦和青春，生活的倒影——论冯至早期诗歌的艺术个性》[1]

在这里，诗人不仅体验了对热烈事物的向往，体验了主观感情的客观投射：我的心绪投射于轻轻掠过水面而又飞上一棵棕榈树的燕子，而你却投射于凄冷的大熊星和白果松；尤其是体验了珍奇花朵经二十年的寂寞才开一次的那种久经压抑的渴望，和好不容易的一次奔放，以及对于平寂心态的怨而不怒。《南方的夜》所写，

---

[1] 《中国现代文学研究丛刊》1987年第4期。

乃是为了一次开花与奔放而作出的长久的蕴蓄与准备。

——蓝棣之：《论冯至诗的生命体验》①

联系冯至此前的诗作考察，《北游及其他》第三辑的诗，有两点新的成分，一是伤感、绝望的情绪大大淡薄了，如《听——》《花之朝》《月下欢歌》《暮春的花园》《南方的夜》《十字架》虽不全是五彩和欢欣，但即使在阴云的天际仍露出若干亮色，在不无忧虑的乐曲中也有欢歌。二是不少诗中多了一些"思量"意味的成分。

——陆耀东：《冯至〈北游及其他〉新探》②

他的诗用一种舒缓清新的调子，唱出了五四新文化运动落潮时期知识青年内心充满矛盾的人生思考，以及对于爱情的独特体味和美丽想象。

——孙玉石：《1920年代中国新诗发展述略》③

什么能从我们身上脱落④

什么能从我们身上脱落，
我们都让它化作尘埃：
我们安排我们在这时代
像秋日的树木，一棵棵

把树叶和些过迟的花朵
都交给秋风，好舒开树身
伸入严冬；我们安排我们
在自然里，像蜕化的蝉蛾

把残壳都丢在泥里土里；
我们把我们安排给那个
未来的死亡，像一段歌曲，

---

① 《贵州社会科学》1992年第8期。
② 《华中师范大学学报》（人文社会科学版）2003年第4期。
③ 《北京大学学报》（哲学社会科学版）2008年第2期。
④ 选自《十四行集》，冯至著，文化生活出版社1949年版。

歌声从音乐的身上脱落，
归终剩下了音乐的身躯，
化作一脉的青山默默。

诗作导读

1941年初，于昆明西南联大任教的冯至，在清幽隐秘的山林农居间，听着轰隆不绝的炮火声，创作出27首十四行诗，结集《十四行集》。冯至的十四行诗篇幅短小简约，格律严谨且富有音乐性，意蕴深奥沉邃，语言则自然平实。该诗是《十四行集》里的第二首，诗中冯至选用两组处于自然新陈代谢过程中的意象：树木与落叶，蝉蛾与残壳，它们不约而同地喻指了由生而死，然而死亡又恰好是生命的再一次开始。此外，这一首诗还以歌声和音乐的关系隐喻生命的躯壳和本体的关系，歌声总有一天会消失，会被忘记，而音乐却是永恒存在的，若青山耸立。

通过对树木和蝉蛾、音乐与歌声的参悟，诗人对生与死、有限与无限等终极问题有了全新的深刻认知，体会到了万物何以做到生生不息，进而精神境界得到升华，人生态度变得豁达而乐观。而这一态度，也恰好回应着诗开头两句，其实诗人早已体悟到了，脱落的一切都会变成尘埃，万物最后都会化为尘埃，并以尘埃的姿态获得永恒，而新的生机却孕育于这旧物的尘埃之中。自然界变幻的瞬间定格了冯至理性而细腻的哲思光辉。

评论精选

十四行诗是外国的一种诗歌形式，它有固定的韵律要求。冯至采用的是意大利十四行体，即"四四，三三"。前两段每段四行、后两段每段三行。但他采用意大利十四行体对押韵的要求而能有所变通，因此在韵律上变化多姿、优美动听。

——刘涛：《冯至十四行诗的修辞特色》[1]

在严酷的战争时期，生命时刻处在不安之中，尽管如此，诗人不时对自己和自己以外的人，以及对于人类以外的一切自然现象，反复进行着质问。呕心沥血地思索着有限的生命和无限的存在，平凡和非凡，所有的和所无的，瞬间和永远，连续与非连续，以及到底何谓终极的生，文学创作行为又是什么，等等。

——秋吉久纪夫：《寂寞诗人冯至》[2]

[1] 《修辞学习》1999年第5期。
[2] 《冯至与他的世界》，冯姚平编，河北教育出版社2001年版，第571页。

冯至先生在昆明时，据姚可昆先生在《我与冯至》中所记载，生活十分拮据清苦，但却写下了《十四行集》这样中国新诗里程碑的巨著，虽说全集只有十四行诗二十七首，但却融会了先生全部的人文思想，这种很有特色的人文思想，在色调上是通过痛苦看到崇高和希望。……冯至先生的十四行诗的基调恰是我国古典诗词中超越凡俗，天地人共存于宇宙中的情怀，虽非浩然荡然，却有一种隽永的气质。这与冯先生对杜甫诗的体会和对歌德、里尔克的欣赏很有关系。

——郑敏：《忆冯至吾师——重读〈十四行集〉》①

冯至的《十四行集》还有一个思维方式，就是以"蜕变"来认识、感受、解释事物。冯至希望人们准备迎接偶然的危险，因为这是迈向新生的必然途路；人们应该欣欣地让一些该脱落的化为尘埃，就如同秋天树上的枯叶，应该让一阵大风把它们统统吹落。

——陆耀东：《冯至〈十四行集〉独特的思维方式》②

诗人应该是通过对死亡的赞美强调了永恒。或者说，诗人歌颂了生命永恒的运动过程。它与前一首成为一组对应诗。第一首以动态的狂喜描写了生命的复苏，而这一首以静态的死亡表达了生命的永恒。什么是永恒？永恒就是不断地脱落杂质的一种伟大的生命运动。

——陈思和：《探索世界性因素的典范之作：〈十四行集〉》③

更为重要的是，冯至想象一种复兴的景象，一种本体意义上的重构。为此，歌德"死与变"的概念成为至关重要的力量。他在歌德有关蛇蜕皮的比喻中，看到自然界自我更生的能力，以及造就人类文明生生不息的神话诗学力量。为了进一步表达这层意思，冯至将蜕变的意象延伸到一系列的类比中。

——王德威：《梦与蛇：何其芳、冯至与"重生的抒情"》④

从一片泛滥无形的水里⑤

从一片泛滥无形的水里，
取水人取来椭圆的一瓶，

---

① 《当代作家评论》2002年第3期。
② 《文学评论》2003年第5期。
③ 《当代作家评论》2004年第3期。
④ 《中国现代文学研究丛刊》2017年第12期。
⑤ 选自《十四行集》，冯至著，文化生活出版社1949年版。

这点水就得到一个定形；
看，在秋风里飘扬的风旗，

它把住些把不住的事体，
让远方的光，远方的黑夜
和些远方的草木的荣谢，
还有个奔向远方的心意，

都保留一些在这面旗上。
我们空空听过一夜风声，
空看了一天的草黄叶红，

向何处安排我们的思，想？
但愿这些诗像一面风旗
把住一些把不住的事体。

诗作导读

　　这首收录在《十四行集》最末的诗，一般被视为《十四行集》的创作宣言，其中蕴含的是诗人对于感性（无形之物）与理性（有形之物）的辩证关系的思考。取水人通过椭圆的瓶子，将无形的水定型，而迎风飘扬的旗帜，也让原本无形的风得以有形地显现，岁月的痕迹也通过草木荣枯得以被人们观察，在整首诗中，无形之物都通过某种手段而被定型下来，因而诗也可以将思想定型，像瓶子凝定了水、红旗把住了风。

　　这首诗也体现了冯至在《十四行集》中的一个基本的审美取向：思想定型为诗，诗所承载的是一种严肃而静穆的理性思索。诗是一种定型，是对把持不住的事体的定型，这是诗人的独到感悟；而在他看来，生命亦是个体脱胎集体的定型，是"我"于"我们"之间的定型。冯至以最简明、最清晰的生活化语言，以最平淡质朴的意象，袒露日常图景中含有的诗意和哲理，将那些被诗定型的，看似琐碎而具有超越性的生命定理娓娓道出——个体存在的处境，思考的意义，生命活动的关联，都因诗人的观照与描摹跃然纸上。《十四行集》将西方的哲学思索与东方的美学想象完美交融，使新诗就此拥有形而上学的精神品格，筑就智性诗的丰碑。

评论精选

《从一片泛滥无形的水里》隐喻有形与无形、有限与无限的转换。以有形捕捉无形、从有限到达无限，这是人类世世代代苦命的愿望和执着的追求……思想无形，而诗宛若一面风旗，为他们营建了精美的居所。《十四行集》正是一面生命的风旗。

——张同道：《生命的风旗——论冯至〈十四行集〉》①

正是通过《十四行集》，冯至经返回内心的诗之路途，抵达了自然物性，完成了一次精神还乡。在这部集中的最后一首（第二十七首）诗里，诗人表达了这一完成后的泰然；这些诗已穿透世上所有的晦暗不明与变幻未定，而把住了无边无形、无始无终的存在。

——张桃洲：《存在之思：非永恒性及其魅力——从整体上读解冯至的〈十四行集〉》②

风旗更灵动、更活泼、更敞开，从《十四行集》整体而言，这最后一首带有总结的性质，它呈现出自身敞开所获得的各种经验化合之后而成就的提升和开阔，几乎可以说，这是趋向于无限崇高的提升和无限旷远的开阔。

——张新颖：《瓶与水，风旗与把不住的事体——冯至〈十四行集〉第二七首新解》③

《十四行集》给不可见，无从捉摸，不可把握的事物定形。一方面是自由无拘的、无边无际的、不可把握的智性思考，另一面却是有形的感性显现，形式的规范与定形：诗人正是要在这二者之间的矛盾、相互制约所形成的张力中，构建与创造诗歌的艺术形态和独特价值。

——陈希、陶一权：《中国经验与现代性——论冯至〈十四行集〉的特质》④

在冯至眼中，诗人的"心"和宇宙的万事万物并没有什么区别，好比"草木""黑夜""光""秋风"和"水"。"心"并不存在于世界之外，也不高于万物，也不对立于外部。"心"就是外部，就是宇宙，就像宋代和明代的新儒学所宣扬的那样。冯至在这里表达得很清楚："心"也会与其他元素一起失落，假如没有"定形"。而失落的心不可能再赋予任何事物形式。……冯至称创作的任务是"发现"，发现普遍的、根本的"理"，"理是成物之文，即形式之谓"，诗人由此是

---

① 《中国现代文学研究丛刊》1993年第4期。
② 《名作欣赏》2001年第6期。
③ 《当代作家评论》2008年第4期。
④ 《长江学术》2015年第4期。

一个发现者。只要他正确观察并阐明了外部世界的"理"与"文",也就发现了关于他自己的终极真理。说出这种发现,"诗"便成了,就像是一面风旗、一瓶水,把住一些若无这种发现便无从把住的事体。

——张枣、亚思明:《传统与实验:卞之琳和冯至的客观化技巧》①

闻一多

闻一多（1899—1946），本名闻家骅，字友三，湖北黄冈人。现代著名诗人、学者。五四期间开始从事新诗创作，1921年与梁实秋等发起成立清华文学社，次年与梁实秋合著《〈冬夜〉〈草儿〉评论》，发表其对新诗的看法。1923年个人诗集《红烛》出版，将反帝爱国主题和唯美主义的形式相结合。1926年发表《诗的格律》，倡导新诗格律化，提出音乐美、图画美、建筑美的"三美"理论。1928年出版第二部诗集《死水》，加入新月社。1927年起辗转多地任教，抗战爆发后投身革命工作。1946年因为李公朴无辜遇害鸣不平，惨遭国民党特务枪杀。

忆菊①

（重阳前一日作）

插在长颈的虾青瓷的瓶里，
六方的水晶瓶里的菊花，
攒在紫藤仙姑篮里的菊花；
守着酒壶的菊花，
陪着螯盏的菊花；
未放，将放，半放，盛放的菊花。

镶着金边的绛色的鸡爪菊；
粉红色的碎瓣的绣球菊！
懒慵慵的江西腊哟；
倒挂着一饼蜂窠似的黄心，

---

① 选自《红烛》，闻一多著，上海泰东图书局1923年版。

仿佛是朵紫的向日葵呢。

长瓣抱心，密瓣平顶的菊花；
柔艳的尖瓣攒蕊的白菊
如同美人底蜷着的手爪，
拳心里攒着一撮儿金栗。

檐前，阶下，篱畔，圃心底菊花：
霭霭的淡烟笼着的菊花，
丝丝的疏雨洗着的菊花，——
金底黄，玉底白，春酿底绿，秋山底紫，……

剪秋萝似的小红菊花儿；
从鹅绒到古铜色的黄菊；
带紫茎的微绿色的"真菊"
是些小小的玉管儿缀成的，
为的是好让小花神儿
夜里偷去当了笙儿吹着。

大似牡丹的菊王到底奢豪些，
他的枣红色的瓣儿，铠甲似的，
张张都装上银白的里子了；
星星似的小菊花蕾儿
还拥着褐色的萼被睡着觉呢。

啊！自然美底总收成啊！
我们祖国之秋底杰作啊！
啊！东方底花，骚人逸士底花呀！
那东方底诗魂陶元亮
不是你的灵魂底化身罢？
那祖国底登高饮酒的重九
不又是你诞生底吉辰吗？

你不像这里的热欲的蔷薇，
那微贱的紫萝兰更比不上你。
你是有历史，有风俗的花。
啊！四千年的华胄底名花呀！
你有高超的历史，你有逸雅的风俗！

啊！诗人底花呀！我想起你，
我的心也开成顷刻之花，
灿烂的如同你的一样；
我想起同我的家乡，
我们的庄严灿烂的祖国，
我的希望之花又开得同你一样。

习习的秋风啊！吹着，吹着！
我要赞美我祖国底花！
我要赞美我如花的祖国！
请将我的字吹成一簇鲜花，
金底黄，玉底白，春酿底绿，秋山底紫，……
然后又统统吹散，吹得落英缤纷，
弥漫了高天，铺遍了大地！

秋风啊！习习的秋风啊！
我要赞美我祖国底花！
我要赞美我如花的祖国！

诗作导读

　　《忆菊》写于1922年10月，重阳节的前一天，当时23岁的闻一多正处于大洋彼岸，远眺与思念着远方的祖国。重阳赏菊是中国民间传统习俗，"菊"是古典诗歌中永不衰的书写主题，自陶渊明始，菊花的隐逸、清幽、冷傲、淡雅、盛放，已与文人士大夫们的操守和志向紧密相连，咏菊诗的意义系统几乎定型。而闻一多的这首诗，却赋予这一古典的题材别开生面的崭新气象。诗人用浓墨重彩描摹菊花盛开的百态、繁丽的色泽、斑驳的光影，引出对祖国热切的思念与呼唤。整首诗的描写由近及远，疏密有致，层层递进，体现出诗人拥有较自觉的结构意识，以清晰的逻辑驾驭住了喷薄的感情。

在这首诗中，闻一多描摹了一幅色彩绚烂、层次鲜明、令人眼花缭乱又久久不能自拔的百菊图。他运用比喻、拟人、夸张等传统的修辞手法，生动形象地写出菊花含苞、半开、怒放的各种神态。他还吸收了绘画的一些技巧，重视捕捉瞬间的光影与色彩感，先近后远，虚实结合。近写菊花时，诗人慢笔勾勒，讲究点与线的交织流畅，突出细节，诸如蜂巢、美人手、玉管等比喻形象且别致；远写菊花时，诗人铺开成面，浓墨与淡笔参差，着重色泽的浸染，金黄、玉白、春绿、秋紫……鲜亮的色彩肆情跳跃，辅以疏烟、淡雨等环境描写，极力挥洒诗人重阳佳节独处异乡的寂寞惆怅以及对祖国故土的炽热想望。

自第六节起，诗人从忆菊转向思念菊花象征的中华文明、孕育菊花的祖国大地，菊花瞬间升华成民族精神、民族历史的代表符号。诗人对祖国、对民族的热爱与赞美，对理想的赤忱和追逐，层层递进，愈来愈烈，昂扬的激情搅动先前绚丽的百菊图，转化出一幅执着向上、坚贞不屈、超然自立的民族精神图谱。由此，菊花这一古典诗歌的经典意象，经闻一多惊人的艺术创造力与激情发酵，融入了现代意识与民族意识，收获一种现代性的新生。

这首诗也体现了闻一多十分鲜明的形式意识。全诗虽采用自由诗体，但诗行的音节与诗形的构筑错落有致，词汇的选择亦配合音韵上的起伏与情绪的跌宕，有意重复的诗句构成些许的整饬，初露闻一多倡导的"音乐美"。

评论精选

诗人以饱浸色彩的诗句，调动人们的视觉想象，引领人们观赏这"自然美的总收成"。这里不掺杂任何哲理的追求，也没有丝毫旧诗词的痕迹，只是在自觉地描绘着"祖国之秋底杰作"，描绘着中华民族向上的精神和坚贞的性格。这样开阔的意境不但古典诗词无法容纳，而且也是"自然流露"、随意点染的诗篇所不可企及的。

——江锡铨：《试论闻一多关于新诗绘画美的理论和实践》[1]

《忆菊》也是他去国不久在美国写的诗歌，他在致家人信中说，《忆菊》是他"得意之作"，"前半形容各种菊花是秀丽，后半赞叹是沉雄……这种作品若出

---

[1] 《北京大学学报》（哲学社会科学版）1983年第2期。

于至性至情，价值甚高"。像《忆菊》中的名句："我要赞美我祖国底花！我要赞美我如花的祖国！"便被人认为像"红豆"中的情诗一样，是闻一多的锦心绣口。有的评论家还认为"单是这两句便可以判断作者是一位爱国诗人，它体现了诗人情感的深沉，但又流露了他的单纯和天真"。乍听起来，似乎有点夸张，但说的却是实情。

——吴宏聪：《闻一多的爱国主义诗歌与〈八教授颂〉》[1]

在诗歌创作过程中，闻一多吸收容纳了绘画中油画的光影表现手法，表现出了强烈、浓丽的色调……这里绘画的手法与诗歌的联姻，闻一多是积极的实践者，这种大胆的艺术实践分明得利于五四前后中西文化碰击交流的大文化背景以及诗人鲜明的艺术个性与不懈追求的文化人格。于是我们对闻一多追求诗歌创作语言"绘画美"的理解，就不再是局限于诗歌表现形式这一层面，而在更高的文化层面上，我们也取得了新的领悟。

——施军：《闻一多诗歌主张"绘画美"论》[2]

闻一多视作于1922年重阳前一日的《忆菊》为得意之作，主要有三个方面的原因：一是这首诗的诗体创新……二是诗风由秀丽向雄浑变化……三是内容由儿女私情等小情小感向爱国之情的大我情感的转变。

——王珂：《论英诗诗体对闻一多的影响》[3]

闻一多笔下的菊花是富于想象的、具有神韵的，精彩纷呈的，这些色彩存在于虚与实、动与静的结合中；虽然诗人描写的菊花较多，却没有平均用力，用色的讲究与诗人的心情幽微对应，也为后半部分别致的祖国颂预留了旷达的笔调。

——杨四平、魏文文：《点、线、面：闻一多新诗的视觉叙述艺术》[4]

也许（葬歌）[5]

也许你真是哭得太累，
也许，也许你要睡一睡，
那么叫夜鹰不要咳嗽，

---

① 《中山大学学报》（社会科学版）1998年第6期。
② 《江西社会科学》2002年第12期。
③ 《"湖北作家与外国文学"全国学术研讨会论文集》，2007年5月。
④ 《文艺争鸣》2019年第8期。
⑤ 选自《死水》，闻一多著，新月书店1928年版。

蛙不要号，蝙蝠不要飞。

不许阳光拨你的眼帘，
不许清风刷上你的眉，
无论谁都不能惊醒你，
撑一伞松荫庇护你睡。

也许你听这蚯蚓翻泥，
听这小草的根须吸水，
也许你听这般的音乐，
比那咒骂的人声更美。

那么你先把眼皮闭紧，
我就让你睡，我让你睡，
我把黄土轻轻盖着你，
我叫纸钱儿缓缓的飞。

诗作导读

　　如果说《忆菊》是闻一多浪漫特质的肆意抒发，那么《也许（葬歌）》集中彰显出闻一多对自身情感的克制与驾驭。这是一首悼亡诗，初传诗人是写给自己的爱女立瑛，后据考证时间认为不符。诗人借悼念美好生命的夭亡，将心中的悲切与哀痛包裹在轻缓的述说与具象的情境里，整首诗的观感犹如火山爆发前的凝聚于山体的庞大岩浆，显得坚实、沉郁，压抑着磅礴的力量。

　　全诗共四节，第一节以节奏柔和的语句诉说少女夭亡之时周遭的生机，以叮咛的口吻对万物做出嘱咐，显出作为长者的诗人面对生命逝去的无奈与悲伤；第二节诗人继续为逝去的生命呼唤美好与宁静，缓柔的调子宛若谱写着一首摇篮曲，明亮的意象与悼亡的主题产生强烈的反差，反衬出诗人内心深切的悲情；第三节转换视角，以夭亡少女的视角展开描写，虚拟死后世界的离奇景象，死后的平和欢快与生前的"人声"再度构成对比，表达诗人对不平现状的控诉与激愤；最后一节回归现实，将此前涌动的无限情感轻轻掩去，欲说还休，诗人特意以黄土与纸钱两个意象，化凝固的死为动态的消逝，在貌似轻描淡写中深化消亡带来的创伤和痛苦。

全诗环环相扣，整齐划一，四个小节均为一节四行，一行九字，结构精巧匀称；九字中音尺均齐，每节二、四句押韵，音韵齐整，形成音乐上的流畅美与回环美，体现闻一多在新诗形式与格律上探索的成就。形式上的谨严克制住肆意流淌的诗情，诗人对情感进行诗意化的提取与处理，氤氲流转的哀痛和虚实相生的情境缓缓交汇，看似回避了死亡的迫切与痛苦，实则通过疏导与驾驭，实现了悼亡题材的超越和升华，显得幽沉深邃。

评论精选

《死水》是对多难祖国眷眷的挚爱，《也许》则是对不幸人们的深切同情。这首诗主题的表达具有特殊性，诗人唱出了此时此刻自己的声音，展露出了独一无二的创作个性。诗人在尚未探求到解救重压轭下的群黎时，表现出哀婉的情调，有着一种恬静、韵雅的美。他从生活中捕捉具体为形象，通篇运用象征手法，意象浓丽，形式匀称，节奏和谐，一韵到底。

——山风：《闻一多〈也许〉发表的年代与思想》①

情感与感受的多重特征又形成了闻一多诗歌在思想内涵与形式选择上的"互斥"效果……不过，一般说来，经过了诗人选择过程中的"搏斗"，诗歌文本最终还是出现了一幅思想与形式相对谐调的"圆融"景象。但是，闻一多却没有最终实现这样的圆融。

——李怡：《传统心理结构的自我拆解——论闻一多与中国传统诗歌文化》②

在这里，无法面对的陌生的死，变成了死者生时熟悉的睡。不是以死当睡，不是以其生若浮、其死若休的虚无主义抹平生死的界限，而是抓住神情恍惚时的幻觉，节制、疏导、超越有强烈感情的题材，避免浪漫主义感情淹没美学的倾向，避免流行的滥情主义和感伤主义。这是一种把诗歌题材转化为诗歌艺术的努力。

——王光明：《诗歌形式秩序的寻求——"新月诗派"新论（上）》③

---

①　《中国现代文学研究丛刊》1991年第1期。

②　《贵州社会科学》1995年第2期。

③　《海南师范学院学报》（社会科学版）2003年第6期。

死水①

这是一沟绝望的死水，
清风吹不起半点漪沦。
不如多扔些破铜烂铁，
爽性泼你的剩菜残羹。

也许铜的要绿成翡翠，
铁罐上锈出几瓣桃花；
再让油腻织一层罗绮，
霉菌给他蒸出些云霞。

让死水酵成一沟绿酒，
漂满了珍珠似的白沫；
小珠们笑声变成大珠，
又被偷酒的花蚊咬破。

那么一沟绝望的死水，
也就夸得上几分鲜明。
如果青蛙耐不住寂寞，
又算死水叫出了歌声。

这是一沟绝望的死水，
这里断不是美的所在，
不如让给丑恶来开垦，
看他造出个什么世界。

诗作导读

　　1926年，闻一多发表《诗的格律》一文，提出新诗应具备三美：绘画美、音乐美、建筑美，即以现代白话入韵，重视运用音节、平仄、韵脚等传统元素，使用

―――――――――
① 选自《死水》，闻一多著，新月书店1928年版。

"音尺"等全新的音律概念，促使诗歌的音韵圆融和谐，带给读者听觉上的美感；形式上注重节的匀称和句的均齐，语词的选择要秾丽、鲜明，有色彩感，能使读者在脑海中形成一幅绚烂的画面。1928年，闻一多出版诗集《死水》，集中展示新诗"三美"探索实践的成果。其中与诗集同名的《死水》一诗，深入贯彻"三美"论，以化丑为美的先锋性构思、奇特的想象与反语运用、整饬形式的营构等引来广泛关注，成为闻一多最著名的代表作。

《死水》写于1925年4月，年轻的闻一多受到西方颓废、唯美、象征等多重诗风的熏染，以现代化的体验方式、唯美化的表达模式呈现诗人心中的忧愤、失落，深入虚妄的精神状态。全诗共分五节，第一节直写一潭死水的丑恶，面目狰狞，寓意现实黑暗；第二、三、四节详写死水中的点点滴滴：水里充斥着破铜烂铁、各色垃圾，憋闷肮脏，泛起的涟漪都是绝望的。这里诗人运用了美丑参照的写法，用鲜活、明媚、美好的意象反衬死水的油腻、沉闷、污秽，用极具反差感的意象组合，产生陌生化的感染效果。翡翠、桃花、罗绮、云霞、绿酒、珍珠等意象，色彩鲜明，宛若黑夜里闪烁的繁星；锈、蒸、漂、破、叫等动词形象地化静为动，演绎出诗人心中汹涌的对污秽之物的厌恶。最后一节以宣言式的表白点明主旨：丑恶断不能被看作美丽，由丑恶开垦出来的世界断然不会蕴含希望。但丑恶污秽有被清除被灭绝的可能，我们在否定现实之时也不可对改造现实失去信心。诗人诚挚呼唤着充满未知、蕴藏希望的未来，诗歌中彰显了他深陷泥沼却坚定不移的执着信念。

总之，《死水》表达了闻一多对社会黑暗、现实残酷、时代苦难等诸多阴影的愤恨与不满及对未来不屈的探索，但其价值不止如此。现实性的内容之外，闻一多的审美表现方式又充溢着现代气息，如化丑为美、以美写丑的奇特表达，繁丽的古典意味的意象与现代化美丑参照的交融，诗里难掩的颓废和忧伤，以及最终虚妄的希望这一涉及精神困境的点题……这是一朵中西诗学资源共同浇灌的"丑之花"。

评论精选

闻一多的诗，就在字句的锤炼上显示出一种功力。他的代表作《死水》就是一首格律谨严的抒情诗，具有音乐的美、绘画的美和建筑的美，很符合诗要用形象思维的创作规律。为了使今天的新诗像旧体诗那样便于记诵，在人民大众中扎根，他们在形式上所作的努力、所得的成果，能否借鉴一下，是值得考虑的。

——吴奔星：《试论新月诗派》[①]

---

① 《文学评论》1980年第2期。

这首格律谨严的抒情诗，共五节，每节四行，每行十一字①、四个"音尺"，每节换韵，韵式为ABCB，语言千锤百炼，字斟句酌，形象色彩和感情色彩都很鲜明，的确具有音乐美、绘画美和建筑美。

——李旦初：《"五四"新诗流派初探》②

《死水》是闻一多最著名的作品，它也是最恰切地证明诗人"化腐朽为神奇"的艺术思想在实践中的体现……天才的想象力在这首诗中得到了充分的发挥，由"破铜烂铁""剩菜残羹"联想到"翡翠""桃花""罗绮""云霞"，堪称是在地狱的灾难中"通灵"地听到蓝天上的福音，"否定之否定"的朴素真理被诗人"绝望"的生花妙笔再次证实，从而越过理性世界的局限，进入想象世界的非常态的瑰丽。

——汪剑钊：《"中西艺术的宁馨儿"——闻一多的新诗与异域影响》③

在通常的绘画中"色"一般都是"静"的，而在闻一多的诗歌中"色"常常是"动"态的，尤其值得我们注意的是诗人在《死水》中竟然用动"色"来写"死水"。……诗人成功地以一系列妥帖自然的动词来状写本已极富色彩的意象，例如："锈出几瓣桃花"，粉红色居然是被"锈"出来的；"织一层罗绮"，色泽缤纷是"织"出来的；"霉菌给他蒸出些云霞"，绚烂的色彩可以"蒸"出来的；"漂满了珍珠似的白沫"，晶莹剔透能够"漂"动起来。动词在任何语言环境中，都应当有那最巧妙、最贴切的"这一个"。诗人的才智与灵感往往就表现在对"这一个"的取舍。

——吴仁援：《新"声"奇"色"——从〈死水〉看闻一多诗歌的"音"与"画"》④

《死水》这种以美写丑的展开方式，流露出某种"恶意"的快感，无论在精神上还是在形式上都体现了艺术的"游戏"品格。正由于此，诗歌通过充分发展畸形、病态的美，有声有色地抵达了让丑恶早点"恶贯满盈"，把绝望转化为希望的主题。

——王光明：《闻一多诗学的意义》⑤

---

① 应为每行九字，原引文为"十一字"，有误。
② 《中国现代文学研究丛刊》1981年第2期。
③ 《诗探索》1996年第3期。
④ 《上海大学学报》（社会科学版）2000年第2期。
⑤ 《江南大学学报》（人文社会科学版）2004年第6期。

徐志摩

徐志摩（1897—1931），原名章垿，字槱森，留学英国时改名志摩，浙江海宁人。现代著名诗人、作家。1918年赴美留学，1921年入英国剑桥大学研习政治经济学，因受欧美浪漫主义和唯美派诗人的影响，开始创作新诗，并形成浪漫诗风。1922年回国，次年与胡适等组建新月社，并加入文学研究会。1924年出版《志摩的诗》，参与创办《现代诗评》周刊。1926年主编《晨报》副刊《诗镌》。1927年出版诗集《翡冷翠的一夜》，同年筹办新月书店，并于次年主编《新月》月刊。1931年出版诗集《猛虎集》，同年11月因飞机失事遇难。

雪花的快乐①

假如我是一朵雪花，
翩翩的在半空里潇洒，
　　我一定认清我的方向——
　　　飞扬，飞扬，飞扬——
这地面上有我的方向。

不去那冷寞的幽谷，
不去那凄清的山麓，
　　也不上荒街去惆怅——
　　　飞扬，飞扬，飞扬——
你看，我有我的方向！

---

① 选自《现代评论》第1卷第6期，1925年1月。

在半空里娟娟的飞舞，
认明了那清幽的住处，
　等着她来花园里探望——
　　飞扬，飞扬，飞扬——
　啊，她身上有朱砂梅的清香！

那时我凭借我的身轻，
盈盈的，沾住了她的衣襟，
　贴近她柔波似的心胸——
　　消溶，消溶，消溶——
　溶入了她柔波似的心胸！

1924年12月30日

诗作导读

　　徐志摩与闻一多是新月诗派并立的双峰，然而二人创作的风格迥然不同。闻一多诗是热烈浪漫的狂风，徐志摩诗是轻灵柔婉的云朵，闻一多是击碎现实镣铐的疾行者，徐志摩是中西艺术诞育的宁馨儿。《雪花的快乐》便是徐志摩融英美浪漫主义诗歌与古典诗歌抒情传统之长于一体的一首杰作。

　　《雪花的快乐》作于1924年12月，诗人以雪花象征追逐爱情的生命，雪花在空中飞扬、盘旋、舞蹈，正映照诗人高扬、激动、欢欣的心境，雪花的坚定寻觅，象征诗人的不改执着；最后雪花消融于爱人心胸，既符合这一意象的自然特点，又隐喻吟咏爱情的纯真性灵。诗人想象飘逸，笔触娟丽，构思齐整，回环往复，诗中的雪花落入爱情的柔波，诗外的我们随之心头颤动，陷入一场青春的梦境。

　　这首诗亦是新月诗派早期格律探索的代表作，运用声韵的平仄、开合、宏细与宽窄，节奏的快慢疾徐，将雪花在空中起伏飞扬的情景描绘得生动贴切传神，代表新诗音乐性的美德。另外，徐志摩运用了齐整的结构、回环复沓的音韵，仿拟雪花的旋转与轻落。和谐的音律与作者清柔的语词相配，使诗歌具有很强的可唱性，具有鲜明的形式美。而徐志摩不止借雪花隐喻自身追求爱情的历程，亦流露出追求自由、呼唤本我的意识诉求，因此这首诗不同于传统的借物咏情，拥有独立的现代品格。

评论精选

这首诗最大的特征是象征手法的巧妙运用。潇洒自由、心存理想、热情、欢快、明朗、积极进取的雪花不就是那飘逸温柔、孜孜矻矻的诗人的化身么？冷寞的幽谷、凄清的山麓、荒凉的街道不就是人生歧路的象征么？清香扑鼻、柔情似水的恋人不就是诗人孜孜以求的民主政治理想么？正是这一连串具有象征意义的物象，才使得诗歌的意境蒙上了一层朦胧的面纱，平添了一层令人咀嚼回味的韵致。

——孙振华：《孜孜矻矻的追求者——徐志摩〈雪花的快乐〉赏析》①

这首四节、每节五行的《雪花的快乐》不但富于歌唱性，而且诗行错落有致，在格律和音节上都自有特色，是新月派提倡的"新格律诗"的成功尝试之一，正如朱湘所揭示的，此诗所体现的"徐君的想象正是古代词人那种细腻的想象，徐君诗中的音节也正是词中的那种和婉的音节"。

——陈子善：《徐志摩二题》②

这首诗采用的虽然是传统的拟物抒情的方式，但是自主的个性，真诚的人格，对爱情理想的坚定向往与大胆追求的现代品格，这在古代含蓄委婉的文人抒情诗里是较少见到的。徐志摩代表的新格律派诗歌注重形式对称、韵律和谐的传统烙印，在这一首诗歌中也有鲜明体现。外来影响与传统作用互相交织，是中国现代诗歌的主导面。

——王泽龙：《传播接受视域中的中国现代诗歌发生与经典建构》③

沙扬娜拉④
——赠日本女郎

最是那一低头的温柔，
像一朵水莲花不胜凉风的娇羞，
道一声珍重，道一声珍重，
那一声珍重里有蜜甜的忧愁——
沙扬娜拉！

1924年7月

---

① 《名作欣赏》1993年第5期。
② 《书城》2018年第3期。
③ 《华中师范大学学报》（人文社会科学版）2019年第4期。
④ 选自《志摩的诗》，徐志摩著，新月书店1928年版。

诗作导读

这首诗的副标题为"赠日本女郎"。"沙扬娜拉"即日语"再见"的音译，很明显，这是一首写于赠别时的小诗。诗人内心盛满缠绵依偎的眷恋，将其寄于清丽明媚的意象——水莲花之中。美人低头恰似风中摇曳的莲花，美人低头娇羞，莲花依水温柔，这一瞬间的娇柔形态立即具象化，体现诗人超脱的想象与出众的诗才。

接下来，诗人以细腻的笔触道出对女郎、对温柔、对经历的美好深沉的怀恋。诗人使用了双声叠韵、回环复沓的手法，以音律的回环诉说情意的延绵，应和离别时的依依不舍，第三行的重复宛若一首轻柔的吟唱。或许女郎仅仅投来漫不经心的一瞥，然而落到徐志摩的笔尖之下，这一瞥却化作柔情万种的定格，凝注诗人对美好的向往，对生命本真的呼唤。

《沙扬娜拉》亦是最能凸显徐志摩个人风格的创作。诗人捕捉具象的图景，生成明朗曼妙的意象，托物抒情，追逐生命中的爱情、自由、本真。全诗语言柔婉细腻，思绪缠绵悱恻，适时的意蕴收束与音乐美的经营很好地克制了情感的泛滥，澄澈与含蓄并重，意韵隽永，令人回味无穷。

评论精选

这一首诗，从音乐节奏上说，人们简直无法增减一个字，无法移动一个标点。我们可以设想：如果把开头"最是"去掉，就会感到这乐曲起得不自然；如果把第三行的两个短句合成一句，那在音乐上就显得呆滞。为了使诗的旋律柔和，诗的每一个音乐中的几个字多数有平有仄，只有两三个音节中的字全是平声。这首诗，就整个旋律说，是温柔、多情的，却又不令人有丝毫腻烦之感。

——陆耀东：《评徐志摩的诗》[1]

这首诗除了节奏的讲究给人以美之外，更重要的在于意象创造的成功。"水莲花"是这首诗中最为中心的意象。它产生于诗人与日本女郎道别那一瞬间的感觉中。那种对美的向往、对人间生命之鲜与美的感受、对日本少女那种种美丽多姿风情的体味，可以说是刻骨铭心地刺激着我们每一个读者。

——邹建军：《论诗歌意象的审美特性》[2]

《沙扬娜拉》运用双声叠韵、复沓叠唱、杂言句式等艺术手法创造出了富有民族乐感的韵律和节奏；选取的工笔画般的水莲花意象显得轻柔、明净、单纯、淡

---

① 《中国现代文学研究丛刊》1980年第2期。
② 《中南民族学院学报》（哲学社会科学版）1999年第4期。

雅；而叠显、悖谬和化美为媚等艺术手法则达成了简约传神的意境，使其成为"中西艺术结婚后产生的宁馨儿"。

——杨晓林：《徐志摩〈沙扬娜拉——赠日本女郎〉艺术手法探微》①

偶然②

我是天空里的一片云，
偶尔投影在你的波心——
　你不必讶异，
　更无须欢喜——
在转瞬间消灭了踪影。

你我相逢在黑夜的海上，
你有你的，我有我的，方向；
　你记得也好，
　最好你忘掉，
在这交会时互放的光亮！

1926年5月

诗作导读

这首小诗写于1926年5月，诗人当时正在尝试将写作从浪漫主义向象征主义转型。诗中所用的意象都是诗人向来偏爱的自然景象：云朵、水波、倒影、大海，"我"的感思投汇到这些美妙的自然之物，一种感动人心的意境就被营造出来；另外诗人巧妙地使用了象征手法：《偶然》里的云与水波不单单是浪漫感伤的直接映射，其相逢与离别更象征着人生的邂逅与分离、灵魂的相交与相失。诗人打破象征意象的时间与空间组合方式，用意象与意象之间的交错、引申含义的交错、时间与空间的转换等，制造空白与想象空间。情感的跨度与时空结构的跳跃相互配合，辅以"云"这一意象本身的飘忽轻柔，委婉表达出细腻深沉的情感。

---

① 《名作欣赏》2005年第12期。
② 选自《晨报副刊·诗镌》1926年5月27日。

这首诗戏剧化的情景同样值得品味和赞叹。诗的第一段写云影与水波的短暂交汇，偶尔闪逝的瞬间构成第一重冲突；第二段将空间植入茫茫的大海，比云影与水波多了几丝神秘的气息，在海上相逢互放，转瞬又是错过，形成第二重冲突；紧接着，面对这偶然的相遇与必然的错过，诗人吐露出惆怅无奈的心绪，在"记得"与"忘掉"的自相矛盾之间形成第三重冲突，层层递进；诗末那以看似洒脱、挥别过往的姿态，实则蕴含着多少曲折与难言的情愫！

全诗两节，每节五行，诗形齐整，连标点符号亦做到了相互呼应，可见诗人的匠心；每节一、二、五句押同韵，三、四句押同韵，回环中有错落，错落中有整齐，音律协美，这也是徐志摩代表性的艺术创作特色。

评论精选

这首诗，诗句是清丽的，表现了对人生际遇的迷惘和神秘感。诗人对值得珍惜的东西的消失，显得平静和洒脱，诗因而带有一种飘逸潇洒的美……《偶然》所写乃是一个人在一场感情危机面前的态度。

——蓝棣之：《他一生都在爱情故事里折腾》[1]

我在这里尤需着重指出的是这首诗歌文本内部充满着的，又使人不易察觉的诸种"张力"结构，这种"张力"结构在"肌质"与"构架"之间，"意象"与"意象"之间，"意向"与"意向"之间诸方面都存在着。"独特"的"张力"结构应当说是此诗富于艺术魅力的一个奥秘。

——陈旭光：《徐志摩诗四首赏析》[2]

诗分两段，各行字数相差很大，各行音顿数也不尽相等，但显然又是有章可循的：在两段相对应的诗行里，音顿数目却是相同的，字数也大体相同，这就是所谓的内在的和谐，一种包容了局部自由的整体意义上的均齐感。

——李怡：《古典理想的现代重构——论徐志摩与中国传统诗歌文化》[3]

在今天的诗中也有部分诗人吸取了四个字字群的音乐效果。但最令我惊讶的这类音乐典范的新诗要算徐志摩的《偶然》……这首诗的节奏框架是2223|2223|32|32|1332‖2233|22222|32|23|2332。不难看出这首新诗在字群的结构上深受词的影

---

① 《语文学习》1991年第3期。
② 《名作欣赏》1993年第5期。
③ 《江南学刊》1994年第4期。

响。字群的组合在一定程度上避免了诗行的散文化，使诗行间增加了凝聚力。

——郑敏：《中国新诗能向古典诗歌学些什么？》①

从内容上来看，哈代的《偶然》（*Hap*）与徐志摩的《偶然》全然不同——前者是立足"小我"，后又跳出"小我"的局限，来探讨个人与命运之间的偶然；而徐志摩的诗歌中，则更多的是描述一种朦胧的情感层面的相遇。……诗人只是在描写一场美到极致的相逢，恰如"互放的光亮"，这也许是一种命运的安排，又或许只是命运之外的机缘巧合。这种不确定性，让读者读出了诗人对生活的期待和对现实的无奈。

——赵晓航：《哈代的悲观主义与徐志摩的忧郁情绪——以哈代的诗歌Hap与徐志摩诗歌〈偶然〉为例》②

再别康桥③

轻轻的我走了，
　　正如我轻轻的来；
我轻轻的招手，
　　作别西天的云彩。

那河畔的金柳，
　　是夕阳中的新娘；
波光里的艳影，
　　在我的心头荡漾。

软泥上的青荇，
　　油油的在水底招摇；
在康河的柔波里，
　　我甘心做一条水草！

---

① 《诗探索》2002年第1—2辑。
② 《河北师范大学学报》（哲学社会科学版）2011年第5期。
③ 选自《猛虎集》，徐志摩著，新月书店1931年版。

那榆荫下的一潭，
　　不是清泉，是天上虹；
揉碎在浮藻间，
　　沉淀着彩虹似的梦。

寻梦？撑一支长篙，
　　向青草更青处漫溯；
满载一船星辉，
　　在星辉斑斓里放歌。

但我不能放歌，
　　悄悄是别离的笙箫；
夏虫也为我沉默，
　　沉默是今晚的康桥！

悄悄的我走了，
　　正如我悄悄的来；
我挥一挥衣袖，
　　不带走一片云彩。

1928年11月，中国海上

诗作导读

1920年，徐志摩放弃了哥伦比亚大学的博士学位，远渡重洋去往英国，希望拜师著名哲学家罗素。因罗素身体不好，徐志摩被迫搁置了求学计划，在失落之中结识了林长民与林徽因父女。通过林长民牵线搭桥，经英国作家狄更生推荐，徐志摩以特别资格生的身份就读剑桥大学（Cambridge，时译康桥）。在康桥求学的两年多，徐志摩深受英美浪漫派诗歌的影响与触动，他深爱拜伦和雪莱的诗歌，渐渐地走上了文学创作的道路。懵懂的暗恋，繁杂的见闻，美丽的校园，浪漫派诗人诗作的感染，使得康桥岁月成为徐志摩一生重要的转折点。他曾深切地怀念："我的眼是康桥教我睁的，我的求知欲是康桥给我拨动的，我的自我意识是康桥给我胚胎的。"

康桥是徐志摩青春期中最神圣的符号。1928年，徐志摩第三次远游欧洲，途经康桥，故地重游，感慨万千。昔日的好友们各奔天涯，只留下美丽如初的校园，诗人追忆起曾经的旖旎岁月。同年11月，他于归国途中写下《再别康桥》，以对康桥的一系列流动的清丽图景、鲜活自然的明媚风光的描摹，怀念充满柔情与激情的青春；以奇特的想象、意象的叠加、柔美诗境的塑造，构筑"康桥"这一明媚而又朦胧的象征意象；以整齐有序的诗节，缤纷的诗行，回转往复的音韵，谱出一支柔婉的离别曲，唱出对康桥深沉的不舍。这首诗融图画美、建筑美、音乐美于一炉，是新月格律诗的经典之作。

诗中情绪的流淌层层递进，比喻、拟人、反复等修辞被娴熟地运用。诗人融万物性灵于自身，倾听自然生命的律动，触发心头温柔的波澜，把浓郁的情感注入斑斓的意象：金柳、柔波、水草、清泉、星辉、青草、夏虫……诗人借助象征手法，含蓄地道出真挚的情怀，给予康桥一种被追寻、被思索、被告别的"路灯"意味；而康桥里的优美风景，与诗人心境里的万千柔情相互映衬，洋溢着浓烈的诗情画意。

评论精选

20世纪20年代中期以后的新月派、象征派诗人则进一步"忘却"了语法的严密性，让语义、句子结构、篇章逻辑都处于松松散散、飘浮不定的状态，如徐志摩《再别康桥》的名句："悄悄是别离的笙箫""沉默是今晚的康桥"，超常规的词类活用，是陈述句却又缺乏清晰的合乎逻辑的语义，纯粹暴力式的语言结构，这都表明诗人无意辨析自身思想的繁复性、矛盾性，诉诸读者的是情感的总体色调。

——李怡：《"辨忘"模式与中国新诗文法追求的民族特色》[①]

聪明人解读诗歌，忌讳将诗意说得就像"1+1=2"那样地确定，这其实是一种正确的解读原则，但对于《再别康桥》，我们仍然愿意坚持一份可能有些愚直的固执，认定它是诗人理想主义的人生信念以及这一理想信念不能实现的真诚痛苦的告白。

——霍秀全：《理想主义的深情告白——漫说徐志摩的〈再别康桥〉》[②]

作诗追求情趣，而情趣的表现则要做到低回往复，这样才能求得诗的"一唱三叹"的美学效果。《再别康桥》在这方面的实践有两个：一是通过第一、第七节诗

---

① 《东方丛刊》1996年第2辑。
② 《中学语文教学》2000年第10期。

的复沓，像《诗经》的重章叠句法那样，以复沓造成诗的"音乐的美"；二是仿照"永明诗人"和格律诗的做法，通过追求"字句间意义的排偶"和"字句间声音的对仗"，来求得诗歌的音乐的美。

——程国君：《从"音乐的美"到"纯诗"——论新月诗人现代诗歌美学建构的深层理论与实践》①

徐志摩在康桥的停留时间尽管短暂，但其灵魂一生一世都没有离开。他的"康桥情结"经历了一个由表及里、由隐到显、由朦胧到清晰、由无意识到有意识、由感性到理性、不断寻找、锤炼、升华的过程。到《再别康桥》一诗，康桥才最终凝定为徐志摩"灵魂之伴侣，理想之明珠"。《再别康桥》记录了徐志摩独自知道的别一世界的愉快，那里有他的宗教崇拜和浪漫传奇，可叹的是，俄顷之回忆，却成了不死的时间，刹那的永恒。

——贾忠良：《徐志摩〈再别康桥〉主题论析》②

---

① 《陕西师范大学学报》（哲学社会科学版）2010年第3期。
② 《齐齐哈尔大学学报》（哲学社会科学版）2014年第2期。

朱湘

朱湘（1904—1933），字子沅，原籍安徽太湖，生于湖南沅陵。新月诗派重要诗人，"清华四子"之一（另外三人为饶孟侃、孙大雨、杨世恩）。1921年在清华学习时开始创作新诗，1925年作品结集为《夏天》，1927年第二部诗集《草莽》出版，体现出注重音乐性和形式美的创作追求；同年9月留学美国，留学期间多受外国诗歌影响，创作了很多十四行诗，这些诗作收于《石门集》。1933年因生活动荡、与世不和，朱湘跳海自杀身亡。

雨景①

我心爱的雨景也多着呀，
春夜春梦时窗前的淅沥。
急雨点打上蕉叶的声音，
雾一般拂着人脸的雨丝。
从电光中泼下来的雷雨——
但将雨时的天我最爱了。
它虽然是灰色的却透明，
它蕴着一种无声的期待。
并且从云气中，不知哪里，
飘来了一声清脆的鸟啼。

1924年11月22日

---

① 选自《草莽集》，朱湘著，开明书店1927年版。

诗作导读

朱湘笔下的意象绮丽瑰密、深邃幽美,暗合中国古典诗歌与传统文化的审美标准。但朱湘在语言、形式、经验各个层面都注入了现代诗创作的理念和技法,古老的东方因子在他笔下得到了革新,《雨景》便是其成功汇通古今的代表作。

这首小诗开门见山,以各式的雨和情态各异的雨中景象作为开头:淅沥的细雨、骤然的急雨、轻蒙的烟雨、猛烈的雷雨,以及尚未倾泄、憋闷在云间的大雨前奏……描写每种雨作者都使用了拟人与通感手法,塑造出融情于景、情景交融的幽邃意境,细腻勾勒出个人意识投射下雨景的差异。通过急速拼接这些快速的、清新的印象,朱湘不经意间达到了“蒙太奇”式的表现效果,整体意境不似古典诗歌浑融通透,多了些现代化的驳杂跳脱。随后诗人收拢笔端,动静结合,写雨前灰色的乌云,蕴含着新生的期待,看似矛盾的关联再度经过通感的过滤,与鸟儿的啼鸣连成一体,激起引人遐想的无穷涟漪。此时雨景如何,已不是诗人关注的重点,诗人将古典意象的魂魄与现代意识交织,雨景即为心境,连缀的朦胧含蓄终化作自我的迂回追寻。

评论精选

这是一首寓哲理情绪于写景的优美的抒情诗。它表达了诗人对自然美和生活美广泛热烈的爱与追求的心境。诗中的各种雨景,是自然美千姿百态的代表,也是生活美丰富多彩的象征……自然中的美经过了诗人内心情感的过滤和蒸发,已经由自然现象的“雨中曲”变成了内心情绪的“雨中曲”。诗中每一笔对雨景的描写,都服从于表现内在情绪的要求。自然美经过感情的消溶已经化成诗意盎然的情绪美。它比自然和生活本身的美更高了。

——孙玉石:《闻一多及新月派的诗歌艺术追求》[1]

朱湘不是走“话怎么说就怎么写”的路子,而是从民歌与诗骚传统中吸收许多富有生命力的语言,按照诗歌语言美的要求写作诗歌,前期诗歌具有清丽柔婉的语言风格,后期诗歌语言具有含蓄沉郁的语言特色……朱湘认为诗歌也应该注意渲染与描写的功夫,只要是为抒情服务。他自己的创作如《葬我》《雨景》等就有清超的风景与幽景。

——程国君:《论“新月”诗派的诗歌语言美追求》[2]

---

① 《北京大学学报》(哲学社会科学版)1985年第5期。
② 《陕西师范大学学报》(哲学社会科学版)2005年第5期。

作为新诗人，朱湘的一些诗，不管是小景抒怀，还是叙事写人，能做到或移情于物，以物寓情，或缘情生景，境以情迁，从而写出自己的意境，如《雨景》，诗人写了春雨梦回、雨打蕉叶等令人遐想雨景，景中有情，情融于景，意境清新深远，体现出诗人对自然、生活的向往和追求。

——贺波彬：《论新月诗人朱湘的诗艺追求》[1]

《雨景》唤起了一种与魏尔伦的《泪流在我心里》相似的气氛和情绪。但不像魏尔伦，诗人并没有真正厘清自己的心情。通过使用一系列迅速变化的、蒙太奇式的、近乎客观的意象，朱湘成功地捕捉到了情绪的起伏不定，赋予了诗行一种意象派的感觉。结尾是含蓄、隽永的唐诗风格。

——张枣、刘金华：《论中国新诗中的现代主义》[2]

采莲曲[3]

小船呀轻飘，
杨柳呀风里颠摇；
荷叶呀翠盖，
荷花呀人样娇娆。
日落，
微波，
金丝闪动过小河，
左行，
右撑，
莲舟上扬起歌声。

菡萏呀半开，
蜂蝶呀不许轻来；
绿水呀相伴，
清净呀不染尘埃。

---

[1] 《求索》2011年第10期。
[2] 《扬子江评论》2018年第1期。
[3] 选自《草莽集》，朱湘著，开明书店1927年版。

溪间，
　　采莲，
水珠滑走过荷钱。
　　拍紧，
　　　　拍轻，
桨声应答着歌声。

　藕心呀丝长，
羞涩呀水底深藏；
　　不见呀蚕茧，
丝多呀蛹裹中央？
　　溪头，
　　　　采藕，
女郎要采又夷犹。
　　波沉，
　　　　波升，
波上抑扬着歌声。

　莲蓬呀子多，
两岸呀榴树婆娑；
　　喜鹊呀喧噪，
榴花呀落上新罗。
　　溪中，
　　　　采莲，
耳鬓边晕着微红。
　　风定，
　　　　风生，
风飔荡漾着歌声。

　升了呀月钩，
明了呀织女牵牛；
　　薄雾呀拂水，
凉风呀飘去莲舟。

> 花芳，
>
> 衣香，
>
> 消溶入一片苍茫；
>
> 时静，
>
> 时闻，
>
> 虚空里褭着歌音。

1925年10月24日

诗作导读

朱湘是一位钟爱东方情调的诗人，不同于闻一多与意象派，徐志摩与浪漫派、象征派千丝万缕的关系，朱湘虽也经受过西方文艺思想的洗礼，但对古典诗歌的音律、意境、审美表达方式更加痴迷。他从民间歌谣与古典诗歌里，为新诗的美感与诗意的生发寻找到了更多的资源。

《采莲曲》便是诗人向民间歌谣、乐府诗主动学习和借鉴的得意之作。诗歌择取了汉乐府以来吟咏不衰的江南采莲题材，化用词的上下阕形式，共分5节，节节递进。全诗先是铺开一幅清丽婉约的江南画卷，"小船呀轻飘，/杨柳呀风里颠摇；/荷叶呀翠盖，/荷花呀人样娇娆"，将妙龄少女乘着一叶扁舟，荡漾在绿叶新荷之间的情景徐徐道来。然后，诗人细致地写下少女采莲的全过程，在藕心、莲蓬、岸边的喜鹊与榴花点缀的风景间，少女轻灵欢悦的心绪与微妙的情思自然地托显出来。最后，朱湘用月钩、织女星等意象，将少女的思念交融于一片天地之间；"花芳，/衣香，/消溶入一片苍茫；/时静，/时闻，/虚空里褭着歌音"，全诗描写虚实交错，情调从清婉灵动渐渐收拢到空明澄澈，含蓄蕴藉。朱湘没有点明自己或诗中少女的具体所思所感，只是通过将意象予以清缓的节奏与整齐的铺排，一唱三叹，让人回味悠长。

《采莲曲》彰显了朱湘对新诗格律探索的贡献。朱湘吸取古典诗歌与民间歌谣的音律，革新新诗的格律，努力让新诗化作一只"东方的小鸟"，拥有精美幽深的独立血脉。他有意汲取了乐府诗与民歌的轻灵飞扬。一节内五字行、七字行、二字行纵横交错，像荷塘的曼波变幻多姿；诗章方面，朱湘每一节都尽量保持着相同的诗行组合，符合格律诗强调的工整匀称。对于新诗的音乐美，朱湘回归传统，讲究用韵，不同于闻一多的音尺、徐志摩的回环，朱湘认为韵是调节新诗经验表达的重要利器。《采莲曲》里的两字行中，他采用的韵先重后轻，"左行，右撑""拍

紧，拍轻""波沉，波升"等，勾勒采莲女的船桨在荷塘里上下浮动，水波荡漾的
情景，也牵引着女子的心，在采莲之动与沉思之静间来回游曳。这一点，他是受到
了《楚辞》中短促的仄韵与悠远的平韵交错的启发。

评论精选

　　以一个东方民族的感情，对自然所感到的音乐与图画意味，由文字结合，成为
一首诗，这文字，也是采取自己一个民族文学中所遗留的文字，用东方的声音，唱
东方的歌曲，使诗歌从歌曲意义中显出完美，《采莲曲》在中国新诗的发展上，也
是非常有意义的。

——沈从文：《论朱湘的诗》①

　　《采莲曲》是诗人十分钟爱的作品，音乐美和建筑美成功地和谐地结合在一
起，起伏迭宕的情思，从容不迫地渲染出一个充满花香、色彩和歌声的宁静而美丽
的迷人境界。笔触细腻而含情，半开的荷花与羞涩的采莲女交相辉映，景与人相互
为喻，艺术上达到的境界是非同一般的。

——蓝棣之：《论朱湘的诗歌创作》②

　　朱湘则强调音乐美，认为诗无音乐，那简直如花无香气，美人无眼珠相等，写
诗不能谢绝音韵的帮助，因为音韵是音乐美的来源。如《采莲曲》就是音调匀称形
式均齐的诗篇，有极强的音乐美与可唱性，它把采莲的视觉节奏转为空间的听觉节
奏，句子内部参差错落，各节间排列又完全一致，形成了变化又整齐、活泼又有法
度的特有节奏，以先重后轻的韵表现采莲舟随波上下浮动的感觉，也十分奇妙。

——罗振亚：《浪漫主义向象征主义转换的中介——新月诗派的巴那斯主义倾
向》③

　　在新月派的新格律试验中，朱湘的作品在一定程度上体现着现代汉诗的特色。
这位对西方诗体和诗律学研究颇深的诗人，具有鲜明的民族语言意识，自觉发掘古
典词曲和民歌的形式结构的美。如《采莲曲》，即是从六朝骈散和江南民歌中脱出
来的。

——姜耕玉：《论二十世纪汉语诗歌的艺术转变》④

　　对于朱湘而言，传统就不能仅仅意味着一种"外在"的"影响"，而是深植其

①　《沈从文文集》第11卷，生活·读书·新知三联书店（香港）1981年版，第121-122页。
②　《中国现代文学研究丛刊》1984年第2期。
③　《北方论丛》1997年第4期。
④　《文学评论》1999年第5期。

中不断扬弃自身的诗学传统和精神；而朱湘重建中国诗学的努力及其创作实践，也应该视为中国诗学在面临疾风骤雨般的西学冲击时不断调适自身、汲取他者精神给养的主体建构行为。

——陈向春、赵强：《重建中国诗学："朱湘"价值的再发现》[①]

---

① 《文艺争鸣》2010年第1期。

陈梦家

陈梦家（1911—1966年），笔名陈漫哉，浙江上虞人，生于南京。1927年，考入南京"国立第四中山大学"（后改名"中央大学"）法律系，结识了在该校任教的闻一多和徐志摩，在后者的影响下开始创作新诗。20世纪30年代凭借《梦家诗集》等作品诗名日盛，与闻一多、徐志摩、朱湘一起被称为"新月诗派的四大诗人"。后有诗集《不开花的春》《铁马集》《在前线》等，其诗重视表现"自我"，音韵和谐、形体匀称。在甲骨文研究等方面亦有建树。

一朵野花①

一朵野花在荒原里开了又落了，
不想到这小生命，向着太阳发笑，
上帝给他的聪明他自己知道，
他的欢喜，他的诗，在风前轻摇。

一朵野花在荒原里开了又落了，
他看见青天，看不见自己的渺小，
听惯风的温柔，听惯风的怒号，
就连他自己的梦也容易忘掉。

1929年1月

---

① 选自《梦家诗集》，陈梦家著，新月书店1931年版。

诗作导读

这首诗作于1929年，诗人当时只有18岁。《一朵野花》可谓少年的陈梦家为自我，为诗人，为人类命运所作的奇妙预言。这首诗上半部分写野花在荒原里的盛开与凋落。虽然短暂开放之后就必将迎来凋零的命运，野花依然不卑不亢地绽放，彰显着独特的存在光辉，展现着生命的智慧与创造，有一股稚嫩却勇猛的少年朝气；下半部分与上半部分形成重复中的呼应：野花开了又落，面临一望无际的荒原，她的命运无法预测，她的创造亦湮没于无数个生命的轮回之中。渺小的个体在广阔的天地中何其有限，"他自己的梦也容易忘掉"，淡淡的悲哀扑面而来。

少年陈梦家深受浪漫主义诗人布莱克影响，在日常的瞬间分辨生命存在的含义，寻觅平凡的深刻，在简短的抒情诗创作中引入了"荒原"这个重大的文明命题。荒原是灵魂的无依，是精神的无根，在荒原上盛开的小花，宛如那个纷乱年代里一闪而过的诸多青春面孔，做着看似可有可无的努力与搏斗。诗人以朴实淡然的语言，轻快活泼的口吻，在呈现自己向上的生命姿态的同时，表达了对诗人使命、生命价值、存在意义的些许思考。虽然此时的陈梦家还没有明确属于他的新诗格律路径，可这首诗中不规律的诗行与统一的音韵形成的整齐与错落，巧妙呼应了诗中野花命运的已知与未知。生命的衰亡与枯萎不应当被过于看重，瞬间的绽放便是生命价值的体现，野花虽然渺小、注定掉落，但她亦拥有挥发生命能量，寻求无限可能的资格。

评论精选

他们不仅发现人们"未发现的诗"，而且努力开掘自己心中未发掘的诗意。后期新月派诗人陈梦家表现了这方面的热心追求和杰出才能。陈梦家很注重自己灵感的捕捉，注意对自然和事物敏锐的观察和印象的获取。

——孙玉石：《闻一多及新月派的诗歌艺术追求》[①]

陈梦家在艺术上受英国浪漫主义诗人的影响甚深。他尤为推崇白雷克那种"在简易的外表后面隐藏着深刻的人生见解"的诗风……比较陈梦家的诗《一朵野花》与白雷克诗《一朵野花的歌》，我们仿佛领悟到那种在天真直率的笔调下流露出来的物我交融、情景合一的共同意趣，它们间的师承关系是显而易见的。

——陈山：《陈梦家论》[②]

[①]　《北京大学学报》（哲学社会科学版）1985年第5期。

[②]　《中国现代文学研究丛刊》1988年第3期。

存在主义美学也是一种生命诗学。同哲学上的生命哲学必然走向存在主义一样，后期"新月"诗人的诗作，如陈梦家的《一朵野花》，方令孺的《诗一首》，就闪耀着存在主义美学的光辉。

——程国君：《"以生命的眼光看艺术"——"新月"诗派的生命诗学》①

（《一朵野花》）全诗字里行间流露出失望和空虚感，充满迷茫感伤意绪。陈梦家说："我只爱一点清静，少和世事发生关系，我不能再存着妄想，这国家是只会糟下去的。"诗里无名的轻愁与感伤，明显是这种意绪的流露，既具有鲜明的阶级和时代的烙印，又具有一定的普遍性。

——田战武：《陈梦家的抒情诗创作评析》②

"野花开了又落"是客观的故事时间，在这里"野花开了又落了"是一季抑或多季？故事时间具有向两端无限的广延性，诗歌也就由个别叙事成为人生的一种普遍叙事，成为一种生存态度的象征：生命虽然如惊鸿一般短暂，但却如火焰一般绚烂，虽然刹那间盛开，瞬间便是枯萎，但仍然自信自得。

——李建平：《新月派诗歌的时空诗学》③

---

① 《文学评论》2005年第4期。
② 《作家》2008年第24期。
③ 《求索》2013年第7期。

林徽因

林徽因（1904—1955），福建闽侯人。现代作家、建筑学家。少年时随父亲林长民旅居欧洲，结识徐志摩，对新诗产生兴趣，回国后常参加新月社组织的文艺活动。1924年赴美国学习建筑，后又入耶鲁大学学习舞台美术设计，1928年同梁思成结婚，同年8月夫妻偕同回国，任教于东北大学、清华大学等。20世纪30年代开始新诗创作，代表作有《你是人间的四月天》《林徽因诗集》等。

别丢掉①

别丢掉
这一把过往的热情，
现在流水似的，
轻轻
在幽冷的山泉底，
在黑夜，在松林，
叹息似的渺茫，
你仍要保存着那真！
一样是月明，
一样是隔山灯火，
满天的星，
只有人不见，
梦似的挂起，
你向黑夜要回
那一句话——你仍得相信

---

① 选自《大公报·文艺》，1936年3月15日。

　　山谷中留着
　　有那回音!

1932年夏

诗作导读

　　这首诗写于1932年,发表于1936年,据传为悼念1931年因飞机失事去世的徐志摩所作。然而林徽因灵动的才情、浪漫的气韵、现代化的诗歌触觉丰富了怀念故人这一明确的主题,笔触曲折婉转,情感含蓄深沉。诗中流丽的笔触与清灵的想象参差齐飞,沉入象征的深邃与玄妙,既像对故人怀念往事,又似自我剖白心迹,在时空变幻间生长出丰满的意蕴。

　　诗中开篇点题,"别丢掉",随即转入形象的比喻,笔触兜兜转转、萦绕曲折,营造出幽深的意境,以渺茫的景况托显出诗人心中缠绵而淡远的思念。之后诗人虚设与过往相似的情境。景在人不在,明月、灯火、繁星,烘不出当年香山松林一同畅谈诗境的欢畅,只剩无尽的苍渺与惆怅。故人已去,唯有音容犹存,诗人以如梦似幻的想象托出故人留下的"回音",却不点明"回音"的所指,增强朦胧的意味,犹如山谷深远缥缈的回响,令人思绪万千。

　　林徽因的诗贵在一种流动。多以恰适的动词、形容词的运用凸显意境和情绪的流动,诗人自身深厚的英国浪漫文学、中国古典文学的积淀,则使得她的流动之诗充满细腻的肌理,彰显出一种灵敏娟秀的气质。正如《别丢掉》,"别丢掉"是动态化的嘱托,全诗却塑造出一个静穆幽深的意境,以静衬动,虚实变幻,时空交错,铸成她清丽而回旋的诗意世界。

评论精选

　　一种颇带现代主义风格的诗歌格局出现在林徽因的笔下,它与浪漫主义诗歌的直线型抒情模式显示出很大的不同。表述上的有意变格、改路和错向,隐蔽了联想的桥梁,加上诗思的间杂离落,造成了一种特殊的抒情氛围。《别丢掉》这首诗是一个典型的例子。错杂的诗句添重了逝情的渺茫与零落,别有一番情致。

——黄心村:《论林徽因的诗》[1]

---

　　[1]　《中国现代文学研究丛刊》1988年第3期。

　　我们来分析一下《别丢掉》第六行中的（过往的热情所存在的）"黑夜"和"松林"。"黑夜"（heiye）和徽因（huiyin）的声母分别相同，"松林"中有"林"字，可以看出这句诗中暗藏了林徽因的名字。况且，最末位的"回音"与徽因的发音是相近的。

——松浦恒雄著，吴俊译：《回旋的诗情——试论林徽因的诗》①

　　林徽因突出的特点和无人可及之处，是诗情诗意的朦胧伴有清晰，若隐若显，若暗若明，曲折含蓄，秀丽柔美，轻声慢唱。这是她的诗形式格律，也是她的诗的情意内核。它将现实主义、浪漫主义、现代主义熔于一炉，从这一方面考察，《别丢掉》既是先行者之一，又是新诗中"顶峰中的顶峰"。自晚唐及宋以降，少有超越者。

——陆耀东：《论林徽因、沈从文的诗》②

　　小诗文笔柔婉，情思细腻，意境优美轻灵，在已逝去的二人世界中有"流水""松林""月明""灯火""满天的星"，今天的风景依旧，而"你"却不在了，但你仍要相信我对你的爱依然不变——"山谷中留着／有那回音"。那回音是什么，诗人虽未点明，但我们完全可以从上下行中读出回音就是"我爱你"三个字。整首诗较好地传达出那份对爱情的执着，取得了"作者得于心，览者会其意"的艺术效果。

——卢红敏：《漫步在古典与现代之间——简论林徽因的诗作》③

　　写《别丢掉》时，值再度香山疗养，又见旧景，诗人徘徊山野，松林静默，月华凄照，意境迷离幽缈。怨逝伤别的心绪，天上人间的永诀，黯然相思的绵长，都在意象间隐秘寄予，带了古典的深曲与象征的含蓄，别具"天长地久有时尽，此恨绵绵无绝期"的悲情诗蕴。

——陆红颖：《不是无端悲怨深——徐志摩、林徽因情诗发微》④

---

① 《中国现代文学研究丛刊》1997年第4期。
② 《徐州师范大学学报》（哲学社会科学版）2007年第6期。
③ 《中南大学学报》（社会科学版）2004年第4期。
④ 《文学评论》2009年第4期。

邵洵美

邵洵美（1906—1968），原名云龙，笔名邵浩文、邵浩平等，祖籍浙江余姚，出生于上海。现代著名诗人、作家、翻译家。1923年入英国剑桥大学攻读英国文学，深受英国唯美主义与欧洲象征主义诗歌的影响，开始创作新诗，诗风柔美绮丽，内容上显出唯美派的享乐意识、颓废情调，出版诗集有《天堂与五月》《花一般的罪恶》等。其在出版事业上的成就较其他方面为大，先后开办金屋书店、上海时代图书公司，出版多种刊物，为外国文学的译介、抗战文艺的宣传做出很大贡献。

五月①

啊欲情的五月又在燃烧，
罪恶在处女的吻中生了；
甜蜜的泪汁总引诱着我
将颤抖的唇亲她的乳壕。

这里的生命像死般无穷，
像是新婚晚快乐的惶恐；
要是她不是朵白的玫瑰，
那么她将比红的血更红。

啊这火一般的肉一般的
光明的黑暗嘻笑的哭泣，
是我恋爱的灵魂的灵魂；

---

① 选自《天堂与五月》，邵洵美著，光华书局1927年版。

是我怨恨的仇敌的仇敌。

天堂正开好了两爿大门，
上帝吓我不是进去的人。
我在地狱里已得到安慰，
我在短夜中曾梦着过醒。

1926年6月10日

诗作导读

邵洵美深受法国象征主义与英国唯美主义的影响，是一位身体力行实践唯美诗风的诗人。他笔下的新诗，无论是经验的选取、意象的组合，还是情感的传达，都完完全全与古典诗歌倡导的美学背道而驰。他赤裸、坦率，甚至有些简单粗暴，直击身体原始的欲望，写释放，写肆意，写纵乱，追求一种狂乱不羁的直觉揭示，渴望达到生命体验的极致，为新诗书写增添了一道奇异的风景。

《五月》写于1926年，收录于诗人1927年出版的诗集《天堂与五月》，该诗所呈现的内容在当时的年代可谓惊世骇俗。全诗充斥着直观的肉欲描写，沉湎于欲望的放纵和快感的直白袒露，洋溢着纷乱丰盈的色彩，给予读者的感官强烈的刺激，处处体现了邵洵美如痴如醉的唯美诉求。诗人有意引用原罪、天堂等宗教意象，并非为了澄净诗中膨胀的欲望，而是将其作为唯美的先锋元素化用，塑造出迷醉、徘徊、耽乐、颓废等青年别样的精神世界。全诗的语言和形式也处处体现出唯美主义的特征，如色彩感、通感化、注重力度的语言和语词搭配，整饬的形式包容着不规则的音律等。

评论精选

就邵洵美而言，说他诗歌的颓废带有"五四"时期的反封建意识，那是很不确切的。他虽然汲取了西方唯美文学的离经叛道的反抗性，在"为艺术而艺术"的理论指导下，创作出大量的具有反社会反传统基调的文艺作品，但我认为这是他的精神理想主义的产物，是追求艺术的象征。这似乎是邵洵美如此钟情唯美—颓废主义诗歌的最根本原因。换句话说，对唯美—颓废主义文学从内容到形式的不懈追求是邵洵美的艺术理想。

　　——盛兴军：《颓废者及其信仰——邵洵美与西方"唯美主义"》①

　　这里，被生命欲念诱惑而极端化的情绪体验和欲望抒写，体现的正是唯美主义的艺术基点：只有艺术能给人以最高质量的生命瞬间。诗人在现实层面的生命欲求无法得到完美的回应，进而奔向艺术层面，用一种情感分裂或情感转移的方式，抒写现实的苍白、不尽如人意和生命的幻美。

　　——高蔚：《美与生命本性的召唤——中国新诗现代化进程中的邵洵美》②

　　从审美方式上看，世纪末的痛苦、对现世的不满这些西方颓废诗歌的颓废特质在邵洵美那里转化为人间及时行乐，诗美的追求下放为感官刺激。他的创作和诗学主张有点类似参加颓废主义运动时期的魏尔伦和兰波。

　　——陈希：《颓废风》③

　　可以说，《天堂与五月》等诗集里邵洵美的苦闷并非是真的苦闷，更多的乃是一种姿态，一种文风和诗情的模仿。他对苦难的夸饰性描写，或许正像尼采所说是一种生活完满者对狄奥尼索斯式艺术的追求，这种艺术以狂放不羁的浪荡之风给当时的诗坛带来了强劲的冲击，也为中国新诗展现了一个新的面相。

　　——费冬梅：《花一般的罪恶——论邵洵美的唯美主义艺术实践》④

　　邵洵美真正推崇的也许并不是波德莱尔的恶魔主义，而是一种唯美派兼享乐派的人生观。因此就可以理解何以邵洵美的诗作中，充满的是本能的欲望和官能的享受……沈从文的观察或许揭示了中国式的唯美派兼享乐派的最大问题，即享乐的官能性，对于现世的"夸张的贪恋"，在官能的耽溺中却没有升华，尤其是匮乏西方的宗教感的渗透，只剩下世俗的无止境的享乐。

　　——吴晓东：《中国化的"颓加荡"：邵洵美的唯美主义实践》⑤

　　不容否认的是，在该诗集中诗人大多是把女性肉体作为被注视的审美客体来展开其丰富的情色想象，并从中获取夹杂着官能快感的审美愉悦……这种伟大魔力无疑带给读者以别样的审美体验，也给传统的伦理道德带来极大的挑战，这或许是其诗歌的进步性所在，但这种进步性毕竟是建基于女性肉体的唯美化呈现和生命本能的快意宣泄，更何况其身处于战乱频仍、民不聊生的20世纪30年代的中国现代社会。

　　——潘坤：《邵洵美诗歌的美学阐释与价值重估》⑥

---

　　①　《上海大学学报》（社会科学版）2004年第1期。
　　②　《河北师范大学学报》（哲学社会科学版）2008年第1期。
　　③　《中国现代诗学范畴》，中山大学出版社2009年版，第313页。
　　④　《现代中文学刊》2014年第1期。
　　⑤　《文艺争鸣》2016年第1期。
　　⑥　《鲁迅研究月刊》2017年第6期。

李金发

李金发（1900—1976），原名李淑良，本名李权兴，广东梅县人。中国象征主义诗歌第一人。1919年赴法勤工俭学，1921年就读于第戎美术专门学校和巴黎帝国美术学校，在学习雕塑之余，受到法国象征派诗人波德莱尔和魏尔伦等影响，开始创作新诗，诗风新奇晦涩神秘，丑怪颓废的意象充斥行间，以此获得"诗怪"之称号。其诗作主要收录于三部诗集：《微雨》《为幸福而歌》《食客与凶年》。

完全①

赭红色的瓦屋下，
方墙围着我，
慎重的动作，
倒映而深黑了。

风在城头嘶过，
灯儿熄了，
我摸索我四体，
这方，那圆？

前一刻的去，
正为后一刻的来，
他们的行程，
不因沙漠火山而休止。

---

① 选自《食客与凶年》，李金发著，北新书局1927年版。

我待黑夜来慰抚，
偏见新月的微笑，
呵，静寂万岁！
才好给人一个完全。

诗作导读

　　李金发的《完全》最早刊于1927年5月北新书局出版的诗集《食客与凶年》。《微雨》创作于1923年之前的法国，《食客与凶年》《为幸福而歌》写作于1923年的德国。较前期创作而言，后两本诗集在题材上有一定的拓展，写景、思乡、爱情、理想、生命都有所涉及，温婉宁静的抒情小唱也时有出现。但从整体上讲，仍然弥漫着苦闷、彷徨的人生感受，象征主义的色彩仍占主要成分。《完全》抒写孤独的人生体验，采取体验感受的审美方式，第一节营造顾影自怜的居所环境，"赭红"象征激情的消退和凋落，"方墙"有一种力度的暗示，"风在城头嘶过"隐喻生命流逝，前一刻的去，/正为后一刻的来，/他们的行程，/不因沙漠火山而休止"，这里的"他们"应该是指时刻，即前句的"前一刻"和"后一刻"。古人的孤独多与离愁别恨和怀才不遇相关，表达的是寂寞、潦倒、壮志难酬等消极情绪，诉诸的是悲苦感受，而李金发的《完全》感慨"静寂万岁!/才好给人一个完全"，肯定和赞美孤独。喧嚣和繁华，仿佛无根的浮萍，浮躁不安，使得人生支离破碎，难以安定和修炼，唯有"孤独"才可以进入生命深处，获得人生的完全。这首诗表达与古人迥异的现代孤独观，深刻而独到。

评论精选

　　近代中国象征派的诗至李氏而始有，在新诗界中不能说他没有相当的贡献。只这一点李氏的诗便值得我们讨论了。……李金发的诗没有一首可以完全教人了解。[1]

——苏雪林：《论李金发的诗》[2]

---

① 据苏雪林言，李金发自己也知道这一点。
② 《现代》1933年第3期。

看不懂而必须注解的诗，都不是好诗，只是笨谜而已。

——胡适：《谈谈"胡适之体"的诗》[1]

"笨谜"的产生是由于模仿，模仿一部分堕落的外国文学，尤其是模仿所谓"象征主义"的诗。

——梁实秋：《我也谈谈"胡适之体"的诗》[2]

无视民众只为自己，把诗歌写得非常暧昧的象征诗是新诗发展的歧途。

——任钧：《新诗的歧途》[3]

李金发的几百首诗，大致有三种情况：……为数不多的作品……虽有点朦胧，但并不很晦涩……约占总数一半左右的诗，有些晦涩……诗的主旨尚能探知……近半数的诗，它与读者之间，像有一道不可逾越的高墙……读者只好望诗兴叹。

——陆耀东：《论李金发的诗》[4]

读李金发《给蜂鸣》《完全》《夜之歌》这样的诗，如面对密码，莫知所以，非得"破译"不可。因此，如果说早期白话诗和浪漫派诗"象是一个玻璃球"的话，那么象征派诗就是一个不易解开的谜团。

——龙泉明：《二十年代象征主义诗歌论》[5]

李金发从小喜欢文学，多愁善感，学习刻苦，喜欢独处和冥思。在巴黎，严酷的现实、孤独的心境和悲观颓废的思想，使他走近象征派诗歌。

——陈希：《李金发：异质文化的汉语诗歌写作》[6]

弃妇[7]

长发披遍我两眼之前，
遂隔断了一切羞恶之疾视，
与鲜血之急流，枯骨之沉睡。
黑夜与蚊虫联步徐来，

---

[1] 《自由评论》第12期，1936年2月21日。
[2] 《自由评论》第12期，1936年2月21日。
[3] 《新诗话》，新中国出版社1936年版，第118—119页。
[4] 《二十年代中国各流派诗人论》，中国社会科学出版社1985年版，第290页。
[5] 《文学评论》1996年第1期。
[6] 《西方象征主义的中国化》，中山大学出版社2018年版，第294页。
[7] 选自《微雨》，李金发著，北新书局1925年版。

越此短墙之角，
狂呼在我清白之耳后，
如荒野狂风怒号：
战栗了无数游牧。

靠一根草儿，与上帝之灵往返在空谷里。
我的哀戚唯游蜂之脑能深印着；
或与山泉长泻在悬崖，
然后随红叶而俱去。

弃妇之隐忧堆积在动作上，
夕阳之火不能把时间之烦闷
化成灰烬，从烟突里飞去，
长染在游鸦之羽，
将同栖止于海啸之石上，
静听舟子之歌。

衰老的裙裾发出哀吟，
徜徉在丘墓之侧，
永无热泪，
点滴在草地
为世界之装饰。

诗作导读

1923年，远在法国巴黎的留学生李金发将自己闲暇时写的诗作编纂成集，寄给北京的周作人，寻求指点。周作人读后高呼这位诗人的诗"国内未有，别开生面"，给予了初出茅庐的李氏完全的肯定。1925年，李金发的个人诗集《微雨》出版。这部诗集正如其名，将一阵来自法兰西的象征主义微雨吹进了中国新诗。李金发早在1919年离国求学，远离了国内新诗偏重写实和抒情的风气以及新诗人们共有的一种创作语感。他沉默寡言，钟爱雕刻，不爱跟风起哄，因为此种性格特征，象征主义的神秘、晦涩、朦胧、多义吸引了他是自然而然的事，由此他走向一条隐深幽僻的创作道路，另辟蹊径探索新诗意义与精神的本源。

这首《弃妇》是李金发的代表作，作于1922年。整首诗在错乱的逻辑、纷杂的意象、新鲜的语词变幻间搭建了一座意义的迷宫。诗中第一节以弃妇的本人视角，写她长发覆面、孤独行进与狂风怒号的破败荒野的景象，种种丑陋乃至于惊悚的意象交替出现，衬托出弃妇心中无底的绝望与悲怆；第二节保持弃妇作为抒情主体的视角，草儿、山泉、红叶等意象虽蕴含希望，亦暗示着生命的脆弱与渺小，进一步渲染了弃妇处境的荒茫；第三节诗人改变了视角，以旁观者的角度描摹弃妇的动作，夕阳之火、游鸦之羽等意象扑朔迷离，晦涩难明，却带出一种惨烈的凄怆之感。弃妇忧愁深重，时光无法流转，静止于虚空的瞬间里；最后一节诗人继续描摹弃妇的神态，弃妇恍若已然衰老，生命走向枯萎，连装点世界的泪水都随绝望干涸，悲剧性不言而喻。

李金发以文言句式与白话杂糅而成的艰涩语言，串起一件件没有明确意义关联的事物，掺入古典诗歌的含蓄与朦胧，铸造出"弃妇"这一晦暗忧伤的象征意象。诗中的象征符号浓缩极度个人化的言说；诗中用"一根草""上帝"等隐喻，暗示弃妇的悲剧。弃妇犹如被上帝抛弃的信徒，灵魂不安稳，存在漂泊难定，深陷迷惘的意义困境。中国传统夫妇的关系正如上帝与信徒，被抛弃的女人成为没有归依的浮萍，诗人由此以现代的思维穿透了"弃妇"这一传统的主题，达到前所未有的深度。

评论精选

李先生是诗怪，无论什么事物，一到他生动深刻的笔下，都可以入而为诗材，时而像古词，时而像未来派的调子。

——黄参岛：《〈微雨〉及其作者》[①]

李金发的《弃妇》的确是"现代"的，因为它已能突入生命的苦难本身，生命衰败的"内在"境况及"过程"都在这里获得了细致而真切的表述，而且表述现实生命的状态就是诗人的创作目的。当然，我们也有趣地发现，即便是在作这样的"现代"表述的时候，诗人精神深处的一隅依旧浮动着传统中国文人的意趣。

——李怡：《现代文化的读本：中国新诗的几个文本》[②]

诗人是借"弃妇"这个总体意象隐喻自身漂泊无定、孤独寂寞的命运。西方

---

① 《美育》第2期，1928年12月。
② 《名作欣赏》2001年第2期。

现代主义人生痛苦感的主题较早地在这里得到回应。这首诗因此也就成了李金发感慨自身命运的象征。在中外传统诗歌中，用"弃妇"的形象暗寓个人命运的不乏其例。李金发的不同之处在于，弃妇这一形象已经不是客观实体的描写，而是为了展示"心灵状态"选定的一种"对象"，即T. S.艾略特讲的"客观对应物"。

——孙玉石：《新诗十讲·怪丽而深沉的歌——读李金发的〈弃妇〉》[①]

中国文化意象在李金发的象征诗中比比皆是。《弃妇》里的山泉长泄、红叶飘零、渔舟唱晚、夕阳暮鸦，都是中国古典诗词惯常的抒情意象。

——陈希：《李金发：异质文化的汉语诗歌写作》[②]

有感[③]

如残叶溅
　血在我们
　　脚上，

生命便是
　死神唇边
　　的笑。

半死的月下
　载饮载歌
　　裂喉的音
随北风飘散。
　　吁！
　抚慰你所爱的去。

开你户牖
　使其羞怯
　　征尘蒙其

---

① 中信出版社2015年版，第101页。
② 《西方象征主义的中国化》，中山大学出版社2018年版，第303页。
③ 选自《为幸福而歌》，李金发著，商务印书馆1926年版。

可爱之眼了。
　　此是生命
　　　之羞怯
　　　　与愤怒么？
　　如残叶溅
　　　血在我们
　　　　脚上。

　　生命便是
　　　死神唇边
　　　　的笑。

诗作导读

　　《有感》收录于李金发1926年的诗集《为幸福而歌》，是一首表现手法与意义本身都极有象征主义特色的诗。如诗名"有感"，诗人记叙的是一种属于个人的感绪，诗歌以意象奇特怪异的组合来呈现一种情绪，一种心理；诗人不采用具有明晰意义的象征符号，而是赋予一些别致的意象"属于自己"的意义，使它们与自身的情感空间高度对应。如溅血的残叶、残月、裂喉的哀歌、呼啸的北风，这些意象以诡谲的逻辑组合在一起，组合出一个颓唐、诡奇的诗意空间，令读者形象地感受到生命的衰退，品尝到生命逼近终结的况味。

　　"生命便是/死神唇边/的笑"乃全诗的点睛之笔。唇边的笑轻易且短促，犹如生命，其本质便是有限。人生短促，死亡乃是必然。李金发用无边无尽的符号世界承载"生与死"这一抽象的主题，奇特的意象构成复杂的象征，整个诗境新奇怪异，朦胧晦涩。直抵生死边缘的《有感》是李金发向象征主义的内核迈出的一大步。

　　全诗的语言少了一些《弃妇》时期的阻滞隔阂，仍保留鲜明的文言与白话杂糅的色彩，用语言的艰晦参与象征性诗意的建构。值得注意的是全诗的结构，宛若阶梯式的诗行、刻意截断的意象形容（如残叶溅/血在我们/脚上），看似突兀的折断暗合诗人心中的痛苦抽搐。首段与末段的重复使全诗形成圆形的结构，强化主题的同时，增强了深层的音乐性。

评论精选

他的诗没有寻常的章法，一部分一部分可以懂，合起来却没有意思。他要表现的不是意思而是感觉或情感；仿佛大大小小红红绿绿一串珠子，他却藏起那串儿，你得自己穿着瞧。

——朱自清：《中国新文学大系·诗集·导言》[①]

李金发描写死亡的名句"如残叶溅血在我们脚上，/生命便是死神唇边的笑"（《有感》），感悟的是生的短暂、死的无常。……对死的描写和关注，与审丑的诗歌观念关联。如同"生""死"的转化，"美""丑"的关系也是辩证的。"审丑"是波德莱尔"创造一种新的战栗"的秘密武器，是波德莱尔对现代诗学的重要贡献。李金发接受了这种"发掘恶中之美"的诗歌审美方式。……李金发著名的《有感》一诗，形式上直接借鉴魏尔伦的《秋歌》。《有感》共25行，分成6节，每节行数不齐，最多7行，最少3行；每行字数不一，多有7字，少仅1字，这样造成参差错落之形式美。第一、第二节与第五、第六节重复，形成首尾呼应回环。诗具有内在的节奏，用跨行拆句的方法，以唇齿音与元音交替，形成节奏简短又起伏跌宕之效果。这些诗歌形式和音韵方面的特点都因袭魏尔伦的《秋歌》，甚至《有感》起句的"残叶"意象脱胎于《秋歌》尾句的"死叶"。

——陈希：《选择与变异：论李金发对象征主义的接受》[②]

在表现同一类思想感情的诗篇中，这首《有感》算是写得最直露最伤感也最凄艳的了……这首诗典型地显示了李金发诗歌象征主义的特征。新奇的形象比喻和颓废的人生哲学凝聚在抒情的旋律中。诗中没有给人一点新的启示，不过是在告诉人们一个被多少封建阶级和资产阶级诗人早已唱烂了的绝望悲观的"真理"：人的生和死近在咫尺，只有沉湎于酒和爱，才能得到暂时的享乐和慰安。

——孙玉石：《中国初期象征派诗歌研究》[③]

[①]　上海良友图书印刷公司1935年版，第2页。
[②]　《中山大学学报》2002年第5期。
[③]　北京大学出版社2010年版，第66—68页。

钟情你了[1]

Célébrous–nous l'amour de Femme de chambre[2]

厨下的女人钟情你了：
轻轻地移她白色的头巾，
黑的木杓在手里，
但总有眼波的流丽。

如你渴了，她有清晨的牛奶，
柠檬水，香槟酒；
你烦闷了，她唱
灵魂不死和 "Rien que nous deux"[3]

她生长在祖母的村庄里，
认识一切爬出树，大叶草，
蝶蛹和蟋蟀的分别，
葵花与洋菊的比较。

她不羡你少年得志，
似说要"精神结合"，
若她给你一个幽会，
是你努力的成功。

诗作导读

　　这首诗写于1922年的柏林，诗题下的法文点出诗的主题：赞美女仆的爱情。全诗流露着清朗活泼的少年气息，与田园般的抒情笔调相得益彰，洋溢着浓厚的异国情调。这首诗以其明丽的意象和清新的描绘，在李金发清一色怪异晦涩的诗作里显得尤为突出。这首诗恰似22岁的李金发午睡时的一个梦境，流淌着耀眼的金色，倾

---

① 选自《微雨》，李金发著，北新书局1925年版。
② 法文，意为：赞美女仆的爱情。
③ 法文，意为：只有我们俩。

诉他以热情、活泼的心绪观照人间美好事物所得的印象。

诗的第一段写女郎流丽的眼波，与她劳作时佩戴的白色头巾、使用的黑色木勺一起，彰显出一种朴实、健康的美。这位女郎温柔体贴，充满了异国的新鲜活力，这种活力能够有效地抚慰爱人干渴郁闷的灵魂；第二段跳出旁观的视角，深入女郎的过往：她生长于天然，热爱自然，其生命与丰厚美丽的大地之间有着紧密的联结。随后诗人用美慕的口吻，道出女郎不慕名利、唯独渴望慰藉灵魂的美好爱情。"若她给你一个幽会，/是你努力的成功"，这是沉湎于爱河里的人最诚挚的期许，既有些许失落，又有不少憧憬。

评论精选

由于这时期的诗歌大都写于法国和德国，所写的景物，所叙的事情，多是异国的生活和风土人情，这自然就给惯见中国传统诗歌的读者耳目一新之感……这首诗洋溢着轻松愉快的幽默感，生动地描绘了西方劳动妇女的活泼神态、恋爱方式和内心世界。

——杜学忠、穆怀英、邱文治：《论李金发的诗歌创作》[1]

李金发曾说他非常重视女性的美。他努力在爱情诗中描写女性心理与个性。当他笔涉异国女性风情的时候，感觉的敏锐与细腻的观察，给他诗中的意象带来了特有的异国色彩……遂使得李金发的艺术尝试，不仅扩大了新诗表现的题材范围，也在很大的程度上拓展了新诗意象创造的空间。

——孙玉石：《论李金发诗歌的意象构建》[2]

诗题下一行法文："Célébrous-nous l'amour de Femme de chambre"，意为"让我们赞美女仆的爱情"……对于异国诗人来说，厨下女人的钟情，超越了男女爱情本身所具有的意义，女仆代表的是西方底层社会，女仆的美丽、善良与友好意味着西方底层社会的善良与友好，女仆的钟情意味着西方底层社会对异国诗人的接纳……当然，这里同样存在着弱国子民一厢情愿的理解，但不管怎么说，该诗可谓是中国诗人与西方社会"爱情"关系的寓言。

——方长安：《1920年代初中国新诗中的"西方"》[3]

[1] 《中国现代文学研究丛刊》1983年第1期。
[2] 《新文学史料》2001年第2期。
[3] 《河北学刊》2011年第6期。

冯乃超

冯乃超（1901—1983），笔名冯子韬，广东南海人，出生于日本横滨。受新文化运动影响，大学期间开始参与创造社活动，并关注日本无产阶级文艺运动。1927年大革命失败后回国参加革命工作，任《文化批判》《创造月刊》的编辑、主编，成为创造社后期的重要成员，同时坚持新诗创作，1928年出版诗集《红纱灯》。之后诗人投入了革命文学与左翼文艺的建设，与鲁迅等共同筹组中国左翼作家联盟，抗战时期和解放战争时期均做出重要贡献。1951—1975年任教于中山大学，后任北京图书馆顾问。

红纱灯①

森严的黑暗的深奥的深奥的殿堂中央
红纱的古灯微明地玲珑地点在午夜之心

苦恼的沉默呻吟在夜影的睡眠之中
我听得魑魅魍魉的跫声舞蹈在半空

乌云丛簇地丛簇地盖着蛋白色的月亮
白练满河流若伏在野边的裸体的尸僵

红纱的古灯缓缓地渐渐地放大了光晕
森严的黑暗的殿堂撒满了庄重的黄金

---

① 选自《红纱灯》，冯乃超著，创造社出版部1928年版。

愁寂地静悄地黑衣的尼姑渡过了长廊
一步一声怎的悠久又怎的消灭无踪

我看见在森严的黑暗的殿堂的神龛
明灭地惝恍地一盏红纱的灯光颤动

1927年2月[1]

诗作导读

　　这首诗收录于冯乃超1928年的个人诗集《红纱灯》中，是全诗集的代表作。全诗贯穿着对古老红纱灯烛照黑暗景象的描写。诗的第一节写深远的黑暗与幽渺的红灯，寓意真切的现实与缥渺的理想；第二、第三节不直写红纱灯，反描摹殿堂周围的呻吟呓语、诡异的声响、乌云蔽月、白色的河流等，渲染阴森、诡谲的氛围。把河流比作"裸体的尸僵"，这一惊奇的想象，更是将诗中萦绕的阴沉、黑暗的情调推到了极致。这时，"红纱的古灯"姗姗来迟，明亮的光晕照亮了殿堂，亦照亮了诗人绝望痛苦的内心。随即，诗人令"黑衣的尼姑"出现，带着更多的神秘与未知消失在殿堂长廊，那寓意着理想与希望的红纱灯时明时暗，若隐若现，仿佛理想渐渐远去。红与黑的经典对照暗示诗人心中的两面，红即红纱灯，明亮却微弱，颤动而孤独，象征渺茫的希望；黑即阴森辽阔的殿堂，阴森而憋闷，然而虽然可怖却不泯灭光明。

　　明灭的残灯正如读者的一惊一喜；愁寂的脚步寓示诗人此刻复杂难言的心绪。诗人渴望在红纱灯寄托的，也许是期待，也许是希望，抑或是逃避，是躲藏。原先古典文学中代表着喜庆的红纱灯，在这里褪尽烦嚣，变成脆弱希望的象征，"救命稻草"的象征，反衬出"黑暗的殿堂"里诗人灵魂的孤独无依。全诗没有标点符号，冯乃超使用了大量富色彩感的语汇，通过通感调动感官，使得复杂的心绪具象化。笔触开阔，想象新颖。

评论精选

　　在用作诗集的名称的《红纱灯》这首诗中，"红"取自"红尘"。"红纱灯"

---

　　[1]　初发表于《创造月刊》第1卷第6期。

长久点燃在神和女神的神龛前神殿中的灯，它的周围是"乌云丛簇地丛簇地盖着蛋白色的月亮/白练满河流若伏在野边的裸体的尸僵"，这里，冯乃超的"想象的"和病态的宇宙达到了它的顶点。

——高利克著，张文定译，伍晓明校：《冯乃超的〈红纱灯〉和法国象征主义》①

我以为，诗中的"红纱的古灯"，在诗人眼中，是中国封建传统文化的象征……与"红纱灯"联系在一起的，是"殿堂"的意象，这是当年诗人心目中的中国的象征。……"尼姑"的意象，则象征了在封建传统文化禁锢下的一种生存状态——痛苦的、寂寞的、刻板的、无始无终的人生……诗人的心绪是苦闷激愤的，也是失望颓唐的——面对着封建专制统治与封建传统文化的神圣同盟，苦难的中华，不知何时才能脱离苦海。

——方万勤：《拨开颓废的面纱——冯乃超〈红纱灯〉论析》②

冯乃超"诗中的色彩感是丰富的"，其《红纱灯》以森严的殿堂为背景，描绘寒气森森的殿堂深处，一盏微明微暗的红纱灯，构成一种极为神秘朦胧的象征性氛围，以暗示森森暗夜中的微茫希望——生活的希望之光既微弱，却又不甘熄灭的暗示。

——龙泉明：《二十年代象征主义诗歌论》③

冯乃超则兼得音乐与绘画之妙，集铿锵音节丰富色彩于一身。这位专门营构想象宇宙的轻纱诗人，扬绘画之长，超越时空，让色香味多感联通焕发出很强的艺术感染力。代表作《红纱灯》韵律谐合朗朗上口，达到了色彩即思想的成熟化境。

——罗振亚：《艰难探险：出入于"象征的森林"——二十年代象征诗派的艺术》④

---

① 《中国现代文学研究丛刊》1988年第2期。
② 《名作欣赏》1990年第5期。
③ 《文学评论》1996年第1期。
④ 《江海学刊》1995年第4期。

穆木天

穆木天（1900—1971），原名穆敬熙，吉林伊通人。1918年留学日本，1921年加入创造社，与冯乃超、王独清同属象征派后期重要诗人。1926年回国，发表《谭诗——寄沫若的一封信》，引介象征派理论，首倡"纯诗"，影响深远。1931年加入左联，并参与成立中国诗歌会，后在桂林师范学院、同济大学等校任职，历任东北师范大学、北京师范大学教授。著有诗集《旅心》《流亡者之歌》《新的旅途》等。

落花①

我愿透着寂静的朦胧　薄淡的浮纱
细听着淅淅的细雨寂寂的在檐上激打
遥对着远远吹来的空虚中的嘘叹的声音
意识着一片一片的坠下的轻轻的白色的落花

落花掩住了藓苔　幽径　石块　沉沙
落花吹送来白色的幽梦到寂静的人家
落花倚着细雨的纤纤的柔腕虚虚的落下
落花印在我们唇上接吻的余香　啊　不要惊醒了她

啊　不要惊醒了她　不要惊醒了落花
任她孤独的飘荡　飘荡　飘荡　飘荡在
我们的心头　眼里　歌唱着　到处是人生的故家

---

① 选自《旅心》，穆木天著，创造社出版部1927年版。

啊　到底哪里是人生的故家　啊　寂寂的听着落花

妹妹　你愿意罢　我们永久的透着朦胧的浮纱
细细的深尝着白色的落花深深的坠下
你弱弱的倾依着我的胳膊　细细的听歌唱着她
"不要忘了山巅　水涯　到处是你们的故乡
到处你们是落花"

1925年6月9日

诗作导读

　　穆木天与冯乃超早期都是积极投身象征主义诗歌创作的诗人。穆木天更执着于诗艺的锤炼，他于1926年提出了著名的"纯诗"理论，重视诗的暗示效果，尤其倡导作诗要有意经营音乐性，认为音乐是"纯诗"不可分离的一部分。为此，他的创作出奇地不爱使用标点符号，刻意让文字自身的声响与铺排的形式相契合，使可感与不可感的事物情思都能自然呈现。《落花》便是穆木天在增强新诗音乐性方面的一次有趣实验。

　　诗中以大量迷蒙、轻盈、幽静的意象，如"浮纱""细雨""藓苔"等塑造出清幽婉约、细腻悠远的诗境。诗人仿拟落花的视角，由远到近、融情于景地展开叙述，将落花拟人化，落花是做着徐徐落下的幽梦的容易被惊醒的人儿，是漂泊寻觅的游子。落花亦象征着爱情、理想等美好的事物，同时寄寓了诗人含蓄淡远的故园思念，意蕴丰盈。

　　全诗第一节以递进的长句勾画落花飘下之前幽远的情境，为落花飘零、美好消逝的哀而不伤作铺垫；第二节、第三节长短句错落，细致勾勒落花飘洒时轻盈拂动的情态，辅以情感高低强弱的变化，落花飞翔的节奏被很好地表现出来；第四段收归长句，引入故乡歌谣，用民谣淳朴的咏叹收拢全诗的哀婉曲折。除第一节第三行外，全诗通篇押韵，朗朗上口，诗形与音律相互契合，体现穆木天的"纯诗"诉求。

评论精选

　　我希望中国作诗的青年，得先找到一种诗的思维术，一种诗的逻辑学。作诗的人，找诗的思想时，得用诗的思想方法。直接用诗的思考法去思想，直接用诗的旋律的文字写出来：这是直接作诗的方法。

——穆木天：《谭诗——寄沫若的一封信》①

穆木天的诗歌大都在一种幽远绵邈的象征意境中流荡着朦胧和谐的音乐。我们只要读一读他的《泪滴》《水声》《雨后》《落花》《薄暮的乡村》《我愿》《苍白的钟声》等，都会有这种鲜明的感受。

——王泽龙：《论西方象征主义对中国现代主义诗歌的纯诗化影响》②

"落花"意象飘落全诗，落花既有凄瑟之美，象征无瑕之爱，又随风雨飘零，一如飘萍的人生，内蕴了漂泊的苦闷、寂寞的幽情，弥漫着家园之思。音韵和谐，字字感伤。

——陆红颖：《古典光影里的象征派情诗》③

作者运用拟人将"落花"比作"她"，暗示落花是梦，是爱情，同时这首诗尤其体现的格律三美中"音乐美"，歌声有沉潜有飘荡，有婉转的"歌唱"也有"弱弱的倾诉"，有"淅淅的细雨"也有"深深的坠下"的落花，动与静、高与低、深和浅的巧妙结合，托情于悠远飘渺的幻境之中。同时，本诗的语言喜用叠加和重复，采用叠字和叠句式回环复沓以增强诗的律动。

——吕彦瑾：《朦胧中的"爱情"与"旅途"——评穆木天〈落花〉》④

---

① 《创造月刊》第1卷第1期，1926年3月。
② 《外国文学研究》1996年第4期。
③ 《中国现代文学论丛》2008年第1辑。
④ 《西部皮革》2016年第24期。

王
独
清

王独清（1898—1940），陕西蒲城人。16岁开始写作笔记体杂文和政论文章，1915年东渡日本，1920年留学法国，受浪漫主义与象征主义的影响开始创作新诗，诗多感性色彩，蕴含颓废哀伤气息。1925年回国，次年加入创造社，曾任理事，并主编《创造月刊》。著有诗集《圣母像前》《独清诗选》《我从Café中出来》等。

我从Café中出来①

我从Café中出来，
身上添了
中酒的
疲乏，
我不知道
向哪一处走去，才是我底
暂时的住家……
啊，冷静的街衢，
黄昏，细雨！

我从Café中出来，
在带着醉
无言地
独走，
我底心内

---

① 选自《圣母像前》，王独清著，光华书局1926年版。

感着一种，要失了故国的

浪人底哀愁……

啊，冷静的街衢，

黄昏，细雨！

1926年3月①

诗作导读

这首诗最早发表于1926年3月的《创造月刊》，是诗人王独清十分引以为傲的一首代表作。王独清与穆木天、冯乃超一道，被称作象征派后期的创作三杰。王独清起初痴迷浪漫派诗歌，喜好忆古抒怀，这首《我从Café中出来》，触发情感的方式是浪漫伤感的，但它所呈现的经验体认与审美表达方式却是现代的、象征化的。

王独清性格偏豪放，这首诗没有太多隐晦，整体意蕴清晰可见。全诗以个人酒醉以后感到"无路可走"的境遇，象征现代化都市中现实或精神上"无家可归"的流浪者的困境，将一种颓废迷离的青年心境剖示出来。诗中第一段写诗人带着微醺的状态走出咖啡馆，身心疲乏，无家可归，心情破碎，活脱脱一个都市的流浪儿，用"黄昏""细雨"等意象进一步渲染浪荡、孤独、愁闷的情感氛围；第二段使用反复手法，"我"再度走出，这次不只是身子上的微醺与疲惫，诗人的内心充斥着醉意酝酿的孤苦和无助，从切实的无家可归到精神无所归依，游子的前路只能看见无尽的黄昏与细雨。

除却"我"、咖啡馆、街道景象的呈现，王独清还运用了长短句错落、刻意断行、不规则的押韵等技巧，使得全诗的音律节奏随着微醉者的思绪，铺就全诗跌宕的情感线条，既精准衬托出诗中迷蒙的哀愁，又将这种哀愁通过自然的音响流淌出来。难怪诗人一直以此诗为傲，它的确是音乐美辅佐形式完成诗意生成的范例。

评论精选

王独清专注于色彩与音乐的调配，他实验的诗体达十余种，特别注意字数的限定，从音乐上完成诗的美学特征，如广为人知的《我从Café中出来》，匀称的音

---

① 初发表于1926年3月《创造月刊》第1卷第1期。

尺，自然的节奏，哀伤的心绪和诗中的细雨融为一体。王独清诗中多的依旧是浪漫主义情绪，一种浪子情结。

——张同道：《探险的风旗——中国现代主义诗潮回眸》①

这种被称为音画的最高艺术乃王独清形式纯粹美艺术观的核心，它在今天看来类于感觉交错的通感效应。《我从Café中出来》是这方面的典型范本……音色、律动、情调达成了本质统一。从外观看去完全是醉汉摇晃身心行程轨迹的复现，语言无伦次的断续无疑是醉后断续起伏的思想与现代人无家可归流浪感心灵碎片的载体。灰蒙的黯淡背景色彩已失去表面属性而趋向内在与心灵化，渗透着抑郁迷茫情调。前后两段有意识有规律的回环复沓，既强化了音乐美又拓长了情思氛围时空。

——罗振亚：《艰难探险：出入于"象征的森林"——二十年代象征诗派的艺术》②

《我从Café中出来》是王独清认为自己进行音乐美试验最满意的一首诗。句式的参差不齐，与醉者的动作、情绪起伏应和；把语句分开，用不齐的韵脚来表示作者醉后断续的起伏的思绪，体现了音乐美；而"冷静的街衢，黄昏，细雨！"是一种灰蒙蒙的颜色，表现了色彩感，可谓融形、音、色于一体。他为了文字的音乐性和色彩感，特别喜欢运用叠字叠句。

——龙泉明：《二十年代象征主义诗歌论》③

王独清非常重视诗歌音节形式问题，并进行别具匠心内在节奏的尝试，"用长短的分行表出作者高低的心绪"；又采用了"不齐的韵脚"，隔行押韵，连环相套，上下两节末句以同样的字句重复，以"衢""雨"相押。王独清自述："这首诗底诗形就是我所采取的'纯诗式'中'限制字数'的。这诗除了第一句与末二句两节都相同外，其余第一节中第二、三、四、五、六各行与第二节第二、三、四、五、六各行字数相同。并且两节都是第二行和第五行押韵，第三行与第六行押韵，第四行与第七行押韵。这样，长短的分行表现了作者高低的心绪，但读起来终有一贯的音调。"参差不齐的诗句连缀成篇，既是诗人醉酒之后步态摇晃的形象化显现，又表露了他恍惚的心绪和惆怅的情怀，诗歌表达内在的生命律动与外在的形式融合。

——陈希：《音乐性》④

① 《文学评论》1996年第3期。
② 《江海学刊》1995年第4期。
③ 《文学评论》1996年第1期。
④ 《中国现代诗学范畴》，中山大学出版社2009年版，第178页。

殷夫

殷夫（1909—1931），原名徐白，小名徐柏庭，浙江象山人。学生时代起便积极参加进步文艺运动，1925年就读上海民立中学期间曾声援"五卅运动"，1927年"四一二反革命政变"时被捕，在狱中创作长诗《在死神未到之前》，同年加入太阳社。1930年初加入中国左翼作家联盟，在左联刊物上发表多首诗作，获得鲁迅称誉。出版诗集有《孩儿塔》《伏尔加的黑浪》等。1931年与左联作家柔石、胡也频、冯铿、李求实一同被国民党秘密杀害，后世称他们为"左联五烈士"。

别了，哥哥①

（算作是向一个Class②的告别词吧！）

别了，我最亲爱的哥哥，
你的来函促成了我的决心，
恨的是不能握一握最后的手，
再独立地向前途踏进。

二十年来手足的爱和怜，
二十年来的保护和抚养，
请在这最后的一滴泪水里，
收回吧，作为噩梦一场。

你诚意的教导使我感激，

---

① 选自《拓荒者》第4、5期合刊，1930年5月。
② 英语，即阶级。

你牺牲的培植使我钦佩，
但这不能留住我不向你告别，
我不能不向别方转变。

在你的一方，哟，哥哥，
有的是，安逸，功业和名号，
是治者们荣赏的爵禄，
或是薄纸糊成的高帽。

只要我，答应一声说，
"我进去听指示的圈套"，
我很容易能够获得一切，
从名号直至纸帽。

但你的弟弟现在饥渴，
饥渴着的是永久的真理，
不要荣誉，不要功建，
只望向真理的王国进礼。

因此机械的悲鸣扰了他的美梦，
因此劳苦群众的呼号震动心灵，
因此他尽日尽夜地忧愁，
想做个Prometheus①偷给人间以光明。

真理和愤怒使他强硬，
他再不怕天帝的咆哮，
他要牺牲去他的生命，
更不要那纸糊的高帽。

这，就是你弟弟的前途，
这前途满站着危崖荆棘，

---

① 即普罗米修斯，希腊神话中的巨人，因盗窃神火给人类，被宙斯悬挂在高加索山上。

又有的是黑的死，和白的骨，
又有的是砭人肌筋的冰雹风雪。

但他决心要踏上前去，
真理的伟光在地平线下闪照，
死的恐怖都辟易远退，
热的心火会把冰雪溶消。

别了，哥哥，别了，
此后各走前途，
再见的机会是在，
当我们和你隶属着的阶级交了战火。

1929年4月12日

诗作导读

1929年4月12日，"四一二反革命政变"事发后两周年时，19岁的殷夫写下了这首诗。殷夫出身于一个旧式家庭，他是家中的幼子，备受父兄的疼爱与照顾。求学时代的殷夫积极参与进步的学生运动，于1927年和1928年因宣传进步思想两度入狱，幸得兄嫂保释。第二次出狱后，殷夫离家出走，决意投身革命。他的长兄，时在德国留学的国民党将领徐培根写信规劝弟弟迷途知返，专心学业，莫问国事。殷夫收到了兄长的劝诫，经过再三思索，写下《别了，哥哥》。

诗的副标题为"算作是向一个Class的告别词吧！"，"Class"即阶级，故殷夫写作这首诗的初衷，并不仅是婉拒哥哥的善意，向自己的家庭、过去的阶级、无忧无虑的学生岁月发出郑重而沉郁的告别，更是作为一个勇敢的、激情的无产阶级战士向陈腐专制的资产阶级发出挑战的宣言。全诗采用欲抑先扬的手法，先恳切回忆并感恩了兄长对自己的养育与照顾，随即笔锋一转，道出自己要与家庭决裂、走上革命道路的决心。殷夫通过对比资产阶级的荣华与无产阶级的苦难，批判社会现实的黑暗，控诉当下国民坎坷的遭遇，从而表明选择革命道路的合理与正确，讴歌坚定不移的革命理想。

生动形象的比喻与辛辣的讽刺显出诗人超凡的浪漫化表达技巧。诗人以激昂澎湃的情感与闪烁着理想光辉的信念驾驭全诗，写情真挚，抒发激扬，音韵铿锵，节奏有力；几处割裂血缘的吐露，诗人情感克制，反而增强了抒情主体在小我与大我之间伸缩的张力。写下这诗后不到两年，殷夫与胡也频、柔石等一众左联青年作家被捕，英勇牺牲，年仅21岁。诗人用可贵的牺牲践行了他19岁时的诀别词——他愿意并勇于投身阶级相斗的战火。

评论精选

这首诗给我们的突出印象是大义凛然，正气磅礴。它唱出了一个热情的战士的心声：富贵不能淫，威武不能屈，誓为真理而献身！对敌人的轻蔑，对无产阶级事业必胜的确信，构成了这首诗昂扬乐观的基调。诗的政论色彩尽管相当浓郁，但由于饱和着诗人强烈的感情；而诗中之"理"又来自诗人长期艰苦的追求、探索，植根于他对时代现实的深刻理解之中，所以并无干巴的说教气息。

——周庆基：《宣言·战表·誓词——殷夫诗〈别了，哥哥〉浅析》[1]

以平常的心态，平常的语言和语气，表达了很不平常的感情和信息。在字句的锤炼上，虽还未臻字字珠玑的境界，但已相当成熟。此前的革命诗歌，往往是否认不同阶级的亲人间的亲情，或生硬地抒写转向后的感情；殷夫的诗，既不回避哥哥对他的真心的教导和培植，又真切地抒写了"我"的既定的决心。看似微小的进展，实是大步跨越。

——陆耀东：《群山中的一座高峰——论殷夫的诗》[2]

殷夫是现代诗歌史上真正殉身于革命事业的诗人，他用生命书写的诗篇，与夏明翰的《就义诗》、叶挺的《囚歌》等，便是属于"语句与生命是迸合为一"这种情况的。殷夫的这些诗作，使他当仁不让地成为那个时代最有代表性的革命诗人，鲁迅也正是基于这点，给他的诗做出了"这诗属于别一世界"的判断。

——吴思敬：《还原殷夫的艺术个性》[3]

《别了，哥哥》是很有代表性的，它是诗人主体在融入无产阶级群体后向自己的哥哥所作的诀别……诗人在这里高扬着的是一种强烈的阶级使命感，经过深入的革命实践，他的革命理想和政治信仰终于融合，个人意绪融入了无产阶级的群体意绪，从而真正站在无产阶级的革命立场表达了对对立阶级的讽刺和蔑视，并且毅然割断了个人小我的情感，这也为日后诗人在更为残酷的革命斗争中实现从"我"的

[1] 《名作欣赏》1983年第5期。
[2] 《福建论坛》（人文社会科学版）2006年第8期。
[3] 《中国现代文学研究丛刊》2011年第9期。

自我到"群"的自我即"类"的自我的转化奠定了牢固的基础。

——周锋、余姝谚：《论殷夫诗歌的"类"的自我表现》[1]

　　左翼文学由于阶级斗争法则的直接介入，在表现父子处于敌对政治立场的作品当中，中国传统的家庭伦理关系受到了无情的挑战……"断绝关系"这种极端方式去挑战父权的经典作品，恐怕非属殷夫的《别了，哥哥》不可……左翼文学这种以政治伦理去取代家庭伦理的叙事模式，虽然不乏挑战父权的反封建意义，然而它对中国家庭内部道德观念的颠覆与破坏，也应引起我们研究者的深刻反思。

——宋剑华：《论新文学家庭叙事的伦理问题》[2]

---

① 　《东方论坛》2016年第2期。
② 　《福建论坛》（人文社会科学版）2019年第7期。

卞
之
琳

　　卞之琳（1910—2000），祖籍江苏南京，生于江苏南通，1929年考入北京大学英文系，渐对英国浪漫派、法国象征派诗歌产生兴趣。1930年开始写诗，作品后来结集为《三秋草》《鱼目集》。1936年与何其芳、李广田合出《汉园集》，三人得名"汉园三诗人"。抗战时期出版《慰劳信集》《十年诗草》。其早期诗作追求新月诗派倡导的格律化，内容忧伤晦涩，中期开始追求非个人化的抒情与日常理趣，实现了从主情到主智的转变。中华人民共和国成立后专注从事莎士比亚等外国作家作品的翻译研究。

远行①

如果乘一线骆驼的波纹
　　涌上了沉睡的大漠，
当一串又轻又小的铃声
　　穿进了黄昏的寂寞，

我们便随地搭起了篷帐，
　　让辛苦酿成了醋眠，
又酸又甜，浓浓的一大缸，
　　把我们浑身都浸遍：

不用管能不能梦见绿洲，
　　反正是我们已烂醉；
一阵飓风把沙石来偷偷
　　埋了我们也干脆。

---

　　①　选自《诗刊》1932年第4期。

诗作导读

　　作为20世纪30年代智性诗风的开拓者，卞之琳早年虽然深受新月诗派的影响，诗作格律谨严，结构齐整，但到了写作这首《远行》时，已显现出有意进行智性写作的特征：冷静克制的情感传达、暗示性丰富的意象择取、寄寓哲思的经验挖掘。第一节，"骆驼的波纹"对应驼队的行进与沙漠的辽阔。驼铃穿进寂寞，以动衬静，凸显景象无尽的辽远；第二节对抽象的经验进行具象化处理，身体的沉浸犹如身心的疲惫和麻木，却仍保留些许的清梦；紧接着，诗人虚实结合紧密铺排，从睡梦中的烂醉联系到沙漠里的绿洲与风沙，以疲惫的梦境幻灭结束了这场未知的旅途，令读者的思绪随他淡和的情调若即若离，还没肆意沉浸，便已被寂然抽离，留下漫长的余音。

　　全诗清淡的口语与新颖的语词搭配，清冷隽远，淡中有深，虚实交错。诗人从第二节开始跳出寻常的逻辑，采用象征手法，以梦境、醉意等象征疲惫不堪的身体，又以这疲惫的、沉浸在感觉海洋无法自拔的身体象征前行中诗人面临的进退两难。最终，经过一阵纠结，诗人选择用毁灭的幻想收拢全诗，解决人生的矛盾。可这幻灭的，终归是沉醉的身体与辽远的视野，人生的步伐又究竟能走到何处呢？诗人的答案似有似无。

评论精选

　　这种玄学式的"水""陆"对峙，化入中国传统的"荒漠"或"塞外"的意象中，这时，诗中的主体角色便在极度的孤寂中经历了千辛万苦，如《远行》（1930）一诗便表现了这种意境。

　　　　　　　　——汉乐逸著，陈圣生摘译：《卞之琳——中国现代诗研究》[1]

　　生之迷惘与感慨命运是卞之琳早期诗作的深层意蕴。只不过，这种生之迷惘与感慨命运，并非是赤裸裸地和盘托出，也并非诗人自己都意识到了，而是无意识地以借人、借景、借物、借事，以抒情的方式，来加以表现的。

　　　　　　　　——蓝棣之：《论卞之琳诗的脉络与潜在趋向》[2]

　　《远行》这首诗中，以空旷的沙漠、寂寥的薄暮延续了新月的诗质，但是以一线骆驼的波纹来对应着沙漠特有的曲线和波纹，却透出暗示性诗风的苗头，当"酣眠"用"酿成"这个联想性动词来指涉的时候，会使人自然联想到"酒"……在卞

------

[1]　《中国现代文学研究丛刊》1986年第4期。
[2]　《文学评论》1990年第1期。

之琳的"新月"蜜月期里，他的主流创作是新月式的，是压倒性的，而象征主义诗歌的因素尽管只是潜流，但正在逐渐孕育、扩大。

——谢春：《在"新月"与"现代"之间完成艺术的沉潜——谈黄金期之前的卞之琳》①

卞之琳很多诗歌都体现了由相对论的时空观所带来的时空感受和辩证思想，这种具体文本与相对性的交融体现了诗人情感诗绪与寂寞情怀的碰撞。卞诗中经常出现沉寂与声音的交融，平静的心绪常常有突兀的声音介入，这种无声和有声的对峙拓展了卞诗的情感维度……又如《远行》，都呈现出哲理与情感空间的张力。

——孙晓娅：《慧心灵工说不尽——纪念卞之琳百年诞辰清华座谈会录音整理》②

诗的题目为《远行》，"远行"即可离开古城，如果诗人愿意，自可去寻找一个向往的世界，然而诗句中并未有任何期待与欣喜之感，反倒仍旧是如古城中的沉重甚至绝望，认为梦不梦见绿洲并不重要，而若有沙石埋了自己，反倒是一件很干脆的事情。这说明诗人已不再天真地期待一个带来新鲜空气的新天地，而认为古城带给人的危机氛围，既是现实，也是属于人类的难以逃离的困境。

——高博涵：《论卞之琳1930—1934年间的创作心态及其诗歌》③

断章④

你站在桥上看风景，
看风景的人在楼上看你。

明月装饰了你的窗子，
你装饰了别人的梦。

① 《西南农业大学学报》（社会科学版）2008年第5期。
② 《中国诗歌研究动态》2011年第8辑。
③ 《文艺争鸣》2014年第10期。
④ 选自《鱼目集》，卞之琳著，文化生活出版社1935年版。

诗作导读

　　这首四行的小诗原是卞之琳一篇长诗草稿中的一部分，卞之琳写了许久都不满意，最终只选取了这一节发表，故名"断章"。这是卞之琳最广为人知的作品，亦是中国新诗史上最为瑰丽的短章之一。

　　全诗采用第二人称"你"展开叙述，与第一、第三人称不同，使用第二人称能够营造一种对话情境的戏剧感，带动读者的思绪紧跟作者的笔触。第一句是三个意象组成的画面，"你站在桥上看风景"，断桥伊人本是源自古典诗歌的素材，可这是诗人没有给出明确限制的三个意象："你"是一个具有无限可能性的主体，"桥"无特指，"风景"也没有明说具体是什么，这便在暗层形成了召唤结构，顺着"你"的视角读者会按照自己的经验填充，每个人都有自己的诗意空间。第二句，"看风景的人在楼上看你"，与第一幅画面叠合构成一个立体结构，非平面的，宛若生活中的相对关系，你中有我，我中有你，相生相对，相互依存。诗意需要从关联中得到更多阐释，亦是因为相对的关系，将生活中的点和线连成诗意的断截面，触发我们对生活中常见关系的思考。

　　第三句"明月装饰了你的窗子"同样使用了不太明确的三个意象：明月、你、你的窗子，通过省略与跳跃，形成片段性的结构，恰如"断章"之名；同时化用了李白的《静夜思》，加用拟人手法，调动了我们往日的审美经验与生活经验；第三句中"你"存在而没有出场，第四句引出，将实际的场景虚化为一种情境：你做梦了？别人梦见了他？你梦见了他人？虚实转换之间，全诗形成了抒情主体空置的召唤结构，召唤所有个体进入诗歌内部不确定的关系与空间。

　　这首小诗既吸收了古典诗歌传统的精髓，又获得了现代性的意蕴，容纳了前所未有的深思与情感。淡语蕴含深情，瞬间凝固理趣，《断章》体现了卞之琳与众不同的观照视角与诗意处理，是卞之琳留给新诗世界一块闪光的智慧碎片。

评论精选

　　《断章》的构思，从诗本身看，我认为是对《旧元夜遐思》一诗情境（A爱B，B爱A）的拓展，甚至是反拨：B爱C，而A爱B；B想念C，而A想念B。诗人也许想说：诚然我很爱她，可是，如果她爱的是别人呢？这就把诗人在爱情上持"矜持"态度的原因，无意识地透露出来了。

　　　　　　　　　　　　　　　　——蓝棣之：《论卞之琳诗的脉络与潜在趋向》[①]

―――――――――

　　① 《文学评论》1990年第1期。

短短四行，看似好懂，再想，就觉得含义太多。这里有多少个"对应"（或"相对"），你（或我）和人，桥和楼，明月和你（或我），窗子和梦。主体和客体，主动和被动。矛盾和统一和谐地融合在风景里。它题为"断章"，实则如布莱克所说的"一粒砂"。是对大千世界的一种辩证理解。

——蒋勤国：《论卞之琳的诗歌创作》[①]

这首历来为人称道的诗，每句语义清明，整体蕴含却见仁见智。初看似一幅写意画，人己浑同，物我合一，寄托着奇妙的爱情；再读渐有悲哀汁液渗出，人生不过是互相装饰；复想又有一种相对、平衡观念支撑，人可以看风景也可以成为风景，主体变客体，可以被明月装饰窗子，也可以反去装饰别人梦境，宇宙万物原本互相依存，息息相连。寥寥四句竟如此厚实丰富，真乃是小景物见大哲学的奇迹。

——罗振亚：《"反传统"的歌唱——卞之琳诗歌的艺术新质》[②]

比如被视作经典的袖珍诗歌《断章》，一般人都认为表现的是一种相对意识，但笔者认为它传达的是人生旅途上的"家园意识"。"桥"——"路"的另一种更雅致的形态；"风景"，可以解作卞诗中出现过的"仙乡"亦即美好的精神家园；"明月"和"梦"以其明媚轻柔的光辉照亮了人的心灵世界。于是一切都变得这样美好，这样诗情画意。人和自然之间，人和人之间显得温馨浪漫，呈现出一派大的和谐。人们已经步入了人类历史长河中这样一个美丽的"断章"，这样一个诗意的"瞬间"。

——张文刚：《"路"：开启卞之琳诗歌迷宫的一枚钥匙》[③]

《断章》着重在"看"，即写"看"与"被看"的相对关系。《断章》所揭示的主客体相对关系，是深刻和睿智的，但审美的触角又是沉浸在现实生活的情趣中，呈现"入世"的姿态，而无象征主义"出世"的超验色彩。

——陈希、何海巍：《中国现代智性诗的特质——论卞之琳对象征主义的接受与变异》[④]

---

① 《中国文学研究》1991年第2期。
② 《文学评论》2000年第2期。
③ 《湖南社会科学》2001年第6期。
④ 《中山大学学报》（社会科学版）2005年第2期。

鱼化石①

（一条鱼或一个女子说：）

我要有你的怀抱的形状，
我往往溶化于水的线条。
你真像镜子一样的爱我呢，
你我都远了乃有了鱼化石。

1936年4月6日

诗作导读

卞之琳的诗有两个重要特色，一为追随英国现代诗人T. S. 艾略特提出的"逃避感情"论，主张诗人作诗应为其主观感情寻求客观对应物，追寻"非个人化"的冷静克制；二为理趣。卞之琳喜爱观察生活中的点点滴滴，将日常生活琐碎的事物反映的些许哲理映入诗中，与"非个人化"相得益彰，促使新诗写作从主情渐渐走向主智，下启20世纪40年代玄思、象征的现代化诗风。这首写于1936年的《鱼化石》便是卞之琳的代表作之一。

《鱼化石》彰显了汉语本身丰富的内涵，这超出了作者本人的预设，尽管诗人设置了特定的时空、情绪与想象，这首诗却突破了具体的所指，化身一座可经反复挖掘而久未枯竭的诗意宝藏。诗的副标题"一条鱼或一个女子说："乃有意为之，一下子为全诗限定了两个主体，我们可以随之将该诗拆成两首诗来解读。

如果"我"作为"一条鱼"，人的情感就被掩蔽起来了，一种"非个人化"的味道得到了绝佳的彰显。"我"和"你"正如鱼和水，鱼和水不可分离，即使生命逝去，鱼化石仍记录着鱼和水的亲密关系，鱼化石是生命交集定格的象征；如果"我"作为"一个女子"，诗歌的意蕴便较为清楚。"我"和"你"便是女子与她的恋人。女子一片深情，可以牺牲掉自我，但爱到极致，失去了自我，这份爱也就失去了，变成了"鱼化石"。当爱变成了鱼化石，变成了历史，不再是生命的结晶，爱还是当初自然形态中的你我相生吗？诗人没有给出明确的答案，留给读者回味深长的意蕴空间。

---

① 选自《新诗》第2期，1936年11月。

评论精选

《鱼化石》所写，乃是想象中的女子对男子的热烈的爱。我倾向于认为，这首诗是诗人猛然见到鱼化石，而激起了一些热烈的情怀与憧憬，而不是把热烈的两情相爱的事实，归结为一种雪泥鸿爪的纪念。因为这首诗的"核"是"往日之我已非今日之我"，是两情相爱过程中的互相生长，以及真挚的爱所带来的愉悦。

——蓝棣之：《论卞之琳诗的脉络与潜在趋向》①

"我要有你的怀抱的形状，/我往往溶化于水的线条"，卞之琳在此诗后记点明这个象征的中西合璧：一个点化象征派诗人艾吕雅的"她有我手掌的形状，她有我眸子的颜色"，一个源自司马迁的"女为悦己者容"。点化中国古典诗词意象和意境，这种手法和现象在卞之琳诗随处可寻。

——陈希、何海巍：《中国现代智性诗的特质——论卞之琳对象征主义的接受与变异》②

从修辞上看，有的诗因多种技巧的使用出现多处含混。如卞之琳的《鱼化石》，其中有多处含混。一为人称含混。"你"和"我"是不确定的，再加上注释上"鱼"或"女子"的身份，增加了人物关系的复杂性；二是"镜子"含义的含混。三是形容词"远"的含混。

——陈卫：《含混与现代汉诗写作：以卞之琳30年代诗歌为例》③

无题（四）④

隔江泥衔到你梁上，
隔院泉挑到你杯里，
海外的奢侈品舶来你胸前，
我想要研究交通史。

昨夜付一片轻喟，
今朝收两朵微笑，

---

① 《文学评论》1990年第1期。
② 《中山大学学报》（社会科学版）2005年第2期。
③ 《中国现代文学研究丛刊》2010年第4期。
④ 选自《十年诗草 1930—1939》，卞之琳著，明日社1942年版。

> 付一枝镜花，收一轮水月……
> 我为你记下流水账。

诗作导读

卞之琳擅长捕捉日常生活中的哲理，并将这些深邃幽僻、朦胧多义的哲理渗入刹那情境的揭示中展露出来。在他的诗作里，经验是智慧与感情的化合物，诗人蕴藏已久的体验和感悟"发时如情"，形成非逻辑式的跳跃传达；加上诗人倡导客观地放逐抒情，故他的诗中很难寻觅到指向明确的主客体。暗示和隐喻构成诗境深藏的肌理，遮蔽的意义都留在被描绘的面貌深处。

《无题》是青年卞之琳暗恋张充和时写下的一组诗篇，共5首，从不同角度诉说诗人对爱情、对人生、对生命忽悲忽喜、紧张忐忑、不安难耐的复杂感受。《无题》（四）又名《隔江泥》，诗人利用远近的相对关系来呼应心灵交汇与灵魂错失时的悲喜幻灭。诗的第一节罗列泥、泉、海等意象，从小到大，流动的形态暗示诗人渴望与他恋慕的人儿慢慢靠近；这从近到远的一组意象搭配着梁上、杯里、胸前三处从远到近的场景，刻意制造的反差反映出诗人忐忑复杂的变幻心绪。恋慕的人儿时远时近，忽隐忽现，诗人捉摸不透，只能将这种关系比作厚重的"交通史"，表达心中的不安和无奈。到了第二节，诗人仿拟记录的口吻，将虚化的神态、虚拟的意象与精准短促的动词搭配，仿佛预见了自己的暗恋与追寻注定"镜花水月"——上一段在远近推移中试图实现的亲密互通化为泡影。隐深的心曲最终只能是"流水账"，"交通史"与"流水账"构成第三重对照。

幽秘缥缈的思念与若有若无的爱慕，在诗人的笔下虚实交错，远近来回。美丽与悲哀，深情与缥缈，发自深处的多种情绪与打破常规的逻辑表达混为一体。"镜花水月一场空"。而我们透过卞之琳的《无题》，反看人生，多的是从"交通史"到"流水账"的落寞答案，令人迷茫，亦引人遐思。

评论精选

这几首《无题》的创作，事后来看，真有些如诗人所说，是为了"雪泥鸿爪，留个纪念"，但从诗的脉络和潜在趋向看，当初的动因似乎是为了倾诉，后又转为自我安慰。诗人所说《无题》诗里包含的所谓"命定感"与"色空观念"，都不过是一个中国知识分子偶尔借来自我安慰的东西罢了。

　　　　　　　　　　——蓝棣之：《论卞之琳诗的脉络与潜在趋向》①

　　前两句是传统意象的变体，三四句是现代非诗意俗物意象，尤其第四句没一点浪漫味；但异质意象的融汇，却苦涩而恰切地再现了诗人对主宰自己与情人未成眷属而离散的"中介"交通者的疑惑……"付一枝镜花，收一轮水月……我为你记下流水账"，其中的"你"就可与"你""我""他"乃至"我们"互换。总之它是在回味那些感情交流中记下了一段"流水账"。

　　　　　　　　——罗振亚：《"反传统"的歌唱——卞之琳诗歌的艺术新质》②

　　诗巧妙运用对比和双关语，流露出一份既幽默又惆怅的情调。全诗的关键是水。第一节有"江""泉""海"3个水的意象。不管是大是小，这些意象都代表流通的方式。诗人从日常琐碎的"运输"例子联想到严肃的学术研究课题"交通史"，从物的流通联想到人的互动。而"胸前"暗示诗人渴望的是一种亲密的、与异性的互动。第二节接着写两人之间的互动。"昨夜"和"今朝"的对比隐射"他"夜里相思的煎熬和第二天看见"她"笑容时（笑得像朵花）的喜悦。但是，这些都是"镜花水月"。两个众所皆知的佛家意象表示，诗人当然明白，人们执着的东西，比如爱情和名利，都不过是短暂不实的幻象罢了。诗最后一行用"流水账"来收尾，遥遥呼应第一节的贸易意象……自具体意象出发，结束于抽象的意象。

　　　　　　　　　　　　——奚密：《卞之琳：创新的继承》③

　　这首诗每行顿的数目并不相同，第三行比其他诗行多了一顿，但全诗依然有着井然有序又流动婉转的韵律。第一节前三行以句式的重复（即排比）为原则组织节奏，但又有所变化，第三行明显比前两行长，这样可以增加节奏的丰富性，以免过度重复引致厌腻。第二节的前两行相互对称，而第三行又在行内形成了对称，这是在新诗中巧妙地化用旧诗中的对偶这种节奏形式的典范。

　　　　　　　　——李章斌：《重审卞之琳诗歌与诗论中的节奏问题》④

①　《文学评论》1990年第1期。
②　《文学评论》2000年第2期。
③　《江苏大学学报》（社会科学版）2008年第3期。
④　《文艺研究》2018年第5期。

戴望舒

戴望舒（1905—1950），名承，字朝安，小名海山，望舒是其笔名，浙江杭县（今杭州市余杭区）人。中国现代派诗人、翻译家。1926年同施蛰存等人创办《璎珞》，1928年参与创办《文学工场》，同年诗作《雨巷》发表，获叶圣陶等人称赞，诗名大振，被誉为"雨巷诗人"。1929年出版第一本诗集《我底记忆》，开始由格律诗转向自由体创作。1932年参加施蛰存组织的《现代》杂志编辑社，并赴法留学，其间专注于翻译外文著作。1933年编订诗集《望舒草》，1935年回国，次年与卞之琳、梁宗岱、冯至等人创办《新诗》月刊，抗日战争爆发后辗转至香港，担任《大公报》文艺副刊的编辑。1941年底因宣传革命，被日本人逮捕入狱。出狱后在上海高校任教，后被迫离沪赴港。1949年3月离港抵北平，参加中华全国文学艺术工作者代表大会。1950年病逝于北京。

雨巷①

撑着油纸伞，独自
彷徨在悠长、悠长
又寂寥的雨巷
我希望逢着
一个丁香一样地
结着愁怨的姑娘。

她是有
丁香一样的颜色，

———

① 选自《小说月报》第19卷第9期，1928年8月。

丁香一样的芬芳，
丁香一样的忧愁，
在雨中哀怨，
哀怨又彷徨；

她彷徨在这寂寥的雨巷，
撑着油纸伞，
像我一样，
像我一样地
默默彳亍着，
冷漠、凄清，又惆怅。

她静默地走近
走近，又投出
太息一般的眼光，
她飘过
像梦一般地，
像梦一般地凄婉迷茫。

像梦中飘过
一枝丁香地，
我身旁飘过这女郎；
她静默地远了、远了，
到了颓圮的篱墙，
走尽这雨巷。

在雨的哀曲里，
消了她的颜色，
散了她的芬芳，
消散了，甚至她的
太息般的眼光，
丁香般的惆怅。

撑着油纸伞，独自
彷徨在悠长、悠长
又寂寥的雨巷，
我希望飘过
一个丁香一样地
结着愁怨的姑娘。

诗作导读

该诗作于1927年。国民大革命失败后，阅尽残酷的戴望舒来到同学施蛰存家中避难。江南的柔婉景致抚慰了他历经波折、理想幻灭的痛苦，也触发了他敏感的情思，他提笔写下了《雨巷》。

全诗的核心意象是"一个丁香一样地结着愁怨的姑娘"。那姑娘召唤出了许多清雅古朴的古典意象，细雨、长巷、丁香，以及诗人凝望她时手握的油纸伞。这些意象充满江南温润迷蒙的情调，又飘荡着渺茫哀愁的情思。诗人仿照《诗经》中的重章叠句，一咏三叹，细腻深曲。诗中先写诗人独立，偶遇姑娘，以丁香的意象象征姑娘的朦胧轻柔，并通过她的彷徨、走近、飘过、远去，拉扯"我"敏感又寂寞的心境。最终，这位姑娘仿佛《蒹葭》中的伊人，消散在蒙蒙的细雨里，带着诗人的思念与哀愁，留给诗人无尽的怅惘和追忆。

《雨巷》的象征手法是多样的，戴望舒承继了李金发一脉的象征诗风，同时将其发展至全新的境地。不仅将象征作为一种情调，一种手法，更将它升华到诗的整体框架。在这首诗中，戴望舒把"象征"扩散至全诗，雨巷、丁香、油纸伞等意蕴隽永的小象征共同营造"姑娘途经雨巷"这一独特的大象征，既承载诗人此刻心中的失落、踌躇，又暗示了迷惘不可知的存在状态。诗人感伤生命的无常、意义的渺小，却又本能般地追寻这渺小尽头的广大，东方式的幽远诗境与西方式的象征传达相辅相成。

《雨巷》充分展示了汉语音节与汉语语意的美感，通过诗人的有意经营，用韵律的音乐性参与了氛围的渲染，融入全诗的象征，从内到外为新诗树立了现代化的独立品格。这首诗是戴望舒早期对新诗格律探索的成果，是东方的意境与西方的技法水乳交融的结晶，充满错落有致的音节与诗行、如梦似幻的愁绪，代表着新诗经历了象征派与新月诗派的周转追寻后，终于结出的一颗幽怨而饱满的果实。

评论精选

诗里那撑着油纸伞的诗人，那寂寥悠长的雨巷，那像梦一般地飘过有着丁香一般忧愁的姑娘，并非真实生活本身的具体写照，而是充满象征意味的抒情形象。我们不一定能够具体说出这些形象所指的全部内容，但我们可以体味这些形象所抒发的朦胧的诗意。那个社会现实的气氛，那片寂寞徘徊的心境，那种追求而不可得的希望，在《雨巷》描写的形象里，是既明白又朦胧，既确定又飘忽地展示在读者眼前。

——孙玉石：《〈雨巷〉浅谈》①

《雨巷》是中国象征派暗示抒情诗的典范。这种诗的感觉不可捉摸，内心状态飘忽不定，形象模糊朦胧；这种诗把销魂荡魄的诗歌音乐放在首位，其音乐效果是通过奇特的字句组合，通过精心推敲的修辞，用首语重叠，大量运用一个主题的各种变调而造成的。戴望舒的抒情诗中这种情绪和形象远比其他类型要多。

——Л·Е·契尔卡斯基著，理然译：《论中国象征派》②

戴望舒的前期代表作《雨巷》，将法国早期象征派诗人魏尔伦追求语言的音乐性、意象的朦胧性与我国晚唐的婉约词风相融合，使"中国旧诗风"发生了现代意义上的"创造性转化"。《雨巷》的现代汉语意味，不仅表现在"雨巷"这一富有民族情结和充满汉语诗意的象征体的朦胧美，还突出体现了以诗人情绪为内在结构的现代汉语音节的韵律美。

——姜耕玉：《论二十世纪汉语诗歌的艺术转变》③

戴望舒写雨中颜色与芬芳，从而赋予它妩媚和尊严，她感慨命运，叹息身世，但并不急于抓住什么，以作为依靠。她在承受命运的风暴（戴只写春雨而未写暴雨，但是颓圮的篱墙可见时代的风暴）。颜色和芬芳本来正是象征派所表示的，而戴望舒赋予更深的内涵，此乃丁香的现代性和时代性。所以，《雨巷》正如其他的戴望舒诗，有传统的感情风貌，但在本质上却是现代的。

——蓝棣之：《谈戴望舒的成名作〈雨巷〉》④

朱湘称《雨巷》在音节上几乎"完美无疵"，"兼采有西诗之行断意不断的长处"；叶圣陶赞它"替新诗底音节开了一个新的纪元"。然而，戴望舒在完成《雨巷》的同时，告别"《雨巷》时期"，进入"《我底记忆》时期"。其中的变

---

① 《名作欣赏》1982年第1期。
② 《中国现代文学研究丛刊》1983年第2期。
③ 《文学评论》1999年第5期。
④ 《名作欣赏》2002年第1期。

化就是，戴望舒开始疏离魏尔伦，反叛诗歌的音乐性追求，转向后期象征派诗人保尔·福尔、果尔蒙、耶麦等自由质朴的诗风。施蛰存说，这种变故源于他对后期象征主义诗歌的翻译，戴望舒"译果尔蒙、耶麦的时候，正是他放弃韵律，转向自由诗体的时候"。

——陈希：《戴望舒：意象艺术的营造》①

我底记忆②

我底记忆是忠实于我的，
忠实得甚于我最好的友人。

它存在在燃着的烟卷上，
它存在在绘着百合花的笔杆上，
它存在在破旧的粉盒上，
它存在在颓垣的木莓上，
它存在在喝了一半的酒瓶上，
在撕碎的往日的书稿上，在压干的花片上，
在凄暗的灯上，在平静的水上，
在一切有灵魂没有灵魂的东西上，
它在到处生存着，像我在这世界一样。

它是胆小的，它怕着人们的喧嚣，
但在寂寥时，它便对我来作密切的拜访。
它底声音是低微的，
但是它底话是很长，很长，
很多，很琐碎，而且永远不肯休：
它底话是古旧的，老是讲着同样的故事，
它底音调是和谐的，老是唱着同样的曲子，
有时它还模仿着爱娇的少女底声音，

---

① 《西方象征主义的中国化》，中山大学出版社2018年版，第314页。
② 选自《我底记忆》，戴望舒著，水沫书店1929年版。

它底声音是没有气力的，
而且还夹着眼泪，夹着太息。

它底拜访是没有一定的，
在任何时间，在任何地点，
甚至当我已上床，朦胧地想睡了；
或是选一个大清早，
人们会说它没有礼貌，
但是我们是老朋友。

它是琐琐地永远不肯休止的，
除非我凄凄地哭了，或是沉沉地睡了；
但是我永远不讨厌它，
因为它是忠实于我的。

1929年1月[①]

诗作导读

《雨巷》之后，戴望舒声名大噪，被誉为"雨巷诗人"。虽然《雨巷》已将新诗的音节经营推到一个全新的高度，但戴望舒很快就否定了这种通过营造外部音韵来构筑新诗音乐美的做法。他决定采用朴实的口语作诗，抛弃押韵等固有的程式，寻找现代汉语诗歌应具备的深层音乐性。

作于1929年的《我底记忆》便是诗人从格律诗转为自由诗探索的一次尝试，全诗使用散文化的语言，不重字句的押韵、诗节的回环，不依靠格律的雕饰，以自然流动的情绪勾连纷乱交杂的日常意象，用对生活场景的细致描述发掘经验深处幽邃的诗意。这首诗看似没有经过诗人的刻意铺排，头绪繁杂，结构冗长，实则诗人力使情感思想处处有张有弛。这种以内在情绪而非外部格律统领全诗节奏的做法，与诗中所写记忆的飘忽、多样、捉摸不定相互契合。

戴望舒的象征诗艺同样有所深入。诗中平淡琐屑的日常形成诗人乍看了无波澜的记忆，可细细深挖来看，记忆的低语、内心的观照、灵魂的思索与反问无处不在。而诗人对记忆中这些日常化、琐碎化事物的体验，经历了烦闷—习惯—依恋的

---

① 初发表于《未名》第2卷第1期。

转换，这种转换也象征了生命精神状态的变化。该诗具有散文朴素、平实的质地，自由顺畅的口语，不刻意雕琢意象的形式，构筑出了以无形见有形的象征世界。

评论精选

《我底记忆》是他的新的诗歌观的自觉的实践。这首诗没有《雨巷》那种铿锵的韵脚，华美的字眼，完全采用朴实无华的现代口语。艾青称赞这首诗改用口语写，也不押韵，是作者给新诗发展史立下的功劳。戴望舒中期诗歌创作，一反以前对诗的音乐美的追求，以摒弃了华丽雕饰的自然朴素的诗句表达内心情绪，这些诗都不在乎外在的韵律而重视情绪的婉转起伏，追求形式上的自由化，且以口语为诗，亲切自然，含蓄蕴藉。

——龙泉明：《中国新诗第二次整合的界碑——戴望舒诗歌创作综论》[1]

这样琐碎又不新鲜，这样微妙还夹杂着太息，这在本性上好像是非诗的。从浪漫的诗艺来说，它太缺乏必要的新异，也太不够强烈了（浪漫派不是讲强烈的感情的自然流露吗？）然而，戴望舒的贡献就在于他从这飘涉的、重复的、不新鲜的、不强烈、不极端的记忆中和容易被忽略的心灵微微的动静中，发现了它的诗意。

——孙绍振：《中国早期新诗的象征派——从闻一多到戴望舒》[2]

这诗，既是写属于诗人个人的印象、情绪和感悟，同时又是每一个人都可亲切感知的，它是个人的独特发现，又是普泛性的人人都能体验到的一种现象，一种灵魂的颤动。自然，作为诗，同样重要的是要用完美的诗的形式、语言、格律来表现。《我底记忆》是诗，是哲理，是人生人性的发现。它用散文化的形式，用口语语言，用大量的排比句，不追求押韵，不重平仄，除了第二节长长的排比句中连用十个"上"字、最后一行用"样"字押韵外，都未作格律的雕饰。

——陆耀东：《论戴望舒的诗》[3]

戴望舒的《我底记忆》是倾心后期象征主义诗学后诗风聚变的代表作……这首诗，选取日常生活最平凡的事物为"记忆"意象。开首以娓娓道来的朴实平缓语调，将"记忆"这个抽象的情感概念形象化为"最好的友人"，然后用铺陈的笔法描述了"记忆"无处不在，像"燃着的烟卷""绘着百合花的笔杆""喝了一半的酒瓶"等意象仿佛信手拈来，又亲切实在，而且富于民族性，比照郭沫若诗歌的

---

[1] 《中国社会科学》1996年第5期。
[2] 《福建论坛》（人文社会科学版）2001年第5期。
[3] 《世界文学评论》2006年第1期。

"摩托车文明"来说，本土化色彩要浓得多。如果说这里关于"记忆"的"存在"的表述是静态的抒写，那么接下来关于"记忆"的"来访"和个性的描写，则是动态的展示……整首诗以"情绪"的起伏形成内在节奏的变化，不押韵，不避同字，形式自由。戴望舒找到了"新的情绪和表现这情绪的形式""字句底节奏已经完全被情绪底节奏所替代"。杜衡说，戴望舒从这首诗起，"在无数的歧路中间找到了一条浩浩荡荡的大路"，完成了"为自己制最合自己的脚的鞋子"的心愿。戴望舒对《我底记忆》的偏爱远甚于《雨巷》，1932年他编选《望舒草》，将《我底记忆》置于集首，而未收《雨巷》。

——陈希：《戴望舒：意象艺术的营造》[①]

印象[②]

是飘落深谷去的
幽微的铃声吧，
是航到烟水去的
小小的渔船吧，
如果是青色的真珠；
它已堕到古井的暗水里。

林梢闪着的颓唐的残阳，
它轻轻地敛去了
跟着脸上浅浅的微笑。

从一个寂寞的地方起来的，
迢遥的，寂寞的呜咽，
又徐徐回到寂寞的地方，寂寞地。

---

① 《西方象征主义的中国化》，中山大学出版社2018年版，第315—316页。
② 选自《现代》创刊号，1932年5月。

诗作导读

这首小诗作于1932年，有着浓郁的意象诗风。戴望舒通过单纯的意象并置，构建看似独立、并无明面相似的象征建筑，各个小建筑又从中抽取朦胧的象征指向，形成诗人生命状态的一种投射。

诗人无心铺就过多的意义与情感，深谷幽微的铃声，迷蒙入水的渔船，井口欲坠的露珠，林间的衰颓残阳，这些转瞬即逝而又鲜活的印象，凄迷而朦胧。结尾以没有源头的呜咽收束，带着寂寞的怅惘，兜兜转转，去了又回。诗人将这些意象具体化、拟人化，以此来凸显"印象"中的具象与可感；另外，诗人抽走承接逻辑的关联词语，使得每个意象独立自生之余又相辅相成，宛若诗人分叉却又统汇的怅惘思绪，无形间指向意义的更远处——这些意象稍纵即逝，不可挽回，犹如生命中的许多感觉。戴望舒发挥了诸多意象的整体性，熨帖地整合在流转变幻的现代情绪之中。

评论精选

这种立体感，造型美，实指一首诗里的每脉情思，每个感觉都要有具感性，都要用纯意象的有机组合来表现……这里围绕"铃声""渔船""真珠""残阳""呜咽"而构成的五个意象，组合成一首诗，它们之间排除了某些关联用语作"串儿"，也没把任何一个意象拨高一层，抽象出一些解释性的直白来，纯粹是五个意象的组合，感觉和情思都隐藏在具体的意象背后。

——骆寒超：《新诗的意象艺术》[1]

这首诗题目叫《印象》，写的是诗人在某一特定的时空感官所受到的刺激。诗人把"幽微的铃声""小小的渔船""青色的真珠""颓唐的残阳""寂寞的呜咽"等意象并列在一起，在立体地展示了那一特定时空环境的同时，一种流贯其间的内在的情绪流，一种在黑暗社会中正直知识分子的孤独感和寂寞感，便很自然地流露出来了。

——吴思敬：《诗的运动观》[2]

这是少见的纯意象诗。它抽去了语义上前后的因果关联，以一连串的意象的重叠并置直接呈现意绪……透过驳杂的外表就会发现各意象分子间内在的一致性：它们不仅都是古诗常用意象，积淀着悲凉感伤的情思；而且内涵与情调也都具有同一指向，

[1] 《诗探索》1981年第4期。
[2] 《贵州社会科学》1987年第2期。

即它们都是稍纵即逝、美妙而渺远、抑郁感伤的，它们在美好的事物或印象都必消逝的惆怅情调那里，又都熨帖和谐地统一一处，形断意连，意与象浑，构成了一个幽深隐约的情思意境。此诗表明戴诗比较注意意象的整合性、意象之间的内在关联。

——罗振亚：《戴望舒诗歌的特质情思与传达策略》①

戴望舒习惯于将反映一个主题的多种具备相同性质的意象罗列出来，用以不断加深读者的印象从而调动读者的情绪，这是戴诗中最常见的一种手法，比如《印象》……在这种意象展示中，每一个新的意象的出现都是对前面意象所达成艺术效果的叠加，直到呈现在读者眼前的"画面"越来越清晰、完整，最后达成与诗人"情绪"共振的艺术效果。

——王书婷：《在节奏与意象之间起舞——戴望舒诗风转变的艺术辨析》②

萧红墓畔口占③

走六小时寂寞的长途，
到你头边放一束红山茶。
我等待着，长夜漫漫，
你却卧听着海涛闲话。

1944年11月

诗作导读

这首诗写于1944年，是戴望舒创作后期的代表作。全诗采用洗练纯熟的口语写成，通过意象相互牵连塑造整体的象征语境，寄寓对友人真切诚挚的怀念；言约意丰，表达了诗人对生与死、人与时等形而上学命题的玄妙思索，可谓一首伟大的短诗。

这首诗每一句都可解读为一层隐喻。第一、第二句写对故人的追思与缅怀。戴望舒与萧红曾在香港有过短暂的交集，他对这位年轻逝去、才华洋溢的女作家充满了伤悼与痛惜。诗人远赴长途，花了六个小时，走到友人灵魂安息之处。"六小时

---

① 《文艺理论研究》2001年第3期。
② 《中国现代文学研究丛刊》2006年第4期。
③ 选自《灾难的岁月》，戴望舒著，星群出版社1948年版。

寂寞的长途"，既带出诗人对友人的深切哀思，也象征着诗人和友人同样孤独而执拗的人生旅程；"头边""红山茶"具象化逝去的友人，以光亮的色泽反衬墓中人的沉睡、墓外人的寂寞；接下来的第三、四句既是对追怀过程的描写，亦是对这一过程的提取与升华。活着的人凝望漫漫长夜，如墓前的戴望舒。他在纷飞的乱世里追问个人的命运、民族的命运，坚韧又孤独，即便看不到前路，也不愿退缩，在无尽的彷徨中不含期待。死去的人，如萧红，看似沉入了永久的宁静，却依然卧听着海涛的闲话，她的生命并没有真正终结，她的灵魂依然和自然同生同息。生与死之间的间隔被这一辽阔而深远的情境消融了，某种意义上达成了一种相互的流动。

戴望舒用日常化的对话语气、没有过多修饰的自然口语、简洁而极具概括性的自然意象，浓缩了生与死、人与世界、人的存在困境等诸多深奥的哲思命题，句之中意象元素的对比，句与句之间意象关系的对比，转折逻辑带来的语意生成，都在戴望舒炉火纯青般的新诗书写中消融了痕迹，正所谓羚羊挂角，无迹可寻，这首诗显出"无招胜有招"的诗意化境。

评论精选

渴望安宁的诗人，此刻真诚地羡慕萧红那永恒的超脱：萧红是无须等待了，她是幸福的，而我们的乐园鸟，依然没有找到它的天国。如海的忧患窒息着它。戴望舒显然没有力量挣脱那无涯的痛苦，他仍然怀着一颗忧愁的心。

——谢冕：《寻梦者的等待——论戴望舒》[①]

这首诗最令人吃惊的地方，就在于展露了一种诗歌的成熟。这种成熟不仅涉及诗人的心智（特别是生与死，自然与人生的关系，对自身境况的意识），也洋溢在诗歌的语言上（如此干净，朴素，洗练，而又富于暗示性）；更为重要的，还在于其中所包含的不同层面的成熟之间的相互协调。

——臧棣：《一首伟大的诗可以有多短》[②]

"海涛闲话"这一隐喻可以理解为构成反讽的三种向度的暗示：（一）对萧红受伤的寂寞的灵魂的慰藉；（二）萧红死后也还是摆脱不了寂寞；（三）平静的海湾下的长眠者的不平静的睡眠。这三种暗示互相贯通，形成隐喻性的语境，也是意义的创生。生者等待着长夜漫漫，对自己亦是对民族命运的叩问，死者倾听海涛闲话，映现绵延无尽的生命沉思，二者都在无声地言说，都在"思"。诗中用一个

---

① 《贵州民族学院学报》（社会科学版）1985年第1期。
② 《读书》2001年第12期。

"却"字，把二者连成一体，并在微妙的转折中，显示出二者"思"的不同层面和趋向。

——王文彬：《本事和隐喻》①

这召唤传递给死者，甚至她的名字也被召唤，但无人回应。回归的路径被永久地叛逆，语义的召唤是一种在缺乏所指的状况下，播撒自身的召唤。因此，诗人/生者穿过漫长的夜晚等待着一个无声的回答。墓旁的红花还未败落，显然承载着某种永不停歇的悲悼之志，一种被内在化的召唤确认思之许诺，它只存在于写作——书本之中，别无他处。对悲悼主题的如此阅读使我们了解到，戴望舒的"口占"实在是一首追忆其文学使命与文学创造性的诗篇。

——米家路著，赵凡译：《反镜像的自恋诗学——戴望舒诗歌中的记忆修辞与自我的精神分析》②

---

① 《读书》2003年第2期。
② 《江汉学术》2017年第4期。

施蛰存（1905—2003），原名施德普，字蛰存，浙江杭州人。曾参与《无轨列车》《新文艺》杂志的编辑工作，1932年起在上海主编大型文学月刊《现代》，引介西方现代主义思潮，推崇现代意识的文学创作。其是中国现代派小说的奠基人之一，他向中国介绍了日本新感觉主义文学，并与刘呐鸥、穆时英等共同组成中国的新感觉小说创作流派，而他亦是现代派的重要诗人。此外，他在古典文学研究、碑帖研究、外国文学翻译方面均有成就。

桥洞①

小小的乌篷船，
穿过了秋晨的薄雾，
要驶进古风的桥洞了。

桥洞是神秘的东西哪，
经过了它，谁知道呢，
我们将看见些什么？

风波险恶的大江吗？
纯朴肃穆的小镇市吗？
还是美丽而荒芜的平原？

我们看见殷红的乌桕子了，

---

① 选自《现代》第1卷第2期，1932年6月。

我们看见白雪的芦花了，
我们看见绿玉的翠鸟了，
感谢天，我们底旅程，
是在同样平静的水道中。

但是，当我们还在微笑的时候，
穿过了秋晨的薄雾，
幻异地在庞大起来的，
一个新的神秘的桥洞显现了，
于是，我们又给忧郁病侵入了。

诗作导读

乌篷船穿过一个桥洞，可以瞥见更多风景，然而在穿过桥洞之前，船上的"我们"须先经历焦灼的好奇与不安的想象，犹如置身人生一个神秘叵测、充满未知的阶段。诗人的悲喜宛若乌篷船的船桨，上上下下，起起伏伏，喜忧参半，神秘与忧郁交错参差，推动这条小船行驶在没有尽头，也没有答案的人生长河上。

诗中以传统的水乡、乌篷船、桥等江南代表性的景致，营造浓郁的乡土氛围，抒发对田园的深切眷恋；穿过旧日的桥洞，花鸟缤纷，生机勃勃，这正是诗人期待的精神世界。然而新的桥洞也象征着一种阻断，也就是说，这个新的桥洞后面乃是20世纪30年代初迅速崛起的都市生活：新型的文明冲击着古旧的社会，人们习以为常的恬静安定渐渐消散了，剧烈的变化席卷着每一个渺小的个体，所有的道路都辨不清方向。身处此等情景中的诗人自然忐忑忧虑，不知是笑是哭了。

诗人使用了自然洗练的口语，以设问、疑问、陈述等多种句式的交叉勾勒忧虑情绪的波折，描绘闲淡中有蓬勃，鲜活中含朦胧的江南水乡图景，诉出诗人站在时代分野前的彷徨和迷惘。诗中表达的是时代的"忧郁病"，亦是个人难以摆脱的"忧郁病"，"桥洞"这一古老的意象衔接了田园社会的静谧与新型文明的神秘，施蛰存为其注入了现代的因子。

评论精选

在都会主义作家中，对回归大自然这一主题关注最多、开掘最深的，是施蛰存。作为一位具有根深蒂固城乡二元性格的都市文学家，他观察都市视角自然与刘呐鸥、穆时英等人有所不同。他更多地看到了传统乡土文化在现代都市文明进逼下的步步退守与日益瓦解。可以说，传统文化情结贯穿了施蛰存的整个文学历程。

——周明鹃：《现代都会主义文学与传统文化》①

施蛰存的诗善于捕捉瞬间微妙的感受，开掘"深层意象"——意象和潜意识的关系。他的诗意象营造也很独到：《桥洞》一诗"古风的桥洞"和其他一串意象叠加，传达出现代人对人生旅途的忧虑和未来的怀疑。

——陈希：《论中国现代派诗对意象主义的接受》②

这首《桥洞》给人至深印象的，是诗中流露出的这种忧喜参半的情绪。船中人一面为水道的平静而微笑祝祷，一面又为新的未知的天地的行将出现而深自忧虑。而"桥洞"正是行进中的水程与新的未知世界之间的分野。它之所以是神秘的，正是因为它即将展开的是一个未卜的不可确知的世界。

——吴晓东：《临窗的怅望者》③

银鱼④

横陈在菜市里的银鱼，
土耳其风的女浴场。

银鱼，堆成了柔白的床巾，
魅人的小眼睛从四面八方投过来。

银鱼，初恋的少女，
连心都要袒露出来了。

---

① 《文学评论》2003年第2期。
② 《文学评论》2009年第5期。
③ 《读书》2015年第5期。
④ 选自《现代》第1卷第2期，1932年6月。

诗作导读

　　这是一首典型的意象诗。不同于《桥洞》的铺叙与渲染，《银鱼》全诗高度精练，用词客观、明晰，又通过清晰明了的意象的跳跃和转换打破时空关系，植入意蕴丰富的隐喻，含蓄地写出20世纪30年代初都市里东西交汇、欲望横流之下诗人的美好幻觉和潜意识诉求。

　　全诗共三个小节，第一节以实写开篇，"横陈"一词已将泛着银光的鱼身与女性洁白的胴体关联起来，下句立即跳跃至浴场的图景，引出读者对浴场喧闹、生命勃发的无尽遐想；第二节紧跟上文的跳跃，将银鱼和浴场两个空间打碎杂糅，因而银鱼的颜色与光泽会使诗人联想到浴场特有的床巾。此时诗人止住进一步言说身体欲望的冲动，关注点又跳跃至女孩们明亮的眼睛，这一转换丰富了诗中的欲望书写，增添了绵延的神韵；第三节更进一步，由身形到五官再到内心，一个女性的不同侧面，皆由"银鱼"完成了点拨和勾勒，袒露出少女真挚的恋曲，而此前透过身形、毛巾、眼睛注入的潜在性意识，也由"袒露的心"拔至高潮。诗人的客观化与意象的单纯并置相得益彰，使诗人隐秘且深邃的现代个体思绪与斑驳的都市、繁杂的欲望、纯挚的倾吐交相混杂，令人眼花缭乱之余回味深长。

评论精选

　　他的《意象抒情诗》则成为都市诗的初期范式。这组诗的诗学策略取法美国意象派诗歌，诗学主题则附和桑德堡的都市诗，……这（指《银鱼》所写）仅仅是都市风景的一角，省略了柔软的修饰和滥情，土耳其风的女浴场、床巾、少女，构成了一组隐喻，暗示了银鱼的三种形态。施蛰存在美国诗歌里找到了自己的诗学主题和表达策略。

　　　　——张同道：《都市风景与田园乡愁——论三十年代现代主义的诗学主题》[①]

　　这是典型的"意象"诗……人对自己所见的事物，通过联想和幻化来表达刹那间产生的纯主观的内心体验。"菜市里的银鱼"本是常见事物，当它与都市里人欲横流这一意象在瞬间发生撞击时，就展现了火花缤纷的幻觉天地：土耳其浴场美艳妖冶的裸女，迷人的小眼睛，"连心都要袒露出来了"的初恋少女——一幅典型的半殖民地享乐和腐败的风俗画。此诗摈弃了任何说明，完全是意象的呈现，显示了高超的艺术美。

　　　　——凡尼：《中国现代派诗人钩沉（五则）》[②]

---

　　① 《文艺研究》1997年第2期。

　　② 《东方丛刊》1997年第3辑。

在中国现代派诗歌中，施蛰存《银鱼》是一首较严格的意象主义诗，全诗客观呈现三组意象：菜市场的银鱼与土耳其风的女浴场、银鱼的堆形与女人魅人的小眼、银鱼的横陈与少女的袒露，这些意象叠加复合，暗示了一种关于性的臆想和微妙感受。与H. D的《奥丽特》《花园》等诗取消外在虚妄的想象，进入内在统一、直觉颖悟状态不同，施蛰存的《银鱼》意象之间深层次存在隐喻关系，这种相比的地方很微妙，需要读者的体验投入和想象的跳跃。

——陈希：《论中国现代派诗对意象主义的接受》[①]

---

① 《文学评论》2009年第5期。

废名

废名（1901—1967），原名冯文炳，湖北黄梅人。曾为语丝社成员，"京派文学"鼻祖。以小说名世，1925年出版短篇小说集《竹林的故事》，另写有长篇小说《莫须有先生传》《桥》等，其小说以"散文化""诗化"著称。废名亦写新诗，只是公开发表的不多，曾自编过《镜》《天马》等诗集。其诗与佛禅思想有很深的渊源，玄远奇僻，表意晦涩，刘半农曾说其诗"无一字可解"。但台湾现代派诗人纪弦、痖弦等则对废名诗歌称赞有加。

十二月十九夜①

深夜一枝灯，
若高山流水，
有身外之海。
星之空是鸟林，
是花，是鱼，
是天上的梦，
海是夜的镜子。
思想是一个美人，
是家，
是日，
是月，
是灯，
是炉火，

---

① 选自《水边》，废名著，新民印书馆1944年版。

炉火是墙上的树影，

是冬夜的声音。

1937年6月[①]

诗作导读

　　废名的诗文辞质朴自然，却意蕴幽深。他喜静喜禅，其诗经常与儒释道等多种哲思相融，通常以禅入诗、以诗写禅，意蕴晦涩难明，有一种朴素的朦胧感。《十二月十九夜》便是诗人一次玄奥的冥想之旅。

　　废名秉承禅宗的思想，我心是佛，处处有佛，一花一草一木皆有生命与灵性，内心世界的广度与灵魂的深度并举，志在体味人生无尽的奥秘。在这首诗里，废名记叙了一次神奇幻妙的心灵历程。诗人深夜独坐，青灯高照，一灯一人影，一影一世界。诗人在自我的内心世界里穿梭天地，宇宙广袤，草木繁盛，自然万物尽在诗人内心的幻觉与想象中驰骋、勾连，诗人在这样的精神想象中收获到一种灵魂的平静和思想的开悟。当诗人沉浸在内在的精神宇宙之时，他的思想又一点点顺着遨游自然的痕迹回到外在的物质世界，带着些许恍惚与惆怅，实现静穆中的超脱。然而在灯火清幽的环境中，诗人又陷入新一轮冥想和幻灭的循环之中了。

　　这首诗的意象带有浓郁的古朴味道，可见废名从古典诗词中吸取了创作经验，用冷静的内心与迷茫的情绪驾驭偏古典化的深幽奥远意境，并且用"禅意"开启与回答人生代代无穷尽的思索。语言多用短句，形成戛然而止的断裂感，加强意蕴的隐晦，是真真切切的个人之诗。

评论精选

　　废名好青灯独坐。他有宽广的内心世界，上下古今，思接千载，纵横万里，容得下万物宇宙。如《十二月十九夜》这首诗，用三个句号，将全诗分割为三层。第一层写辽阔的诗思……第二层写诗思幻化出奇景……第三层写忧惚中所感……全诗写想象中的世界，宇宙异常美丽，自我异常充实；又写一切都是虚幻的，自我异常空虚，反映了作者执着于人世，又远离现实的矛盾心境。

　　　　　　　　　　　　　　　　　　——蒋成瑀：《废名诗歌解读》[②]

　　从一个层面看，诗人告诉我们，美好的想象代替不了无声的现实。多少美好的

---

　　①　初发表于《文学杂志》第1卷第2期。

　　②　《中国现代文学研究丛刊》1989年第4期。

遐想，仍然逃脱不了现实的制约。人生的寂寞感与孤独感，是与生俱来的。独对孤灯，又回到孤灯。最后面对的仍然是身边的炉火与"墙上的树影"。或者，另外一层意思是说，一个人一旦彻悟人生之后，就会获得更大的自由。后边的在"灯"前的感受，已经不是开始时的独对孤灯的心境了。诗人感到，连身边的炉火也是那么的美丽而有诗意，"炉火"的身姿乃如映在"墙上的树影"，它发出的是噼噼啪啪的"冬夜的声音"。

　　——孙玉石：《现代诗人的玄想思维与文化结构——再谈重建中国现代解诗学》①

　　朱光潜曾说过："废名先生富敏感好苦思，有禅家与道人风味。他的诗有一个深玄的背景，难懂的是这背景。"这"深玄的背景"是什么呢？冯健男认为"就是禅家的静观、心象、顿悟、机锋，与李商隐诗温庭筠词的感觉、幻想、色彩、意象的现代化的融合"。在具有现代主义诗风的诗人中，废名的宇宙观、诗学观，不像其他诗人主要来源于西方现代哲学、美学思想，他更多的得益于东方古老哲学与禅宗及美学。……废名的诗不以观照现实的深厚显示其意义，而是以对宇宙、生命本质的哲理感悟显示其精义。废名的诗以冲淡为衣，具有幽静、清远而空濛的意境美。

　　——陈建军：《废名研究综述（1981—2001）》②

　　这首诗最富神采之处，是"灯"的独特意象。孤灯、镜子、日、月、炉火这一系列物象实则都是诗人心境的外化，夜与灯、暗与明、静与动更是构成一种心绪的强烈对比，而正是在这种内心与外界的相互映照之中，升腾出诗人对人生，乃至对宇宙的一种哲理思考：越是享受孤独，就越能获得更为广阔的天地；越是承受黑暗，就越能体味光明；越是保持内心清净，就越能穿透尘世的浮躁，直达理想的境地。

　　——刘勇、李春雨：《论废名创作禅味与诗境的本质蕴涵》③

　　诗人所要表达的是对现实生活和人生的肯定。诗的第一单元写的美妙的幻境，是一个"出世"的境界，而第二单元所写的现实生活的实境，则是"入世"的境界。但是，由"出世"的境界回到"入世"的境界，又不是简单的对"出世"境界的否定和对"入世"境界的肯定。毕竟有"思想是一个美人"之叹，表明诗人并不否认"出世"的美妙境界。之所以由"出世"的境界回到此"入世"的境界，仿佛禅宗所谓的从"见山不是山，见水不是水'，到"见山又是山，见水又是水"的思想境界的变化。

　　——高恒文：《废名的诗：深玄的思想特征及其艺术形式》④

---

　　①　《中国现代文学研究丛刊》1994年第3期。
　　②　《黄冈师范学院学报》2002年第5期。
　　③　《中国文学研究》2007年第1期。
　　④　《文艺争鸣》2015年第4期。

何
其
芳

何其芳（1912—1977），原名永芳，重庆万州人。大学时代开始创作新诗，1936年与北京大学同学卞之琳、李广田合出《汉园集》，三人因此获称"汉园三诗人"。其诗形式整饬、格律严谨、音韵和谐，内容上则想象奇幻，突出对生活中美好事物的向往。同时他也擅长散文创作，1937年散文集《画梦录》出版，获得《大公报》文艺金奖。中华人民共和国成立后，他把主要精力转向文学研究与评论。

预言①

这一个心跳的日子终于来临！
呵，你夜的叹息似的渐近的足音，
我听得清本是林叶和夜风私语，
麋鹿驰过苔径的细碎的蹄声！
告诉我，用你银铃的歌声告诉我，
你是不是预言中的年轻的神？

你一定来自那温郁的南方！
告诉我那儿的月色，那儿的日光！
告诉我春风是怎样吹开百花，
燕子是怎样痴恋着绿杨！
我将合眼睡在你如梦的歌声里，
那温暖我似乎记得，又似乎遗忘。

请停下，停下你疲劳的奔波，

① 选自《汉园集》，何其芳等著，商务印书馆1936年版。

进来，这里有虎皮的褥你坐！
让我烧起每一个秋天拾来的落叶，
听我低低地唱起我自己的歌！
那歌声将火光一样沉郁又高扬，
火光一样将我的一生诉说。

不要前行！前面是无边的森林：
古老的树现着野兽身上的斑纹，
半生半死的藤蟒一样交缠着，
密叶里漏不下一颗星星。
你将怯怯地不敢放下第二步，
当你听见了第一步空寥的回声。

一定要走吗？请等我和你同行！
我的脚知道每一条熟悉的路径，
我可以不停地唱着忘倦的歌，
再给你，再给你手的温存！
当夜的浓黑遮断了我们，
你可以不转眼地望着我的眼睛！

我激动的歌声你竟不听，
你的脚竟不为我的颤抖暂停！
像静穆的微风飘过这黄昏里，
消失了，消失了你骄傲的足音！
呵，你终于如预言中所说的无语而来，
无语而去了吗，年轻的神？

1931年秋天·北平

诗作导读

　　1931年秋天，19岁的何其芳在萧索的北平，想象南国的热烈与繁丽，呼唤少年特有的纯挚与赤忱之情，写下了这一首颇有童话般梦幻色彩的抒情诗。这首《预言》从整体上可见诗人巧妙的构思，细腻的情感，精切的象征；从细节处可见诗人奇特的想象，丰富的语言积淀，对艺术创造的天然直觉。

《预言》以诗人与"年青的神"的相遇与分离为主线，诗人变幻起伏的情感潜流为暗线，双线交织勾勒出诗人年轻的、萌动的心灵经历的一场冒险。第一节写诗人对"年青的神"无限的期盼、欢欣与热情溢于言表，第二节通过想象与设问，第三节通过自述，既生动形象又层层细腻地倾诉诗人对"年青的神"的崇拜与恋慕。"年青的神"到来，满足了诗人的心驰神往，更让诗人的心潮汹涌澎湃、肆意翻腾。第四节，意象的类型忽然从前三节的明朗、清丽、悠静，变得神秘、古老、深邃，诗歌的情感基调从欢欣鼓舞，转向患得患失的紧张焦灼；第五节，"年轻的神"没有停止离开的脚步，诗人不肯放弃，苦苦追寻，热烈的情感进一步走向冷却；最后一节，"年轻的神"遥遥离去，与第一节的即将来临形成对比，诗人此时的惆怅、伤感，明悟后的寂寞与孤独，亦与第一节的喜悦形成对比。这两组对比使得全诗组成一个凝聚的圆形结构，辅以和谐的音律与变幻有序的诗行，呈现出一幅色彩浓密却充满伤感的梦幻图景。

全诗语言优美，想象清丽，何其芳的笔仿佛被爱神亲吻过，带有犹若天生的艺术气息，化古典为现代，化陈旧为青春，笔下之诗像一杯甘甜的香酒，蒸腾青春的纯粹与少年视角的神秘。作为全诗核心的象征意象，"年轻的神"意义丰满，既是爱情的化身，亦是诗人心中美丽、理想、希望等美好事物的化身，更是诗人因青春有限衍生出的奇妙幻想。

评论精选

何其芳的诗率真中见才气，《预言》等诗激情之风常透过意象吹向读者。《季候病》："谁的流盼的黑睛像牧女的铃声，/呼唤着驯服的羊群，我可怜的心？"成功地化用欧化句式、自由音律与意象手法，实现古典浪漫情怀的现代表达。

——陈希：《论中国现代派诗对意象主义的接受》[1]

就诗作本身而言，那篇《预言》就其故事过程、虚拟人物、奇幻境界，亦可看做是一篇诗体的爱情童话，在他其他很多爱情诗中，他都把童话式的美妙想象融铸于其中，使他的很多爱情诗都带有极其浓厚的美丽迷幻的童话色彩。在他的梦幻世界中，有一种童话般的虚幻美好，弥漫着一种童话般的温情与伤感，有一种童话般的万物有灵、浑融而空灵的境界。

——谭德晶：《何其芳〈预言〉艺术奥秘探寻》[2]

[1] 《文学评论》2009年第5期。
[2] 《当代文坛》2014年第2期。

他诗歌中的自我是个孤独、自省的年轻人，永远在渴求爱情与伴侣。细密繁复的意象，动听悦耳的音节是他修辞的特征。杜博妮（Bonnie McDougall）认为，何其芳第一篇发表的诗作《预言》中，有着克里斯蒂娜·罗塞蒂、瓦雷里、歌德和屠格涅夫的影响。

——王德威：《梦与蛇：何其芳、冯至与"重生的抒情"》[1]

花环[2]
（放在一个小坟上）

开落在幽谷里的花最香。
无人记忆的朝露最有光。
我说你是幸福的，小玲玲，
没有照过影子的小溪最清亮。

你梦过绿藤缘进你窗里，
金色的小花坠落到发上。
你为檐雨说出的故事感动，
你爱寂寞，寂寞的星光。

你有珍珠似的少女的泪，
常流着没有名字的悲伤。
你有美丽得使你忧愁的日子，
你有更美丽的夭亡。

诗作导读

这是一首别致的悼亡诗。诗人用一系列明丽清雅的意象：鲜花、朝露、清溪等形容逝去的女孩——"小玲玲"的生命，她这生命美丽、纯净，又充满忧愁与孤独。诗人以旁观者的口吻向"小玲玲"倾诉，着力吟咏赞叹她的美丽，想象她敏感脆弱的心与寂寞忧愁的独处，描摹她的哀痛与伤感。最后，诗人直呼女孩的"夭

---

① 《中国现代文学研究丛刊》2017年第12期。
② 选自《汉园集》，何其芳等著，商务印书馆1936年版。

亡"是生命美丽的完成，可见他对这一透明的、孤立的、封闭的美丽个体，除了同情，更多的是理解与认同。

诗人通过虚拟与想象，隐去了"小玲玲"琐碎的日常，留下与美丽、忧愁、寂寞相关的象征碎片，构成一个象征性的形象。因而这首悼亡诗更像是诗人自身心迹的袒露。何其芳笔触华美，想象绮丽，每一节的第二、四句押韵，注重新诗格律上的音乐美，这首诗本身也是一支"美"的乐章。

评论精选

《花环》是"放在一个小坟上"的，一个碧玉似的少女，美丽、忧愁、寂寞、幽独，没有朋友、恋人，一个人坐在屋檐下，听雨声讲述的故事，热爱天上遥远的星光，最后，死亡完成了美丽的结束。她的一生几乎都封闭在一个透明的梦里。这种寂寞宛如森林里尚未遇见王子的公主，在绿叶骚动的醉风里渴望一次灵与肉的交融，浓密、强悍而无名，仿佛独放的花朵围困在无际的黑夜里。

——张同道：《都市风景与田园乡愁——论三十年代现代主义诗歌的诗学主题》①

这一节用了三个句子来与一个句子形成隐喻。"幽谷里的花""无人记忆的朝露"和"没有照过影子的小溪"比喻着没有经过尘世玷污的"小玲玲"。"最香""最有光"和"最清亮"则比喻着"小玲玲"的最纯洁。这三个喻体的句子既与"我说你是幸福的，小玲玲"这行形成相似的对等，又与字面没有的但是却隐含着的现实社会的腐败黑暗恶浊形成相反的对等。就是在这个意义上，使诗人兀自地直抒出来"我说你是幸福的，小玲玲"。与屈辱的生相比，"小玲玲"的"夭亡"是"美丽的"，是"幸福的"。一朵含苞欲放的花未开先死，无论如何是最令人悲痛的。这与诗人所述的"美丽的夭亡"也形成了相反的对等。这样一来，"小玲玲"的死，又与诗人孤独、遗世的情怀实现了更深一层的对等和契合。

——张目：《隐喻：现代主义诗歌的诗性功能》②

像何其芳的《花环》也是一首优秀的意象意境化的抒情诗。诗中的一串意象如空谷清风。清新美丽的意象伤悼少女美丽的夭亡，全诗营造了一个美丽而哀伤的意境，也象征性地传达了作者孤芳自赏、遗世独立的内心情绪，这也是明显的象征主义感伤美的审美情趣的体现。

——王泽龙：《论中国现代派诗歌意象艺术》③

① 《文艺研究》1997年第2期。
② 《文艺争鸣》1997年第2期。
③ 《华中师范大学学报》（人文社会科学版）2004年第6期。

李广田

李广田（1906—1968），号洗岑，笔名黎地、曦晨等，山东邹平人。1929年考入北京大学外语系，开始创作新诗，与卞之琳、何其芳合出《汉园集》，被称"汉园三诗人"。北京大学毕业后着重创作散文，有《画廊集》《银狐集》《雀衰记》等散文集出版，作品多描写故乡生活，或痛斥黑暗现实，或憧憬光明未来。同时他也研究文学理论，抗战期间到西南联合大学任教，曾撰写《诗的艺术》。中华人民共和国成立后，他把主要精力投入教育事业。

地之子①

我是生自土中，
来自田间的，
这大地，我的母亲，
我对她有着作为人子的深情。
我爱着这地面上的沙壤，湿软软的，
我的褓褓；
更爱着绿绒绒的田禾，野草，
保姆的怀抱。
我愿安息在这土地上，
在这人类的田野里生长，
生长又死亡。

我在地上，

_____

① 选自《汉园集》，李广田等著，商务印书馆1936年版。

昂了首，望着天上。
望着白的云，
彩色的虹，
也望着碧蓝的晴空。
但我的脚却永踏着土地，
我永嗅着人间的土的气息。
我无心于住在天国里，
因为住在天国时，
便失去了天国，
且失掉了我的母亲，这土地。

诗作导读

李广田、卞之琳与何其芳在北京大学求学时，曾一同出版诗集《汉园集》，被称为"汉园三诗人"。在三人之中，卞之琳注重理趣与智性，何其芳浪漫气质浓郁，而李广田的诗作风格朴实敦厚，多写故园、乡土题材，表达对土地本身的热爱与珍惜，抒发质朴真切的游子情思。

《地之子》便是李广田献给大地母亲的颂歌。诗中李广田将大地比喻成母亲，通过搭建精神血脉，以"母与子"的情感纠连串联现代个体与大地之间的联系，显示出诗人在现代社会中对个体身份的一种追溯与体认。李广田以朴素平实的语言，深情地描摹大地上种种生机勃勃的景象，揭示万物的生机与大地有着紧密的联系；诗人由物及人，塑造出一个双脚立地、热爱土地的"地之子"，一个眷恋着亲情、回忆着乡土的朴实青年形象。"地之子"不仅是李广田自我情感的凝结体，同样也是那个时代京派文人们对自我身份的一种确认，他们眷恋土地，眷恋故乡，眷恋田园，像"地之子"那般回归乡土寻求价值归依。时至今日，诗中的"我"，"地之子"的核心意象，仍是无数都市游子和社会流浪儿集体情感的投射。

评论精选

李广田诗如其人，他是一个淳厚、正直的北方男儿，诗篇也飘荡着质朴和真诚的温馨的芬芳。就像一株素素淡淡的野花，没有雍容之态，也无艳丽之色，却充满着淳厚的泥土之香。他不事雕琢，而以朴素、恬淡、坦率、诚恳构成自己诗歌的灵魂。但想象力不及何其芳、卞之琳丰富，诗作略显松散，不够精练。

——成寅：《"汉园三诗人"诗歌艺术特色论》①

李广田生于山东邹平的平原上，一直在乡村长大，与自然、乡土无法分开；所以写诗时虽已是北大学生，身处灯红酒绿的都市，但有关故乡的种种影像却总在记忆与梦境中闪回，撞击诗人的心房，使之产生一种返归冲动。他这个"乡下人"正是从乡土的怀恋沉迷，来慰藉心灵，对抗着异化的喧嚣紧张的都市文化；这与从乡土外超功利观照乡土的审美视角遇合，促使诗人无意中理想化了乡土，执意表现乡土的清静闲适、乡土人的优美品性以及对乡土的礼赞怀念，甚至有时宽宥了乡土固有的缺憾。……（《地之子》）这首"作为人子的深情"恋歌，以舒缓而庄重的笔调把对大地母亲的深情传达得炽烈又深沉，即便有"天国"的诱惑，也难以改变诗人要"永嗅着人间的土地的气息"的意愿。这里的土地，已成为祖国、母亲乃至人间的内蕴代指。

——罗振亚：《泥土里生长出来的缪斯——评李广田三十年代的诗》②

"地之子"由此成为一个对土地有着"作为人子的深情"、愿意"永踏着土地""永嗅着人间的土的气息"的形象的总称。甚至，"地之子"形象后来渐渐成为整个"京派"文坛的代表性的文学形象，不仅仅为李广田所专有。这个形象不仅揭示了京派文人眷恋乡土的心态，同时还极好地传达了他们对传统趣味的眷恋、对淳朴生活方式的认同，以及对现实人生执着忠实的朴素感情。

——张洁宇：《聚散由诗——"汉园诗人"的聚散及其艺术风格比较》③

从国家主题的角度来看，书写土地很容易和爱国的情思联系在一起，无论是写灾难深重的土地，还是异域渴望归来的游子，还有土地日新月异的变化，土地和祖国的亲缘关系决定这些作品大致都可以归结到一种对于祖国深挚的爱，这不但是土地书写成为国家主题的前提，也是其成为国家主题的重要旨归。

——张立群、田盼：《现代诗歌中的土地意象》④

① 《上海大学学报》（社会科学版）1991年第3期。
② 《佳木斯大学社会科学学报》1998年第3期。
③ 《山西大学学报》（哲学社会科学版）2014年第3期。
④ 《长沙理工大学学报》（社会科学版）2015年第1期。

金克木

金克木（1912—2000），字止默，笔名辛竹，安徽寿县人。19岁到北平求学，后在北京大学图书馆任职，自学掌握了英语、法语、德语等语言，1941年到印度一家中文报社任编辑，又学习了印地语和梵语，并开始研究佛学。在诗歌创作方面，其凭借《秋思》《黄昏》等步入诗坛，后成为《现代》诗人群体的一员，有诗集《蝙蝠集》《雨雪集》问世，其诗擅用古典意象寄寓现代人的感思，诗境幽微玄远。同时其在文学翻译和中外文化、文学研究方面亦多有建树。

生命①

生命是一粒白点儿，
在悠悠碧落里，
神秘地展成云片了。

生命是在湖的烟波里，
在飘摇的小艇中。

生命是低气压的太息，
是伴着芦苇啜泣的呵欠。

生命是在被擎着的纸烟尾上了，
依着袅袅升去的青烟。

---

① 选自《现代》第4卷第1期，1933年11月。

生命是九月里的蟋蟀声，

一丝丝一丝丝的随着西风消逝去。

诗作导读

这是一首鲜明的意象诗，金克木写这首诗时只有21岁，却丝毫未受饱涨的青春活力影响，肆意抒发胸中的情感，他在有限的篇幅里浓缩了对生命有限、时光流逝等终极问题的深沉思考，以清新的、流动的、明晰的意象揭示生命状态的变化。诗人选择了5种意象：幽邃的云粒、飘摇的小艇、低压的芦苇、燃烧的纸烟、鸣叫的蟋蟀，分别围绕这些意象组建图景，写出生命行进时神秘、迷茫、沉重、消耗、逝去等不同体验。

金克木崇尚智性，认为"纯诗"应当引人深思，因而他十分注重客观化表达，隐蔽诗中的主体形象。以《生命》为例，诗人将生命投寄到意象与时空的转换之中，牵出人生经验的流淌，露出诗人细密幽微的复杂思绪。全诗采用自由体，兼顾一些诗行的整齐与音节的呼应，辅以简洁流畅的语言，述说形而上的生命哲理，是一首典型的智性诗。

评论精选

诗里充满着对生命滋味的一种深沉的思考和顿悟。诗人以一连串象征意象来展示生命形形色色的状态与色彩，既有唯物的辨析，也有形而上的宗教意味与禅理，充分地呈现生命神奇幽邃的境界。

——凡尼：《中国现代派诗人钩沉（五则）》[①]

它类似思维平行而无交叉的无主题变奏，生命是悠悠碧落里变幻的云、历经飘摇的舟、被迫呻吟出的无可名状的啜泣、烟尾上的青烟、随西风消逝的蟋蟀声。但它们却共织成了生命由变幻莫测到溘然消逝过程的忧患感情，诗人在绝望的处境面前顿悟到生命之渺小之压力之沉闷，进而触摸到了进取与挣扎、美好与悲哀并存的生命本质内核。

——罗振亚：《在智性抒情的"僻路"上——评金克木的诗》[②]

这首典型的意象诗，以一连串的意象构成生命的象征，在新奇的审美感悟中从

---

① 《东方丛刊》1997年第3辑。
② 《诗探索》2000年第3-4辑。

不同层面托现出诗人苦涩的生命体验，自有其自足性完整性。

——姚万生：《30年代现代派诗歌的现代性：超越幻灭超越浪漫》①

在金克木看来，新的智慧诗应"以不使人动情而使人深思为特点""极力避免感情的发泄而追求智慧的凝聚"。他自己的诗便极力避免感情的发泄，而注重对人生、生命、宇宙等终极命题进行富有哲理深度的思考。如《生命》对生命各种存在形态的体验与审视。

——罗小凤：《论金克木对"纯诗"理论的建构与践行》②

---

① 《西南民族学院学报》（哲学社会科学版）2001年第12期。
② 《湖南大学学报》（社会科学版）2019年第3期。

林庚

林庚（1910—2006），字静希，原籍福建闽侯，生于北京。1928年考入清华大学物理系，1930年转入中文系，曾参与创办《文学月刊》。擅写旧诗，但也创作新诗，1933年出版第一本自由体诗集《夜》，后又尝试新格律体，出版《北平情歌》《冬眠曲及其他》等。他把终生献给诗歌，90高龄时笔耕不辍，并牵头组建了北京大学诗歌中心。他以自己的创作实绩跻身现代派的重要诗人群中，并对新诗节奏、形式的探索做出重要贡献。另外，他在中国文学史研究，尤其是楚辞和唐诗部分的研究方面，成果卓著。

春天的心①

春天的心如草的荒芜
随便的踏出门去
美丽的东西到处可以拣起来
少女的心情是不能说的
天上的雨点常是落下
而且不定落在谁的身上
路上的行人都打着雨伞
车上的邂逅多是不相识的
含情的眼睛未必为着谁
潮湿的桃花乃有胭脂的颜色
水珠斜打在玻璃车窗上
江南的雨天是爱人的

---

① 选自《现代》第5卷第3期，1934年7月。

诗作导读

这首诗运用了丰富的通感手法。诗中没有标点，全凭意象的串联与诗境的转换勾勒细腻的情感层次。第一句至第四句为第一层，写初出家门的激动与欣喜，懵懂和羞涩；第五句至第八句为第二层，诗人用触感与视觉交汇的通感手法，写细雨蒙蒙中的恍惚与迷离，冲淡了之前对春天的喜悦吟咏，多了一层可供挖掘的意蕴空间；第九句至末句为全诗的第三层，诗人继续渲染交杂的喜悦与失落，融情于景，再度使用通感打破感官的阻隔，烘托春日里生命勃发的浓烈气息；以桃花比喻少女的眼睛，以水珠象征浓密的情思，赋予这些传统意象现代化的青春思绪，展现充盈着的希望与情感的昂扬向上。末句"江南的雨天是爱人的"重重点题，春天的心便是如此包裹着爱意与美好。

林庚对古典文学情有独钟，这首小诗也体现了他深厚的古典文学功底。他在新诗中有意无意会使用古典的景象，如春草、细雨、桃花、水珠、胭脂等，整个诗境氤氲着春天的幽美与玲珑。清新自然、明快朗丽的新诗语境，与诗人走出家门、拥抱春天的炽热心绪融为一体，这首小诗便从经验与审美上兼具了好诗的品质。

这首诗在同时代的写景诗中之所以别具一格，是因为它不仅将古典的外形与现代的内蕴合二为一，而且还流露出不同于忧郁病、朦胧感伤的积极气息。诗人热爱春天，在春天寻觅生机，在娇媚的生机里收获慰藉，这难得的积极风貌倒与五四时期的抒情主路一脉相承。尽管林庚创作的新诗数量不多，但他依旧留下了足够令后人咀嚼的青春遗产。

评论精选

此诗堪称神品，诗意的清纯和流畅在现代诗史上恐怕都是无与伦比的。荡漾的春心、雨点一样飘忽无定的少女情意、桃花般的眼睛、江南的雨……传统诗词中几成滥调，而在这里又疑为天籁了。在轻快流利的咏叹中，一切都显得自然妥帖、摇曳生姿。那么一种不可言喻的春天情思，一种纯真的性灵，从每句诗每个字里缓缓流溢出来，至于诗中用何词语用何意象则已恍然不觉。

——龙清涛：《论林庚早期自由诗》[1]

他的这种"生命意识"，常常与一种奋发的向上的追求结合在一起，而与流行的精神颓废无缘。这就无意中显现了一个独特的文学现象："五四"时代弥漫

[1] 《中国现代文学研究丛刊》1990年第3期。

的"少年精神"在30年代普遍衰落，而在林庚的诗里，却呈现了一个新的蓬勃和崛起……读这些诗篇，能在自然的吟咏中感到诗人对自然与生命的赞美，诗人的美与爱的广博的心，几乎可以看作是林庚"少年精神"的代表作品。它们形象地证明了林庚的信念："美是青春的呼唤"。

——孙玉石：《论30年代林庚诗歌的精神世界》①

诗人对美好事物的追求向往是多向度辐射的，在有关春天题材的诗中体现得最为强劲有力……《春天的心》充满生命苏醒的欢欣，境界高远，句式的跳荡中春的温柔、缠绵与欢欣已缓缓渗出……林诗的意象语汇的外形是旧的、古典的，而境界情感的内生命却是新的、现代的，如《春天的心》中桃花、眼睛、水珠、江南的雨天等传统意象，已成为现代情绪、现代人青春躁动复杂情绪的载体，这也正体现了林诗现代性之所在。

——陈世澄、罗振亚：《传统诗美的认同与创造——评林庚20世纪30年代的诗》②

这首诗把各种对春天的感觉融会到一起，五光十色，回环往复，那种氛围出来了。诗的长处在于表达丰富复杂的情感，包括潜意识的东西，有时诗歌表现感觉会和惯常的逻辑思维不合，像这首诗东一句西一句，似乎有些凌乱，用逻辑直解的办法是理不清的，只能用感觉去体味，有时还要靠直觉，如果阅读中把"通感"调动起来了，就能处处发现春天的景象，引发春心的跃动。

——温儒敏：《适合"悦读"，又启迪心智——一组美文的阅读提示》③

---

① 《中国诗歌研究》2002年第1辑。
② 《北京大学学报》（哲学社会科学版）2000年第3期。
③ 《名作欣赏》2007年第12期。

臧克家

臧克家（1905—2004），原名瑷望，笔名少全、何嘉，山东潍坊人。幼时入私塾读书，熟习古典诗文，后因受五四运动感染开始习作新诗。1923年进入山东省立第一师范，新诗作品首发于《语丝》。第一部诗集《烙印》出版于1933年，受到闻一多、茅盾等好评，后又有《罪恶的黑手》《运河》等诗集出版。其诗作现实指涉性、批判性强，以此他被视为中国现实主义新诗的开山人之一；在创作手法上多吸收古诗与民歌的优长，对西方现代主义文学的表现手法亦有借鉴。抗日战争爆发后他赴前线参加实际斗争宣传工作，有《从军行》《淮上吟》等诗集问世。

老马[①]

总得叫大车装个够，
他横竖不说一句话，
背上的压力往肉里扣，
他把头沉重地垂下！

这刻不知道下刻的命，
他有泪只往心里咽，
眼里飘来一道鞭影，
他抬头望望前面。

1932年4月

---

① 选自《文艺月刊》第4卷第1期，1933年7月。

诗作导读

这首八行的小诗是臧克家的代表作。全诗分别写了老马在装车和拉车时的感受和神情。前四句写老马背负沉重的负荷，以旁观的视角描摹老马的动作与神态，那忍耐、勤劳、沉默的特质，就像一代代背负着苦难挣扎的人们的缩影；而后四句写老马拉车的艰难与茫然，视角向内聚焦到老马心中，细腻描述老马感受到的恐惧、痛苦与它面临未知灾难的无奈，这又像人们面临苦难命运的沉重倒影。

诗人的笔触简练，深沉有力，全诗尽量回避主体的肆意抒情。然而诗中涌动着激愤和不平的情感潜流，深郁沉雄，悲壮苍凉，搅动着每一位读者的神经，使我们读后都不禁同情老马悲惨的现状与更加黯淡的未来。老马是全诗核心的象征意象，它既象征数千年中华大地上沉默承受一切的劳动者，亦可代指诗人自身的痛苦与纠葛。细致到具象，升华至群体，臧克家对生活痛苦透彻的领悟，对现实深切的观照，以及他强烈的使命感与责任感，让这短短八行的小诗融汇了农民乃至民族共有的苦难体验与命运印记。"老马"不单单是古典诗歌中孤独与衰弱的象征，更是现代人挣扎、努力、命运沉重的预示。

评论精选

将现实主义诗派推向辉煌时代，并使之产生广泛而深刻影响的是诗歌艺术的集大成者臧克家。与自觉站在无产阶级立场表现工农斗争的殷夫及中国诗歌会诗人不同，臧克家完全从民主主义的角度来关照下层人民的。

——张洪超、罗振亚：《臧克家与现实主义诗派》[1]

由"老马"形象，可以直观诗人的审美心态，一个包含了审美认识、审美感情和审美知觉的个性心理结构……在悲苦的现实中反思人生的意义，在坎坷的经历里振奋创作的激情，在"理想"与"现实"间徘徊，在热情与冷酷里挣扎，强烈的责任感和使命感，便表现为臧克家发愤以抒情的创作态度。以冷酷的人生为创作的动力，那忧伤而又执着的心情意绪，便凝结为勃郁悲抑的审美心态：审美认识富于忧患意识，审美感情充满沉郁气质，审美知觉带有绵密特色。

——章亚昕：《论臧克家的抒情主人公形象》[2]

诗写于三十年代阶级矛盾最尖锐最复杂的年代，诗人借北方农村常见的老马拉大车的景象，创造了一个象征性结构，用以象征中华民族和中国人民的历史负荷和

---

[1]   《北方论丛》1998年第1期。
[2]   《齐鲁学刊》1986年第3期。

苦难历程，借以抒发沉痛的心情。当然，我们还可以把它视为北方农民在那特定的年代里的生活境况和心理状态的象征。

——许霆：《抒情诗意象三题》[1]

这样的作品置于《唐诗三百首》又哪里逊色多少。它短短八句，很像一首律诗，而主题思想的容量以及凝练厚重的风格，均为许多唐代七律名篇所不及。马——一度是北方农民不可缺的生产工具，如南方的耕牛。老马默默承受苦难的形象也酷似旧中国农民的性格（当然非朱老忠而是严志和一类），吃苦耐劳、沉默寡言、逆来顺受、坚韧不拔。纵然臧克家自己解释，他"并没有存心用它去象征农民的命运"，但是文学史家历来认为，诗人描绘的"老马"形象是旧中国农民的传神写照，喜欢称誉臧克家为"农民诗人"。

——陈学勇：《说说〈老马〉和臧克家》[2]

三代[3]

孩子
在土里洗澡；
爸爸
在土里流汗；
爷爷
在土里葬埋。

1942年

诗作导读

《老马》是劳动人民的苦难象征，《三代》则是民族群体生存的写照。泥土是农民的摇篮，是农民的肉体与精神的双重家园，臧克家用最朴实无华的语言及常见的排比结构，通过三个人生阶段凝固的瞬间：孩子洗澡寓意欢乐、父亲流汗寓意劳动、爷爷葬埋寓意死亡，不仅高度概括了一个农民、一个劳动者平凡得没有新鲜事

---

[1] 《吴中学刊》1998年第1期。
[2] 《名作欣赏》2006年第11期。
[3] 选自《泥土的歌》，臧克家著，今日文艺社1943年版。

迹的一生，更浓缩了整个农民群体、中华民族最重要的劳动群体，代代相传且无穷尽的艰苦、单调却也不乏欢欣的命运。

这首小诗语句短促，二字行与五字行交相错落，构成生命力鲜活而顿挫的节奏。"洗澡""流汗"都以仄声字作结，硬朗的声韵增强了诗中的沉郁。臧克家的洞察力惊人，从农民最熟悉的事物和最日常的生活切入，将具体的个体图景与群体性、整体性的命运联系起来，使得"泥土"也有了存在本身的哲思意味。这种基于现实的，融入象征的现代性思索，是臧克家为新诗品格所做出的贡献。

评论精选

父子祖孙三代人次第更迭，绵绵不断。这种延续循环叠印构成了东方农民生命生存生活的模式，它已经程序化。祖孙三代相继浓缩了世世代代的相继，一家人的命运象征着无数农民的命运。六行诗由三组排比句构成，凝练整饬。没有主观的议论，也不见外露的抒情。然而，艰辛忙碌，痴顽麻木，沉重苍凉，尽在其中。此诗以少总多，是一幅东方农民生存的写真，一部东方农民命运的史诗。

——杨景龙：《烈性酒和浓缩铀——二十世纪白话小诗艺术赏析》[①]

《泥土的歌》是臧克家建国前诗作中唯一一部以牧歌为主调的诗集。在这部诗集中，作者所着意发掘的，主要是忆念中故乡的泥土，以及在泥土上劳作生息的农民身上质朴的美……他让你觉得农村的一切都是美好的、可爱的。他让你觉得，遍地皆是的泥土有一种神圣的光彩，因为它是农民一生的诗意概括。

——江锡铨：《生活苦吟：1930—1940年代臧克家诗歌艺术论》[②]

[①]　《名作欣赏》2007年第13期。
[②]　《中国现代文学论丛》2011年第2辑。

艾青

艾青（1910—1996），原名蒋正涵，字养源，号海澄，浙江金华人。1928年考入国立杭州西湖艺术院，同年在校长林风眠的鼓励下赴法勤工俭学，学习绘画，由此接触到西方现代诗歌。1932年回国后加入中国左翼美术家联盟，从事革命文艺活动。1933年以"艾青"为笔名发表长诗《大堰河——我的保姆》，轰动诗坛。早期诗作沉郁浑厚，感情真挚。抗日战争爆发后积极投身抗战文艺运动，曾任《诗刊》主编，诗风转向昂扬峻急。出版诗集有《大堰河》《北方》《向太阳》《黎明的通知》《归来的歌》《雪莲》等。

大堰河——我的保姆①

大堰河，是我的保姆。
她的名字就是生她的村庄的名字，
她是童养媳，
大堰河，是我的保姆。

我是地主的儿子；
也是吃了大堰河的奶而长大了的
大堰河的儿子。
大堰河以养育我而养育她的家，
而我，是吃了你的奶而被养育了的，
大堰河啊，我的保姆。

大堰河，今天我看到雪使我想起了你：

---

① 选自《春光》第1卷第3号，1934年5月。

你的被雪压着的草盖的坟墓，
你的关闭了的故居檐头的枯死的瓦菲，
你的被典押了的一丈平方的园地，
你的门前的长了青苔的石椅，
大堰河，今天我看到雪使我想起了你。

你用你厚大的手掌把我抱在怀里，抚摸我；
在你搭好了灶火之后，
在你拍去了围裙上的炭灰之后，
在你尝到饭已煮熟了之后，
在你把乌黑的酱碗放到乌黑的桌子上之后，
在你补好了儿子们的为山腰的荆棘扯破的衣服之后，
在你把小儿被柴刀砍伤了的手包好之后，
在你把夫儿们的衬衣上的虱子一颗颗地掐死之后，
在你拿起了今天的第一颗鸡蛋之后，
你用你厚大的手掌把我抱在怀里，抚摸我。

我是地主的儿子，
在我吃光了你大堰河的奶之后，
我被生我的父母领回到自己的家里。
啊，大堰河，你为什么要哭？

我做了生我的父母家里的新客了！
我摸着红漆雕花的家具，
我摸着父母的睡床上金色的花纹，
我呆呆地看着檐头的我不认得的"天伦叙乐"的匾，
我摸着新换上的衣服的丝的和贝壳的纽扣，
我看着母亲怀里的不熟识的妹妹，
我坐着油漆过的安了火钵的炕凳，
我吃着碾了三番的白米的饭，
但，我是这般忸怩不安！因为我
我做了生我的父母家里的新客了。

大堰河，为了生活，
在她流尽了她的乳汁之后，
她就开始用抱过我的两臂劳动了；
她含着笑，洗着我们的衣服，
她含着笑，提着菜篮到村边的结冰的池塘去，
她含着笑，切着冰屑悉索的萝卜，
她含着笑，用手掏着猪吃的麦糟，
她含着笑，扇着炖肉的炉子的火，
她含着笑，背了团箕到广场上去，
晒好那些大豆和小麦，
大堰河，为了生活，
在她流尽了她的乳液之后，
她就用抱过我的两臂，劳动了。

大堰河，深爱着她的乳儿；
在年节里，为了他，忙着切那冬米的糖，
为了他，常悄悄地走到村边的她的家里去，
为了他，走到她的身边叫一声"妈"，
大堰河，把他画的大红大绿的关云长
贴在灶边的墙上，
大堰河，会对她的邻居夸口赞美她的乳儿；
大堰河曾做了一个不能对人说的梦：
在梦里，她吃着她的乳儿的婚酒，
坐在辉煌的结彩的堂上，
而她的娇美的媳妇亲切的叫她"婆婆"
……
大堰河，深爱着她的乳儿！

大堰河，在她的梦没有做醒的时候已死了。
她死时，乳儿不在她的旁侧，
她死时，平时打骂她的丈夫也为她流泪，
五个儿子，个个哭得很悲，
她死时，轻轻地呼着她的乳儿的名字，

大堰河，已死了，
她死时，乳儿不在她的旁侧。

大堰河，含泪的去了！
同着四十几年的人世生活的凌侮，
同着数不尽的奴隶的凄苦，
同着四块钱的棺材和几束稻草，
同着几尺长方的埋棺材的土地，
同着一手把的纸钱的灰，
大堰河，她含泪的去了。

这是大堰河所不知道的：
她的醉酒的丈夫已死去，
大儿做了土匪，
第二个死在炮火的烟里，
第三，第四，第五
在师傅和地主的叱骂声里过着日子。
而我，我是在写着给予这不公道的世界的咒语。
当我经了长长的漂泊回到故土时，
在山腰里，田野上，
兄弟们碰见时，是比六七年前更要亲密！
这，这是为你，静静地睡着的大堰河
所不知道的啊！

大堰河，今天，你的乳儿是在狱里，
写着一首呈给你的赞美诗，
呈给你黄土下紫色的灵魂，
呈给你拥抱过我的直伸着的手，
呈给你吻过我的唇，
呈给你泥黑的温柔的脸颜，
呈给你养育了我的乳房，
呈给你的儿子们，我的兄弟们，
呈给大地上一切的，

我的大堰河般的保姆和她们的儿子，
呈给爱我如爱她自己的儿子般的大堰河。

大堰河，
我是吃了你的奶而长大了的
你的儿子，
我敬你
爱你！

雪朝，1933年1月14日

诗作导读

　　《大堰河——我的保姆》是艾青于1933年1月14日写的一首诗，一经发表便轰动诗坛。彼时艾青因加入中国左翼美术家联盟被捕，身陷囹圄。但诗人不屈不挠，坚韧的意志与昂扬的激情触发了不凡的诗情，他以追怀一位哺养过自己的农妇为契机，写下了一首献给精神母亲的赞歌。

　　"大堰河"即在诗人幼时抚育过他的一位农家妇人，她生活困顿，却勤劳友善；她一生坎坷，却洋溢着无私的真爱光辉。诗人以满怀深情与思念的笔触，述说大堰河抚育自己的点点滴滴，又以自己家中疏离空洞的情感交流作对比，凸显大堰河这份母爱的真诚可贵；接着，诗人带着愧悔与沉痛，以虚实交错的笔法勾勒出大堰河充斥着苦难与衰亡的一生，用她艰难的一生象征中华大地上千千万万挣扎于苦难的劳动人民，象征这片受尽屈辱却依然生生不息的土地。

　　诗人对大堰河的深切怀念，怀念这份母爱对自己情感与品格的滋润与熏养，亦包含诗人自身因血缘亲情的残缺而力图寻找心灵慰藉的动机。大堰河的爱无疑构成对诗人精神残缺的一种补偿，大堰河的逝去则使诗人感到重新陷入孤独冷寂，他在怀念与遗憾的交替下写下了这首长诗。艾青给予大堰河无上的赞美，反衬出他对血缘亲情的无限渴望，以及这种渴望落空后的失落与反思。

　　这也是一首自由诗体运用的杰作。艾青是自由诗体的倡导者，主张运用散文化的语言来写诗。全诗直抒胸臆，采用大量直白的口语、俗语，层层渲染抒情主体的殷切与深情。诗行反复、排比、长短变化交相错落，宛若交响曲不同乐章的错叠，递进之中变幻跳跃，使得全诗的情感言说充满了现代汉语的自然动感，高低起伏扣人心弦，最后以急促的短句引出情感的最高潮，达到震撼人心的感染效果。

评论精选

他的歌唱总是通过他的脉脉滚动的情愫，他的言语不过于枯瘦也不过于喧哗，更没有纸花纸叶式的繁饰，平易地然而是气息鲜活地唱出了被现实所波动的他的情愫，唱出了被他的情愫所温暖的现实生活的几幅画影。

——胡风：《吹芦笛的诗人》①

一个是暴乱的革命者，一个是耽美的艺术家。他们原先是一对携手同行的朋友，因为他们是从同一个地方出发的，那就是对世界的仇恨和轻蔑；但是这一对朋友到底要成为互相不能谅解。

——杜衡：《读〈大堰河〉》②

《大堰河——我的保姆》用的是现实主义手法，却让中国读者也总怀疑它是"写实"。这正是因为作者成功的借助了委婉、暗示和感召的艺术力量，"大堰河"实际也就是一个具有总体意义的象征性形象。

——张晋业：《论艾青的早期诗作》③

众所周知，《大堰河——我的保姆》一诗，首先是以展示平凡下层劳动者的行为美及其精神心灵美而成为中国新诗史上的里程碑作品的，但是，这首诗作为伟大的作品，也完全是依赖于其艺术上高超的手法……"呈给你黄土下紫色的灵魂"作为该诗的"诗眼"，依赖于这种色彩的象征性意义顿然生辉。色彩帮助艾青造就了新诗史上最伟大的作品。

——程国君：《从"散文的美"到"文字的画"——论艾青的诗美建构及其探索实践》④

褓姆和亲母的身份错位造成艾青寻找母亲的焦虑。因为"母亲"不在场，艾青当然无法揣摩"母亲"的愿望，而且由于父亲又是让他丧失"母亲"的帮凶，艾青也不能认同父亲的符号系统。于是他走向对父亲和母亲的双重反叛，具体表现为他在从"地主的儿子"到"大堰河的儿子"到"农人的后裔"之间的身份徘徊，通过对"大堰河"悲惨生活的重构性描叙而喻示自己的苦难者的感受。于是，"弃儿"的原始苦难和褓姆的身世苦难合而为一，成为认同母亲的契机和基础。

——李点：《母亲"缺席"与艾青的回乡之旅》⑤

---

① 《文学》1937年第1期。
② 《新诗》1937年第6期。
③ 《中国现代文学研究丛刊》1994年第3期。
④ 《陕西师范大学学报》（哲学社会科学版）2011年第5期。
⑤ 《中国现代文学研究丛刊》2015年第6期。

我爱这土地①

假如我是一只鸟，
我也应该用嘶哑的喉咙歌唱：
这被暴风雨所打击着的土地，
这永远汹涌着我们的悲愤的河流，
这无止息地吹刮着的激怒的风，
和那来自林间的无比温柔的黎明……
——然后我死了，
连羽毛也腐烂在土地里面。

为什么我的眼里常含泪水？
因为我对这土地爱得深沉……

诗作导读

1938年10月，武汉失守，日本侵略者的铁蹄猖狂地践踏中国大地。艾青和当时文艺界许多人士一同撤出武汉，汇聚于桂林。在"亡国灭种"的巨大危机之下，1938年11月，艾青写下这首诗，道出对祖国深沉的挚爱和对侵略者的愤慨与仇恨，为轰轰烈烈的抗日救亡运动，书写下浓墨重彩的一笔。

全诗以"假如"领起，用"嘶哑"形容鸟的歌喉，接着写歌唱的内容，并由生前的歌唱，转写鸟死后魂归大地，最后转由鸟的形象代之以诗人的自身形象，直抒胸臆，托出了诗人那颗真挚、炽热的爱国之心。与《大堰河——我的保姆》迥异的是，本诗篇幅短小、简单直接，巧妙地用了"鸟"作为喻指自身的核心意象。嘶哑的歌唱则勾连了"望帝托鹃"的典故，含蓄写出了亡国灭种危机下的忧国忧民之心。但与"杜鹃啼血"的悲鸣不同的是，作者化身的这只鸟唱的是愤慨激昂之歌："被暴风雨所打击着的土地"是正被日军践踏的祖国，那"汹涌的河流"是不甘亡国民众的呐喊，还有那"被激怒的风"是正与残酷的侵略者斗争的军民。诗人坚信，"林间的无比温柔的黎明"终会来临，抗战胜利的时刻也终究会来临！诗人的情感层层递进，紧扣"鸟儿"这个虚拟的形象（"连羽毛也腐烂在土地里面"），象征性地表现了自己决心生于土地、歌于土地、葬于土地，与土地生死相依、忠贞不渝的强烈情感。

---

① 选自《北方》，艾青著，文化生活出版社1942年版。

评论精选

这里艾青用了四个意象来显示对祖国之爱："被暴风雨所打击着的土地"——这是灾难的意象；"汹涌着我们的悲愤的河流"——这是人民愤怒而奋起的意象；"无止息地吹刮着的激怒的风"——这是反抗、战斗的意象；而最后的"那来自林间的无比温柔的黎明"——这却是希望的、光明的意象。四行诗的四类意象的组合次序说明艾青对祖国所作的歌唱是：从灾难痛苦到奋起战斗，再进入一片光明。

——骆寒超：《论艾青诗的抒情结构》[1]

我们的祖国贫穷落后，我们的土地多灾多难，生活在这块土地上痛苦多于欢乐，心中郁积着十分复杂的感情，像"悲愤的河流"，像"激怒的风"；但这毕竟是生于斯、长于斯、死于斯的土地，无比温柔美丽而又充满希望的土地，即使痛苦到死也不愿舍弃、不会仇恨的土地。作者并不讲述、说理、证明，他通过想象和比喻直接表现对土地的情感和意识，以激情、哲理和有张有弛的节奏感染我们，使我们的心灵和意识产生共鸣。

——王光明：《诗歌情感论》[2]

在这里，诗人对家国土地饱含忧郁的挚爱和为祖国光明未来而慷慨献身的赤子情怀，悲欣交集地构成了难解难分的抒情经纬，并使诗作具有独特的美感：一种忧郁而又崇高的情调。这种情调是艾青诗作的一个显著的美学特征。

——解志熙：《精深的冯至与博大的艾青——中国现代诗两大家叙论》[3]

鱼化石[4]

动作多么活泼，
精力多么旺盛，
在浪花里跳跃，
在大海里浮沉；

不幸遇到火山爆发，

---

[1] 《中国现代文学研究丛刊》1981年第2期。
[2] 《福建师范大学学报》（哲学社会科学版）1993年第3期。
[3] 《清华大学学报》（哲学社会科学版）2005年第4期。
[4] 选自《文汇报》，1978年8月27日。

也可能是地震，
你失去了自由，
被埋进了灰尘；

过了多少亿年，
地质勘探队员，
在岩层里发现你，
依然栩栩如生。

但你是沉默的，
连叹息也没有，
鳞和鳍都完整，
却不能动弹；

你绝对的静止，
对外界毫无反应，
看不见天和水，
听不见浪花的声音。

凝视着一片化石，
傻瓜也得到教训：
离开了运动，
就没有生命。

活着就要斗争，
在斗争中前进，
即使死亡，
能量也要发挥干净。

诗作导读

　　艾青在1957年被错划为"右派"，在沉寂了二十余年后，于1978年重新写诗。相比于前期深沉广阔的《雪落在中国的土地上》《我爱这土地》，重新执笔的艾青，历经时代的风霜，笔下不再有当年的激情和饱满的爱，取而代之的是扑面而来的沧海桑田之感。而正是这些被岁月埋葬搁置的无奈，映照出艾青那仍然坚韧挺拔的强烈生命力。

本诗以"鱼化石"为抒情对象，写了被尘封的鱼化石失去了往日的快乐和生命力，被禁锢于狭窄幽暗的空间，但是即使这样，它也体现着活着时的美感，并能以其当下独特的存在状态，启示后来者应珍惜生命、勇于运动和斗争。这种托物言志的写法，实际上在写艾青自己——饱受磨难之后仍有的坚定意志。

第一节用轻快的语言描写鱼儿在海水中翻腾的样子，饱含着对活泼生命的赞美、怜惜，读者仿佛能看到诗人充满歆美又满是爱怜的目光。鱼儿的活泼畅游正象征诗人自己往日的青春，如今却已是曾经沧海，青春的激情蒙上了岁月的尘垢。第四、五小节中，"鱼"畸变成化石，变得沉默、麻木，被岁月的风霜摧残之后，甚至连哭泣和叹息都没有，变成了独具生命形体的死物。到此，鱼的遭际似乎就是艾青一生的缩影，在生命力最旺盛的时候被尘封，失去了生命的活力、人生的希望。但是让人振奋的是诗的最后，诗人并没有为鱼化石自艾自怜下去，而是笔锋一转写道："活着就要斗争……即使死亡，能量也要发挥干净。"这里的"斗争"并不是青年热血的一声怒吼，而是一个垂垂老矣的老人在生命的尽头，回顾一生的风霜，仍然留下的坚毅和不屈。

卞之琳的《鱼化石》凝固了深沉的哲思，艾青的《鱼化石》却永存了生命的斗志和激情。艾青后期的创作不仅是他个人的生命的写照，更是一个时代的缩影。"归来的诗"往往带着一身伤痛，带着死亡、衰老、沉寂的影子，在光影错闪的交叠处，是一位诗人不会泯灭的才华与热情。

评论精选

一条鱼被突如其来的灾难夺去生命，它没有被粉碎，而是保持了完整的躯体，它让人想起生命原先的样子：动作活泼、精力旺盛，自由地跳跃浮沉于水中。但现今，它只是一具化石：连叹息也没有，对外界不仅无闻而且绝听。艾青的《鱼化石》接触到一个深刻的历史主题——生命曾因掩埋而消失。诗人冷酷地展示出一个完整的化石，一种不留痕迹的死亡。人们因时空转换可能遗忘或变得淡漠，但现在却看到了失去知觉的生命原先状态，由此引申出一个掩埋生命的残忍时代。

——谢冕：《转型期的情绪记忆——中国当代诗的"归来"主题》①

---

① 《安徽大学学报》（哲学社会科学版）1994年第2期。

目睹这片鱼化石，读者会感到一种心灵的震颤。艾青作为一位渴望心灵自由与言论自由的诗人，在一场政治风暴中被打成另类，被剥夺了言说的自由与正常生存的权利，他内心窒息的痛苦是可想而知的。正是在这种心态下，他偶然接触到一片鱼化石，主观的情愫一下子投射到这个客观的对应物身上，一首杰作就诞生了。而读者读到《鱼化石》的时候，就不再会把欣赏的重点放到那片具象的化石上，而是联系到既是艾青个人的也是一代知识分子的悲剧命运。

——吴思敬：《归来的艾青与新时期的诗歌伦理》[①]

在他描绘的客观形象上，不仅使人感到其如实性，也隐隐约约地感到不露痕迹的虚拟性，这很能刺激接受者展开想象，使客观如实的形象升华为一种象征，从形象的第一层漫向第二层、第三层……给人以更多人生与社会底奥的思考，以至无限。

——余斌：《艾青"归来"后的诗歌创作》[②]

失去的岁月[③]

不像丢失的包袱
可以到失物招领处找得回来，
失去的岁月
甚至不知丢失在什么地方——
有的是零零星星地消失的，
有的丢失了十年二十年，
有的丢失在喧闹的城市，
有的丢失在遥远的荒原，
有的是人潮汹涌的车站，
有的是冷冷清清的小油灯下面；
丢失了的不像是纸片，可以捡起来
倒更像一碗水泼到地面
被晒干了，看不到一点影子；

---

① 《廊坊师范学院学报》（社会科学版）2010年第1期。
② 《名作欣赏》2013年第17期。
③ 选自《星星》1980年2月号。

时间是流动的液体——
用筛子，用网，都打捞不起；
时间不可能变成固体，
要成了化石就好了，
即使几万年也能在岩层里找见！
时间也像是气体，
像急驰的列车头上冒出的烟！
失去了的岁月好像一个朋友，
断掉了联系，经受了一些苦难，
忽然得到了消息：说他
早已离开了人间。

诗作导读

这首诗是艾青于1979年在哈尔滨所写。二十年前艾青曾在黑龙江生活和劳动，故地重游，往事历历在目，却又如烟飘散，诗人难免产生岁月流逝、生命易老的感慨。在岁月的沧桑变迁中，过去的一切仿佛都像水一样蒸发了，过去的朋友也已经生死相隔。坦诚地书写生离死别这样沉重的主题，让读者们仿佛能感受到诗人苍苍白发中折射的茫茫岁月。失去的岁月，正是诗人失去的生命。

岁月丢失在城市、荒原、车站、小油灯下面，排比构成了强烈的画面感。从诗行间仿佛能看见几十年的岁月在颠沛流离中迅疾闪过。诗人觉得，这些岁月流逝是没有价值的，所以叫作"失去的岁月"，虽然它们也在日历上被一页页撕去，可是似乎让人感受不到一点意义。岁月好像是被晒干的水、被蒸发的烟，转瞬飘散在空中，不留一点痕迹。诗歌的结尾"失去了的岁月好像一个朋友"，诗人对岁月仍然有记忆和爱意，可是他却似离去又复返人间，"到乡翻似烂柯人"，仿佛只有一顿饭的工夫，二十年的时光已经不见了，让人唏嘘。诗歌延续了艾青早期的自由诗体，在平实中有着不经雕琢的自然之美，给人留下深长的回味。

评论精选

艾青1979年8月写于哈尔滨的《失去的岁月》，源于一己身世遭际的悲凉之感与独特的人生体悟闪现于字里行间；……这标志着"归来诗人"对"我们"语境的成功突围。诗的抒情主体由"我们"回归为"我"，或即便是以"我们"的字眼出现，也仍然是凝聚着一己的生存体验，以"我"的内心世界的丰富性折射现实世界的多样性与丰富性。这样的诗行如清鲜明丽的花束惊艳于灰暗单调的诗的版面，既是对现代汉语诗歌抒情传统的跨越断层的顽强接续，同时又无疑开启了私人化写作的先河。

——严军：《"归来"：历史性情感的诗意表述》①

亲身经历的国家的不幸和个人的苦难，他所保留的诗人的良知，他所意识到的诗人的职责，决定了他要把自己的经历和苦难、自己的反思迫不及待地告诉读者、告诉人民。这就是为什么他回归后的诗会有那样强烈的政治色彩和思辨色彩，这也是他强调"明快，不含糊其词，不写为人费解的思想"的原因。

——吴思敬：《归来的艾青与新时期的诗歌伦理》②

艾青的诗正如艾青的人，即使历经风霜，仍不失最初的真挚与朴实。如果说这就是艾青诗歌个人性的突出体现的话，我们也可以进一步地说，这也是中国新诗的公共性的集中体现。伟大的作家都有着大情怀、大视野。……艾青的诗歌里没有强烈的关于爱国和自由的宣言口号，但他对于国家、人民、自由的观念却是很强的。正因为这样，在艾青的诗歌中，"公共性"与"个人性"才如此完美地结合了起来。

——陈烨：《艾青诗歌的"公共性"与"个人性"——以"归来"后为例》③

---

① 《文艺争鸣》2002年第6期。
② 《廊坊师范学院学报》（社会科学版）2010年第1期。
③ 《名作欣赏》2015年第15期。

鸥外鸥

鸥外鸥（1911—1995），原名李宗大，广东东莞人。1918年移居香港，1922年父亲退役迁返广州。在广州读教会办的培英小学，后入南武中学。1924—1927年参与学生政治活动，1927年后赴上海拟入蔡元培办的"劳动大学"，却因病返回广州，入院疗养，在疗养的两年中，自学欧洲各派社会主义经典著作。1929年在广州开始新文学写作，随后赴上海致力于新诗创作，是20世纪30年代新诗坛上的"新感觉派"诗人。1936年他转向中国左翼美术家联盟，抗战初期奔赴广州、香港，积极开展抗战诗歌活动，太平洋战争爆发后赴桂林，成为独树一帜的左翼现代主义诗人。抗战时期他曾任穗港两地中学教师、香港国际印刷厂经理、桂林新大地出版社编辑等职，战后任教于广州国民大学、华南联合大学，中华人民共和国成立后任教于华南师范学院，任香港中华书局广州编辑室总编辑。1991年他赴美国与女儿一起居住，1995年春病逝于纽约。出版诗集《鸥外诗集》《鸥外鸥之诗》和儿童诗集《再见吧好朋友》《书包说的话》。

被开垦的处女地①

山

山

山

东面望一望

东面一带

山

————————

① 刊于桂林《诗》第3卷第4期，1942年11月出刊，收入《鸥外鸥之诗》，新大地出版社1944年版。

山
山
西面望一望
西面一带
山
山
山
南面望一望
北面望一望
都是山
又是山

山呵
山呵
山呵
屋前屋后都是山
窗外门外都是山
街头巷尾又是山
四周围都站着突兀的山
骆驼的背的山
重重叠叠

包围住了四十万人的桂林

狼犬的齿的尖锐的山呵
这自然的墙
展开了环形之阵
绕住了未开垦的处女地
原始的城

向外来的现代的一切陌生的来客

四方八面举起了一双双拒绝的手挡住

但举起的一个个的手指的山

也有指隙的啦

无隙不入的外来的现代的文物

都在不知觉的隙缝中闪身进来了

山动了原野动了　林木动了　河川动了

宇宙星辰的天空也动了

他们乘坐了列车轰隆轰隆的来了

举起了铁锄了

播下了种子了

开垦这未开垦的处女地了

携带着黄得可爱的加州水果也有

携带着黑得可怕的印度植物的也有

注意呵

看彼等埋下来的是**现代文明的善抑或恶吧**

诗作导读

　　1941年，香港沦陷，诗人鸥外鸥逃往桂林。1944年桂林新大地出版社出版的《鸥外鸥之诗》述该诗的写作背景："1941年香港沦陷，大批香港的资本家及原香港住民涌入桂林，在桂林暂居，在桂林投资商业、食业、娱乐业，也把香港的生活方式带给这个淳朴的山城。那种香港人的风尚，对当时桂林人影响极大。"该题解一目了然，何谓"未开垦的处女地"，就是作为战时大后方而面临着"现代文明"的"入侵"的桂林这一"原始的城"。诗歌以此作结："无隙不入的外来的现代的文物/都在不知不觉的隙缝中闪身进来了……开垦这未开垦的处女地了/携带着黄得可爱的加州水果也有/携带着黑得可怕的印度植物的也有/注意呵/看彼等埋下来的是现代文明的善抑或恶吧。"由此可见，鸥外鸥既承认、推崇现代，也反思现代；既追求形式的极致、前卫，但观念上也有传统、保守的一面。《被开垦的处女地》

就展现了原本自然的山城桂林与"外来的现代的文物"的对立。诗人别出心裁地运用象形的汉字，对诗形与诗行的安排颇为讲究——这一切并非故弄玄虚的文字游戏，而是为了形象地凸显自然与现代的冲突。鸥外鸥的创作，为左翼诗歌和现代诗歌同时提供另一种可能。

评论精选

这首诗在形式技巧的新尝试值得注意。它借鉴了象征主义诗人马拉美《骰子一掷就成偶然》图像诗的创作技法，通过字体的大小和排版达到具象化的效果。"山"字大小不一、参差不齐的多字形排布，很容易激起读者山峦起伏、群山漫衍的想象，强化了群山的力量感。

——陈希：《左翼现代主义：新的抒情》[1]

鸥外鸥是熟悉意大利和俄苏文学里的未来主义的，但他早就说过，"我们并不标榜什么既成的主义——如未来派之类"。他只是受未来主义的启发，利用作为象形表意文字的汉字之特长，来突显其诗情诗意的独特性而已，这与未来主义的徒然炫耀字母字形的造型有别。

——解志熙：《"不降的兵"——鸥外鸥战时诗作引论》[2]

二十世纪三四十年代鸥外鸥的诗作及诗学观点，既体现出对左翼文学主张刻画现实、以文学干预生活的响应，而对象征主义的贬抑、对现代工业文明的欣赏，尤其是以破格形式推动诗歌领土扩展的尝试，又使其颇具未来主义的意味，尽管其本人并不愿接受"未来派"的帽子。以"身体"经验世界、介入生活，是鸥外鸥文学之路的重要特色，其超前的社会伦理观念甚或"违禁"的思想，乃至对现实主义美学的嘲讽和对崇尚自然美学的反叛，则在其"黑之学说"中得以展现。在动荡的时局中，鸥外鸥基本认同时代大潮中左翼文艺的方向，却走出一条与别人不同的前卫新路，他那异乎寻常的、既"左翼"又"现代"的政治诗学充满相当浓厚的个人主义式的感官激情。

——陈国球：《左翼诗学与感官世界：重读"失踪诗人"鸥外鸥的三四十年代诗作》[3]

---

[1] 《广东文学通史现代卷》，人民文学出版社2023年版，第336页。
[2] 《文艺理论与批评》2022年第6期。
[3] 《汉语言文学研究》2018年第1期。

田间

田间（1916—1985），原名童天鉴，安徽无为人，七月诗派代表诗人。1933年考入上海光华大学外文系，次年加入中国左翼作家联盟，新诗处女作《未明集》出版于1935年，后又有诗集《中国牧歌》和长诗《中国·农村的故事》问世，其诗专注摹写农村的苦难，表达对黑暗现实的愤慨，艺术上则追求大众化、民族化。抗战前曾留学日本，抗战时期到延安发起"街头诗运动"，并创作《假使我们不去打仗》等诗作，闻一多称他为"时代的鼓手"。中华人民共和国成立后其创作题材有所扩大，除农村生活外，还包括少数民族生活、朝鲜战争、国际事件等。

给战斗者①

在没有灯光
没有热气的晚上，
我们底敌人
来了，
从我们底
手里，
从我们底
怀抱里，
把无罪的伙伴，
关进强暴底栅栏。
他们身上
裸露着

---

① 选自《七月》第1卷第6期，1938年1月。

伤疤，
他们心头
呼吸着
仇恨，
他们颤抖，
在大连，在满洲底
野营里，
让喝了酒的
吃了肉的
残忍的总管，
用它底刀，
嬉戏着——
荒芜的
生命，
劳苦的
血……

一

亲爱的
人民！
人民，
在芦沟桥
……
在丰台
……
在这悲剧的种族生活着的南方与北方的地带里，
被日本帝国主义者底枪杀
斥醒了……
……

二

是开始了伟大战斗的
七月呵！

七月，

我们
起来了。

我们
起来了
抚摩悲愤的
眼睛呀；

我们
起来了
揉擦红色的脚跟，
与黑色的
手指呀！

我们
起来了，
在血的农场上，在血的沙漠上，在血的水流上，
守望着
中部，
边疆。

经过冰雪，经过烟雾，
遥远地
遥远地
我们
呼唤着
爱与幸福，
自由和解放……

七月
我们
起来了，
呼啸的河流呵，叛变的土地呵，暴烈的火焰呵，

和应该激动在这凄惨的殖民地上的
复活的
歌呵!

因为
我们
是生长在中国。

在中国,
人民的
幼儿
需要饲养呀,
人民的
牲群,
需要畜牧呀,
人民的
树木
需要砍伐呀,
人民的
禾麦,
需要收获呀!

在中国
我们怀爱着——
五月的
麦酒,
九月的
米粉,
十月的
燃料,
十二月的
烟草,
从村落底家里

从四万万五千万灵魂底幻想的领域里，
漂散着
祖国的
热情，
祖国的
芬芳。

每天，
每天，
我们
要收藏——
在自己的大地上纺织着的
祖国的
白麻，
祖国的
蓝布。
……
……

因为
我们
要活着，永远地活着，欢喜地活着，
在中国。

三

我们
是伟大的中国底伟大的养子呵！
我们
曾经
在扬子江和黄河的
热燥的
水流上，
摇起
捕鱼的木船；

我们，
曾经
在乌兰哈达沙土与南部草地的
周围，
负起着
狩猎的器具；

强壮的
少女，
曾经在亚细亚夜间燃烧的篝火的
野性的
烈焰的
左右，
靠近纺车，
辛勤地
纺织着……

……
……

我们
曾经
用筋骨，用脊背，
开扩着——
粗鲁的
生活

四

伟大的
祖国，

敌人，
突破着
海岸和关卡，

从天津，
从上海。

敌人，
散布着
炸药和瓦斯，
到田园，
到沼池。

敌人来了，
恶笑着
走向
我们。

恶笑着
扫射，
绞杀。

今天，
你将告诉我们以斗争或者以死呢？
伟大的
祖国！

五

我们
必须
战争了，
昨天是懦弱的，是惨呼的，是挣扎的
四万万五千万呵！

斗争，
或者死……

我们

必须
拔出敌人的刀刃，
从自己的
血管。

我们
人性的
呼吸，
不能停止；
血肉的
行列
不能拆散；
复仇的
枪，
不能扭断，
因为
我们
——不能屈辱地活着，也不能屈辱地死去呀……

……
……

太阳被掩覆了
疆土的
烽火，
在生长着；

堡垒被破坏了
兄弟的
尸骸，
在堆积着；

亲爱的

人民，
让我们战争，
更顽强，
更坚韧。

六

……
……
我们，
往哪里去？

在世界，
没有大地，
没有海河，
没有意志，
匍匐地
活着；
也是死呀！

今天呀，
让我们
死吧，
但必须付出我们
最后的灵魂，
到保护祖国的
神圣的
歌声去……
亲爱的
人民！

亲爱的
人民！
抓出
木厂里，

墙角里,

泥沟里,

我们的

武器,

挺起

我们

被火烤的,被暴风雨淋的,被鞭子抽打的胸脯,

斗争吧!

在斗争里,

胜利

或者死

……

七

在诗篇上,

战士底坟场

会比奴隶底国家

要温暖,

要明亮。

1937年12月24日,武昌

诗作导读

　　田间与艾青都是"七月诗派"的先驱诗人。"七月诗派"指围绕胡风主编的刊物《七月》创作新诗的一群诗人,他们大多秉承现实主义创作风格,在诗歌中呼吁抗日救亡,抒发爱国情怀,展现战火苦难,丰富民族书写。田间便是其中尤为热切积极的一位,时年不过二十出头的诗人感受到民族衰亡的严峻危机,以昂扬的斗志与满溢的激情,以及对祖国苦难的沉痛和激愤,写下了上述这首长诗,呼吁祖国儿女保家卫国,舍小我为大我,积极参与抗日救亡,与凶残的侵略者决一死战。

　　《给战斗者》创作于1937年底。这是一首抗战初期鼓动人民奋起斗争的战歌。长诗算上序曲,共有八个部分,激荡起伏,情感汹涌。诗人先无情地揭露了侵略者

的残暴与罪恶，显示民族的危难处境，发起一串串迫切又深沉的呼吁，呼唤更多人加入战斗的行列。紧接着，诗人回顾了中华民族的历史，昔日辉煌的文明、幸福的日常、伟大的创造与今时的衰败、孱弱形成鲜明对比，诗人借此发出质问：中华儿女还有退缩的道路吗？答案是没有。不战斗，个体与民族都会陷入绝境。历史与当下相互参照，诗人的呐喊一浪盖过一浪，最终以死去的战士与活着的奴隶作对比，彰显出诗人一往无前的坚定决心。

田间的诗充满激情的力量。与艾青擅用散文化长句写自由体诗不同，田间喜爱用短句，单独的词汇亦可成行，宛若战斗时密集的鼓点，短骤却沉实有力，发出铿锵的声响。诗人几乎满溢的焦灼，对祖国一腔深情的热爱，对侵略者入骨的憎恨，全都尽力地融化于缤纷的短句里，足见诗人为探索抗日题材诗歌的艺术性作出的努力。

评论精选

刚劲雄浑的风格是自然的结果，短句、叠句、章法的叠奏，都是可以达到这目的的手法，但是过犹不足，结果得到的只是"负"。

——茅盾：《叙事诗的前途》[1]

一句句朴质、干脆，真诚的话（多么有斤两的话），简短而坚实的句子，就是一声声的"鼓点"。

——闻一多：《时代的鼓手——读田间的诗》[2]

在这里，我们看到了社会学的内容怎样获得了恰恰相应的，美学上的力学的表现，虽然还是情绪的意力尚嫌不够的表现。

——胡风：《〈给战斗者〉后记》[3]

在抗战开始以后，他艺术风格意识更加自觉，努力将自己的激情纳入一种鼓点式的短促急骤的旋律之中，写出了很多的街头鼓动诗与小抒情诗。他的政治抒情诗《给战斗者》（1938）和叙事长诗《她也要杀人》（1947），将个人内心的激情与整个民族的愤怒复仇的情绪融合在一起，唱出了时代与民族的心声。田间的政治抒情诗和街头诗被视为时代的号角，他因此也被闻一多先生誉为"时代的鼓手"。

——孙玉石：《20世纪中国新诗：1937—1949》[4]

---

[1] 《文学》1937年第8卷第2号。
[2] 《闻一多全集》第2卷，湖北人民出版社1993年版，第199页。
[3] 《在混乱里面》，重庆作家书屋1945年版，第275页。
[4] 《诗探索》1994年第4辑。

这些诗作没有书斋中的旧诗人那种深刻而无力的感伤自悼，也没有战前一些新诗人孤芳自赏的独语奇想，而是不容回避地将民族生死存亡的问题严峻地提到祖国的每个儿女面前……田间的诗句像战鼓一样，简短有力而且一句紧逼一句地连续出现，呈现出一种急促前进的节奏和坚定不移的气势，恰到好处地表现了中华民族的战斗意志和时代的战斗节奏，给读者以有力的鼓动和强烈的感染。

——解志熙：《暴风雨中的行吟——抗战及40年代新诗潮叙论（上）》[①]

---

① 《解放军艺术学院学报》2017年第1期。

绿原

绿原（1922—2009），原名刘仁甫，又名刘半九，湖北黄陂人。诗人、作家、翻译家、编辑家。父母早丧，独自流亡求学。1941年8月在重庆《新华日报》副刊发表第一首诗《送报者》。1942年在重庆复旦大学外文系读书期间，与邹荻帆、姚奔等合编诗刊《诗垦地》，同年在桂林出版第一本诗集《童话》。1944年因受国民党当局迫害，逃离重庆，辗转四川、武汉等地任英语教员，写了一些政治抒情诗如《终点，又是一个起点》《悲愤的人们》等，抒发劳动人民遭受深重苦难和反抗斗争的情绪，在进步学生和年轻读者中广为流传，为"七月诗派"后期重要代表之一。1955年因受"胡风反革命集团"案的牵连被隔离审查。隔离期间，自修了德语。曾任人民文学出版社副总编辑、中国诗歌学会副会长。曾获第三十七届斯特鲁加国际诗歌节金环奖（首位中国作家），2003年在第八届国际华文诗人笔会上，荣获第二届"当代诗魂金奖"，译作《浮士德》获首届鲁迅文学奖优秀文学翻译彩虹奖。有《绿原文集》行世。

小时候①

小时候，
我不识字，
妈妈就是图书馆。
我读着妈妈——

有一天，
这世界太平了：
人会飞，

---

① 选自《童话》，南天出版社1942年版。

小麦从雪地里出来，
钱都没有用……

金子用来做房屋的砖，
钞票用来糊纸鹞，
银币用来飘水纹……

我要做一个流浪的少年，
带着一只镀金的苹果、
一只银发的蜡烛，
和一只埃及国飞来的红鹤，
旅行童话王国，
去向糖果城的公主求婚……

但是，妈妈说：
"现在你必须工作。"

诗作导读

　　这首诗写于1941年，曾被收入台湾地区教科书。创作这首诗的时候，虽然绿原只有19岁，阅历不深，但是因为父母早逝，他很早就独自流亡求学，已经饱受了人世间的辛酸与艰辛，特别是同时期也接触了革命政治，对光明与自由充满向往，使得他的早期诗歌能透过血与泪的现实，充满了明朗欢快的色彩，营造了一个理想的童话王国。绿原借用童话的题材和表现形式，抒发深刻隽永的人生主题，创造了一种新的童话诗体。比如这首《小时候》，所幻想的童话世界尽管有些朦胧，天真烂漫，但最后两句，依旧隐含"革命"的色彩：这项"工作"是什么？不仅是为了糊口谋生，也是为了追求人生的理想吧？而"妈妈"，是不是隐含一种权威，一种人生的指导师呢？在当时全民抗战的大背景下，绿原坚定地写道"现在你必须工作"，这是号召民众为了实现"理想的生活"，不惜战胜一切困难，勇于战斗、不断前进，最后一句是这首诗的"诗眼"，深刻而具有鼓动力，显示了19岁的诗人非凡的思想深度。

　　这首诗采用独白的形式，第一节写实，第二、三、四节写虚，最后一节虚实结合，第一节和第五节首尾呼应，循环闭合，结构完美，新颖别致，比喻奇妙，充满独特的童趣和令人惊异的想象，具有很高的辨识度。

第一节写小时候妈妈教会自己读书识字，这里的妈妈是生育诗人的母亲，可惜妈妈早逝了，诗人的怀念之情通过字里行间流淌出来。第二、三、四节，诗人用自己尚未泯灭的童心，为读者勾勒出一座美丽幸福的童话王国，让人无比憧憬。诗中的"红鹤"，也叫"火烈鸟"。在埃及神话故事中，红鹤是太阳鸟，太阳神的化身，代表着繁荣和幸福，也象征着权利、财富和地位。每年6月红鹤飞临，尼罗河开始泛滥，到11月大水消逝才留下一层沃土——埃及。而且，在我国传统文化中，也常常把红鹤当作吉祥幸福、长寿高贵的象征。

评论精选

诗要感情，不完全是感情；诗要思想，不完全是思想；诗要想象，不完全是想象；诗有意蕴，不完全是意蕴；诗靠灵感，不完全靠灵感；诗靠劳作，不完全靠劳作——个中比例究竟如何，正是每个诗人的创作甘苦所在。

——绿原：《微型诗学》[①]

诗人创作出道之初，显然秉持知识分子话语。那时，他青春年少，虽处在严酷的时代环境中，但由于承受了五四新文学余绪的影响，作为知识青年，在一段时间内，他内心世界仍滋生着对个性自由与解放的向往，他的生命情调仍带有某种浪漫主义气质。这一切促成了他1942年出版的第一部诗集《童话》中的"天国之梦"。

——苗雨时：《一个中国知识分子苦难中搏动的灵魂——论绿原其人其诗》[②]

[①] 《苜蓿与葡萄》，华东师范大学出版社1998年版，第36页。
[②] 《廊坊师范学院学报》2006年第3期。

鲁藜

鲁藜（1914—1999），原名许图地，福建同安人，"七月诗派"代表诗人之一。幼时侨居越南，1932年回国后开始发表新诗。1935年加入中国左翼作家联盟，1938年发表的《延安组诗》，被誉为"传遍世界的福音"。他的诗歌充满爱国主义激情，在艺术风格上，现实主义和象征主义相交融。出版的诗集有《醒来的时候》《星的歌》《锻炼》《毛泽东颂》《红旗手》《英雄的母亲》等。

泥土①

老是把自己当作珍珠
就时时有被埋没的痛苦

把自己当作泥土吧
让众人把你踩成一条道路

诗作导读

鲁藜是"七月诗派"中风格较为清新明快的诗人，与描写烽火连绵的沉痛与黑暗的诗歌不同，他的诗作多数书写延安时期的生活，写心境的转变与满足。这首四行小诗以珍珠与泥土鲜明的对比，简明传达诗人瞬间领悟的人生哲理，风格凝练，类似人生格言，是一首广为流传的代表作。

珍珠明亮，却会招致蒙尘的恐惧；泥土暗淡，却无畏烙刻与足印，一个绽放，一个承受，诗人选择了后者的生命姿态，体现了诗人作为一个青年知识分子的立场

---

① 选自《希望》1945年创刊号。

转变。诗的前两行尚有些自嘲，但随即的呼吁口吻更像是诗人的一种释怀，一种找到正确路径的豁然开朗。诗人使用的语言也犹如泥土一般朴实无华，自然真切，重在述说，不作藻饰，言简意赅。

评论精选

　　鲁藜的诗歌以鲜明生动的形象，集中反映了延安的生活。鲁藜是"从人生的黑海里"来到延安的，他对延安的生活感受特别深，他的诗抒写他的纯净的心境和自由幸福感，呈现出宁静而清丽的格调。

——苏光文：《抗战诗歌刍论》①

　　鲁藜的诗带着泥土的气息和清新的音调……他的诗篇幅短小，重视韵味，在新生活歌唱中传达出诗人提炼的哲理沉思。如他的《泥土》，这首小诗一直受到人们的深爱。

——孙玉石：《20世纪中国新诗：1937—1949》②

　　鲁藜的《泥土》显然是经过反复琢磨与锤炼的……四句诚朴的诗，算得上永久的格言，也是诗人的心音。它极素朴而又极简明地述说了生活中的客观真理，凝练得不可以任意删削或增添。

——刘扬烈：《"七月"诗派与抗战文学》③

　　《泥土》一类否定"小资产阶级个人主义"的"哲理诗"，作为这一过程中他"自我鞭策记录下来的感怀"，正反映了他抑制个人痛苦的努力。其特征就是将主流意识形态强调"集体主义"、否定"个人主义"的原则，内化为激励自己应对"考验"、抗拒痛苦的思想资源。

——张林杰：《整风前后：诗人鲁藜的"心灵矛盾"与"泥土"意识》④

---

① 《西南师范大学学报》（人文社会科学版）1986年第1期。
② 《诗探索》1994年第4辑。
③ 《重庆社会科学》2005年第12期。
④ 《天津社会科学》2015年第4期。

穆
旦

穆旦（1918—1977），原名查良铮，曾用笔名慕旦、梁真，祖籍浙江海宁，生于
天津。九叶派代表性诗人、翻译家。1940年于西南联合大学毕业留校任教，1942年参加
中国远征军，担任随军翻译，亲历滇缅大撤退等事件，死里逃生。1949年赴美留学，
1953年回国，于南开大学外文系任教，从事诗歌与文艺思想的翻译工作。自从在南开
中学读书时就开始写诗，在西南联合大学时接触到西方现代派诗歌，诗风开始转变，
抒情方式和语言艺术向现代派靠拢，内容上融个体的生存感悟与时代的公共经验于一
体。出版诗集《探险队》《穆旦诗集》《旗》等。

我①

从子宫割裂，失去了温暖，
是残缺的部分渴望着救援，
永远是自己，锁在荒野里，

从静止的梦离开了群体，
痛感到时流，没有什么抓住，
不断的回忆带不回自己，

遇见部分时在一起哭喊，
是初恋的狂喜，想冲出樊篱
伸出双手来抱住了自己，

---

① 选自《穆旦诗集》，中国文联出版公司1947年版。

幻化的形象，是更深的绝望，
永远是自己，锁在荒野里，
仇恨着母亲给分出了梦境。

1940年11月

诗作导读

穆旦在诗中摒弃了传统的中国意象，而采用了富有现代感的"子宫""割裂"等语汇，所要表达的，也是现代人的痛苦境遇。这首诗所表达的是抽象的"我"降生之后，与母体剥离，成为一个独立的个体后，被"锁在荒野里"的焦虑与痛苦。诗的首句，"从子宫割裂，失去了温暖"，既象征着个人生命诞生所要经历的必然阶段，也是一种隐喻，象征着自我的觉醒后，人便不再是群体中不可分割的一部分，而是一个完全独立的个体，像一个孩子永远地离开了母亲，却再也无法回到最初的温暖之中。

第二节所表达的，依旧是对个体与群体、"我"与母亲之间的辩证关系的思索，个体在离开群体后不断地挣扎，陷入了离开群体，却无法找到自己的困境之中。第三节所表达的，是部分与部分相遇后，相互拥抱，想要再次组成一个整体，却发现，在希望背后的是更大的绝望感，部分与部分拥抱，只不过是一个自己抱住了另外一个自己，永远无法回到最初的整体。而在最后一节，当这种幻想彻底破灭后，"我"陷入了更深的绝望之中，再次回到了那个同母体分离之后的处境，即孤独的荒野之中，所以，"我"开始仇恨母亲将我分离出来，分出了"梦境"。

整首诗体现了现代人由觉醒到品味孤独、痛苦的精神历程，揭示出一种难以解除的矛盾与困境。而最后一节与第一节形成了一个首尾呼应的闭环，结构严密整饬。穆旦对"我是谁？"这一现代性命题的思索超越了前人的视野。"我"自诞生起便是未完成的，注定寻觅的，无法被外力拯救的；"我"的痛苦并非来自外界，亦非来自与他人、他物的关联，生命意义上的"我"便是痛苦的。那么，这残缺的本体可能有机会完成自我吗？穆旦在日后的诗作中，对这个问题进行了更深一步地挖掘与更痛苦地探索。

评论精选

正是为了抵抗这源于中国文化的突然性间断的放逐状态，抵抗双重侵略对自然自我的统一造成的压迫和威胁，中国知识分子，不管情愿与否，开始了对一个中心的痛苦的自我探求，而这一中心仿佛永劫不返了。他们希冀，如果这个中心得以复活，那些断肢残体也许能再次缀接起来，在这个缀接起来的新的躯体内，新的灵魂可以自由地呼吸。这仍是中国现代主义典型的焦虑。

——叶维廉著，程巍译：《跨文化语境中的现代主义》①

诗人用"子宫割裂"的意象展示生命诞生之初的残酷，表达现代人的生之无奈以及孤独无援，找不回自己的痛苦处境。在强大的习俗面前，一切独立特行的举动会"被压制、被扭转"，真正的个体、独立担当的存在者无疑会陷入痛苦的悲观的境地，"痛苦在于那改变明天的已为今天所改变"这句话，是诗人对现代人精神困境的深切感受。

——龙泉明：《四十年代"新生代"诗歌综论》②

众多的"我"共同拼贴成一个带有自传色彩的独特穆旦形象：那种哈姆雷特式的自审意识铸成的对异化和焦虑的体验，那种自我搏斗和否定的残酷，在新诗史上极其少见……《我》尤为典型，生命的个体从脱离母胎开始就是残缺的孤独的，在文明荒野上的跋涉有时是虚妄的，什么都无法把握，那种艰难、孤独而悲观的情绪抒发，那种生命的焦虑都不无鲁迅的影像。

——罗振亚：《对抗"古典"的背后——论穆旦诗歌的"传统性"》③

或许，《我》的独特之处并不在于以"我"为题，却通篇没有出现"我"的形象，而在于"回归子宫"所包含的深刻含义。对于这样一首"使许多人迷惑"的诗，王佐良曾认为"在一个诗歌探问着子宫的秘密的时候，他实在是问着事物的黑暗的神秘"。但如果联系在此之前的某些作品，如《悲观论者的画像》等的叙述进一步深入下去，那么，这种"带不回自己"的"回忆"以及"子宫"意象必将会和精神心理分析结合在一起——在"知"与"行"、自我人格相继陷入分裂状态之后，一种仇视脱离母体的"子宫情结"便应运而生了。

——张立群、柳宪龙：《"时代焦虑"下的个体人格——论30至50年代穆旦的诗人心态》④

在这个神话（同时也是一个文学原型）中，人对爱情的寻求和他对完整性的渴求是合二为一的，正如柏拉图所言："这一切原因就在于人类本来的性格是如我向你们所说的，我们本来是完整的，对于那种完整的希冀和追求就是所谓的爱情。"穆旦明显地在与柏拉图遥遥"对话"并改写其神话：不仅"我"自诞生始就是残缺

---

① 《北京大学学报》（哲学社会科学版）1989年第2期。
② 《中国社会科学》2000年第1期。
③ 《南开学报》（哲学社会科学版）2007年第3期。
④ 《辽宁大学学报》（哲学社会科学版）2010年第3期。

的，而且"我"对完整性和爱情的寻求都将幻灭。

——李章斌：《重审穆旦诗中"我"的现代性与永恒性》①

诗八首②

一

你底眼睛看见这一场火灾，
你看不见我，虽然我为你点燃，
哎，那烧着的不过是成熟的年代，
你底，我底。我们相隔如重山！

从这自然底蜕变程序里，
我却爱了一个暂时的你。
即使我哭泣，变灰，变灰又新生，
姑娘，那只是上帝玩弄他自己。

二

水流山石间沉淀下你我，
而我们成长，在死底子宫里。
在无数的可能里一个变形的生命
永远不能完成他自己。

我和你谈话，相信你，爱你，
这时候就听见我的主暗笑，
不断地他添来另外的你我
使我们丰富而且危险。

三

你底年龄里的小小野兽，

---

① 《中国现代文学研究丛刊》2013年第3期。
② 选自《文聚》第1卷第3期，1942年4月。

它和青草一样地呼吸，
它带来你底颜色，芳香，丰满，
它要你疯狂在温暖的黑暗里。

我越过你大理石的智慧底殿堂，
而为它埋藏的生命珍惜；
你我的手底接触是一片草场。
那里有它底固执，我底惊喜。

四
静静地，我们拥抱在
用言语所能照明的世界里，
而那未成形的黑暗是可怕的，
那可能的和不可能的使我们沉迷。

那窒息着我们的
是甜蜜的未生即死的言语，
它底幽灵笼罩，使我们游离，
游进混乱的爱底自由和美丽。

五
夕阳西下，一阵微风吹拂着田野，
是多么久的原因在这里积累。
那移动了景物的移动我底心，
从最古老的开端流向你，安睡。

那形成了树木和屹立的岩石的，
将使我此时的渴望永存，
一切在它底过程中流露的美，
教我爱你的方法，教我变更。

六
相同和相同溶为疲倦，

在差别间又凝固着陌生；
是一条多么危险的窄路里，
我驱使自己在那上面旅行。

他存在，听我底使唤，
他保护，而把我留在孤独里，
他底痛苦是不断的寻求
你底秩序，求得了又必须背离。

七

风暴，远路，寂寞的夜晚，
丢失，记忆，永续的时间，
所有科学不能祛除的恐惧
让我在你底怀里得到安憩——

呵，在你底不能自主的心上，
你底随有随无的美丽形象，
那里，我看见你孤独的爱情
笔立着，和我底平行着生长！

八

再没有更近的接近，
所有的偶然在我们间定型；
只有阳光透过缤纷的枝叶
分在两片情愿的心上，相同。

等季候一到就要各自飘落，
而赐生我们的巨树永青，
它对我们不仁的嘲弄
（和哭泣）在合一的老根里化为平静。

1942年2月

诗作导读

《诗八首》作为一组诗，书写了爱情从初恋到热恋，再到理性思索，进而进驻永恒的整个过程。第一首和第二首所书写的是初次面对爱情的两人，爱若一场火灾般汹涌强烈，二人却若阻隔的重山，心有隔膜。随着时间流逝，两人的感情才慢慢建立起来。而第三首和第四首，所书写的则是陷入热恋的二人，此时的"你"已经变成了小小的野兽，从惧怕火灾到自己的情感也热烈起来。而"你我的手底接触是一片草场"一句，以"草场"这一意象来象征两人双手接触，给读者一种若青草般柔软、若草场般温暖、生机勃勃而又情意绵绵的感受。

第五首和第六首所书写的，是在热情渐渐退却后，理性的力量占据上风后的沉思，夕阳西下，风吹田野，这美丽的景象自远古之时便已经深深刻在了我们祖先的记忆里，而对永恒爱情的追求，也自祖先至今，一直停留在我们的记忆中。此时的我们在热情退却后，已经慢慢出现了疏离，在这同时，对于爱情的体悟也在不断地丰富且升华。于是到了第七首和第八首，在理性沉淀之后的爱情更加纯粹而持久，"风暴""远路"等种种挫折也无法再改变两人之间的羁绊，"那里，我看见你孤独的爱情/笔立着，和我底平行着生长！"我们已经把握了所谓的爱情的永恒，两情相悦不再是一个传说，就像是两棵树两根连理。

《诗八首》虽吟咏的是爱情这一永久不衰的母题，穆旦寄寓其中的却是形而上学的思考。他毫不犹豫地揭示出人与人联系的一种虚无，还原生命的自然本质，那正是在无限可能中，无法完成自己的、生命残缺的原始。无论是相遇的交错、感官的灼烧、言语的盛宴，抑或习惯中的拷问，凝固里的永恒，穆旦都流露出一种强烈的怀疑：残缺的个体能够完成自己吗？生命之间能够互相温暖吗？另外，他的犹豫、怀疑、反问，犹如诗中不断变换的人称代词，复合的、多声部的组合，指向生命本体"丰富的痛苦"：即使残缺的生命无法构建真正坚实的依靠，即使残缺的生命无法完成一个"完整的自己"，但经历痛苦的过程之中，如褪去激情后因理性走向永恒的爱，生命也有被定型的可能。向死而生，热烈生长，这或许是穆旦所传达的一种生命理想形态。

评论精选

它呈现的是关于爱情的思考，并非通常意义上的爱情诗。锋骨凌厉的冷峻击碎了甜言蜜语，海誓山盟所掩饰的虚伪，在地狱般冷酷的理性审判台前亮出人性的底牌。洪水撤退，狰狞嶙峋的裸石呈现给冬日的河床……情感、理智、你、我这几个元素构成了《诗八首》纠缠的主题，情感与理智（上帝和主的代称、他）、你与我是相对的两组元素，他们之间的变迁、游移、消长，展示了爱情的各个侧面与内在质地。

——张同道：《带电的肉体与搏斗的灵魂——论穆旦》①

穆旦在《诗八首》中探寻了爱情生活里的矛盾，"残忍"地剥去了爱情的美好外衣，用冷酷的理性审视爱情的脆弱，进而审视人性那隐秘的底线，将它暴露出来，无视自身和所有读者可能出现的悲观情绪，确切地说，穆旦故意回避了这些悲观情绪，执意要将我们不愿正视的东西勇敢地揭示，这种固执带上了悲壮的色彩，而对人性的理性思辨也把我们带入他的理性之河，这种理性甚至使我们害怕。

——孙菲：《成熟年代的火焰——重读穆旦〈诗八首〉》②

穆旦的这首《诗八首》，当是"新诗"中最杰出的爱情诗之一，它最大的特点是从生命与存在的角度去想象爱情，而对生命的认知，又深入到了非统一性、稳定性和充满矛盾的"自我"世界，从而更新了"新诗"抒情形象的单一与线形发展的特点，更新了诗歌的主题和内容，并由此出发实践了许多新的整合矛盾经验的语言策略和修辞手段。

——王光明：《"新的抒情"：让情感渗透智力——论穆旦和他的诗》③

《诗八首》是属于中国传统中"无题"一类的爱情诗。但是，在这里，我们看不到一般爱情诗中感情的缠绵与热烈，也没有太多的对顾恋与相思的描写。他以特有的超越生活层面以上的清醒的智性，对自身的也是人类的恋爱情感及其整体过程，做了充满理性成分的分析和很大强度的客观化处理。整首诗，从头到尾显得很深沉，也很冷峻……《诗八首》可以视为中国现代的《秋兴八首》。不同的是，杜甫的《秋兴八首》是各自独立而又相互关联地抒发秋之情怀的，而穆旦的《诗八首》是作为一首诗连续在一起写爱情的。这一组诗是不可分割的整体，它以十分严密的结构，用初恋、热恋、宁静、赞歌这样四个乐章（每个乐章两首诗），完整地抒写和礼赞了人类的爱情，也包括他自己的爱情复杂而又丰富的历程，礼赞了它的美、力量和永恒。

——孙玉石：《新诗十讲·一曲爱情与人生的美丽交响——穆旦〈诗八首〉
解读》④

---

① 《诗探索》1996年第4辑。
② 《福建论坛》（人文社会科学版）2006年专刊第S1期。
③ 《广东社会科学》2009年第1期。
④ 中信出版社2015年版，第448—449、458页。

春①

绿色的火焰在草上摇曳，
他渴求着拥抱你，花朵。
反抗着土地，花朵伸出来，
当暖风吹来烦恼，或者欢乐。
如果你是醒了，推开窗子，
看这满园的欲望多么美丽。

蓝天下，为永远的谜蛊惑着的
是我们二十岁的紧闭的肉体，
一如那泥土做成的鸟的歌，
你们被点燃，卷曲又卷曲，却无处归依。
呵，光，影，声，色，都已经赤裸，
痛苦着，等待伸入新的组合。

1942年2月

诗作导读

　　这首诗的主题是"春"，但是穆旦并没有借助中国传统诗歌中的咏怀伤春的手法，也并没有采用传统的诗歌意象。这首诗的情感相比于同题材的古典诗歌更加强烈，更加真切，更多的是直觉的感性显现。第一节诗人所写的是春景。而这春景的描写并没有依循传统的景物写法，而是借助动词，例如"拥抱""反抗""伸"等，写出了春天所焕发的无限生机。首句"绿色的火焰在草上摇曳，/他渴求着拥抱你，花朵"，以火焰这样热情而猛烈的意象，让人感受到春季青草所拥有的凶猛的生命力。花朵，也是反抗着土地而生长出来的，这也正是强壮生命力的隐喻。

　　而在第二节，诗人从春天过渡到了青春，又通过许多感性意象来比喻青春的渴望与烦恼。青春的他们像被点燃一般，火一样的青春有着无限的能量，但是他们却被泥土紧闭着，导致这些能量无处可去。"光，影，声，色"，正是这些能量的象征。在最后，诗人点破了这一困局的结果，那就是痛苦的必然，以及反抗的必然。

---

① 选自《贵州日报》（革命军诗刊），1942年5月26日。

评论精选

这是一个既彼此冲突，又互相制约、均衡的张力场。它闪耀着现代诗艺特有的内敛的光芒，并且体现着和浪漫派迥然有别的诗歌——世界观。它没有像大多数浪漫主义诗歌那样，提供某种情感上的结局，但同时又保留着开放的可能性……"火"在艾略特的《荒原》中曾作为涤罪的象征，而在这里则成为原发的生命象征，它作为一个统摄性的意象提供了生命升华、"重新组合"的动能。

——唐晓渡：《欲望的美丽花朵——穆旦的〈春〉》①

不止是所谓虚实结合，而是出现了新的思辨、新的形象，总的效果则是感性化、肉体化，这才出现了"我们二十岁的紧闭的肉体"和"呵，光，影，声，色，都已经赤裸，/痛苦着，等待伸入新的组合"那样的名句——绝难在中国过去的诗里找到的名句，从而使《春》截然不同于千百首一般伤春咏怀之作。它要强烈得多，真实得多，同时形式上又是那样完整。

——王佐良：《谈穆旦的诗》②

这首诗所集中揭示的是春的景物、春的情感后面更内在、本质的东西，这就是生命的欲望，春的本质是欲望，是欲望的萌生、勃兴、伸展。欲望是对生命的肯定，欲望与创造力、活力紧密相连。但欲望还须"伸入新的组合"，使人类创造的文化日益翻新。应该说，这里凸显某种理性观念，又立象以见意，展示出一种超感性境界的意象，使观念在意象中无限延展、活跃，这正是一种构筑象征、暗示体系的现代主义观念和方法。

——黄曼君：《春天的诗，生命的诗——关于生态文艺批评三题》③

《春》的旨意是逐步打开诗人心中的镣铐的，诗人的苦闷有迹可循，都落实在意象的巧妙铺排上，而又把对苦闷的抵制，化解在对自由的渴求中，因此，诗中峻急的情感是两极对立的结果。烦恼与欢乐、现实与幻影、理性与情欲、紧闭的肉体与赤裸的自然，都是充满矛盾和悖论的两极，在诗中相互冲突与胶结，构成青春的阵痛和对自由的热烈趋附。

——吴投文：《在生命的限制中对自由的张望——穆旦诗歌〈春〉导读及相关问题》④

---

① 《名作欣赏》1993年第3期。
② 《读书》1995年第4期。
③ 《江汉大学学报》（人文科学版）2008年第2期。
④ 《北方论丛》2016年第6期。

冥想（其二）①

把生命的突泉捧在我手里，
我只觉得它来得新鲜，
是浓烈的酒，清新的泡沫，
注入我的奔波、劳作、冒险。
仿佛前人从未经临的园地
就要展现在我的面前。

但如今，突然面对着坟墓，
我冷眼向过去稍稍回顾，
只见它曲折灌溉的悲喜
都消失在一片亘古的荒漠，
这才知道我的全部努力
不过完成了普通的生活。

1976年5月

诗作导读

本诗以"生命的突泉"开篇，给人一种生命源源不息，富有涌流的活力的感受。生命若烈酒，若新鲜的泉水，若清新的泡沫，是那样的美好，注入到诗人的生活之中，让诗人享受到一种保有生机的快慰。突然，"但如今"一句将氛围扭转，"面对着坟墓"，让诗人突然意识到，生命之泉终将枯竭，而自己也不久就要走向生命的尽头。暮年时刻，他回头望去，回顾自己的人生，对自己的人生做出了总结。

"冷眼"回顾，不带有一点点情感，只是平淡地回望着，看着生命的痕迹消失在亘古荒漠之中，而在那一刻，诗人真正顿悟了，之前所追寻的，所奋斗的，所为之奔波、劳作、冒险的，无论是好是坏，也不过是普通生活的一部分，只是普通的事物罢了。整首诗节奏沉郁低缓，情绪慷慨悲凉，生命之泉终究消失在了荒漠之中，道出了诗人对生命易逝的遗憾，以及作为个人面对历史时深深的无力感，个人所做的一切，总是抵不上历史的冲刷，个人所坚持，所追求的一切，回首望去，不

---

① 选自《诗刊》1987年第2期，总标题为《穆旦遗作六首》。

过"普通"罢了。

在这首诗中,穆旦自《我》时期的思索,终于有了一个不那么像答案的答案:一个残缺的、变形的生命会在无数的可能中完成他自己吗?穆旦给出了回答,尽管这回答充满着无奈与怅惘,甚至有一些自嘲。但穆旦终归让新诗完成了他向往的一种可能:个体的原始残缺,个体的存在渺小,然而一切可有可无的努力终会浇灌丰富的血肉,在言说的世界里永远不朽。

评论精选

我们每个人都可能以为自己的生命、自己生活的时代是独一无二的,而在这首诗里,我们的全部努力,"不过完成了普通生活",经历坎坷仍然坚持自己的岗位的穆旦,并不觉得他在历史上的地位有什么独特之处。这样的诗句,固然是舍却妄念后达到的明净的智慧,却也因为洞穿了人生中所有的复杂因素。当穆旦的生命到达老年之后,他对于人生的看法,一定程度上回归到传统的循环论的世界观。

——刘志荣:《生命最后的智慧之歌:穆旦在一九七六》①

这是穆旦晚期诗歌所涉及的主题与反题:自我之歌或一种批判性的自传;爱,理想,友谊,梦想(还有未完成的"劳动"),或对一种支配性的观念史所进行的意识形态批判。这是穆旦身后解冻时代的新诗潮亦未能触及到的两个主题。而在这个新诗潮或"思想解放"即将到来的前夜,个人与社会的观念都在一种经验性的语境中受到他的再次审视,关于个人与群体的观念史被置于一种批判性反思或讽刺性语境之中。

——耿占春:《穆旦的晚期风格》②

这真是感慨万千的领悟,是一个人晚年才能写出的诗,它不仅把"随时间而来的智慧"与一种反讽的艺术结合在一起,也与一种悲剧的力量结合在了一起。使读者无不受到震动的,更是诗的最后两句:"这才知道我的全部努力/不过完成了普通的生活。"这是一种怎样的"冥想"?它不仅出乎意外,有一种难言的苦涩,它也带出了一种更高的觉悟。

——王家新:《"生命也跳动在严酷的冬天"——重读诗人穆旦》③

---

① 《文学评论》2004年第3期。
② 《文学评论》2013年第5期。
③ 《文艺争鸣》2018年第11期。

辛　笛

辛笛（1912—2004），全名王辛笛，原名馨迪，祖籍江苏淮安，生于天津。"九叶诗派"代表诗人之一，著有《珠贝集》《手掌集》《辛笛诗稿》等。1931年起就读于清华大学外文系，系统学习西方文学，开始创作新诗。1936年赴英国爱丁堡大学深造，将乡愁凝结成诗行，产生了二十余首《异域篇》。1939年回国，任教于光华大学、暨南大学，抗战胜利后当选为中华全国文艺协会理事兼秘书，创作空前活跃。1947年，开始将一系列诗作刊发于《中国新诗》，"九叶诗派"（即"中国新诗"派）诗人群体于此时形成。中华人民共和国成立后继续默默笔耕，探索不同的创作路径。1981年《九叶集》出版，与其他八位诗友始广为人知。

风景[①]

列车轧在中国的肋骨上
一节接着一节社会问题
比邻而居的是茅屋和田野间的坟
生活距离终点这样近
夏天的土地绿得丰饶自然
兵士的新装黄得旧褪凄惨
惯爱想一路来行过的地方
说不出生疏却是一般的黯淡
瘦的耕牛和更瘦的人
都是病，不是风景！

1948年

———————
① 　选自《中国新诗》1948年9月第4期。

诗作导读

辛笛与穆旦、郑敏、杜运燮、陈敬容等，一同组成了20世纪40年代"中国新诗"派创作群体，直到20世纪80年代，他们因合作出版了《九叶集》，又被命名为"九叶诗派"。"九叶诗人"是卞之琳等于现代诗时期开启的主张一脉创作的继承者，他们吸收了数十年新诗探索的经验，融西方诗艺与东方体验于一体，致力于营构"现实、象征、玄思"的综合诗风，为现代汉语诗歌艺术和内蕴的开拓创新做出自己的贡献。

《风景》是辛笛的代表作，乍看诗题，很容易让人以为这是一首玄奥的写景诗。实际上辛笛选择了直率的描摹，在简练通俗的叙述中蕴含深远的象征与沉重的感慨。作者怀揣着激动与喜悦的心情回到祖国，却看到故土凋敝，遍地都是因战火造成的混乱景象，令人触目惊心。诗人将列车轨道比作国家的"肋骨"，有意塑造一个"瘦骨嶙峋"的形象比附衰败的故园。诗人欲抑先扬，以自然风景的亮丽和兵士的憔悴形态构成反差，层层递进，讽刺鲜明。最后写到人与动物不正常的瘦弱，道出眼中所见的一切景象"都是病"，写出社会的动荡与底层的苦难。

评论精选

这首诗是超现实主义的双重结构：底层具象——生活"风景"与高层抽象—社会"病"态的意象契合，它的生活层面和社会层面的意义，都是十分典型的。可以说，九叶诗派运用诗的双重结构，实现对生活的超越，是他们在诗美艺术上的一个突出成就。反过来说，九叶诗派的诗作和传统诗一个最突出的区别，也在诗的结构方式上，传统诗是一种单一的实象结构。

——刘强：《中国式的现代派艺术——对九叶诗派及其创作的研究》[1]

《风景》这首诗最初刊登在1948年9月的《中国新诗》第四期上，它很好地体现了"中国新诗派""现实、象征、玄学的综合"的诗学追求。诗人善于运用感觉位移、对比、设色等手法，将抽象的理念、复杂的情绪熔铸成新颖的意象，有机地实现了黯淡的象征性与强烈的现实感的融合，在"反讽"中既增强了诗歌的现实批判指向也彰显了诗歌的审美张力，既体现了诗人的强烈的现实关怀也体现了诗人审美的现代性追求。

——刘继林：《异化的"风景"，"反讽"的诗学——辛笛〈风景〉赏析》[2]

---

[1] 《当代作家评论》1996年第6期。

[2] 《中学语文》2009年第7—8期。

　　辛笛的《风景》以列车行驶在中国土地上为叙事主干，使各种事物并列在一起，构成一种隐喻的张力，让人产生丰富的联想……诗的每句都是在叙述事物，围绕列车行驶中窗外的风景展开，以事理逻辑为主，但句与句之间的关系却不是以事理逻辑来联系，而是一种感觉和情感的聚合，具有诗性思维的典型特征。

——鲍昌宝：《新诗创作技法：问题与意义》①

　　这不是对凭窗所见景物印象的如实记录，而是经过潜思维酝酿后的一种直觉。很明显，在刹那间迸发的直觉火花的后面，有着诗人长期以来对中国社会问题的思考。诗人对社会的深刻而精辟的见解不是直白说出，而是附丽在诗人所精心捕捉的外在世界的印象上，通过艺术的思维组织在一起，形成诗的境界……结尾……更把上述种种印象综合在一起，上升到一个新的高度：中国城乡社会的种种破败、凋敝、腐朽的现象意味着中国社会必须要有一场翻天覆地的变革。

——吴思敬：《"看一支芦苇"——辛笛先生百年诞辰怀想》②

---

　　①　《21世纪中国现代诗第五届研讨会暨"现代诗创作研究技法"学术研讨会论文集》，2009年8月。
　　②　《中国现代文学研究丛刊》2012年第12期。

袁
可
嘉

袁可嘉（1921—2008），浙江慈溪人。"九叶诗派"代表诗人之一。中学时代开始写作新诗，1941年就读于西南联大外文系，曾完成对徐志摩等诗作的英译工作。毕业后任教于北京大学西语系，常有诗歌发表于《诗创造》《中国新诗》等，其诗融合民歌的优长，借鉴现代欧美诗歌的手法，蕴意较为丰厚。中华人民共和国成立后参加了《毛泽东选集》的英译工作，并专注于研究英美诗歌和文论，著有《西方现代派文学概论》《现代派论英美诗论》《论新诗的现代化》等。

沉钟①

让我沉默于时空，
如古寺锈绿的洪钟，
负驮三千载沉重，
听窗外风雨匆匆；

把波澜掷给大海，
把无垠还诸苍穹，
我是沉寂的洪钟，
沉寂如蓝色凝冻；

生命脱蒂于苦痛，
苦痛任死寂煎烘，

---

① 选自《人与世界的交响》，中国青年出版社1996年版。

我是站定的旌旗，
收容八方的野风！

1946年

诗作导读

　　袁可嘉在"九叶诗派"人中年纪较小，写这首诗时，年仅25岁。正值青春年华的他却使用了苍凉深沉的笔调，将对宏大的数千年历史的感悟凝聚在一口古钟之上，化动为静，表达对生命流动与静止等相对问题的深刻思考。"沉"之沉郁思索与"钟"的连绵悠远，是这首诗的两大特色。

　　该诗还有一大特点，那就是格律上的谨严。在自由诗体已蔚然成风的20世纪40年代，新格律诗亦有它的一席之地。除了第二节首句、第三节第三句，其他的诗句都严格做到了末字押韵，以饱满的"ong"声韵展现沉钟的悠远、无限延长的音韵与情感线条；除了第一节第二句，其他的诗行都保持了字数与音节节奏上的一致，鲜明的色彩对比与动静结合颇有些闻一多《死水》的味道。

评论精选

　　诗中用了"沉默""沉寂"等带"沉"字的词语，而且"沉寂"一词还是重复了的；但诗中直接修饰"钟"字的是"洪"字。……全诗的中心意象就是这带有悠缓、浑厚而又沉郁的"洪钟"。虽然这是"锈绿的"或"沉寂的""洪钟"，但"洪钟"在音、义两方面都给人以宏阔、宽广、凝重的感觉。"ong"音的大量使用——全诗十二行中有十行都以此音为韵脚，而且行中还夹杂着不少——更加强了这种感觉。

——北塔：《模仿的顺便与超越的艰难——论袁可嘉的诗》①

　　诗人将"三千载"的时间凝缩于一点，诗的分量由此而生，表达了更多的内在的沉思，即对生命之苦的理解。诗人追求的是独立、深沉的生命品格……在传达方式上，这首诗以意象的凝定代替了形象的浮动，每一个意象都有其丰富的诗美内涵，"洪钟"与"沉默"的对应体现了诗人对历史与现实的态度，对"生命"与"苦痛"的思考包含着深邃的哲理，"收容八方的野风"展示了诗人登高临远的生

---

　　① 《诗探索》2001年第22期。

命气魄，透射出强大的生命之力。再加上诗人对诗的外在音乐性的重视，诗篇显得节奏有致，旋律和谐。

——蒋登科：《九叶诗派对浪漫主义追求的自我超越》[①]

这首诗抒发了当时年仅25岁青年诗人的历史沧桑感，他将自己喻为沉寂的洪钟，置于横穿亘古的时空之中。如今老诗人仙逝于美国，我们阅读他的诗文，缅怀他为中国新诗和西方现代派文学的研究贡献，依然感到他如同洪钟，永恒长鸣，令我们奋发前进。

——蒋洪新：《袁可嘉与新诗现代化》[②]

[①]　《中国现代文学研究丛刊》2009年第3期。
[②]　《中国文学研究》2014年第2期。

郑 敏

郑敏（1920—2022），福建闽侯人。"九叶诗派"代表诗人之一。1943年毕业于西南联合大学哲学系，1952年获美国布朗大学英国文学硕士学位。回国后曾在中国社会科学院文学研究所工作，之后任教于北京师范大学外语系。受老师冯至的影响，倾慕德语诗人里尔克，善于从日常事物、情境引发对宇宙和生命的思考，善于描摹凝定的形体、雕塑般的意象，字里行间透出智性光辉，出版诗集《心象》《寻觅集》，专著《诗与哲学是近邻》等。

树①

我从来没有真正听见声音

像我听见树的声音

当它悲伤，当它忧郁

当它鼓舞，当它多情时的一切声音

即使在黑暗的冬夜里

你走过它，也应当像

走过一个失去民族自由的人民

你听不见那封锁在血里的声音吗

当春天到来时

它的每一只强壮的手臂里

埋藏着千百个啼扰的婴儿

我从来没有真正感觉过宁静

---

① 选自《诗集一九四二——一九四七》，文化生活出版社1949年版。

像我从树的姿态里

所感受到的那样深

无论自哪一个思想里醒来

我的眼睛遇到它

屹立在那同一的姿态里

在它的手臂间星斗转移

在它的注视下溪水慢慢流去

在它的胸怀里小鸟来去

而它永远那样祈祷，沉思

仿佛生长在永恒宁静的土地上

诗作导读

郑敏擅长写静物，寄托的情怀却极为深广，这首诗写在中华人民共和国成立前的动荡岁月，表达了作者在战乱中的沉思，具有超越历史和时间的深度。

《树》这首诗分为上、下两节，两节有着密不可分的联系，分别写诗人在树下听见的声音和从树的姿态中感受到的宁静。声音是家国人民的声音，宁静是永恒时空的宁静，前者入世后者出世。两者结合在一首诗中，形成对照，让家国情怀的书写更有张力，而对时空的思索也更为深远。把上、下两节结合到一起，树有着深沉咆哮的声音，也有着宁静永恒的肃穆。在声音和肃穆的对比之中，作者把眼前的景物与博大的情怀统一在一起，将岁月融合进宁静不动的树木之中。

对比乃是全诗增强艺术感染力的重要手法。对比使得全诗的表达生动有力，如"它的每一只强壮的手臂里／埋藏着千百个啼扰的婴儿"，强壮树枝和千百个婴儿的对比极有力度，写出举国战乱之下生民的血泪。最后一句"仿佛生长在永恒宁静的土地上"，则写出了战乱与平静的对比，在战争和混乱之中，"树"永远安静地生长。人们抬头仰望、举目沉思，所见的是寂静不动的树木，身边却是血流成河的悲鸣，这样的对比更让人感到战争的深重苦难。而声音与寂静的对比、现在的战争与未来的平静的对比，更丰富了这首诗的时间指向，大大扩宽了意蕴空间，让全诗拥有了一种可以穿透岁月的智慧和艺术力量。

评论精选

郑敏善于在西方文化和传统文化之间寻求结合点，善于运用冷静的笔触和充满智慧的语言，把哲理和思辨融入形象，智性与感性兼而有之，从而使她的诗歌能够做到深刻而不晦涩，平易而富有内涵，具有一种成熟、静穆的品质。

——吴思敬：《郑敏文集：文论卷》总序[①]

那么像雕塑一样对物的静观与皈依则代表了郑敏诗歌的独特的艺术追求与艺术风范，而这种具有雕塑感的定形之美也来自里尔克……受里尔克的滋养，一种冷静客观的诗风在九叶诗人那里得到了集中体现，对这种"静观品格"熟练掌握并运用的主要是郑敏，她的一系列咏物诗《马》《鹰》《树》《荷花》《金黄的稻束》等都体现了这一方法，诗人就像一个雕塑家一样，用独到的眼光创造和打磨自己的作品，用心灵的静观创作，使她笔下的艺术品显现出深刻的内在涵义，表现出静中见动的雕像之美。郑敏富有哲思的性格，使她与里尔克在这一点上达成了心灵的契合。

——车晨阳：《西方现代主义诗学烛照下的九叶诗派——以里尔克与郑敏为例》[②]

郑敏的诗歌具有一种里尔克式的、深沉的、凝重的雕塑之美。里尔克曾经担任著名雕塑家罗丹的秘书，从罗丹那里学会了一件令自己受益终身的本事，那就是细致、深刻、敏锐、独到的观察。里尔克对郑敏的影响是巨大的，在郑敏的诗中不时会有着光洁的雕塑般质感的意象出现。正如"九叶"诗人袁可嘉所言，"雕像"是理解郑敏诗作的一把钥匙。诗人对于生命的体验往往来自具体可感的形象。对于艺术有着深厚造诣的郑敏，非常注重用具体的形象来表达内在的思想，常常会写一些视觉性很强的诗，具有明显的绘画感和雕塑感。

——吴思敬、宋晓冬：《郑敏：诗坛的世纪之树》[③]

[①]　《郑敏文集：文论卷》，郑敏著，北京师范大学出版社2012年版。
[②]　《长治学院学报》2019年第1期。
[③]　《河南社会科学学报》2012年第1期。

渴望：一只雄狮[①]

在我的身体里有一张张得大大的嘴

它像一只在吼叫的雄狮

它冲到大江的桥头

看着桥下的湍流

那静静滑过桥洞的轮船

它听见时代在吼叫

好像森林里象在吼叫

它回头看着我

又走回我身体的笼子里

那狮子的金毛像日光

那象的吼声像鼓鸣

开花样的活力回到我的体内

狮子带我去桥头

那里，我去赴一个约会

诗作导读

这首诗以"一只雄狮"比拟诗人自己内心的冲动与渴望，一字一句中饱含了郑敏对未来浓烈的希望及喷薄欲出的生命力。

诗中独特又富有力度的意象"金毛的狮子"，正如郑敏1991年出版诗集的名字"心象"一样，是栖居在诗人内心深处的意象，诗人把心中的力量化为实体。"那狮子的金毛像日光/那象的吼声像鼓鸣"，雄狮金灿灿的毛发好像日光一样明亮，象深沉的低吼好像轰隆隆的鼓鸣声。狮子是诗人渴望的外化，而象是诗人眼中的时代，是"大江的桥头""桥洞的轮船"等万物发出的轰鸣。结尾"狮子带我去桥头/那里，我去赴一个约会"，狮子将诗人内心的渴望吼叫了出来，带作者走向了充满期待的未来。

作为全诗的核心意象，"雄狮"这一意象好的原因在于，它是一个活生生的动物，时时处在警戒和厮杀之中，它和人的渴望一样，极具活动力和攻击性。同时，我们似乎能透过文字看到狮子那双巨大明亮的眼睛，正灼灼地盯着这个崭新的世

---

① 选自《心象》，郑敏著，人民文学出版社1991年版。

界，跃跃欲试想要发出它的吼声。诗人心中的渴望和时代的奔流相互呼应，内外鼓荡交织，形成了强烈的生命力。

评论精选

《心象组诗》是郑敏诗的一个重要里程碑，创作于1985年。当时文坛的宽松气氛为郑敏的艺术探索提供了必要的条件。1985—1986年去美国讲学与访问期间，她对美国人，尤其是像她一样并不年轻了的人，仍在追求焕发年轻的精神深有感触，这帮助她从过去的约束里解放出来。她的意识的栅栏不再强烈地在那里把门，她打开了无意识这块领域，《心象组诗》就是在这种情况下创作的，其中好些首就是在美国写成的。……《渴望：一只雄狮》里的雄狮，可以解作："力比多"，但它是在环境压抑下，自我挣脱后的生命力复苏的象征。

——蓝棣之：《郑敏：从现代到后现代》[1]

郑敏有着女诗人特有的细腻情感，但并不像一般的女诗人那样流于琐碎。她不仅有着智慧、优雅的气质，诚挚地关怀着大地上的一切苦难和一切生命，而且还热心对历史、人生、宇宙进行思考，永不停歇地探索和追问那些真正永恒的问题。郑敏曾说，"这种对人类命运的思考是我此生求知欲的最大动力"。

——吴思敬、宋晓冬：《郑敏：诗坛的世纪之树》[2]

郑敏诗歌写作分跨两个阶段：20世纪40年代与归来复出，后者又可细分为两个时期……但是，深入文本，我们将会看到，郑敏的诗歌写作在形式层面也经历了内隐却重要的变化，这一变化当然是伴随着诗人主体经验与诗学探索的自觉而发生的，表现在形式层面即是，曾经"直观而完整"的诗歌图像与声音意象为"碎片化、多义性"的声色元件所取代，诗人青年时代的沉静凝定亦转变为晚期的碎片式狂欢。

——王欣闻：《从"沉静的凝定"到"碎片的狂欢"——试论郑敏三个时期诗歌图像与声音运用的流变》[3]

---

① 《当代作家评论》1992年第5期。
② 《河南社会科学》2012年第1期。
③ 《阴山学刊》2018年第3期。

陈
敬
容

陈敬容（1917—1989），四川乐山人。"九叶诗派"诗人之一。1935年曾在清华大学和北京大学短期旁听。1956年任《世界文学》编辑，1973年退休。著作有《星雨集》《盈盈集》《交响集》《九叶集》等。

老去的是时间①

怎能说我们就已经
老去？老去的
是时间，不是我们！
我们本该是时间的主人。

深重的苦难，曾经
像黄连般苦，墨一般浓——
凄厉的、漫长的寒冬！

枯尽了，遍野的草，
新生的丛林一望青葱，
高岩上挺立着苍松。

亿万颗年轻的心
冲出层冰，
阳光下欣欣颤动。

---

① 选自《诗刊》1979年第11期。

让我们，和你们，

手臂连接像长龙，

去敲响黎明的钟，

召唤那清新的风！

诗作导读

这首诗原载于1979年11月的《诗刊》，表达了"文化大革命"结束后诗人对新生活的期待和向往。

全诗分为四个小节，前两个小节写了所经受过的苦难，文笔深沉，过去的疮痍仿佛历历在目。在后两个小节中，诗人则精神一振，为新时代的到来而唱颂歌，尤其是对新时代的新青年们，诗人寄予了深切的希望和关怀。带着过去无数深沉的忧思，她仍然能够把目光放在未来。海浪滔滔，无数人牺牲，又有无数人新生。诗人对于自己的生命遗憾固然惋惜，却欣慰于能看到新生生命的力量和幸福，站在老去的黑暗中，唱着最热烈的祝愿。

与同样述说"文化大革命"时期的伤痕诗相比，诗人没有一味激愤地谴责，也没有流于感伤的追忆，她对待过去，对待伤痛的态度是包容的、平和的、积极乐观的。在诗人笔下，黑暗带来光明，苦难孕育幸福，衰落意味新生，她再没有哀歌过去的时间一去不复返，而是把对未来的希望寄托在了年轻人的身上："让我们，和你们/手臂连接像长龙/去敲响黎明的钟/召唤那清新的风！"

"沉舟侧畔千帆过，病树前头万木春"。个体在时代中遭遇了不幸，在生命中遭遇了无常，诗人把自己的心放到了更广阔的世界中。她用诗找回了尘封的青春与激情，让随时间流逝而苍老麻木的心获得新生，这种通透与豁达亦使得她的诗清纯真挚，语言雅丽，能够抚平读者心中尖利的棱角，呈现出另一种知性的人生智慧。

评论精选

她晚期（1979—1989）的诗歌颂新时期的阳光，敦促人们"去敲响黎明的钟，召唤那清新的风"，支持革新者，怒斥"老去的/是时间，不是我们！/我们本该是时间的主人"。一如既往，她保持着对美好将来的热情和希望。由于年龄日增，诗作中知性因素和哲理化倾向有明显的加重，老年人的智慧处处闪光。

——袁可嘉：《蕴藉明澈、刚柔相济的抒情风格——陈敬容诗选〈新鲜的焦渴〉代序》[1]

随着年龄的增长，诗人在自己的作品中增加了更加深沉的思考，那种思考的力度，似乎已经逼近了问题核心的边缘。比起中期，此时的哲理诗更加清纯，显出功力。它们比较熟练地运用辩证法的魔杖，点化诗中一个个闪烁的意象。

——雷锐：《论陈敬容的创作道路》[2]

诗句里已找回了青春的激情和活力，仿佛那些曾经的劫难从来就没发生过……出走对于诗人来讲，不是颠沛流离浪迹天涯，而是一种历练，一种求索，一种对人性与诗性的解放与激发。直到人至老年时，陈敬容还在激情满怀地吟唱"老去的是时间……"。也正是这种永葆青春的激情，使她成为当代中国创作年龄最长的女诗人。

——朱仲祥：《陈敬容：一生的出走》[3]

---

① 《文学评论》1990年第5期。
② 《社会科学研究》1990年第3期。
③ 《炎黄春秋》2016年第8期。

蔡其矫（1918—2007），福建晋江人。当代著名诗人。从20世纪40年代开始写诗，一生笔耕不辍，直至生命停息。6岁上私塾，具有较为深厚的国学底蕴。8岁随父亲去印度尼西亚读书，12岁回国，先后在厦门和泉州读书。自幼受到欧风美雨的熏染，夯实了外语基础，曾担任过英语教师。1940年至1942年任华北联合大学文学系教员；1945年任晋察冀军区司令部作战处军事报导参谋；1949年至1952年任中央人民政府情报总署东南亚科长；1952年至1957年任中国作家协会文学讲习所教员、教研室主任；1958年任汉口长江流域规划办公室政治部宣传部部长；1959年任福建作家协会专业作家、副主席、名誉主席、顾问。著有《回声集》《回声续集》《涛声集》《迎风集》《双虹集》《福建集》等诗集。

雾中汉水①

两岸的丛林成空中的草地；
堤上的牛车在天半运行；
向上游去的货船
只从浓雾中传来沉重的橹声，
看得见的
是千年来征服汉江的纤夫
赤裸着双腿倾身向前
在冬天的寒水冷滩喘息……
艰难上升的早晨的红日，
不忍心看这痛苦的跋涉，

---

① 选自《长江文艺》1958年2月号。

用雾巾遮住颜脸，

向江上洒下斑斑红泪。

诗作导读

　　1957年的最后一个星期，蔡其矫写下了名篇《雾中汉水》一诗，当时他乘坐一艘小火轮，沿汉水逆流而上航行，看到的真实景象——"两岸相当荒凉"，深有感触，挥毫而就。汉水是长江的最大支流，江道弯曲险峻，早期没有机动船或机动船没有普及，大多依赖纤夫拉船前行。这首诗以视觉意象为主，描写汉江两岸凝滞的风物，记录了在冬天冰冷的水中，汉江边纤夫们的痛苦跋涉，是不分节的三段式结构，每四行为一段。面对延续千年的底层苦难的场景，诗人借"早晨的红日"这一意象，含蓄地表达了内心的情感："不忍心"，用拟人化的写法抒发了悲天悯人的人道主义情怀。整首诗态度客观地描写了两岸的情景，语调沉重，旋律低调、缓慢，犹如纤夫们的脚步。诗中选取的现实的细节——"意象"很深刻很沉重，反映了蔡其矫深邃而独特的思想和个性，"凸显了诗人的平民意识和艺术良知"。

评论精选

　　这首诗所写的是征服汉江的纤夫，也是太古洪荒以来征服一切人为的、自然险恶力量的"人"。那个"人"的形象是痛苦的，但也是庄严的；充满了原始的生命力和忍受苦难的韧力。那是"人"的永恒的"现实"。征服汉江的纤夫所代表的精神面貌就是中国的民族性！

　　　　　　　　——聂华苓：《"发光的脸上仿佛有歌声"——抒情诗人蔡其矫》[①]

　　这一年漫山遍野的苦雨凄风，似乎没有进入诗人的眼帘。他仍然故我，按照他的所思所想写他的所见所闻。特别是那一首《雾中汉水》。写"艰难上升的早晨的红日，/不忍心看这痛苦的跋涉，/用雾巾遮住颜脸，/向江上洒下斑斑红泪"。在那个政治高昂的年代，他以特有的"低沉"的声音，表达了作为纯粹诗人的高贵品质。

　　　　　　　　　　　　　　　　　——谢冕：《特别的蔡其矫》[②]

　　蔡其矫这位不流于时俗的"边缘"诗人，尽管也是从延安解放区走出来的，也

---

　　①　《三十年后——归人札记》，湖北人民出版社1980年版，第226页。

　　②　《扬子江诗刊》2000年第2期。

曾因《乡土》等诗曾获得过晋察冀边区诗歌奖，但他始终是一位发自内心真实歌唱的诗人。这是对诗歌和时代的尊重。所以在集体性的颂歌时代，诗人却用真实而个性化的声音在《雾中汉水》和《川江号子》等诗中以沉重的叹息为汉水纤夫和川江船工奉献出真实的歌唱。

——李伟才主编：《蔡其矫研究资料专集》（下册）①

诗歌不仅刻画了纤夫永不停息的动感画面，也勾勒出了人永不停止、永远挣扎的精神面貌，它引领人们从历史角度对现实的痛苦进行追问，从人性的角度对生活进行掂量。

——田皓：《丰满的寂寞：不为某种潮流而写作——论蔡其矫的诗歌》②

----

① 海峡文艺出版社2017年版，第909页。
② 《湖南工业大学学报》（社会科学版）2012年第1期。

郭小川

郭小川（1919—1976），原名恩大，笔名郭苏、伟倜等，河北丰宁人。幼时读过私塾，1933年因日寇搅扰，全家逃亡至北平，同年考入北平蒙藏学校，次年又入北平东北中山中学。"一二·九"运动后，他投身于抗日救亡的学生运动。1937年加入中国共产党。1948年后，在《群众日报》《天津日报》《人民日报》等机构工作，并多有诗作发表。代表作有《致青年公民》《望星空》《甘蔗林——青纱帐》《团泊洼的秋天》等。1976年因火灾罹难。

祝酒歌（节选）①

雪花呀，

恰似繁星从天坠；

桦树林呀，

犹如古代兵将守边陲。

好兵将啊，

白旗、白甲、白头盔。

草原上的骏马哟，

最快的乌骓；

深山里的好汉哟，

最勇的是李逵；

天上地下的英雄啊，

最风流的是咱们这一辈！

---

① 原载《诗刊》1963年第3期，选自《郭小川诗选》，人民文学出版社1977年版。

目标远，
大步追。
雪上走，
就像云里飞；
人在山，
就像鱼在水。

重活儿，
甜滋味。
锯大树，
就像割麦穗；
扛木头，
就像举酒杯。

一声呼，
千声回；
林荫道上，
机器如乐队；
森林铁路上，
火车似滚雷。

一声令下，
万树来归；
冰雪滑道上，
木材如流水；
贮木场上，
枕木似山堆。

且饮酒，
莫停杯！
七杯酒，
豪情与大雪齐飞；

十杯酒，
红心和朝日同辉！

小兴安岭的山哟，
雷打不碎；
汤旺河的水哟，
百折不回。
林区的工人啊，
专爱在这儿跟困难作对！

一天歇工，
三天累；
三天歇工，
十天不能安生睡；
十天歇工，
简直觉得犯了罪。

要出山，
茶饭没有了味；
快出山，
一时三刻拉不动腿；
出了山，
夜夜梦中回。

旧话说：
当一天的乌龟，
驮一天的石碑；
咱们说：
占三尺地位，
放万丈光辉！

旧话说：
跑一天的腿，

张一天的嘴；
咱们说：
喝三瓢雪水，
放万朵花蕾！

人在山里，
木材走遍东西南北；
身在林中，
志在千山万水。
祖国叫咱怎样答对，
咱就怎样答对！

想昨天：
百炼千锤；
看明朝：
千娇百媚；
谁不想干它百岁，
活它百岁！

舒心的酒，
千杯不醉；
知心的话，
万言不赘；
今儿晚上啊，
咱这是瑞雪丰年宣誓的会。……

1962年12月，记于伊春

诗作导读

这是一首典型的政治抒情诗，全诗的语言富有召唤力和感染力，韵律鲜明，富有激情。在政治抒情诗中，抒情主体不再是追逐自由、高歌昂立的"我"，而是团结一致、齐心协力的"我们"。从"我"到"我们""咱"，个体变成了集体，一种新的经验与情绪随之诞生。

在这首诗中，这种情绪是兴奋的、充满豪情的。诗人郭小川当时是《人民日报》的特约记者，这首诗是在伊春的林区所写成的。12月的伊春是寒冷的雪季，在这样天寒地冻的气候里伐木，按理说是很痛苦的一件事，但是身处集体劳作的乐观氛围中却能让人产生前所未有的动力。诗中处处可见豪气冲天的夸张描写："锯大树，/就像割麦穗；/扛木头，就像举酒杯……一天歇工，/三天累；/三天歇工，/十天不能安生睡。"这样的想象并不是完全没有来头的，而是诗人基于特殊的时代背景与心理状态所写。那个年代的人们有着史无前例的建设激情，工人成为国家的主人，人人自觉肩负着光荣的使命。理想的号召和建设的动力能够让人忘却肉体上的寒冷和疲惫，因而歌咏理想的政治抒情诗，也具有最崇高的胸怀和最热情的想象。因为被无数个人累加放大，诗中的豪情冲破云霄，甚至达到了一种"醉狂"的状态。

"草原上的骏马哟，/最快的乌骓；/深山里的好汉哟，/最勇的是李逵；/天上地下的英雄啊，/最风流的是咱们这一辈！"诗人用英雄与骏马和工人们进行对比，将山中奔跑的骏马、人间传说中的英雄，集中在短短的几行诗句中，极大地拓宽了诗歌的表现力。在这样整齐、高声的歌唱中，透露出青春的生命力。作出这样的歌唱与呐喊的，这是集体主义的一代，也是风流的一代。

评论精选

郭小川同志的《祝酒歌》既没有空虚寂寞之感，也无"把酒问青天"之意。诗人表达的是我们社会主义时代的人民改变旧世界、建设新时代的壮志豪情。诗人将历代诗人们与酒联系在一起的诗的意境，开拓出一个又新又美的境界……请看诗人的豪情是多么激昂，又是何等的壮美。诗人通过"瑞雪丰年宣誓的会"，以不平常的思想光辉，放声歌唱了长年累月战斗在深山雪林中的林区工人豪放的崇高的革命情操。

——马作楫：《壮美的豪情——读郭小川的〈祝酒歌〉》[1]

在诗人那里，对革命的信仰已经不仅仅是一种理论的自觉，而且内化并激荡出真实、真诚的生命意志与情感的需要。于是，诗中作为人民的、阶级的代言人的"大我"其实已经转化为了"自我"，这虽没有凌驾于集体之上，但确确实实"取代"了集体的"大我"……1960年代初，郭小川重返于《致青年公民》的写作路子上，写下了《青纱帐——甘蔗林》《林区三唱》（《祝酒歌》《青松歌》《大风雷

---

[1] 《山西师范学院学报》（社会科学版）1980年第1期。

歌》)《乡村大道》《厦门风姿》《昆仑行》《刻在北大荒的土地》等，那个高昂的时代的歌者、坚定的革命战士重新归来。与社会生活的前进脚步相一致，郭小川诗歌也鲜明地加强了阶级意识的表达。

——张晓玥：《当代文学史的"郭小川现象"》①

郭、贺等"十七年"诗人诗歌手法的运用未必就是完全受马雅可夫斯基的影响。而且，一是二人并未与马雅可夫斯基有过直接的沟通交流；二是没有资料显示二人对马雅可夫斯基本人及其创作原作进行过深入的研究工作，即对诗人与作品的本质及真实情感不曾深入了解；三是二人的诗歌创作只是浅显地与马雅可夫斯基诗歌部分特点相似，但实则有着很强的民族性，且二人的接受行为都有创新与变异，因而所谓的"直接而深远的影响"是对马雅可夫斯基影响的一种夸大与误认。

——杜娟：《变异与误读：论马雅可夫斯基对"十七年"诗人的影响——以郭小川、贺敬之为例》②

望星空（节选）③

三

忽然之间，

壮丽的星空，

一下子变了模样。

天黑了，

星小了，

高空显得暗淡无光，

云没有来，

风没有刮，

却像有一股阴霾罩天上。

天窄了，

星低了，

星空不再辉煌。

夜没有尽，

月没有升，

太阳也不曾起床。

呵，这突然的变化，

使我感到迷惘，

我不能不带着格外的惊奇，

向四围寻望：

就在我的近边，

在天安门广场，

升起了一座美妙的人民会堂；

就在那会堂的里面，

在宴会厅的杯盏中，

斟满了芬芳的友谊的酒浆；

就在我的两侧，

在长安街上，

挂出了长串的灯光；

就在那灯光之下，

在北京的中心，

架起了一座银河般的桥梁。

这是天上人间吗？

不，人间天上！

这是天堂中的大地吗？

不，大地上的天堂。

真实的世界呵，

一点也不虚妄；

你朴质地描述吧，

不需要作半点夸张！

是谁说的呀——

星空比人间还要辉煌？

是什么人呀——

在星空下感到忧伤？

今夜哟，

最该是我沉着镇定的时光!

是的,
我错了,
我曾是如此地神情激荡!
此刻我才明白:
刚才是我望星空,
而不是星空向我瞭望。
我们生活着,
而没有生命的宇宙,
既不生活也不死亡。
我们思索着,
而不会思索的穹窿,
总是露出呆相。
星空哟,
面对着你,
我有资格挺起胸膛。

四

当我怀着自豪的感情,
再向星空瞭望。
我的身子,
充溢着非凡的力量。
因为我知道:
在一切最好的传统之上,
我们的队伍已经组成,
犹如浩荡的万里长江。
而我自己呢,
早就全副武装,
在我们的行列里。
充当了一名小小的兵将。

可是呵,

我和我的同志一样，
决不会在红灯绿酒之前，
神魂飘荡。
我们要在地球与星空之间，
修建一条走廊，
把大地上的楼台殿阁，
移往辽阔的天堂。
我们要在无限的高空，
架起一座桥梁，
把人间的山珍海味，
送往迢遥的上苍。

真的，
我和我的同志一样，
决不只是"自扫门前雪"，
而是定管"他人瓦上霜"。
我们要把长安街上的灯光，
延伸到远方；
让万里无云的夜空，
出现千千万万个太阳。
我们要把广漠的穹窿，
变成繁华的天安门广场；
让满天星斗，
全成为人类的家乡。

而星空呵，
不要笑我荒唐！
我是诚实的，
从不痴心妄想。
人生虽是暂短的，
但只有人类的双手，
能够为宇宙穿上盛装；
世界呀，

由于人的生存，

而有了无穷的希望。

你呵，

还有什么艰难，

使你力不可当？

请再仔细抬头瞭望吧！

出发于盟邦的新的火箭，

正遨游于辽远的星空之上。

1959年10月改成

诗作导读

本诗写于1959年，本来是为人民大会堂的落成所作。这首诗写了诗人仰望繁星的所见所想。前两个小节写了仰望茫茫星空所升起的卑微、渺小之感，第三小节写了对自我生命的肯定，第四小节开始则写了对集体主义的信任，集体创造的光辉必将照耀星空，盖过群星的光芒。

诗人在夜晚站在北京的街头仰望繁星，在天地的浩渺面前，诗人感到了自己的渺小（第一、二节），第三、四节中，作者慢慢摆脱了对无垠的敬畏和对自我的怀疑，感到了自己思想的奔腾和生命的强大。"我们生活着，/而没有生命的宇宙，/既不生活也不死亡。/我们思索着，/而不会思索的穹窿，/总是露出呆相。"人的生命意志因置身集体而得到了放大和加强。在诗的第四部分中，集体的力量改变世界、影响宇宙，"我们要把广漠的穹窿，/变成繁华的天安门广场"，在此诗人的情感已冲出自我内心的小世界，在集体主义的大世界中抵达了激烈的巅峰。

诗的第三部分中体现更多的是个人的自我意识，凭借强有力的自我意识，个人能够超越历来对星空、对自然所持的仰望与匍匐的态度，把人的力量彰显出来。第四部分中体现更多的是对集体主义的信心。由此可知，诗人的自我生命力的根源来自对集体主义的信念，这样的坚定信念和澎湃感情足以战胜对自然、对生死的大恐惧。所以这首《望星空》不是单纯个人信念的体现，第四部分表达了鲜明的集体主义情绪。

评论精选

《望星空》却以更加复杂的状态，表现了郭小川创作上的这种强烈的矛盾和"迷惘"。在实际上，郭小川对我们国家和社会在当时出现的严重问题、错误和缺憾已有觉察，在思想情绪上表现了忧郁和痛苦——这种情绪，反映到《望星空》中来。在灿烂无垠的星空面前，感到大地上的生活远不是那么辉煌：这本来并不是在写一种抽象的哲学思想，而是一种现实矛盾的反射。

——洪子诚：《论郭小川五十年代的诗歌创作》[①]

要是所有的诗人，都用同样的方式重复着同一的内容，世界还要诗人干什么？诗人总要在别人看不到的地方看到些什么，说一些与众不同的话。所以，当日被否定的那些"虚无"，却是郭小川光彩之所在。

——谢冕：《重读〈望星空〉》[②]

与其说这是对自然空间的描绘或展示，毋宁说这是诗人内心空间的大胆裸露……郭小川的心情是复杂的，而作为时代的抒情诗人这一复杂的心情就变得格外沉重；时代的和个人的原因都令郭小川不可能"走得太远"。他内心矛盾重重但他又无法找到解决的途径，他只能面对大海、星空等自然景观述说他的忧虑和迷茫。

——孟繁华：《"突围"欲望与重返起点——郭小川创作道路再评价》[③]

---

① 《北京大学学报》（哲学社会科学版）1981年第6期。
② 《诗探索》1996年第3期。
③ 《人文杂志》1996年第5期。

贺敬之（1924—　），山东枣庄人。著名诗人、剧作家。幼年就读于北洛村私立小学，接触到鲁迅、巴金、蒋光慈、叶绍钧等的创作。抗战时期进入国立湖北中学，积极从事抗日文化活动，后转移到四川梓潼的分校，大量阅读进步书刊，并开始创作诗歌、散文和小说。1940年贺敬之来到延安，凭借组诗《跃进》得到何其芳赏识，得以进入鲁迅艺术文学院文学系就读，1942年毕业。根据地开始新秧歌运动后，贺敬之担任编剧人，1945年和丁毅等创作我国第一部新歌剧《白毛女》，获1951年斯大林文学奖。诗歌代表作有《回延安》《桂林山水》《放声歌唱》等。

回延安①

一

心口呀莫要这么厉害地跳，
灰尘呀莫把我眼睛挡住了……

手抓黄土我不放，
紧紧儿贴在心窝上。

几回回梦里回延安，
双手搂定宝塔山。

千声万声呼唤你
——母亲延安就在这里！

———————
① 选自《延河》1956年6月号。

杜甫川唱来柳林铺笑，
红旗飘飘把手招。

白羊肚手巾红腰带，
亲人们迎过延河来。

满心话登时说不出来，
一头扑进亲人怀。

二

二十里铺送过柳林铺迎，
分别十年又回家中。

树梢树枝树根根，
亲山亲水有亲人。

羊羔羔吃奶眼望着妈，
小米饭养活我长大。

东山的糜子西山的谷，
肩膀上的红旗手中的书。

手把手儿教会了我，
母亲打发我们过黄河。

革命的道路千万里，
天南海北想着你……

三

米酒油馍木炭火，
团团围定炕上坐。

满窑里围得不透风，
脑畔上还响着脚步声。

老爷爷进门气喘得紧：
"我梦见鸡毛信来——可真见亲人……"

亲人见了亲人面
欢喜的眼泪眼眶里转。

"保卫延安你们费了心，
白头发添了几根根。"

团支书又领进社主任，
当年的放羊娃如今长成人。

白生生的窗纸红窗花，
娃娃们争抢来把手拉。

一口口的米酒千万句话，
长江大河起浪花。

十年来革命大发展，
说不尽这三千六百天……

四

千万条腿来千万只眼，
也不够我走来也不够我看！

头顶着蓝天大明镜，
延安城照在我心中：

一条条街道宽又平，
一座座楼房披彩虹；

一盏盏电灯亮又明，
一排排绿树迎春风……

对照过去我认不出了你，
母亲延安换新衣。

五

杨家岭的红旗啊高高地飘，
革命万里起高潮！

宝塔山下留脚印，
毛主席登上了天安门！

枣园的灯光照人心，
延河滚滚喊"前进"！

赤卫军，青年团，红领巾，
走着咱英雄几辈辈人……

社会主义路上大踏步走，
光荣的延河还要在前头！

身长翅膀吧脚生云，
再回延安看母亲！

1956年3月9日，延安

诗作导读

1956年3月，贺敬之陪同胡耀邦去参加延安的青年工人造林大会，在欢迎晚会上，"一边流泪一边写。写了一夜，吟唱不止"。贺敬之16岁来到延安，少年气盛，意气风发。他报考了时在延安的鲁迅艺术文学院，受到了何其芳、周扬等人的赏识。1944年，年仅20岁的他就成为《白毛女》的编剧。这段经历对于诗人来说极为重要。

贺敬之出生在山东的一个贫苦农家，家里还有两个弟弟、一个妹妹，生活条件极为艰苦。可以说，延安经历改变了他的命运。因此，他深深热爱并感激共产党和祖国。作为政治抒情诗的另一代表性诗人，贺敬之的诗作感情真挚、激烈，带有浓郁的革命浪漫主义色彩，这首诗正是如此。

诗人观察细致，落在了延安的每一处生活细节上，"米酒油馍木炭火，/团团围定炕上坐。/满窑里围得不透风"，昔日的少年已经长成了顶天立地的大人，见到过去的乡亲父老，诗人备受震撼。诗人是浪漫的，他记得过去的岁月，他仍旧爱着这片土地，同时他还带有革命的激情。他的目光则是向下的，投注在贫苦之人的身上，追求着社会的平等、进步。其所思所虑带有革命年代深深的烙印。

他发自内心歌颂着延安的变化："一条条街道宽又平，/一座座楼房披彩虹；/一盏盏电灯亮又明，/一排排绿树迎春风……"亲眼见到这样翻天覆地的变化，诗人心中所有的不再仅仅是个人的浪漫和感怀，而是升起了更为浩荡的情绪，一种高尚感和集体主义情怀。他呼吁人们为共同的理想奋斗、献身，以歌咏延安来书写他对理想的热烈想象。这不仅是他个人的想象，更是那个时代集体的想象，在这激情洋溢的想象中，我们的民族与国家迎来了新的一页。全诗语言平实，自然晓畅，吸收民歌的形式特点，多用叠词和排比，诗行错落有致。其楼梯式的结构，已成为贺敬之政治抒情诗的重要标志。

评论精选

可以看出，这首《回延安》是写得激情洋溢，读来荡气回肠的优秀抒情诗……每当读起它，总会使我们想到中国革命几十年艰难困苦，玉汝于成的悲壮历程，想到从窑洞中传出朗朗笑语的毛主席、周副主席和朱总司令共同指挥亿万人民龙腾虎跃的战斗图景，想到宝塔山的彩霞，想到延河边上的歌声，想到那一杆杆永不褪色的红旗，想到共产主义的美好前景……

——杨树茂：《朴实·深厚·真切——读贺敬之的〈回延安〉》[1]

我们在《回延安》中还可以发现一种更加深层的关于"恋母——感恩"的古典话语。贺敬之在诗中多次将革命圣地延安——故乡比喻为母亲，如"千声万声呼唤你，/——母亲延安就在这里！""羊羔羔吃奶眼望着妈，/小米饭养活我

[1] 《语文学习》1980年第2期。

长大。"……这些诗句很容易让人联想起唐人孟郊的诗句:"慈母手中线,游子身上衣。临行密密缝,意恐迟迟归。谁言寸草心,报得三春晖?"(《游子吟》)显然,古典的"恋母——感恩"话语作为一种"话语原型"在《回延安》这首新诗中强化了表层的革命政治话语,因此,两种不同形态的话语之间形成了同一性的融合。

　　——李遇春:《一种新型的文学话语空间的开创——重读贺敬之的"红色经典"》①

　　贺敬之的诗在注意吸收民歌和古诗营养的同时,又不排斥外国诗歌的影响,如"信天游"与"楼梯式"就被他的熟练笔法熔为一炉,把建立在革命理想基础上的革命浪漫主义风格表现得十分突出,不仅增强诗的美感和画意,而且洋溢着高昂的政治激情。

　　——孟西安:《延安永在他心中——访著名诗人贺敬之》②

---

　　①　《长江学术》2006年第1期。
　　②　《时代文学》(上半月)2015年第1期。

闻捷

闻捷（1923—1971），原名赵文节，曾用名巫之禄，江苏丹徒人。1938年初到武汉参加抗日救亡演剧活动，同年入党。1940年到延安，先后在陕北文工团和陕北公学工作、学习，并开始创作反映陕甘宁边区斗争生活的诗文。1952年担任新华社新疆分社社长，之后专门从事诗歌创作。主要作品有《葡萄成熟了》《苹果树下》《舞会结束以后》等，诗风清新自然，充满异域风情和革命乐观主义精神。

苹果树下①

（1952—1954　乌鲁木齐—北京）

苹果树下那个小伙子，
你不要、不要再唱歌；
姑娘沿着水渠走来了，
年轻的心在胸中跳着。
她的心为什么跳啊？
为什么跳得失去节拍？……

春天，姑娘在果园劳作，
歌声轻轻从她耳边飘过，
枝头的花苞还没有开放，
小伙子就盼望它早结果。
奇怪的念头姑娘不懂得，
她说：别用歌声打扰我。

---

① 选自《人民文学》1955年第4期。

小伙子夏天在果园度过，

一边劳动一边把姑娘盯着，

果子才结得葡萄那么大，

小伙子就唱着赶快去采摘。

满腔的心思姑娘猜不着。

她说：别像影子一样缠着我。

淡红的果子压弯绿枝，

秋天是一个成熟季节，

姑娘整夜整夜地睡不着，

是不是挂念那树好苹果？

这些事小伙子应该明白，

她说：有句话你怎么不说？

……苹果树下那个小伙子，

你不要、不要再唱歌；

姑娘踏着草坪过来了，

她的笑容里藏着什么？……

说出那句真心的话吧！

种下的爱情已该收获。

诗作导读

这首诗写于1952—1954年。闻捷时任新华社新疆分社社长，响应祖国的号召，积极参与大西北建设。他从一幕幕恋爱的情景切入，以自然流畅的语言、真切朴素的对话，层层递进，生动描摹出青年男女的劳动生活和情感世界，并以此展现了边疆人民乐观、积极、纯朴的精神风貌。

劳作与爱情都是能使人感到快乐的事情，《苹果树下》描写的正是一群年轻恋人在自然界中享受着植物的芬芳和爱情的甜蜜的情景。《诗经·魏风》有云："十亩之间兮，桑者闲闲兮，行与子还兮。"这首诗将爱情与劳作相结合，展现了充实而跃动的生命力。

作为全诗的核心意象，"苹果"有着丰富的象征含义。首先，它让人不禁联想到伊甸园中毒蛇引诱亚当、夏娃吃下的红苹果。它是生命的禁果，却也是人自主欲求的象征，表达了作者对生命原始冲动的体认与追求。同时，"苹果"也代表着劳动者的丰硕成果，它甜蜜、美丽，是汗水的结晶，劳动者也只有在辛苦的劳作之后，才能在甘甜甜美的苹果树下享受片刻爱情的纯洁果实。辛勤的劳动滋养了纯真的爱情，在诗人笔下，"苹果"充盈着禁忌气息的原型内涵被淡化，饱含着天然纯挚的生命热情。苹果既是劳动丰收的象征，又是美好情感的寄托，这样的写法轻松、自然，体现了劳动的节律。

全诗吸收了地域民歌的音律，借鉴了重章叠句的结构，音韵流转自然，读起来朗朗上口。诗人还加入了部分对话，用日常晓畅的口语带动全诗活泼灵动的情感节奏，犹如青年男女调笑欢唱，情真意浓的同时，又显露了时代背景与地域特色，将集体昂扬向上的风貌与个体细腻真切的情感结为一体，有效避免抒情主体的泛滥，让这首诗拥有穿越时空的艺术感染力。

评论精选

诗人笔下的新生活，总是充满着希望和欢欣，劳动和创造。他往往不是静止地、孤立地描写现实，而是着力描绘生活中的变化和变化中的生活，并进而揭示出人们的精神世界的变化和新的道德品质的成长。可以说，闻捷全部的诗作，是一支颂扬新中国人民美好崇高的心灵和朝霞般的生活的激情赞歌。

——潘旭澜、吴欢章：《论闻捷的短诗》[1]

《天山牧歌》是闻捷的第一部诗集，其中《吐鲁番情歌》是他的成名之作，让我们欣赏他自己最为满意的三首代表作。第一首《苹果树下》歌唱了在生产劳动中产生的真挚的爱情。我们从这首诗中了解到在祖国的边疆，有多少可爱的青年男女过着内容充实的生活。他们的生产劳动的过程也就是爱情成长的过程。他们的爱情不是虚浮的，而是从灵魂深处滋长起来的。这首情歌虽只有短短的五节，却表现出男女双方思想感情的变化与发展的过程。

——吴奔星：《优美健康的爱情诗篇——闻捷〈吐鲁番情歌〉代表作赏析》[2]

---

[1] 《文学评论》1960年第3期。
[2] 《名作欣赏》1984年第3期。

不管闻捷的作品还存在着多少弱点和局限性，不管他的抒情短诗怎样受了伊萨柯夫斯基的影响和长诗如何受了《静静的顿河》的影响，闻捷都仍然是闻捷，都仍然是一位才华横溢的诗人——"新边塞诗"后生晚辈们心目中的鼻祖！不管闻捷的诗在今天的某些人看来是如何地不现代派，如何地不懂经营意象和运用通感，如何地遵循了现实主义与浪漫主义相结合的方法，闻捷都仍然活着，为众多的读者所热爱，并且影响着一代代的后辈诗人。

　　　　　　　　——周涛：《诗的执着的朋友——序〈闻捷的诗歌艺术〉》[①]

《葡萄成熟了》《苹果树下》《种瓜姑娘》《夜莺飞去了》等诗作，真是耳熟能详，这在当代诗歌史上应该说是比较少见的现象。闻捷的爱情诗在二十世纪五十年代之所以风靡一时，并且至今仍能受到读者的喜爱，一个重要原因就在于诗人把一个时代的气质——比如对劳动的推崇——和新疆相对于内地而言的异域风情以及爱情等永恒的文学元素结合起来。

　　　　——袁盛勇：《重识新疆文学及其当代意义——以闻捷、王蒙等人的新疆题材创作为中心》[②]

---

① 《文学自由谈》1986年第6期。
② 《当代作家评论》2016年第3期。

昌　耀（1936—2000），原名王昌耀，湖南桃源人。幼年丧母，父亲和伯父都投身革命，昌耀怀揣革命理想，于1950年在桃源县立中学读书时报名参军，加入中国人民解放军文工团，后参加抗美援朝。1953年因在朝鲜战场上负伤，回国治疗，同年进入河北省荣军总校读书，次年开始发表诗作。1955年受到青春与时代号召，赴青海参加西部大开发建设，此后两年时间，编成青海民歌集《花儿与少年》和自己的第一部诗集《最初的歌》。1957年因两首题名《林中试笛》的小诗，被打成右派，后长时间流离于青海垦区。1979年平反，任中国作家协会青海分会专业作家，2000年不堪癌症折磨与感情失意，自杀去世。

日出①

听见日出的声息蝉鸣般沙沙作响……
沙沙作响、沙沙作响、沙沙作响……
这微妙的声息沙沙作响。
静谧的是河流、山林和泉边的水瓮。
是水瓮里浮着的瓢。

但我只听得沙沙的声息。
只听得雄鸡振荡的肉冠。
只听得岩羊初醒的椎角。
垭豁口
有骑驴的农艺师结伴早行。

---

①　选自《诗刊》1983年第4期。

但我只听得沙沙的潮红
从东方的渊底沙沙地迫近

诗作导读

昌耀的诗景象开阔，气度雄浑，带着鲜明的高原特征，有着澎湃而沉实的不屈生命力。在这首诗中，昌耀使用通感的修辞，用高原大地上各种自然生命的律动节奏，诉说日出给他带来的心灵震动，书写人间万物复苏、民族觉醒的伟大时刻。

太阳这一奔涌不息的生命能量体，是昌耀偏爱的意象。诗人用"沙沙的"来描写日出澎湃的声音，似乎给山河大地染上了澎湃的生命力。那太阳的红色仿佛有着"沙沙"的声音。"但我只听得沙沙的潮红"，太阳的潮红和沙沙的声音究竟有什么联系呢？首先，"沙沙"声是十分小的，并不是"轰隆隆"那样震彻寰宇，而是在寂静中弥散开来。一切如此静谧，水瓢安静地漂浮，却在广阔空间中听见这样沙沙的声音。动静相生，正好体现了万物蓬勃。其次，"沙沙"声是摩擦的声音，而且是弥漫在河流、山林，弥漫在整个天地之间的。第一句中"蝉鸣般沙沙作响"，这是一种广大空旷的声音，浩荡的风吹过无边的大地，阳光照遍万里山川，光与风摩擦着大地，形成这种沙沙的声音。这些细微之处的生命律动，与日出这一雄伟壮丽的景象紧密结合。这声音是"雄鸡振荡的肉冠"，是"岩羊初醒的椎角"，是生命能量的汇聚，原始力量的绽放，自然赋予它们生的力量。

早晨，万事万物都在复苏和活跃，"沙沙的声音"正是一种无可阻挡的复苏的声音，寓意着时代的苏醒和复活。诗人选取的角度十分巧妙，用一种声音来描写一种景观，使诗歌充满了生命力。诗人的语言也荡漾着生命最原始的节奏音韵，四音节组与双音节组交替，铿锵有力，配合全诗的情感，行云流水。

评论精选

例如昌耀所反复诗化的"太阳"，在这四首诗和以前的作品里，都是他最主要的原型之一，含有着感奋的主题——目前我国诗学中不大有严密的主题学研究，但"主题"（subject及theme）则包含了"主旨""主位""物自体""乐旨""语干""主旋律"等含义，也就是精神上那些最主要的认识因素、精神与生存的主导方面，这是不应忽视的。

——骆一禾、张玞：《太阳说：来，朝前走——评〈一首长诗和三首短诗〉》①

行走在高原上的昌耀，对诗歌意象的选择深受惠特曼的影响，也将大自然的景象作为他诗歌创作中的主要意象，借以表达内心独特的感受和精神内核。高耸雄浑的大山、矫健翱翔的雄鹰以及灼烁热烈的太阳，构成了诗人心灵的向往和精神的图腾，也构成了诗人宏阔的胸襟与气度。在昌耀的诗歌中，自然的高原与内在的生命是浑融一体的，自然中蕴藏着巨大的生命力，生命中蕴含着自然的悍野和诗意。

——雷庆锐：《论惠特曼诗歌对昌耀创作的影响》②

日出，仿佛自洪荒而来的神秘仪典，这仪典万千威仪，神圣无比，它召唤生命的律动，催醒大千万物与此律动默然契合。然而，诗人更重视对生命伟力与劳动价值的赞美与体认，"但我只听得沙沙的声息/只听得雄鸡振荡的肉冠/只听得岩羊初醒的椎角/垭豁口/有骑驴的农艺师结伴早行"，他臣服于微小事物于静默中蕴藏的生命能量，于谦卑中持守的自信与尊严。于是，在诗人笔下，巨大的球体似巨灵抚触大地，万物或默默领受，或更生苏醒，交响生命的华章。

——秦敬：《高原：赤子的礼赞与爱的皈依——昌耀高原诗歌浅析》③

我们会发现昌耀的诗才是真正意义上的"格律诗"：因为它大体实现了节奏单位（音组或者顿）的时间长度的基本相等和同时长节奏单位的规律性重复。不过，我们更应将这样的作品视为有韵律的自由诗而非格律诗，因为这些诗行也不全是四音节音组，而且诗人并没有将其作为一种硬性规定应用于所有诗行中，那样反而显得过于滞涩，相当于用四言体写现代诗。

——李章斌：《昌耀诗歌的"声音"与新诗节奏之本质》④

雪，土伯特女人和她的男人及三个孩子之歌（节选）⑤

1. 春潮：她的梦一般的赞美诗

西羌雪域。除夕。
一个土伯特女人立在雪花雕琢的窗口，
和她的瘦丈夫、她的三个孩子

---

① 《昌耀　阵痛的灵魂》，董生龙编，青海人民出版社2000年版，第65页。
② 《名作欣赏》2008年第21期。
③ 《名作欣赏》2012年第14期。
④ 《文艺研究》2019年第7期。
⑤ 选自《昌耀的诗》，人民文学出版社1998年版。

同声合唱着一首古歌：
　　——咕得尔咕，拉风匣，
　　锅里煮了个羊肋巴……

是那么忘情的、梦一般的
赞美诗啊——
　　咕得尔咕，拉风匣，
　　锅里煮了个羊肋巴，
　　房上站着个尕没牙……

那一夕，九九八十一层地下室汹涌的
春潮和土伯特的古谣曲洗亮了这间
封冻的玻璃窗。我看到冰山从这红尘崩溃，
幻变五色的杉树枝由漫漶消融而至滴沥。
那一夕太阳刚刚落山，
雪堆下面的童子鸡开始
司晨了。

诗作导读

　　昌耀，1936年出生在湖南，曾参加抗美援朝，"文化大革命"期间被错划为右派，1979年平反。在1973—1977年，他在西藏与一藏族女子结婚并生育了三个孩子，全家人住在拥挤逼仄的地下室之中。后来他写了若干诗作纪念当时的生活。他在归来诗人群体中是较为特殊的一位，诗作深入到中国大地的内部，写着奇崛的青藏高原、皑皑的白雪和神圣的风俗。在高原他逃离了熙熙攘攘的都市人群，也逃离了政治话语，回归到一种原始的生活环境，在生活的苦难与严峻的自然环境里咀嚼生命最本真的能量。

　　题目中的"土伯特"就是藏族的旧称，这里所选的第一节描述了他婚后生养孩子的地下室。地下室只有十几平方米，选节的题目却是"春潮：她的梦一般的赞美诗"：没有肮脏凌乱，也没有相互埋怨，只有生活的满足和纯净的哲思。诗歌最后一节写得十分动人，爱意与歌声占领了地下室，玻璃窗也被"洗亮"。冰山开始消融，树枝也开始融化，太阳永恒地照在雪堆和玻璃窗上，刚刚下山就又要初升。顽强的生命生生不息，永恒的希望照耀着诗人的心灵，诗人的审美体认还带着些许宗教仪式感的色彩，冥想，超脱，从日常生活与自然景象中领悟神圣，他的精神世界从中拔起，如一阵涌动的春潮，如美丽真挚的梦境，高歌着生命盛满风沙的清韵。

　　诗歌的语言一方面带有浓厚的异域风情，如"咕得尔咕，拉风匣，/锅里煮了个羊肋巴"，亲切生动，真实自然；另一方面又精致考究，表意奇特。诗人将许多新颖的词语搭配在一起，如"我看到冰山从这红尘崩溃"，充斥着坚实有力的动感，赋予日常的生活语境一种陌生化的审美效果。而这两重语言风格相融，也暗示着诗人与藏族妻子的婚姻，恰似两支截然不同的乐曲，相互碰撞，在困窘与琐碎中绽出生命最有力的乐音。

评论精选

　　从追寻昌耀个人生命印记出发，我们可以看到1979年的《大山的囚徒》，1980年开始创作，于1981年6月才完成的《慈航》，1980年的《山旅》，还有1982年创作的《雪，土伯特女人和她的男人及三个孩子之歌》，这四首长诗完整地构成了昌耀复出后，对他个人所经历之事的一个纪传体系列……《山旅》则从另一个侧面向我们讲述了他最终安身立命的这块土地和生活在这块土地上的人民对他的接纳；而《慈航》和《雪，土伯特女人和她的男人及三个孩子之歌》就更进一步地让我们走近现实生存境遇中的昌耀。

——肖涛：《西部诗人昌耀研究》[1]

　　以写于这一阶段的"流放四部曲"为例：《大山的囚徒》（1979）、《慈航》（1980）、《山旅——对于山河、历史和人民的印象》（1980）、《雪，土伯特女人和她的男人及三个孩子之歌》（1982），既是受难者的传记，包含历经"爱与死""记忆中的荒原"之后的"彼岸"和重生的过程及体验，又是植根于西部高原的生活"赞美诗"，这些源自个体精神世界、流放经历和具有大地品质的诗篇，使昌耀底气十足，从一开始就超越了"归来者"的界限……通过自我的记述，昌耀将时代、大地原生态和人生不屈的探求紧密地联系在一起，体验"生命本身原已定义为一种悲剧精神的奋争"。

——张立群：《文学史深处的精神暗河——昌耀诗歌论析》[2]

　　在这种充满想象力的回忆模式之下，作为弱者本性的互补物，昌耀固有的英雄

---

① 　生活·读书·新知三联书店2015年版，第71页。
② 　《南方文坛》2015年第6期。

情结，连同他擅长的波浪式修辞手法，一齐牢牢拥抱住土地法则。这个迅速结合的神圣同盟，不失时机地在昌耀笔下派生出一种充满阳刚意志的父性空间。那些组建父性空间的物象群，在昌耀"建筑学"转向后的创作中广泛地崛起，成为他在游历祖国西部山河历程中最钟情的一类形象。

　　——张光昕：《弱者的山海经——昌耀诗歌建筑意志的确立和实现（1978—1984）》[1]

① 《汉语言文学研究》2016年第2期。

牛汉

牛汉（1923—2013），蒙古族，原名史承汉，曾用笔名谷风，山西定襄人。"七月诗派"代表诗人之一。13岁参加牺牲救国同盟会，后因抗日战争爆发离开家乡，在甘肃天水加入中国共产党，在西安参加民众教育馆所办的漫画学习班，结识诗人艾青。1940年开始发表新诗，次年以诗作《鄂尔多斯草原》引起诗界注意，1948年集成《彩色的生活》，后又有诗集《祖国》《温泉》等问世。1955年因"胡风反革命集团"案受到牵连，平反后任中国诗歌协会副会长、中国作家协会全国名誉委员等。

汗血马①

跑过一千里戈壁才有河流
跑过一千里荒漠才有草原

无风的七月八月天
戈壁是火的领地
只有飞奔
四脚腾空的飞奔
胸前才感觉有风
才能穿过几百里闷热的浮尘

汗水全被焦渴的尘砂舐光
汗水结晶成马的白色的斑纹

---

① 选自《诗刊》1987年第12期。

汗水流尽了

胆汁流尽了

向空旷冲刺的目光

宽阔的抽搐的胸肌

沉默地向自己生命的内部求援

从肩胛和臀股

沁出一粒一粒的血珠

世界上

只有汗血马

血管与汗腺相通

肩胛上并没有翅翼

四蹄也不会生风

汗血马不知道人间美妙的神话

它只向前飞奔

浑身蒸腾出彤云似的血气

为了翻越雪封的大坂

和凝冻的云天

生命不停地自燃

流尽了最后一滴血

用筋骨还能飞奔一千里

汗血马

扑倒在生命的顶点

焚化成了一朵

雪白的花

诗作导读

牛汉在"文化大革命"期间被关押，到20世纪80年代才平反。80年代早期他的诗作中透出深深的悲愤，这首《汗血马》便是典型。

在这首诗中，"汗血马"是诗人的自画像。这是一匹流尽了汗还要流尽血的宝马，它千里驰骋飞奔，不因为任何事情而停止，最后终于殒身于终点，化作一朵洁净的花，归入自然。而饱经岁月风霜的诗人，失去了时间，失去了青春，失去了许多激情焕发的时刻，可他坚定的信念始终不变，像这匹宝马一样，坚持往正确的方向飞奔下去。

全诗多次出现"一千里"，马不停地跑，跑过了几千里，以反复的量词渲染汗血马征途的漫长，像我们的一生。汗血马飞跃过那么长那么遥远的路途，流光血还要继续飞奔。但是它没有终点，它不是奔向某个目的地去，它的终点就是它"生命的顶点"。永无止境地飞奔，至死方休，别无所求，这首诗和艾青等的归来诗歌有着异曲同工的意味。归来的人虽然已经面容苍老，归来的心却永远要泣血歌唱。

汗血马以血汗补给自身，永不停歇地飞奔，一如诗人经历的人生困顿，同样是诗人漫长一生汩汩不绝的泉源。这里既体现了诗人复杂而沉痛的历史经验，也浓缩了诗人刚烈不屈的一腔执着，"汗血马"是个体与时代的双重象征。诗人对语言的敏感恰似他生命的痛感，敏锐而锋利，干脆利落的动词搭配上多重色彩的形容词，形成抑扬顿挫、跌宕起伏的情感节奏。

评论精选

在牛汉颇富代表性的诗作《汗血马》中，这一精神得到质的升华[1]，诗人将巨大的历史痛感和坚韧不屈的执着情怀以及为抵达理想境地所付出的沉重代价都倾注在那匹飞奔不息的汗血马身上……像鲁迅笔下于黑夜中行走的过客，不敢停歇，怕就此终止了前行的意志，汗血马不停地飞奔……牛汉笔下的汗血马和鹰，背负着现代人的痛苦，在自我跋涉的途中，用自体贮存的水分解渴，用自体的汗水和血水补给，他们体现了中华民族坚执的人格美和不屈的尊严。

——孙晓娅：《鹰与汗血马："自高自大"的诗人——牛汉人格诗品浅论》[2]

可以说，牛汉把他体验到的人生创伤和刚强，在"汗血马"身上找到了构型和表达，"汗血马"在自我跋涉的途中，用自体的汗水和血水补给，用自体贮存的水分解渴，它独立的个性、自主精神以及对命运的奋力抗争让我们看到牛汉那种刚烈倔强、拒绝被命运规定和安排的性格。

——林平：《牛汉与杨牧同题诗〈汗血马〉比较》[3]

---

[1] 指中国式的现代文化精神和"五四"战斗精神。
[2] 《文艺争鸣》2003年第6期。
[3] 《名作欣赏》2010年第8期。

这种人与诗的联结方式，这种诗歌是成为人生和历史的"生命档案"的状态，以后也许不会再出现了——至少是不会呈现过去这样的群体性状况。但是，毫无疑问，牛汉的诗歌、人生榜样，他的人格光辉，将会被我们长久牢记，是在这个物化的时代，是长久激励、滋润我们的精神力量……说到他对我的精神影响，其实很简单，但做到十分艰难；这就是我曾在文章里说的："在他面前，我常不由自主地告诫自己要少一点世故，少一点圆滑，真的要真实一些。"

——洪子诚：《像牛汉先生那样真实生活》①

空旷在远方②

一

惠特曼晚年说
海上岸上都充满了诱惑力
他到达了遥远的岸和海

惠特曼一生向自己的岸自己的海奔走着
他的岸和海越来越陌生
没有被谁发现过
更没有一只船
记忆和幻梦里全是礁石险滩漩涡

绚丽的潮水从他的心底钟声般涌起
黄昏不寂寞
他固执地唱着早晨的歌
毫不萎缩的宽厚的肩
没有向上耸动
去亲近苍茫沉重的天空
惠特曼独自沿着特拉华河走着
忍受着麻痹的腰脊隐隐的痛

他与河都无边无际地沉默
仿佛互不相识
奥秘无法交谈

不远的大海正涨潮
诗人和特拉华河垂下了头颅
各有各的梦和虔诚
波浪在冥漠中自然消失
并没有激动和张望
十九世纪的
草叶状的巨大投影
紧紧贴近诗人跟随着他
还用嘲讽的眼神
困惑地望着他颤颤摇摇
与灰暗的沙滩一同向海倾斜的背影

惠特曼是十一月光秃而美丽的枝桠
并不是偶合
落日浑圆地栖落在它上面
是无法预言的风景
是大自然的一次神秘的契合

二

惠特曼踽踽地行走着
孤独而自在
他像风暴后降落在岸上的军舰鸟一跛一拐
就要入海的特拉华河从容不迫地流着
不，河在走着
用柔软多脚的腹部蠕动
河水和诗人都像一片湖水整体地漂浮
看不见岸
看不见浪花
只有深深的没有姿态的流动

入海前越来越宽阔的河
渐渐感触到了温柔的迎面涌来的潮水
河仍不动情
但深蓝的流水隐隐显出了浩瀚和肃穆空灵
浩瀚和肃穆空灵并不只属于海
也属于入海之前的河和岸
属于诗人的心灵

背后深深的大陆
沉在迷茫的雾里
从那里传来了似有似无的钟声和海潮
那是另一个远方的海
他的第二个海

三

惠特曼走向不远的岸和海的接合点
这里是世界上
最远的（也是最深的）
最美的（也是最陌生的）
无终无极的地方
它的宽阔还没有界定
它的高度还没有被鹰和雷电触及
它是古老而永恒的图腾
一个可以进入的不断延伸的幻梦

惠特曼是由海一般的陆地走近这岸的
他是一个遥远的海角和岸的发现者
他曾攀越一座座高山
经受了峰巅上闪电的痉挛
他渡过无数条湍急的流水

他终于走向这里

岸和海的接合点

经受了比从大海登上岩岸千万倍的艰难

荆棘的陆地没有航线

更没有港湾

四

惠特曼最后一首动情的诗

写给四百多年前的哥伦布

那个探险和炼金的癫狂时代

哥伦布瞪着焦渴血红的眼睛

没有望见诗人的岸

而且他的后代也难以找到这个真正的黄金海岸

惠特曼是探险者但不是漂泊者

他不断地发现并登上新的岸

哥伦布是最初克服地心引力的强人

惠特曼是最初克服传统引力的强人

他们是距我们很近

能清楚地望见的

神圣的诗人和发现者

不但望见他们石柱一般矗立的背影

还看清了他们海一样岸一样的使人魅惑的姿态和面孔

五

哦，特拉华河就要流入大海

河岸默默地成为海岸

河水默默地成为海水

它们就要相遇而且融合

河水不知道

河岸不知道

海岸也不知道

海也不知道

他们各自奔流动荡各自延伸自己的生命

河为离弃岸而奔流

为越过自己前一个浪头而奔流

岸为了离弃河而痛苦地延伸

它们没有互相寻找

不是预言中命运的邂逅

但诗人清醒

他深知河流潜藏在浪花里的闪亮的暗示

深知古老的岸的忧郁和苦恼

也深深晓得海并非河流的终结

六

惠特曼和特拉华河

默默地走向岸和海的边界

走向一个空旷而伟大的结合

在那里望不到桥船更没有脚迹

惠特曼是真诚的水手

他理解桥但从来不需要桥

（哥伦布传记和惠特曼的《草野集》里找不到"桥"字）

桥离不开岸

桥的彼岸是很近的地方

不是动荡的河和海的生命的延伸

惠特曼和特拉华河不需要船

他和河都是负载船的

依靠船和桥不能到达岸和海的接合点

七

岸和海的接合点

比海更壮丽

比陆地更雄伟

那里不是赫尔克斯遇到的那个不可逾越的海角

那里没有那幢用一千艘沉船的桅杆
和水手的骸骨堆砌成的石柱
更没有石柱上恐吓人的铭文：
　　　过此海角者
　　　将有去无还

不不
不要相信
为什么要折返回来

没有脚迹没有石柱和碑文
那里是纯净的自由的空白
未发现的岸和海的空白
未登临过的星球的空白

空旷总在最远方
那里没有语言和歌
没有边界和轮廓
只有鸟的眼瞳和羽翼开拓的天空
只有风的脚趾感触的岸和波涛
空旷是个恼人的诱惑

去发现
那遥远的梦幻
海和岸交接的线
那里一片片草叶
摇曳着闪烁着
当年的惠特曼没有抚摩过这最远的草叶
他从没有渡过海
一生只在岸边痴痴地瞭望远方

海和岸
嘴唇般闭合又张开

张开又闭合
讲述预言
喃喃地祈祷
向宇宙的心灵不停地悸动和呼唤

诗作导读

　　进入20世纪80年代后期，牛汉的诗风渐渐发生了变化，因融入生命沉邃的思索而变得庄重、徐缓。这首组诗是诗人对惠特曼的唱和，一改悲愤的笔调，营造出空寂和辽阔的诗境。全诗分为七小节，诗人试图去描述"空旷"这一哲学性的概念。"空旷"本是抽象的，它与"有"相对，指向一种广大、寂静的生命感觉。

　　诗人跟随惠特曼沿着特拉华河行走，寻找着大海的尽头。他的目光也停留在那海的尽头——海与岸交织的地方，诗人把那里叫作"空旷"。"空旷总在最远方，/那里没有语言和歌，/没有边界和轮廓"，那里只有自由的鸟和无边的风，是那样的辽阔和自由。这是诗人心中自由的彼岸，也是归来诗歌中常见的情绪"逃离"。逃离到比远更遥远的地方，没有污染又无人打扰的地方。"这里是世界上/最远的（也是最深的）……它是古老而永恒的图腾/一个可以进入的不断延伸的幻梦。"诗人和惠特曼在精神上有某种共通之处，即一直坚持着追求自由，追求那样一个空旷纯净的地方，一个还没有被人发现和侵占的远方。他不再执着用痛苦丰富生命，而是放眼生活之外，在诗作中寄寓更多形而上学的哲学思考，全诗的思想内涵是向上的。

　　牛汉的语言风格也有明显的改变。比起铿锵激愤、想象奇异、洋溢着一股古老的浪漫的《汗血马》，这首诗中，诗人的语言更为纯净、自然、洗练，情感表达也更为平和、克制。"大海""远方"等自然景象，处处与日常生活保持着微妙的距离，增强了全诗的象征性，颇有些朦胧诗风的倒影。

评论精选

　　空旷，不可触摸的形而上学的真实，隐藏着汉文化的玄学精神，如道或空，超越了物质实体、装饰或肉身。他双手托起灵魂，越过头顶，海的意象支撑了空旷的意境……惠特曼没有，牛汉也没有到达那片空旷。"一百年前惠特曼自信已到达的那个没有被人发现、没有被人航行过、连人迹都没有的海和岸我并没有与之相遇和相融合。我其实仅仅是一直瞭望到冥茫的远方而已。"牛汉把《空旷在远方》当作晚年的第一首诗来写。

——张同道：《动物、植物与空旷：牛汉诗的灵魂之旅》[①]

从诗人颇为欣赏的长诗《空旷在远方》，我们不由得肃然起敬：诗对于牛汉，不只是文学的一种体式，一种传达人生思想和生命情感的载体，而是与命运紧密纠结一体的生命存在，它已经成为诗人奉行和始终追随的信仰。长诗《空旷在远方》主要表现的就是诗人企盼达到一种阔大的诗歌境界与高远的人生境界，他渴望如哥伦布发现新大陆一般在人世间和艺术世界中发现一片谁也没有去过的地方，真正获得心灵的解脱，永远驶向最辽远的海岸。

——孙晓娅：《再生与超拔——论80年代以来牛汉的诗歌创作》[②]

我惊异于牛汉诗歌境界在这里的"纯净"与"浩大"。再没有局促的民族国家、意识形态话语的单线所指，也不再纠缠与个人情感、苦难往事的形容与叙述，一切让"风景"说话，让惠特曼的形象、河流、大海和天际来说话，个人的内在倾诉消隐于那些富有质感的修辞与极富想象力的景象之中（如"十九世纪的/草叶状的巨大投影"、诗人如"风暴后降落在岸上的军舰鸟一跛一拐"、河流"用柔软多脚的腹部蠕动"等），仅仅说它"纯净"是不够的，它的境界比象征主义诗篇阔大，比现实主义诗作复杂，它也具有了"现实、象征、玄学的综合传统"（袁可嘉语），但说它是现代主义的诗篇肯定又不够准确，因为这里又有着浪漫主义的丰盈的激情与开阔的想象。

——荣光启：《抒情的牢笼——牛汉诗歌创作内在的问题及求索》[③]

---

① 《三峡学刊》1996年第1期。
② 《首都师范大学学报》（社会科学版）2004年第3期。
③ 《诗探索》2003年第3—4辑。

曾卓

曾卓（1922—2002），原名曾庆冠，笔名柳江、马莱等，祖籍湖北黄陂，出生于湖北武汉。1936年加入武汉市民族解放先锋队，并开始文学创作。1943年流亡重庆，入重庆中央大学历史系学习，结识邹荻帆、绿原等诗人，成立"诗垦地社"。解放后曾任《长江日报》社副社长，后任教湖北省教育学院和武汉大学中文系。1955年受"胡风反革命集团"案牵连，被捕入狱。1979年底平反，调回武汉市文联工作。出版诗集《醒来的时候》《锻炼》《星的歌》等。

我遥望①

当我年轻的时候，
在生活的海洋中，偶尔抬头
遥望六十岁，像遥望
一个远在异国的港口

经历了狂风暴雨，惊涛骇浪
而今我到达了，有时回头
遥望我年轻的时候，像遥望
迷失在烟雾中的故乡

1981年3月20日

---

① 选自《当代抒情诗拔萃》，吴奔星编，漓江出版社1987年版。

诗作导读

这首诗写于1981年，诗人刚被平反后不久。1955年，曾卓受胡风案牵连下狱，经过二十多年的坎坷波折，终于恢复了名誉，获得了自由。然而，一生最宝贵的年华就此逝去，诗人有一种强烈的"遗失"感，这首诗便是诗人"归来"之后惆怅无奈的映照。

诗人在诗中写了两次遥望，第一次是年轻时遥望年老，好像在看一个充满新奇感的异国港口。对年轻的自己而言，生命的尽头虽然很远，但这条路充满了神秘的吸引力，青春涌动着好奇和热情，对未来的想象也十分美好；第二次则是年老的时候，回头遥望年轻时，"像遥望/迷失在烟雾中的故乡"。故乡是诗人的来处，可是如今已经迷失在岁月的河流中。这虚度的漫长一生，似乎被岁月和世界遗忘。人失去了来处，等于没有了归依，诗人陷入了淡淡的怅惘。两次遥望构成了对比，道出世事无常的残酷，传达出诗人历经残酷后通达沉静的感受变迁。

虽然全诗以对比关系展开叙述，但诗人的心境是平和的、宁静的，诗人叙述的口吻也是自然的、温和的，抒情主体被悄无声息地隐藏了，个体的感受升华至生命本身的思考，超越了时空的物质界限。深入浅出，外冷内热，这首诗与穆旦的《冥想》（其二）有异曲同工之妙。

评论精选

诗人要重新审视的是，爱和理想的意义，尤其是到了晚年阶段，人是应该放弃早年的精神追求呢，还是应该把它们化入自己的生命之中，变成生命的一个重要部分。显然，通过诗人的作品，读者应该品悟到了这一严肃思考的丰富含义。在整体艺术风格上，《我遥望》语言质朴，落笔简约，尽量避免情绪的汪洋恣肆和夸张之态，这反而使它显得字近意远，含蕴深厚，有一种需要反复品味才能觉察到的人生体悟。它让我们想到"冲淡、自然"和"温柔敦厚"这样一些中国传统诗学的教诲，想到许多难以达到、但至今还有人孜孜追求的人生与艺术的境界。

——程光炜：《曾卓诗〈有赠〉〈我遥望〉赏析》[①]

一个饱经沧桑的老水手回望人生是慨叹多多、梦想与怅惘多多，可谓百感交集。然而诗却以出奇平静的态度出之，两个生动贴切的视觉意象"异国的港

---

① 《名作欣赏》2001年第1期。

口""烟雾中的故乡",素朴平易,但是它们与同样不涉美丽圆润色调的、随意浅白的口语"偶尔抬头""有时回头"相呼应后,却把人生的况味抒发得既浅近又深致,既平易又浓郁,煞是奇妙。诗中那种外冷内热、外静内动的风格形态,恰好和人情练达世事通明的老人沉思内涵达到了高度契合。

——罗振亚、龙泉明:《苦难的升华——论曾卓的诗》①

这样一来,诗人对人生的回望便反映出主体对现实时空的超越和对春去秋来的时间的凝视,这其中暗含一种作者对永恒理想的孜孜以求和亲切怀念。诗就是这样朝向人的精神向度的。于是,"我"身后的道路、身后的风景呈现了"道"的无所不是人在,便如"迷失在烟雾中的故乡",这样的体悟直指心灵,体现出宇宙和生命的化境。

——胡牧:《诗者情者,至淡者至真至浓——读曾卓〈我遥望〉》②

悬崖边的树

不知道是什么奇异的风

将一棵树吹到了那边——

平原的尽头

临近深谷的悬崖上

它倾听远处森林的喧哗

和深谷中小溪的歌唱

它孤独地站在那里

显得寂寞而又倔强

它的弯曲的身体

留下了风的形状

它似乎即将倾跌进深谷里

却又像是要展翅飞翔……

---

① 《诗探索》2001年第1期。
② 《青年作家》(中外文艺版)2011年第3期。

诗作导读

这是一首带着鲜明时代烙印的诗。诗中有两个核心意象，一个是风，另一个是树。这股风虽辨不清来源，却是奇异的，隐喻那个特殊时期的复杂动荡；这棵树长在悬崖边，是一代经历过动荡的知识分子的集体象征。"它的弯曲的身体，留下了风的形状"。时代赋予个体太多难言的创伤与印记，改变着每个人的生命痕迹，但在那个即将跌入深渊的时代，这棵"树"仍然在听着"远处森林中的喧哗"和"深谷中小溪的歌唱"，孤独寂寞却坚贞不屈。即便陷入万劫不复，它们也不会放弃希望，仍等待着置之死地而后生的可能。

树是时代的缩影，树又是生命的奇迹。即便深陷逆境，诗人笔下的树依旧坚韧不拔，正如诗人和他同时期的同伴们，带着深重的烙印与枷锁，永远在与不公的命运、未知的苦难、动荡的时代抗争。全诗表现了诗人坚韧顽强的生命意志与战斗不息的不屈精神，更深入挖掘了知识分子在严酷时代下的精神世界，悲壮而英勇，无奈而顽强。就像永远在推石头上山的西西弗斯，人类的困境是没有尽头的，人类的命运充满了太多个体无法把握的因素，但人类之所以为人类，人类之所以能在有限的生命里抵达无限，正是凭借这一番番"明知不可为而为之"的努力，凭借在摇摇欲坠的危局中看见新生契机的智慧和勇气。从这个层面上看，这首诗的意义指向超越了具体的时代背景，"悬崖边的树"是生命精神共通的象征。

评论精选

然而这首诗并不满足于对知识分子命运的一般性描摹，而是以冷峻和检视历史风云的目光，通过象征的手段，将人们引向了一个更为空阔和深邃的思想、历史的空间，促使他们对造成这种悲剧的社会历史进行严肃地思索。这首诗探索知识分子思想历程的巨大的"旋力"和"回溯力"，不啻是诗人在历尽沧桑之后反省历史的最大思想收获。

——程光炜：《曾卓论》[1]

任何生命面临死亡的深渊时，都会本能地爆发出一股超乎寻常的强劲之力。悬崖边的树随时会跌下深谷，并遭受"风"的损伤摧残；但它却孤独而倔强地渴望"展翅飞翔"。那绝境中坚韧不拔的生命意志，与命运抗争的不屈精神，是悲壮而崇高的人格写照。

——罗振亚、龙泉明：《苦难的升华——论曾卓的诗》[2]

---

[1] 《当代作家评论》1989年第6期。
[2] 《诗探索》2001年第1期。

食指

食指（1948—   ），本名郭路生，山东鱼台人。朦胧诗代表人物，被当代诗坛誉为"朦胧诗鼻祖"。"文化大革命"期间经历了插队、入伍等生涯，1968年，写出代表作《相信未来》《这是四点零八分的北京》等。1978年首次使用笔名食指，创作著名诗歌《疯狗》。20世纪80年代后其诗歌引起广泛重视。

这是四点零八分的北京①

这是四点零八分的北京
一片手的海洋翻动
这是四点零八分的北京
一声尖厉的汽笛长鸣

北京车站高大的建筑
突然一阵剧烈地抖动
我吃惊地望着窗外
不知发生了什么事情

我的心骤然一阵疼痛，一定是
妈妈缀扣子的针线穿透了我的心胸
这时，我的心变成了一只风筝
风筝的线绳就在妈妈的手中

———————
① 选自《今天》1979年第4期。

线绳绷得太紧了，就要扯断了
我不得不把头探出车厢的窗棂
直到这时，直到这个时候
我才明白发生了什么事情

—— 一阵阵告别的声浪
就要卷走车站
北京在我的脚下
已经缓缓地移动

我再次向北京挥动手臂
想一把抓住她的衣领
然后对她大声地叫喊：
永远记着我，妈妈啊北京

终于抓住了什么东西
管他是谁的手，不能松
因为这是我的北京
是我的最后的北京

1968年12月20日

诗作导读

食指这首诗写于1968年12月。诗中描写了他离开北京在夜里坐火车的感受，用自己的情感和当时的汹涌人潮作对比，突出了自己浓烈的个人感情，其中饱含着对故乡、对妈妈的眷恋。

在当时大多政治意味浓厚的诗作里，食指的这首诗情感浓郁，抒发细腻，别出心裁。作为一个时年20岁，甚少离家的青年，当他由于时代浪潮不得已远离故乡与亲人时，不舍与思念取代了崇高的革命激情，填满了他柔软的心底。诗人顺着情感流淌的痕迹，描摹眼前汹涌的人潮与拥挤的火车站，从而引出赤子般的倾情呼喊，情到真时最动人。因而即使本诗没有崇高的信仰与雄伟的情怀，我们依旧能被这首诗深深打动。

游子思乡是古典诗歌吟咏不衰的主题，食指的这首诗也化用了孟郊《游子吟》的经典诗句"慈母手中线，游子身上衣"，并更进一步，用"妈妈缀扣子的针线穿透了我的心胸"来强化离开家人的不舍与无奈，渲染特殊时期，一代青年背井离乡的惆怅和哀思。这份赤诚的热情和如火的真心，是很难不让人动容的。而将"母亲"与"北京"这两个意象重叠，既表达了故乡与自身在精神世界上犹如母子的联系，也无形间将诗中抒情的对象放大到一个时代，一个集体。以小见大，以大叹小，深感个体的命运被时代的洪流裹挟着，一步一步前行的悲壮。时代的风起云涌和个体的深切眷恋形成了碰撞，使得全诗在看似平淡琐碎的语言记述中拥有强大的艺术张力。

评论精选

这首《这是四点零八分的北京》，以高度准确的时间、地点、场景和情态，工笔描画了一代漂泊的"知青"的心灵表情。对于虚构的"山在欢呼海在笑，红旗如海歌如潮"的知青插队送别情景，食指用心灵疼痛的一根针线予以戳破。他不但准确地吟述了对亲人和城市的辛酸依恋，还表达出对未来盲目命运极为忐忑的一代人，共有的忧伤和恍惚。

——陈超：《食指论——冰雪之路上巨大的独轮车》[1]

"我的心骤然一阵疼痛""妈妈缀扣子的针线穿透了我的心胸""我的心变成了一只风筝"，这一组精妙的比喻恰当地将子女与母亲、知青与北京的双重关系呈现出来。从宏观视角来看，北京知青离开家乡，到遥远的农村进行再教育，上山下乡；从微观视角来看，每个家庭的子女离开自己的亲生父母到一个陌生的环境中，这是他们第一次远离自己生活了十几年的环境，未来不可知，即将面临的坎坷和困难也不可知，更无从知晓什么时候可以回来，这一场运动什么时候结束？面对迷茫的未来，青年们如同要断线的风筝没有方向，只能随风飘浮。食指的可贵在于把一种狂飙突进的启蒙意识融入了中国人所熟悉的传统形式，他的诗节奏铿锵易于朗诵，仅从皮肤表面就能使人感触到血管，这样的评价放在《这是四点零八分的北京》的第二节再合适不过了。

——王静怡：《知青时代的歌者——析食指"文革"时期的经典作品》[2]

他以《这是四点零八分的北京》为代表的诗，越来越被看成是那个时代最早

---

[1] 《文艺争鸣》2007年第6期。
[2] 《名作欣赏》2013年第8期。

的启蒙话语的一部分，并被纳入到"朦胧诗"范畴中予以重新评价。奇怪的是，在我系统地阅读食指的诗的时候，却一再地感到，这种后来流行起来的观念是与我的阅读经验相左的。确实，光是阅读《这是四点零八分的北京》，你会觉得，类似于"这是四点零八分的北京/一片手的海洋翻动/这是四点零八分的北京/一声尖厉的汽笛长鸣/北京车站高大的建筑/突然一阵剧烈地抖动/我吃惊地望着窗外/不知发生了什么事情"这样的诗行，在那种特殊的政治化的年代里，少有地表达出了个人面对大时代的洪流茫然失措的情感，称得上是1968年一个特立独行的人所发出的不平之声，因而很容易地被阐释成是那个时代早慧的启蒙话语，甚至是"朦胧诗"的先声。

——陈太胜：《新形式主义：后理论时代文学研究的一种可能》①

相信未来②

当蜘蛛网无情地查封了我的炉台
当灰烬的余烟叹息着贫困的悲哀
我依然固执地铺平失望的灰烬
用美丽的雪花写下：相信未来

当我的紫葡萄化为深秋的露水
当我的鲜花依偎在别人的情怀
我依然固执地用凝霜的枯藤
在凄凉的大地上写下：相信未来

我要用手指那涌向天边的排浪
我要用手掌那托住太阳的大海
摇曳着曙光那枝温暖漂亮的笔杆
用孩子的笔体写下：相信未来

我之所以坚定地相信未来

---

① 《文艺研究》2013年第5期。
② 选自《食指的诗》，食指著，人民文学出版社2000年版。

是我相信未来人们的眼睛
她有拨开历史风尘的睫毛
她有看透岁月篇章的瞳孔

不管人们对于我们腐烂的皮肉
那些迷途的惆怅、失败的苦痛
是寄予感动的热泪、深切的同情
还是给以轻蔑的微笑、辛辣的嘲讽

我坚信人们对于我们的脊骨
那无数次的探索、迷途、失败和成功
一定会给予热情、客观、公正的评定
是的，我焦急地等待着他们的评定

朋友，坚定地相信未来吧
相信不屈不挠的努力
相信战胜死亡的年青
相信未来、热爱生命

1968年于北京

诗作导读

　　这是食指最负盛名的作品，也是对一代青年精神风貌的典型咏唱。全诗通过两组意象的对比，以黑暗反衬光明，以过去呼唤未来，表达对生存苦难的超越、对美好未来的向往。诗中第一段写过往，第二段写离别，第三段写展望，随即开始层层述说对未来的希望、对生命的坚持，末段点题之余升华主题：相信未来的真谛是热爱生命，是以积极向上的姿态面对历史和未来，是自由的小我与昂然的大我交融，找到价值认同的路径。

　　无论是"雪花""紫葡萄""大海""排浪""笔杆"等浪漫优美的想象，还是"蜘蛛网""灰烬""风尘的睫毛"等具有穿透力的时代象征，抑或这两者之间无处不在的对比，都洋溢着诗人浓郁的才情与惊人的创造力。浪漫的背后，却是作者那颗坚如磐石的心。诗人在下乡插队前期仍然对生活抱有强烈的希望。四周的一切昏暗无光、毫无生机，只有诗人手中的笔是在发亮的，只有诗人的心是点燃的：
"摇曳着曙光那枝温暖漂亮的笔杆／用孩子的笔体写下：相信未来"。诗人有着强
大的精神力量，在诗歌的黑暗年代，仍然能以信念为笔，为人们展示出精神世界中
的一片光亮。正是这点点在诗人内心点亮的光芒，才能让新诗经历种种磨难仍然能
开辟出一条道路。

　　这首诗的形式感同样突出。全诗以四句一节，韵律鲜明。第一、二、三节采用
重章叠句的结构，第四节起穿插着反复、排比、对仗等修辞，全诗音韵精美，形式
整饬，读起来朗朗上口。排比修辞的出色运用，增强了全诗的感染力，情感层层递
进，气势昂扬开阔，亦使这首诗更加适合朗诵。食指被誉为"朦胧诗鼻祖"，他的
诗歌重视形式，蕴含强烈的精神力量，以自己的生命入诗，使诗歌本身摆脱了政治
束缚，为之后朦胧诗的发展做出了榜样。

评论精选

　　《相信未来》是一篇预言性的诗歌力作，当"文革"的迷雾使人们陷入迷茫与
混乱中，人们为命运哀叹之时，食指以一个充满希望的光辉命题照亮了前途未卜的
命运。诗的前三节（原为四节，删改后为三节）抒情笔调隽永、深切而催人泪下，
"用孩子的笔体""摇曳着曙光"写下"相信未来"确是神来之笔，后四节论述、
讲解略显多了些。

——林莽：《并未被埋葬的诗人——食指》[1]

　　但是，如何理解和面对这一精神处境，诗人有独标孤帜的回答："我依然固
执地铺平失望的灰烬／用美丽的雪花写下：相信未来"；"摇曳着曙光那枝温暖漂
亮的笔杆／用孩子的笔体写下：相信未来"。这种双向拉开的张力，准确恰当地传
达了一代人的初步觉醒：以人的尊严、权利、自由和对未来文明事物的瞩望为其内
核；以略略压抑的激情，不带摧折性的工稳语感，单纯明净的物象为其形体。在这
里，那个自觉或不自觉的"国家""阶级"代言人和"值勤官"开始消解了，而独
立的个体生命和艺术人格缓缓站立起来。

——陈超：《食指论——冰雪之路上巨大的独轮车》[2]

　　我想为作者喝彩，为作者的"相信未来"喝彩，却无声。我得到的是一种震
撼，是作者的生命及诗的整合给我的震撼，震撼于他的将醒未醒时的热烈而悲壮；
当理想和现实矛盾时，他总是坚守信念，相信未来，不悔地、默默地忠诚于自己的

---

① 《诗探索》1994年第2期。
② 《文艺争鸣》2007年第6期。

信念，百折不悔，永不言败！食指的诗太真实了，自我、世界与语言几乎密不可分，诗歌的方式就是他的内心与行动的方式，因此他难免被撕裂。但作为一种新的诗歌精神，它像雪地上的热泪，灼伤了冰冻的大地，又像是火种，给诗歌带来了希望。食指诗歌的价值在于，这是几十年来中国第一次出现的在现代社会中不依靠传播媒介而依靠心灵传播的诗歌。

——白玉红：《以忠诚的名义——食指的〈相信未来〉赏析》①

笔者认为，从青春主题的视角看，食指这首诗既立足于社会现实又超越了特定的社会现实，从而具有永恒的青春品格。立足现实不仅显示了青春诗歌的诚实品格，而且表现了青春诗人的敏锐和勇敢，该诗由此具备一代青年青春纪念碑的历史意义；而超越现实的一面则表现在，这首诗写出了青春本真的一面，揭示出青春属于未来的特性以及青春不屈不挠的执着品格，从而赋予青春永恒的精神价值和美学品质，在此意义上，这首诗的生命力和价值不仅仅属于一代人，而属于更多的乃至未来的读者群。

——刘广涛：《食指诗歌与青春主题研究》②

从根本上说，食指诗歌所继承的，依然是贺敬之等人的主流传统。且不说同时期的现代主义风格高度成熟的陈建华的诗，即使是在他相当熟悉的北京诗歌圈里，食指的诗歌倾向也算不上前卫。郭世英等人比他走得更远。但食指的诗的出现，恰逢其时。他是一个承前启后的关键性的人物。食指置身于古典和前卫之间的调和姿态，既避开了郭世英等人过于个人化的和晦涩的修辞风格，又与主流的政治抒情诗传统拉开了距离。"蜘蛛网""灰烬""余烟""叹息""贫困""悲哀""失望""深秋的露水""凝霜的枯藤""凄凉的大地"……这些意象在更早一些时候的郭世英、张鹤慈等人那里出现过，而此前不久，食指本人的《鱼儿三部曲》中也采用过甚至更为暗冷的意象。这一堆灰暗的事物，建构起代表一代人的"自我形象"：一方面，它有一点点颓废，但不绝望；有一点点灰暗，但不黑暗；有一点点空虚，但不虚无。另一方面，相对较为圆熟而且温和的抒情技巧，让更多的人能够接受。对于那些刚刚起步又急于寻找摆脱红卫兵诗歌话语方式的新诗人来说，食指确实是开拓了一条切实可行的道路。

——张闳：《"文革"后新文学的曙光——从食指到白洋淀诗群的诗歌写作》③

---

① 《名作欣赏》2007年第11期。
② 《文艺争鸣》2008年第12期。
③ 《南方文坛》2010年第2期。

生涯的午后

冬日的太阳已缓缓西沉

但温暖如旧，更加宜人

有生涯午后成就的辉煌

谁去想半生的勤奋和苦闷

冬日的斜阳还那么斯斯文文

天边已渐渐涌上厚厚的阴云

注定又有一场暴风雪

在我命运不远的前方降临

别了，洒满阳光的童年

别了，阴暗的暴风雨的青春

如今到了在灯红酒绿中

死死地坚守住清贫的年份

自甘淡泊，耐得住寂寞

苦苦不懈地纸笔耕耘

收获了丰富的精神食粮后

荒野上留下个诗人的孤坟

但现在这颗心还没有死

也不是我最后的呻吟

这不就是生涯的午后吗？

还远远不到日落的时辰！

诗作导读

　　诗人在冬日缓缓沉落的暖阳中，用诗意的目光看待自己的一生。全诗回顾自己的一生，有过艳阳高照，也有过狂风暴雨，但在不同的阶段，诗人都保持了一颗鲜亮的赤子之心。诗人不因外物的变迁而改变自己的坚守，也不因为周围的淤泥而让自己的心有所沾染。直到走到了人生的日落时分，诗人仍坚信，赤子之心是不死的。

　　"别了，洒满阳光的童年/别了，阴暗的暴风雨的青春"，漫长的人生岁月在诗人的笔下化作了一阵阴晴雨雪，似乎在播放一个微缩的电影胶片。童年是充满阳光的，诗人在阳光下与小伙伴自由自在地嬉闹。青春则是充满阴暗色彩的，但又像狂风暴雨那样激烈和轰鸣。"如今到了在灯红酒绿中/死死地坚守住清贫的年份/自甘淡泊，耐得住寂寞"，到了老年，一切变得清贫和平淡，即使如今的世界散发着浓厚的商业气息，诗人也愿意守住自己的操守。诗人用具象化的场景和场景之间的相互映照，勾勒出他跌宕起伏的、不平凡的一生。

作为全诗的核心意象，冬日午后的斜阳正是诗人的化身，虽然不再热烈，但仍不疾不徐地散发着温暖。诗人经历过沉沦，也浸润过繁华，千帆过尽，心中沉淀下来的这份坚持，这颗诗心，虽不像青春年少时那样激烈，却更加坚韧，不会变易。在与物质、时间的对抗之中，这颗诗心会让诗人拥有不老的力量，绽放全新的生命力。结合诗人自身经历，从波涛汹涌的政治浪潮到如今商业市场的诱惑，食指的积极、乐观、昂扬没有变，他的坚韧、执着和顽强也没有变。青年时相信未来，暮年时拒绝死寂，他还拥有着那个唤醒一代人青春激情的鲜活面孔。

评论精选

诗人拥有一颗高傲的头颅，坚守着精神的阵地，恪守着艺术的良知。他也预见到了一切真正的诗人的宿命，他说"除了几本令人惊叹的诗集"，"我一无所有"（《人生舞台之二》），最终是"荒野上留下个诗人的孤坟"（《生涯的午后》）。诗人又这样写道："人世的冷暖给了我一颗心/虽外表寒酸，但内心富有"，这也是诗人高贵的自画像。……食指的诗歌创作充满着桂冠的精神。在生存与诗歌艺术的边缘，他选择了具有独立精神的歌唱，尽管是生涯的午后，诗人依然执着于此。

——袁玲玲：《生存与绝唱——食指新时期诗论》[1]

与此同时，"人生感悟"式写作逐渐发展为一个主要的表现点，《生涯的午后》《在精神病福利院的八年》（1998）这些带有总结意味的诗篇明显外化了食指对自我处境的体认，这即是"疯"："疯了就可以面对命运。要不面对命运就坏了。"侧重感悟与总结，诗歌基调多为咏叹，落脚点多半是"普通人"，甚至"一无所有"的"小丑"，而不是"什么叱咤风云的英雄"。……与新时期以来诗歌写作中普遍存在的个人化势态及开放式写作局面相背，食指诗歌趋于定型化：意象陈旧、节奏缓慢、情感弱化，内在精神的起伏也比较平淡——更多地借助连词而非诗境本身来完成主题表达。

——易彬：《"命运"之书：食指诗歌论稿——兼及当代诗歌史写作的相关问题》[2]

---

[1]　《理论与创作》2003年第5期。
[2]　《扬子江评论》2018年第6期。

梁小斌

　　梁小斌（1954—　），安徽合肥人。朦胧诗代表诗人之一。一直靠阶段性的打工为生，从事过工人、编辑、策划等职业。1972年开始诗歌创作，代表作《中国，我的钥匙丢了》《雪白的墙》。

中国，我的钥匙丢了[①]

中国，我的钥匙丢了。

那是十多年前，
我沿着红色大街疯狂地奔跑，
我跑到了郊外的荒野上欢叫，
后来，
我的钥匙丢了。

心灵，苦难的心灵，
不愿再流浪了，
我想回家
打开抽屉、翻一翻我儿童时代的画片，
还看一看那夹在书页里的
翠绿的三叶草。

而且，

---

① 选自《诗刊》1980年第10期。

我还想打开书橱，
取出一本《海涅歌谣》，
我要去约会，
我向她举起这本书，
做为我向蓝天发出的
爱情的信号。

这一切，
这美好的一切都无法办到，
中国，我的钥匙丢了。

天，又开始下雨，
我的钥匙啊，
你躺在哪里？
我想风雨腐蚀了你，
你已经锈迹斑斑了；
不，我不那样认为，
我要顽强地寻找，
希望能把你重新找到。

太阳啊，
你看见了我的钥匙了吗？
愿你的光芒，
为它热烈地照耀。

我在这广大的田野上行走，
我沿着心灵的足迹寻找，
那一切丢失了的，
我都在认真思考。

1979年12月至1980年8月

诗作导读

这首诗是梁小斌在25岁时写的。诗人的少年与青年时期都在"文化大革命"的惊涛骇浪中度过，回首往事，感慨万千。他以"钥匙"这一核心意象及寻找钥匙的想象场景，一方面隐喻自身对特殊时代的无助感与幻灭感，另一方面通过勾画幻灭中没有停歇的追寻，切入这一执着找寻者的脆弱形态，表达了坚韧的心志和对未来的美好希冀。诗人的心承载着儿时美好的事物，如画片、三叶草、海涅歌谣，但"文化大革命"诡谲的波涛席卷了一切，将这美好的记忆变成一扇失去钥匙的门，永远封存。寻找钥匙既是诗人对自身命运的抗争，也是诗人在迷惘与惆怅中仍不放弃的价值追逐。

全诗采用对话式的口语，语言朴素自然，情感真切动人。疑问句、陈述句、感叹句来回交替，生动而真实地铺陈出大时代下渺小个体的细腻心境。在诗人的笔下，自我的日常人生经历同祖国波澜壮阔的历史征程合为一体，他以个人化的视角，将自身经历浪漫化、明媚化，择取明亮的意象来渲染个人记忆的美好，从而反衬出这一时期社会动荡的黑暗。用一颗真心不加掩饰地记录了一个时代的创伤，让人们不能不正视社会动荡给一个青年带来的伤口，这是这首诗的一个精妙之处。

评论精选

在1980年代之初，他的一首《中国，我的钥匙丢了》，几乎成了这年代的精神标签和代名词。它不但含义丰富地隐喻出"文革"给一代人留下的"精神创伤"，也暧昧地影射了这已然"胜利"了的年代里一代人的"精神现实"。这是有独立思考和清醒头脑的一群，是不愿意轻易忘却历史和抹去记忆的一代人的精神现实。虽然，在主流化的解释中，人们似乎只是理解了它的"历史"含义，但在这年代微妙而不断变化的语境中，其现实的含义，也在不断地浮现和生长着。在很多人看来，"中国，我的……丢了"最初也许只是一个很奇特新鲜的、可以模仿的句式，但相对于那些昂扬而肤浅的"时代精神"的传声筒式的写作而言，它所暗含着的一个"废墟"的主题、一个"迷惘的一代"式的主题，却在更深层次上解释着这时代真实的精神状况。

——张清华：《在民间的黑夜里"独自成俑"——关于诗人梁小斌的随感》[①]

---

① 《诗探索》2008年第3期。

　　若是重新审视这首《中国，我的钥匙丢了》在传统文学史中的定位，可以概述为：诗歌被指向历史与个人的关系，在冰冷禁锢的一个时代离去之后，个人的言说几乎以一种无可置疑的方式开启了当代诗歌中有关家国和个体的新型语义对比。……这种呓语性质的自我的描写经由时间性转而走向对物品的表述。"钥匙""画片""书页""三叶草"，这样零散的碎片性语言自动混杂于"中国"的宏大叙事之中。……梁小斌以孩子的口吻来组合一些动作，"奔跑"与"欢叫"，"回家"与"翻画片"，在这种自述的投射之下，展现在读者面前的依然是主体夸大的社会学叙事。然而我认为，与其说这种视角的叙事是主体的放大，不如说是在精妙诗作下宏大叙事的降格。

　　　　　　——邱婧：《一把悬而未决的钥匙与其他——重读梁小斌的诗歌》[1]
　　"钥匙""大街""荒野"这些割裂的元素组织在一起貌似荒诞，其实它们构成的是非常感人的诗句。诗人把自己的忧虑和真情，真正融入对国家和民族的担忧与祝福之中，如果没有这个前提，诗人不会用"钥匙丢了"这个意象来表达自己的不安与担心。……特殊的时代在这代人身上寄托了年轻诗人们的理想、希望、追求和憧憬，他们在不停的追寻之中，体现出朦胧诗人对人生之路的重新认识和确定。我们不能忽视个人的价值取向与选择背后所隐藏的某种动态，追求个人价值和幸福是理所应当的，可是个人价值和幸福追求的支撑，是国家及民族梦想的实现，两者之间的关联性应当去衡量，这也是个人价值追求正确与否的一个评判标准。

　　　　　　——李超：《朦胧诗的追寻主题及现时意义》[2]

---

①　《名作欣赏》2012年第28期。
②　《文学教育》2015年第4期。

北 岛

北岛（1949—　），原名赵振开，浙江湖州人，出生于北京。朦胧诗代表人物之一，其诗风冷峻，重视思辨，有很强的批判性和思想能量。1965年入北京四中高中部。此后11年，在北京做建筑工人。1978年北岛与芒克等创办《今天》杂志。1987年春，移居英国，做访问学者。2007年至今，回国在香港中文大学任教。被选为美国艺术文学院终身荣誉院士，曾获诺贝尔文学奖提名。

回答①

卑鄙是卑鄙者的通行证，
高尚是高尚者的墓志铭，
看吧，在那镀金的天空中，
飘满了死者弯曲的倒影。

冰川纪过去了，
为什么到处都是冰凌？
好望角发现了，
为什么死海里千帆相竞？

我来到这个世界上，
只带着纸、绳索和身影，
为了在审判之前，
宣读那些被判决的声音。

_____

① 选自《诗刊》1979年第3期。

告诉你吧，世界
我——不——相——信！
纵使你脚下有一千名挑战者，
那就把我算作第一千零一名。

我不相信天是蓝的，
我不相信雷的回声，
我不相信梦是假的，
我不相信死无报应。

如果海洋注定要决堤，
就让所有的苦水都注入我心中，
如果陆地注定要上升，
就让人类重新选择生存的峰顶。

新的转机和闪闪星斗，
正在缀满没有遮拦的天空。
那是五千年的象形文字，
那是未来人们凝视的眼睛。

1976年4月

诗作导读

　　这首家喻户晓的朦胧诗是北岛在1976年4月所写的，此时"文化大革命"已经到了白热化阶段，全国各地都发起了群众运动。诗题"回答"，既是对当时乱象、某人某事的回答，也是对时代波涛下孤独个体的内心拷问。

　　诗的开头两句是高度概括的悖论式警句，发出了庄严肃穆的审判之声，直言这是一个错乱的时代，卑鄙者能够畅行无阻，高尚者却只有死路一条。这两句对世事人情的概括极其精准，抽取出特殊时期社会生存的普遍规律，体现出诗人对社会、对人性非凡的透视与挖掘，乃全诗第一处点睛之笔。

　　究竟是做一个顺从的卑鄙者，还是做一个牺牲的高尚者？作者已经给出了自己的答案。他不相信这个世界，不相信社会习以为常的秩序，不相信制造动乱的暴力。"我不相信"奠定了全诗怀疑、反抗、否定、冷峻的情感基调。紧接着，诗人用了一整段的排比，言辞激烈，通过颠覆日常生活中的常识，强化了抒情主体"不相信"的孤独决绝，显示出不屈强权、不服权威的独立与傲然。

诗人于结尾说出了自己选择的深层原因，诗人有着一双洞穿历史的眼睛：高尚者虽然今日牺牲，但是他们所捍卫的将会光照千古。"新的转机和闪闪星斗/正在缀满没有遮拦的天空/那是五千年的象形文字/那是未来人们凝视的眼睛"，诗歌的前半部分写得语气决绝，态度慨然，结尾部分却用平静而深邃的语气道出了诗人的哲学。未来正在降临，希望将如星斗一样缀满天空；过去也不曾过去，昔日的历史事件永远保存在史册当中；当下虽然充满困难，但诗人把它放在历史长河当中来考量与面对。在更广远的时间与空间中，作者才有底蕴说出这样的回答，才有勇气站出来要做"第一千零一名"，永远捍卫着心灵的高尚与纯洁。

这首诗虽以第一人称展开主体抒情，言辞激烈，情感强劲，但诗中处处可见的象征极大地丰富了全诗的思想内涵。个体的抗争和时代的反思寓意民族新的崛起，在反思历史和文明的角度，诗人力图重塑一种独立的精神品格。诗中既闪烁着北岛绝对的理想和强烈的道义，也可发掘冷静的怀疑与深重的反思。此时的北岛是一个怀疑者，但也是一个理想者；是一个孤独者，但也是一个号召者。他感受时代的变幻，又拒绝时代的重压。这些看似不可相融的不和谐音，都在这首《回答》里一齐奏响。北岛想象力奇崛，所选取的意象境界开阔而又意蕴幽深。全诗段末押韵，音律齐整又表述流畅，他对语言的感知同样近乎生命本体的直觉。

评论精选

北岛确实不是一个愿意做英雄的人，"谁愿意做陨石/或受难者冰冷的雕像"，"我是人"，"渴望在情人的眼睛里/度过每个宁静的黄昏"。由于没有个人和自由的可能，个人和自由的理想最终将诗人导向对社会权力的反抗和挑战。这本是个人的反抗和挑战，由于理想的绝对性，而具有了殉难性的悲剧光彩。这就是《回答》："我——不——相——信/纵使你脚下有一千名挑战者/那就把我算作第一千零一名。"一个孤立的个人由此有了道义的悲壮性，因此有了社会之公共性，于是他成为时代的英雄。北岛的长处是他的清醒，他没有接受这个符号，也没放弃他的孤立，明白"这普普通通的愿望/如今成了做人的全部代价"（《结局或开始》）。"英雄"是一个时代偶然凸现的人格假象。"一个人"的意愿拯救了他，而此即是人文精神的意义。

——一平：《孤立之境——读北岛的诗》①

　　从北岛回忆的这些只言片语中，可以清晰地看出"新思潮"乃至于"怀疑一切"在当时对他的影响。人民出版社1957年出版的译著《回忆马克思恩格斯》（苏共中央马克思列宁主义研究院编）记录着马克思将"怀疑一切"视为座右铭，1966年秋部分造反派红卫兵据此提出"怀疑一切"的激进思想，北岛显然对此并不陌生。"告诉你吧，世界，我——不——相——信！"不能被抽象化地理解为现代主义情绪，而是深刻地交织在20世纪60年代以来青年的思想轨迹之中。

——黄平：《〈今天〉的起源：北岛与20世纪60年代地下青年思想》②

　　如果仅就诗歌本身来说，《回答》确然因第一人称"我"的反复使用和大声疾呼"我——不——相——信！"充分体现了一位觉醒者启迪世人、心系天下的主体精神。怀着强烈的英雄主义情结，《回答》以否定的语气、怀疑的态度回应了时代投给诗人的重压，而诗人也不可避免地为此付出了难以克服的孤独感。客观地看，"孤独感"首先是英雄情结的伴生物，其次才会在阅读体验的过程中与诗人的性格、气质联结起来，进而透出浓重的反思色彩、凸显人性的光辉。"孤独感"和英雄情结一方面使《回答》高高地悬浮于现实生活之上，另一方面则展现了北岛那一代诗人特有的思维方式和身处青春时代之北岛的豪放狂狷。

——张立群：《北岛论——从心灵史到文学史》③

　　在他的早期诗歌中押韵较为常见，譬如《你好，百花山》押an韵，《一束》每节一三五句押an韵，《回答》中eng、ong、ing、in通押。后来就明显减少，慢慢地，这种悠久的书写方式越来越少见，只是偶尔有所尝试，但也不易觉察出鲜亮的音乐性。倒是在近年长诗创作中有局部的恢复，能明显感觉到音韵格律对叙述和诗意的推进起到的作用。……北岛当年那篇短短的自述中也隐含这样的意思（"正义和人性"），而《回答》正是对正义与人心的激越张扬。也正因此，虽说那个不合理的时代远去了，但历史的基因仍在延续在变异，《回答》依然是一个警醒的提问者和情怀的提振者。

——木叶：《北岛的词场》④

---

① 《诗探索》2003年第3—4期。
② 《文艺争鸣》2017年第2期。
③ 《当代作家评论》2017年第2期。
④ 《扬子江评论》2016年第6期。

结局或开始①

我，站在这里

代替另一个被杀害的人

为了每当太阳升起

让沉重的影子像道路

穿过整个国土

悲哀的雾

覆盖着补丁般错落的屋顶

在房子与房子之间

烟囱喷吐着灰烬般的人群

温暖从明亮的树梢吹散

逗留在贫困的烟头上

一只只疲倦的手中

升起低沉的乌云

以太阳的名义

黑暗公开地掠夺

沉默依然是东方的故事

人民在古老的壁画上

默默地永生

默默地死去

呵，我的土地

你为什么不再歌唱

难道连黄河纤夫的绳索

也像崩断的琴弦

不再发出鸣响

难道时间这面晦暗的镜子

也永远背对着你

只留下星星和浮云

我寻找着你

在一次次梦中

---

① 选自《上海文学》1980年第12期。

一个个多雾的夜里或早晨

我寻找春天和苹果树

蜜蜂牵动的一缕缕微风

我寻找海岸的潮汐

浪峰上的阳光变成的鸥群

我寻找砌在墙里的传说

你和我被遗忘的姓名

如果鲜血会使你肥沃

明天的枝头上

成熟的果实

会留下我的颜色

必须承认

在死亡白色的寒光中

我，战栗了

谁愿意做陨石

或受难者冰冷的塑像

看着不熄的青春之火

在别人的手中传递

即使鸽子落到肩上

也感不到体温和呼吸

它们梳理一番羽毛

又匆匆飞去

我是人

我需要爱

我渴望在情人的眼睛里

度过每个宁静的黄昏

在摇篮的晃动中

等待着儿子第一声呼唤

在草地和落叶上

在每一道真挚的目光上

我写下生活的诗

这普普通通的愿望

如今成了做人的全部代价

一生中

我曾多次撒谎

却始终诚实地遵守着

一个儿时的诺言

因此，那与孩子的心

不能相容的世界

再也没有饶恕过我

我，站在这里

代替另一个被杀害的人

没有别的选择

在我倒下的地方

将会有另一个人站起

我的肩上是风

风上是闪烁的星群

也许有一天

太阳变成了萎缩的花环

垂放在

每一个不朽的战士

森林般生长的墓碑前

乌鸦，这夜的碎片

纷纷扬扬

诗作导读

这首诗发表时，附有短文："这首诗初稿于1975年。我的几位好朋友曾和遇罗克并肩战斗过，其中两位朋友也身陷囹圄，达三年之久。这首诗记录了在那悲愤的年代里我们悲愤的抗议。"在这首纪念好友遇罗克烈士的诗中，北岛借用政治题材，以烈士口吻自叙，诗意化地诠释历史与英雄的关系，呼唤人的权利，表达自己的人权观，这是化主观为客观的一种表达方式。

诗中"情人的眼睛""宁静的黄昏""摇篮""草地""落叶""目光"这些意象所代表的生活情境，是"普普通通的愿望"，而遇罗克却付出了"做人的全部代价"。这强烈的对比，揭露了十年的荒诞，带给人们的苦难如此巨大，怎不让人痛心疾首！

"古老的壁画"沉重而荒寂，一代代"沉默的大多数""默默地"生和死，这是东方人类的宿命吗？北岛似乎看见芸芸众生仿佛鲁迅笔下的围观群众，在墙壁上观看默片，只见人影浮动时光流逝，四周静默如冰鸦雀无声。诗人压抑悲愤的情绪，"哀其不幸，怒其不争"！斥责"黑暗公开地掠夺"人民的一切。北岛将死亡和永生相互关联起来，借助书写"遇罗克"的悲剧，启发人民的反抗意识，呼唤更多的"遇罗克们"站出来，勇敢抗争，重构历史。这和邓恩的诗句："但请你想一下／通过死亡／我获得了不朽。"有着同样的意境。

"我，站在这里／代替另一个被杀害的人／没有别的选择／在我倒下的地方／将会有另一个人站起／我的肩上是风／风上是闪烁的星群"，"风"是自由的意象，迎风而上，逆风飞扬，"星群"是希望的象征，诗人坚信对自由和尊严无比向往的"文化大革命"一代人，终会逃脱苦难的深渊，"闪烁"在黑暗的夜空，照亮大地。从中我们可以看到诗人清醒地认识到自己命运的悲壮，具有崇高自我牺牲精神和历史责任感，甘愿做"铺路石"，义无反顾地倒在抗争的大路上。北岛的诗歌表现出强烈的英雄主义情结，用"舍我其谁"的勇气，体现着历史的担当者豪气冲天的气概，在诗人的身上，我们看到了无数仁人志士的身影，他们是"谭嗣同""秋瑾""林觉民"……

评论精选

北岛从中展示出"我是人／我需要爱"这一历史沉思的出发点，以人道主义作为永恒的、没有被严酷的现实锁住的理想来对照非人道的现实关系，使作品具有一种专注于内心世界的真诚和不可挥去的社会责任感及民族整体观念间的自觉矛盾。

——屈淑琼：《浅谈北岛诗歌的理性批判主义精神》[①]

他的诗总体上有孤独的"自我"与环境的尖锐对立的特点，以黑夜与冬天的意象、情境为主，诗中孤绝沉重的说话者或是在走向冬天，或是在黑夜沉思，或是面临着最后的时刻（如《走向冬天》《宣告》《结局或开始》等）。

——王光明：《论"朦胧诗"与北岛、多多等人的诗》[②]

[①] 《文学界》（理论版）2011年第9期。
[②] 《江汉大学学报》（人文科学版）2006年第3期。

古寺①

消失的钟声

结成蛛网，在裂缝的柱子里

扩散成一圈圈年轮

没有记忆，石头

空蒙的山谷里传播回声的

石头，没有记忆

当小路绕开这里的时候

龙和怪鸟也飞走了

从房檐上带走喑哑的铃铛

荒草一年一度

生长，那么漠然

不在乎它们屈从的主人

是僧侣的布鞋，还是风

石碑残缺，上面的文字已经磨损

仿佛只有在一场大火之中

才能辨认，也许

会随着一道生者的目光

乌龟在泥土中复活

驮着沉重的秘密，爬出门槛

诗作导读

　　北岛的这首写于20世纪80年代初期的诗，相比《归来的歌》，自我抒情的成分较少，隐喻的色彩更为浓重。北岛一直保持着与时代、与群体、与他人的距离，用超离冷静的态度反思着我们的时代，诗中充满暗示与思辨，是"朦胧诗"的一个特殊所在。

　　诗题为《古寺》，通过写一个古老寺庙的衰败和尘封，寓意古老的文明在战火和时代中被封存，但是仍有人在时刻坚守，等待着有朝一日的复兴。古寺四周那么荒凉，"石头，没有记忆""荒草一年一度/生长，那么漠然"，人们对一切漠不

① 原载《上海文学》1981年第5期，选自《北岛诗选》，北岛著，新世纪出版社1986年版。

关心，时代的记忆也会随着时代的过去而消亡。记载着秘密的石碑被磨损，石碑上的文字可以看作被掩埋的秘密，传承着的文化因字迹漫漶而逐渐遗失。诗人在耐心等待，等待乌龟的复活。

北岛的诗歌中多有政治上的隐喻，他关心着家国，带有侠士的风气。在之后的朦胧诗以至当代诗歌中，诗人更多的是观照自我的内心，时代的记忆掩埋于荒土，他身上再没有五四时期那样的热情，也没有了政治抒情时期的理想，他退居到了自我的生活中，爬梳复杂的精神世界。在他之后出现的第三代诗人中，如韩东、于坚等人，诗歌内容完全回归日常生活，在某种程度上也可以看作是对经典朦胧诗形式的一种反叛，反叛孕育朦胧诗的现实冲动。

评论精选

诗一开篇的三行就特别夺人耳目。"消失的钟声/结成蛛网，在裂缝的柱子里/扩散成一圈圈年轮"，这是一组叠加的意象组合，给人一种特殊而丰富的整体感觉。诗人把无形的钟声化为可视的形象，"状难写之景如在目前"。这在修辞上可归为多觉通感手法的运用。钱锺书先生曾说过相关的一段话："在日常经验里，视觉、听觉、触觉、嗅觉、味觉往往可以彼此打动或交通，眼、耳、舌、鼻、身各个官能的领域可以不分界限，颜色似乎会有温度，声音似乎会有形象，冷暖似乎会有重量，气味似乎会有锋芒。"诗人正善于以灵敏的感觉把这种日常经验在语言中传达出来。……这一段中[①]，引人注目的是动词"驮"与宾语"秘密"的组合，妙趣横生……动词和宾语之间打破了惯常搭配方式。具象动词和抽象宾语的结合显出一种陌生感，却激活了语言的表现力，犹如通感，使无形的抽象的事物获得了具象的可感生命。这些手法在北岛诗中常常得心应手，开掘了中国新诗的魅力与活力。

——向爱明：《让感觉生动起来——北岛〈古寺〉的语言艺术》[②]

作为整体象征诗歌，《古寺》既有中国传统诗歌意象叠加的特点，又运用了西方现代主义的意象转换手法，对诸多意象进行巧妙打通，建立联结，相互生发，层层推进。而象征之义未加点破，在联结转换之中自然呈现。此诗严格限制于对主要意象"古寺"及相关意象的客观描写，不作阐释性发挥，抒情主人公隐退，叙述笔调冷峻节制，紧紧抓住"古寺"的所有特征，完成了对古寺整体形象的塑造。古寺

---

① 应为"最后一句"。
② 《修辞学习》1998年第1期。

俨然是古寺，而又不仅是古寺。

——陈林群：《整体象征的〈古寺〉》①

　　由此，以"大火"的出现为界，这首诗歌可以分为"死"与"生"两重境界。前一部分营造了一个被遗忘的，完全沉寂的，没有记忆的死界，冷峻而压抑，充斥着无力感与绝望，是死亡的"废墟"；而大火一下子撕裂了阴沉的画面，燃烧着的火是激烈的、强势的，具有张扬的动感，热烈而光明，带来力量感与希望，是重生的"涅槃"。"新生"的部分在用墨上远小于"死亡"意境的营造，但在力量上却占据上风，两者之间对比鲜明，诗歌以一种魔幻性的变革快速地由死转向生，给读者带来强烈的冲击力。不同层面上的矛盾、对立是这首诗歌强大张力的来源。

——陆平：《冲突的张力与同一的意蕴——试析北岛的〈古寺〉》②

单人房间③

他出生时家具又高大又庄严
如今很矮小很破旧
没有门窗，灯泡是唯一的光源
他满足于室内温度
却大声诅咒那看不见的坏天气
一个个仇恨的酒瓶排在墙角
瓶塞打开，不知和谁对饮
他拼命地往墙上钉钉子
让想象的瘸马跨越这些障碍

一只追赶臭虫的拖鞋践踏
天花板，留下理想带花纹的印迹
他渴望看到血
自己的血，霞光般飞溅

①　《名作欣赏》2005年第17期。
②　《现代语文》（学术综合版）2013年第3期。
③　选自《北岛诗选》，北岛著，新世纪出版社1986年版。

诗作导读

这首诗的名字叫"单人房间"，是一首隐喻诗作，通过写一个单人房间来暗示当时封闭闭塞的时代给青年带来的感受。

在日常生活中，房间是我们每个人最私密的生活空间，每个人的内心深处，也都有一个属于自己的，自由隐秘的"房间"，承载着自己的秘密。然而在诗人笔下，这个原本属于自己的私密空间，却好像监狱一样沉闷。"没有门窗，灯泡是唯一的光源"。在这极为逼仄的监狱式的房间中，诗人满足于室内温度，但却渴望着自由。小时候感觉四周都是高大的，"家具又高大又庄严"，到了成年之后却发现"很矮小很破旧"。小孩子长大了，世界也开始变化，变得充满假象和压抑。压抑的、沉闷的气息扑面而来，几乎让人透不过气，诗人也近乎歇斯底里了。"他拼命地往墙上钉钉子"，打破一切的是一个臭虫的出现。联系下文，这里的臭虫代表着一种决裂。它一路奔跑，留下了理想的印痕，被拖鞋追赶，却始终不妥协。

"他渴望看到血/自己的血，霞光般飞溅"，鲜血四溅，却好像升起的霞光一样。一方面，这句话使全诗由现实走向理想，能粉碎一切囚禁，照亮一切黑暗；另一方面，又带着鲜明的残酷色彩，字里行间透着浓郁的血腥味。末段的臭虫意象不禁让人联想到卡夫卡的代表作《变形记》，拖鞋碾碎了臭虫，浪潮席卷了个体，然而生命的欲望和能量便在这种挣扎和毁灭中露出锋芒。用极端对抗极端，用毁灭对抗囚禁，深陷精神困境的青年北岛所选择的反抗是如此的执着与决绝。他对这个世界、这个时代带来的压力的不满，终归回到对自身灵魂的透视上来，因而他承受的是多倍的痛苦。

评论精选

在这种情形下，北岛难以正常的传统的思维方式和艺术方式去进行抗争，他选择了一种以恶对恶的方法，这仍是环境的作用。作者在小说《波动》里曾借主人公说过这样的话："我喜欢诗，过去喜欢它美丽的一面。现在却喜欢它鞭挞生活和刺人心肠的一面。"以一种变态的刺激对变态的时代进行反抗，是北岛诗的情绪的一个基本特征。"一个个仇恨的酒瓶排在墙角/瓶塞打开，不知和谁对饮/他拼命地往墙上钉钉子/让想象的瘸马跨越这些障碍/一只追赶臭虫的拖鞋践踏/天花板，留下理想带花纹的印迹/他渴望看到血/自己的血，霞光般飞溅"，这不仅是单人房间的写照，也是一种心态的具象。在他的眼里，所谓自由，充其量"不过是猎人与猎物的距离"。

——王干：《历史·瞬间·人——论北岛的诗》①

　　这样命名这部分诗歌，其实非常不准确，只是在现代汉语里，还不能找到一个更好的词来代替。纵观对北岛诗的评论，眼光基本落在"宣告诗"那一类，其实，"自审诗"在他的诗歌中占的比重非常大，也非常重要。它们记录着诗人自我成长、自我否定、自我超越的心路历程。诗人在审视世界的同时，也在不断审视自己的灵魂，他在寻找理想世界的同时，也在努力寻找自己的心灵家园。在寻找的跋涉中，那透彻心肺的孤独、茫然若失的苍凉、坚韧不屈的执着，无不透着生命的激情。

——牛殿庆：《孤独与行走——回溯北岛诗歌》②

---

① 《文学评论》1986年第3期。
② 《社会科学战线》2007年第4期。

芒克

芒克（1950— ）原名姜世伟，生于沈阳。1956年全家迁到北京。朦胧诗人的代表之一。1978年底与北岛共同创办文学刊物《今天》，并出版了处女诗集《心事》。1987年与唐晓渡、杨炼组织了"幸存者诗歌俱乐部"，并出版刊物《幸存者》。还著有诗集《阳光中的向日葵》《芒克诗选》《没有时间的时间 》《今天是哪一天》《芒克的诗歌》等。

阳光中的向日葵①

你看到了吗
你看到阳光中的那棵向日葵了吗
你看它，它没有低下头
而是把头转向身后
就好像是为了一口咬断
那套在它脖子上的
那牵在太阳手中的绳索

你看到它了吗
你看到那棵昂着头
怒视着太阳的向日葵了吗
它的头几乎已把太阳遮住
它的头即使是在没有太阳的时候
也依然在闪耀着光芒

———————

① 选自《芒克诗选》，芒克著，中国文联出版社1989年版。

　　你看到那棵向日葵了吗
　　你应该走近它
　　你走近它便会发现
　　它脚下的那片泥土
　　每抓起一把
　　都一定会攥出血来

诗作导读

　　这首诗是芒克1983年创作的，是他的代表作之一。全诗采用俄国形式主义代表人物什克洛夫斯基的陌生化理论，彻底颠覆了读者的定势思维。在人们的普遍认知中，"向日葵"是人们熟识的意象，原本是喜欢光亮的，追随太阳而生的，它的名字就预示着它的宿命。但是，芒克笔下的向日葵却充满了叛逆的精神和抗争的勇气，它或"把头转向身后/就好像是为了一口咬断/那套在它脖子上的/那牵在太阳手中的绳索"，或"昂着头/怒视着太阳"，这里暗指"向日葵"之所以臣服、追随"太阳"是迫不得已，因为它的脖子上套着"绳索"，是受到"太阳"的强暴控制，"向日葵"忍辱受难，心藏仇恨，伺机抗争。"绳索"隐喻着非常时期来自太阳的枷锁，也隐喻着反抗者无奈的宿命。"咬断"则显示出反抗者的决然抗争的精神。有人认为，这样的向日葵在中国诗歌史上是新颖独特的，足可以与鲁迅《野草》中的枣树媲美。

　　"向日葵"和"太阳"这一组意象的重叠，在传统的文化意境中，意味着什么，这是众所周知的，尤其对经历过十年动乱的"文化大革命"一代年轻人来说，更是刻骨铭心。芒克却将它"反常化""尖锐化"，呈现出"陌生化"的新意境，刺人眼目，震撼人心。什克洛夫斯基认为："艺术的目的是让人感觉到事物，而不是仅仅知道事物，艺术的技巧就是使对象陌生，使形式变得困难，增加感觉的难度和时间的长度，因为感觉过程本身就是审美目的。"芒克对这一理论技巧的运用可谓炉火纯青。

　　诗中的"向日葵"不再是一味地膜拜"太阳"，被驯服地"低下头"；也不再害怕失去"太阳"，因为它自带能量"在没有太阳的时候/也依然在闪耀着光芒"。如果说"向日葵"这一意象代表着觉醒的"文化大革命"一代年轻人，那么，经历过"文化大革命"十年痛苦的磨难，见证了"血与火的洗礼"，"它脚下的那片泥土/每抓起一把/都一定会攥出血来"，痛定思痛，在他们的心中，自我意识正在强大，独立人格正在形成，自由思想正在丰厚，"太阳"终于从圣坛跌落了下来，他们开始"怒视"，开始反思，开始质疑，开始抗争！

芒克笔下的"向日葵"似乎在燃烧，一如梵高"燃烧的向日葵"，充沛着强大的生命能量，色彩斑斓，光鲜醒目。正如梵高所说："我画太阳，要让人们感觉到它发出的力量无穷的光和热，它正在以可怕的速度旋转"，要摧毁一个"旧世界"，建立一个"新世界"。

评论精选

在芒克的诗中，很多"陌生化"的意象颠覆着读者的惯性思维，给读者心灵的震撼。比如芒克笔下的"太阳"不再像人们心中那般的神圣，受到万民的敬仰，而是成为一个应该接受谴责和审判充满了暴力的独裁形象。

——张慧：《论陌生化手法在诗歌〈阳光中的向日葵〉中的应用》①

梵·高的绘画与芒克的诗歌，为我们打开了彼此相通的艺术世界。对自然的尊重，对命运的无力与对人性的张扬是芒克诗歌的精神理念。这与梵·高精神相通的艺术理念，传达出的正是其对于自然的热爱与对生命的礼赞。诗人尊重生命、珍惜生命，用"心"打开了艺术的另一扇窗，同梵·高一起，去描摹这多彩的世界。

——康洁：《"阳光中的向日葵"——谈芒克对于梵·高"生命精神"的继承》②

---

① 《安徽文学》（下半月）2011年第8期。
② 《北方文学》2011年8月下半月刊。

多　多

多多（1951—　），本名栗世征，1951年出生于北京。1969年到白洋淀插队。1972年开始写诗。1982年开始发表作品。1989年出国，旅居荷兰15年。2004年回国后被聘为海南大学人文传播学院教授。著有诗集《行礼：诗38首》《里程：多多诗选1972—1988》《多多诗选》《多多四十年诗选》等。

致太阳[①]

给我们家庭，给我们格言
你让所有的孩子骑上父亲肩膀
给我们光明，给我们羞愧
你让狗跟在诗人后面流浪

给我们时间，让我们劳动
你在黑夜中长睡，枕着我们的希望
给我们洗礼，让我们信仰
我们在你的祝福下，出生然后死亡

查看和平的梦境、笑脸
你是上帝的大臣
没收人间的贪婪、嫉妒
你是灵魂的君王

---

①　选自《阿姆斯特丹的河流》，多多著，北岳文艺出版社2000年版。

热爱名誉，你鼓励我们勇敢

抚摸每个人的头，你尊重平凡

你创造，从东方升起

你不自由，像一枚四海通用的钱！

1973年

诗作导读

　　这首诗是多多的代表作。彼时诗人正在白洋淀插队，与聚集在白洋淀周围的一群知青，如根子、芒克等一起写诗，抒发内心深处对坎坷遭遇的不平与痛苦，他们组成了白洋淀诗群。他们的创作聚焦于困厄之中的多重自我经验，反叛与批判高压的政治意识形态，多多也不例外。在这首诗中，诗人一方面诚挚地歌颂太阳给大地和人间带来的一切美好：正因为有了太阳，人间的一切幸福才能存在，所有的诗人才有了灵魂的归依；另一方面，暗含着对太阳自我束缚的讽刺和惋惜。诗歌中的太阳具有多层的蕴意，既指自然界中熠熠生辉的太阳，也指人间的权力。极高的权力带来了人间的幸福，同时也消磨了人与人的个性。

　　太阳给了人世一切美好，家庭、格言、光明、羞愧，诗人把这一切归功于太阳。在平等、正义、名誉的价值倾向背后，在沉闷的年代中，诗人通过歌颂太阳，来形成对这一神圣的、光明的意象的解构。"你创造，从东方升起/你不自由，像一枚四海通用的钱！"这两句则把太阳又拉回到了现实的层面，以平等身份与太阳对话，彰显出诗人热烈背后的冷静态度，诗人对太阳这一自然界神圣的统治者，所持的态度终是反叛的、怀疑的，而对自己所陷入的困境，亦是无可奈何的。

　　多多自创作初期就十分注重诗的语言。全诗充满节奏感，用热烈的语言写出了对太阳的致辞。排比和反复的句式交替，使得全诗更像一曲颂歌，渲染情感氛围之余，透露出复杂的隐喻内涵。多多喜欢让笔下的语辞构成相互对立、撕裂、嘲讽与挤压，来丰富语言的意义。如孩子骑在父亲肩膀上，狗跟在诗人后面流浪，这看似是平实叙述随处可见的日常生活，实则完成了一种全新的解构：孩子骑在父亲肩膀上，颠覆了父亲这一传统家庭统治者的权威；狗与诗人结成难兄难弟，消解了知识分子的尊严和精神世界。

评论精选

多多的《致太阳》诞生于这样的时代背景，作品以"太阳"为表现对象，通过叙述"太阳"给人类带来的各种恩惠以及"太阳"身上所具有的种种优秀精神品质，刻画出"太阳"丰富、完整的艺术形象。在表达对于"太阳"的礼赞之情的同时，诗人也对"太阳"因过于神圣完美而难免失去自由与自我的一面，予以善意的提醒与揶揄，反映了诗人对于崇高事物本质的复杂性的深刻认识，体现出作品独特的立意。

——谭五昌：《评多多诗〈致太阳〉》①

在这一点上，波德莱尔《太阳》一诗的作用，当然不止使多多写出了《致太阳》一诗，更深刻的影响在于，"太阳"与茨维塔耶娃的"手艺"一起，也最早向多多指点了现代诗歌的秘密。诗歌的"神奇的技艺"，类似于"炼金术中的嬗变"，具有化微贱为高贵、化腐朽为神奇的力量，《太阳》一诗中正是这样描绘诗人的技艺的秘密："当它像诗人一样降临城中，/它让最微贱的事物具有高贵的命运。"如同上文引用的，这首诗对于早年的多多有着重大的影响。

——刘志荣：《"我始终欣喜有一道光在黑夜里"——多多论》②

多多提到《太阳》和《致太阳》的关系，其实这首《致太阳》与波德莱尔的另一首诗，即《穷人的死》，也有明显的联系。《太阳》赞颂了太阳的美德，《穷人的死》通过穷人之口赞颂了死亡的美德。在波德莱尔笔下，死亡毫无可怖之感。相反，它给穷人的痛苦带去慰藉，鼓励他们继续生活。"死亡"被赋予与"太阳"同样的价值。在《穷人的死》的第一节和第二节中，穷人们用第一人称"我们"叙述。在《致太阳》中，诗人也使用第一人称"我们"。

——杨玉平：《波德莱尔与多多青年时期的写作》③

---

① 《诗探索》2007年第4期。
② 《文艺争鸣》2014年第6期。
③ 《法国研究》2017年第1期。

语言的制作来自厨房①

要是语言的制作来自厨房
内心就是卧室。他们说
内心要是卧室
妄想，就是卧室的主人

从鸟儿眼睛表达过的妄想里
摆弄弱音器的男孩子
承认：骚动
正像韵律

不会做梦的脑子
只是一块时间的荒地
摆弄弱音器的男孩子承认
但不懂得：

被避孕的种子
并不生产形象
每一粒种子是一个原因……
想要说出的

原因，正像地址
不说。抽烟的野蛮人
不说就把核桃
按进桌面。他们说

一切一切议论
应当停止——当
四周的马匹是那样安静
当它们，在观察人的眼睛……

1984年

---

① 选自《阿姆斯特丹的河流》，多多著，北岳文艺出版社2000年版。

诗作导读

多多认同俄罗斯女诗人玛琳娜·茨维塔耶娃的创作观念，受其影响，他认为诗是隐匿的，是面向自己的艺术，是一门语言的技艺。因而他十分重视语言本身的运用和实验。正如诗题所写，在多多看来，语言是可以制作的，语言就像我们日常生活中的食物，是诗歌的血液与灵魂。

这首诗写得很有趣，诗人把人体比喻成一间套房，有着十分精妙的想象力。在这间套房中，我们的语言产生于厨房，我们的内心是卧室。厨房是用来制作美食，人类赖以维持生存的地方，语言则是精神食粮，能让人的灵魂不干枯。

有趣的是，我们并不是卧室的主人，"妄想"才是。这种不切实际的幻想和欲望主宰着我们的内心，"骚动"是妄想的旋律，像鸟的羽毛打破风一样，骚动也打乱了空气的平静。"不会做梦的脑子/只是一块时间的荒地""被避孕的种子/并不生产形象"，骚动产生欲望和妄想，也让内心开始做梦，让精致的语言产生在厨房。但是当种子被掐死，四周有安静的马匹在监视时，谁也不敢说话，"一切一切议论/应当停止——当"，内心只能成为时间的荒地。这首诗的语言隐晦，节奏跳跃，带有文字游戏的意味，也符合诗歌本身想表达的主题。

评论精选

诗人在创作中对语言的制作在某种方式上与厨师在厨房制作食物有其相似性。……多多说出"制作"这一词语并以一种非常适合这个词的语调、语象和语境传达出这一词语的显在意义和隐在意义的方式无疑是巧妙的。他准确地道出了西方现代诗歌的关键点：诗歌的语言是一种技术性操作。有点油滑的语调证明他在道说这一事实时对此事实是清楚的，他清醒地意识到当时有关诗歌的诸多问题和争论应该落脚到诗歌本体或者更进一步落脚到语言上来。不过，多多此时的诗句却显示出：语言还是一种尚待诗出的东西，一种诗人还有待通过某种更进一步的倾听、运思、构想才能诗化出的东西。不过他已经敏感地意识到语言那神秘莫测的本质，并被诗性语言带来的审美体验所激动，一种渴望表达诗性体验的愿望驱使着他。

——李海英：《"语言的制作来自厨房……"——简论多多诗歌语言的流变》①

多多《手艺》本身虽然没有直接触及诗歌写作的技艺，但是"手艺"这个词的

---

① 《江汉大学学报》（人文科学版）2011年第6期。

出现，在当代诗歌的环境里，还是有特殊意义。十年之后，多多延续了这个主题："要是语言的制作来自厨房/内心就是卧室。他们说/内心要是卧室/妄想，就是卧室的主人。"……尽管多多擅长出其不意地沟通看起来毫不相关的经验，不过，"语言的制作来自厨房"的说法也不纯然是为了惊世骇俗。厨房里做菜是否比政治操作低俗姑且不论，其实写诗与美食烹调也存在相通的地方。这个看法，相信至少会得到谢冕、焦桐、梁秉钧、胡续冬这几位诗人的首肯。

——洪子诚：《诗人的"手艺"概念》[①]

多多诗歌中作为象征意象的"马匹"大致可以划分为两类，即饮水的马匹与饮血的马匹。饮水的马匹呈现更多的是一种观看和注视的认知方式，奔腾、追赶、疾驰的马匹成为紧密联系具体经验和物质实在的强力意象；而饮血的马匹则因为受难而咳血，经受痛苦甚至于濒临死亡，作为父亲的马匹与作为马匹的父亲，二者交织构建成复杂的意象结构，可以看作为诗人多多在面对农业文明和文化传统时内心驳杂、心绪纠葛的模糊反映。《语言的制作来自厨房》诗中"四周的马匹是那样安静/当它们，在观察人的眼睛……"，《静默》诗中"雪，在这时降下/你，正被马注视着"，《这是被谁遗忘的天气》诗中"路上，仅有马匹归来"……

——周俊锋：《象征的游移与历史的修辞——也谈多多诗歌写作的技艺与范式》[②]

[①] 《文艺争鸣》2018年第3期。
[②] 《海南师范大学学报》（社会科学版）2019年第2期。

舒婷

舒婷（1952—　），原名龚佩瑜，祖籍福建泉州，生长在厦门。初中未毕业即"插队落户"。1969年开始写作，其诗已在知青中流传。中国当代诗人，朦胧诗的代表人物之一，诗作具有女性特有的纤细敏感，捕捉复杂细腻的情感体验，朦胧而不晦涩。著有诗集《双桅船》《会唱歌的鸢尾花》《始祖鸟》等。

致橡树①

我如果爱你——
绝不像攀援的凌霄花，
借你的高枝炫耀自己；
我如果爱你——
绝不学痴情的鸟儿，
为绿荫重复单调的歌曲；
也不止像泉源，
常年送来清凉的慰藉；
也不止像险峰，
增加你的高度，衬托你的威仪。
甚至日光，
甚至春雨。

不，这些都还不够！
我必须是你近旁的一株木棉，

① 选自《诗刊》1979年第4期。

作为树的形象和你站在一起。

根，紧握在地下；

叶，相触在云里。

每一阵风过，

我们都互相致意，

但没有人，

听懂我们的言语。

你有你的铜枝铁干，

像刀，像剑，也像戟；

我有我红硕的花朵，

像沉重的叹息，

又像英勇的火炬。

我们分担寒潮、风雷、霹雳；

我们共享雾霭、流岚、虹霓。

仿佛永远分离，

却又终身相依。

这才是伟大的爱情，

坚贞就在这里：

爱——

不仅爱你伟岸的身躯，

也爱你坚持的位置，

足下的土地。

1977年3月27日

诗作导读

这是舒婷最知名的作品，诞生于"文化大革命"结束后思想解放的初期，是现代女性自我意识觉醒的标志之一，也是新时期女性人格的独立宣言，体现了舒婷崇高的爱情理想。全诗选取"木棉"与"橡树"两个核心意象，构成象征，并将其人格化与心灵化，用"木棉"的内心独白倾吐女子对"橡树"（恋人）的倾慕，表达对平等、尊重、欣赏这一理想恋爱关系的向往。在抒发细腻炽热的情感的同时，诗人另辟蹊径，开篇假设情境，否定了爱情书写的传统思维，通过一系列比喻呈现抒情主体独立、自由、坚韧不拔的思想品格，寄寓了诗人对爱情、对人与人的关系、对自我丰富而深邃的思考。

　　这首诗温柔而坚定，细腻又深沉，充分展现了舒婷柔软浪漫的特质。她既酣畅淋漓地表达了女性对爱情的真挚渴望，也不失理性地流露出女性对个体独立精神的追求：真正的爱情不是一味地攀援，不是牺牲自我的委曲求全，而是互相尊重，共同成长，平等共处；女性的价值认同也不依傍于与爱人的亲密关系，而是建立在自身思想独立，建立在人性的尊严上。在舒婷的爱情理想中，女性首先必须是"人"，然后才能是"女人"。舒婷认为，"花和蝶的关系是相悦、木和水的关系是互需，只有一棵树才能感受到另一棵树的体验，感受鸟们、阳光、春雨的给予。"因此，理想的爱情之所以崇高，是因为包含着对独立人格的尊重和理解，是成熟的爱。男女彼此相爱，不仅仅体现于心灵的相通，也映衬着人格的互照，更是人生命运的"分担"和"共享"，"仿佛永远分离／却又终身相依"。这样的爱情观体现了富有人文精神的现代性爱思想。诗人采用内心独白的抒情方式，使得全诗情感基调温柔细腻，坦诚真挚，而象征手法的运用，又为坦率的直抒胸臆增添了理性的色彩。

　　这首诗的词汇运用极为恰当，显示了诗人对词语天然的敏感及精准的把握力。诗人语言优美，力求寻找被遗忘已久的"浪漫"的诗意。"你有你的铜枝铁干／像刀，像剑，也像戟／我有我红硕的花朵／像沉重的叹息／又像英勇的火炬。"在这两句诗中，看似平凡无奇的语言，却蕴藏着奇妙瑰丽的想象力。"铜枝铁干"是男性的象征，"红硕的花朵"在颜色上和铜枝铁干形成鲜明的对比，又寓意着女子生育的功能，闪烁鲜活的生命力。"我们分担寒潮、风雷、霹雳／我们共享雾霭、流岚、虹霓／仿佛永远分离／却又终身相依。"连续四句，既对称又押韵，读起来朗朗上口，抑扬顿挫；全诗句末统一押韵，音律齐整流畅，轻灵婉转，排比与反复交替，假设与让步循环，使得全诗高度统一的形式感与诗中曲折有致的情感变化自然交融，浑然一体，共铸清丽浪漫、澄澈明净的诗境。

评论精选

　　舒婷在这里否定的一种爱情观是依附……她所追求的是爱的双方彼此的平等……这个平等的基础是彼此的人格独立，形态可以迥异……只有这样在人格价值上的各自独立，才能有在真正平等基础上的相互扶持。这才是真正的爱。这样，舒婷在《致橡树》这首诗的爱情外观上，蕴涵的是追求人格独立与尊严的思想内核，是一个更广泛也更深刻的主题。

——刘登翰：《会唱歌的鸢尾花——论舒婷》①

这首诗集中体现了舒婷的爱情观，也可视作新时期女性人格独立的宣言。诗人用"攀援的凌霄花"和"痴情的鸟儿"来比喻那些缺乏独立人格的女性，对那些利用爱情来抬高自己的身份和甘做丈夫应声虫的做法持坚决的否定态度。在诗人的心目中，真正的爱情应该是："我必须是你近旁的一株木棉，/作为树的形象和你站在一起。"也就是说，男女双方各自保持自己人格的独立，互相尊重，互相扶持，女性不再是陪衬，不再是附属，而是首先以一个独立的人的身份出现。这无疑体现了女性意识在新时期的觉醒与张扬。

——吴思敬：《舒婷：呼唤女性诗歌的春天》②

从对舒婷《致橡树》三个维度的解读中，这篇被推崇为精英意识极浓的独白型抒情诗，也能看到三个维度、四种形态的话语资源：古典话语、启蒙话语、反思话语和革命话语，而这种多元话语奇异共存恰恰对应文中所揭示的三种身份：女性身份、知识者身份和革命人身份。通过对这种多元身份共存现象的解读，我们不难发现诗人的价值指归是复杂多端的：反传统的新女性爱情观，启蒙主义的知识分子观，主流意识形态的革命者观。如果说第一层身份的新女性反抗精神指向的是彻底的反传统价值，那么第二层身份的知识者对话则既有对抗体验的相通认同，也有对历史判断的差异认识，而第三层身份的革命人则开始无意识地回归主流价值叙事。所以，这首诗表面的独立姿态背后站立的绝非一个理想的统一体，而是一颗在历史、社会、精神之网中挣扎徘徊的充满价值矛盾的不安的灵魂。

——吴怀仁：《主体身份层面的另一种言说——舒婷〈致橡树〉的再解读》③

此诗气韵流动，情采盎然，结构浑然一体，全无滞涩和梗结，所有的词句几乎都是通体透明的，闪烁着诗人情绪的光泽，有一种高度圆融的秩序感。诗中的意象纷至沓来，每一个都恰如其当，对应诗人内心的微妙波动。在意象的疏朗处，可以看出诗人的犹豫；在意象的绵密处，于层峦叠嶂之中，可以看出诗人的急切与激烈。由此，诗的意境是斑斓而清澈的，在单纯中有一种玉石般圆润浑然的美感，毫无雕琢的痕迹。

——吴投文：《舒婷、芒克、多多诗歌导读》④

---

① 《文学评论》1985年第6期。
② 《文艺争鸣》2000年第1期。
③ 《名作欣赏》2008年第16期。
④ 《阴山学刊》2020年第3期。

神女峰①

在向你挥舞的各色花帕中

是谁的手突然收回

紧紧捂住了自己的眼睛

当人们四散离去，谁

还站在船尾

衣裙漫飞，如翻涌不息的云

江涛

高一声

低一声

美丽的梦留下美丽的忧伤

人间天上，代代相传

但是，心

真能变成石头吗

为眺望远天的杳鹤

而错过无数次春江月明

沿着江岸

金光菊和女贞子的洪流

正煽动新的背叛

与其在悬崖上展览千年

不如在爱人肩头痛哭一晚

1981年6月于长江

诗作导读

　　舒婷写了《致橡树》后，感觉一些女孩子没有领会《致橡树》的深意，没有以"木棉"为榜样，既独立自主又柔美坚韧，精神上仍然寻求依靠"男子汉"的保护，因此，她又创作了《神女峰》作为补充。"神女峰"承载着楚怀王与巫山神女的传说。传说楚怀王见到神女的塑像，神女告诉他"妾在巫山之阳，高丘之阻，旦为朝云，暮为行雨，朝朝暮暮，阳台之下"，但痴情的神女终究没能等到楚怀王的

---

　　①　选自《星星》1982年第4期。

出现。年年岁岁之后，神女化成一块石头，她的思念与一腔深情就此封存，她的形象在千百年文人墨客的笔下，演化为忠贞爱情与传统道德的象征，构成了古典诗歌中思妇题材的重要原型。

舒婷善于捕捉细微的内心流动，挖掘丰富细腻的生命情感，呼唤自然纯美的爱，追寻独立自主、情感充盈的丰沛灵魂。这首《神女峰》，便是舒婷从女性的生命意识出发，站在反思与批判的角度，完成的一场对爱情传说的解构。在喧嚣人海中独自沉静的神女峰，在热烈赞美中独自伫立的神女峰，只是"美丽的梦留下美丽的忧伤"。舒婷以生动形象的拟人与比喻，将神女峰这一意象人格化，赋予其寂寞而孤独的心灵世界，从而引出全诗关于神女峰这一爱情传说的质疑——一颗期盼爱情、渴望爱情、鲜活的心变成了石头，这不是应该传诵千古的爱情赞歌，而是一场毁灭于沉默的爱情悲剧。

舒婷从女性视角出发，拷问这个神话悲剧中女性生命的价值，揭示了传统爱情观中提倡的女性的"忠贞爱情"，只不过是封建愚昧的"贞节坊"，扼杀了女性的生命价值。"神女峰"这一意象具有现代新女性意识，揭示现代人的价值和存在意义。舒婷在此呼吁"与其在悬崖上展览千年/不如在爱人肩头痛哭一晚"——这是新时期女性发自生命本真的呐喊，传承了"五四"新文学的精神，和"五四"新女性那般，勇敢地打碎旧枷锁，为自由为真爱而斗争。在舒婷之前，从未有诗人对"神女峰"这一意象有过这样的反思，舒婷重新解构了这个古老的爱情神话，秉承了自《致橡树》以来的爱情思想脉络，但又拓展了新的视野，上升到对传统爱情价值观的彻底颠覆和背叛，渴望人类灵魂和肉体的彻底融合，弘扬现代女性意识，抨击要求女性从一而终的封建节烈观。末句可谓点睛之笔。在诗人看来，这场看不到尽头的绝望等待，并不是发自生命本真的情感。神女峰背后所象征的爱情忠贞，只是一场传统道德与权力话语对生命诉求的压抑。较之千百年来传统道德宣扬的忠贞不渝，片刻的、瞬间的、真切细微的情感体验，纵使稍纵即逝，才是生命珍贵价值的体现。在道德楷模与生命感受之间，舒婷毫不犹豫地选择了后者。"金光菊和女贞子的洪流/正煽动新的背叛"，金光菊和女贞子都是当地常见的植物，美丽的春花怒放，让人心猿意马，搅动着沉默的神女峰，流露出鲜明的反叛意识。

不过，虽然全诗透露着强烈的质疑和批判，舒婷的语言仍然洋溢着柔美浪漫的诗情。诗人笔下的意象自然清丽，"翻涌不息的云""远天的杳鹤""春江月明"等意象带有古典诗歌的含蓄柔婉，情感的抒发与景象的描摹相辅相成，层层递进，形成绵延悠长的情感节奏，恰似翻滚不息的波涛，流荡不息。全诗结构顺应情感自由流转，浑然一体，如"江涛/高一声/低一声"等句，齐整回环的音韵展示蓬勃自然的生命律动，以此反衬出神女峰沉寂孤独的存在形态，为诗人的反叛与呼吁作铺垫。

评论精选

这两首诗的强烈反响，不仅在于它们本身的魅力，更在于它们作为女性宣言发出的振聋发聩的轰鸣。从这一角度讲，现代爱情诗又有待于升华到更高层次。……一种文学原型的树立，往往是全民族共同参与的。要打破一种原型，也需要全民族的共同努力。由《国风》时代自由爱情的流露到神女峰及类似的传说的出现，经过诗中思妇形象的不断强化，"神女峰"成为一种积淀着民族深层文化心理的文学原型。深究这种原型的意识内核，不难发现它渗透了封建的爱情观和女性观。千百年的历史积淀是难于轻易消除的，人们要获得真正的爱情，要唱出真正自然纯美的爱情之歌，还有一段艰难的历程。

——张晓琴：《神女峰的倒塌——对中国爱情诗中一种原型的思考》[1]

神女峰作为浪漫爱情的坚贞的象征，已经被传说话语霸权化了，成了不言而喻潜在的陈规。但是，把生命献给绝望的等待，以表现爱情的坚贞，塑造成千年的道德楷模，值得吗？她提出的质疑是：生命每一刻的体验都是珍贵的，不能为了非常遥远的、可望而不可即的概念（"眺望远天的杳鹤"）而忽略生命的美好体验。就是再浪漫的情操，也不能抹杀生命的珍贵感觉。为了把这样的思索强化，舒婷不惜把传统观念和生命价值放在两个极端上。一个是展览千年，作为道德的、情感的楷模，作为永恒的荣耀；另一个是一个晚上的痛哭。在通常情况下，当然是千百年的荣耀更为光彩，但在某种条件下，二者发生了转化，那就是"在爱人肩头"，为了体验真正的爱，哪怕痛苦，哪怕只是片刻，也比没有感觉的石头有价值。

——孙绍振：《从致橡树到神女峰》[2]

千百年来，传统道德和男权文化为"渔妇"搭起无形的祭台，现在，舒婷将她从落寞凄清、空洞无声的漫长岁月中解救出来，大胆解放出她的生命意识，第一个从女性生命的角度揭示出这个爱情传说的悲剧性质，对男权意识作出了颠覆性的改写。

——王雅平：《女性生命和情感的写真——舒婷诗歌创作回眸》[3]

---

[1] 《山东师大学报》（社会科学版）1988年第4期。

[2] 《语文建设》2019年第9期。

[3] 《求索》2003年第1期。

惠安女子①

野火在远方，远方
在你琥珀色的眼睛里

以古老部落的银饰
约束柔软的腰肢
幸福虽不可预期，但少女的梦
蒲公英一般徐徐落在海面上
啊，浪花无边无际

天生不爱倾诉苦难
并非苦难已经永远绝迹
当洞箫和琵琶在晚照中
唤醒普遍的忧伤
你把头巾一角轻轻咬在嘴里

这样优美地站在海天之间
令人忽略了：你的裸足
所踩过的碱滩和礁石
于是，在封面和插图中
你成为风景，成为传奇

1981年4月

诗作导读

惠安位于福建沿海，惠安男儿常年在海上漂泊，惠安女子就只有留守在家中，一面思念丈夫，一面秉承温良贤德的传统礼教，独自承担生活的辛劳。她们的命运极其悲苦。舒婷对这些同乡女子的遭遇抱有姐妹般深厚的怜惜。诗中通过描写少女"眼睛""银饰""腰肢""裸足"等意象，呈现一幅淡雅柔美的女性画卷，"银饰"这一意象隐喻陈旧落后的封建旧风俗。"少女的梦"像自由飞翔的"蒲公

---

① 选自《舒婷的诗》，舒婷著，人民文学出版社1994年版。

英"，向往辽阔的大海，诗人借助"浪花""碱滩""礁石"等"海洋"意象，将自己对女性的深情托付给旺盛蓬勃的生命力，体现了女性主义文学书写的深度。

诗歌一开篇便是两个朦胧遥远的意象："远方的野火"与"琥珀色的眼睛"。"远方的野火"，既可以理解为惠安女子思念的丈夫，也可以象征她们生命中被迫封存的情感冲动。"琥珀色的眼睛"，则是惠安女子美丽而孤独的生命形态。

诗人打破了时间与空间的物理距离，也超越了一般的理性逻辑，将这两个象征性意象通过自我的生命感受拼接到一起。野火在琥珀色的眼睛里，犹如思念与情欲在女子被尘封的美丽里，犹如鲜活的生命在与世隔绝的幽闭里。这两句既奠定了全诗深重悠远的情感基调，又扩充了全诗的意蕴空间，含蓄，朦胧，深幽，令人回味悠长。

封闭的地域和古老沉重的男权历史，像银饰束缚女子形体那般，压迫着每一个美丽动人的生命。"幸福虽不可预期，但少女的梦/蒲公英一般徐徐落在海面上"，她们被剥夺了夫妻和鸣的幸福，有的只是渺无归期的等待，有着令人绝望的希望。诗人选择的意象既具备生命脆弱的美感，如腰肢、蒲公英；也带有广阔深远的悠久古韵，如大海、晚照、乐声，增添悲剧的历史感。诗人用自身细腻而敏感的情绪浸染着这些意象，将它们有机组合，形成开阔的、幽深的、立体的抒情时空。

诗人着重将动静与远近相结合，在这广阔凝静的时空里，捕捉惠安女子的生命动态。"你把头巾一角轻轻咬在嘴里"，一个"咬"字，突出惠安女子细微颤动的神态，表现她们内心世界涌动的痛苦。而"轻轻"二字，又点出她们克制与忍耐的生活常态。她们默默忍受着孤独，承担着生活的重压，不会去诉说和倾诉，只是用琥珀色的眼睛看着，在夕阳晚照时轻轻咬住头巾，咀嚼苦难与不幸。她们的苦难从来没有因为时光流逝而随之消失，恰恰相反，她们的苦难与束缚着她们的地域与时间一样漫长。

最后一节，诗人的笔触从惠安女子命运的历史背景转回现实，观照这些女子的当下困境。她发现，苦难从未放过"天生不爱倾诉苦难"的这些女子。人们忽略了她们的不幸，一味猎奇，把她们变成记者镜头下的模特，让她们被定格成杂志的封面。惠安女子生命的价值再度被践踏，陷入残酷荒谬的生存境地。诗人呼吁人们不要痴迷于建立在物化生命、扭曲生命基础上的"风景与传奇"，尊重生命本身，将惠安女子，以及更多被忽略、遗忘、物化的女性，从幽闭地域、文化道德、商品消费等传统权力话语中解放出来；并以自身的情绪辐射她们沉默、压抑、绝望、痛苦等生命感受，还原她们身为"人"的尊严与价值，体现了诗人强烈的女性意识和超越性的人文诉求。

在这首诗里，舒婷的语言典雅柔美又极具立体感，无论是第一节两个遥远意象

330   ·   现代汉语诗歌

的来回交织，第三节黄昏海畔风景的整体描摹，还是最后一节由整体（海边女子）到局部（裸足）的画面推进，舒婷的笔就像摄影师手中的镜头，意象的组接宛若变换不断的焦距。全诗结构均匀，四节末句押韵，音律齐整而流转自然。秀美朦胧的意象、典雅的语言、追求人格独立与精神自由的人文关怀，构成了舒婷诗作中古典与现代兼具的特质。而女性特有的敏感、细腻、真挚，以自我情绪辐射外部世界的体认方式，则为舒婷的诗注入了柔软和浪漫的气质。

这首诗怨而不怒，哀而不伤，叙说了惠安女子的苦难，却没有抱怨没有愤怒，而是带着淡淡的忧伤，写得透亮而明丽，字里行间感受到诗人悲天悯人的情怀无以言表。

评论精选

"远方野火"和目前的"琥珀色眼睛"，是两个相距甚远的意象。诗人采取异于传统的手法，即不是根据逻辑和理性的安排，而是通过主观感受的自由联想，把"远方野火"装点在"琥珀色的眼睛"里。两个遥远的意象的组接，使时间和空间的跨度得到了延伸。在大跨度的时空下，人们往往会产生错觉：时间在这里发生了停顿，运动节奏变得缓慢起来。舒婷运用这种感觉造成了滞重的具有历史惰力的超稳定的抒情环境。她的诗句证明了如下事实：被置于这种幽闭的传统的历史文化背景之中的道德和文化观念的束缚之下，而与现代世界隔绝。

——陈素琰：《美丽的忧伤——舒婷的〈惠安女子〉》[①]

舒婷这首诗就是"视觉的角力场"，其间交织着各种视觉权力的较量。首先，少女纯真、梦幻的眼睛一碰上"商人"和"男人"合谋的眼睛，就被虏获了，异化了，它被定格、凝固，嵌入"封面"和"插图"，成为可供买卖的商品，成为展示于现代都市男性眼前一道亮丽的风景，并因其纯真、梦幻，更引起商家兴趣，更具商业价值，也因此更显残酷……舒婷用自己独立的眼睛（与"常人"比较，是"陌生化"的眼睛，叛逆的眼睛），从中看到世界的荒谬和残酷。她努力打破这被视为天经地义的现实，试图将女性从"封面"和"插图"中解放出来，从"被看"中解放出来，将被异化为"商品"的女性还原为"人本身"。她试图唤起"常人"的注意，让人们的眼光从美丽的"风景"移开，转向那被礁石、碱滩咬噬着的"裸足"，真心以对待"人"的方式，关注惠安妇女的现实困

---

① 《名作欣赏》1987年第1期。

境和历史苦难。

——马大康：《视觉的角力场——舒婷〈惠安女子〉视觉现象分析》①

　　在《惠安女子》中，诗人更是以独特的文化和女权主义视角，对惠安女子的命运作出反思。惠安女子们"天生不爱倾诉苦难"，她们对苦难的逆来顺受其实是男权对她们的压抑。当她们在文化中"成为风景，成为传奇"之后，惠安女子就和"神女们"一样成为男性的祭品，牺牲自我，失去自我，最终"死在生活里了"。在这些诗作中，舒婷经常能够以独辟蹊径的女权主义视角和开阔的历史思维，通过诗的意象，让我们对已经"集体无意识"的带有男权色彩的文化现象作出反思，最终使我们对其诗中那带有反抗男权意味的女权话语作出认同。

——黄晓东：《舒婷的文学创作与女性主义》②

---

① 《名作欣赏》2006年第1期。
② 《当代文坛》2010年第2期。

顾
城

顾城（1956—1993），生于北京诗人之家。"文化大革命"开始时随父亲下放山东北部某农场生活5年。17岁返城，陆续在《北京文艺》《少年文艺》《诗刊》《星星》等刊物发表诗作，声名鹊起。1986年，《星星》诗刊举办"我最喜欢的10位当代中青年诗人"评选活动，顾城与北岛、舒婷、杨炼、江河等当选。1987年开始游历欧洲做文化交流，1988年便隐居新西兰激流岛直至自尽身亡。朦胧诗派的重要代表，被称为当代的"唯灵浪漫主义"诗人。诗作风格前期空灵纯净，有"童话诗人"之称，后渐深入幽暗与复杂的人性，代表作有《一代人》《我是一个任性的孩子》等。

一代人①

黑夜给了我黑色的眼睛
我却用它寻找光明

1979年

诗作导读

《一代人》是顾城最知名的作品，1979年发表之际，恰逢诗坛"围绕朦胧诗激辩"，这首诗却得到了论辩双方的一致赞许，诗中"黑暗"和"光明"两个意象所代表的历史指向，也得到了双方的公认。诗人借此抒发"文革"一代人独特的人生感慨，是"文革"一代人时代精神的写照，将一代人悲惨的"文革"遭遇浓缩在充满张力的两行诗句中，表达对"文革"的批判和否定。

这首诗意象的呈现带有强烈的陌生化效果。诗人选取的都是日常生活中常见的

① 选自《星星》1980年第3期。

意象：黑夜、眼睛、光明，却让它们浸润了独特的个人体验，化作神秘而深远的象征符号，核心意象"黑色的眼睛"就这样诞生了。眼睛是心灵的窗户，在大部分诗人笔下，通常是明亮的、清澈的、光芒熠熠的，而顾城却把它变成了黑色，与黑夜一样黑暗幽深的颜色。这双眼睛闪烁的不是希望的光芒，而是"黑夜"笼罩下深刻的伤痛与强烈的恐惧。带来"黑色的眼睛"的"黑夜"，茫茫一片，看不到尽头，既暗示了特殊历史时期给诗人造成了伤痛，又象征着历史进程中所有混沌未知的瞬间。

意象的新奇组合也构成了诗歌表达的陌生化效果。这首诗中，意象的组接完全打破了人们日常生活的感受与逻辑。"黑夜"带来了"黑色的眼睛"，"黑色的眼睛"在色相上与"黑夜"一脉相承，在明面的因果关系之下，还藏着一种神秘的共生关系：有"黑色的眼睛"的人经历了"黑夜"，"黑夜"里潜伏着无数双"黑色的眼睛"。第二句的转折可谓全诗的华彩之处。"寻找"是诗作中常见的主题，在苦难与动荡中坚守信念、追寻希望，也是我们常见的人生体验；但用"黑色的眼睛"寻找光明，这黑与白、明与暗的强烈反差，彻底冲破了我们习以为常的生活经验。在黑夜中寻找光明，这一引发诗人情感的情境是相承的；而黑色的眼睛与光明这对截然相反的意象组合，带来的审美体验又是全然一新的。

语词内部、诗句之间的撕扯与伸张，极大地强化了全诗的艺术张力。对立而统一，相悖却共生的意象关联，亦赋予这两行小诗更广阔、更深层的意义：它既寄托着承载时代创痛的一代人，内心深处对光明的执着向往；也象征着一个不屈服时代的渺小个体，在强大的时代重压下顽强不屈的精神反抗，标志着个人精神的觉醒。如果我们将诗中的意象看作半抽象的、纯粹的象征符号，那么这首诗的意义还可延伸到人类的共同命运。在动荡不断的历史进程中，每一个人都会陷入"黑夜"，被赋予"黑色的眼睛"，这与个体的意愿、选择无关。然而，作为这悲剧被动的承受者，"我"即使被异化了，仍然能用"黑色的眼睛"发现自我，寻找自我，尽管这样的追寻被淹没在漫漫长夜之中，生命的意识却是永不消亡的。

全诗形式高度凝练，诗艺精纯。诗人有意抽取掉具体的情境，语言简明、直率、清晰，避免直抒胸臆，仅以意象及意象的相互关联浓缩一个时代下一代人的痛苦经历，映照人类命运的悲剧情结，唤醒反抗的个人精神，具有高度的符号性与隐喻性。

评论精选

所谓符号化是指诗人抛开个人的"私心杂念"，所抒发的是他所认识到的带普遍意义的人类情感，在表达中摒弃直接引发情感的物质性元素，创造一种半抽象而又独特的，给人美感的非物质性形象（意象）。意象的营造过程也是情绪高度纯粹化的过程。"符号化"使诗在更广阔的意义上，更深的层面上震撼人们的心灵。微型诗结构小巧，客观上限制了诗人对实在的物质性元素展开铺陈，引导诗人自觉地修枝剪叶，"提纯"情绪，走向"符号化"。顾城的《一代人》："黑暗给了我黑色的眼睛/我却用它寻找光明。"短短的两行诗浓缩了"文革"时期整整一代人的痛苦经历，凸现了他们心灵上的巨大创伤和对光明的热切期盼。微型的结构使诗人几乎蒸发掉了所有具体的场景描绘，诗成为面对不公平的人生际遇却不甘屈服的情感的表意符号，所以跨越时空拨动了一代代人的心弦。

——刘静：《论微型诗》①

我们不妨来剖析一下诗艺的轨迹："黑夜"与"黑色的眼睛"在色相上的显在关联、生命来自神秘处所的内在关系，是诗人对于生命的独特感悟与艺术的个在发现。当然，在这个世界上，只有生就一双"黑眼睛"的人，只有经历过漫长的"黑夜"岁月的中国人，只有诗人顾城，才会体悟到两个多么普通的事物间的并非寻常的联系；在"黑暗"中，寻找"光明"，是人类的共同行为，生命的共同主题，没有什么特别的。但是，把"给予"黑色眼睛的"黑夜"，与其寻找"光明"的行为联系起来，一下子就显出奇特的诗歌效果来。诗歌意义与意象色彩之间相反而又相承的妙合，造成语词之间紧张而有序的关系，使得诗句间充满了内在的张力，引起读者强烈的心理反应。诗的文本虽然简短，引发的阅读影响却意味深长。这是顾城诗歌较为突出的艺术上的特点。

——吕刚：《关于顾城诗歌的价值与意义——兼谈当代文学史的叙述》②

他所求之光明也就是人类生命信念的终极境界，文本本身最具张力的关节点就是"寻找"。虽然顾城的"光明"并不确指上帝，也没有任何膜拜顶礼的宗教意味，而更接近于中国最富有思辨意味的哲学流派——道家所推奉的"道"和"自然"。但这种"道"与荷尔德林心目中的天国都具有庄严朴素与静穆和谐的特征，是真善美等崇高品质的诞生地，也是生命能获得的最高的自由，在这里，黑格尔所说的绝对精神实现了。同样，对光明的寻找过程也体现出诗人作为"浪子"的生存状态，正是浪子那回环往复，反省再反省的"苦恼意识"才造成了《一代人》散发出的忧郁、动荡和憾恨的情调。

——段歌、郭世轩：《苦恼的隐修——对顾城的〈一代人〉新批评解读》③

---

① 《当代文坛》2002年第6期。
② 《唐都学刊》2004年第3期。
③ 《河北北方学院学报》（社会科学版）2017年第3期。

我是一个任性的孩子[①]

也许
我是被妈妈宠坏的孩子
我任性

我希望
每一个时刻
都像彩色蜡笔那样美丽
我希望
能在心爱的白纸上画画
画出笨拙的自由
画下一只永远不会
流泪的眼睛
一片天空
一片属于天空的羽毛和树叶
一个淡绿的夜晚和苹果

我想画下早晨
画下露水
所能看见的微笑
画下所有最年轻的
没有痛苦的爱情
画下想象中
我的爱人
她没有见过阴云
她的眼睛是晴空的颜色
她永远看着我
永远，看着
绝不会忽然掉过头去
我想画下遥远的风景

---

① 选自《顾城诗全编》，顾城著、顾工编，上海三联书店1995年版。

画下清晰的地平线和水波
画下许许多多快乐的小河
画下丘陵——
长满淡淡的茸毛
我让它们挨得很近
让它们相爱
让每一个默许
每一阵静静的春天的激动
都成为一朵小花的生日
我还想画下未来
我没见过她，也不可能
但知道她很美
我画下她秋天的风衣
画下那些燃烧的烛火和枫叶
画下许多因为爱她
而熄灭的心
画下婚礼
画下一个个早早醒来的节日——
上面贴着玻璃糖纸
和北方童话的插图

我是一个任性的孩子
我想涂去一切不幸
我想在大地上
画满窗子
让所有习惯黑暗的眼睛
都习惯光明
我想画下风
画下一架比一架更高大的山岭
画下东方民族的渴望
画下大海——
无边无际愉快的声音

最后，在纸角上
我还想画下自己
画下一只树熊
他坐在维多利亚深色的丛林里
坐在安安静静的树枝上
发愣
他没有家
没有一颗留在远处的心
他只有，许许多多
浆果一样的梦
和很大很大的眼睛

我在希望
在想
但不知为什么
我没有领到蜡笔
没有得到一个彩色的时刻
我只有我
我的手指和创痛
只有撕碎那一张张
心爱的白纸
让它们去寻找蝴蝶
让它们从今天消失

我是一个孩子
一个被幻想妈妈宠坏的孩子
我任性

1981年3月

诗作导读

作为广受赞誉的"童话诗人"，顾城喜爱用孩子的视角与思维方式，体验世界、认知世界、想象世界。他渴望用孩子的诗思、孩子的想象、孩子的语言，构筑一个自由、纯净、空灵的"梦幻岛"。写这首诗时，顾城已经25岁，早已远离了人生的童年，但在诗歌里，顾城拒绝长大，拒绝成人的心态，把自己想象成一个孩子，一个幻想的孩子，一个手持蜡笔，兴致勃勃绘画的孩子。

在孩子的世界中，天地万物都有着活泼轻快的生命韵律。自由、爱情、悲伤、未来……所有人生沉重的命题，都可化作那些别人发现不了的美：眼睛、童年、爱情、山川、河流、光明、色彩，依次罗列在画面上，让人惊觉这个世界还有如此多色彩斑斓的美丽的可能。这些美丽源于诗人对自然本身的爱，诗人的心理结构与大自然同化了，他宛若造物主，自由地寻找生命与自然交融的美好痕迹，丰富多变的意象与自然纯净的语言交织在一起，让诗人得以铸造出一座与世隔绝的幻想之城。在这座幻想之城，大地开满了窗，自由的气息奔腾，明亮的光芒闪烁，照亮每一个蜷缩在黑暗里的灵魂。在这里，诗人"画下一架比一架更高大的山岭/画下东方民族的渴望"，将个人化的生命书写变成民族与社会想象的乌托邦。这个至纯至美、晶莹璀璨的幻想世界，并没有拘泥于狭隘的个人体验，反而拥有超越个体、包揽万物的博爱胸怀。

在结尾诗人写道："我是一个孩子/一个被幻想妈妈宠坏的孩子/我任性。"诗人的母亲是"幻想妈妈"，是不存在的，诗人任性地想在这个黑暗、冰冷的世界里画下所有的美，想带来一切的温暖。但是他却连蜡笔都没有，当幻想在现实中破碎，悲剧随即来临。这种希望与失落之间的来回交替，幻灭中坚韧生长的任性追求，则流露出诗人潜藏在童话王国下更复杂晦暗的个人心理：一方面，诗人坚守理想，抗拒外界，沉浸在自己创造的桃花源，以求远离痛苦与忧愁，获得永恒的精神力量；另一方面，这座洋溢着童真童趣的象牙塔不过是存在于想象中的海市蜃楼，他陷得越深，越发觉更多痛苦、纠结、挣扎。他始终被焦虑裹挟，陷入循环往复的追寻与自我怀疑中。这种复杂的个人心理，不仅促成了顾城后期的创作转型，也为他个人的悲剧命运埋下了伏笔。

诗中充满了"孩子"所渴望的意象，然后，将这些意象排列组合起来后，却发现"画面黯淡忧郁"，缺少带来光明的意象，比如"太阳"。所以，诗人呼喊："我是一个任性的孩子/我想涂去一切不幸/我想在大地上/画满窗子/让所有习惯黑暗的眼睛/都习惯光明。"可是，梦想总是美的，现实却很残酷。

评论精选

　　"他的眼睛，不仅仅是在寻找自己的路，也在寻找大海和星空，寻找永恒的生与死的轨迹"，用复杂的现代艺术手法，来表现"对无尽的宇宙之谜的思索"。他的这些话，在当时被现实的政治革新所激动兴奋的诗坛上，完全是另一种声音。……从1980年以恋爱的开始为标志，他踏上了思索、寻找爱的道路，正如德国浪漫主义者把爱作为人生的一种寄托一样，顾城以"爱"作为他在这个充满了不幸的世界上仍然存在下去的理由。爱不仅仅是狭义的个人情爱，也是对于生命的博爱。在《我是一个任性的孩子》里他写道："我想涂去一切不幸/我想在大地上/画满窗子/让所有习惯黑暗的眼睛/都习惯光明。"

　　　　　　　　——毕光明、樊洛平：《顾城：一种唯灵的浪漫主义》[①]

　　这是一个"民族寓言"式的表述，又是一个乌托邦的承诺。他想画给我们一个人间的天堂，他想带着我们一起出发，他在用语言"涂去一切不幸"，幻想在语言中实现梦想。但这些理想当然在不断的对幻想性符码的追寻中幻灭。诗人其实像一个堂·吉诃德，他在流浪生涯中试图寻找与诗中所说的一切相似的空间，他企图将世界读解为天堂的符号。在八十年代，这种梦想尚能占据话语中心的位置。但他一旦离开了中国，离开了他的说汉语的同胞，那种幻想的同一性被全球性的后殖民语境所书写之后，这种分裂的能指/所指、语言/实在间的关系立即呈现得极为清晰。

　　　　　　　　——张颐武：《一个童话的终结——顾城之死与当代文化》[②]

　　同时，顾城也同样进入个人化书写的诗歌创作时期，这一时期，他写了诸如《生命幻想曲》《我是一个任性的孩子》等诗歌，这种个人化的经验书写是将自己的生命经验和外部的生活世界相结合在一起：有的时候，诗人愿意向读者讲述他写作中的隐秘经验，有时候则不愿意讲述。……当诗人和外部世界，或者说当他赖以存在的先锋性与常态社会产生激烈冲突和对立的时候，采取一种刚烈的方式来坚守理想主义，抗拒和切断与外在的关联，在自己晦暗不明的世界里去开掘，试图提供更为强大的力量，结局往往是岌岌可危的。诗人也是普通人，也有普通人的生活与情感，快乐与悲哀，也曾面对生活里各种各样的欲望与经济困顿的境遇。在这一点上，他们没有理由比一般人做得好；而当他的诗人身份被确认时，他似乎需要更多的孤独，他的世界似乎必须要恪守现实与理想之间的巨大沟壑，唯此他才能保持敏锐与诗意。只不过，我们不能忽视另一面，诗人是一种被赋予的价值身份，是

---

　　①　《湖北师范学院学报》（哲学社会科学版）1988年第2期。
　　②　《当代作家评论》1994年第2期。

日常世界通往理想世界的一种书写方式，它只有在关系中方能得以确立。因此，它必须在面向社会历史或者面朝他人时，才能获取存在的理由与价值。当他的形而下的生活受到损害乃至面临崩塌的时候，他的诗歌与理想是无法被抽离出来"独善其身"的。

——陈昶：《背向生活的理想主义者——论顾城与海子》①

首先，这首诗遵循着生命成长轨迹的循环。……其次，这首诗的空间关系形成虚与实的对比。最典型的部分是理想空间和现实空间的对比，是虚幻的理想空间的爱、欢乐、纯真与实在的现实空间的伤害、忧伤、痛苦的对立。……首先，是有意味的语言留白。……其次，是有意味的结尾留白。……顾城《我是一个任性的孩子》塑造了许多生动可感的形象，如"永远不会流泪的眼睛""我的爱人""遥远的风景""清晰的地平线和水波""许许多多快乐的小河"等。……这样，我们可以看到顾城《我是一个任性的孩子》背后隐藏的深刻的生存焦虑。

——邓丽娟：《有意味的空间、留白和形象——品读顾城〈我是一个任性的孩子〉》②

我的心爱着世界③

我的心爱着世界
爱着，在一个冬天的夜晚
轻轻吻她，像一个纯净的
野火，吻着全部草地
草地是温暖的，在尽头
有一片冰湖，湖底睡着鲈鱼
我的心爱着世界
她溶化了，像一朵霜花
溶进了我的血液，她
亲切地流着，从海洋流向
高山，流着，使眼睛变得蔚蓝

---

① 《中国现代文学研究丛刊》2017年第6期。
② 《名作欣赏》2019年第8期。
③ 选自《顾城诗全编》，顾城著、顾工编，上海三联书店1995年版。

使早晨变得红润

我的心爱着世界
我爱着，用我的血液为她
画像，可爱的侧面像
金玉米和群星的珠串不再闪耀
有些人疲倦了，转过头去
转过头去，去欣赏一张广告

诗作导读

这首干净、浪漫、充满幻想的诗作体现了诗人对世界毫无保留的热爱，在浓烈的爱背后，还有对现实世界中人淡淡的失望。

诗人爱的是自然界，植物、动物在诗人的眼中自成一个独立的世界。他所厌弃的是毫无生命力的现代景观，"有些人疲倦了，转过头去/转过头去，去欣赏一张广告"。但是诗人是不知疲倦的，自然界的海洋流进了他的血液，他把纯净的吻奉献给全部的草地，最宁静的心底给沉睡的鲈鱼。在这里诗人是纯洁无垢的，在浪漫幻想的世界中飞翔，只有完全纯净、赤诚的灵魂才有这样天然的想象和热爱，仿佛没有遭受过污染。诗人愿意用血液为世界画像，愿意让自己和自然天地融为一体。

顾城的许多诗作，都表现出这样一种与自然合为一体的倾向。这样的融合是生命形式回归到大地的融合，是最为纯粹的，同时，也是远离世俗世界的。当灵魂与现实世界发生冲击，诗人感受到了失望和不理解，他笔下对自然炽热的爱和对现状迷茫的失落构成鲜明的对照，折射出诗人所陷入的困境——现实生活无法给予他精神上的慰藉，甚至还会泯灭他在幻想世界中寻找的精神力量。

这首诗的意象与意象之间的关联同样充满新奇。"她溶化了，像一朵霜花""早晨变得红润"，诗人运用拟物的写法，将丰富的情感心理移植入缤纷多彩的自然意象，赋予笔下意象鲜活的生命动态；同时运用质感转换的写法，打破常识和逻辑，将意象的各种特质相互转换，达到陌生化的表达效果，如"从海洋流向/高山，流着，使眼睛变得蔚蓝"，"蔚蓝"是海洋的颜色，放到眼睛之中，既有空灵澄净的生命气息，又带有神秘未知的朦胧色彩，展现了顾城惊人的想象力与创造力。

评论精选

美国著名精神分析学家埃里克·H. 埃里克森的"身份认同"理论中提到，如果说社会认同标示出个人是如何与其他人"相同"的，那么自我认同（个人认同）则把我们区分为不同的个体。在顾城的诗歌中，有许多生命与永恒交融的自然意象，这些意象都展示了顾城看世界的角度。他的自我认同在于，他并非站在"社会"这边看世界，而是站在"自然"这边看世界。……正是这样，顾城的生命与大自然同在，处处感召到了美的光芒。……他给尘世留下的是匆匆穿城而过的影子，只是在他所营建的诗歌世界里我们看到了他最为华丽和动人的舞蹈。

——郭钧剑：《穿城而过——透析顾城的诗歌世界》①

顾城说："爱或者美，是我在世界上，感觉到的最真实的东西了。"具有浓厚死亡意识的顾城也往往与爱唇齿相依，无论是对自然还是对他人。他的爱与死的交织，既有移植惠特曼、洛尔迦的诗意及其生死观的痕迹，又明显地带有自我情感的认知和宣泄。顾城用一颗博大的胸怀爱着这个明亮的世界，如在《我的心爱着世界》中通过"草地""冰湖""霜花""高山"等自然意象表达出对自然的无限爱恋，倾其所有，然而最终还是如阿喀琉斯之踵，被现实击中脚踝，摔得粉碎。活在幻象之中，永远得不到精神的实质慰藉，像荷尔德林等诗人，在空虚无奈的倒逼下只有走上不归路。

——王灿：《中西文化视域下顾城诗歌的死亡书写》②

遇有甲乙两个印象连在一起时，作者就把原属甲印象的性状形容词移属于乙印象，名叫移就。移就是一种词语错位搭配的创造性运用，诗人顾城使用移就手法达到了语言陌生化的效果。……《我的心爱着世界》里"像一个纯净的/野火，吻着全部草地"，名词"野火"与数量词"一个"搭配起来本就显得"超常"，作者又用原本指水、指心灵的"纯净"去修饰"野火"，人的情感就这样巧妙地渗透到了事物中，稚气的表达结合移就的使用使得诗句奇异独特。

——刘梦婧：《浅析顾城诗歌的语言陌生化》③

---

①　《安徽文学》2009年第5期。
②　《学语文》2016年第6期。
③　《学语文》2019年第1期。

回家①

我看见你的手
在阳光下遮住眼睛
我看见你的头发
被小帽遮住
我看见你手投下的影子
在笑
你的小车子放在一边
杉
你不认识我了
我离开你太久的时间

我离开你
是因为害怕看你
我的爱
像玻璃
是因为害怕
在台阶上你把手伸给我
说：胖
你要我带你回家

在你睡着的时候
我看见你的眼泪
你手里握着的白色的花
我打过你
你说这是调皮的多多
你说：胖喜欢我
你什么都知道

杉

① 选自《顾城诗全编》，顾城著、顾工编，上海三联书店1995年版。

你不知道我现在多想你
我们隔着大海
那海水拥抱着你的小岛
岛上有树
有外婆和你的玩具
我多想抱抱你
在黑夜来临的时候

杉
我要对你说一句话
杉，我喜欢你
这句话是只说给你的
再没有人听见
爱你，杉
我要回家
你带我回家

你那么小
就知道了
我会回来
看你
把你一点一点举起来
杉，你在阳光里
我也在阳光里

诗作导读

　　这首诗是顾城新诗中最后一首抒情作品。诗中的"杉"是顾城的独子。这首抒情诗是朦胧诗中很特异的作品，它的语言简单、感情明朗，没有任何晦涩的色彩，没有任何锋利和尖锐的部分，全诗的语言都好像包裹着一层海绵，触之柔软。

　　"这句话是只说给你的/再没有人听见/爱你，杉"，这样的诗句好像家常的对话，我们读来不能不为其中真挚的爱感动。爱本身是可遇不可求的，也是人类的永恒命题，在诗人笔下，爱也如此纯粹，好像是阳光照过玻璃片。全诗前三节，诗人以平实真切的口语，小心翼翼的口吻，勾勒了父子生活中琐碎而亲切的一些瞬间：儿子憨厚可爱的神态，思念父亲的孤独，父子争执的焦灼，层层铺叙诗人对儿子的思念与深爱，带着些许迷蒙飘离的梦幻，若即若离的脆弱。第四节始，诗人转为直抒胸臆，反复倾吐对儿子的思念。这里诗人着重强调"在黑夜来临的时候"的背景，暗示诗人此时深陷的精神困境，热烈的爱中包裹着的是阴深的绝望。作为一个父亲，他所说的并非是带儿子回家，而是祈求孩子带他回家，可见"回家"成了诗人可望而不可即的精神追求，成了诗人深困于此的心结。

对于"回家"，诗人没有足够的心力，甚至寄希望于年幼的儿子带来的美好感受，来拯救自己离开这痛苦挣扎的梦魇。这首诗，看似是顾城写给儿子的深情告白，实则是诗人向自己最笃信的孩童世界发出的求救书——在物质世界的血缘关系上，杉是顾城的儿子；可在顾城的笔下，"杉，你在阳光里/我也在阳光里"，美好的背后隐藏深重的悲哀，孩子是可以给他指引，为他提供归处的"父亲"。传统的伦理被颠覆，意味着诗人的精神世界与现实处境正发生剧烈的冲突，他蜷缩在"孩子"视角的想象王国里，又在现实的不断摩擦中痛不欲生。该诗写于1993年9月，一个月后，顾城在新西兰激流岛结束了自己的生命，他终究拒绝寻找和解的路径，以死亡，封藏了他的幻想之城。

评论精选

"在灵魂安静之后，血液还会流过许多年代"。（顾城诗）艺术家的生命并不以艺术家本人的肉体的消亡、灵魂的失散为终点。艺术家短暂的物质生命只是他赖于创造艺术品的外壳，他用血液写成的一行行诗才是他生命的内核，是他的精神生命得以存在、延续的根本。顾城作为新时期文学中最具有革命性、标志性的艺术先锋"朦胧诗"派的一名主将，一个风格特异的"童话诗人"，必将与"朦胧诗"一道进入大大小小的文学史和文学词典，以及与新时期有关的社会学、文化学专著。

——彭卫鸿：《一个童话的终结——顾城诗歌散论》[①]

这一点或许还可以从顾城生前写下的最后一首诗《回家》得到印证。该诗写于1993年9月3日顾城回激流岛的飞机上。从内容上可见，是写给他的独子杉的，诗的开端写到"我看见你的手/在阳光下遮住眼睛/我看见你的头发/被小帽遮住/我看见你手投下的影子/在笑"，像是回光返照一样，诗人写到了最纯最美的阳光，此时他

① 《湖北大学学报》（哲学社会科学版）1995年第5期。

感受了杉的童贞，就像回到当初的自己："你那么小/就知道了/我会回来/看你/把你一点一点举起来/杉，你在阳光里/我也在阳光里。"（《回家》）顾城后期的诗歌多是回顾其早年在北京的生活，常年的漂泊不仅使他的肌体感到疲惫，更使他的心灵装满了回家的渴望。当他想到自己的儿子杉时，他想到了家，有了希望，沐浴阳光。此刻的太阳早已不是初生的太阳，而是傍晚时分的紫霭。1993年10月8日，顾城终结了生命。

——谢伶俐：《黑屋里的一线阳光——顾城诗歌"太阳"意象解读》①

小巷②

小巷
又弯又长
没有门
没有窗
你拿把旧钥匙
敲着厚厚的墙

诗作导读

与《一代人》相似，这又是一首形式简短、意蕴丰厚的小诗。顾城所写的诗多和自然景物有关，这首诗却特别地描写了一个人造的建筑。没有门窗的深长巷子，寓意着被尘封的历史和被阻隔的希望。

这首诗营造了一个特别的意境，在一条幽暗漫长的小巷里，有人孤独地走着。巷子没有门窗，但是行人手里拿着一把钥匙。这把钥匙应该用来开启某扇门，但如今已经全部尘封。压抑、破旧、逼仄的感觉扑面而来，全诗只写了这样一个场景，唯一的动作，是"你拿把旧钥匙/敲着厚厚的墙"，单薄的钥匙戳在厚厚的墙上，传来空荡荡的回声。这里的钥匙是陈旧的，是用来开启尘封记忆的，开启逝去的时光和曾经的故园的，但是已经无门进入。"你"显得弱小、可怜，在黑暗的小巷里徘徊，涌出强烈的脆弱感和无助感。

---

① 《读与写》2008年第9期。
② 选自《顾城诗全编》，顾城著、顾工编，上海三联书店1995年版。

　　诗中密集地出现的"小巷""门""窗""钥匙""墙"等意象，描述焦虑彷徨、迷茫无助的心绪，"又弯又长"的小巷，四面不透风的"厚厚的墙"，仿佛人生的道路，无门无窗，看不见出路，而手上拿着的是"旧钥匙"，哪怕真的有"门"，"旧钥匙"又如何开"新锁"？顾城将"文革"一代人寻找出路的苦闷、迷茫形象地呈现出来。

评论精选

　　这是典型的瞬间感受的意象塑造，但由于诗的隐寓支柱没有被固定在一个坚硬的框子里，所以隐寓有着游移的特性。在《小巷》中，可以说是隐喻环境的闭塞，也可以说是人类生存状态的寂寞与孤独，也可以说失落感与错乱感的共生，总之是隐喻一种心态，一种不被理解的情绪。

　　　　——王干：《时空的切合：意象的蒙太奇与瞬间隐寓——论朦胧诗的内在构造》①

　　其实，这些作品注重内在世界的表现，有着深邃的情感内涵和理性内涵，在朦胧的诗意中具有更多的审美选择性。如顾城的《小巷》，……闪烁生活哲理的诗意，寓托于瞬间感受到的意象塑造，不能不引起读者审美的种种联想：是象征人生的困惑和苦闷，还是隐喻生活环境的闭塞和落后，也许是表现了人在孤独失落中渴望心灵沟通的愿望等，似乎是又不是，在测不准中却又不失美的诱惑。读者透过似乎有点"故弄玄虚"的意象表层，感受到的是作品充满灵气的空白美。

　　　　——李幼奇：《文学空白审美特征初探》②

　　最后还值得特别提出的是，在中国现代白话诗歌中，有一些作品是以抒情言志的成功取胜的。作品未必有优美深远的境界，但其中蕴含的哲理意味却能深入人心。对生活、对人生和对人际关系的深刻思考，表现出来作者对世界的丰富体验，对读者具有启示意义，表现出另外一种艺术魅力。……在小巷中，厚墙和钥匙的意象象征了特定历史时期社会对人的禁锢和人们对自由解放的执着追求，让读者对历史对理想有了更深入的理解。

　　　　——郑平：《中国现代诗歌对中国古代诗歌意象艺术的传承》③

---

①　《文学评论》1988年第6期。
②　《中国文学研究》1993年第1期。
③　《南昌教育学院学报》2009年第3期。

江
河

江河（1949— ），原名于友泽，北京人。1968年高中毕业，1988年后旅居美国。1980年5月在《上海文学》发表处女作《星星变奏曲》。朦胧诗的代表诗人之一。著有诗集《从这里开始》《太阳和它的反光》等。

星星变奏曲①

如果大地的每个角落都充满了光明

谁还需要星星，谁还会

在夜里凝望

寻找遥远的安慰

谁不愿意

每天

都是一首诗

每个字都是一颗星

像蜜蜂在心头颤动

谁不愿意，有一个柔软的晚上

柔软得像一片湖

萤火虫和星星在睡莲丛中游动

谁不喜欢春天，鸟落满枝头

像星星落满天空

闪闪烁烁的声音从远方飘来

一团团白丁香朦朦胧胧

---

① 选自《上海文学》1980年第5期。

如果大地的每个角落都充满了光明

谁还需要星星，谁还会

在寒冷中寂寞地燃烧

寻找星星点点的希望

谁愿意

一年又一年

总写苦难的诗

每一首都是一群颤抖的星星

像冰雪覆盖在心头

谁愿意，看着夜晚冻僵

僵硬得像一片土地

风吹落一颗又一颗瘦小的星

谁不喜欢飘动的旗子，喜欢火

涌出金黄的星星

在天上的星星疲倦了的时候——升起

去照亮太阳照不到的地方

诗作导读

朦胧诗诞生于20世纪80年代初期反思"文化大革命"的写作潮流中。诗人们以丰富多变的意象折射那段民族与个人的浩劫，凝聚着严峻的反思与批判精神，呼唤作为个体的"人"的尊严与价值，江河的《星星变奏曲》正是如此。诗人选择的意象是"星星"，"星星"的光芒不同于明媚阳光，在茫茫夜空中静静闪烁，正如每一个裹挟在时代洪流中努力生存的个体，微小而永恒。"星星"象征着诗人身处困境仍坚定不改的执着理想。

全诗分为两节，从不同的抒情角度歌咏"星星"，构成内容上的"变奏"。第一节，诗人开篇假设了一个情境，"大地充满光明"，以此暗示现实生活中的冷酷严峻；紧接着，诗人通过"谁不愿意""谁不愿意""谁不喜欢"三个反问，承接一连串美丽、清新、灵动的自然意象，勾勒出一个美好的、浪漫的、温柔的世界。在这个世界里，星星可以是诗篇里的优美字词，是倒映在湖上的睡莲伴侣，可以像鸟，可以预示春天，洋溢着蓬勃的生机。这是诗人所向往的光明世界。第二节，诗人却从截然相反的角度，用否定式的反问语气，打破了美好的想象，直击现实处境的黑暗、个人沉痛的生命体验、民族与国家经历的震荡。在现实的维度里，诗人所写的是苦难。星星是不幸的人，是颤抖着的字，是寒风的棱角。没有人想要黑暗，黑暗中的星星是迫不得已才出现的，可它仍是照亮夜间的希望。诗人在最后四句将想象与现实相融合，把星星比喻为燃烧的火星，诞生于无数烈火，凝结了太多血泪，既沉重，又炽热。希望诞生于绝望，毁灭寓意着新生，意象鲜艳的色彩和之前铺垫的凛冽景象形成对比，强烈抒发诗人永不屈服的理想与斗志——"在天上的星星疲倦了的时候——升起/去照亮太阳照不到的地方"，流露出悲怆的理想情怀。

这也是一首"星星"意象的变奏曲，诗人凭借星星展开了多重的想象和比喻。第一是"萤火虫和星星在睡莲丛中游动"，第二是"每个字都是一颗星""每一首都是一群颤抖的星星"，第三是"鸟落满枝头/像星星落满天空"，第四是"风吹落一颗又一颗瘦小的星"，第五是"喜欢火/涌出金黄的星星"。诗人还运用了拟人、通感等修辞，打通意象意义之间的阻隔，塑造一个完整的、流畅的抒情诗境。全诗语言工整，形式上借鉴了重章叠句与一咏三叹的传统，颇有音乐感。意象的疏密配合诗行的错落，凸显"变奏曲"的节奏有致。

评论精选

由于比喻的运用，诗中的字变成了星星，星星变成了蜜蜂，鸟变成了星星，天空变成了一棵树，字—星星—蜜蜂、鸟—树—天空，在诗人的笔下被连缀成一个感觉的整体。而作为时间概念的夜晚有了"柔软"的触感和"湖"的体积感，它还可以被冻僵，僵硬得像一片土地；星星可以是瘦的，会感到疲倦，还可以被风吹落……如果没有比喻在其中穿针引线，这些事物之间的联系就不可能存在，我们也不可能获得这些独特的感觉。当然，比喻的滥用和意象的滥用一样，也会造成艺术上的平庸和对直接经验的遮蔽。重复的、缺少新意的比喻也意味着感觉的重复，是诗歌的大敌。歌德说，人类所能达到的最高境界就是"惊异"，那是一种黑暗突然被闪电照亮、灵魂突然被惊醒的感觉。这首诗的比喻并不能造成我们"惊异"的感觉，但至少还是新鲜的。

——西渡：《析江河〈星星变奏曲〉》[①]

"变奏曲"可从两个角度来考察：首先，结构技巧上为"变奏曲式"。变奏曲作为一种音乐术语，是作曲基本技巧之一，也就是通过装饰、改变节奏或者变换音

① 《语文学习》2008年第2期。

符进行的方向次序等手段，使得音乐发生不同于原有轮廓的变化。《星星变奏曲》就是采用这种变奏手法，系统地将诗句发生了"一咏三叹""巡回渐进"的变奏。全诗分为上下两个部分，都是以"如果"为开头语，将条件进行假定，构成对黑暗现实强有力的否定。接下来便使用"谁不愿意""谁不愿意""谁不喜欢"开头的三次反问，分别引出一组递进式的比喻，使用一系列美好的意象，写出诗人所向往的光明世界。其次，"变奏曲"可视为全诗内在情感线索的概括。对比全诗的上下两部分，不难发现，各部分的意象在风格上发生了较为明显的变化。

——吴凡：《"序曲的隐射"——从〈星星变奏曲〉窥探江河诗作基本内蕴机制》①

纪念碑②

我常常想，生活应该有一个支点
这支点，是一座纪念碑
天安门广场，在用混凝土筑成的坚固底座上
建筑起中华民族的尊严
纪念碑
历史博物馆和人民大会堂
像一台巨大的天平
一边，是历史，是昨天的教训，另一边，是今天，是魄力和未来
纪念碑默默地站在那里
像胜利者那样站着
像经历过许多次失败的英雄
在沉思
整个民族的骨骼是他的结构
人民巨大的牺牲给了他生命
他从东方古老的黑暗中醒来
把不能忘记的一切都刻在身上
从此

---

① 《重庆科技学院学报》（社会科学版）2011年第2期。
② 选自《诗刊》1980年第10期。

他的眼睛关注着世界和革命

他的名字叫人民

我想

我就是纪念碑

我的身体里垒满了石头

中华民族的历史有多么沉重

我就有多少重量

中华民族有多少伤口

我就流出过多少血液

我就站在

昔日皇宫的对面

那金子一样的文明

有我的智慧，我的劳动

我的被掠夺的珠宝

以及太阳升起的时候

琉璃瓦下紫色的影子

——我苦难中的梦境

在这里

我无数次地被出卖

我的头颅被砍去

身上还留着锁链的痕迹

我就这样地被埋葬

生命在死亡中成为东方的秘密

但是

罪恶终究会被清算

罪行终将会被公开

当死亡不可避免的时候

流出的血液也不会凝固

当祖国的土地上只有呻吟

真理的声音才更响亮

既然希望不会灭绝

既然太阳每天从东方升起

真理就会把诅咒没有完成的

留给了枪
革命把用血浸透的旗帜
留给风，留给自由的空气
那么
斗争就是我的主题
我把我的诗和我的生命
献给了纪念碑

诗作导读

在朦胧诗人中，江河以具有强烈的公共意识与厚重的历史感而著称，他以史诗书写的追求起步，这首《纪念碑》结构宏阔，想象奇崛，在沉思历史中展望未来，在倾吐生命诉求中灌注民族想象，气势雄浑，情感深沉激越，初现江河"抒情史诗"的风格。

这首诗是作者江河于1977年写成，"文化大革命"刚刚结束，时代的狂风骤雨慢慢沉寂下来，似乎一切又回到了常态。全诗的核心意象是"纪念碑"，即人民英雄纪念碑，它既是抒情主体情感与心灵的附着，也是中华民族命运与未来的象征。诗人以自述的口吻写着对历史的见证与承载。"中华民族的历史有多么沉重/我就有多少重量/中华民族有多少伤口/我就流出过多少血液"，诗人把历史与现在、民族和个体融合在几句话当中，把它们紧紧地连接。个人生活在这个国家之中，深深受着国家的影响。在一个群体狂欢的年代中，我们似乎可以看见诗人那清澈深邃的眼睛，一直深深地注视着家国的起伏。诗人仿佛成为中国本身，他用深切的心感受到了加之在祖国大地上的一切苦难。昔日的辉煌被毁坏，"琉璃瓦"被掀翻，在大地上只剩下了浓重的血迹，诗人不禁流露出深重的忧虑。

即便如此，诗人仍以一系列焦灼的、夺目的、极具力量感的意象，引出昂扬激越的情感，如波涛汹涌，滚滚而来，在沉重的历史与光明的未来之间来回交替，高扬不屈的斗志与饱满的激情。诗人在结尾处写得十分慷慨："那么/斗争就是我的主题/我把我的诗和我的生命/献给了纪念碑。"此时的纪念碑代表着中华民族的过去、现在、未来，同时也是诗人自己，是主客相融的统一体，消融了所有狭隘的个人界限，显示出诗人宽广的胸襟。通过这首诗，他将自我融入了中华民族这个"大我"，又在"大我"中寻求"小我"的价值与使命，《纪念碑》亦变成现代汉语诗歌的一块碑石，具有穿透时空的生命力。

评论精选

"纪念碑默默地站在那里……他的名字叫人民"，"我就是纪念碑/我的身体里垒满了石头/中华民族的历史有多么沉重/我就有多少重量/中华民族有多少伤口/我就流出过多少血液"这里主体"我"与客体纪念碑交融在一起，主观与客观交融在一起，自我与人民交融在一起，全诗形成了一个互相渗透、互相包容的浑圆体，其饱满的力度是那些囿于狭小的个人圈子的作品所无以相比的。包容量大，主要指诗的表现幅度要大，纵深感要强。在这方面，江河采取了两种办法：一是从纵的方向上延伸，一是从横的方向加宽。

——吴思敬：《追求诗的力度——江河和他的诗》①

"今天，当人们重新抬起眼睛的时候，不再仅仅用一种纵的眼光停在几千年的文化遗产上，而开始用一种横的眼光来环视周围的地平线了。"这里将传统与"现代更新"讲得很辩证，丝毫也看不到"乃横的移植，而非纵的继承"的影子。听其言而观其行，《结局或开始》（北岛）、《纪念碑》（江河）、《乌篷船》（杨炼）、《小巷》（顾城）、《祖国啊，我亲爱的祖国》（舒婷），这些诗均可以与上述宣言互相印证。

——葛乃福：《历史需要沉淀——论朦胧诗》②

他对历史文化的感受力，以及诗歌语言中表现出来的雄浑气象，在同辈诗人中只有杨炼可与之相提并论。当江河的诗笔驰骋于祖国江山的时候，在叙述中展开的景象就相当壮阔，不但主体情感高度融入其中，朦胧诗人特有的承担意识展露无遗，当有如此的情怀和抱负才能写下动人的诗篇。

——陈大为：《江河"现代神话史诗"的英雄转化与叙事思维》③

①　《诗探索》1984年第1期。
②　《海南师范学院学报》（人文社会科学版）2002年第1期。
③　《江汉学术》2014年第2期。

杨炼

杨炼（1955— ），朦胧诗的代表诗人之一。出生于瑞士，成长于北京。1974年高中毕业后，在北京昌平县插队，之后开始写诗，并成为《今天》杂志的主要作者之一。1988年在北京与芒克、多多等创立"幸存者诗歌俱乐部"，现定居伦敦。

诺日朗（节选）[①]

一、日潮

高原如猛虎，焚烧于激流暴跳的万物的海滨

哦，只有光，落日浑圆地向你们泛滥，大地悬挂在空中

强盗的帆向手臂张开，岩石向胸脯，苍鹰向心……

牧羊人的孤独被无边起伏的灌木所吞噬

经幡飞扬，那凄厉的信仰，悠悠凌驾于蔚蓝之上

你们此刻为哪一片白云的消逝而默哀呢

在岁月脚下匍匐，忍受黄昏的驱使

成千上万座墓碑像犁一样抛锚在荒野尽头

互相遗弃，永远遗弃：把青铜还给土，让鲜血生锈

你们仍然朝每一阵雷霆倾泻着泪水吗

西风一年一度从沙砾深处唤醒淘金者的命运

栈道崩塌了，峭壁无路可走，石孔的日晷是黑的

而古代女巫的天空再次裸露七朵莲花之谜

哦，光，神圣的红釉，火的崇拜火的舞蹈

洗涤呻吟的温柔，赋予苍穹一个破碎陶罐的宁静

[①] 选自《荒魂》，杨炼著，上海文艺出版社1986年版。

你们终于被如此巨大的一瞬震撼了么
——太阳等着，为陨落的劫难，欢喜若狂

二、黄金树

我是瀑布的神，我是雪山的神

高大、雄健、主宰新月

成为所有江河的唯一首领

雀鸟在我胸前安家

浓郁的丛林遮盖着

那通往秘密池塘的小径

我的奔放像大群刚刚成年的牡鹿

欲望像三月

聚集起骚动中的力量

我是金黄色的树

收获黄金的树

热情的挑逗来自深渊

毫不理睬周围怯懦者的箴言

直到我的波涛把它充满

流浪的女性，水面闪烁的女性

谁是那迫使我啜饮的唯一的女性呢

我的目光克制住夜

十二支长号克制住番石榴花的风

我来到的每个地方，没有阴影

触摸过的每颗草莓化作辉煌的星辰

在世界中央升起

占有你们，我，真正的男人

诗作导读

诺日朗是藏语，原意为男神，这首题为《诺日朗》的长诗是诗人杨炼的成名之作。全诗以《日潮》《黄金树》《血祭》《偈子》《午夜的庆典》五个部分组成，写了一场神秘的祭祀和重新开辟天地的涅槃。

　　诗人的笔触壮观，形成了现代诗歌的一道独特风景。这里的选段为《日潮》和《黄金树》，分别是描写祭祀之前的世界以及对连通天地的抒情主体"我"的描写。诗歌选择藏区宏大、神秘的意象，给人以强盛、气势恢宏的观感，是一篇带有强盛气势的诗作。开头便是"高原如猛虎，焚烧于激流暴跳的万物的海滨"，诗人把高原比作猛虎，它在险峻的海岸蛰伏，一切静物在诗人笔下都充满了跃动的生命。风是吹动经幡和沙砾的西风，太阳浑圆苍茫，火焰神圣张狂，周围围满了人群，这是祭祀开始之前的场景。这样的壮阔的景观在现代诗中十分少见，在一片苍茫中孕育着原始的生命力。

　　所选的第二首《黄金树》，开头便说"我是瀑布的神，我是雪山的神"，主体"我"无限膨胀，有着极为强盛的爆发力。在黑暗中只有强烈的"光"的存在，这个世界将会毁灭，但光会把它重建。在最后一个小节中，诗人用有力的节奏写了神的升起，他无比辉煌光明，朗照世界。"我的目光克制住夜/十二支长号克制住番石榴花的风"，这首组诗的节奏是内在的，一气贯通，读起来给人一气呵成的感觉，充满了原始、洪荒的生命力，呈现了汉语新诗的更多可能性。

评论精选

　　杨炼同志在《诺日朗》一诗中，对苦难的昨天作了沉痛的回顾，而那"偈子"的禅悟诗心，"煞鼓"的丧歌绝响，却都欠缺对今天的进取热情和对明天的壮丽希望，几乎把整个诗中的精心图画，都塞入一个表示绝望的黑漆画框之中。这不能不形成这组诗在思想内容和感情倾向上的病态、畸形、灰色、低调。而这种诗风与时代精神的不谐和，可能就是这组诗要用"变革"了的语言写得极端晦涩的主要原因。

　　　　　　　　　　　　　　　　——石天河、卫星湖：《重评〈诺日朗〉》[1]

　　这部以西南少数民族特殊文化意识的渲染与再造为"象征森林"的组诗，揭示了现代精神与原始意识的某种契合，展现了人类历史发展的深层意蕴。内在的悲剧性与必然性以其无比巨大的力量突破了传统诗美的和谐外观。……杨炼的诗高度浓缩了某种渴望。语言的古朴化，意象的多层化，象征的神秘化，诗所渲染的蛮荒粗糙的原始宗教气氛和形象体系，表露了向着原始的文化形式——艺术、宗教、哲学三位一体的史诗回归的趋势。杨炼超越了艺术上的崇古习气而直接深入到东方民族乃至全人类思维的原始起点并与之契合。以东方

---

[1]　《当代文坛》1984年第9期。

特有的深沉而不乏热忱的"早熟"型思维成果为基本素材，结构起融合东西传统的"智力空间"。

——施戟：《杨炼：交叉小径上的蒙面人》①

如果说《诺日朗》的发表曾经引起人们的论争，指责其表现了不健康的内容，那么，这种现象的出现，究其原因，"不过是当时的人们难以接受诗人所持的生命价值视角"，但在诗人的眼里，"那些内容却正是生命的展现。它表现着诗人对人的生命激情、想象力和创造力及其遭遇的思考。"至于由此向内深掘，则很容易看到东方文化、现代生命哲学对于诗人的影响以及诗人一贯秉持的文化、死亡观念。正如杨炼在写于1982年的《传统与我们》一文中反复强调的："传统，一个永远的现在时，忽视它就等于忽视我们自己；发掘其'内在因素'并使之融合于我们的诗，以我们的创造来丰富传统，从而让诗本身体现出诗的感情和威力；这应成为我们创作和批评的出发点。我们占有得越多，对自身创新的使命认识得越清晰，争夺的'历史空间'也越大。"

——张立群：《杨炼论》②

---

① 《文学自由谈》1986年第4期。
② 《南方文坛》2014年第2期。

韩

东

韩东（1961— ），生于南京。8岁随父母下放苏北农村，1982年毕业于山东大学哲学系，"第三代诗歌"的代表诗人之一，著有诗集《吉祥的老虎》《爸爸在天上看我》，诗文集《交叉跑动》，小说集《我们的身体》等。

有关大雁塔①

有关大雁塔
我们又能知道些什么
有很多人从远方赶来
为了爬上去
做一次英雄
也有的还来做第二次
或者更多
那些不得意的人们
那些发福的人们
统统爬上去
做一做英雄
然后下来
走进这条大街
转眼不见了
也有有种的往下跳
在台阶上开一朵红花

---

① 选自《他们文学社交流资料之一》，1985年3月。

那就真的成了英雄
当代英雄
有关大雁塔
我们又能知道什么
我们爬上去
看看四周的风景
然后再下来

诗作导读

20世纪80年代中后期，朦胧诗的热潮渐渐褪去，更年轻的一代人登上诗坛。他们推崇实验性的先锋探索，解构崇高与理性，反叛朦胧诗里的政治意识、历史介入与英雄情结，推崇边缘化、平民化、个人化的诗歌，取材于日常生活，多用口语写作。他们被称作"第三代诗人"。韩东便是"第三代诗人"中的佼佼者。

《有关大雁塔》是韩东的代表作，写在"文化大革命"结束之后十年。诗人以朴素的口语化诗句，用最平凡、最日常的生活景象，解构"大雁塔"这一文明奇迹背后的神圣历史，冷静地展现生活的庸常，从而尖锐又略带戏谑地讽刺这些庸碌的悲哀。

唐永徽三年（652年），玄奘主持修建了大雁塔。大雁塔里面保存的是佛教经典，后该塔成为西安的古迹。大雁塔气势恢宏、突兀峥嵘，历代都有诗人歌颂它的恢宏壮丽，韩东的这首诗却直言"我们又能知道什么"，过去的英雄和崇高已经消失不见，留给这个年代的只有生活中无尽的平凡平淡。游客们络绎不绝地来到大雁塔上，他们来观光，却已经完全没有了英雄气概，仅仅是来这里"看热闹"。诗人用笔辛辣，嘲讽现在来大雁塔上参观的庸碌的人们，并不是登上大雁塔就可以成为真正的英雄，而这些人却把登上大雁塔看成了成功的标志。他们活在自己庸碌的世界中，却在妄想着光荣伟大。

全诗充满挪揄和反讽意味。语言简单干净，嘲讽庸俗，消融厚重的历史，表意并没有像朦胧诗那般含蓄晦涩。诗歌从家国情怀转向个人，从感性抒情转移到理性的判断，从形而上学的命题偏向于世俗生活的观照，这些都是"第三代诗歌"的重要特征。

评论精选

《有关大雁塔》是最早的对英雄主义别出心裁的嘲弄……这种局外人似的冷

漠叙述姿态显然解构了杨炼《大雁塔》中悲剧英雄的崇高。

——朱栋霖等主编：《中国现代文学史　1917～1997》下册①

　　经由语义消解、现象还原、心理错位等，或轮番或并举的合力消解和建构，韩东在《关于大雁塔》中走过由破到立的艰难而辉煌的诗歌革命历程。历史被贴上封条，文化被束之高阁，英雄被消解还俗。诗歌的历史平静又庄严地翻开了簇新和亲切的一页：真真切切"四周的风景"，自自然然的"大雁塔"，或"不得意"或"发福"说着动着的凡夫俗子。与此相应，从或僵死或虚幻的形而上学存在中解放出一个既鲜活又质实的当下和此在。要而言之，韩东以语言为突破口，采取先破后立、立中有破、破立并举的战略，消解形而上的诗歌王国，建构现象学的诗歌世界。进而诗意地介入人生，消解形而上的存在，建构现象学的生活。

——宋冬生：《人生在世：〈关于大雁塔〉的经典性》②

　　结论恰恰相反，该诗通过对当代人爬大雁塔的荒诞（上去—看看四周风景—然后就下来）和寻找刺激行为，非常严肃地讽刺和批判了那些所谓的"英雄"行为，表达了"文革"后文化失落的忧思和对当代历史虚无主义的批判。因此，该诗从语言表达角度看，与"朦胧诗"的写法无关；从意义深刻性看，与新诗"口语写作"不一样。

——蒋济永、黄志生：《韩东〈有关大雁塔〉的文本意义与文化意义》③

　　纵观整首诗歌，我们也体味不到诗人的情感偏好，朴素的句子中找不到激情，也找不出哀愁，似乎与法国小说家加缪笔下的《局外人》中的叙述如出一辙，感情的流向无迹可寻。但正是在这种看似"无情"的背后却包蕴着诗人超越历史的卓见和关怀现实的忧思。在诗歌中韩东收敛起主观情感的漫溢，而只任诗歌主体的表象行为得到尽情的展现。诗人没有他的先驱者北岛、顾城那样名言警句式的呼号与呐喊，也缺乏舒婷式的缠绵与柔情，但他带着特有的冷静，像上帝一样打量并审视着芸芸众生的行为，睥睨着大雁塔上发生的种种滑稽与无聊，血淋淋地展示着他们的悲哀，以引起疗救的可能。这就是韩东式的审美特质，他冷静但不冷漠，清寡中的语言外衣里藏着刀锋一样的批判心灵。

——张洪溶：《在批判中朝向救赎——韩东〈有关大雁塔〉新解》④

---

①　高等教育出版社1999年版，第141页。
②　《安徽教育学院学报》（哲学社会科学版）1996年第3期。
③　《名作欣赏》2012年第33期。
④　《名作欣赏》2017年第29期。

你见过大海①

你见过大海
你想象过
大海
你想象过大海
然后见到它
就是这样
你见过了大海
并想象过它
可你不是
一个水手
就是这样
你想象过大海
你见过大海
也许你还喜欢大海
顶多是这样
你见过大海
你也想象过大海
你不情愿
让海水给淹死
就是这样
人人都这样

诗作导读

韩东等人的诗作没有像之前的诗歌那样，给事物赋予非同寻常的深厚意义。相反，他倡导"诗到语言为止"。他反叛朦胧诗泛滥的晦涩与抽象，也反叛诗中过重的思想承载，改用平凡生活的物质性对抗诗歌意象的符号性。在这首诗中，波澜壮阔、能激起英雄豪情的大海回归单纯的物质性存在，人们以往对大海的种种想象和赞美被"你见过大海"这么一句简单朴实的话语消融于无形。

① 选自《他们文学社交流资料之一》，1985年3月。

　　"你"曾经见识过汪洋的伟大，也曾经喜欢过英雄的英勇，但是最后还是回归平凡，退回到柴米油盐的日常生活。对伟大的事物或精神，"你"仅仅是见过而已，在当时的时代很难孕育出伟大的英雄，所以诗人给出了定论——"就是这样/人人都这样。"在个人化、日常化的时代里，基于集体所形成的对英雄和伟大的向往渐渐被边缘化了，无论你饱读多少英雄故事，饱览多少壮阔美景，却仍然是一个平凡的个人，因为你"不是/一个水手"，"你不情愿/让海水给淹死"。没有乘风破浪的决心，也没有牺牲的觉悟，那么就只能甘于一边做一个平凡的人，一边做着英勇的梦。这既是诗人对宏伟理想的自嘲，也是诗人对英雄主义的哀悼。

　　"第三代诗歌"普遍倡导口语化写作，韩东更是一位极其注重语言与形式的诗人，这首诗便是鲜明的例证。全诗没有指向明确的抒情，也没有刻意的反思与批判，只是通过生活里最常见的几个动态，"见过大海""想象过大海"，以及反复强调的"就是这样"，完成对宏大叙事的解构。全诗语言朴素平淡，多用短句，言简意赅。诗人用口语化的流畅节奏带动全诗的形式，以口语的平实、简朴、凝练来挖掘现代汉语深处的诗性，为汉语诗歌写作提供了新的可能。

评论精选

　　他们为什么这样写？我想他们这是为了要和以往的诗人拉开距离或划清界限。在世人眼里，诗人都是激情充沛的。而韩东、于坚们猛然发现，诗人攒足了劲去抒情（去讴歌、去批判、去喜悦、去伤感），是在做一桩很愚蠢的事，所以他们要力避这样做。我们从韩东、于坚们的作品中基本看不到感情的激荡和明显的价值判断因素。他们的创作具有明显的后现代主义特点，力图让诗歌语言本身来说话，让语言来解构一切，言语之间又相互消解。

　　　　　　——杨志学：《韩东是个好厨师——品尝韩东的〈你见过大海〉》[①]

　　洪子诚和刘登翰先生在《中国新诗史》中认为韩东"有一些诗，表现了他对传统文化中落后、保守、麻木的反思和批判，但更多的是现实生活中个人的真实体验"。这一说法仅就内涵而言无疑是准确的，韩东的作品具有"反文化""反崇高"等特征。然而他们没有意识到韩东诗歌（以及整个"第三代"）在语言和技巧方面与上一代诗人的巨大反差。事实上，韩东对于语言和形式极为注重，他曾经发表过一个极为著名的论断："诗到语言为止。"《你见过大海》是这一论断的证据。

　　　　　　　　　　——刘春：《众里寻它——当代诗歌百读（六）》[②]

---

　　① 《名作欣赏》2001年第1期。
　　② 《名作欣赏》2010年第4期。

于
坚

于坚（1954—　），出生于昆明。当代著名诗人，"他们"诗群代表诗人之一。16岁步入社会谋生，当过铆工、电焊工、搬运工、宣传干事、农场工人、大学教师、研究人员等。1986年发表成名作《尚义街六号》。1994年发表的长诗《0档案》被誉为当代汉语诗歌的一座"里程碑"。

作品第52号

很多年　屁股上拴串钥匙　裤袋里装枚图章
很多年　记着市内的公共厕所　把钟拨到7点
很多年　在街口吃一碗一角二的冬菜面
很多年　一个人靠着栏杆　认得不少上海货
很多年　在广场遇着某某　说声"来玩"
很多年　从18号门前经过　门上挂着一把黑锁
很多年　参加同事的婚礼　吃糖　嚼花生
很多年　箱子里锁着一块毛呢衣料　镜子里他默默无言
很多年　靠着一堵旧墙排队　把新杂志翻翻
很多年　送信的没有来　铁丝上晾着衣裳
很多年　人一个个走过　城建局翻修路面
很多年　有人在半夜敲门　忽然从梦中惊醒
很多年　院坝中积满黄水　门背后缩着一把布伞
很多年　说是要到火车站去　说是明天
很多年　鸽哨在高蓝的天上飞过　有人回到故乡

诗作导读

"第三代诗歌"的代表诗人之一于坚，同样擅长在日常生活中发现诗意。这首《作品第52号》写于1983年，在诗中，于坚秉持了与当时盛行的朦胧诗所不同的创作观念：用口语写诗，以日常生活的场景入诗，意思一目了然。诗人用最琐碎的生活记忆连缀缤纷的生命体验，这些来源于日常生活的诗意打通了经验之间、个体之间、地域之间的隔膜，实实在在地传达出超越个人的普世情怀。

与朦胧诗中的哲思、超离不一样，于坚的诗歌是沉浸的，它深深浸泡在日常生活的河流之中，诗人目光所及的不是远处神圣的雪山和森林，而是"屁股上的钥匙"，是"市内的公共厕所"，是"冬菜面"，是"毛呢衣料"。这些都是当时生活中最普通的事物，但是在于坚笔下，这些普通的事物非但没有减损诗歌的诗意性，反而揭示出一种踏实的浪漫。这些零零碎碎的描写是关于那些年的记忆，漫长的岁月最后只凝结成一些带着质感和温度的名词。这些名词口语化、生动，而且富有情怀和内蕴。比如"参加同事的婚礼 吃糖 嚼花生"这句中用几个词组写出了当年参加同事婚礼的情形，婚礼是人生中最重大的事件之一，"糖"和"花生"具有时代感和仪式感。最后，"很多年 鸽哨在高蓝的天上飞过 有人回到故乡"，将全诗平淡叙述中诗人似有似无的情感引入高潮。

诗人在诗歌中隐去了复杂的心理图景，没有任何心理上的抒情和描写，全部用场景来连缀。透过这些场景，我们依然能看到作者所隐去的东西。诗就像一幅山水画中的"留白"部分，诗人要写的并不是这些名词，而是它们背后所承载的记忆、情感，那种百感交集、无法描述的情绪，都隐藏在诗歌词句的背后。可贵的是，诗人并没有做出刻意超越日常的升华，也没有故作深沉地寻找形而上学的终极命题，他只是回归生活本身，坚守生活的真实境遇，用日常的烟火照亮内在的诗性。

评论精选

1984年，于坚和韩东、丁当等发起《他们》。从表面的诗歌情调上看，这像是一个温和、明快的日常还原主义集团。但是，敏锐的读者可以发现，恰恰在于坚他们这里，而不是在感伤主义诗人那里，表现出更刻骨的清醒、决绝和镇定。满不在乎，目不斜视，存心抹杀现象与"本质"的界限，均表现了诗人对浪漫主义价值立场的怀疑。对这种醒悟，于坚没有虚假地制造"超越"姿势，他使生存的境况变得具体真切，而不是像某些新潮诗人那样从既成的现代西方哲学命题中假借穿越力量。《尚义街六号》《感谢父亲》《作品100号》《作品第52号》《参观纪念堂》

《心灵的寓所》《世界啊你进来吧》等，就是这样的佳作。

——陈超：《"反诗"与"返诗"——论于坚诗歌别样的历史意识和语言态度》①

于坚是一个孤独的斗士，他始终站在日常生活的坚实大地上，与日常生活被忽视被规训的现状进行斗争。于坚也是诗教传统的传承人，日常生活的守候者，不管时代如何变化，他坚守在日常生活的城门前，一夫当关，万夫莫开。于坚如巫师一般，在诗论中喋喋不休地诉说着自己的诗歌理想以及对现实的关切。要理解于坚，就要从整体上把握于坚的诗论，分析其诗论建构的内在逻辑。笔者所讨论的四个关键词，较为清晰地体现了于坚日常生活诗学建构的脉络，建构了于坚日常生活诗学的整体性，传达出诗人强烈的现实关怀。

——刘书景、冷南羲：《于坚日常生活诗学建构的四个关键词》②

0档案（节选）

卷四　日常生活

1　住址

他睡觉的地址在尚义街6号　公共地皮

一直用来建造寓所　以前用锄头　板车　木锯　钉子　瓦

现在用搅拌机　打桩机　冲击电钻　焊枪　大卡车　水泥

大理石　钢筋　浇灌　冲压　垒　砌　铆　封

钢窗　钢门　钢锁　防10级地震　防火　防水灾

A—B—C—503室　是他户口册的编码　A代表

他所在的区　B代表他那一幢　C代表他那个单元

5　指的是他的那一层楼　03　才是他的房间

2　睡眠情况

他的床距地面1.3米　最接近顶盖的位置　一个睡眠的高度

噪音小　干燥通风　很适于储藏　存集　搁置　堆放

晚上10点　他拉上窗帘　锁好门　熄灯　这是正式的睡眠

中午　他睡长沙发　不脱衣裤　只脱鞋　盖上一床毯子

---

① 《南方文坛》2007年第3期。
② 《海南师范大学学报》（社会科学版）2019年第2期。

睡觉的好日子　是春天　睡得长　睡得好　睡得不想醒
睡觉的坏日子　是6月至9月　热　闷　一次睡眠要分几回
多次小觉　才能完事　秋天睡得最长　蚊子苍蝇不来打扰
不用搔抓　放心睡　大觉　冬天他9点上床　有电热毯

3　起床
穿短裤　穿汗衣　穿长裤　穿拖鞋　解手　挤牙膏　含水
喷水　洗脸　看镜子　抹润肤霜　梳头　换皮鞋
吃早点　两根油条一碗豆浆　一杯牛奶一个面包　轮着来
穿羊毛外套　穿外衣　拿提包　再看一回镜子　锁门
用手判断门已锁死　下楼　看天空　看手表　推单车　出大门

4　工作情况
进去　点头　嘴开　嘴闭　面部动　手动　脚动
头部动　眼球和眼皮动　站着　坐着　面部不动　走4步
走10步　递　接过来　打开　拿着　浏览　拍　推　拉　领取
点数　蹲下　出来　关上　喝　嚼　吐　量　刷　抄　弯着
东经35度　北纬20度之间　半径200公尺　海拔500公尺　气温
22摄氏度　东南风3级　时间8点到12点　2点到6点

……

7　业余活动
一直关心着郊外的风景（下马村以远）
锤炼出不少佳句　故乡10公里处的麦芒　有幸被他提及
（见《雨中》）　偶尔　雅正《志摩的诗》　（志摩　现代诗人
留学英国　毕业于剑桥　著有《莎扬娜拉》曾译成日文
英文　法文　意大利文　塞尔维亚文和非洲16国文字）
常常　沿着一条19世纪的长街散步　（尚义街　属五华区
计有两处公厕　3家川味火锅店　12根电线杆　1个邮局
1家发廊　6个垃圾桶　3条胡同　14道大门　3条大标语
2个广告牌　10张治病海报　寻人启事　铺面出租）
每周　洗一回衣服　看两场电影　买7次小报　（晚报　文摘周刊）

做80个仰卧起坐　逛商店6小时　（分三回　每回两个钟头）

每天　零食　20克蛋糕　20克葵花子　3条口香糖　1包花生米

3克水果糖　看一次日历　看8回手表　坐下去9次　蹲20分钟

躺下去11回　靠着4个小时　背着手　枕着手　手在

裤袋里　手在杯子上　手垂着　手松开　脚跷着　脚点着地板

脚弯曲着　脚套着拖鞋　脚在盆里　脚在布上面　脚赤着

每晚　拿掉布罩　按下ON　看广告　看新闻联播　看天气预报

看动物世界　看唱歌　看跳舞　看30集电视连续剧

看广告　看外国人　看广告　看大好河山　看广告　看

球　花　衣服　水　看广告　看明天节目预告　看今天节目到此

结束　祝各位晚安　看屏幕一片雪花　按下OFF

8　日记

×年×月×日　晴　心情不好　苦闷　×年×月×日

晴　心情好　坐了一个上午　×年×月×日　天又阴掉了

孤独　下雨　下午继续睡　×年×月×日　睡了一天

某年某月某日感冒　某日刮风　某日热　某日冷　某日等待某某

某年某月某日　新年　某日　生日　某日　节日

1994年

诗作导读

　　这是于坚长诗《0档案》的节选。这首诗最初发表于1994年，一共分为七个部分，分别是"档案室""出生史""成长史""恋爱史""日常生活""表格"及"卷末"。这首诗采用全新的诗歌写作方式，用词语去描写一个人常年生活的全部过程，以错综庞杂的生活场景、琳琅满目的生活名词、缤纷琐碎的生活体验，暗中铺排时代发展的潜流，深入探查生命的扭曲、压缩和异化，揭示了现代人"荒原"般的生存境遇，指向荒谬与虚无。

　　诗题"0档案"具有高度的历史概括力，"0"是我们每个人最原始的形态：生命开始于零，终结于死亡；"档案"既是被挤压变形的个体生命史，也是构筑社会书写的基本材料。由扭曲的生命汇聚的社会集体，注定会走入喧嚣的虚无。诗中所写的所有日常活动，不仅可以用来作为诗人生活的记录，还可以用来作为任何人的生活记录和日记，我们无法从中追寻明确的主体，个体的独特性就此被彻底消融，机械化的生活进程磨灭了差异，也异化了生命的精神世界。

虽然全诗的思想穿透了时空，达到了前所未有的深度，但整首诗的表现方式仍然是通俗化、日常化的。于坚的诗歌语言通俗易懂，具有亲近感，寥寥几笔就能让事物在我们眼前复活，虽然是类似文字游戏的写法，却展示了极其高超的艺术手段。例如，第三小节中，诗人先是用连续的动作描写了早上起来刷牙洗脸的场景。这个场景人们司空见惯，诗人却匠心独运，把它拆分为若干细小的动作，连"含水""喷水"都写了出来。接下来写吃早点的过程，诗人没有继续写动作，开始用名词来写自己吃的早点。豆浆、牛奶和面包，这部分的语言停顿较多，有一种匆忙感，让人们回到了早上起来急忙上班的状态。接下来值得注意的是"再看一回镜子"，临走之前担心仪容，又看了一眼镜子的细节也被诗人捕捉到。"用手判断门已锁死"，在这里加入了手的习惯性动作，让这段画面更立体。"看天空""看手表"这里体现了诗人的性格特质，常见的一段早起上班的场景，加入了仰望天空的细节，让平凡匆忙的生活带有诗人自己的浪漫。诗人敏锐捕捉了各式各样的生活细节，用最平淡真切的语言提取这一细节的深意，自然而然地渗入全诗丰富的表意空间中，不露痕迹，可谓大师的手笔。

评论精选

我认为《0档案》和《荒原》的另一相通之处在于，就广义的象征意义来说，《0档案》里描绘的又何尝不是一座荒原呢？两篇长诗都讽刺批判了社会对个人生命力（包括性欲）的压抑和扭曲，以及长期生存在这种环境下所造成的萎缩、畸形与死亡。对艾略特来说，四月是残酷的，因为当春天来临，自然界的新生痛苦地提醒着荒原上的人们，他们已无力起死回生。

——奚密：《诗与戏剧的互动：于坚〈0档案〉的探微》[1]

由无名引申，无性、无生辰，他是一个清理后的大众成员，被出生—成长—恋爱—日常生活—归档模式化着。如同行为被事件化处理一样，于坚这次巧妙地将人本身彻底档案化。档案原本是个人履历的记载，现在人却要按档案要求配方，档案实则是一种社会行为规范浓缩的文字群，高出生命的存在。行动本身不再具有意义，行动获得的证明书对人才是至关重要的。比如医院的环境、物件说明"他"出生的可靠，学校老师说明"他"读书程度……生命档案化了。个体生命的差异为档案消解，代表人的档案本身也名存实亡。档案自我异化了。生命、档案的同时消亡

---

[1] 《诗探索》1998年第3期。

中，存在展现为荒谬、虚无和"0"。这和西方存在主义哲学揭露的人被物质异化意义一致。

——王向晖：《思考在技艺与现实之外——追寻当代诗歌的文化理想》①

我曾多次提及，一个国家、一个民族的诗歌繁荣与否的标志，主要是看它能不能拥有相对稳定的偶像时期和天才代表，就像郭沫若、徐志摩之于20年代，戴望舒、艾青之于30年代，郭小川、贺敬之之于五六十年代，舒婷、北岛之于70年代那样，于坚、韩东之于八九十年代，都支撑起了相对繁荣的诗歌时代。回顾新时期的诗歌历史，如果说80年代尚有西川、海子、王家新、翟永明、于坚、韩东等重要诗人胜出，90年代至少也输送了伊沙、侯马、徐江、西渡等中坚力量……

——罗振亚：《是"死亡"还是"新生"：我看二十一世纪新诗》②

① 《诗探索》2002年第Z1期。
② 《名作欣赏》2019年第25期。

李亚伟

李亚伟（1963—　　），出生于重庆，1982年开始创作诗歌。1984年与万夏等人创立了"莽汉"诗歌流派。成名作有《中文系》等，诗作被编入《后朦胧诗全集》。

中文系①

中文系是一条洒满钓饵的大河
浅滩边，一个教授和一群讲师正在撒网
网住的鱼儿
上岸就当助教，然后
当屈原的秘书，当李白的随从
然后再去撒网

有时，一个树桩般的老太婆
来到河埠头——鲁迅的洗手处
搅起些早已沉滞的肥皂泡
让孩子们吃下，一个老头
在讲桌上爆炒野草的时候
放些失效的味精
这些要吃透《野草》《花边》的人
把鲁迅存进银行，吃他的利息

当一个大诗人率领一伙小诗人在古代写诗

① 选自《莽汉·撒娇——李亚伟·默默诗选》，李少君编选，时代文艺出版社2005年版。

写王维写过的那块石头
一些蠢鲫鱼或一条傻白鲢
就可能在期末渔汛的尾声
挨一记考试的耳光飞跌出门外
老师说过要做伟人
就得吃伟人的剩饭背诵伟人的咳嗽
亚伟想做伟人
想和古代的伟人一起干
他每天咳着各种各样的声音从图书馆
回到寝室

亚伟和朋友们读了庄子以后
就模仿白云到山顶徜徉
其中部分哥们
在周末啃了干面包之后还要去
啃《地狱》的第八层，直到睡觉
被盖里还感到地狱之火的熊熊
有时他们未睡着就摆动着身子
从思想的门户游进燃烧着的电影院
或别的不愿提及的去处

一年级的学生，那些
小金鱼小鲫鱼还不太到图书馆及
茶馆酒楼去吃细菌，常停泊在教室或
老乡的身边，有时在黑桃Q的桌下
快活地穿梭

诗人胡玉是个老油子
就是溜冰不太在行，于是
常常踏着自己的长发溜进
女生密集的场所用腮
唱一首关于晚风吹了澎湖湾的歌
更多的时间是和亚伟

在酒馆里吐各种气泡

二十四岁的敖歌已经
二十四年都没写诗了
可他本身就是一首诗
常在五公尺外爱一个姑娘
由于没有记住韩愈是中国人还是苏联人
敖歌悲壮地降了一级，他想外逃
但他害怕爬上香港的海滩会立即
被警察抓去，考古汉
万夏每天起床后的问题是
继续吃饭还是永远
不再吃了
和女朋友一起拍卖完旧衣服后
脑袋常吱吱地发出喝酒的信号
他的水龙头身材里拍击着
黄河愤怒的波涛，拐弯处挂着
寻人启事和他的画箱

大伙的拜把兄弟小绵阳
花一个半月读完半页书后去食堂
打饭也打炊哥
最后他却被蒋学模主编的那枚深水炸弹
击出浅水区
现在已不知饿死在哪个遥远的车站
中文系就是这么的
学生们白天朝拜古人和黑板
晚上就朝拜银幕或很容易地
就到街上去凤求凰兮
中文系的姑娘一般只跟本系男孩厮混
来不及和外系娃儿说话
这显示了中文系自食其力的能力
亚伟在露水上爱过的那医专的桃金娘

被历史系的瘦猴赊去了很久
最后也还回来了，亚伟
是进攻医专的元勋他拒绝谈判
医专的姑娘就有被全歼的可能医专
就有光荣地成为中文系的夫人学校的可能

诗人老杨老是打算
和刚认识的姑娘结婚老是
以鲨鱼的面孔游上赌饭票的牌桌
这条恶棍与四个食堂的炊哥混得烂熟
却连写作课的老师至今还不认得
他曾精辟地认为大学
就是酒店就是医专就是知识
知识就是书本就是女人
女人就是考试
每个男人可要及格啦
中文系就这样流着
教授们在讲义上喃喃游动
学生们找到了关键的字
就在外面画上漩涡画上
教授们可能设置的陷阱
把教授们嘀嘀咕咕吐出的气泡
在林荫道上吹过期末

教授们也骑上自己的气泡
朝下漂像手执丈八蛇矛的
辫子将军在河上巡逻
河那边他说"之"河这边说"乎"
遇到情况教授警惕地问口令："者"
学生在暗处答道："也"
中文系也学外国文学
着重学鲍迪埃学高尔基，在晚上
厕所里奔出一神色慌张的讲师

他大声喊：同学们

快撤，里面有现代派

中文系在古战场上流过

在怀抱贞洁的教授和意境深远的

月亮下面流过

河岸上奔跑着烈女

那些石洞里坐满了忠于杜甫的寡妇

后来中文系以后置宾语的身份

曾被把字句两次提到了生活的前面

现在中文系在梦中流过，缓缓地

像亚伟撒在干土上的小便，它的波涛

随毕业时的被盖卷一叠叠地远去啦

诗作导读

这是李亚伟在20世纪80年代的诗作，诗中用调侃的语气写了中文系的种种，把"神圣"的文学解构成"世俗"。中文系这个研究文学的地方由宿舍生活、情爱、名利、语法、规则、考试等所组成，连过去伟大的诗人和研究者也未能幸免。

诗歌用解构的手法描写了中文系学生们的生活状况，这些人想追求精神世界，喜欢写诗，却又沉浸在每日的生活中，忙于考试、热衷于谈恋爱。诗人抛弃了一切审美和精神领域的因素，用赤裸裸的目光和笔触剥开中文系恢宏的建筑，发现里面不过是那样一群有血有肉，与俗人无异的人。放纵与迷醉，消沉与堕落，琐碎与庸碌，在诗人笔下，跟这些人相关的生活场景都充斥着莽撞与燥热的气息，流淌着赤裸裸的物欲和性欲。全诗采用了口语写作，夹杂大量的俚语、俗语、口头禅，通俗易懂，生活气息浓郁，顺应自由诗体的形式一气呵成，带着野生的原始感。诗人文笔大胆辛辣，甚至不避讳写到排泄物，多用反讽和戏谑，通过语词内部的相斥制造艺术张力，滑稽而沉重，荒蛮而赤裸。

生活是麻木的、世俗的，中文系负担着传承文学的重任，它扎根在生活之中，也应当能超出生活。当文字作为文学被写下来流传的时候，它就不再是日常生活的吃喝、功利，文学扎根于世俗生活的同时仍然有着脱俗的精神高度。

评论精选

　　有点像丁玲20世纪30年代写的《莎菲女士的日记》，《中文系》也是写处在青春期的大学生"灵与肉"的挣扎，几乎也是用"自传体"的形式喊出了"灵魂的绝叫"，只不过它更多是针对我国现存教育体制以及封建思想流毒的。可喜的是，它并没有彻底地绝望，而且也并非青春的血泪书、忏悔录。20世纪80年代大学中文系是我国政治思想最集中最敏感的反应场域，那时，新旧思想并存，自由与禁锢同在。作为新生"事物"，"莽汉"们是大学中文系里的异类，必然会碰壁，会头破血流，会代价惨重。由于他们不满大学教育体制，不满大学教育方式和教学内容，他们"沉默"地抵抗，因此，他们厌学、逃学，他们"不务正业"地写诗，乃至"道德败坏"地谈女人。他们是一群精神上的流亡者。他们集英雄与泼皮于一身。他们身在人间而心在天堂。他们用喜剧的方式干着极具悲剧意义的事情。

　　——杨四平：《成长的焦虑与挣扎——重读"莽汉"和李亚伟的〈中文系〉》①

　　第三代看上去有种嬉皮士似的玩世不恭，但精神深处依旧燃烧着理想之火，像李亚伟的《中文系》荒诞无比，"中文系也学外国文学/着重学鲍迪埃学高尔基，有晚上/厕所里奔出一神色慌张的讲师/他大声喊：同学们/快撤，里面有现代派"，但在令人文化、自我亵渎造成的捧腹不止效果后，蛰伏的是当代大学生相对怀疑精神的凸显，和对高校陈旧教学观念、封闭教学方式的极度不满。

　　——罗振亚：《中国先锋诗歌的"百年孤独"》②

---

① 《名作欣赏》2008年第21期。
② 《福建论坛》（人文社会科学版）2017年第7期。

翟永明

翟永明（1955—　），四川成都人。1974年高中毕业，作为"知青"下乡插队，1976年回城。1981年开始发表诗歌作品。曾旅居海外，代表诗作有《女人》《在一切玫瑰之上》《纽约，纽约以西》等。

女人（节选）①

1. 独白

我，一个狂想，充满深渊的魅力
偶然被你诞生。泥土和天空
二者合一，你把我叫作女人
并强化了我的身体

我是软得像水的白色羽毛体
你把我捧在手上，我就容纳这个世界
穿着肉体凡胎，在阳光下
我是如此炫目，使你难以置信
我是最温柔最懂事的女人
看穿一切却愿分担一切
渴望一个冬天，一个巨大的黑夜
以心为界，我想握住你的手
但在你的面前我的姿态就是一种惨败

---

① 选自《诗刊》1986年第9期。

当你走时，我的痛苦
要把我的心从口中呕出
用爱杀死你，这是谁的禁忌？
太阳为全世界升起！我只为了你
以最仇恨的柔情蜜意贯注你全身
从脚至顶，我有我的方式

一片呼救声，灵魂也能伸出手？
大海作为我的血液就能把我
高举到落日脚下，有谁记得我？
但我所记得的，绝不仅仅是一生。

2. 母亲

无力到达的地方太多了，脚在疼痛，母亲，你没有
教会我在贪婪的朝霞中染上古老的哀愁。我的心只像你
你是我的母亲，我甚至是你的血液在黎明流出的
血泊中使你惊讶地看到你自己，你使我醒来
听到这世界的声音，你让我生下来，你让我与不幸构成
这世界的可怕的双胞胎。多年来，我已记不得今夜的哭声
那使你受孕的光芒，来得多么遥远，多么可疑，站在生与死
之间，你的眼睛拥有黑暗而进入脚底的阴影何等沉重
在你怀抱之中，我曾露出谜底似的笑容，有谁知道
你让我以童贞方式领悟一切，但我却无动于衷
我把这世界当作处女，难道我对着你发出的
爽朗的笑声没有燃烧起足够的夏季吗？没有？
我被遗弃在世上，只身一人，太阳的光线悲哀地
笼罩着我，当你俯身世界时是否知道你遗落了什么？
岁月把我放在磨子里，让我亲眼看见自己被碾碎
呵，母亲，当我终于变得沉默，你是否为之欣喜

没有人知道我是怎样不着边际地爱你，这秘密
来自你的一部分，我的眼睛像两个伤口痛苦地望着你
活着为了活着，我自取灭亡，以对抗亘古已久的爱

一块石头被抛弃，直到像骨髓一样风干，这世界
有了孤儿，使一切祝福暴露无遗，然而谁最清楚
凡在母亲手上站过的人，终会因诞生而死去

1984年11月

诗作导读

　　这是诗人在1986年得以正式发表的以女性口吻写当代女性诗人心理的组诗，一经发表就轰动诗坛。诗人诡谲奇特的想象，激烈澎湃的语言，悲怆决然的情感，都给予读者心灵极大的震撼。

　　翟永明擅长暴露身体原初的伤痕，以展示女性生命与外界的对抗，"身体"是《女人》这组诗最灼目的印记。第一首选诗叫《独白》，即诗人对女人的身份的体认与自白。诗歌开篇就从身体的视角为女人下了定义：她诞生于狂想，孕育于深渊，拥有泥土和天空合一的身体。这身体既有泥土的坚韧沉实，也有天空的广阔无边，能包容一切，也能吞噬一切。当爱降临时，这身体化身为"软得像水的白色羽毛体"，能够吸纳一切深情；当爱离去时，这身体承受着呕心的痛苦，灌满"最仇恨的柔情蜜意"，拥有扼杀对方的沉重力量。结尾写"大海作为我的血液""高举到落日脚下"，自然界的风起云涌都只是"我"情感奔腾的外化，与"我"的精神天地高度交融，这样铺天盖地的澎湃和汹涌，已经超出了传统诗文对女性身份的定义，将女性书写上升到精神书写的高度。

　　第二首选诗《母亲》更将生命的原始创伤演绎得淋漓尽致。母亲作为个体生命的赐予者，在诗人眼中，同样也是人生不幸的铸造者。于是，她用诡谲奇异的意象构筑母体怀胎、生产、幼儿生长等一系列图景，以爱恨交织的笔触肆意渲染这凄厉、痛苦、哀绝、冷冽的生命感受。在她笔下，生命的伤痕是与生俱来的，人一出生就带着不可弥补的残缺，孤独承受生存的痛苦。这原始性的天然伤痕，既是母亲的，也是孩子的，原先女性神圣的生育使命，在诗人袒露激烈的伤痛的过程中消解了，留下的是生命的残缺本质。

　　"我的眼睛像两个伤口痛苦地望着你"乃这首诗的点睛之笔。"伤口"既是孩子脱离母体时留下的原始创伤，也是"我"孤独活在世上的哀怨与失落。诗人把"我"的眼睛比作伤口，眼睛代表主体的心灵世界，一方面，将身体的创痛与心灵的波动合为一体，以真切的身体经验倾诉灵魂失去归依的痛苦；另一方面，母体与孩子都拥有的天然伤痕，也是"我"不顾一切深爱母亲的秘密缘由。这一形象的比

喻，暗示"我"与母亲身体乃至精神上的密不可分。面对相互联结却又注定分离的命运，"我"那决绝姿态的背后，流淌着"我"对爱与归宿的强烈渴求。

身体是诗人心灵与外界的沟通媒介，也是诗人回应世界、想象世界、认识世界的桥梁与途径。这一以独特的身体经验书写灵魂奥秘的路径，超越单纯的女性身份确认，消融性别对立的立场，将女性的生存感受上升到人类共有的命运意识，推动了女性诗歌的现代内涵。不同于传统女诗人的清丽柔婉，翟永明喜欢使用带有力量感的词语，鲜艳的名词色相与极具动感的动词搭配，精准把握每一寸颤动中的生命感受，柔中带刚，棱角分明。这组诗采用第一人称作为抒情主体，多用口语，激荡恣肆，掷地有声，使诗人深沉激烈的情感更为切实动人。

评论精选

在我看来，翟永明早期诗歌代表作组诗《女人》（1984）、《人生在世》（1986），在意识背景上与20世纪60年代以降"女性意识"的全面觉醒密切相关。这里的"女人"，是包容了"女权意识""女性主义"后，以个体生命的体验书写精神奥秘的"女人"。她消解了男权文化对女性的贬低，但又不将自己的话语寄生在消解和控诉姿态上，而是深入地言说了女人独特的命运意识、生命意识和现实经验。

——陈超：《翟永明论》①

"新诗史中一次关于'身体'的对话""女性身体：从'黑暗'走向'自由'"……翟永明在其早期诗歌所表现的对外界的抵抗中，女性身体的被侵入留下来的是伤痕："我的眼睛像两个伤口痛苦地望着你"（《女人》）。诗人把"眼睛"写成"伤口"，从形态上说"眼睛"的注视正像伤口的对外敞开一样，从所指来看，眼睛是心灵的折射，眼里的伤害和哀怨正是心灵的伤口的外化，因此这一隐喻是精神的身体化。……翟永明对灵魂的叩问总是携带着她的身体经验，她的诗歌里的疼痛不是高蹈的精神呐喊，而是带着切实可触的生命感受。

——李蓉：《以"身体"为源：论翟永明的性别之诗》②

克里斯蒂娃《女人的时间》认为，女性的写作要经历三个阶段：对男性词语世界的认同——对男性词语世界的反叛——回到词语本身，直面词语世界。舒婷、林子、傅天琳等抒写整体的理性觉醒和女性确认，表现一代人的情感和期盼；翟永

---

① 《文艺争鸣》2008年第6期。
② 《中国文学批评》2015年第4期。

明、伊蕾、唐亚平等以男性话语霸权的解构和女性自白话语方式的建构，改变了女性被书写的命运，张扬了女性主体意识。然而，20世纪90年代末期女性诗歌写作进入瓶颈期，女权、自白、黑夜意识成为明日黄花。蓝蓝、李小洛、尹丽川等女诗人的诗歌写作，发生了性别对立向性别对话和性别淡化的趋向，但仍属于第二阶段：反叛、对立。而80后、90后等新生代的诗歌创作，"回到词语本身，直面词语世界"，解构男女对立模式，改变此前的觉醒者、反抗者形象，变身为内视者和携手同行者。

——陈希：《芳华别样的新生代女性诗歌》①

① 《诗刊》2022年第1期。

海子

海子（1964—1989），原名查海生，安徽怀宁人。1979年15岁时考入北京大学法律系，1982年大学期间开始诗歌创作，1983年自北京大学毕业后在北京中国政法大学哲学教研室工作，1989年3月26日在山海关附近卧轨自杀。代表作有《亚洲铜》《面朝大海，春暖花开》《祖国（或以梦为马）》等。

亚洲铜①

亚洲铜　亚洲铜

祖父死在这里　父亲死在这里　我也会死在这里

你是唯一的一块埋人的地方

亚洲铜　亚洲铜

爱怀疑和爱飞翔的是鸟　淹没一切的是海水

你的主人却是青草　住在自己细小的腰上

守住野花的手掌和秘密

亚洲铜　亚洲铜

看见了吗？那两只白鸽子　它是屈原遗落在沙滩上的白鞋子

让我们——我们和河流一起　穿上它吧

亚洲铜　亚洲铜

击鼓之后　我们把在黑暗中跳舞的心脏叫做月亮

这月亮主要由你构成

1984年10月

---

① 选自《海子诗全集》，海子著、西川编，作家出版社2009年版。

诗作导读

这首诗写于1984年，海子当时只有20岁。诗中的核心意象"亚洲铜"，凝聚诗人超凡的想象与深邃的思索。"亚洲"点明全诗广阔的视域，"铜"则是个很巧妙的意象，它是黄色的，那正是东方人的肤色，是土地的颜色，从这个角度看，"亚洲铜"指我们脚下的这片东方大地，"铜"鲜活地突出了这片土地的厚重感。另外，在古代，铜可用于制作兵器、礼器和乐器，融汇了古老的历史与灿烂的文明。"亚洲铜"，即为诗人给民族传统文明寻找的对应物。它是文明的缩影，也是传说的延续。

诗人大胆地以"死亡"开篇，点明"亚洲铜"所指的这片土地，既是我们肉体的寄托，也是我们灵魂的归依；而祖孙三代埋葬于此的共同结局，含蓄表达了华夏人民世世代代的命运都充满苦难与艰辛，烘托出苍凉悲壮的氛围。"亚洲铜"由此指向了生命和历史，有了深沉的人文底色。紧接着，一连串清丽灵动的自然意象带来蓬勃的生命气息。飞鸟象征自由，海水象征毁灭，当自由飞去，万物被外力侵蚀，这片"亚洲铜"可能陷入覆灭；可是这片不会移动、不会改变的土地和这片土地上坚忍勤劳的人们，正像诗人笔下的青草与野花，努力捍卫渺小却坚韧的生命。这里诗人运用了比拟的手法，把这些意象当作"人"身体的一部分去写，青草有腰，野花有手掌，滋养它们的"亚洲铜"便不再是古老尘封的历史，而是鲜活的、形象的生命集合体，有血有肉。我们民族的命运也是如此，有苦难，也有新生，艰难地抵抗各种外界的侵袭，沉默地守护着民族儿女，千万年来，生生不息。这种坚定、包容又顽强生长的生命精神，是我们民族命运的本相，是古老中国独有的。

通过从"白鸽"到"屈原的白鞋子"这一意象间的巧妙转换，诗人的视野转向更深邃、更广阔的历史传统。他化用屈原的典故，进一步吟咏中华民族坚贞不屈的理想品格。顺着生命与历史的河流，在这里出现了一组对立的意象，即"沙滩"和"白鞋子"，沙滩是脏的，满是泥沙，鞋子却像鸽子那么洁白、自由，随时可能飞去。后文也出现了这样一组意象，"我们把在黑暗中跳舞的心脏叫做月亮"，四周是黑暗的，心脏带着热度，活泼而柔软；月亮光明，温柔，照耀着一切。在这里，心脏、月亮、屈原、大地四种意象组成了光明的部分，它低垂在四周是泥沙的茫茫暗夜。

四种意象指向的是一个完整的精神轮廓，诗人认为那是千百年来中国一直传承着的，它不像太阳那样热烈，也不像飞鸟那样自由，它是沉默的。沉默，但是坚韧，包容，并且独立。诗人把这种精神化为实质，叫作"亚洲铜"。20岁的诗人不满足于蜷缩在个体的角落，他要写一首既属于个人，也属于集体的诗，一首扎根在中国土地、吮吸着民族文化、向世界与人类生长的诗。唯有这样的诗，方可和真理合一，成为诗人理想的"大诗"。

评论精选

最后一段呈现新的一组意象：从击鼓到心跳，从心跳到月亮，从月亮又回到大地。击鼓和跳舞的并列渲染出一种原始、诡异的气氛，引发初民部族文化神秘的、集体的原始仪式之联想。海子写过一些歌谣，有意采用古朴简单的语言、节奏和形式。他理想中的诗歌既是个人的，也是集体的。他对史诗的努力经营即为一例证。如西川所说的，海子"渴望建立一个庞大的诗歌帝国：东起尼罗河，西达太平洋，北至蒙古高原，南抵印度次大陆"（《海子、骆一禾作品集》第310页）。这个跨越含括几个古老文明的诗的蓝图也隐含创造集体诗歌的动机。……在题为《敦煌》的诗里，海子说："敦煌是千年以前起了大火的森林。"如果我们同意火——诗歌在海子诗观里的首要象征意义，那么以上所列的人类文明的最高成就均可视为诗的巅峰。

——奚密：《海子〈亚洲铜〉探析》[1]

海子曾在《春天，十个海子复活》中以戏剧化的方式描写过这种生命循环的"复活"仪式："春天，十个海子低低地怒吼/围着你和我跳舞，唱歌/扯乱你的黑头发，骑上你飞奔而去，尘土飞扬"，整个场面带有原始巫术的色彩。"十个海子"围着跳舞、唱歌的描写与《亚洲铜》中描写的黑暗中的舞蹈有异曲同工之妙。这种打通生与死、人与物界限的仪式与思想促使海子写出了"这月亮主要由你构成"的神来之句。这一节中的描写与第一节中的"死"与"埋"形成了遥远的呼应。作者极尽自己的想象力描写了带有原始巫术意味的场景。他使用了三种元素：屈原，代表中国诗歌书写生命的诗人；鼓，代表仪式；月亮，代表重生。海子要描写死亡经过一种仪式复活、重生，并通过这种仪式来改变"东方诗人的文人气质"，使诗歌的生命本质的色彩重生。

——刘俊杰：《东西交汇下的涅槃之舞——海子〈亚洲铜〉赏析》[2]

《亚洲铜》开篇如此辉煌、如此震撼，诗人居然将死亡充斥，赋予其苍凉气息。年仅二十岁的生命却画出如此沉重的音符，艰难困苦缔造人文底色，诗人背负着历史的沉重，折射出祖辈劳作的底层人民苦难而沉重的生活。意象的陌生化效果造成了诗歌的艺术性和蕴藉性，"亚洲铜"本身就已经充满了多解性和歧异性。对

---

[1] 《当代作家评论》1993年第6期。
[2] 《名作欣赏》2014年第14期。

于《亚洲铜》一诗艺术性的解读，让我们去打开现代诗歌的神秘大门，领略现代诗歌的无穷魅力。现代化的进程中，诗歌离人们的视野渐行渐远，海子用死，"终结了一个时代的迷茫与纯洁，也开启了另一个时代的喧哗与骚动"。从乡土中走来的海子在都市的现代性中变得虚无，他的死铸就了一个诗歌的神话，诗人骆一禾称其为"诗歌烈士"。

——孙小光：《生命·激情·想象——海子〈亚洲铜〉的诗学解读》①

麦地②

吃麦子长大的
在月亮下端着大碗
碗内的月亮
和麦子
一直没有声响

和你俩不一样
在歌颂麦地时
我要歌颂月亮

月亮下
连夜种麦的父亲
身上像流动金子

月亮下
有十二只鸟
飞过麦田
有的衔起一颗麦粒
有的则迎风起舞，矢口否认

---

① 《名作欣赏》2013年第8期。
② 选自《海子诗全集》，海子著、西川编，作家出版社2009年版。

看麦子时我睡在地里
月亮照我如照一口井
家乡的风
家乡的云
收聚翅膀
睡在我的双肩

麦浪——
天堂的桌子
摆在田野上
一块麦地

收割季节
麦浪和月光
洗着快镰刀

月亮知道我
有时比泥土还要累
而羞涩的情人
眼前晃动着
麦秸

我们是麦地的心上人
收麦这天我和仇人
握手言和
我们一起干完活
合上眼睛，命中注定的一切
此刻我们心满意足地接受

妻子们兴奋地
不停用白围裙
擦手

这时正当月光普照大地。

我们各自领着

尼罗河，巴比伦或黄河

的孩子在河流两岸

在群蜂飞舞的岛屿或平原

洗了手

准备吃饭

就让我这样把你们包括进来吧

让我这样说

月亮并不忧伤

月亮下

一共有两个人

穷人和富人

纽约和耶路撒冷

还有我

我们三个人

一同梦到了城市外面的麦地

白杨树围住的

健康的麦地

健康的麦子

养我性命的麦子！

诗作导读

麦地是海子诗歌的经典意象。麦地与食物相关，耕种食物、收获食物是农耕文明特有的经验历程。麦地食物既是现实的、物质的食物，也可指代精神上的食粮。人通过吸收物质的食物强壮身体，吸取精神食粮修补灵魂，因而海子笔下的麦子和与麦地相关的一系列劳动意象群，都有着丰富的隐喻性。

和食物有关联的记忆，起初都是温暖和踏实的。那是家乡的麦田，那里没有任何污浊，没有老病和死亡，只有纯粹的生，象征生命的流动与延续。"月亮下/

连夜种麦的父亲/身上像流动金子""月亮照我如照一口井/家乡的风/家乡的云/收聚翅膀/睡在我的双肩",想到麦地,诗人想到的是爱他的父亲,是久违的故乡气息,一切那么和平。童年的记忆,那也是他念兹在兹的精神源泉。接下来,诗人的目光放得更远,触及世界各地的古老文明。那些古老的奔腾着的河流,仍在孕育生命。

大河流域浩瀚文明的起始,都是月光下生长着的麦子。麦子这样不起眼,在城市生活中人们已经忘记了盘中餐的来源,享用精致美食的同时,已经失去了最初对粮食的敬意和爱惜,也就是失去了对生命本身的敬爱。诗人对此充满戒备,但也并不是就此陷入绝望。他仍将笔触伸向城市外的麦田,风吹过云飘过的麦田,这美好的风景不仅能慰藉海子的心灵,也能为现代人迷惘的精神提供栖息之处。

在诗歌中,除了麦子之外,还有与麦子共生的"月亮"。"在月亮下端着大碗/碗内的月亮/和麦子/一直没有声响",诗人不仅有吃着麦子长大的健康肉体,也有着被月亮所滋润的纯正灵魂。如果说麦子是我们的物质食粮,月光则在照耀和修补人的精神。麦子也被月亮照耀,这样的麦子不仅带有泥土的芳香,也带有月光的精魄。全诗语言简洁,形式精练,诗人选择书写劳动和粮食这一朴实的命题,用开阔的胸襟融入深邃丰富的主观经验,将"麦地"变为精神生存的意象。开阔的麦田既包含了人性发现残缺与自我修补的历史,也融入了诗人心灵的希冀和期许。

评论精选

人是有缺陷的,是经不起推敲的,人的历史,也就是弥补这块缺陷的历史。也许,这就是它留给自己的位置,神性入座,诗性入座,人类才有一种圆满之感,如同白天不够美妙,夜里才做美妙的梦。海子甚至骆一禾的诗证明了,他们所要建立的,是诗的天国,诗的乌托邦,以此来覆盖死亡命运,普渡心灵,使人达到完满。至少,他们留下了感人的诗篇。就此而言,他们的死应给予昂贵的评价。我们不能没有这根不屈的神经。死亡是诗人的宿命,也是诗人的至尊。

——李超:《形上而死》①

麦地意象是海子为诗坛所做的戛然创造。也许是从乡间成长起来的缘故,海子似乎对麦地(包括麦地及和麦地有关的粮食、村庄、草原、秋天等)情有独钟,在中国诗歌史上从来没有谁像他那样刻骨铭心地书写麦子和胃。可以说开阔的麦地构成了他的诗歌背景和经验起点,他就是从麦子映照出的宇宙神秘气息捕捉实现心灵

① 《读书》1992年第10期。

开悟的。什么《五月的麦地》《熟了麦子》《麦地》《麦地与诗人》《粮食》《村庄》《果园》《歌：阳光打在地上》《桃花开放》……据不完全统计，海子诗歌中以题目或文本内镶嵌形式断续出现的麦地意象至少上百次。麦地在他那里显然既是自然风景，又是人生和心灵的风景——农民命运和文化精神的隐喻。

——罗振亚：《浪漫理想的余晖：海子诗歌的艺术殊相》[1]

所以，海子笔下以"麦地"为中心所描写的村庄、母亲、少女、人民、马匹、瓷碗、河流、镰刀……的农耕意象系列，不仅仅具有经验性的"客观"写实，更主要的贯注着诗人主体深邃而丰富的情感体验和关于人类整体生存及其文明的形而上思考，渗透着1980年代所特有的生命哲学意识。散文家苇岸曾经指出："海子的诗不指向任何具体事物，而指向实体。幻想和实体是它的两翼，尽管它像精灵一样漫天飞翔，但依然活生生，可感，有质量。海子把他唤来的一切幻象，都化作他所熟悉的家乡事物的意象，使他的诗在根源上与民间和大地保持着亲密的联系。"

——钱文亮：《"麦地之子"与1980年代的"远方诗学"——为海子殉诗30周年而作》[2]

面朝大海，春暖花开[3]

从明天起，做一个幸福的人
喂马，劈柴，周游世界
从明天起，关心粮食和蔬菜
我有一所房子，面朝大海，春暖花开

从明天起，和每一个亲人通信
告诉他们我的幸福
那幸福的闪电告诉我的
我将告诉每一个人

给每一条河每一座山取一个温暖的名字

---

[1] 《艺术广角》2003年第4期。
[2] 《文艺争鸣》2019年第3期。
[3] 选自《海子诗全集》，海子著、西川编，作家出版社2009年版。

陌生人，我也为你祝福
愿你有一个灿烂的前程
愿你有情人终成眷属
愿你在尘世获得幸福
我只愿面朝大海，春暖花开

诗作导读

这是海子流传较广的一首诗，亦是决意赴死的海子留给世间的一份"遗嘱"。从诗题来看，作者借"面朝大海，春暖花开"寄托着一种对生活美好的期待。诗中交叠出现诗人对美好生活的各种愿景，想象的图景既融汇了日常烟火的种种细节，也囊括进广袤秀美的山川河流。笔触由近及远，由远再到近，描写细腻。诗人采用对话体的形式，语言近乎口语，简明流畅，亲切平实，情感不像他的诗作那般悠远哀伤，呈现出乐观、积极、欢欣的基调。

然而，我们深入文本，细细品味全诗的深层意义，会得到与表面上的温和幸福截然不同的观感。一明一暗的意义对照建立起全诗的叙述结构，极大地拓展了全诗的意义空间。诗歌开头便通过"从明天起"四字，表明这一切都只是诗人的假设，诗人渴盼的所有美好，都只是对未来缥缈的想象。诗歌中出现了四次"幸福"，洋溢着热情和热爱，可其表层含义与深层含义却有差异：对陌生人——也就是我们读者来说，幸福是尘世间的幸福，有着灿烂的前程、子孙满堂的幸福；对诗人来说，幸福是精神上的幸福，结尾诗人说"我只愿面朝大海，春暖花开"，说明尘世的幸福并不是诗人想要的，精神的幸福又是难以寻觅，无法得到的。诗人无法在尘世中寻到自己的精神归处，只好将自己从美好的烟火图景里摘去，留下一个孤独的背影和一句句深远的叮咛。诗歌虽然给读者一种明快的感觉，但是诗歌的底色却是孤独，是放弃。

虽然诗人在自己和世界之间划下了一道分明的界限，你们是你们，而我是我，能温暖诗人的，只有诗人自己，但在诗的结尾，诗人仍然选择祝福。这也体现了诗人由始至终坚持的"大诗"理想。即便自身难以寻觅到幸福，他仍然以诗祝祷人类的命运。即便自己深陷绝望，也会以诗书写生命的希冀。全诗两层意义相互撕扯、对立而统一，诗人柔和的口吻，细致的想象，排比、反复等手法的运用，使得全诗情感层层递进，音韵流转，亦为读者带来最广阔的审美空间，进一步丰富全诗的意蕴。

评论精选

　　所谓遗嘱诗，就是在诗中把自己准备自杀的原因说出，但不是直说，而是用美好而明朗的意象来隐喻来暗示，把内心的巨痛隐藏起来，通过悖论、反讽和复义暗示出来。所以，这首诗虽然是遗嘱，但并没有太多的绝望和悲恸，也没有太多的消极意义。反过来，一旦我们理解了这首诗的内涵，就能领悟到它的积极意义：诗人在最后岁月的幡然醒悟，是告诉我们要追求完美的人生，不能把精神幸福与世俗幸福相对立，以致造成生存能力的"不及格"，无法在现实生活中获得世俗幸福。要得到完美的幸福生活，不仅需要才华，更需要智慧和高超的生存能力。

　　　　　　　　——邱景华：《海子的遗嘱诗——重读〈面朝大海，春暖花开〉》①

　　首先，是表层情绪与深层情绪的"撕裂"。从表层词句看，海子这首诗情绪欢快、明朗，呈现出积极向上的精神，但实际上，该诗深层的情绪却是一种浓到骨子里的忧伤和悲凄。从诗中的三个祝愿看："愿你有一个灿烂的前程/愿你有情人终成眷属/愿你在尘世获得幸福"，这三项恰好是海子所追求不到的，幸福在别处，而不属于自己，试想他心里该是多么痛心？……总之，《面朝大海，春暖花开》所传达的海子的隐逸情怀，所体现的海子心灵的撕裂，都堪称一绝。它实际上是海子整个诗歌创作历程的一个总结，同时也是海子的诗歌遗嘱。它在海子诗歌的创作中所占的位置和重要性，打个未必贴切的比方，相当于《麦田上的群鸦》在凡·高绘画创作中所占的位置和重要性。

　　　　　　　　——杨秋荣：《〈面朝大海，春暖花开〉与海子的隐逸情怀及"撕裂"》②

祖国（或以梦为马）

　　　　我要做远方的忠诚的儿子
　　　　和物质的短暂情人
　　　　和所有以梦为马的诗人一样
　　　　我不得不和烈士和小丑走在同一道路上
　　　　万人都要将火熄灭　我一人独将此火高高举起
　　　　此火为大　开花落英于神圣的祖国

---

① 《诗探索》2010年第2期。
② 《名作欣赏》2003年第7期。

和所有以梦为马的诗人一样

我借此火得度一生的茫茫黑夜

此火为大　祖国的语言和乱石投筑的梁山城寨

以梦为上的敦煌——那七月也会寒冷的骨骼

如雪白的柴和坚硬的条条白雪

横放在众神之山

和所有以梦为马的诗人一样

我投入此火　这三者是囚禁我的灯盏

吐出光辉

万人都要从我刀口走过　去建筑祖国的语言

我甘愿一切从头开始

和所有以梦为马的诗人一样

我也愿将牢底坐穿

众神创造物中只有我最易朽

带着不可抗拒的死亡的速度

只有粮食是我珍爱　我将她紧紧抱住

抱住她在故乡生儿育女

和所有以梦为马的诗人一样

我也愿将自己埋葬在四周高高的山上

守望平静的家园

面对大河我无限惭愧

我年华虚度　空有一身疲倦

和所有以梦为马的诗人一样

岁月易逝　一滴不剩　水滴中有一匹马儿一命归天

千年后如若我再生于祖国的河岸

千年后我再次拥有中国的稻田

和周天子的雪山　天马踢踏

我选择永恒的事业

我的事业　就是要成为太阳的一生

他从古至今——"日"——他无比辉煌　无比光明

和所有以梦为马的诗人一样

最后我被黄昏的众神抬入不朽的太阳

太阳是我的名字

太阳是我的一生
太阳的山顶埋葬　诗歌的尸体——千年王国和我
骑着五千年凤凰和名字叫"马"的龙——我必将失败
但诗歌本身以太阳必将胜利

诗作导读

　　这是海子在1987年写下的一首波澜壮阔的长诗，诗中透露着决然和悲壮的胸怀。我们的祖国是诗歌的国度，诗人这首诗在歌颂古老中国文化的同时也在歌颂诗本身。诗人自己放弃了世俗的一切，想与诗和祖国融为一体。

　　祖国是拥有五千年历史和文明的中华大地，这里也可谓诗歌的故乡，纯粹精神的王国。"以梦为马"表明，诗人没有马，他只有梦，所以要以梦为马来驰骋，在精神的国度中驰骋。诗人构筑的不仅是自己的精神国度，更是五千年来诗人们所共同拥有的梦，共有的精神家园。

　　这些诗人是"远方的忠诚的儿子/和物质的短暂情人"，他们所追求的是纯净的理想，同时也对世俗的物质带着浪漫的爱，理想是忠诚和永恒的，世俗自私的爱是短暂的。在精神的国度中，他们世代传承着"此火"，代表着热情、燃烧、光明的火，不愿让光明和浪漫陨落，永远照亮着世间的黑暗。

　　"乱石投筑的梁山城寨"一段中，千里的江山是诗人灵感的来源，有乱石林立的梁山城，代表着世俗中的自由和反抗，以梦为上的敦煌则代表着洁净的宗教和艺术。"如雪白的柴"一句中，柴和白雪都横放在众神之山，柴代表着世俗的食粮，白雪代表精神的洁白，两者都是诗歌精神符码的组成部分，都是诗人所热爱的。诗人以此获得灵感，写下光辉的诗句。

　　"万人都要从我刀口走过"，诗人在诗中的形象是孤独的，他一人举着火，一人提着刀，他不想看到诗歌的精神、诗歌的语言被人随意玩弄，想建筑真正辉煌的诗歌语言。诗人当然也有着精神上的同伴，并不是同时代的同伴，而是千百年来的那些诗人。诗的每段都会出现"和所有以梦为马的诗人一样"，在纯粹诗歌的国度中，诗人是有着群体的力量的。这些人愿意"将牢底坐穿"，但是仍要"将自己埋葬在四周高高的山上/守望平静的家园"。诗人对诗歌的爱中还有着对祖国、对家乡的无限热爱，如此这份爱便更加深沉、更有厚度。

　　"水滴中有一匹马儿一命归天"，这一段中，诗人尽显他的失落和疲惫，他带着如此的热爱与深情，却并不能换来伟大理想的实现，只能看着岁月渐渐侵蚀了自己的理想。这里的"马",就是诗人用梦所构筑的那匹虚幻的马。

下面三段是诗歌的高潮,诗人用排比和反复营造了强烈的气势。这是诗人重生之后的理想,是在现实中未实现的理想。"千年后我再次拥有中国的稻田/和周天子的雪山",稻田和雪山这两者再次出现,一者物质,实实在在的稻田,一者精神,那虚无缥缈的昆仑山雪山和西王母。这句话中带有诗人对中国强烈的爱,一种为之自豪而不自觉地想要占有的爱,这是放声说出来的话,中国经历了那么多坎坷,作者依然有强烈的自豪感,激动澎湃地宣誓着,这就是文化精神的力量。"我的事业 就是要成为太阳的一生",诗歌到此气势已经喷发,像火山一样咆哮不可阻挡。他要在这诗歌的国度中写下辉煌,成为精神上的不朽者。

"太阳是我的名字/太阳是我的一生",这两句不仅体现了诗人的澎湃激情,同时也是对中国文化的信心和热爱。他相信诗歌本身会胜利,中国大地上飞翔着巨龙和火凤,燃烧着不灭的诗魂。

评论精选

海子诗歌中的死亡似乎是无处不在的。大地上不断毁灭的事物的象喻深深震撼着他的心,使他相信,死亡本身就是存在的显现,对关于存在的经验的唤起。如《九月》:"目击众神死亡的草原上野花一片/远在远方的风比远方更远……/远方只有在死亡中凝聚野花一片/明月如镜,高悬草原,映照千年岁月/我的琴声呜咽,泪水全无/只身打马过草原。"是死亡景象的启示使海子如此专注于生存本质的追寻,并不断追寻着自我生存的性质。在他的《祖国(或以梦为马)》中,他写道:"众神创造物中只有我最易朽,带着不可抗拒的死亡的速度/只有粮食是我珍爱 我将她紧紧抱住。"生本身的脆弱使它不得不把细弱的气息寄托于"粮食"这大地的赐予和馈赠。……绝望成为海子面对死亡的最终结论,而且他不是像普通人那样以"暂时与自己无关"的态度予以回避,"作为沉沦着的存在"做着"在死亡面前的一种持续的逃遁",也不是像那些"躲着使自己毁灭的道路而前进的"艺术家那样去用文字模拟死亡,而是主动迎向了它并可能在内心中艺术地幻化了它,这可能使他摆脱了死的恐惧而感受到一种结束生与死的对抗而融入永恒的大地的安然……

——张清华:《"在幻象和流放中创造了伟大的诗歌"——海子论》①

在经历过多次写作的高峰体验之后,海子感到身心疲惫(正如他在《祖国(或

---

① 《当代作家评论》1998年第5期。

以梦为马）》中写的"面对大河我无限惭愧/我年华虚度　空有一身疲倦"），而且某种和凡·高类似的、丧失理智的恐惧，也威胁着他。于是，他做出了和凡·高相同的选择。1989年3月26日，正当春天访问北方大地的时候，这个黑夜的孩子，沉浸于冬天、倾心死亡的孩子，向着轰轰作响的钢甲列车迎面走去，张开双手拥抱了他向往已久的死神。只是我们不知道，当他如此决定去死的时候，他的内心是否曾经发出那抗拒死亡的声音："爱情使生活死亡。真理使生活死亡/这样，我就听到了光辉的第三句：/与其死去！不如活着！"（《太阳·诗剧》）这个声音来得太晚，因为这个时候，诗人已经"走到人类的尽头"，无法回头，也没有回头路了。……在时间主题上，骆一禾信仰新生，讴歌明天；海子则膜拜过去，具有鲜明的原始主义倾向。在死亡主题上，骆一禾以生命蔑视死亡，并通过牺牲将死亡转化为新生；海子则把死亡视为生命的归宿而倾心于死亡。

——西渡：《灵魂的构造——骆一禾、海子诗歌时间主题与死亡主题比较研究》①

海子的时代，刚刚经历过这样的一场幻灭。就是在这样的背景下，我们再一次听到海子这样的声音："我要做远方的忠诚的儿子/和物质的短暂情人"。（《祖国（或以梦为马）》）。然而，更多地读他的作品，你会发现，在这样一种颇具英雄气概的告白之外，"远方"在他作品中的意义，却显得相当暧昧。譬如，早在1984年，在一首题为《龙》的短诗中，他就说过"远方就是你一无所有的地方"，1987年，在《太阳·土地篇》的第九章《家园》中，他又说："远方就是你一无所有的家乡"。到1988年的《远方》中，类似的句子变成了"远方除了遥远一无所有"。从"你一无所有"到"除了遥远一无所有"，其间经历了多少精神的、现实的寻觅，经历了多少的幻灭，如今我们也只能从他留下来的那些诗篇中去寻觅。据其朋友回忆，海子短暂的一生曾两赴西藏，而从他的诗作看，他对这个遥远地方的痴迷，显然与他对于"远方"的寻求这个现实的心理动力直接相关。

——邵宁宁：《天空、远方、道路和风——海子诗歌与中国精神传统（二）》②

---

① 《江汉学术》2013年第5期。
② 《文艺争鸣》2016年第3期。

西川

西川（1963— ），江苏徐州人。1985年毕业于北京大学英文系。现执教于北京中央美术学院人文学院。自20世纪80年代起开始写诗，他和海子、骆一禾被誉为"北大三诗人"。

在哈尔盖仰望星空[1]

有一种神秘你无法驾驭
你只能充当旁观者的角色
听凭那神秘的力量
从遥远的地方发出信号
射出光来，穿透你的心
像今夜，在哈尔盖
在这个远离城市的荒凉的
地方，在这青藏高原上的
一个蚕豆般大小的火车站旁
我抬起头来眺望星空
这时河汉无声，鸟翼稀薄
青草向群星疯狂地生长
马群忘记了飞翔
风吹着空旷的夜也吹着我
风吹着未来也吹着过去
我成为某个人，某间

---

① 选自《中国当代实验诗选》，唐晓渡、王家新编选，春风文艺出版社1987年版。

点着油灯的陋室

而这陋室冰凉的屋顶

被群星的亿万只脚踩成祭坛

我像一个领取圣餐的孩子

放大了胆子，但屏住呼吸

诗作导读

哈尔盖位于中国青海省，那里人迹罕至，草原辽阔，西川在1985年游览青海湖，途经哈尔盖，回来后写下了这首诗。全诗笼罩着一种神圣的氛围。浩瀚宇宙，广袤自然，诗人在天地之间领略生命的神圣与纯粹，感受神秘与沉默，个体与宇宙连通，释放无限的想象可能。

"风吹着空旷的夜也吹着我/风吹着未来也吹着过去"，这里空间和时间已经消融，"我"和夜融为一体，过去走向了未来。诗人看到了星空之下隐藏的秘密，他好像身在一个"陋室"之中，陋室又是一个空旷古老的祭坛。诗人在这里观看到了最浩瀚的星空，被那无言沉默的力量震撼。在宇宙的黑夜背后，隐藏着神圣的生命力。这里表达的既是一个渺小个体在最原始的自然力量面前的敬畏与虔诚，也是生命能够穿越时空、抗拒物质变迁的永恒性体现。

诗人的想象力极为丰富，从"这时河汉无声，鸟翼稀薄"开始到最后充满了比喻、象征和时空的错位，这些比喻自然地在诗歌间流动，赋予全诗一股天然质朴的生命力。而在笼罩着宗教色彩的场景中，"我"被想象成一个领圣餐的孩子，宇宙之"大"与自我之"小"形成强烈对比，加重了诗歌神秘、庄重、深沉的氛围。诗人敬畏自然，歌咏生命的奥秘，同时也在努力审视每一个个体的无限可能，哈尔盖在这首诗中，从壮阔辽远的自然风景，升华为观照生命的心灵风景。

评论精选

接下来写"风"的两句非常出色，"风吹着空旷的夜也吹着我/风吹着未来也吹着过去"，从时间和空间的层面来传递某种生命信息。"风"是一种集"空无"和"实有"于一体的神秘事物，我们在《庄子·逍遥游》里，已经领略到席卷大地、扶摇直上的大风的风采，而荆轲在易水边和乐唱出的"风萧萧兮易水寒"，千百年来令多少文人志士肝肠寸断。西川的好友海子生前写诗也惯爱使用"风"的意象，比如《九月》中的"远在远方的风比远方更远"一句，这里的"风"同样充满了"神秘的力量"。西川诗中写"风"的两句，前句是从空间角度书写夜幕低垂下一个卑微的个体被一种"神秘"笼罩所呈现的生命样貌，后句则强调不管过去、现在还是未来，宇宙之中存有的这种"神秘"是从来没有中断过的。

——张德明：《"仰望"的姿态与谦卑的灵魂——西川〈在哈尔盖仰望星空〉赏析》①

有人说，海子有德令哈，西川有哈尔盖。说得有些道理。或许这两个地名对于这两个诗人来说，具有完全不同的意义，但作为一种标志，或者作为诗歌的某种基石，两者的意义或许又是一样的。西川，不管他承认与否，在"哈尔盖"里，他已经奠定了其诗歌的大部分基础，一些独属于他自己的诗歌元素，如干净、单纯、内敛、神性、节制、丰富性，以及重视内心的体验、过滤生活致其纯净，等等，都已经在这首诗里奠基了。

——何郁：《从神性和圣洁走向粗粝和撕裂》②

致敬·巨兽③

那巨兽，我看见了。那巨兽，毛发粗硬，牙齿锋利，双眼几乎失明。那巨兽，喘着粗气，嘟囔厄运，而脚下没有声响。那巨兽，缺乏幽默感，像竭力掩盖其贫贱出身的人，像被使命所毁掉的人，没有摇篮可资回忆，没有目的地可资向往，没有足够的谎言来为自我辩护。它拍打树干，收集婴儿；可活着，像一块岩石，死去，像一场雪崩。

乌鸦在稻草人中间寻找同伙。

那巨兽，痛恨我的发型，痛恨我的气味，痛恨我的遗憾和拘谨。一句话，痛恨我把幸福打扮得珠光宝气。它挤进我的房门，命令我站立在墙角，不由分说坐垮我的椅子，打碎我的镜子，撕烂我的窗帘和一切属于我个人的灵魂屏障。我哀求它："在我口渴的时候别拿走我的茶杯！"它就地掘出泉水，算是对我的回答。

一吨鹦鹉，一吨鹦鹉的废话！

我们称老虎为"老虎"，我们称毛驴为"毛驴"。而那巨兽，你管它叫什么？

---

① 《名作欣赏》2008年第21期。
② 《文学自由谈》2019年第3期。
③ 选自《非非》1992年复刊号。

没有名字，那巨兽的肉体和阴影便模糊一片，你便难于呼唤它，你便难于确定它在阳光下的位置并预卜它的吉凶。应该给它一个名字，比如"哀愁"或者"羞涩"，应该给它一片饮水的池塘，应该给它一间避雨的屋舍。没有名字的巨兽是可怕的：那是一种我们无法驾驭的力量。

一只画眉把国王的爪牙全干掉！

它也受到诱惑，但不是王宫，不是美女，也不是一顿丰饶的烛光晚宴。它朝我们走来，难道我们身上有令它垂涎欲滴的东西？难道它要从我们身上啜饮空虚？这是怎样的诱惑呵！侧身于阴影的过道，迎面撞上刀光，一点点伤害使它学会了呻吟——呻吟，生存，不知信仰为何物；可一旦它安静下来，便又听见芝麻拔节的声音，便又闻到月季的芳香。

飞越千山的大雁，羞于谈论自己。

这比喻的巨兽走下山坡，采摘花朵，在河边照见自己的面影，内心疑惑这是谁；然后泅水渡河，登岸，回望河上雾霭，无所发现亦无所理解；然后闯进城市，追踪少女，得到一块肉，在屋檐下过夜，梦见一座村庄、一位伴侣；然后梦游五十里，不知道害怕，在清晨的阳光里晨醒来，发现回到了早先出发的地点：还是那厚厚的一层树叶，树叶下面还藏着那把匕首——有什么事情要发生？

沙土中的鸽子，你由于血光而觉悟：啊，飞翔的时代来临了！

诗作导读

西川的诗作，读来颇有温克尔曼评价古希腊造型艺术的"高贵的单纯，静穆的伟大"之感，这与他追随古典主义风格因而诗作呈现出理性睿智、节制矜持的贵族化特色有关。这首收入组诗《致敬》中的《巨兽》，却是诗人艺术创造上的一次重大转折。诗人一改以往唯美周正的抒情程式，采用长短诗节交相错落、段落内部反复交叠的封闭结构，运用大量散文化的语言铺叙细节，想象诡谲奇特，探讨社会转型时期受到冲击的个体精神，以及时代迷惘的精神困境，其艺术特质呈现出一定的复杂性。

关于"巨兽"的含义，学界看法不一，接受度较高的理解是，巨兽乃诗人对诗歌或某种艺术创造的喻体。"巨兽"同样具有现实性的意义指向，诗人在第一、三、五、七、九节详细勾勒了五幅充斥着混乱与矛盾的精神图景，有礼崩乐坏下的粗俗、强权造成的破坏、弥漫在周围的恐惧、剥削带来的强取豪夺和破坏者自身的无知无畏。诗人在这首诗里搭建了社会转型期中价值观迷茫游离的知识分子乃至全体国民的精神围城。

这首诗的形式与内涵息息相关。长诗节沉重、冗杂、繁复，犹如诗人内心沉浸的困惑，被现实撕裂的痛苦，缤纷交杂的感受；短诗节凝练、轻盈，内容都与"鸟"相关，隐喻诗人在困境中追寻的精神出口。它们交叉错落，也映照了诗人精神游动、思考、省悟的过程。

评论精选

我将这巨兽看做一个诗歌的比喻，在更广阔的意义上也包括了艺术创造的所有方面。……鸽子是在与长诗节交替出现的短诗节中打断巨兽的一系列鸟中的最后一只，这是一个形式充当内容的图像的明显范例。简短轻快的诗节属于鸟，而冗长、沉重的诗节则是巨兽自身、人类、老虎和毛驴的领域，它们被困缚于大地而不能飞翔。也许鸟并不就是诗本身，但它们可以是来自诗国的信使，或是诗的监护。

　　　　　　——柯雷、穆青：《西川的〈致敬〉：社会变革之中的中国先锋诗歌》①

在《致敬》中，……饶舌的重复，段落的缠绕，结构的封闭，形成一种形式上的"囚笼"效果，恰好构成了诗中探讨的精神困境的隐喻。……《致敬》中似是而非的箴言体风格，恰恰有一种含糊其辞的社会交际性：在接纳现实的矛盾、分裂感受，又没有道德的或象征的秩序予以解说，诗人只能通过一种语调，一种箴言的风格，化解矛盾和困惑。虽然，内部依旧混乱、芜杂，但这个"内部"是以箴言的方式说出的，困境也就成为"知识"。这里面的逻辑有些微妙，当"矛盾、浑浊、尴尬"被揭示，成为"知识"，生活的"巨兽"也随之被驯服，困境也得到了某种超越。无疑，这是一种象征性的化解，而诗中那个博学的、牢骚满腹的，又对神秘事物保持敬畏的"致敬者"，正是西川所谓"知识人格"的化身。

　　　　　　——姜涛：《"混杂"的语言：诗歌批评的社会学可能——以西川〈致敬〉为分析个案》②

---

① 《诗探索》2001年第Z1期。
② 《上海文学》2004年第9期。

欧阳江河

欧阳江河（1956— ），原名江河，四川泸州人。1979年开始发表诗歌作品，1983年至1984年，他创作了长诗《悬棺》。其代表作有《玻璃工厂》《计划经济时代的爱情》《傍晚穿过广场》《最后的幻象》《椅中人的倾听与交谈》《咖啡馆》《雪》等。

玻璃工厂①

一

从看见到看见，中间只有玻璃。
从脸到脸
隔开是看不见的。
在玻璃中，物质并不透明。
整个玻璃工厂是一只巨大的眼珠，
劳动是其中最黑的部分，
它的白天在事物的核心闪耀。
事物坚持了最初的泪水，
就像鸟在一片纯光中坚持了阴影。
以黑暗方式收回光芒，然后奉献。
在到处都是玻璃的地方，
玻璃已经不是它自己，而是
一种精神。

---

① 选自《诗刊》1987年第11期。

就像到处都是空气，空气近于不存在。

二

工厂附近是大海。

对水的认识就是对玻璃的认识。

凝固，寒冷，易碎，

这些都是透明的代价。

透明是一种神秘的、能看见波浪的语言，

我在说出它的时候已经脱离了它，

脱离了杯子、茶几、穿衣镜，所有这些

具体的、成批生产的物质。

但我又置身于物质的包围之中，

生命被欲望充满。

语言溢出，枯竭，在透明之前。

语言就是飞翔，就是

以空旷对空旷，以闪电对闪电。

如此多的天空在飞鸟的躯体之外，

而一只孤鸟的影子

可以是光在海上的轻轻的擦痕。

有什么东西从玻璃上划过，比影子更轻，

比切口更深，比刀锋更难逾越。

裂缝是看不见的。

三

我来了，我看见了，我说出。

语言和时间浑浊，泥沙俱下。

一片盲目从中心散开。

同样的经验也发生在玻璃内部。

火焰的呼吸，火焰的心脏。

所谓玻璃就是水在火焰里改变态度，

就是两种精神相遇，

两次毁灭进入同一永生。

水经过火焰变成玻璃，

变成零度以下的冷峻的燃烧，

像一个真理或一种感情

浅显，清晰，拒绝流动。

在果实里，在大海深处，水从不流动。

四

那么这就是我看到的玻璃——

依旧是石头，但已不再坚固。

依旧是火焰，但已不复温暖。

依旧是水，但既不柔软也不流逝。

它是一些伤口但从不流血，

它是一种声音但从不经过寂静。

从失去到失去，这就是玻璃。

语言和时间透明，

付出高代价。

五

在同一工厂我看见三种玻璃：

物态的，装饰的，象征的。

人们告诉我玻璃的父亲是一些混乱的石头。

在石头的空虚里，死亡并非终结，

而是一种可改变的原始的事实。

石头粉碎，玻璃诞生。

这是真实的。但还有另一种真实

把我引入另一种境界：从高处到高处。

在那种真实里玻璃仅仅是水，是已经

或正在变硬的、有骨头的、泼不掉的水，

而火焰是彻骨的寒冷，

并且最美丽的也最容易破碎。

世间一切崇高的事物，以及

事物的眼泪。

1987年9月6日于山海关

诗作导读

　　玻璃是现代工业文明的经典意象。一方面，玻璃透明、易碎、冰凉，有着脆弱的美感；另一方面，玻璃的生产与加工都建立在挤占自然环境的基础上，它是人工构筑的风景，并非出于天然的真实。欧阳江河这首《玻璃工厂》，便聚焦于玻璃这个既纯粹又失真的工业意象。

第一节中写了玻璃的工厂，在这里，玻璃成为一种像空气的实质，是"一种精神"，它充斥在人们周围。"劳动是其中最黑的部分，/它的白天在事物的核心闪耀"，人们彼此看不见脸，唯有劳动和生产，好像已经被生产工作异化。劳动的人，构成了这一切的核心。第二节中写了"语言"，要去表达这种在工业时代下的冰冷感，语言很难去捕捉，但是灵感却可以在模糊的文字中传递，"可以是光在海上的轻轻的擦痕"。语言是无形的，能直达事物的最核心之处。

第三节和第四节写了玻璃的制作和凝固，水和火焰的互相摧毁诞生了崭新的玻璃，"它是一些伤口但从不流血"，水和火焰改变了它们的形态。玻璃象征着这样一种伤口，它在水火的摧毁中形成。它是城市组成的最基本的元素之一，经历了毁灭和淬炼，以这样一种冰冷透明的姿态展示在城市之中。在最后一节中诗人写了另一种"真实"，"在那种真实里玻璃仅仅是水，是已经/或正在变硬的、有骨头的、泼不掉的水""世间一切崇高的事物，以及/事物的眼泪"。

欧阳江河的诗作注重智性的思辨，简明而深刻，稳健而优雅。这首诗中，诗人的想象细腻入微，思考广博深邃，用词富有弹性和张力，讲求语言的精准与严密，沉稳而不失关切地传达对当下人们生存现状与精神困境的探讨。玻璃在诗人的笔下是一种凝固的精神，它构成了凝固中的城市，象征着在城市中无数的人，那些坚强的、有骨气的人，他们在城市中默默工作，无论经受过什么苦难都选择坚持自己。整首诗写得充满象征意味，透着冰冷、理性，透露出诗人的悲悯，因为那玻璃工厂是"事物的眼泪"。

评论精选

他那种使用诗歌直接对事物进行哲理思辨的方式，在优雅而沉着的节律中不断地穿透着人的内心，以智性而精确的表达，总结着一个时代，给出不可替代的命名符号。在这首诗中，他的这种能力可以说是到了登峰造极的地步——"一个无人倒下的地方不是广场，一个无人站起的地方也不是广场"，"石头的世界崩溃了，一个软组织的世界爬到了高处"。时代的转折在欧阳江河的笔下，是如此简练而深刻地完成了叙述，帮助当代中国人完成了对历史的记忆与遗忘。这就是欧阳江河，就是他独有的剑一样锋利、鹰一样精准的表达。通常我们会认为，诗人使用概念过于裸露的词语表达，会使诗意丧失，形象干瘪，但在欧阳江河这里恰恰相反，他使用最具概念性的语言，但却生发出最生动的诗意，这是真正的奇迹。

——张清华：《欧阳江河：谁是那狂想和辞藻的主人》[1]

玻璃，尤其是玻璃工厂，其内里实在没有诗情画意可言，因为制造玻璃对生态的破坏、对环境的污染都极为严重，官方已经为它量身制定了相关规则。但在当下中国，玻璃和玻璃工厂却是一个不折不扣的现代性事件，值得有抱负的新诗操持者们一显身手，但它更是考验新诗肾上腺激素优劣与否的试金石——不能处理玻璃和玻璃生产过程的新诗不配成为新诗。……就是在这个刻不容缓的当口，欧阳江河才与他的诗学之问一道，苦苦寻思该使用何种颜值、胸襟和神色的词语，该在何种程度上，动用词语何种程度的分析性能，去恰切地表达玻璃的生产过程、玻璃的隐喻、玻璃有意隐喻着的精神、玻璃之精神有意囚禁起来的另一种可能更高的真实，如此等等，都无法被任何一位现代中国诗人直观洞见式地尽收眼底，却已经让新诗的肾上腺激素蠢蠢欲动，事先活跃了起来。

——敬文东：《词语：百年新诗的基本问题——以欧阳江河为中心》[2]

一夜肖邦[3]

只听一支曲子。
只为这支曲子保留耳朵。
一个肖邦对世界已经足够。
谁在这样的钢琴之夜徘徊？

可以把已经弹过的曲子重新弹过一遍，
好像从来没有弹过。
可以一遍一遍将它弹上一夜，
然后终生不再去弹。
可以

---

① 《名作欣赏》2011年第22期。
② 《中国现代文学研究丛刊》2017年第10期。
③ 选自《谁去谁留》，欧阳江河著，湖南文艺出版社1997年版。

死于一夜肖邦，
然后慢慢地、用整整一生的时间活过来。

可以把肖邦弹得好像弹错了一样，
可以只弹旋律中空心的和弦。
只弹经过句，像一次远行穿过月亮。
只弹弱音，夏天被忘掉的阳光，
或阳光中偶然被想起的一小块黑暗。
可以把柔板弹奏得像一片开阔地，
像一场大雪迟迟不敢落下。
可以死去多年但好像刚刚才走开。

可以
把肖邦弹奏得好像没有肖邦，
可以让一夜肖邦融化在撒旦的阳光下。
琴声如诉，耳朵里空无一人。
根本不要去听，肖邦是听不见的，
如果有人在听他就转身离去。
这已经不是肖邦的时代，
那个思乡的、怀旧的、英雄城堡的时代。

可以把肖邦弹奏得好像没有在弹。
轻点，再轻点，
不要让手指触到空气和泪水。
真正震撼我们灵魂的狂风暴雨，
可以是
最弱的，最温柔的。

1988年于成都

诗作导读

肖邦1810年出生于波兰，青年时代参加波兰的民族革命斗争，曲作以波兰民间歌舞为基础，具有浓重的爱国英雄情怀，被誉为"浪漫主义钢琴诗人"。作为古典音乐的发烧友，欧阳江河非常喜欢以音乐入诗。这首《一夜肖邦》，诗人借诗歌为我们弹奏了一支沉静舒缓、深切哀婉的钢琴曲，咀嚼生命的空白、开阔、沉静，追怀最弱的、最温柔的、虚无的艺术状态，并让这一状态在反复体悟中不断重生，最终实现艺术的永恒。

为了描写钢琴曲，诗作中运用了大量夸张的比喻，本体和喻体之间充满象征意味，扩大了音乐的意义指向。比如"可以把柔板弹奏得像一片开阔地，/像一场大雪迟迟不敢落下"，运用比喻描写出缓慢的节奏，酝酿出优雅氛围，展示出一种广阔洁白的境界。此外，在诗人的比喻中，还隐含着作者对个人经验的忆念，不敢落下的雪，好像是不敢说出口的话，展示一种在心理层面的温柔和迟疑。比喻扩展了音乐本身能表达的东西，赋予诗歌审美的境界。

除了比喻之外，诗歌的隐晦也值得注意。在开头与结尾都呈现一种轻柔朦胧的氛围，开头诗人说："只为这支曲子保留耳朵。/一个肖邦对世界已经足够。"在音乐世界中，弹奏主体与钢琴曲合二为一，消逝在音乐中，以完全敞开的心去感受音乐。在诗歌的结尾："真正震撼我们灵魂的狂风暴雨，/可以是/最弱的，最温柔的。"这里音乐也被隐去，存在的是灵魂的震动和共鸣。

全诗诗节采用了"可以……"的复沓手法，形成了结构上的闭环，恰如乐章的旋律重复，增强了诗歌的节奏感、音乐感，形成回环往复的美。诗行之间长短句错落，交替使用排比、反复等修辞，形成抑扬顿挫的节奏，牵引情感一曲三折，一咏三叹，委婉深长，是一首当之无愧的音乐诗。

评论精选

音乐、诗歌乃至艺术，以一种"最弱的""最温柔的""虚无的"状态，存在于万物之中，又超越于万物之上，穿越时空，于一代又一代个体的艺术感悟中重生，最终实现艺术的永恒。诗歌所有复杂的悖论、矛盾与对立，在"艺术的永恒"中实现协调统一。……欧阳江河曾谈到自己"家里CD一万多张，古典音乐"，他热爱音乐并常以音乐做诗，《一夜肖邦》可谓其中的经典之作。整首诗结构回环反复，"可以A，好像没有A"的复沓结构，出现在第二节起每一节的句首。相同位置、相似符号的重复出现，像极了音乐演奏中的旋律重复。这是否可以理解为，欧阳江河——这位音乐诗人，在用诗歌创作音乐，以诗人的方式用文字来弹奏不朽的"肖邦"呢？"肖邦"不仅仅是"一支曲子"、一个时代那么简单，而象征着真正的音乐或永恒的艺术世界。

　　　　——韦黄丹：《永恒的诗歌和音乐——细读欧阳江河诗歌〈一夜肖邦〉》①

　　死亡是贯穿欧阳江河诗歌的主题。从20世纪80年代的《背影里的一夜》《天鹅之死》《公开的独白》《肖斯塔科维奇：等待枪杀》《一夜肖邦》《最后的幻象》（组诗），到90年代的《哈姆雷特》《晚餐》，再到21世纪之后的《泰姬陵之泪》《在VERMONT过53岁生日》，死亡以特殊的领域和冷峻、未知的世界，成为欧阳江河诗歌的重要元素。死亡使亡灵、屠戮、血肉等意象或场景遍布欧阳江河的诗歌，不断激发新的语言冲动；亡灵在诗歌中省亲与复活后，诗歌拥有独特的生命质感及玄学色彩。

　　　　——张立群：《论欧阳江河1990年代以来的诗》②

---

　　①　《名作欣赏》2015年第12期。
　　②　《中国现代文学研究丛刊》2016年第6期。

杨克

杨克，编审、一级作家。现为中国作家协会主席团委员、中国诗歌学会会长。在人民文学出版社、江苏凤凰文艺出版社、中国工人出版社等出版《杨克的诗》《有关与无关》《我说出了风的形状》《我在一颗石榴里看见了我的祖国》《每一粒光子的轨迹》等13部中文诗集、4部散文随笔集和1本文集。在日本诗潮社、美国俄克拉赫马大学出版社、西班牙萨拉戈萨大学出版社、英国剑桥康河出版社和埃及、韩国、蒙古、罗马尼亚等国出版了《杨克诗选》《地球苹果的两半》《我在一颗石榴里看见了我的祖国》等多种外语诗集，诗作共被译成19种外语。获过剑桥徐志摩银柳叶诗歌奖国内外文学奖十几种。

天河城广场①

在我的记忆里，"广场"
从来是政治集会的地方
露天的开阔地，万众狂欢
臃肿的集体，满眼标语的旗帜，口号着火
上演喜剧或悲剧，有时变成闹剧
夹在其中的一个人，是盲目的
就像一片叶子，在大风里
跟着整座森林喧哗，激动乃至颤抖

而溽热多雨的广州，经济植被疯长
这个曾经貌似庄严的词

---

① 选自《湖南文学》1999年第8期。

所命名的只不过是一间挺大的商厦
多层建筑。九点六万平米
进入广场的都是些慵散平和的人
没大出息的人，像我一样
生活惬意或者囊中羞涩
但他（她）的到来不是被动的
渴望与欲念朝着具体的指向
他们眼睛盯着的全是实在的东西
哪怕挑选一枚发夹，也注意细节

那些匆忙抓住一件就掏钱的多是外地人
售货小姐生动亲切的笑容
暂时淹没了他们对交通堵塞的抱怨
以及刚出火车站就被小偷光顾的牢骚
赶来参加时装演示的少女
衣着露脐
两条健美的长腿，更像鹭鸟
三三两两到这里散步
不知谁家的丈夫不小心撞上了玻璃

南方很少值得参观的皇家大院
我时不时陪外来的朋友在这走上半天
这儿听不到铿锵有力的演说
都在低声讲小话
结果两腿发沉，身子累得散了架
在二楼的天贸南方商场
一位女友送过我一件有金属扣子的青年装
毛料。挺括。比西装更高贵
假若脖子再加上一条围巾
就成了五四时候的革命青年
这是今天的广场
与过去和遥远北方的惟一联系

诗作导读

"广场"是诗歌中颇为常见的意象，在不同年代里被胸襟各异的诗人们赋予了不同的含义。这首诗作为杨克都市抒写的代表作，常被批评者们拿来与欧阳江河的《傍晚穿过广场》作对比解读。不同于欧阳江河诗中流露出的对20世纪80年代精神话语的留恋忧思，杨克在勾勒以往担负政治功能的广场情景时是疑虑的、灰色的。在个人盲目跟着集体喧哗激动的广场，再激烈的情感都显得那么不真实、不自由、不主动。与之相比，天河城广场中的人们，虽"慵散平和""没大出息"，但所有的情感都是主动的、真实生动、实在具体。

尽管感情上有所倾斜，但杨克的最终意图并不指向对某种政治景观的过度批判，诗歌最后"假若脖子再加上一条围巾/就成了五四时候的革命青年/这是今天的广场/与过去和遥远北方的惟一联系"表明诗人态度：他在寻求一种和解，而非摈弃和背离。

评论精选

处于政治"广场"中的个体生命不再属于自己，而属于一个抽象的共同体。被政治所操控的人是失去自我的，盲目而冲动，却根本不知道自己的命运要走向何方。较之于这些人胸怀宏大理想而盲目，处于商业社会中那些"慵散平和""没大出息的人"则呈现出另外一种生存图景："但他(她)的到来不是被动的/渴望与欲念朝着具体的指向。"对于这两种人的生存优劣诗人并未有明确的表态。只不过微妙的修饰词泄露了他隐秘的价值评判。从"是盲目的"到"不是被动的"便是人自我意识获取的一个历程。是的，社会的进步不就是要让人获得自身的自由吗?而对自由的追求不就是要唤醒自我意识和掌握自己的命运，按自己喜欢的方式生活吗?"在世俗的存在物的序列中，人是最高的阶段，它的目的就是返回自由"，通过对自由要素这一途径，诗人肯定了现代文明带来的社会进步，商品对历史的推动力量。

——杨清发：《现代性的诗意把握——杨克诗歌的符号学分析》[①]

而写于1998年的《天河城广场》则敏感把握住"广场"一词的内涵变迁，既切入了当代的历史转折，又提供了面对都市的独特立场。显然，杨克诗歌的日常性包含了更鲜明的都市性以及面对都市的生活哲学。即使放在现代汉诗谱系中看，他面对都市的态度也是独特而耐人寻味的。……诗歌那种日常的说话语调自然区别于高亢抒情的政治咏叹调，这种慵懒平和嘲讽的语调得之第三代诗歌，可是此诗显然包

[①] 《南方文坛》2009年第5期。

含了更深的历史考察和崭新的都市立场。诗人对于"哪怕挑选一枚发夹，也注意细节""赶来参加时装演示的少女/衣着露脐/两条健美的长腿，更像鹭鸟/三三两两到这里散步/不知谁家的丈夫不小心撞上了玻璃"这样带着具体性的商业日常场景投射着轻喜剧式肯定。……人们常以为日常性写作是反历史的，可《天河城广场》显然包含着历史考察；人们以为日常性写作是反讽解构的，可是《天河城广场》及杨克的一系列都市写作却包含着内在的肯定。

——陈培浩：《民间性与人民性的辩证——谈杨克诗歌，兼谈一种介入式现代主义》①

杨克的《天河城广场》中，平面化的政治广场已为充满商业意味的高层建筑所取代，诗人游弋于自我的文化记忆与现实的商业生活之间，实现了对"广场"意象的意义重组。这或许可以启示我们，意象总是牵涉着诸多矛盾而复杂的体验，其所指的历时变动实质上就是现代人持续内心追问的精神流变脉络，它与其所对应的情感空间从来都处于"未完成"的状态，需要诗人不断以其生存态度和审美经验为之赋格，以抵达更为宏阔的意义空间。

——卢桢：《城市文化视野下的中国新诗》②

我在一颗石榴里看见了我的祖国③

我在一颗石榴里看见我的祖国
硕大而饱满的天地之果
它怀抱着亲密无间的子民
裸露的肌肤护着水晶的心
亿万儿女手牵着手
在枝头上酸酸甜甜微笑
多汁的秋天啊是临盆的孕妇
我想记住十月的每一扇窗户

我抚摸石榴内部微黄色的果膜
就是在抚摸我新鲜的祖国

---

① 《南方文坛》2018年第4期。
② 《天津社会科学》2019年第4期。
③ 选自《中国新诗年鉴2007》，杨克主编，花城出版社2008年版。

我看见相邻的一个个省份
向阳的东部靠着背阴的西部
我看见头戴花冠的高原女儿
每一个的脸蛋儿都红扑扑
穿石榴裙的姐妹啊亭亭玉立
石榴花的嘴唇凝红欲滴

我还看见石榴的一道裂口
那些餐风露宿的兄弟
我至亲至爱的好兄弟啊
他们土黄色的坚硬背脊
忍受着龟裂土地的艰辛
每一根青筋都代表他们的苦
我发现他们的手掌非常耐看
我发现手掌的沟壑是无声的叫喊

痛楚喊醒了大片的叶子
它们沿着春风的诱惑疯长
主干以及许多枝干接受了感召
枝干又分蘖纵横交错的枝条
枝条上神采飞扬的花团锦簇
那雨水泼不灭它们的火焰
一朵一朵呀既重又轻
花蕾的风铃摇醒了黎明

太阳这头金毛雄狮还没有老
它已跳上树枝开始了舞蹈
我伫立在辉煌的梦想里
凝视每一棵朝向天空的石榴树
如同一个公民谦卑地弯腰
掏出一颗拳拳的心
丰韵的身子挂着满树的微笑

2006年

诗作导读

　　《我在一颗石榴里看见了我的祖国》通过颇具匠心的石榴意象，描述了我国各民族之间紧紧相依、守望相助的情谊，主题为讴歌伟大的祖国，歌颂中华民族大家庭像石榴籽一样紧密团结。这首诗很有想象力与张力，石榴意象缤纷而环绕主轴，象征有多义性，包含多重喻指，饱含深情大爱。优美、明亮、开阔是它的特点。全诗紧紧抓住石榴与祖国这两个关键词，展开联想，将事物间暗含的关联性和比喻上的相关联性构成这首诗的主旨。石榴很大，我们国家也很大；石榴籽很多，我们中国人口也很多；石榴籽是透明的、亲密无间的，因而紧紧抱在一起的各民族儿女的心是水晶一般的。石榴打开来，里面是一瓣一瓣的，以微黄色的果膜分隔，而我们国家地理上也是一个个省份相邻的。石榴向东一面比较红，西面比较青涩些，我们国家也是东部地区发达，西部地区欠发达一些。高原上的女孩，脸蛋被紫外线晒出的高原红，圆圆的，红晕就像石榴一样。这每一个句子，既可以说在指认祖国，也可以说是描述石榴。"石榴的一道裂口"与"龟裂土地""手掌的沟壑"，共同见证了我们国家发展过程中的进程。语言生动，表达深情，节奏感强，委婉有致。这首诗写于2006年，一经推出，就引爆网络，随便搜索这首诗，满屏都是这首诗歌朗诵的视频。被翻译成英文、西班牙文，传播海外。

评论精选

　　杨克的写作实践赓续并发扬了朦胧诗的传统。杨克的这种写作背景，使人确信他身上凝聚着深厚的知识分子情结，而他对中国农村和底层的感同身受，又使他的诗与中国广袤的乡村，特别是中国南方的土地与人民保持了深刻的、内在的关联。杨克在一颗石榴里看到了祖国：高原美丽，穿石榴裙的姐妹亭亭玉立，石榴花的嘴唇凝红欲滴；又从石榴的裂口中，他发现龟裂土地的艰辛，受苦的兄弟手掌的沟壑是无声的叫喊。这些想象表达了蕴于他内心的民间情怀。他是名副其实的中国学者型的诗人，同时也是心系天下的、来自生活深处的民间诗人。

——谢冕：《他是知识分子，他的心在民间》[①]

　　杨克是中国诗歌园地的常青树。20世纪80年代初，"朦胧诗"等新诗潮运动涌现，他就登上诗坛。他亲历了"第三代"浪潮、20世纪80年代末90年代初诗歌的低迷和边缘化、新生代的崛起以及网络化时代诗歌的嬗变和喧闹等。作为当代诗坛一

---

　　① 人物传媒网2016年9月18日。

个资深的"在场者"，杨克始终保持着低调、纯粹和执着。作为诗人，杨克保持着澎湃的创作热情和良好的写作状态，以优秀的品质和独特的诗美获得诗界的好评和读者的青睐。……杨克诗歌审美方式很有个性和特色，一方面有口语写作的倡导，是民间写作的中坚；另一方面体现了知识分子的精神担当，有较强的、自觉的责任感。他的诗有特别鲜明的当下感、日常性，又能把个体的经验，把时代宏阔景象或者公众经验融汇一体，一种日常性里面保持那种精神的自尊，表现了一位成熟诗人的风格和气象。

——陈希：《诗歌写作的新向度》[①]

---

① 《四川日报》2022年3月25日。

王家新（1957—　），湖北丹江口人。"知识分子写作"群体重要诗人。1978年入读武汉大学中文系，大学期间开始发表诗歌。1983年参加诗刊社组织的青春诗会，次年写出组诗《中国画》《长江组诗》，崭露头角。1986年诗风转变，由充满激情的青春写作转为坚实、凝重，关涉现代人的精神处境，寓含现实担当精神。1992至1994年赴英国做访问学者，回国后任职于北京教育学院、中国人民大学，从事中国现当代诗歌等方向的教学研究。著有诗集《纪念》《游动悬崖》《楼梯》《王家新的诗》等。

帕斯捷尔纳克①

不能到你的墓地献上一束花
却注定要以一生的倾注，读你的诗
以几千里风雪的穿越
一个节日的破碎，和我灵魂的战栗

终于能按照自己的内心写作了
却不能按一个人的内心生活
这是我们共同的悲剧
你的嘴角更加缄默，那是

命运的秘密，你不能说出
只是承受！承受。让笔下的刻痕加深
为了获得，而放弃

————————————
① 选自《花城》1991年第2期。

为了生，你要求自己去死，彻底地死

这就是你，从一次次劫难里你找到我
检验我，使我的生命骤然疼痛
从雪到雪，我在北京的轰响泥泞的
公共汽车上读你的诗，我在心中

呼喊那些高贵的名字
那些放逐、牺牲、见证，那些
在弥撒曲的震颤中相逢的灵魂
那些死亡中的闪耀，和我的

自己的土地！那北方牲畜眼中的泪光
在风中燃烧的枫叶
人民胃中的黑暗、饥饿，我怎能
撇开这一切来谈论我自己

正如你，要忍受更剧烈的风雪扑打
才能守住你的俄罗斯，你的
拉丽萨，那美丽的、再也不能伤害的
你的，不敢相信的奇迹

带着一身雪的寒气，就在眼前！
还有烛光照亮的列维坦的秋天
普希金诗韵中的死亡、赞美、罪孽
春天到来，广阔大地裸现的黑色

把灵魂朝向这一切吧，诗人
这是幸福，是从心底升起的最高律令
不是苦难，是你最终承担起的这些
仍无可阻止地，前来寻找我们

发掘我们：它在要求一个对称

或一支比回声更激荡的安魂曲
而我们，又怎配走到你的墓前？
这是耻辱！这是北京的十二月的冬天

这是你目光中的忧伤、探询和质问
钟声一样，压迫着我的灵魂
这是痛苦，是幸福，要说出它
需要以冰雪来充满我的一生

1990年

诗作导读

一如西川、欧阳江河，王家新亦属"知识分子写作"诗群的重要诗人，故他在诗歌创作理念上，与前者不无相同之处：注重诗歌写作的"难度"，讲求语言技法运用的恰适和精密；节制泛滥的情感，冷静地表达对于世间事物多维度、综合性的感悟；适当借助西方诗歌、文化资源，增益自我的创作，同时保持历史理性与人文关怀。但相较而言，王家新对于异域资源、对于"知识"的信赖，似乎比其他人更甚，从这首享誉诗坛的《帕斯捷尔纳克》中我们就可看出，王家新是如何倾心于被誉为俄罗斯代言人的《日瓦戈医生》的作者，如何被一种异国土地上的深广苦难与隐忍抗争打动。

《帕斯捷尔纳克》写于1990年，彼时王家新已经意识到理想主义落潮、诗歌边缘化的时代变幻给诗人带来的尴尬，产生出一种压抑、迷茫的情绪体验，但他并未流于颓废，甚至失语。一方面他将自己的文学目标定为反思、批判时代与历史，思索现代人的命运与精神困境，自觉承担起一些沉重的话题，另一方面他积极寻找能为他照亮阴霾的精神上的烛火，并将自己感受到的光亮传递出去，向世人证明着希望不泯。由此看来，《帕斯捷尔纳克》绝不能被简单理解为一首致敬俄罗斯白银时代的一位文学大师的诗歌，它的深层含义在于：从帕斯捷尔纳克所处的现实环境，其人生和创作历程，看到了人类苦难的惊人的相似；从帕斯捷尔纳克的勇于担负命运，在寒冷和重压之下不忘持守、不断探寻，看到了中国知识分子所应择取的姿态。在一个商业化的、"非诗"的时代，尚有道义良知和精神追求的人，确实应像帕斯捷尔纳克一样坚韧地活着，如他一样自觉抵住压力，坚守和维系人类的精神命脉。

王家新的创作一直秉持一种"承担的诗学"，所谓承担并不是空穴来风，不是缺乏实质内涵的一个虚词。王家新认为，诗人作为知识分子，必须对其身份和职责有着某些体认，必须能够承担自我的苦难与一个时代的"沉痛"，能在压抑和孤独之下坚持信念与良知，唯有如此，他的存在和写作才有价值。他有这种觉悟，一方面是二十世纪八九十年代云谲波诡的中国文化环境促使他不断思考，另一方面也得益于帕斯捷尔纳克这样的精神导师对他的启悟。

评论精选

"终于能按照自己的内心写作了/却不能按一个人的内心生活"……王家新是在替我们这个时代说话。替时代说话，也即替历史说话。……他们锻打了自己的灵魂，等于锻打了自己的时代……《帕斯捷尔纳克》对于王家新创作的"彻底转变"，具有一层特殊的意义。他们之间的命运太相似了。王家新在放弃了对文化本土无望的寻求之后……唯有帕氏能向他提供这样的精神支撑，只有在孤傲、沉思、痛楚和坚定的氛围当中，他才可能"静下心来"，认真刻画自己的灵魂。

——程光炜：《程光炜诗歌时评·王家新论》①

如果说王家新在《瓦雷金诺叙事曲》中与帕斯捷尔纳克的对话还显得勉强，更多的是单纯地认同与全面的接受、模仿的话（仅结尾几行有一点个人的声音），那么至《帕斯捷尔纳克》一诗却是上了一个台阶，王家新终于可以以这首诗完成与帕氏的一种对话关系或基本平等的生命的互文关系。此诗同样写于冬天，但却是1990年冬天，刚好是完成《瓦雷金诺叙事曲》一年之后，从中也可见诗人的技艺正随着时间的推移而精进。

——柏桦：《从模仿到互文——论帕斯捷尔纳克对王家新的唤醒》②

《帕斯捷尔纳克》从诗歌的题目到诗歌中大量的诗人独语、对话，我们可以看出，首先这首诗含有对俄罗斯白银时代的伟大诗人、小说家帕斯捷尔纳克（1890—1960）这位"承受者""苦难者"式的"大师"致敬的成分……但是，值得强调的是，如果仅仅将《帕斯捷尔纳克》这首诗简单地视为王家新对帕斯捷尔纳克的致敬，无疑将诗人的真正写作意图和这首诗丰富的诗歌意义大大降低了。与其说这首诗是对另一个伟大诗人的致敬，不如说这是精神贫血时代诗人自己和自己，甚至自

---

① 河南大学出版社2002年版，第175-176页。
② 《中外文化与文论》2008年第1期。

己与时代的互相探询与争辩。

　　——霍俊明：《在寒冷的雪中让内心和时代发声——王家新〈帕斯捷尔纳克〉
欣赏》①

田园诗②

如果你在京郊的乡村路上漫游
你会经常遇见羊群
它们在田野中散开，像不化的雪
像膨胀的绽开的花朵
或是缩成一团穿过公路，被吆喝着
走下杂草丛生的沟渠

我从来没有注意过它们
直到有一次我开车开到一辆卡车的后面
在一个飘雪的下午
这一次我看清了它们的眼睛
（而它们也在上面看着我）
那样温良，那样安静
像是全然不知它们将被带到什么地方
对于我的到来甚至怀有
几分孩子似的好奇

我放慢了车速
我看着它们
消失在愈来愈大的雪花中

2004年

---

①　《名作欣赏》2008年第21期。
②　选自《人民文学》2005年10月号。

诗作导读

　　鲁迅曾在《华盖集续编·一点比喻》中，写过一个关于羊的故事：一只脖子上挂着一个小铃铎的山羊，带领着一群胡羊，挤挤挨挨、浩浩荡荡地奔向前去。山羊既毫不疑心自己带领的方向，而胡羊们亦毫无纷乱和不满，只是眼色柔顺地跟从。它们认真而忙迫，好像前面真有一个安稳祥和的所在，而并不是庸常的生活，并不是"坟"。鲁迅看到这种场景，忍不住向胡羊们发问："往哪里去？！"王家新所写的这首《田园诗》，讲述的也是关于羊的事情，与鲁迅的故事有异曲同工之妙——寓指的都是一种人与羊共同的、无可逃避的、不知所往的命运。但二者也有不同之处：鲁迅是站在旁观者的角度审视羊的奔波，他虽哀悯于羊的悲剧性生活，但也带有一种"他者"的不解；而王家新并未居高临下地审视羊群，是一次偶然的机会，让他近距离接触了羊，实现了与羊的对话。鲁迅看羊，实际上看到的是人，王家新看羊，却是首先看到了作为主体的羊。

　　到了21世纪以后，王家新的创作愈发显得内倾、冷寂。静观万物，看它们如何动作、怎样存在，在理解和沟通的过程中，同时剖白自己内心的隐秘体验，成为他的创作范式之一，这首《田园诗》便是如此。从题目来看，我们绝想不到"田园诗"三个字领有的内容，会是那么的简洁、冷清，全篇只写了常被看见、却很少被注视的羊，其寻常的来去，以及无法认知、无从抗拒奔波的命运。然而，正是因为缺少牧歌情调，反而负载比较沉重，这首诗才体现出一种反讽的张力，才能引人深思：所谓的田园牧歌式生活真的存在吗？徜徉于乡间的生灵看似自由自在，孰知是不是被单调的生活、悲剧的命运裹挟呢？羊被拉在车上，将要"无故就死地"却毫不自知，人替它们感到悲哀，然而人不也常常如此吗？正因提供了这些思考，这首《田园诗》才获具了非凡的价值。

　　相较于二十世纪八九十年代的创作，《田园诗》也显现出王家新诗学观念的进步，"承担的诗学"有了新的内涵：羊对于它的命运，是能够忍耐和承担的，然而，不能觉知自己的苦难，这种忍耐和承担就没有反抗的意义在里面。无论羊还是人，唯有对自己的苦难遭际、荒诞存在有清醒的认知，才谈得上真正的承担命运，担负时代的重压。

评论精选

　　这首诗并不难懂，它讲的是一群前途未卜（或即将领受厄运）的羊，而它们或许还没有意识到将面临怎样的命运。前半部分讲对生命的熟视无睹，后半部分讲生命之无常。二者对比，给人留下深刻的印象。但是，这首诗的语言是有问题的，尤其是这样的句子"直到有一次我开车开到一辆卡车的后面"，这里面有两个"开"字和两个"车"字，读起来相当拗口。同样的事情，埃兹拉·庞德的表达则既简单又悲壮："牛群正在离去/非常整齐——/走向屠宰场。"这正体现了布罗茨基的话：对多余的抛弃，正是诗歌的第一声呼喊。而简明扼要的叙述，也给读者留下了足够的想象空间。

——耿晓谕：《王家新诗歌的叙事》①

从前些年诗人写下的《田园诗》中与安静而温良的羊群对视，到后来的许多近作，诗人越来越觉得"是某种痛苦的生灵在凝视我们"，敢于接受这种"目睹"，也就是敢于面对自己的良知，忠于自己的灵魂，因而他的写作不仅成为一种对"对视"的回应，也越发能够刺破"陡峭的黑暗"（《新年第一天》），成为我们这个时代"诗的目睹"和见证。

——杨东伟：《"每一行诗/都将重新标出边境线"——论王家新近期的诗歌创作》②

诗人阐释过这首诗对传统"田园诗"的反讽。它并没有他在20世纪90年代诗中常有的不可遏制的抒情性，反而有某种平静的叙说，暗相呼应着羊群眼神的"温良""安静"；恰恰是这种无辜的"温良""安静"，与生俱来的"好奇"，让诗人感受到"撕开了我们良知的创伤"，并追问"这种注视是谁为我们这些人类准备的"？无论诗人的自我阐释是否存在"意图谬误"，所谓"绝对性语言"并非古典诗学中的"以少胜多""以一当十"，也并非现代诗歌意欲通过对词语的"高度提纯"来达到光滑、流畅、悦耳的艺术效果。"不化的雪"隐喻着观看者与被看者的相似命运。

——魏天无：《"有难度的写作"：王家新的诗歌美学与伦理》③

---

① 《名作欣赏》2012年第19期。
② 《扬子江评论》2018年第3期。
③ 《写作》2019年第1期。

张 枣

张枣（1962—2010），湖南长沙人。湖南师范大学英语系毕业，1986年出国，旅居德国。代表作有《镜中》《何人斯》等。出版诗集《春秋来信》《张枣的诗》等。

镜中①

只要想起一生中后悔的事
梅花便落了下来
比如看她游泳到河的另一岸
比如登上一株松木梯子
危险的事固然美丽
不如看她骑马归来
面颊温暖，
羞惭。低下头，回答着皇帝
一面镜子永远等候她
让她坐到镜中常坐的地方
望着窗外，只要想起一生中后悔的事
梅花便落满了南山

诗作导读

这首诗是张枣较知名的代表作。全诗结构精巧凝练，语言平和淡雅，在文本中运用"镜"这一意象，化重为轻，虚实结合，制造多层意义空间，将朦胧隐现的复

---

① 选自《春秋来信》，张枣著，文化艺术出版社1988年版。

杂情感依托于若干细微场景的表述之中，道出深远而悠长的追忆。

诗人抒发的是对过往的追忆，是一种"后悔"。"悔"是一个沉重的字眼，诗人的表达却是轻盈的，犹如一根羽毛，犹如落下的梅花。梅花这一意象，为全诗的意境增添了古朴悠远之美，一个"落"字，则奠定了全诗举重若轻、悠长舒缓的抒写基调。接下来，诗人用一些内涵不确定的意象，来构筑一些朦胧而幽微的情感。四个场景由远及近，观望游向另一岸的"她"，是在诗中植入看与被看的关系，拉长主客体之间的距离；登上梯子这一句，着重于语言肌体的轻盈，消解上一句承载的愁思。一重，一轻，张弛有度；女子骑马归来，面对相思之人一系列的动作，是捕捉动态的瞬间，加快了诗歌情感表达的节奏；最后"皇帝"这两个指向历史的深重字眼，加强了全诗古典的氛围。"皇帝"不单单是一个简单的历史身份，也不是具体指向某一个人，而是诗人对情感关系中占据主动权的那一方的隐喻。

紧接着，诗人将"镜"这个意象植入诗中。镜子是一个东西方文学都十分钟爱的意象，它既是映照光明与美好、纯净通透的物质，也是拉开距离、化实为虚、制造隔膜的屏障。诗人运用镜子，让全诗"看与被看"的关系进一步丰富。"让她坐到镜中常坐的地方"这一句，迅速扩宽了全诗的表达空间。现实的、镜中的、镜中反观现实的、现实看镜中的，四层空间相互观照，构筑一座文本的镜像迷宫。真切的悔恨与痛楚再度置入苍茫的幻境，像飘浮的云朵，像纤细的尘埃。最后两行，诗人重复了南山、梅花、镜子（窗）这一广阔的意象空间，与开头两行形成呼应，使得全诗也变为一个相互映照、上下互文的镜像，将开头处理情感的轻盈和悠长进一步推开去，"落满了南山"，固定住发散的、飘浮的情绪。

镜像内外，梅花飘落，伊人独思，似梦非梦，虚实相生。诗人追怀往事，他故意省去每个句子的主语，模糊诗句的具体指向，淡化诗句之间的关联性，营造出一种似真似幻的、朦胧的、不确定的情感氛围。诗人灵活运用同类句式，借反复、邻韵等手法，制造声音上的回环效果，并利用口语的灵动自然，自在地牵引全诗的情感节奏，这首诗音乐性的经营亦是深层的。形式轻如鸿毛，意义重于泰山，张枣在轻与重之间，在镜像与真实之间，完成了一次生命的穿梭。

评论精选

至于这首小诗的意义，如今我们当然懂得，不必过度阐释。《镜中》只是一首很单纯的诗，它只是一声感喟，喃喃地，很轻，像张枣一样轻。但这轻是一种卡尔维诺说的包含着深思熟虑的轻。这轻又仍如卡尔维诺在《论轻逸》中所说，是"一种倾向致力于把语言变为一种像云朵一样，或者说得更好一点，像纤细的尘埃一样，或者说得再好一点，磁场中磁力线一样盘旋于物外的某种毫无重量的因素……对我来说，轻微感是精确的、确定的，不是模糊的、偶然性的。保尔·瓦雷里（Paul Valery）说：'应该像一只鸟儿那样轻，而不是像一根羽毛'"（按：瓦雷里此说尤指轻中之重，而非真的轻若鸿毛，我认为这轻与重之间的讲究与辩证法仅仅是说给那些懂得轻的诗人听的）。

——柏桦：《张枣："镜中"的诗艺》①

同时，镜像的运用也使得"轻与重"再一次得到平衡。所有的"重"——追悔、恩怨都在"镜中"展开，与"现实"拉开了一定的距离，因而变成可以承受之"轻"；由于镜像交叠、虚实混织所造成的纠缠，消除了距离可能带来的淡漠、遗忘甚至无动于衷，保留了情感上应有的那一份"重"。镜子是一个在中国古代和西方（比如博尔赫斯）都具有吸引力的意象，它的神奇之处在于轻易消弭阻隔、通联一切的魔力，在它的世界中，时间、空间、自然、心理、现实、梦幻皆可找到沟通转换的渠道。它意味着界限的退隐，也意味着距离；其特质可以在艺术中无限生长，全在于天才的运用。

——姚亮：《轻与重：美丽的悔——读张枣〈镜中〉》②

由此，我们才能明了，为何这首诗触及了追忆的主题，却并不令人产生这一古典诗歌的经典主题通常予人的哀感，反而洋溢着一种明媚的韵味，带给我们的情绪，即使不能说是喜悦，至少可以说是悠然的。循着上述文化无意识的向度回头再来看"梅花便落满了南山"，这最后一句所具有的旷远、升华之感，其来由，恰可以说是从那个被虚构的"窗""镜"中，虽然在诗歌文本的表面，是"他""她""皇帝"正绵绵追忆着过去，而隐匿在文本之内的，却是20世纪80年代新诗的自我意识，是它正在那一特定的历史时刻眺望和想象着自己的远方和未来。

——冷霜：《诗歌细读：从"重言"到发现——以细读张枣〈镜中〉为例》③

---

① 《东吴学术》2010年第3期。
② 《南京理工大学学报》（社会科学版）2012年第3期。
③ 《文艺争鸣》2015年第5期。

何人斯①

究竟那是什么人？在外面的声音
只可能在外面。你的心地幽深莫测
青苔的井边有棵铁树，进了门
为何你不来找我，只是溜向
悬满干鱼的木梁下，我们曾经
一同结网，你钟爱过跟水波说话的我
你此刻追踪的是什么？
为何对我如此暴虐

我们有时也背靠着背，韶华流水
我抚平你额上的皱纹，手掌因编织
而温暖；你和我本来是一件东西
享受另一件东西；纸窗、星宿和锅
谁使眼睛昏花
一片雪花转成两片雪花
鲜鱼开了膛，血腥淋漓；你进了门
为何不来问寒问暖
冷冰冰地溜动，门外的山丘缄默

这是我钟情的第十个月
我的光阴嫁给了一个影子
我咬一口自己摘来的鲜桃，让你
清洁的牙齿也尝一口，甜润的
让你也全身膨胀如感激
为何只有你说话的声音
不见你遗留的晚餐皮果
空空的外衣留着灰垢
不见你的脸，香烟袅袅上升——
你没有脸对人，对我？

---

① 选自《春秋来信》，张枣著，文化艺术出版社1988年版。

究竟那是什么人？一切变迁

皆从手指开始。伐木叮叮，想起

你的那些姿势，一个风暴便灌满了楼阁

疾风紧张而突兀

不在北边也不在南边

我们的甬道冷得酸心刺骨

你要是正缓缓向前行进

马匹悠懒，六根辔绳积满阴天

你要是正匆匆向前行进

马匹婉转，长鞭飞扬

二月开白花，你逃也逃不脱，你在哪儿

休息

哪儿就被我守望着。你若告诉我

你的双臂怎样垂落，我就会告诉你

你将怎样再一次招手；你若告诉我

你看见什么东西正在消逝

我就会告诉你，你是哪一个

诗作导读

这首诗的灵感来源于《诗经·小雅》中的同名诗篇《何人斯》，原诗语气激烈，多用反问，痛斥那个过家门而不入的负心人："彼何人斯？其心孔艰。胡逝我梁，不入我门？伊谁云从？"

张枣的这首诗并不是单纯的古诗翻新，而是把古诗赋予了现代的、别致的意境。这首现代诗语气委婉、含蓄，描写了抒情主体充满深情地等候爱人。诗歌的语言悠扬，萦绕着一种纯净优美的意境。最后一小节写得尤为生动，"二月开白花，你逃也逃不脱，你在哪儿/休息/哪儿就被我守望着。"写出一种纠缠、深情的目光。"你若告诉我/你的双臂怎样垂落，我就会告诉你/你将怎样再一次招手；你若告诉我/你看见什么东西正在消逝/我就会告诉你，你是哪一个"，则表示"我"的目光紧紧跟随着"你"，始终和"你"有着心灵的相通。

在张枣的诗歌中充满这样看似无意义的话语，他的诗歌不是用逻辑连接的，也不是以惯常的逻辑能够读解的，而是充满自由的灵感、轻盈的想象、变幻的体验，给人以心灵上的直接冲击。若将这首诗和古诗《何人斯》互相参照，现代汉语所触发的幽微诗意显而易见。

评论精选

1984年深秋或初冬的一个黄昏，张枣拿着两首刚写出的诗歌《镜中》《何人斯》来到我家，当时他对《镜中》把握不定，但对《何人斯》却很自信，他万万没有想到这两首诗是他早期诗歌的力作并将奠定他作为一名大诗人的声誉。他的诗风在此定型，线路已经确立，并出现了一个新鲜的面貌。这两首诗预示了一种在传统中创造新诗学的努力，这努力代表了一代更年轻的知识分子诗人的现代中国品质或我后来所说的汉风品质：一个诗人不仅应理解他本国过去文学的过去性，而且还应懂得那过去文学的现在性（借自T. S. 艾略特的一个诗观）。张枣的《何人斯》就是对《诗经·何人斯》创造性（甚至革命性）的重新改写，并融入个人的当代生活与知识经验，用现在的话说，就是一种对现代汉诗的古典意义上的现代性追求。他诗中特有的"人称变换技巧"的运用，已从这两首诗开始并成为他写作技艺的胎记与指纹，之后，他对这一技巧将运用得更加娴熟。他擅长的"你""我""他"在其诗中交替转换、推波助澜，形成一个多向度的完整布局。

——柏桦：《张枣："镜中"的诗艺》[①]

"究竟那是什么人"的发问者与"想起"的主语毫无疑问是"我"，那"伐木叮叮"的人显然是"你"，于是不经意两句就把叙述视角在"你""我"之间转换了一次。而对于"你的那些姿势"若承接上一句就是以"我"为主体的想象或回忆，然而诗歌故意断了行，那么叙述视角的连贯性也就隔断了，可以是"我"对"你"姿势的观察，也可以是某个第三人称的外视角观察。而这个外视角可以延伸到对于"我们的甬道冷得酸心刺骨"这一状况的叙述，观察"我们"的不能是"我们"自己，必须外化为一个他者。接下来的一个诗节又把视角转回到"我"身上，表现"我"对"你"的一种假想。另外，"疾风紧张而突兀/不在北边也不在南边"是对《诗经》中"其为飘风。胡不自北？胡不自南"的改写和阐释。将"你"与"风"的形象联系起来，不知"你"从何来，看不见"你"，但是"风"又是无所不在、无孔不入的，所以再次形成在场与不在场的悖论并行。诗人再进一步把

---

① 《东吴学术》2010年第3期。

"你"与"风"的关联引入了一个场景中，风暴灌入甬道，并加入"心酸刺骨"，把刺骨寒风与"你""我"心酸的感受进行了通感交织。

——张润：《传统与现代性：论〈何人斯〉中的互主体性写作》[1]

楚王梦雨[2]

我要衔接过去一个人的梦
纷纷雨滴同享的一朵闲云
宫殿春夜般生，酒沫鱼样跃
让那个对饮的，也举落我的手
我的手扪脉，空亭吐纳云雾
我的梦正梦见另一个梦呢

枯木上的灵芝，水腰系上绢帛
西边的飞蛾探听夕照的虚实
它们刚刚辞别幽居，必定见过
那个一直轻呼我名字的人
那个可能鸣翔，也可能开落
给人佩玉，又叫人狐疑的空址
她的践约可能中断潮湿的人

真奇怪，雨滴还未发落前夕
我已想到周围的潮湿呢
青翠的竹子可以拧出水
山阿来的风吹入它们的内心
而我的耳朵似乎飞到了半空
或者是凝伫了而燃烧吧，燃烧那个
一直戏睡在它里面，那湫隘的人

---

① 《名作欣赏》2017年第26期。
② 选自《春秋来信》，张枣著，文化艺术出版社1998年版。

还烧烧她的耳朵，烧成灰烟
决不叫她偷听我心的饥饿
你看，这醉我的世界含满了酒
竹子也含了晨曦和皎月
它们萧萧的声音多痛，多痛
愈痛我愈是要剥它，剥成鼻孔
那么我的痛也是世界的痛

请你不要再聆听我了，莫名的人。
我知道你在某处，隔风嬉戏
空白的梦中之梦，假的荷叶
令我彻夜难眠的住址
如果雨滴有你，火焰岂不是我
人同道殊，而殊途同归
我要，我要，爱上你神的热泪。

诗作导读

这首诗选材自楚王梦见巫山神女的传说，神女在梦中告诉楚王自己居住的地方，那里"旦为朝云，暮为行雨"，后世也把男欢女爱叫作"巫山云雨"。张枣偏爱庄子，喜欢在诗中编织似有似无的幻境，如前文收录的《镜中》，如这首写梦中之梦。

诗人在运用这个典故时别出心裁，特别耗费笔墨去着重写"雨"这个字。写雨水所带来的清新、潮湿之感，"青翠的竹子可以拧出水/山阿来的风吹入它们的内心"，雨水潮湿、清新，让万物在干涸中复苏。

诗中反复渲染的带有生机的意境，象征着等待爱情时苏醒和期盼的身心。雨水代表着神女，火焰代表着"我"，"如果雨滴有你，火焰岂不是我。"两者千差万别，"我"凭借深情来消弭这种差别。张枣善于在诗歌中描写最细微的感觉，他的字句通常是随着感觉而流淌的。诗歌的语言古雅，如"宫殿春夜般生，酒沫鱼样跃"，其中还有一些新奇和灵动的比喻如"愈痛我愈是要剥它，剥成鼻孔"，使文本本身产生了张力。

评论精选

在早期的诗歌，比如《镜中》里，张枣就制造了一个镜子式的迷宫，文本的循环，模仿着镜像的循环，这就构成了一个内在的无限空间。但诗人在设计这个内在空间时，没有直接或间接地指向一个形而上学式的空白，而是着迷于一个充满青春气息的词语游戏。当然，他写下的一些零星诗句，预示了他后来的诗歌中密集出现的形而上学倾向。比如，他在《楚王梦雨》中写道："空白的梦中之梦"。在整首诗中，这句诗通过指向内在的意识空间，而接近无言的沉默地带。张枣之后的写作渐渐显示了如下意识：只有通过一个明确的外部符号来确认，才能完成对无限内部的命名。

——颜炼军：《诗歌的好故事……——张枣论》[①]

但张枣寄情于这卑微的生命：这里尽是庄子的意象和观念。朝菌不知晦朔，蟪蛄不知春秋，苍蝇不知花叶。你的天地很小，但是，小大之辨是相对的，"大天地而小毫末"是不对的，所以张枣想迁入苍蝇短暂的寿命中，和嗡嗡营营往来盘旋的积习里，载歌载舞，听梦中的情侣的叹息。情侣不知身在梦中，而梦着他们的梦。"方其梦也，不知其梦也。梦之中又占其梦焉，觉而后知其梦也。且有大觉而后知此其大梦也。"张枣太喜欢庄子的这个玄妙之想了，他说："我的梦正梦见另一个梦呢。"（《楚王梦雨》）

——江弱水：《发明的现实——张枣诗细读小辑》[②]

[①] 《文艺争鸣》2014年第1期。
[②] 《文艺争鸣》2018年第9期。

黄灿然

黄灿然（1963—　），生于福建泉州。"朦胧诗"之后有影响力的诗人，同时也是成果卓著的翻译家。1978年移居香港。1988年他毕业于暨南大学，后任《红土诗抄》主编、《声音》诗刊主编和《倾向》杂志编辑，20世纪80年代开始发表诗作，著有诗集《十年诗选》《世界的隐喻》《游泳池畔的冥想》《奇迹集》等，诗风平实质朴、温柔敦厚，时常能从日常事物中发掘义理、情趣。2011年他曾获得华语文学传媒大奖年度诗人奖。在翻译方面的成果有《卡瓦菲斯诗集》《里尔克诗选》《聂鲁达诗选》等。

杜甫①

他多么渺小，相对于他的诗歌；
他的生平捉襟见肘，像他的生活。
只给我们留下一个褴褛的形象，
叫无忧者发愁，痛苦者坚强。

上天要他高尚，所以让他平凡；
他的日子像白米，每粒都是艰难。
汉语的灵魂要寻找适当的载体，
这个流亡者正是它安稳的家园。

历史跟他相比，只是一段插曲；
战争若知道他，定会停止干戈。
痛苦，也要在他身上寻找深度。

---

① 选自《诗选刊》2010年第4期。

上天赋予他不起眼的躯壳，

装着山川，风物，丧乱和爱，

让他一个人活出一个时代。

1999年

诗作导读

这首《杜甫》创作于1999年，正值黄灿然刚刚进入创作生涯的第二个阶段。相较于第一个阶段的专注表达内心感受，同时追求语言形式的创新，这一阶段黄灿然的视野更加开阔，思想更加成熟，那种即兴式的情绪挥发已从他的诗歌中剔除；而且他已经找到一种准确而宽广的表述话语，遣词造句再无挥霍语言的嫌疑。

《杜甫》一诗即体现了这一时期其诗歌的优长：在内容方面，它只是平白地叙述史实和感悟，常有思想的火花显现，却毫无过分浓郁的崇仰或哀戚之情流出，真正做到了温柔敦厚，使人回味无穷。在形式方面，它使用的修辞是最朴素的白描，语言也平实流畅，绝不刻意求新求奇，给人的感觉好像此诗只是一封写给友人的短信，但诗意却自然地从字里行间氤出。这样的诗歌，无愧于华语文学传媒大奖授奖词中所述："有着一种与颓废、刻薄之风相区别的厚道性格。"

杜甫作为驰名千古的"诗圣"，成为现当代诗人心目中的偶像、楷模，是毫不奇怪的，现当代诗人中试图理解杜甫，与他隔空对话，表达对他的敬意者，也不乏其数。黄灿然的《杜甫》比之前人作品，乍看其内蕴或许还不够丰厚，但其语言表述明显更加坚实，创作主体与其审视的对象间的距离明显更加亲近，自有非同寻常的价值。黄灿然是把杜甫当作一个有血有肉、有忧有愁的普通人来看的。他选择平视观照杜甫，他清楚地看到：杜甫是在以渺小的身躯、平凡的生命，承受着一个时代的重压。杜甫并无异于常人的超能力，他的生活时常窘迫，形象总是褴褛，但就是在这种状况下，他还能保持纯净的良知，还能对国家、民族寄予真切的关怀。杜甫诗歌的文学性价值，只是造就他不朽光辉的次要因素；他之所以被人们永世铭记和崇敬，是因他的人格、行为与他诗歌中透露出来的伟大精神高度一致。黄灿然以其书写，为我们生动阐释了上述的道理。

评论精选

短诗《杜甫》也曾广获好评，这首诗歌值得注意不仅在于它写出了一个被号称为"诗圣"的人的崇高形象，更在于它层出不穷的佳句："他的日子像白米，每粒都是艰难"，"历史跟他相比，只是一段插曲"，"痛苦，也要在他身上寻找深度"……生动而别致，令人一读难忘。……从黄灿然这首诗里，我们可以真切地感知到什么是"有句有篇"。

——刘春：《黄灿然诗歌写作的"三个阶段"》①

黄灿然想象中的杜甫，是一位遍尝时代的创痛，却因为其坚毅的美德和人文主义的远见而活出极致的诗人。这种观点与冯至的观点相互呼应，后者将杜甫视为在任何艰苦境遇中都能保存自身的楷模。黄灿然则认为，诗人的自我道德律令要求他揭示现实的模糊表象，从而展示人与人之间，甚至人类与神灵之间的交流："上天赋予他不起眼的躯壳，/装着山川，风物，丧乱和爱，/让他一个人活出一个时代。"

——王德威著，刘倩译：《六个寻找杜甫的现代主义诗人》②

诗歌语言作为读者审美体验形成的先导部分，对文本的阐释具有重要的意义。独到且个性化的语言是形成一个作家独立风格必备的条件。黄灿然不仅是一位著名的诗人，也是一位有着深厚诗歌理论的诗论家，其日常创作中所形成的简洁与精确的叙述语言是其区别于他人的显著标志。

——牛艳莉：《奏响灵魂的交响曲——黄灿然诗歌论》③

① 《海南师范大学学报》（社会科学版）2011年第2期。
② 《当代作家评论》2019年第4期。
③ 《文艺争鸣》2019年第7期。

吕德安（1960—　），福建福州人。美术专业出身，以绘画为本职，同时也是后朦胧诗时代的重要诗人之一。1976年高中辍学，上山下乡当"知青"，两年之后进入福建工艺美术学校就读，并在普希金的影响下开始诗歌创作，诗风自然质朴。1982年底与同人创办星期五诗社，次年参与南京"他们"文学社，创作代表作《父亲和我》。1991至1994年旅居美国纽约，以绘画谋生，同时坚持写诗，获得了首届"他们"文学奖。回国后定居家乡，潜心创作，也参加一系列文学活动。著有诗集《南方以北》《顽石》等。

父亲和我①

父亲和我
我们并肩走着
秋雨稍歇
和前一阵雨
像隔了多年时光

我们走在雨和雨
的间歇里
肩头清晰地靠在一起
却没有一句要说的话

我们刚从屋子里出来

---

① 选自《当代中国诗三十八首》，贝岭编，1984年油印。

所以没有一句要说的话
这是长久生活在一起
造成的
滴水的声音像折下一支细枝条

像过冬的梅花
父亲的头发已经全白
但这近似于一种灵魂
会使人不禁肃然起敬

依然是熟悉的街道
熟悉的人要举手致意
父亲和我都怀着难言的恩情
安详地走着

1983年

诗作导读

简单纯净，亲切和睦，是吕德安一以贯之的创作品格，这与他的新诗启蒙经历密切相关：在二十岁以前，吕德安对外域的诗歌作品和理论所知甚少，对中国本土的白话新诗，也无甚研究心得，基本上是古体诗为他提供了关于诗歌的一切想象。到了1980年，寓居东南小岛鼓浪屿的吕德安偶然读到了普希金的诗，那些平易晓畅却诗意盎然的句子深深吸引了他，令他不禁感叹："诗歌竟然可以这样写！"从此他正式走上新诗创作的道路。因为普希金的影响甚大，吕德安的创作风格乃至内蕴便与普希金诗歌有着诸多相似之处，譬如语言简单、朴素，却有很强的表现力；时常有清新自然的意象、美丽迷人的意境显现于笔端；内容上常表现对生活的热爱、对乡土的依恋、对一切美的事物的礼赞。上面这首《父亲和我》就完满展现了吕德安的创作风采。

从代际来看，吕德安应属于"第三代诗人"，实际上他也确实和第三代的"他们"诗人群颇有渊源，可算其中的一分子。但是，"反崇高""反意象""口语化"等第三代诗人普遍的创作倾向，在吕德安这里却极少显露，他始终在心态平和地书写个人本真的生命体验，作品充满流畅的抒情、对往昔的深切怀念。创作《父亲和我》时吕德安年仅23岁，但这首诗却显得足够成熟、足够凝重，蕴含一种从根本上打动人心的力量。从表面上看，此诗一如其题目所示，写的是"我"与父亲共同生活的故事，是父子之间的真挚感情。但仔细观之，我们会发现诗歌所写并不只是"我"和父亲漫步雨中、虽然无言却能相互理解、相互体贴这样简单，其中还有深一层的结构。秋雨断续，一阵和一阵之间"像隔了多年时光"，这里写出的是物理时间和心理时间的差异，是人生常有的"恍如隔世"和"似曾相识"的感觉；滴水的声音如梅枝折断，父亲的头发全白，近似一种"灵魂"，这里所写的是岁月的实质感，是对有限在无限面前渺小然而充盈的体认；"依然是熟悉的街道/熟悉的人要举手致意"，这是对存在的确证和感怀，是对此在的生命所拥有的缘分的指认和珍惜……由此可知，《父亲和我》在表层的亲情叙述之下，隐含的是对时间流逝的感悟、对人之存在的思考，是理解生命的实质后，感恩所遭逢的一切。明了这一层意思，我们方能感知这首诗所拥有的真正魅力，方能体会吕德安精神世界的丰赡、表达技艺的高超。

评论精选

在对日常生活经验的表达上，吕德安也表现出与许多具有先锋、激进特征的"第三代诗人"不同的品质。他的叙述语调始终是冷静感性甚至超脱的，他更像一个"中世纪"的隐逸诗人，静静地、远距离地打量着身外的世界，那种直接面对日常生活而生成的情感仿佛纯真无瑕、浑然天成。例如他的《父亲和我》就是如此。诗中虽然充满着对父亲的感恩，但却如静水流深般无言，情感与思想只在语流中悄然潜行。

——林平乔：《心灵在神圣的远古之乡流淌——试论吕德安诗歌的美学意蕴》[1]

时代之诗是时代的见证，而心灵之诗长在人心的土壤上，永不凋谢。你看看八十年代的福建诗歌，不管是舒婷的诗，吕德安的诗，还是汤养宗八十年代想象大海的诗作（汤养宗现在的诗有很多的变化），福建诗人表达的是一种非常内在的经验，他们以个人经验、地方经验内化了光辉灿烂的时代，这是我们福建诗歌的特点。因为从内在的生命中提取，所以像舒婷最好的诗，表现了那个年代想说而不敢说、不能说的内心状态。

——王光明：《时代之诗与内在经验》[2]

[1]　《太原理工大学学报》（社会科学版）2010年第3期。
[2]　《福建文学》2019年第1期。

　　吕德安的《父亲和我》，表面上看是一首写亲情的诗作。然而，沉下心来慢慢进入，你会沉浸于诗人近乎无事的叙述里。你会想到时间，想到时间褶皱里的生命呼吸与心灵律动，想到生命的偶然与时间的永恒。然后，在诗人从容沉潜的语调里，你会坦然，会心怀感恩。因为，你已经从时间的不动声色中感受到了它更大的体贴与慈悲。

——辛泊平：《时间的伦理——读吕德安〈父亲和我〉》①

①　《星星》2019年第20期。

汪国真

汪国真（1956—2015），北京人。1982年毕业于暨南大学中文系，其后开始发表诗作。20世纪90年代，他的诗歌受到青年读者的青睐，掀起了"汪国真热"。出版诗集有《年轻的潮》《汪国真诗集》《汪国真精选集》等。

热爱生命①

我不去想，
是否能够成功，
既然选择了远方，
便只顾风雨兼程。
我不去想，
能否赢得爱情，
既然钟情于玫瑰，
就勇敢地吐露真诚。
我不去想，
身后会不会袭来寒风冷雨，
既然目标是地平线，
留给世界的只能是背影。
我不去想，
未来是平坦还是泥泞，
只要热爱生命，
一切，都在意料之中。

1986年

① 选自《汪国真自选作品集》，汪国真著、大陆编，四川文艺出版社1991年版。

诗作导读

汪国真的诗歌具有20世纪抒情诗歌的痕迹，他的语言工整、押韵，易于朗读和传诵。诗句多用整齐的排比形式，节奏有力，具有强烈的音乐性。

与20世纪80年代流行的朦胧诗派或反叛语言的诗歌不同，汪国真的诗歌浅显易懂，比如这首《热爱生命》，用简单的语言去热情地歌颂乐观主义精神，带有一往无前、无所畏惧的生命力。"只要热爱生命，/一切，都在意料之中。"诗歌中没有象征性意象，诗人纯粹以语言的真挚和力度取胜。这首诗中充满澎湃的希望，让人读后精神为之振奋。

从接受学角度来看，汪国真的诗歌以其通俗的语言和音乐性的节奏，赢得了广大年轻读者的喜爱，诗歌振奋的精神和乐观的态度好像一把燃烧的火炬，始终给人以光明的希望。对比二十世纪八九十年代所流行的其他诗派，我们就能够发现汪国真诗歌的特殊性，他的诗歌在深度上略微逊色，在能量、气势上则铺天盖地，迅速席卷了当时的读者群，属于十分有影响力的通俗诗作。

评论精选

汪国真让那个时代的青年在青春的感伤中流连，发现那些具体的悲欢，感受生命的丰富和日常生活的微妙。他让年轻人回到个体的感受之中去体味生命。他的诗没有80年代朦胧诗的现代主义维度，但他把大叙述层面上的关切，化为细小真切的浅吟低唱，成为让普通青年理解的小感悟，从而让人们的人生变丰富。这让80年代凌空蹈虚的宏大"主体"，化为真实具体的"个体"，赋予了当时的年轻人发现自己具体生活的能力。因此，他的诗变成了警句格言，流传在青年中就是极容易理解的事情了。汪国真的诗让中国当时的青年获得了一些小感悟、小启迪，这些其实都对他们的人生有益，对他们应对急剧变化的世界有益，也让他们能够平稳地适应中国从计划经济到市场经济的深刻转型。

——张颐武：《汪国真，被低估的诗人和他的时代》[1]

当然，我们仍要注意到，赞同者的前提是当时的先锋诗歌过于注重技巧革新，以至于严重影响了诗歌内容本身的表达，让人不知所云。而汪诗能让人读懂，给青年人思想上的激励，鼓励年轻人不怕挫折、努力生活，具有积极的意义。再结合当时的时代背景，两种差异化评论实际上也有一致的地方。两者不约而同地指向了20

① 《民主》2015年第5期。

世纪90年代的思想特点：理想主义色彩主动或被动地消退。90年代初，经济浪潮席卷全国，一时之间全民皆商。诗人、作家、学者也纷纷下海，纯文学时代落下帷幕。在一切都向钱看的年代，再来谈人生的价值、生命的意义，显得有点不合时宜。正是在这一点上，朱其武认同汪国真的诗歌，因为汪诗主题的积极、理想化色彩的确难能可贵。也正是在这一点上，欧阳江河否认汪国真的诗歌，认为汪国真是把"理想"当作商品贩卖给读者。在他们看来，这种"理想"是廉价的，也让人生疑。

——邓峰：《论汪国真诗歌评论差异性的二律背反》①

---

① 《长春师范大学学报》2015年第7期。

周
伦
佑

周伦佑（1952—　），重庆荣昌人。20世纪70年代开始文学创作，1986年首创"非非主义"，主编刊物《非非》和《非非评论》。出版诗集《在刀锋上完成的句法转换》《周伦佑诗选》《燃烧的荆棘》等。

在刀锋上完成的句法转换①

皮肤在臆想中被利刃割破
血流了一地。很浓的血
使你的呼吸充满腥味
冷冷的玩味伤口的经过
手指在刀锋上拭了又拭
终于没有勇气让自己更深刻一些

现在还不是谈论死的时候
死很简单，活着需要更多的粮食
空气和水，女人的性感部位
肉欲的精神把你搅得更浑
但活得耿直是另一回事
以生命做抵押，使暴力失去耐心

让刀更深一些。从看他人流血
到自己流血，体验转换的过程

___

① 选自《现代汉诗》1991年秋卷。

施暴的手并不比受难的手轻松
在尖锐的意念中打开你的皮肤
看刀锋契入，一点红色从肉里渗出
激发众多的感想

这是你的第一滴血
遵循句法转换的原则
不再有观众。用主观的肉体
与钢铁对抗，或被钢铁推倒
一片天空压过头顶
广大的伤痛消失
世界在你之后继续冷得干净

刀锋在滴血。从左手到右手
你体会牺牲时尝试了屠杀
臆想的死使你的两眼充满杀机

1991年1月6日于峨山打锣坪

诗作导读

　　周伦佑作为"非非"的命名者和首倡者，有着诗人和诗歌理论家的双重身份。他在理论倡导上有着非凡的反叛性，同时其矛盾又多变的理论建构又富有争议性。"非非主义"提出"反文化""反价值""反崇高""反优美"，作为理论提出者的周伦佑有意将这些理论主张自觉融入其诗歌中，在本诗中诗人将刀锋、利刃、伤口、肉体、钢铁、杀机等不那么高雅优美的物象创造性地巧妙运作，以利刃的暴力完成诗歌的句法转换。

　　这首诗以本真的姿态，遵守"非非"倡导的"感觉还原""意识还原""语言还原"三个原则，力求传达出铁腥气味、尖锐痛感、冰冷坚硬等交杂缠绕的感官体验，以期回到感觉的起点。诗中写道"终于没有勇气让自己更深刻一些""让刀更深一些。从看他人流血/到自己流血""用主观的肉体/与钢铁对抗，或被钢铁推倒"，如训诫般反复强调的深入和在场体验指向了诗人的诗歌立场和主张：抨击以往用集体意识取代个人声音的工具诗歌和将西方话语偷渡置换的模仿之作，提倡诗人应以本土姿态开展生命体验的创造性写作，以此实现对世界和现实的介入，让一切更深入、深刻，不再飘忽轻浮。诗中所刻意营造的生命与暴力、肉欲与死亡、刀锋与红色等意象组合，同诗人强烈批判以闲适和模仿为特征的"白色写作"，提倡以形式介入为特征的红色写作的主张是相符的，即从书本转向现实，从逃避转向介入，从水转向血。

诗歌共分五节，前三节每节六行，形成匀称均衡、层层递进的形式之美。第四节破格而成七行，截断前三节的杀戮过程，开始以总结的口吻收拢全诗："这是你的第一滴血"，这在刀锋上完成的句法转换，下笔之利落正如同冰冷的利刃割破皮肤之干脆，是疼痛，是冰冷，是血红，亦是坚硬，"广大的伤痛消失/世界在你之后继续冷得干净"，通感手法的趣味和妙处在此处尽态极妍、扑面而来。尾节缩略至三行，"刀锋在滴血""臆想的死使你的两眼充满杀机"与首节"血流了一地""皮肤在臆想中被利刃割破"前后呼应，刀锋割破皮肤造成血流一地的时刻是诗人意念活动的开始，也是句法转换过程的结束，当尾句"臆想的死使你的两眼充满杀机"看似结束全诗时，"杀机"二字又引发新一轮的杀戮，可与诗歌首句"皮肤在臆想中被利刃割破"相勾连，达成回环往复的诗意效果。

在诗歌创作与理论创作相呼应这件事上，这首诗是成功的，但因其诗歌理论过于庞大繁杂，周伦佑的其他创作常常陷入诗歌实践逊于或背离自身诗歌理论的境遇：欲祛除语义符号的文化隐喻反而陷入象征的怪圈，欲清洗掉既定文化的尘埃反而合流于文化传统的幽泉。

评论精选

"非非主义"主张"超越语言"，这自然包含了对"象征"的超越。因为这种主张集中体现了对现存日常语言及以象征为核心的现代主义诗歌语言规范的极度不信任和反感。于是，按他们的说法，诗创作必须超越语义的确定性思维，捣毁语义的板结层，开发诗歌语言的多义性和不确定性。因此，"非非主义"的语言实验，无疑是一次走钢刃般的语言冒险：远离常规日常生活语言，也远离传统意义上的诗歌语言及"想象""意象构成""象征设置"等常规诗美原则，而是进入某种创作上的"游戏"和"妄想"的状态，沉湎于诗歌语符自身自由组合而进行的"无底盘的游戏""无指涉的能指漫游"之中，借用"非非"的核心人物周伦佑一首诗歌的名字来说，这种语言冒险无异于"在刀锋上完成的句法转换"。周伦佑及其"非非"同仁，都不乏这种勇气和实践。

——陈旭光：《"第三代诗歌"与"后现代主义"》①

人类的语言本身就是一个具有特定语义的符号系统。这个情况在"非非主义"的诗人看来，就成了一个极大的障碍。如果不排除这个语言上的障碍，那个"非文化的世界"就诞生不出来。可是，无论对现存的文化世界和语言表示出多么的不信任，"非非主义"诗人最终还得使用或者说还得依靠现有的语言符号系统。于是，就形成一个理论怪圈：既要超越这个文化，而实际上又无法超越。例如，周伦佑说，"艺术就是超语义，艺术世界就是一个超语义世界"（参见《第三浪潮与第三代诗人》）。这些年轻的"非非主义"诗人就在这个怪圈中左冲右突，却始终未能摆脱怪圈的困扰。周伦佑的《想象大鸟》《模拟哑语》《在刀锋上完成的句法转换》等诗，就透出了他在怪圈中苦苦挣扎的两难心境。吴开晋同志很有见地地指出，"非非的理论建构，显得过于辉煌，而创作又显得那么疲弱，这就构成了极大的反差，使人们对其终极目标不免产生怀疑"。

——山城客：《"新生代"（"第三代"）诗歌的评说——"新潮诗"论之一》②

这首诗中，刀刃的切割直接出场，触目惊心地以血、血的流淌、血的腥味展示着它的锋利，那"冷冷的玩味"也进一步显示切割的残忍、冷酷，阻碍读者因诗歌第一句的"臆想"一词而将其想象为纯粹的语言游戏。施暴和承受身份的暧昧和不确定，帮助写作者从左翼红色诗歌类的固定的反抗与压迫的关系中摆脱出来，动摇了红色诗歌对写作者、艺术吞噬性的结构。而诗歌中那双凝视着"你"的双眼，更隐含性地强化了诗歌主体位置的不确定性，他好像既是暴力的承担者、反抗者，又是暴力的施加者、旁观者，更是暴力与反抗关系的凝视者、变构者。因此这样的诗歌主体，接续了红色诗歌主体的直接、乐观、自信，拒绝了自由为集体、阶级、政党、光明未来无条件的献身；扩大了先锋诗歌主体的无所羁绊性、创造的无边性，阻绝了缥缈的苍白、戏耍的浅薄和纯粹语言的幻象；继承了困兽犹斗主体的执着与坚韧，又克服了他的困惑与彷徨。因此毫不奇怪，这种诗歌的语言不可能再是红色诗歌的浅白、暴力性的排比、铺陈、直吼，而是集精练、质朴、深度、坚韧、力度、弹性甚至玄幽于一身的语体，从而真正达到了"语境透明"的境界。正是在这里，现代汉语、中文，第一次真正达到了成熟而超绝的晶体品格。

——姚新勇：《囚禁式写作境况的烛照与穿越——"非非"阅读》③

---

① 《当代作家评论》1994年第1期。
② 《文艺理论与批评》1996年第2期。
③ 《扬子江评论》2008年第5期。

　　周伦佑善于创造概念，且具有随意演绎的能力，他的诗论富有原创性质，喜欢宏大、华赡、雄辩，然而，对于他这样先天的破坏性人物，结构主义也即解构主义，只是不像别的中国式的后现代主义理论家那样，动辄挟洋人以自重；与其说他是从理论出发，不如说是从诗出发，从创作实践出发，一切为我所用。至于他的诗，当然可以看作是理论的实证，往往意在笔先，驱遣万物，推波助澜，汪洋恣肆。……对于中国新诗，周伦佑的主要贡献，在于他的"反暴力修辞"。从二十年代歌颂劳工神圣的诗，到三十年代左翼诗人如殷夫、蒋光慈、蒲风的诗，到四十年代"七月派"诗人的诗，都是以集体暴力反对国家暴力，作为诗人个体，只是阶级或集团的传声筒。至于五六十年代产生于政治运动的诗，其语言暴力更是正统意识形态的一部分，合法性暴力的一部分。周伦佑为了打破传统文化制度及观念的刚性、合法性暴力的支配性，他的诗，同样充满了语言暴力。不同的是，这暴力是个人性的。他以想象力对抗现实压力，以来自内部的暴力抗拒外部的暴力，既保护自己，同时维护正义以免遭到侵害。在反暴力的暴力语言深处，隐藏着一枚果核，那就是坚不可摧的自由感；正是这枚果核，给整个失败的季节保留了信心。

——林贤治：《论周伦佑》[1]

---

①　《当代作家评论》2010年第2期。

王小妮（1955—　），满族，吉林长春人。1982年从吉林大学毕业后任电影文学编辑。曾为海南大学人文传播学院教授。著有诗集《我的诗选》《我的纸里包着我的火》《半个我正在疼痛》等，散文随笔集《上课记》《1966年》《一直向北》等。

十支水莲（组诗选二）[①]

1. 不平静的日子

猜不出它为什么对水发笑。

站在液体里睡觉的水莲。
跑出梦境窥视人间的水莲。
兴奋把玻璃瓶涨得发紫的水莲
是谁的幸运
这十枝花没被带去医学院
内科病房空空荡荡。

没理由跟过来的水莲
只为我一个人
发出陈年绣线的暗香。
什么该和什么缝在一起？

三月的风们脱去厚皮袍

---

① 选自《诗歌月刊》2003年第7期。

刚翻过太行山
从蒙古射过来的箭就连连落地。
河边的冬麦又飘又远。

不是个平静的日子
军队正从晚报上开拔
直升机为我裹起十枝鲜花。

水呀水都等在哪儿
士兵踩烂雪白的山谷
水莲花粉颤颤
孩子要随着大人回家。

6. 水莲为什么来到人间

许多完美的东西生在水里。
人因为不满意
才去欣赏银龙鱼和珊瑚。

我带着水莲回家
看它日夜开合像一个勤劳的人。
天光将灭
它就要闭上紫色的眼睛
这将是我最后见到的颜色。
我早说过
时间不会再多了。

现在它们默默守在窗口
它生得大好了
晚上终于找到了秉烛人
夜深得见了底
我们的缺点一点点显现出来。

花不觉得生命太短。

人却活得太长了
耐心已经磨得又轻又碎又飘。
水动而花开
谁都知道我们总是犯错误。

怎么样沉得住气
学习植物简单地活着。
所以水莲在早晨的微光里开了
像导师又像书童
像不绝的水又像短促的花。

诗作导读

　　《十支水莲》组诗是王小妮的代表作，她的诗歌具备"自然"和"抒情"两大特色。在植根于民间的日常性写作和抒情中，诗人有意抵抗不自然的诗意气味，于自然而然的构思中寻求本真，优雅而锐利，简单而精确。

　　在物欲横流的消费文化大行其道的今天，王小妮展示出少见的宁静温和，"没理由跟过来的水莲/只为我一个人/发出陈年绣线的暗香"，这样的水莲似导师在教导"我"去过平静的日子；"孩子要随着大人回家""我带着水莲回家"，这水莲又似乎是"我"的孩子。因此诗人说"所以水莲在早晨的微光里开了/像导师又像书童"。要如何对抗这不平静的日子？诗人早已给出了答案：要"沉得住气/学习植物简单地活着"。

　　这首诗中的意象是极为朴素简单的，"水莲"这一植物作为全组诗的中心意象，无形中注定了诗歌的整体意境趋于静态、舒展、温和。玻璃瓶、陈年绣线、三月的风、河边的冬麦、雪白的山谷、秉烛人构成"不平静的日子"，却在意境晕染上源源不断地传达出平静之感。诗中出现了很多带有时间印记的形象概念：陈年绣线、三月的风、冬麦、晚报、日夜开合、天光将灭、夜深得见了底、早晨的微光等。似是无意的布置，但诗中一句"我早说过/时间不会再多了"表明，诗人在时间概念的反复征用和勾勒上是刻意为之的，随处可见的时间痕迹给读者以时间不多、紧张催促之意，这既是诗中的"我"所得所感，也是作为与植物概念相对立的人类对时间的感触。因此诗人感叹，"花不觉得生命太短。/人却活得太长了"，真正命短的植物不觉得命短，寿命是花期几十倍之长的人类却时常愧惜活得不够，一长一短的强烈对比之中传达出知足常乐、静心惜福的情感诉求。

评论精选

　　王小妮的诗首先呈现出的是一种宁静与平和。在《十支水莲·第六首：水莲为什么来到人间》中，她这样写道："怎么样沉得住气/学习植物简单地活着。/所以水莲在早晨的微光里开了/像导师又像书童/像不绝的水又像短促的花。"正如她所说的"水莲在早晨的微光里开了"，诗人的心灵也像早晨的微光一样在寂静的等待中开了。经历了种种的磨难，经历了人世的嘈杂，诗人的心态逐渐变得沉稳而有力量，在中国最喧嚣、最商业化的都市中，始终"沉得住气"，不去抛头露面，不去追名逐利，甘于过像植物一样的"简单的生活"。

　　　　　　——焦勇勤、孙海兰：《论王小妮90年代以来诗歌的精神内涵》①

　　《十支水莲》散发着母性的光辉，是稀淡的爱欲的流露、欣慰的疼痛、温情的反思，以及人格的镜像折射。

　　　　　　——陈仲义：《新世纪：大陆女性诗歌的情欲诗写》②

　　诗人总能从日常叙事聚焦到静观凝视，再由"连类移情"的穿梭透视递进阶到俯瞰反思境界——也可以说是一种后东方式的现代主义的境界——在后工业时代、后现代性语境前提下，对"人与自然交叉互明"之文化、文学传统的改写和化用。借"水"之属与"莲"之类的"时与物"的交织瞬间，看"不绝的水"——对人类文明过往的追溯和爬梳、对当下的命运与处境的检视、对内心世界的淬炼与聚焦；描"短促的花"——是具体的前现代文明的自然之花、抽象的古老与现代文明命运烛照下的人文植物之花，以及日常个体对"曾经作为人类风景的一部分和作为动物性的陪衬"进行反思、重识的"后人文植物"（posthuman-plants）之花的结合体——它闪烁着"陈年绣线"的微光，但更是一个"粉颤颤的孩子"；它是"暗紫"的"不鲜艳"，但能"一心把根盘紧"。"水莲"，是刹那的花，也是完形的"华"。"学习植物简单地活着"，其实又何曾简单。

　　　　　　——王书婷：《不绝的水，短促的花——"抒情与自然"视角下的王小妮诗歌》③

---

① 《郑州大学学报》（哲学社会科学版）2005年第6期。
② 《福建论坛》（人文社会科学版）2009年第1期。
③ 《华中科技大学学报》（社会科学版）2018年第2期。

柏桦（1956—　），生于重庆，1982年毕业于广州外国语学院英语系，当代诗人。著有诗集《水绘仙侣》《一点墨》《表达》《往事》，长篇随笔《去见梁宗岱》，回忆录《左边——毛泽东时代的抒情诗人》等。

水绘仙侣①

1642—1651：冒辟疆与董小宛

这一年春天太快了，
不祥的签诗也抵不住它的速度；
光景饱满地催促，一刻都不愿挽留，
一件大事正期待着冬天。

来临
1642年的冬天终于来了，
你，19岁，步出银色的秦淮，
买舟来到如皋，
决心与我做一份人家。
在水绘园，你收拾好曾经绮丽的春服，
其中一袭薄如蝉纱的西洋布退红轻衫
令我想起了往昔，那时
我们的恋爱正"观渡于江山最胜处。"

---

① 选自《上海文学》2008年第5期。

千万人争步拥来，
就为一睹我携偶踏波的风姿呀。
而我也是那样与你和谐，
飞扬跋扈、兀傲豪华，正当而立之年
"饰车骑，鲜衣裳，珠树琼枝，光动左右"
陈瑚激赏："惊叹为神仙中人。"
是的，我们因共同的才华和仪表成为
天下才，
是的，我们已成就过春天，
如今就让他人去做春水春花吧。
人世还有其他好事要做，
我们的生活才刚刚开始，
在水绘园，在冬天的江南，
另一番良辰已为我们备齐。

家居

人之一生：春、夏、秋、冬
很快，你发现了新的喜乐：
女红、饮食、财务及管理。

子曰："仁者静"
你就在静中洒扫庭除并亲操这份生活。
"其德性举止，乃非常人。"

家务是安详的，余闲也有情：
白日，我们在湖面荡舟，
逸园和洗钵池最让人流连；
夜里，我们在凉亭里私语，
直到雾重月斜，
直到寒意轻袭了我们的身子。

曾记得多少数不清的良夜，
你长饮，说话，若燕语呢喃，

而我不胜酒力，常以茶代酒。
有时，我们又玩别的游戏，
譬如读诗或抄写：
"人闲桂花落，夜静春山空"
这一切不为别的，只为闻风相悦，
只为唯美，只为消得这水绘的永夜。

食

你用鲜花和水果做的甜点
是光阴的珠泪，是纯粹的美学：

酿饴为露，和以盐梅。凡有色香花蕊，皆于初放时采渍之，经年香味，颜色不变，红鲜如摘，而花汁融液露中，入口喷鼻，奇香异艳，非复恒有。最娇者为秋海棠露……味美独冠诸花。次则梅英、野蔷薇、玫瑰、丹桂、甘菊之属。至橙黄、橘红，佛手、香橼，去白镂丝，色味更胜。

再且看那"火肉无油，有松柏之味、风鱼有麂鹿之味、醉蛤如桃花、醉鲟骨如白肉、虾松如龙须、烘兔酥雉如饼饵、腐汤如牛乳。"

真是个洁白鲜艳的小山水矣
历历分明且又闻香醉人。

你对花草植物有超乎寻常的感情和喜好，
烹调洋溢着旧日秦淮的芳香。

你做的"冬春水盐诸菜，能使黄者如蜡，碧者如苔。蒲藕、笋蕨、鲜花、野菜、枸蒿、蓉菊之类无不采入食品，芳旨盈席。"

饮食对于你，样样皆是本色，皆是当行
如空中音、相中色、水中月、镜中像
又犹如妙手裁诗
不涉理路，不落言筌，唯情性是也。

茶

茶倾心于我们的美意、我们的端正，
其中芥片是我们共同的瑰宝，
我们沉浸在采摘与烹茗的细节里。

那具有片甲蝉翼之异的上等芥片，
你亲自洗涤、煎制，以生活专家的姿势
不厌其烦地投入这细琐的工作。

晨昏不绝、光景悠悠，
我们静静地试着对饮，
那四溢的茶香"如木兰沾露，瑶草临波。"
人世的风景就这样生在我们的吐纳里，
生在月白风清的凉廊间。
茶香双妙若福慧双修，
此外，我们还希求别的什么呢？

香

夜半天寒，我们独处香阁，
帷帘四垂、毛毯覆叠

烧二尺许绛蜡二三枝，设参差台几，错列大小数宣炉，宿火常热，色如液金粟玉。细拨活灰一寸，灰上隔纱，选香蒸之，历半夜，一香凝然，不焦不竭。

甜热的香呀绕梁不已，
夹着梅花和蜜梨的气味，
也混合着我们身体的气味。

横隔沉、蓬莱香、真西洋香、生黄香、女儿香……

无涯的香迷离广大，
若挂角之羚羊，无迹可求……
又消磨着我们华贵的年华。

啊，正直、微妙，全能的香，
还原的香、天生的香。
我俩就在蕊珠众香深处，
听"晓钟恒打，尚未着枕"；
或"久蒸衾枕间，和以肌香，甜艳非常……"
于浓浓清安中，呼吸着喜悦、呼吸着梦想。

水绘雅集

那静中已升起热情，
万千鸟儿正盘旋在烟水之上。
宾客从四方来，车如流水马如龙，
题咏吟赏，云集于是，
狂歌轰饮无虚日。

　　每当月明风细，老夫与佳客各刺一舟，舟内一丝一管一茶灶，青帘白舫，烟柁霜篷，或由右进，或自左出，举会食于小三吾下。

　　树木掩映，亭榭参差，曲水环流，山亭独立，尝于其中高会名流，开尊张乐。其所教之童子，无不按拍中节，尽致极妍。紫云善舞，杨枝善歌，秦箫隽爽，吐音激越……

这盛世歌舞做成了水绘江山，
也做成了我们中年的繁华——
我们的欢乐与记忆。
山水、美酒、佳肴、丝竹
以及初夏向晚的日光，
到处都是千金散尽的慷慨，
到处都是流水宴的绣口锦心。

岁月流逝，一个伟大的时刻到来，
贵人王士祯于康熙四年（修禊中）
在水绘园行大狂欢，放言要痛饮十石。
我记录下这完美的演出：

白日"登舟，泛洗钵池。明窗尽开，水云一色。一小蜻蛉载清吹数部尾其后，歌丝为水声所咽，缭绕久之。"

时日已将暝，乃开寒碧堂，爱命歌儿演《紫玉钗》、《牡丹亭》数剧，差复谐畅。漏下二鼓，以红碧琉璃数十枚，或置山颠，或置水涯，高下低昂，晶莹闪烁，与人影相凌乱。横吹声与管弦拉杂，忽从山上起，栖鸦嫫嫫不定。阮亭曰："此何异罗星斗而听篌笙也？"

　　　　　　富贵人生映照着这依旧夺目的白夜，
　　　　　　吴歌、水调、银筝、琵琶
　　　　　　歌儿、舞者、文人墨客
　　　　　　在在如万树的枝条花叶
　　　　　　在在莫不各有景色、各有清姿。

　　　　　　亭树湖畔，幽窈明瑟，
　　　　　　对酒当歌，难消永夜，
　　　　　　而拂晓颤抖着，即将来临，
　　　　　　准时、恐怖并从不迷途，
　　　　　　突然，我听到了死亡的声音

　　　　　　避乱与侍疾
　　　　　　欢从何处来
　　　　　　端然有忧色
　　　　　　——《子夜歌》

　　　　　　甲申之变，盗贼烽起，
　　　　　　北方的铁骑就要踏破江南；
　　　　　　马嘶草暗、云惨尘飞，
　　　　　　如皋城内外风声鹤唳，
　　　　　　我们一家开始了亡命。
　　　　　　在奔往盐官的途中，我病倒于惊悸，
　　　　　　发着持续的癫狂与烦热，

你紧紧地将我包裹，似宁静的春水。

冷时，你拥抱我；热时，你将我披拂；
痛时，你抚摩我；将我的身体枕入你怀里；
或用胸温暖我的双足。

唉，"凡病骨之所适，你皆以身就之。"
你亲手喂我汤药，有时还以口来喂。
更惊人的是，为细侦我的病情，
你对我的大便
"皆接以目鼻，细察色味，以为忧喜。"

整整一百五十天，
你卷一破席，横陈于我的床边，
日以继夜，对我用心如日月光华。

在你"履险如夷，茹荼若饴"的操持下，
我终得以于第二年春天苏醒。
而你却落到"星靥如蜡、弱骨如柴"的光景。

今天，你已劳瘁而死。
但人可以比死更大，
比生亦更大。正是深怀这一信念，
你从不畏惧，没有怕，只有贞静。
"死去何所道"，人间最好的东西
你也懂得，它一定是善者不来，来者不善。

让我回到开场那不祥的签诗吧，
正是它将我们注定：

忆昔兰房分半钗，如今忽把信音乖，
痴心指望成连理，到底谁知事不谐。

"忆"字决定了我们的命运，
它从宿命的"九"开始，
我那"一生清福，九年占尽，九年折尽。
嗟乎，余有生之年，皆长相忆之年也。"

附录：梦记或我的宗教生活

死亡是一件真事情，
但命运也可以改变。
1569年，一本新善书开始风行，
袁黄以身立法，作《了凡四训》
"立命"首当其冲，在民间引起大回响，
"功过格"一时成为时光倒转的法宝：
人欲地仙或天仙，皆看你功过的造化，
那就让我造化吧——
看千劫如花，惊险也能做成惊艳。

关帝是我的神
（余自幼师事关帝，屡有异征）
功过格是我的誓言。
他们要合力降服我的危险，
那危险真是新鲜，
如悬崖的花枝向风试探。

1638年5月17日深夜，梦示恶兆：
母危在旦夕。我决定以功名、寿算
及两个儿子的生命来为母请命。
万善誓愿当场立下，行动展开：
奔走、借贷、施舍，甚至绝食……
死在催迫，拯救也在催迫，
功过格的数字更在精确地催迫。
（其实，早在这一年元旦，善行就已展开，因有人推论母命"今岁不吉"）

整整八个月，数字在沉着又火急地上升：

贷得钱六千文，施乞者。又贷钱十八千六百文，施乏食狱人。贷银二十六两，买旧棉衣一百一十九件，施僵卧雪中者。买米面易钱斋僧二千余人，济贫八千余人。计余前七阅月所行之事，救患难疾病冤狱十三命，施布被棉衣裙裤共二百零七件，棺二十口，药三千余服，茶四十一日，米麦六十三石零，放生二千七百余命，焚化路遗字纸二十九斤四两。诵经施食与赈济乞丐、狱囚、贫不能婚嫁、旅人流离不能归者，共银一百一两七钱，钱五十二千零，合之为万善圆满。

1639年1月3日，
母亲终于度过上元劫难，
但我17岁的堂姊及长子
却做了交换，命赴黄泉。
但神也待我不薄，赠条命来，
这一年3月，我妻在历经六次小产后
产下一子，"面目酷似亡儿"。

生离死别就是这样朴素，
单是为了今天的好风光（化险为夷）
我也要把这两两相忘，
也要把这人间当成天上。

说明：本诗中引文皆见冒辟疆著作《影梅庵忆语》《梦记》。另，李孝悌的著作，《恋恋红尘——中国的城市、欲望和生活》一书中的两篇文章《冒辟疆与水绘园中的遗民世界》《儒生冒襄的宗教生活》对本诗颇有贡献，为此专门指出，以表谢忱。

诗作导读

《水绘仙侣》是诗人沉寂近15年之久后的回归之作，全诗文共有99个笺注，诗的正文只不到150行。因篇幅原因，本书只节选诗作正文，注释不入。

《水绘仙侣》的文体实验性强烈，在评价上也两极分化，颇具争议。据诗人自己所言,《水绘仙侣》代表其诗学之变:从夏天走入江南,从左边之诗到逸乐之诗。自这部作品开始,他意在张扬一种"逸乐"价值观。诗人将这首诗视作他自我的新生。年轻时诗人执着呐喊、挖掘痛苦,如今却反其道而行之,正式将"逸乐"作为一种价值观或文学观,赋予其尊重,书写其价值。

诗中大篇幅地讲述冒辟疆与其爱妾董小宛在水绘园中嬉戏玩闹、饮食起居、洗茶演奏、与宾客同乐的生活场景,耐心细致不厌其烦地描写二人避乱和董小宛为其殷切侍疾的画面,又在附录中详细记录下主人公的"宗教生活"。其间,笔法之古典雅致可见于"树木掩映,亭榭参差,曲水环流,山亭独立……",细节之勾勒有"更惊人的是,为细侦我的病情,/你对我的大便/'皆接以目鼻,细察色味,以为忧喜。'",文体之含混可见于不断行近二百余字的"贷得钱六千文,施乞者。又贷钱十八千六百文……",在表现手法上其语言的溯古和形式的颠覆将诗人创作意图上的不羁和放纵表现得淋漓尽致,在诗歌主题上,结尾单独成节"生离死别就是这样朴素,/单是为了今天的好风光(化险为夷)/我也要把这两两相忘,/也要把这人间当成天上。"点明主旨:人生应当尽情纵乐、放浪形骸,如此方是置身天上人间,不枉来到尘世走一遭。

其实在柏桦早期的诗作中,我们便可以感受到他对传统文化中的婉约清丽、优雅闲逸的眷恋,但《水绘仙侣》真正地、毫不掩饰地将诗人对黄酒、昆曲、园林等江南事物的推重和珍藏陈列其中,他声称:生命应从轻逸开始,尽力纵乐,甚至颓废。一些学者对此作出了较符合诗人心意的解读:这种失衡奇特的文体即折射出后现代主义式的反叛和解放,抑或赞同"逸乐"价值观应在严肃政治生活场面外拥有一个合适的位置,云云。但与此同时,我们也应看到:在某种程度上,其文体难以聚拢诗意审美,其内在价值观缺乏"真正纵深的历史体验"。

评论精选

我尝戏称,柏桦这本书是前现代的思想,后现代的形式。之所以这样说,是因为它没有一个严整的结构安排,情形相当于《米沃什词典》《哈扎尔辞典》与《马桥词典》。可是,以注释形式写出一部书来,恕我孤陋寡闻,还是第一次见到。这正是后现代主义发散式的"稗史"(Les Petites histories)写作。其体制本身就是一个隐喻,暗含了作者对理性整合的现代秩序的反叛,而与后现代主义声气相通,因为后现代主义者只选择并列关系,而舍弃主从关系。注释如同词条,彼此的聚合完全偶然,相互的地位绝对平等。中心被消解了,连续性和统一性被打破了,整体被解构为无数片段。柏桦用这样的抗拒一体化的尝试，把他反宏大叙事的"养小"型思维发挥到极致。

　　——江弱水：《文字的银器，思想的黄金周——读柏桦的〈水绘仙侣〉》①

　　柏桦在他的笺注文中，如此有意识地、密集而又坦然地征引那些过往和现有的文本，在我看来，至少有以下的双重意义：一是他以他的笺注，对可能是来自艾略特的思路（即"互文"之于文本的生产，一如现实经验之于文本的生产，都是文本的生产和再生产所不可或缺的重要源头），提供了一个明显带有柏桦自己特征的实践性的范例。……二是柏桦的实践性个案，明显地将艾略特的"互文"说做了有力的扩展和延伸。艾略特的"互文"，基本上是以可以纳入文学史框架的文本为限，外延不会逸出在这样的文本范畴之外。柏桦当然也看重并且熟谙这样的文本，但显然又不为其囿。……易代之际的政治暴虐、丧乱中的生死体验，以及掩映在遗民故国之思深处的对于国运、世运以及个人命运遭际的沉痛之感，诸多的精神炼历、人物的性情，这些由极为具体的人文交织而成的此一时期的士人阶层之间的复杂关联；它们是不是也有似被有意无意做了简约和淡化处理的危险呢？对水绘园中诸多竭尽精致与华美的耳目声色之娱及山水诗文之乐的过于倾心，是否也相对模糊和消解了冒辟疆"现世儒生"的一面，即作为一位议论时政、不畏强权的士大夫和忠实履践经世济民志业的地方绅士的冒辟疆的那一面？幸好在笺注文中，柏桦还多少保留了这方面的一些资料和消息，这才多少弥补了一些缺憾。

　　——李振声：《柏桦：笺注自己诗作的那个诗人》②

　　《水绘仙侣》之中，对日常起居、男女清欢的刻绘，突然插入了"避乱与侍疾"一段，结构上的失衡，或许就暗示了"稗史"想象力面对严峻时的慌乱。而"史记"中的一幅幅"行乐图小照"，的确令人拍案，但如果串联起来，荒诞琐屑的喜剧感，似乎又伴随了些许无常又庸常的单调之感，读者不禁会疑问："这些依赖于大同小异的各个历史细节所精确地转述的诗歌叙事，其本身很难获得诗意的文本性自足与满溢。"更进一步说，诗人和批评家都摆脱了对历史"真相"的焦虑，主动放下了历史理解的框架，专注于词语的狂欢；但另一方面，"稗史"的想象力，又预设了日常细节的鲜活、保真，可以留住人性的本然。虚无于"养大"之虚，却崇信于"养小"之真，这本身就是一个矛盾，本身就很不"后现代"。

　　——姜涛：《"历史想象力"如何可能：几部长诗的阅读札记》③

---

①　《读书》2008年第3期。
②　《当代作家评论》2010年第5期。
③　《文艺研究》2013年第4期。

张
曙
光

张曙光（1956—　　），黑龙江省望奎县人。诗人、翻译家。在大学时开始写诗，著有诗集《小丑的花格外衣》《午后的降雪》《张曙光诗歌》《闹鬼的房子》等，译诗集《神曲》《切·米沃什诗选》，评论随笔集《堂·吉诃德的幽灵》《从艾略特开始》等。

尤利西斯①

这是个譬喻问题。当一只破旧的木船
拼贴起风景和全部意义，椋鸟大批大批地
从寒冷的桅杆上空掠过，浪涛的声音
像抽水马桶哗哗地响着，使一整个上午

萎缩成一张白纸。有时，它像一个词
从遥远的海岸线显现，并逐渐接近我们
使黄昏的面影模糊而陌生
你无法揣度它们，有时它们被时间榨干

或融入整部历史。而我们的全部问题在于
我们能否重新翻回那一页
或从一片枯萎的玫瑰花瓣，重新
聚拢香气，追回美好的时日

---

①　选自《90年代》1992年。

我想象着老年的荷马，或詹姆士·乔伊斯
在词语的岛屿和激流间穿行寻找着巨人的城堡
是否听到塞壬的歌声？午夜我们走过
黑暗而肮脏的街道，从树叶和软体动物的

空隙，一支流行歌曲，燃亮
我们黯淡的生活，像生日蛋糕的蜡烛
我们的恐惧来自我们自己，最终我们将从情人回到妻子
冰冷而贞洁，那带有道德气味的历史

1990年

诗作导读

张曙光的创作常常被贴上"叙事"的标签，诗人对此也有些无奈，在访谈中他提及自己20世纪90年代的创作时说道："我90年代的写作有了些变化，最初写出了像《尤利西斯》《边缘的人》这类诗，在90年代末写了像《卡桑德拉》这类诗。沉思性增强了，更加日常化，力图通过语境间的转换容纳更多的经验。这在一定程度上是有意寻求的结果，也算得上是自然的过渡。经历了一些历史事件，人多少从浮躁变得沉静，眼界和阅读面也变宽了。"按照诗人所言，《尤利西斯》算是其为撕掉"叙事"标签，有意转向神话文本寻求语境转换的结果。

《尤利西斯》在写作方式上采用了诗人张枣所说的"元叙述"手法，即"作家把写作本身写出来的手法"，在作品中彰显了"对自身写作姿态的反思和再现"。诗歌开门见山表明全诗主旨："这是一个譬喻问题"，"当一只破旧的木船/拼贴起风景和全部意义，椋鸟大批大批地/从寒冷的桅杆上空掠过，浪涛的声音/像抽水马桶哗哗地响着，使一整个上午/萎缩成一张白纸。"当写作的理想状态遭遇现实琐碎的日常生活，再复杂的语义和澎湃的诗意也逃不开现实中"被时间榨干"的枯燥和索然无味。诗人或许可以选择在诗歌中翻回前页，重新追溯往日的美好，但就算是伟大如荷马和乔伊斯等前辈，不亦同样会在词语空隙间遭遇黑暗的阻挠和邪恶的诱惑？或许我们生活的本质即是漂泊和返回。尤利西斯作为一种精神漂泊的符号而出场，诗歌中呈现的不论是表面上的"朝向语言风景的危险旅行"，还是潜藏在诗歌内部的朝向生活的漂泊之旅，都意在指向现代社会中人们对生活本质的拷问和沉思。

评论精选

在20世纪的诗人中，时间是被处理得最频繁的主题。艾略特、史蒂文斯、米沃什、布罗茨基都触及过。它似乎隐含了这样一个梦想：使时间具有双向流动的性质。但是我们看到无论是米沃什，还是布罗茨基，处理的最终结果仍然是时间，是时间的过去，并没有获得一种新的性质。张曙光在这一意义上是与米沃什、布罗茨基一致的。虽然如此，但还是让我们看到了努力的价值。我读张曙光作品最基本的认识之一，是他的作品的回忆性质。即他的作品最突出的特征是"返回"。……今天已经有越来越多的诗人意识到"返回"是不可避免的，造成现实存在的更为迷惑人的力量。但能够对之处理并体现，张曙光的"返回"从他成为一个写作者就开始了。20世纪80年代初，当北岛、江河们还在诗中表现与现实相对抗的勇气时，张曙光已经写出了从现实向过去返回的作品。并且，这一努力贯穿在他的创作的全部时期。就这一点来讲，我看到张曙光作为诗人，更纯正的诗人，在我们时代写作中的重要性。

——孙文波：《我读张曙光》①

的确，改变或重建与西方诗歌的关系，这是中国诗人在20世纪90年代所做的重要工作之一。西方现代诗歌仍被中国诗人们所关注、所认同，但不再是作为一个摹写的"范本"，而只是作为自我建构的一种参照。90年代的不少诗歌文本（例如孙文波的《散步》、张曙光的《尤利西斯》等）在切入自身的文化现实的同时，都有意识地并且是在富有意味地与其他西方文本发生一种相互指涉的互文关系。这种互文关系既把自身与其他文本联系起来，同时又区别开来。富有意味的是，在西方影响减退的同时，中国现代诗歌的语境却日趋开阔，它不仅包容了本土现实，甚至也延伸到西方历史和文明中。这显示了中国现代诗歌在一个更大范围，或者说在全球文明的压力下来建构自身的抱负和趋向。显然，这种具有"互文"性质的诗歌，也只有在一种国际性的视野中才能被完全理解。

——王家新：《中国现代诗歌自我建构诸问题》②

写作者的当下历史境遇问题，其实成了一个譬喻的选择问题，"生活的世界"的展开，也只发生在一张空白的纸上，这一点强烈地构成写作的虚幻性和现实性。诗歌对历史的"介入"，因此也只能是一种奠基于语言本体论的象征式"介入"，体现为西尼所阐述的一种诗歌的"纠正"。

——姜涛：《"全装修"时代的"元诗"意识》③

---

① 《文艺评论》1994年第1期。
② 《诗探索》1997年第4期。
③ 《文艺研究》2006年第3期。

岁月的遗照①

我一次又一次看见你们，我青年时代的朋友
仍然活泼、乐观，开着近乎粗俗的玩笑
似乎岁月的魔法并没有施在你们的身上
或者从什么地方你们寻觅到不老的药方
而身后的那片树木、天空，也仍然保持着原来的
形状，没有一点儿改变，仿佛勇敢地抵御着时间
和时间带来的一切。哦，年轻的骑士们，我们
曾有过辉煌的时代，饮酒，追逐女人，或彻夜不眠
讨论一首诗或一篇小说。我们扮演过哈姆雷特
现在幻想着穿过荒原，寻找早已失落的圣杯
在校园黄昏的花坛前，追觅着艾略特寂寞的身影
那时我并不喜爱叶芝，也不了解洛厄尔或阿什贝利
当然也不认识你，只是每天在通向教室或食堂的小路上
看见你匆匆而过，神色庄重或忧郁
我曾为一个虚幻的影像发狂，欢呼着
春天，却被抛入更深的雪谷，直到心灵变得疲惫
那些老松鼠们有的死去，或牙齿脱落
只有偶尔发出气愤的尖叫，以证明它们的存在
我们已与父亲和解，或成了父亲，
或坠入生活更深的陷阱。而那一切真的存在
我们向往着的永远逝去的美好时光？或者
它们不过是一场幻梦，或我们在痛苦中进行的构想？
也许，我们只是些时间的见证，像这些旧照片
发黄、变脆，却包容着一些事件，人们
一度称之为历史，然而并不真实

1993年

诗作导读

　　张曙光的诗学观提倡体现一种内在的真实，同时审美上给人一种愉悦。语言风

---

① 选自《岁月的遗照》，程光炜编选，社会科学文献出版社2000年版。

格上追求质朴、沉稳，尽可能避开典雅，让诗粗糙有力；操作技巧上，古典精神和现代手法间尽可能达成一种均衡。

《岁月的遗照》作为诗人20世纪90年代的代表作之一，可以说是融以上要素于一体。程光炜在2000年编选的诗歌选本《岁月的遗照》即是以此诗题目为书名，这本牵扯进民间写作和知识分子写作论争中的诗选，在其序言中编者称赞张曙光"作品里有叶芝、里尔克、米沃什、洛厄尔以及庞德等人的交叉影响"。此类别下的诗歌写作被一方赞誉为从西方知识体系下汲取了适当的营养，与中国本土文化相结合完成了中国现代诗歌的自我建构；被另一方批判为活在西方的大师名字和技术神话下，脱离自身当下的生存现场。而风波之外，诗歌无辜。诗人本人也坦言自己厌恶彼时国内诗坛讨好汉学家的态度，面对柯雷问他为什么在诗里写哈姆雷特、艾略特、叶芝，而不是写何其芳之类的中国诗人时，他回复，因为他在写真实，当时的大学生兴趣点只在外国文学上。

《岁月的遗照》以"遗照"二字点明主旨，诗作是诗人对大学生活的定格式回顾，我们告别了诗歌黄金时期的20世纪80年代，告别了"我们/曾有过辉煌的时代"，告别了"为一个虚幻的影像发狂、欢呼着/春天"的年代，曾经拥有过的狂热璀璨相比于现在的冷清锈钝让诗人陷入幻觉：那一切是真的存在吗？还是"不过是一场幻梦，或我们在痛苦中进行的构想？"诗作以戏剧独白体的口吻，塑绘出一种叶芝式的沉思，彰显诗人的价值立场。

评论精选

首先，他的有节制的叙述方式，把意象从普遍象征的运用中剔除出去，使之直接地呈现的做法，是对浪漫主义的夸张和将意象运用到了晦涩、生硬程度的伪象征主义的拒绝。再之，他对个人经验，以及细微事物的处理，使我们看到诗与社会学的功能和集体主义精神的脱离，永远作为一个个别的人说话。正是在这两个方面，张曙光为诗歌带来了本分、朴实、不哗众取宠的新精神。这是对诗的雪莱假想的立法者身份的革命。

——孙文波：《我读张曙光》[①]

诗歌地位从八十年代到九十年代的转变也被诗作用一种隐晦的方式表述出来。就八十年代诗歌而言，无论是对意义的追求，还是对意义的消解，其实它都处于时代的中心位置。一呼百应式的文学效果，很容易使人产生"春天"般的感受，但不

---

① 《文艺评论》1994年第1期。

能不看到，这样的效果的出现，归根到底与时代的需求有关，与时代的关注焦点有关。历史已经证明，文学并不能够永远地处于轰动的效应中，特别是当我们从八十年代步入九十年代的时候，这样的认识会更加清晰一点。……九十年代诗人的生存压力可能还不仅仅在于经济的压力，更是一种思想上的压力。诗作中说："那些老松鼠们有的死去，或牙齿脱落/只有偶尔发出气愤的尖叫，以证明它们的存在。"或许曾经的那些年轻的"松鼠"们用轻灵的姿态博取了诸多关注的眼神，从而获得了桂冠。但人群一旦远离，"松鼠"即瞬间老去，即或用尖叫证明自身的存在，也无法摆脱诗人的"怨妇"情结。当一切是如此奏效，诗歌越发边缘，离大众的视野渐行渐远的时候，又或者以一种臆想中的大众喜好的方式作别心灵、走向身体以赢得轰动的时候，感叹"永远逝去的美好时光"是否"真的存在"倒也是一种可以让人接受的心理姿态。

——蔡爱国、张玉：《论〈岁月的遗照〉的话语空间》①

他不再让语流、语汇线性地直接滑动，而是采用疑问的句式、语气，或夹以"可能""或许"等包含两种及其以上形态的不确定副词，或有意把相互矛盾的语汇、意味等因素组合在一起，制造一种缠绕、舒缓的"慢"之感觉，以取得和外部复杂世界和事物状态的应和，其结果就是将支撑浪漫诗歌的单向度心理"独白"发展成为诗人和他人、诗人和自我、诗人和世界的多重"对话"。

——罗振亚：《朴素而沉潜的艺术风度——张曙光诗歌论》②

诗人其实在这里设置了一个非常隐秘的密码，这个密码才是解开这段诗歌的关键，这也是米沃什所说的客观写作中，常用的一种修辞，我把它称之为："历史对位法"，也就是诗人在对事件本来的次序进行书写时，会在一个隐秘的位置寻求历史的解释……这个段落里的"历史对位法"是在最后一句中展开的，这也是诗人设置的密码。"春天，却被抛入更深的雪谷，直到心灵变得疲惫"，这句诗可以简单地理解为诗人情感的自我抒发，对一种心灵状态的自我描述，但在"历史对位法"中，它必须在八十年代的历史背景中才可以真正的理解，它所对位的是八十年代末发生的一个历史事件，这个事件几乎改变了一代知识分子的精神走向，也改变了诗人对时间和未来的确认，所以当诗人写道，"被抛入更深的雪谷"，这里面就有了太多的意味。

——张曙光、臧棣、萧开愚主编：《中国诗歌评论：东海的现代性波动》③

---

① 《语文学刊》2009年第2期。
② 《学习与探索》2013年第10期。
③ 上海文艺出版社2014年版，第77—85页。

吉狄马加

　　吉狄马加（1961—　），彝族，四川凉山人。当代诗人。1982年毕业于西南民族大学中文系。著有诗集《初恋的歌》《一个彝人的梦想》《罗马的太阳》《遗忘的词》《吉狄马加诗选》，长诗《我，雪豹……》等。

史诗和人①

我仿佛感到山在遥远处隐去
我仿佛感到海在我身边安息
我仿佛感到土地在无止境地延伸
我仿佛感到天空布满了蓝黑色的旋律
我仿佛感到爱像黄昏时的小雨
我仿佛感到在一支民族迁徙的路上
那些牛的脚印
那些羊的脚印
那些男人的脚印
那些女人的脚印
都交成了永恒

我好像看见祖先的天菩萨被星星点燃
我好像看见祖先的肌肉是群山的造型
我好像看见祖先的躯体上长出了荞子

---

①　选自《吉狄马加诗选》，吉狄马加著，四川文艺出版社1992年版。

我好像看见金黄的太阳交成了一盏灯

我好像看见土地上有一部古老的日记

我好像看见山野里站立着一群沉思者

最后我看见一扇门上有四个字

《勒俄特依》

于是我敲开了这扇沉重的门

这时我看见远古洪荒的地平线上

飞来一只鹰

这时我看见未来文明的黄金树下

站着一个人

诗作导读

吉狄马加擅长在诗歌中勾勒充满动态的宏大景观，在这首诗中景观的动态美是通过两种手段显现出来的：一是景观本身的移动；二是时空的穿梭变换。一般而言，景观的动态变化是景观本身的移动或观赏者的移动引起的，在本诗中则体现为保持观赏者"我"的静止，以主体之静觉察到客体之动："我"感到山、海、土地、天空、爱、民族迁徙路上的运动；"我"看见祖先的天菩萨、祖先的肌肉、祖先的躯体、太阳、土地、山野等的变幻。这种观景设置的优势是保持了观赏主体视线的稳定和单一，降低了理解景观符号所指的难度。

另外，诗人在景观的动态建构上加入了时空变换的因素，超出平面空间的构图，在时间线性变化上不断延伸，以此架构起"我"—史诗—民族之间的超时空关联。在景观的动态变化中史诗品格和民族记忆在远古、当下及未来保持了相对静止和永恒。

诗人视野开阔，想象奇崛，自然意象与诗人主体情怀、精神追求合为一体，熔民族情感、历史血肉、个体经验与记忆于一炉，"我"即是民族，自由驰骋的想象便是史诗，生动形象呈现了史诗与人生生不息的力量关系。史诗书写人类的经验，而人也因史诗留存的记忆而更加鲜活。全诗采用大量的反复与排比句式，气势雄浑，增强情感的冲击力。

评论精选

　　吉狄马加诗篇的叙述性不只是在90年代当代诗歌的叙述性语境中产生，而更多地是来自彝族的史诗、谣曲和经文传统。吉狄马加的修辞风格也更接近彝族文化的渊源。《史诗和人》预示了一种集体记忆的力量，对吉狄马加来说，史诗般的记忆是一种行为，是现实的超越，是呼唤族群显圣的力量。

——耿占春：《一个族群的诗歌记忆——论吉狄马加的诗》①

　　吉狄马加的《史诗和人》，直接看去语言形式没有什么创新，几乎就是用简单的反复排比的句式来表现史诗传说与民族（诗中用"我"来代称）想象之间的关系。但是仔细阅读，可能就会发现最后一节想象表现的独特，那种大开大合的张力：一扇门，一扇沉重的门被敲开——一片远古洪荒的地平线被铺展开来——视线从遥远地平线抬向高空，只见一只鹰飞来。请想象，从有限的一扇门的视野，逐渐向外推出、推至无限；然后那只高飞的鹰既衬托广阔之蓝天，而且它的飞"来"之方向，又将推出去的视野拉回来，缩回到一棵黄金树下站着的一个人。

——姚新勇：《"家园"的重构与突围（上）——转型期彝族现代诗派论之一》②

我，雪豹——献给乔治·夏勒（节选）③

一

流星划过的时候

我的身体，在瞬间

被光明烛照，我的皮毛

燃烧如白雪的火焰

我的影子，闪动成光的箭矢

犹如一条银色的鱼

消失在黑暗的苍穹

我是雪山真正的儿子

守望孤独，穿越了所有的时空

---

① 《文学评论》2008年第2期。
② 《暨南学报》（哲学社会科学版）2007年第5期。
③ 选自《人民文学》2014年5月号。

潜伏在岩石坚硬的波浪之间
我守卫在这里——
在这个至高无上的疆域
毫无疑问，高贵的血统
已经被祖先的谱系证明
我的诞生——
是白雪千年孕育的奇迹
我的死亡——
是白雪轮回永恒的寂静
因为我的名字的含义：
我隐藏在雾和霭的最深处
我穿行于生命意识中的
另一个边缘
我的眼睛底部
绽放着呼吸的星光
我思想的珍珠
凝聚成黎明的水滴
我不是一段经文
刚开始的那个部分
我的声音是群山
战胜时间的沉默
我不属于语言在天空
悬垂着的文字
我仅仅是一道光
留下闪闪发亮的纹路
我忠诚诺言
不会被背叛的词语书写
我永远活在
虚无编织的界限之外
我不会选择离开
即便雪山已经死亡

二

我在山脊的剪影，黑色的花朵，

虚无与现实在子夜的空气中沉落

自由地巡视，祖先的领地，

用一种方式

那是骨血遗传的密码

在晨昏的时光，欲望

就会把我召唤穿行在隐秘的沉默之中

只有在这样的时刻

我才会去，真正重温

那个失去的时代……

三

望着坠落的星星

身体漂浮在宇宙的海洋

幽蓝的目光，伴随着

失重的灵魂，正朝着

永无止境的方向上升

还没有开始——

闪电般的纵身一跃

充满强度的脚趾

已敲击着金属的空气

谁也看不见，这样一个过程

我的呼吸、回忆、秘密的气息

已经全部覆盖了这片荒野

但不要寻找我，面具早已消失……

四

此时，我就是这片雪域

从吹过的风中，能聆听到

我骨骼发出的声响

一只鹰翻腾着，在与看不见的

对手搏击，那是我的影子

在光明和黑暗的

缓冲地带游离

没有鸟无声地降落

在那山谷和河流的交汇处

是我留下的暗示和符号

如果一只旱獭

拼命地奔跑，但身后却看不见任何追击

那是我的意念

已让它感到了危险

你在这样的时刻

永远看不见我，

在这个充满着虚妄、伪善和杀戮的地球上

我从来不属于任何别的地方！

五

我说不出所有

动物和植物的名字

但这却是一个圆形的世界

我不知道关于生命的天平

应该是，更靠左边一点

还是更靠右边一点，我只是

一只雪豹，尤其无法回答

这个生命与另一个生命的关系

但是我却相信，宇宙的秩序

并非来自偶然和混乱

我与生俱来——

就和岩羊、赤狐、旱獭

有着千丝万缕的依存

我们不是命运——

在拐弯处的某一个岔路

而更像一个捉摸不透的谜语

我们活在这里已经很长时间

谁也离不开彼此的存在

　　但是我们却惊恐和惧怕
　　追逐和新生再没有什么区别……

诗作导读

　　批评者们常从生态伦理学和民族诗学等角度对此诗作出阐释，这是非常合理的。诗中"我是雪山真正的儿子""毫无疑问，高贵的血统/已经被祖先的谱系证明""我不会选择离开/即便雪山已经死亡""自由地巡视，祖先的领地，/用一种方式/那是骨血遗传的密码""在这个充满着虚妄、伪善和杀戮的地球上/我从来不属于任何别的地方！"等明显是指涉民族精神和生态忧思的话语。

　　但在此之外，诗作还传达出一种对永恒、稳定等质素的向往和追逐。陀思妥耶夫斯基在《群魔》中说道："谁能把生死置之度外，他就会成为新人。谁能战胜痛苦和恐惧，他自己就能成为上帝。"《我，雪豹……》中面对即将死亡的雪山，"我"守望孤独，守卫在这里，永远不会离开的决绝姿态对应了存在主义诗学中悲观却积极的生活态度。

评论精选

　　这是一曲颂歌，一曲唱给大自然的欢乐颂，不，这更是一部史诗，一部礼赞生命的史诗。史诗的作者就是那一只雪豹，就是那只腾跃、飞奔于冰峰雪岭之间的精灵，此刻，它化为了诗人笔下一道永恒的风景。那一只雪豹曾经让我们想象生命的强大和长久，然而，它只能在诗人的笔下获得永恒。

　　　　　　　　　　　　　　　　　　——谢冕：《就是那一只雪豹》[1]

　　雪豹的言说最终所带来的启迪是，我们是否可以将交付给"科学"的权利与授权进行某种程度上的回收，将之让渡或托付于一种民族诗学精神及其生态伦理？文化概念不应减缩为"科学技术"，人类文化所指涉的不仅是对生活的组织，更重要的是人类价值与个人生命意义的生成。

　　　　　　——耿占春：《吉狄马加的民族志诗学与生态伦理——读长诗〈我，雪豹……〉》[2]

　　吉狄马加的长诗《我，雪豹……》不仅仅具有人们普遍指认的生态意义，更是一个复杂的同构性隐喻。雪豹作为一个极具隐喻性的意象，与彝族史诗中的英雄有

---

[1]　《文艺报》2014年7月14日。
[2]　《青海社会科学》2015年第1期。

着某种结构上的同一性，从而形成了相互隐喻的关系。从雪豹的命运触及了民族的历史，乃至很多民族史诗中英雄之死的悲剧原型。雪豹所寄寓的诗人自身的族裔身份、生存经验、生存信念和价值选择，已经将这首长诗的意义空间延伸到了诗人的精神自传之中。诗人特殊的族裔身份，以及作品中大量的相关叙述，使大自然中的雪豹家族及其被猎杀的命运，与人类社会中某些特殊种族的文化焦虑之间，形成了潜在的隐喻关系。而诗人正是在这层隐喻关系中，讲述了一个种族的文化寓言，并以此消解诗人复杂的文化焦虑。

　　——李震：《雪豹：英雄、诗人、种族的同构性隐喻——论吉狄马加长诗〈我，雪豹……〉》①

---

① 《当代文坛》2015年第3期。

海
男

海男（1962—　　），原名苏丽华，云南永胜人。当代诗人、小说家。著有长篇小说《花纹》《马帮城》《夜生活》《私生活》，散文集《空中花园》《我的魔法之旅》，诗集《风琴与女人》《虚构的玫瑰》《是什么在背后》《忧伤的黑麋鹿》等。

忧伤的黑麋鹿①

昨夜，在躺下的黑屋中
一群来自旷野山冈之上的黑麋鹿
忧伤的奔跑声惊醒了我
它们没有锁链，没有祷词飞扬

忧伤的黑麋鹿来自滇西的山冈
来自一个人最辽阔的内心
它的生活已被我长久地凝视过
在那么长的距离里，远隔着澜沧江的大峡谷

中途还有雨雪的阻隔，还有白鹭华美而优雅的
飞翔声隔离我们的视线
当忧伤的黑麋鹿在狂野中奔来时
在躺下的黑屋中，我像一个黑奴般期待着什么
我将像一个黑奴般期待着
辽阔的大地以及赐给我无限生命的时间

———————————
①　选自《诗歌月刊》2008年第5期。

诗作导读

　　诗作选自海男的组诗《忧伤的黑麋鹿》。该组诗最初发表于2008年第5期的《诗歌月刊》，于2014年获"鲁迅文学奖·诗歌奖"。身为土生土长的云南人，海男的诗歌普遍带有浓厚的地域文化意识、死亡意识和巫性色彩。海男本人也自称云南大地上的巫女，正如体现在这首诗中的，"狂奔的黑麋鹿""飞翔的白鹭"和途中的"风雪"在澜沧江的大峡谷中闪现，裹挟而来的是巫性的、流线型的、奇异鬼魅的审美体验。

　　该诗采用非典型的十四行诗体，虽同是抒情，但不拘音节韵式，在词句构思中更意图展示一种寓言史诗般的宏观架构和诗歌语感。在诗歌中，诗人以黑色为主题色调（黑夜、黑屋、黑麋鹿、黑奴），通过预设极为具象的发生现场（滇西的山冈、澜沧江的大峡谷、躺下的黑屋），虚构了"我"和黑麋鹿之间所发生的对立、追逐和融合。在忧伤的黑麋鹿奔来之际，"我"如一个黑奴般躺下期待着，而即将到来的究竟是我预期中的，还是意料之外的，是空旷、无垠，抑或虚无？

　　多数评论者将此诗看作爱情诗，海男本人则在采访中称这首诗是"穿越心灵史的旅行……是一种身体的历险"。不论是作何种解读，海男的诗歌在被众人看作是理想主义的、浪漫主义的、解放生命时，也有个别学者提出其"失重、缺乏现实主义担当"的质疑。

评论精选

　　海男在诗中表现的自恋倾向：对青春易逝的恐惧—对自己身体的怜惜—对异性性爱的渴望。

——刘士杰：《走向边缘的诗神》[1]

　　在语言中抓住一根救命稻草泅渡，在"爱情"的深潭中舀水自救……海男的语词总是创造出一个陌生的、虚空的形体，突如其来，而又难以捉摸。这是诗之爱情吗？海男总是将悲伤和物象融会在一起，概括为陌生的诗意，看似绚丽，实则冷峻、悲怆。……在海男的诗里，语言风云际会的运动图式几乎变成了诗歌唯一的信仰。在海男的诗歌里，每一个让她钟情的事物，都是一个神秘的咒符。那些咒符既来自自然和现实的影像，又来自心灵中的诗性虚构。它们是"从云壤中破壳而出

---

[1]　山西教育出版社1999年版，第227—229页。

的", 它们是空无和直观的一部分, 也是心灵的一部分。

　　——李森:《当爱情的观念遭遇语词——读海男的组诗〈忧伤的黑麋鹿〉》①

　　在我有限的阅读经验里,《忧伤的黑麋鹿》可能的"潜文本"与海男所言的马尔克斯、尤瑟纳尔并不符合, 这种感觉清晰而强烈, 相反它们应该是: 一是《黑麋鹿如是说——苏族奥格拉拉部落一圣人的生平》(该书由"黑麋鹿"口述, 约·奈哈特转述, 完成于1932年。后文简称《黑麋鹿如是说》), 一是艾米丽·狄金森的爱情诗篇, 此外则是彼特拉克式的十四行诗。我迟疑过, 但我还是判断《忧伤的黑麋鹿》由两部分组成: 前半部分(约到第47首处)是对《黑麋鹿如是说》中的"黑麋鹿"的复陈; 后半部分(约在第47首之后)则是一番"情爱"坦陈, 借助的是萨福的名义,"潜文本"却是一生对爱情渴盼又质疑的女诗人艾米丽·狄金森的情诗。如果略加辨认, 该组诗形式的潜文本似乎并非《黑麋鹿如是说》或狄金森的情诗, 而有可能是彼特拉克式的十四行体。

　　——李海英:《影响无焦虑　釜底且游鱼——以〈忧伤的黑麋鹿〉为例谈当代诗写与评价的失衡》②

---

①　《诗歌月刊》2008年第5期。
②　《江汉学术》2015年第5期。

臧
棣

臧棣（1964—　），生于北京，原籍山东。1983年起就读于北京大学中文系，1997年获得文学博士学位，后任教于北京大学中文系，北京大学中国诗歌研究院研究员。曾参与创办民刊《发现》。创作与批评兼擅，曾被评为"1979—2005中国十大先锋诗人"和"中国十大新锐诗歌批评家"。2022年荣获第八届鲁迅文学奖诗歌奖。著有诗集《大雨》《燕园纪事》《风吹草动》《宇宙是扁的》《空城计》《慧根丛书》《未名湖》《臧棣诗选》《诗歌植物学》等。

蝶恋花①

你不脆弱于我的盲目。
你如花，而当我看清时
你其实更像玉；
你的本色只是不适于辉映。
你是生活的碴子，
害得我寻找了大半生。

你不畏惧于我的火焰，
你发出噼啪声时，
像是有人在给
我们的语言拔牙。
而你咬疼我时，我知道
我不只是成熟于一块肉。

---

① 选自《影子的素描》，胡旭东选编，中国少年儿童出版社2000年版。

你用更多的怪僻
将我的人格彻底割裂，
你认为结局中
还有被忽略的线索。
你不仅仅是尖锐于我的隐瞒，
而是尖锐于我们全体的。

你不如你的正直，
正如我不如我的老练，
我偶尔会跟跄于你的转弯不抹角。
我弄潮于你的透湿，而你不服气，
因为那里的海浪
不是被蓝色推土机推着。

你不简单于我的理想。
你不燃烧，你另有元气。
你的轮廓倔强，
但也会融解于一次哭泣。
你透明于我的模糊，
你是关于世界的印象。

你圆润于我的抚摸——
它是切线运动在引线上。
你不提问于我的几何。
你对称于我的眼花，
如此，你几乎就是我的晕眩；
我取水时，你是桌上的水晶杯。

你尝试过各种
谨慎的方法，也不妨说
你紧身于清瘦之美。
你好吃但不懒做，

你的厨艺差不多都是
跟我学的，但你更成功。

你也成功于他们的混乱，
他们的神话。你甚至
骄傲于他们的全部困惑，
你拒绝利用他们的浑水，
虽然你酷爱摸鱼。
而他们的常识，你说，呸!

你多于我的丰收，
正如你用你的本色
多于我的好色。
你似乎永远少于我的碾磨:
你是比药面更细的品质;
如果有末日，你就是根治。

你不小于一，但你
仍然是例外。你结合于
我的高大，
在枝条上颤悠时
如秋风中的鸟巢。
你只是不飞。你善走极端，
好像极端也是一条旅途。

你美于不够美，
而我震惊于你的不惊人，
即使和影子相比，你也是高手。
你不花于花花世界。
你不是躺在彩旗上;
你招展，但是不迎风。

你不是在百米开外，

你就近于他们所说的远方，

而我冲刺时，发现

蝴蝶在拖我的后腿；

我忿怒于前腿同样不准确，

不能像匹马那样腾空。

1999年11月

诗作导读

作为以往被认定为"知识分子写作"代表之一的臧棣，其诗歌创作颇受争议。有人称赞臧棣的诗歌技巧精湛、言简义丰，是"最具有汉语性质的诗歌"，也有人批判其创作片面追求诗艺，玩弄语言技巧，是纯粹的形式至上主义，缺乏现实承担。

臧棣受里尔克影响较深，里尔克诗歌中的神秘主义色彩和一反以往连贯性、有序性的语言逻辑而呈现出跳跃性、片段性的美学技巧在臧棣的创作中也可轻易地被察觉到。臧棣在与泉子讨论诗观时也声称，"秘传知识的影响，或者说神秘的影响"对诗歌写作至关重要，提出"诗，应对连贯性保持特别的警惕。在诗歌的写作中，我关心的是主题的生成性，或称诗意空间的自主生成"这一诗学观念，这一观念在《蝶恋花》这首诗中也明显体现。

"蝶恋花"作为经典的词牌名，其调体格律常被词人用来填写有关夜、月、凄凉哀伤等相关主题和情感色调。臧棣的这首《蝶恋花》亦在写月亮。有学者将其解读为抒发爱情的易逝和忧伤，或是隐喻某种知识分子的高贵人格，这样也可也不可。因为臧棣明确表示反对人们对诗的主题的僵化看法，提倡无主题写作，那么在这样一种诗观下人们对这首《蝶恋花》开展解读，一旦轻易认定其为某种具体主题的情感抒发，或许就会显得鲁莽。因此与其对其主题进行猜测式的判定，我们不如先从形式下手。《蝶恋花》仿照英语句式中的后置结构，采用一连串的"于"勾连起介词短语和连词短语，同时诗中的名词和形容词之间既跳跃又隐约的似有关联的审美感受大大拓宽了诗歌的诗意空间。诗人自己也承认："对'隐秘的连接'的极端敏感，是我的写作中的一个非常突出的标志。"在词句意义无限延伸之际，诗意从形式中产生了。

评论精选

《蝶恋花》是一首技艺精湛而趋于完美的诗。它的主导句型是汉语中不常使用的"……（形容词）于（名词短语）……"结构：你不脆弱于我的盲目。/你如花，而当我看清时/你其实更像玉；/你的本色只是不适于辉映。如果说《月亮》一诗纷呈的意象和连缀的隐喻给人造成一种阅读的紧张感，那么《蝶恋花》则显得顺畅、松快，诗节的分割也使词语之间的映衬、暗示或唤起的速度放慢了些，而整首诗却显得激荡、跳动，另有一种迅疾之势。全诗流畅的语势透露出情爱主题所挖掘的欢悦、惊喜和幸福感。

——周瓒：《论当代汉语诗歌的书写者——臧棣》①

以句为单位的写作，通过句群之间猜测、辩诘、推论、否定等种种复杂的语义张力，展现着现代感受力在现代汉语句法之中可能的长度和迂回过程，具有一种迷人的巴洛克特征。

——胡续冬：《臧棣：金蝉脱壳的艺术》②

对诗歌"轻逸"品质的追求，是他自觉践行的方案，在《蝶恋花》等一批作品中，对汉语的巧妙拆分（"你招展，但不迎风"）等手法，也成功地体现了"轻逸"的魅力。这些诗歌写得舒展自如、摇曳多姿，处处埋设机锋，但带给读者的震撼却不止于此："你多于我的丰收，/正如你用你的本色/多于我的好色。/你似乎永远少于我的碾磨：/你是比药面更细的品质；/如果有末日，你就是根治。"这是我个人非常喜爱的一段诗，从展开的方式看，它巧妙利用了词语之间的内在关系（从"本色"到"好色"，从"碾磨"到"药面"，再到"根治"的主题），然而，一种复杂的道德感和伤痛感也夹杂其中，正是在语言的嬉戏中，语言的抒情潜力被有效开掘。从风尚的角度上看，追求"轻逸"也是许多年轻诗人的自觉取向，但因为缺乏这种"举重若轻"的能力，许多貌似"轻逸"的诗歌，实际上只做到"轻佻"的程度。

——姜涛：《"每骄傲一次，就完美一小会"——论臧棣》③

很少有人像他这样信任甚至放任副、介、连、助等虚词。……在这首诗中，"于"可以理解为在、对、向、从，表示比较或被动等意涵与功用，有时还是其中两种意思的叠加，在自身的丰饶与缭绕之外，也使得其他语词和句子变得妖娆多姿，真仿若蝴蝶行于百花丛中，美妙，美妙到摇摇欲坠。诸般兀自招展，但不迎

---

① 《当代作家评论》2001年第5期。
② 《作家》2002年第3期。
③ 《当代作家评论》2006年第2期。

风。毋庸讳言，透出一定的炫技成分（亦不无失败或牵强的例子），但可能也只有这样不顾一切、不厌其详地铺排与延展，才会最大可能地彰显这种虚词炼金术之魅，展示其所生成的陌生化辐射力和修辞美感。

——木叶：《臧棣：我把一些石头搬出了诗歌》①

雪的榜样②

下着，下着，雪就把天使下没了；

下着，下着，雪就把自己下成了大师；

你也有人生的苦恼，为什么不把它变成铅灰色的雪云？

你也经历过人世的阴冷，为什么还要忽略雪的榜样？

那样的高度从来就不缺乏，跳吧，跳吧。

跳着，跳着，你就会撞上

被雪弄丢了的天使。跳吧，跳吧。

跳着，跳着，你的轻盈会胜过一个大师，

把你重新塑造成就连雪白的精灵

都差点没认出来的回家的人。

2019年2月

诗作导读

对臧棣的创作追求，文学界已形成了一些固有的认知：比如他把诗歌看作语言的技艺，在创作中寻求"语言的快乐"；比如他反对宏大叙事，专注观照具体、微观的生活场景；比如他的诗不直接反映现实，而是以诡奇的表达"更新日常经验"。粗略来看，这些认知都指涉了臧棣创作的实然，但其实臧棣对诗歌创作有着很多独到的理念，这样简单化的认知无疑会遮蔽他的独特性，使他遭受不必要的误解。从上面这首《雪的榜样》我们可以看出，臧棣并不是那种耽于语言创新，只注重表达的奇崛而不关心内容是否有效的诗人，亦不是那种倚重经验堆叠，以在诗中糅合拼贴各种现象、情境为能事的诗人，他根本无意于宣示某些形式外观上的创作

---

① 《上海文化》2018年第5期。
② 《长江文艺》2019年第13期。

个性，只是试图把语言作为一种感受和想象世界的方式，在诗歌创作过程中仔细开掘外物与自我生命的奥秘，再把自己的观察和冥想所得诗意地传达给读者。

从标题来看，《雪的榜样》明晰简洁，使人一望而知此诗叙写的对象是雪，而且要表达一种对雪的赞赏乃至崇拜之情。但是，如果我们据此判断这首诗的内容无非就是形容雪多么轻捷、纯洁、沉静，然后点明做人应该学习雪的精神，那就大错特错了；如果臧棣就是按照这样的思路写下来，那么这首诗必会成为一首平庸乃至低劣之作。正因臧棣处理题材的方式、进入言说的角度，明显不同于一般诗人，他才成就了独特与优异。《雪的榜样》里有两个关键性的动词，一个是"下"，另一个是"跳"，两者均构成面对不可逆的命运的姿态，只不过前者的主语是雪，而后者的主语是人。诗歌起首就是对雪落下的动态的客观描述，略去了场景铺设，简单直截，毫无矫情之嫌。但接下来却突然由客观写实跃入了"心灵现实"：雪把天使下没了，却把自己下成了大师，这是臧棣面对眼前的雪景，心里突然生出的颖悟。这样的颖悟对读者而言难以索解，但读者又能明显感知这里面蕴藏深厚的意味。结合下面的诗行，唯有经历过人世的"苦恼"和"阴冷"者，能够体悟雪的精神，那么我们可知，雪的落下在臧棣眼中，就是纯洁可爱的精灵在惨淡冷冽的天幕下堕落，雪的结局必将是融化、沉埋，丧失其灵性生命，这多么令人痛惜！但同时，雪飘落的姿态却是那样轻盈、优美、从容，虽然雪花以天使之姿存在的时间很短，但其在飘落的"此时此刻"，达到了美的顶点，获得了永不溃散的尊严。"跳吧，跳吧"则是诗人给所有人世失意者的建议，跳跃是对雪的飘飞姿势的模仿，是要对吊诡和沉重的命运保持从容和"轻盈"，这样，人就能进入雪的存在状态，就能和雪一样，成为"大师"。

评论精选

在具体的意识倾向和措辞风格上，（臧棣）则强调与中国新诗"宏大"的主流格调偏离的"专注于'小'""从容于'精细'"。这种论说，联系他对词语、技巧的"沉醉"，都容易被从"技巧至上"上加以批评。但在他看来，"精细"，对技艺的执着，有助于提供以"诗歌的方式"看待世界的可能，有助于"不断地在我们的'已知'中加进新生的'无知'"，展现诗歌对生活"纠正"的能力。

——洪子诚、刘登翰：《中国当代新诗史（修订版）》[1]

如果站在诗歌的立场，我差不多想说，在一个诗人眼里，其实不应该有"现

[1] 北京大学出版社2005年版，第267页。

实"。或者说，诗人眼中看到的现实，与社会学家、公众眼中观察到的现实，应该是有差异的。作为诗人，我们应该关注的是"世界"，关注人的生存状况，关注生命的境遇。……从永恒中赎回生命的瞬间，赢得"此时此刻"，可以说是诗人的最大的现实感。诗的基本的创造的冲动，就是强化生存的瞬间，生命中的此时此刻。（臧棣语）

——臧棣、茱萸：《必须记住，诗矛盾于现实——臧棣访谈》[1]

在现代汉语诗歌中，臧棣是目前最高产的诗人。但是如果因为他写得多就认为他的写作只是语言的狄奥尼索斯狂喜，那就错了。正是对语言的迷醉最大限度地敞开了他的写作，他深谙写作过程中语言的游走、编织和弹奏，对于章句和结构皆能做到"控引情理，送迎际会""外文绮交，内义脉注"。总之，他在阿波罗的清明理智中疏通了生命和语言之间的能量交流。

——赵飞：《臧棣：唤起生命的高贵觉醒》[2]

---

[1]　《山花》2013年第22期。
[2]　《南方文坛》2019年第1期。

李少君

李少君（1967— ），湖南湘乡人。1989年毕业于武汉大学新闻系，主要著作有《自然集》《草根集》《海天集》《应该对春天有所表示》等，被誉为"自然诗人"。曾任《天涯》杂志主编，后为诗刊社主编。

抒怀①

树下，我们谈起各自的理想
你说你要为山立传，为水写史

我呢，只想拍一套云的写真集
画一幅窗口的风景画
（间以一两声鸟鸣）
以及一帧家中小女的素描

当然，她一定要站在院子里的木瓜树下

诗作导读

在"第三代诗歌"运动方兴未艾的1985年，李少君初入大学殿堂，受时代氛围的影响，开始创作诗歌。此后大约10年时间，他创作了一批语调舒徐、略带反讽，蕴含"对生活进行反思的思辨气质"的诗作，相较于同时期大量出现的青春激情满溢、先锋色彩浓郁的作品，这些诗作显现出一种难得的"中年气息"。1994年到

---

① 《海拔》诗刊2008年第6卷。

2005年李少君的创作进入沉寂，他的兴趣转移到诗歌理论方面，从一个诗人转变成诗歌评论家。2005年以后，是李少君创作的回归期，他再度开始写诗，并且这时创作的诗作，褪去了那种凌驾于时代生活之上、对现实进行大而化之的审视与诘问的旁观态度，能够真正进入充满细节的生活场景，具备了更多庄重的人间情感，蕴蓄了关于人的理想生存状态的思考。《抒怀》作为李少君的代表性作品，便是在这一时期横空出世。

《抒怀》一诗篇幅短小，结构简单，内容上也简洁明了，清新质朴，并无晦涩难解之处，其美感和韵味一眼可见。据李少君自己所言，《抒怀》一诗写就时，他正值不惑之年，年少时期"极端和固执"的想法尽皆消散，更看重人生的自然而然。《抒怀》正是他在形成了珍惜当下、凡事随缘的思想后，与一位仍然保有一些固执想法的朋友就人与自然的相关问题产生争论，而后写下的诗作。[①]这首诗并不意在比较朋友的把自然当作与自我主体相对的审美客体，意欲通过主观能动性为自然立传写史，"我"将自然与人的关系理解为平等对话、互通互融，人在亲近自然的同时便能领会生活之美，这首诗并不意在比较两种观点孰优孰劣，只是平和、客观地把两种"理想"并置，让读者既能感知并赞赏朋友的豪气干云、心胸开阔，也能感受到"我"的想法的可爱与更切实际，从而对略显抽象的"理想"一词，产生丰富的思考与感悟。诗歌的最后一句可谓点睛之笔：此前"我"自述理想的部分虽然动人，但缺乏细节，缺少一种对自然的融入感，到了这一句，自然化身的精灵切实向"我"走来了，就站在"我"的院子里，巧笑顾盼，充当摄影与绘画的模特（因为李少君其实并无女儿，所以"家中小女"应是其理想中的自然女神），一种亲切与温馨的感觉便会霎时袭入读者的心头，使读者对诗中的理想境界心向往之。

我们对于《抒怀》，既可从生态批评的视域观照，把其所指理解为重新审视人与自然的关系、反思批判狭隘的人类中心主义、力图唤醒被商品经济所物化之人的感应和亲近自然的能力，也可作出简单明了的解释：此诗只不过是深陷水泥森林的心灵，偶然产生"复得返自然"的隐逸冲动，"不平则鸣"出来的文字。关键在于，这首短诗确实清新流丽、言约义丰，能给我们以隽永的美的享受。

评论精选

2005年以后，李少君的诗作显示了方向与风格上的巨大变化。诗中去除了早期那种旁观者的故作清醒和疏离生活的姿态，显现了深入生活，承担命运的人生责任感，具有了更多庄重的人间情感。他依然注重日常生活细节的书写，却增加了经

---

① 见李少君：《李少君诗歌创作谈》，《名作欣赏》2015年第3期。

典现实主义的精细感，也强化了诗意的升华能力。总的来说，复出的李少君给人以"境界始大"的全新感觉。

——刘复生：《目光向下，心灵向上——李少君诗歌论》[1]

如果我们仔细阅读这首诗（《抒怀》），却可以发现其中隐藏着丰富的寓意：（1）对人类现代"理想"的解构与重构（由伪崇高向世俗人生的回归）。（2）最有价值的理想人生恰恰是表面上看来最无意义的古典式的艺术和审美人生。（3）艺术和人生之美，在于人与自然的和谐与相互尊重。（4）艺术的虚幻之"美"须以实在的对象（审美意象）来定格，这是一条艺术的铁律。……（5）"小女"暗示出中国艺术之美的实质是一种"亲"情，由此反观，中国人与自然风景之间的关系与其说是审美关系，不如说是亲情关系，这是最高境界的天人关系。（6）诗的最后一句"当然，她一定要站在院子里的木瓜树下"，在暗示什么？现代诗歌呼唤生活的审美化，必须以生活本身的完整性为前提。

——向卫国：《论李少君的"草根诗学"及其诗歌创作实践》[2]

此诗（《抒怀》）展示给读者的是一幅清澈的画面，画面清新简洁，只是两个朋友之间的倾心交谈，但在"我们"的言语中却隐含深意。细究起来，大概是"我们"的自然观还是有一些细微的差别，"我们"的理想也并不完全一致："你"的理想是把自然作为一个审美的客体，倾心于为自然的美景立传写史；而"我"的理想更着眼于人与自然和谐关系的建构，是探寻自然的价值与人的内在关联——这恰恰是诗人自己的理想，从中可以发现诗人的自然价值观是有其特定取向的，他是在人与自然的和谐关系中确立自然的价值的。因此，此诗的切入点是自然，但落足点却是人与自然的和谐关系。（吴投文语）

——吴投文、何言宏等：《谈李少君》[3]

碧玉[4]

国家一大，就有回旋的余地
你一小，就可以握在手中慢慢地玩味
什么是温软如玉啊

---

[1] 《海南师范大学学报》（社会科学版）2008年第2期。
[2] 《名作欣赏》2009年第24期。
[3] 《名作欣赏》2015年第13期。
[4] 《海拔》诗刊2009年第6卷。

他在国家和你之间游刃有余

一会儿是家国事大
一会儿是儿女情长
焦头烂额时，你是一帖他贴在胸口的清凉剂
安宁无事时，你是他缠绵心头的一段柔肠

诗作导读

　　《碧玉》一诗可简单归纳为一首爱情诗，纵览内容，"碧玉"指的即是"小家碧玉"，即温婉贤淑、以柔情蜜意安抚和宽慰其伴侣心灵的女子。整首诗表达的是对这类女子的赞美，是对女性的爱之于男性的重要性的强调。但这首诗的独特之处在于，李少君在叙写女性和爱情的字句间置入了"国家"和"家国事大"，这样就使得一个对立统一的结构在诗中浮现出来——家和国、男欢女爱和社会责任之间，天然存在矛盾，现实中的人们常因时间精力的有限，顾此失彼，深深被"忠爱难两全"的困局所苦恼；但反过来想，没有国家的安定和繁荣，每一个家庭的安宁和温馨就得不到保障，如果拒绝履行社会责任，只想耽溺于儿女情长，这样获得的爱情也难免脆弱而短暂。李少君面对"国家和你"形成了一种辩证的看法，他不把两者的关系看作二元对立，而是在正视"爱国"和"爱你"确有难以调和的矛盾的基础上，发现了国的"大"和你的"小"：大就意味着抽象和宽松，小就意味着具体和隐秘，大爱和小爱之间有充足的缝隙，世人完全可以做到"游刃有余"。

　　优秀的爱情诗往往都具有多层结构，表面是在抒写爱、赞美爱，深层里却蕴含对人生命运、社会现象、宇宙万物的感悟和思考，"言有尽而意无穷"。李少君的这首《碧玉》，表达直接有力，一边赞美温香软玉所能给予一个男子的慰藉，一边就把对家国之爱和恋人之爱、公共领域和私人领域等相关问题的思考嵌入字里行间，使人一读之下，感觉到这首小巧的情诗里面不只有情，更有对现代人的生存状态的观照与关怀。

　　从《碧玉》的表达我们可以体味到"六朝宫体艳情诗的语调和两宋婉约词的风雅"[①]，但这首诗绝非矫情、轻薄之作，与古人所作的物化女性、如同观看景物一般赏玩女子的音容笑貌、言行举止的诗词有本质的区别。虽然此诗的第一段第二句

---

　　① 沈健：《别求新声于"复古"——诗评家李少君诗歌新论》，《新文学评论》2018年第7卷第1期。

说"你""可以握在手中慢慢地玩味",但这里的表达其实是一种善意的调侃,其真意是如玉的女子应该受到其伴侣的珍视与呵护;诗歌的最后两句则真诚地道出,女子的爱恋无论对于事务缠身、焦头烂额抑或安宁无事、心怀孤独的男子,都极其重要,肯定了女性付出爱情的价值。

评论精选

《碧玉》在体式上类似现代小令,篇幅不长,但内涵却饶有意味。令我特别感兴趣的是,诗人在情诗、香艳诗和言志诗这几个类型之间的自如游走。这种出入的从容撑开了这首诗的感情空间,诗人将私密的情感与公共的文化经验巧妙地叠合在了一起。碧玉,可说是中国文化中的一个介乎私密和半公开的文化形象,它为中国男性的情爱文化树立了一个偶像情人,甚至是一个选择人生伴侣的隐性标杆。而从形象的起源看,碧玉文化可算不上多么入流,在古诗中基本不脱香艳诗的范畴。诸如,"杏梁日始照,蕙席欢未极。碧玉奉金杯,渌酒助花色。"如此腐朽的语义渊源,换作一般诗人,定是避之唯恐不及。而李少君却刻意以"碧玉"入诗,并用一种充满张力的意象布局,赋予碧玉形象与诗歌文化之间的关联以新的意味。关键在哪里呢?关键在于诗人对这一关联中的政治寓意的把握十分有分寸。碧玉和国家,本来扯不上关系,但在此诗中,它们却构成了感情空间中的两极,不是作为对立的两极,而是作为互为补充的两极。从表面上看,本诗呈现的感情是对中国语境中的人生经验的一种新的调和。

——臧棣:《碧玉的新意味》①

诗以六朝宫体艳情诗的语调和两宋婉约词的风雅,在国家宏大与女人小巧、人间万事与儿女情长、刀光剑影的操控与风情万种的把玩之间,令人回味无穷地"玩味"了一场灵肉合一的审美历险与情趣淋浴。如果将"碧玉"视作"自然"的对应象征,或者将"天地自然"袖珍化为一块"温软碧玉"的话,那么,对李少君赋"自然"以肉身的"精雕细琢的工匠的沉着"艺术匠心,我们能不鼓掌点赞?

——沈健:《别求新声于"复古"——诗评家李少君诗歌新论》②

---

① 《中西诗歌》2013年第2期。
② 《新文学评论》2018年第7卷第1期。

伊
沙

伊沙（1966—　），原名吴文健，四川成都人。1989年毕业于北京师范大学中文系，现居西安。著有诗集《饿死诗人》《野种之歌》《我终于理解了你的拒绝》《伊沙诗选》《我的英雄》《车过黄河》《灵魂出窍》等。

饿死诗人①

那样轻松的　你们
开始复述农业
耕作的事宜以及
春来秋去
挥汗如雨　收获麦子
你们以为麦粒就是你们
为女人迸溅的泪滴吗
麦芒就像你们贴在腮帮上的
猪鬃般柔软吗
你们拥挤在流浪之路的那一年
北方的麦子自个儿长大了
它们挥舞着一弯弯
阳光之镰
割断麦秆　自己的脖子
割断与土地最后的联系
成全了你们

---

① 选自《诗刊》1993年第8期。

诗人们已经吃饱了

一望无边的麦田

在他们腹中香气弥漫

城市最伟大的懒汉

做了诗歌中光荣的农夫

麦子 以阳光和雨水的名义

我呼吁：饿死他们

狗日的诗人

首先饿死我

一个用墨水污染土地的帮凶

一个艺术世界的杂种

1990年

诗作导读

这首诗写于1990年，彼时20世纪80年代的诗歌创作和讨论热潮已经渐渐回落，诗歌褪去神圣与崇高的外衣，逐步回到琐碎的日常与平实的口语之中。伊沙继承了"第三代诗人"的口语写作传统，用最平易随意，乃至近乎粗鄙的口语，最鲜明直白的讽刺，写下这首向当时诗坛中的诗观和诗歌现象开炮的"宣言式"诗歌。

全诗运用大量的比喻与象征手法，意在打破诗歌中的"麦地神话"。诗人的讽刺大胆辛辣，毫不留情，痛斥时代变化下日益萎靡的诗歌写作，渐渐沉迷于贵族化、失去生机的诗歌语言，堕落进矫揉造作、不断重复的创作困境，直言失去了探索与创新意识的诗人们，只是"城市最伟大的懒汉"。

伊沙在另一篇文章中曾毫不留情地讽刺："喜欢维持秩序的人，是既得利益者。他们怕乱。……把诗歌搅'活'。……'饿死诗人'的时代正在到来。真正的诗人'饿'而'不死'。……必须抛弃鸡零狗碎的玩艺！让诗歌进入说人话的年头。"在这首诗里，诗人将自己"说人话"的坚持贯彻到了极致。他不假思索地对神圣化、崇高化的诗性趋向进行解构，用近乎粗鄙的破格口语和最日常的生活图景，反向寻求汉语诗歌的活力。

评论精选

　　伊沙的诗歌不相信任何形式的终极价值和形而上神话，所谓绝对精神、纯诗和神性，只是无助而无耻地孤独着的现代人为自己假设出来的一种幻象，用以供自己寄生，用以蔽护自己的无能和无奈，寄生在这种幻象中的诗人正是伊沙诗中那些寄居于城市的"伟大的懒汉"。这些"懒汉"们正是在用自己假设出来的幻象来弥补和替代自己真实的生存与行动能力，而当今时代，诗人被抛弃的悲剧不正是由于这种能力的欠缺和疲软吗？

　　　　　　　——李震：《伊沙：边缘或开端——神话/反神话写作的一个案例》①

　　此诗写于1990年，正是大量的青年诗人们背对时代创伤和生命疼痛，"那样轻松地""开始复述农业"的时候（有意味的是，此时的小说家们，也同样"那样轻松地"，开始复述虚假的历史）。对"麦地/家园"的虚构和对"玫瑰/自慰"的制造一时成为风潮，由于坚和韩东开启的一脉诗歌精神由此阻断，而由韩东数年前提出批评的语言贵族化倾向再度泛滥成灾，颇有点越疼痛越要轻松，越猥琐越要要"高贵"的样子。于是那些"城市最伟大的懒汉"纷纷"做了诗歌中光荣的农夫"，而我们再度领受了中国诗人们的"精神阳萎"和"语言迷失"。

　　　　　　　　　　　　　　　　——沈奇：《伊沙诗二首评点》②

　　伊沙写诗因其"语感"而引人注目，尤其是他对20世纪80年代由韩东（1961—　）、于坚（1954—　）等诗人所创立的口语传统进行了有创意且异质的发展。他善于混合多种语域来处理各类主题，有人觉得他幽默，而有人感到了被冒犯。……1990年的《饿死诗人》是伊沙的成名作之一，是伊沙跃然成为一种"伊沙现象"的跳板。哪怕仅仅因为这是一首伊沙借以宣扬他的诗学观点（即对其他诗人进行抨击）的典型诗，它也值得先睹为快。《饿死诗人》如发表公开宣言般去批评那些在20世纪80年代以来推崇"崇高"美学的、在诗作中集中营造麦子意象的诗人们，如海子和骆一禾（1961—1989）。海子自杀和骆一禾（海子的挚友，海子遗作的编辑）不久后因脑出血去世这两件事，很快赋予了他们一种近乎神圣的地位。对此，伊沙以其特有的不恭敬态度予以抨击。

　　　　　　　——柯雷、吴锦华、赵坤：《拒绝的诗歌？——伊沙诗作中的音与意》③

---

①　《诗探索》1995年第3期。
②　《诗探索》1995年第3期。
③　《世界华文文学论坛》2017年第4期。

灵魂出窍——三日长于一生（节选）①

一

长久以来
我一直以为
自己的后脑勺上
长了两块反骨
一块长于正后方
一块长于右枕后
加之人的表现
也确实反叛如斯
便确信了这个看法

既然天生反骨
我也就没有拿它当回事儿
甚至还有点沾沾自喜
引以为傲——
别人生反骨最多长一块
我一长就长一对儿
可是近一年来
我发现位于右侧的那个
有点大啦
仔细摸来方才发现
并不是一块骨头
而是一个淋巴结似的包块

我拿不准
是我减肥成功瘦了以后
它显得大了呢
还是真的在长
便跑到唐都医院

---

①　选自《赶路》诗刊2007卷。

去找我的老同学——
杨增悦大夫给瞧一瞧
他瞧后说："有点大
超出了正常
最好切出来
做个活检
看看究竟是啥
也好放心不是？"
但又说："我怀疑
只是个炎症
为这挨一刀
有点划不来
你自个儿拿主意吧"

我当机立断
马上流露出
对自己一以贯之的狠
说："做！"

二

手术
在翌日下午进行

我听见杨大夫
对着护士高声大叫：
"丫头！给我准备一个
割包皮的卫生包
和一把锋利的刀"

那时
我已经被带进手术室
杨大夫命我趴在手术台上
我却犹豫了一下——

我怎么看那手术台
忒像一张按摩床啊
那就当作是一次
脑部的按摩吧

"打麻药有点疼"
杨说，"你忍忍"
头皮上三针
小菜一碟尔
让我吓了一跳的是
麻药刚刚打完
老杨就动手了
（也不招呼一声）
横着来了一刀——好在
我已感觉不到
我趴在那里不敢动弹
翻眼看了一下
盖于我头部的一块白布
血正喷溅在上头
像在下一场红雨

在此后的一个小时中
杨大夫一直在那个伤口里
扒着什么
找着什么
掏着什么
最后一剪刀
我已感觉到疼
最后缝的三针
一针比一针痛
但这都是可以忍受的
跟钻牙相比不算什么
我一声不吭

硬充好汉
当一切结束以后
我已是满头大汗
全身瘫软
险些爬不起来

老同学啊老同学
在过去的一个小时中
我回想起我们的过去
在你家所在的四医大的
操场上踢球的日子
和代表学校到市里打比赛的经历
当年我们那么好
难道就是为了叫你今天
名正言顺地
在我的后脑勺上开一刀
人生中有多少想不到
……

十八

我仍在自检
最近几年
临近不惑
欲望有所收敛
虚荣有增无减
但我有心做好
难道说：
已经没有机会？

这是最痛苦的
我想在判决日到来前
将所有的准备都做好
将自己提升到一个至高的境界
但目的不是境界

我是这么想的：
只有做好了所有的准备
老天爷才会放我一马

有一点可以肯定
哪怕余下的生命
只有一天好过
我也不会选择自杀
因为自信
即使到了临终前最后的一分钟
我用最后一口只出不进的气
也会口吐莲花
吐出惊世骇俗的绝句
我得把自个儿留着
一直留到那个时刻

2007年5月

诗作导读

　　《灵魂出窍》是伊沙21世纪以来较为出色的作品。全诗共22节，结构宏大，落笔潇洒。诗人聚焦于个体与命运的抗争，记录了诗人在等待"瘤"的检查结果出来之前的生活体验和所思所想，副标题"三日长于一生"点明诗人心境。灵魂出窍，诗人的笔触也肆意自由，写绝望也写沉沦，写挣扎也写达观，直击人性的命门。全诗采用口语写作，言说酣畅淋漓，气韵浑然一体，充分体现了伊沙的创作特色。

　　在这首诗中，伊沙展示了经过长期口语写作锻炼出的游刃有余，何时叙事推动情节发展，何时稍事休息转而剖白内心情绪，何时又转向深度的思索顿悟以提升意蕴内涵，伊沙对此驾轻就熟，取舍有度。"即使到了临终前最后的一分钟/我用最后一口只出不进的气/也会口吐莲花/吐出惊世骇俗的绝句/我得把自个儿留着/一直留到那个时刻"，即使是日常性写作，诗人也保持了其一贯的桀骜不驯和生动鲜活。

评论精选

诗人截取生命中一个特殊的时间段落，以"瘤"的恶良与否这一悬疑为契机，牵带出个体对生与死、情与愁、痛与爱、低俗与崇高等精神内涵的对比性反思，揭示了人类命运的尴尬与无奈、生命的脆弱与卑微、死亡恐怖与存在挣扎的永恒纠缠等本质性人生要义。

　　　　　　　　　　　　　　　　——张德明：《中间代诗人21家》①

《灵魂出窍》对自我内心事件的精微把握和深度解剖表现出诗人犀利的文化批判眼光，这与他的总体创作倾向是一致的。他常以自嘲和戏谑的方式调侃庸俗的大众，却并不拔高自己的精神优势，他始终定位于鲜明的民间立场，但对庸人怀着近乎本能的厌恶，因此，尽管伊沙的诗充满现世光色，有浓烈的当下氛围，却并不缺少内敛的批判锋芒。

　　　　　　　　　　　　——吴投文：《论"中间代"长诗写作的创造空间》②

伊沙发表《灵魂出窍》，是他近年对自己的突破。完全撇开现代和后现代、解构与建构的纠缠，有着更高的生命与存在探问。……《灵魂出窍》提供了等待死亡判决书前，各种惟肖惟妙的心理真实：发虚——家族病史、遗传基因、危险烟龄、糟糕空气、贪多求全、玩命写作、众多原因的打探，充满不详的哀伤。恐惧——如同一杆黑森森的枪管，硬邦邦地顶住了你柔软而敏感的腰眼，这是一场实在输不起的生命豪赌。伊沙的感觉真是到位，而且细腻到恐惧中形形色色的"非分"之想：有报复快感、自杀冲动、痛不欲死痛得想活、天妒英才、敌手窃喜、"一个都不宽恕"等的扪心自问、自检、自查，鞭辟入里，丝丝叩心。

　　　　　——陈仲义：《伊沙诗歌论——"杀毒霸"播撒及"互文性"回收》③

---

　　①　《诗歌月刊》（下半月刊）2007年第5-6期。
　　②　《湖南科技大学学报》（社会科学版）2008年第1期。
　　③　《文艺争鸣》2009年第10期。

雷平阳

雷平阳（1966—　　），云南昭通人。1985年毕业于昭通师专中文系。现供职于云南省文联。著有诗集《雷平阳诗选》《云南记》《出云南记》等。

亲人①

我只爱我寄宿的云南，因为其他省
我都不爱；我只爱云南的昭通市
因为其他市我都不爱；我只爱昭通市的土城乡
因为其他乡我都不爱……
我的爱狭隘、偏执，像针尖上的蜂蜜
假如有一天我再不能继续下去
我会只爱我的亲人——这逐渐缩小的过程
耗尽了我的青春和悲悯

诗作导读

　　雷平阳来自云南昭通，故乡、童年、亲情等是他诗作中的常见题材。他诗中永葆深沉的眷恋和天真的执拗，语言深刻细密、力透纸背、感情充沛。这首《亲人》，一反歌咏亲情时常用的宏大视角，而是另辟蹊径地退回私人经验的小角落，站在经验的针尖上展开叙述。

　　诗人的笔触从祖国一步步退回云南，退回故乡，退回家庭，退回自己的青春，情感版图一步步缩小、具化至"亲人"，其情感阶梯上的每一阶他都爱，但他的爱

───────────
①　原载《诗刊》2003年第19届"青春诗会"专号。

"狭隘、偏执"，爱有深浅之别，在"不能继续下去"的假设前提下，他的爱将全部留给自己的亲人，别的他都不爱。他的爱是小的，小而朴素；他的情是深的，深而真实。正如诗人所说，他的爱是针尖上的蜂蜜，他的诗亦然。他对个人生命的灿烂与痛苦体察入微，用看似狭隘的极致取代广阔的悠远，构筑出汉语诗歌另一种深沉。

评论精选

在雷平阳的诗里，对具体细节非常执拗，观察入微，其乡土性也并非传统的乡土性，而是非常具有现代意味，耿占春称他："个人记忆与地方经验融合，使之独具魅力。"短诗《亲人》……内里充溢一种深刻的沉痛感，一种个人化的极致的爱与痛，这样具体深沉的情愫，令人读后身心战栗。

——李少君：《草根性与新诗的转型》①

在《亲人》中，"这逐渐缩小的过程/耗尽了我的青春和悲悯"，简直就是一种狭隘情绪的悲哀。抒情者一边表述"狭隘、偏执"的家乡、亲人之爱，一边进行自我评价。偏执的情绪策动下，自我评价成为抒写的实际内容并获得诗意。表述之"我"与角色之"我"，这两个"我"的诗语贯通、圆融在诗中形成奇异的言说情境，同时传达尘世与灵魂的双重信息。

——傅元峰：《迷走南诏——雷平阳诗论》②

谈起爱，人们常讲"大爱无疆"，强调一种博大的爱；而诗人所强调的偏偏是"针尖上的蜂蜜"那样一种狭隘、偏执的爱。在这首诗中，视域由大而小，如同剥笋一般，最后收束在"我会只爱我的亲人"上。前人云："人无癖，不可与交，以其无深情也；人无疵，不可与交，以其无真气也。"雷平阳此诗流露出的"狭隘"与"偏执"，可以看作是"癖"与"疵"了，然而这却正是能深深打动读者的深情与真气。

——吴思敬：《雷平阳诗歌的两重世界》③

---

① 《南方文坛》2005年第3期。
② 《当代作家评论》2012年第1期。
③ 《南方文坛》2019年第5期。

母亲①

我见证了母亲一生的苍老。在我
尚未出生之前，她就用姥姥的身躯
担水，耕作，劈柴，顺应
古老尘埃的循环。她从来就适应父亲
父亲同样借用了爷爷衰败的躯体
为生所累，总能看见
一个潜伏的绝望者，从暗处
向自己走来。当我长大成人
知道了子宫的小
乳房的大，心灵的苦
我就更加怀疑自己的存在
更加相信，当委屈的身体完成了
一次次以乐致哀，也许有神
在暗中，多给了母亲一个春天
我的这堆骨血，我不知道，是它
从母亲的体内自己跑出来，还是母亲
以另一种方式，把自己的骨灰搁在世间
那些年，母亲，你背着我下地
你每弯一次腰，你的脊骨就把我的心抵痛
让我满眼的泪，三十年后才流了出来
母亲，三岁时我不知道你已没有
一滴多余的乳汁；七岁时不知道
你已用光了汗水；十八岁那年
母亲，你送我到车站，我也不知道
你之所以没哭，是因为你泪水全无
你又一次把自己变成了我
给我子宫，给我乳房
在灵魂上为我变性
母亲，就在昨夜，我看见你

---

① 选自《雷平阳诗选》，长江文艺出版社2006年版。

坐在老式的电视机前
歪着头，睡着了
样子像我那九个月大的儿子
我祈盼这是一次轮回，让我也能用一生的
爱和苦，把你养大成人

诗作导读

　　亲情是雷平阳诗歌的一个重要主题，他的《母亲》《背着母亲上高山》《祭父帖》《奔丧途中》等诗都从不同视角切入亲情的世界。雷平阳坚持用平实亲和的日常语言写作，坚持从个人生活与记忆，从乡土和童年中挖掘生命的诗性和语言的诗意。或许正因如此，雷平阳的诗不玩弄文字技巧，深邃准确，有着返璞归真般的力量。

　　《母亲》这首诗比起其他诗人写母亲的作品，读来更为本真质朴。诗人不作任何复杂词句的延伸性构思，他的深情一目了然，清澈见底，真正做到了以情动人。"那些年，母亲，你背着我下地/你每弯一次腰，你的脊骨就把我的心抵痛/让我满眼的泪，三十年后才流了出来/母亲，三岁时我不知道你已没有/一滴多余的乳汁；七岁时不知道/你已用光了汗水；十八岁那年/母亲，你送我到车站，我也不知道/你之所以没哭，是因为你泪水全无"。从三岁、七岁、十八岁一直记录到三十岁，"我"的成长见证了母亲一生的苍老。雷平阳的诗大多来自其真实的生活经验，有谁能说在阅读这首诗时没有感同身受地联想到自身、联想到自己的亲情经验中的磕碰刺痛？他从最个人化的情感角落寻找出群体关联性的记忆，以小见大，以狭见深，正如潘洗尘在诗中所说的："我们一生都在写作/有谁不是在写镜中的自己/我们的一生都被写作/又有谁写出了镜子外的别人。"

评论精选

　　春夏养阳，秋冬养阴，诗人的情愫一如故乡古老村落的厚重又疏达，虽不追求灵机四溢，却常常是感人至深的。我认为，雷平阳这类诗歌的写作，主要不是着重于对幻象的营造，对隐喻的捕捉，他的才秉或兴趣，更多在于对此在经验"纹理"的本真表达。故乡的人与事、情与景在他笔下，就不再是被剥夺了的精神飨宴，甚至也不是终极关怀的"家园"，而是活生生的"当下""手边"，他并没有失去它。

　　——陈超：《"融汇"的诗学和特殊的"记忆"——从雷平阳的诗说开去》[①]

　　正是故乡、大地和亲人这三种事物，为雷平阳的诗歌确立起了清晰的方向感，也形成了他不可替代的写作根据地。他的确是一个有根的诗人，他对大地和亲人的赞歌，是从这个生命的根须中长出来的；他对残酷生活的洞察，也是为了写出生命被连根拔起之后的苍凉景象。或许，随着现代化的一统天下，大地的根基已经动摇，故乡也已面目全非了，但至少还有亲人，还有"母亲"这个庄严的形象，让诗人得以继续发出悲伤的声音。

　　　　　　　　　　　　　——谢有顺：《雷平阳的诗歌：一种有方向感的写作》[②]

---

　　① 《当代作家评论》2007年第6期。
　　② 《文艺争鸣》2008年第6期。

西渡

西渡（1967—　），原名陈国平，浙江浦江人。1989年毕业于北京大学中文系，大学期间开始写诗。著有诗集《雪景中的柏拉图》《草之家》《风或芦苇之歌》，诗论集《守望与倾听》《灵魂的未来》等。

一个钟表匠人的记忆[①]

一

我们在放学路上玩跳房子游戏
一阵风一样跑过，在拐角处
世界突然停下来碰了我一下
然后，继续加速，把我呆呆地
留在原处。从此我和一个红色的
夏天错过。一个梳羊角辫的童年
散开了。那年冬天我看见她
侧身坐在小学教师的自行车后座上
回来时她戴着大红袖章，在昂扬的
旋律中爬上重型卡车，告别童贞

二

在世界的快和我的慢之间
为观察留下了一个位置。我滞留在
阳台上或一扇窗前，其间换了几次窗户
装修工来了几次，阳台封上了

---

① 选自《东海》1999年8月号。

为观察带来某些不同的参照:
当锣鼓喧闹把我的玩伴分批
送往乡下,街头只剩下沉寂的阳光
仿佛在谋杀的现场,血腥的气味
多年后仍难以消除。仿佛上帝
歇业了,使我和世界产生了短暂的一致

三

几年中她回来过数次,黄昏时
悄悄踅进后门,清晨我刚刚醒来时
匆匆离去。当她的背影从巷口消失
我猛然意识到在我和某些伟大事物
之间,始终有着无法言喻的敌意
很多年我再没见她。而我
为了在快和慢之间楔入一枚理解的钉子
开始热衷于钟表的知识。在街角
出售全城最好的手艺:在我遇上
我的慢之前,那里曾是我童年的后花园

四

在我的顾客中忽然加入了一些熟悉
的脸庞,而她是最后出现的:憔悴、衰老
再一次提醒我快和慢之间的距离
为了安慰多年的心愿,我违反了职业
的习惯,拨慢了上海钻石表的节奏
为什么世界不能再慢一点?我夜夜梦见
分针和秒针迈着芳香的节奏,应和着
一个小学女生的呼吸和心跳。而她是否听到?
玷污了职业的声誉,失去了最令人怀恋
的主顾:我多么愿意拥有一个急速的夜晚!

五

之后我只从记者的镜头里看到她
作为投资人为某座商厦剪彩,出席
颁奖仪式。真如我盗窃的机谋得逞
她在人群中楚楚动人,仿佛在倒放的

镜头中越走越近，随后是我探出舌头

突然在报上看到她死在旅馆的寝床上

死于感情破产和过量的海洛因：

一个相当表面的解释

我知道她事实上死于透支，死于速度的衰竭

但为什么人们总是要求我为他们的

时间加速？为什么从没人要求慢一点？

六

这是我的职业生涯失败的开始

悲伤的海洛因，让我在钟表的滴答声里

闻到生石灰的气味：一个失败的匠人

我无法使人们感谢我慷慨的馈赠

在夏天爬上脚手架的顶端，在秋天

眺望：哪里是红色的童年，哪里又是

苍白的归宿？下午五点钟，在幼稚园

孩子们急速地奔向他们的父母，带着

童贞的快乐和全部的向往：从起点到终点

此刻，我同意把速度加大到无限

1998年6月

诗作导读

　　这首诗延续了20世纪90年代以来的叙事诗学风格，以一个钟表匠人的记忆记录下一个时代的变动。"从此我和一个红色的/夏天错过。一个梳羊角辫的童年/散开了""当锣鼓喧闹把我的玩伴分批/送往乡下，街头只剩下沉寂的阳光"，诗歌将时光倒推回那个开始于夏天的"文化大革命"和知青下乡的年代。"我猛然意识到在我和某些伟大事物/之间，始终有着无法言喻的敌意/很多年我再没见她。而我/为了在快和慢之间楔入一枚理解的钉子/开始热衷于钟表的知识。"我们不去指出"某些伟大事物"的具体所指，也能够轻易地感受到诗人笔下一个时代的宏大和个体的渺小之间的摩擦和违和。

　　为此，诗人在诗中多次呐喊诘问："为什么世界不能再慢一点？""但为什么人们总是要求我为他们的/时间加速？为什么从没人要求慢一点？"太快了，一切都太快了，什么情况下会让人感叹世界的时间太快了？那就是当人们面临一场遽变。正如食指诗中所写的"我吃惊地望着窗外/不知发生了什么事情"，历史的巨轮在加速般滚动时丝毫不考虑被巨轮追赶的人群。从头至尾在感叹时间太快而要求放慢的诗人，在最后写道"在夏天爬上脚手架的顶端，在秋天/眺望：哪里是红色的童年，哪里又是/苍白的归宿？下午五点钟，在幼稚园/孩子们急速地奔向他们的父母，带着/童贞的快乐和全部的向往：从起点到终点/此刻，我同意把速度加大到无限"，诗人的妥协和解脱来源于劫难结束后新一代生命的重新开始，此刻诗人终于同意"把速度加大到无限"。

本诗见刊时有另一版，在《星星》2000年第1期中诗尾是："在夏天爬上脚手架的顶端，在秋天/眺望：远呵，令人难以置信的远/在远的尽头，我看到了十月之水/在消瘦：一场呕吐，一场心悸，一阵风/敲落了果实，撩开了时代的面纱：/此刻，我同意把速度加大到无限。"该版本中明确了劫难结束的时间，在遥远尽头的十月，一个时代结束了，另一个时代缓缓开始。在对本诗进行解读时，我们须注意，该诗除了依托于特定的历史记忆，还涉及了抽象的时间主题和城市场域所引出的现代性问题。

评论精选

这首诗表面上是从回顾的视角描述一个钟表匠的成长过程，但实际上却是探讨作为一种叙事经验的内在的历史图式。钟表匠这一形象在这里所起的作用，不仅仅是角色意义上的，而更像是一种普遍经验的特殊的透析装置。钟表匠的记忆不是被动地接受历史给他的印象，而是带有强烈的主观色彩，他用他的记忆来对抗历史给个人造成的普遍的压力。同时，他也把他的记忆发展为一种评判生活的尺度。钟表匠的记忆还对这首诗所触及的历史经验起着细节的润色作用，使它们变得具体而生动。

——臧棣：《记忆的诗歌叙事学——细读西渡的〈一个钟表匠的记忆〉》[①]

解放时间，在西渡那里，实际上就是解放我们自己；拯救时间，也就是拯救我们的生活。正是在对时间的不断领悟中，西渡找到了属于自己的诗歌声音、语调、韵律、句式和词汇的综合体。……越到后来，西渡越洞明了一个事实：除了知道一点点注定要在时间中消失的事物的有限消息外，我们对时间其实一无所知。不管已经有多少诗人和哲学家歌吟过和沉思过时间（比如海德格尔、艾略特、张若虚和屈

---

① 　《诗探索》2002年第1期。

原），对它我们唯一能做的，就是感激它，承受它，直到它授予我们那枚表征我们失败的勋章；这枚勋章的最大作用，按照西渡的看法，就是让我们懂得对时间进行观察："在世界的快和我的慢之间/为观察留下了一个位置。"

——敬文东：《时间和时间带来的——论西渡》①

身处这个如同中国的动车或高铁一样疾驰的世界中，面临着复杂多变的生活时局，西渡对自己的写作也作出了同步的调适，"在快和慢之间楔入一枚理解的钉子"，自觉地将身边真实的生活细节移植进他的诗歌中，力图用词语来模仿、再造生活的湿润性，最后用他所描摹的生活，用他罹患的诗歌风湿病，刺激词语从内部分泌出一种湿，从而实现更新、完善现代汉语的诗学夙愿。

——张光昕：《肖像·游移·风湿病——西渡诗歌论》②

---

① 《诗探索》2005年第1期。
② 《江汉大学学报》（人文科学版）2012年第3期。

蓝蓝

蓝蓝（1967—　），原名胡兰兰，出生于山东烟台，后随父母移居河南，现居北京。著有诗集《含笑终生》《情歌》《内心生活》《蓝蓝诗选》等。

野葵花①

野葵花到了秋天就要被
砍下头。
打她身边走过的人会突然
回来。天色已近黄昏，
她的脸，随夕阳化为
金色的烟尘，
连同整个无边无际的夏天。

穿越谁？穿越荞麦花的天边？
为忧伤所掩盖的旧事，我
替谁又死了一次？

不真实的野葵花。不真实的
歌声。
扎疼我胸膛的秋风的毒刺。

1991年

---

① 选自《诗刊》1992年第10期。

诗作导读

　　《野葵花》是蓝蓝早期的代表作之一，诗歌简短却情深，是纯粹的抒情诗，诗人以女性的细腻和敏锐吟唱出对野葵花这一乡野植物的怜惜和由之引发的哀伤。诗人用近乎民间歌谣的调式吟唱，借野葵花喻自身，似一只百灵鸟，嗓音清丽淡雅。诗人非常注重语言的音乐性，诗歌长短句交错，反问、疑问、设问等句式穿插其中，节奏顿挫，在情绪起伏的过程中也制造出音韵回环的效果。

　　曾有人质疑蓝蓝的诗歌写作"没有打算为批评家提供更多的可供分析的诗学要素或精神深度"，但或许有时候，在诗论建设过于杂乱冗长的今天，诗歌需要的就是最本质的抒情，做回最本质的歌谣。抒情，是诗歌最纯粹，亦是最本真的职责。蓝蓝的诗歌返璞归真，回归抒情，又不流于滥觞，无病呻吟。诗人放弃装腔作势、矫揉造作，选择拥抱生命，观照自然，以关切亲和的目光体贴自然万物的形态和流动，挖掘生活中的爱与淳朴之美，触发最朴实的诗性。

评论精选

　　野葵花相对于那些为人重视和培育的植物，意味着所谓自然的、野生的、遭淘汰的、无用的、丑的、奇怪的、边缘的、乡土的和民间的……蓝蓝吟唱野葵花之"她"，在诗中不乏以野葵花自况其人和其写作，用心和意义是不言而喻的。这首诗节奏的顿挫和节拍的缓慢，让人听见了被置于秋天的野葵花带来的忧伤和痛楚。我一再提到蓝蓝在这首诗里的吟唱，现在我要说她用的是一副民间歌手的嗓子。这首诗的声音如同蓝蓝许多诗篇里的声音，总是让我想起原始民歌那有时候不成腔调的朴素和纯真。

——陈东东：《〈野葵花〉点评》①

　　因为有了对自然的关注，就增添了对小事物的体察，一种发自内心的爱与悲悯由此而生。对美好事物的颂扬和对大自然的感激，成为蓝蓝诗歌的永恒主题。技巧已经退居其次，变得不那么重要。可以这么说，蓝蓝的诗歌是不需要过多地阐释的，她简简单单、自然自在，而透过那些轻盈明亮的诗句，人们可以窥视到灵魂的真相。

——刘春：《从内心的悲悯到词的苛求——朦胧诗以后五诗人简评》②

　　蓝蓝的乡村书写一开始就越过了一般女性写作的自我诘问和自我裸呈阶段，她

① 《诗探索》2003年Z1期。
② 《南方文坛》2005年第3期。

的诗歌语言动力并非来源于独白和自我确认的需要，比如早年的《野葵花》就已超越了对风物的镜像迷恋而具备了穿越时间和命运的力量："穿越谁？穿越荞麦花的天边？/为忧伤所掩盖的旧事，我/替谁又死了一次？"无疑，蓝蓝将自己的写作放置在了波德莱尔以来的现代诗传统之中，由此出发重新考量事物的存在，并弥合人与物的分离。

——胡桑：《一定有更痛楚的爱——论蓝蓝》[①]

真实——写在石漫滩[②]

死人知道我们的谎言。在清晨
林间的鸟知道风。

果实知道大地之血的灌溉
哭声知道高脚杯的体面。

喉咙间的石头意味着亡灵在场
喝下它！猛兽的车轮需要它的润滑——

碾碎人，以及牙齿企图说出的真实。
世界在盲人脑袋的裂口里扭动

……黑暗从那里来

2007年

诗作导读

蓝蓝早期作品清新温情，柔和忧伤，后渐渐转向处理社会历史和现实生活中沉痛严峻的主题，《真实》便是其后期代表作之一。这首诗描写了河南水灾情形，蓝蓝童年时有相当长的时间在河南农村度过，从这首诗可以看出诗人对受苦受难的第

[①]　《汉诗·谷雨》，张执浩主编，2014年第2期。
[②]　选自《诗歌卷》，武宝玲主编，河南文艺出版社2008年版。

二故乡的感情。

诗人在这首诗中透露出鲜明的愤怒与谴责的勇气，却又用纤细敏感的女性语感将其包裹，以最真切的抒情去体察死亡与痛苦，去感受历史的车轮碾压生命的无情与荒谬，召唤生命的本真与尊严。诗人不再沉湎柔弱哀怨的个体角落，而是主动走向公共性的书写，用有温度的情感将个体的生命体验置于集体的现实境遇之中，极大丰富了诗人笔下的情感张力。诗人对语言的敏感在这首诗中亦可见一斑，标点符号的运用牵引情感铺叙的节奏，满腔的激愤化作平淡而委婉的细腻口吻，更具有强大的冲击力。

评论精选

这首诗让蓝蓝一下子就跃出了更高的层面，她所思索的并不算遥远却又那么艰难：穿越尘埃，穿越遮蔽，还原历史的真相……黑暗来自谎言，来自愚昧，来自冷酷的心。历史并不忏悔，只有诗人在表达自己的激愤。即使这是绝望的救赎，也要去写下自己的证词。

——黄礼孩：《午夜的孩子》[①]

在《真实——写在石漫滩》中，蓝蓝……进行了富有女性感知的特色表达。在这首诗中，能够见到她诗歌中显见的愤怒和刚性的意味。蓝蓝体验到历史猛兽的车轮……巨大的历史的荒谬性，她召唤着真实。在蓝蓝的诗歌中，标点符号对诗歌意境和节奏的参与程度很高，她对标点符号的表意性能有着最大化的利用，感叹号、破折号、省略号直接成为诗歌形象的象形表达。"这不只是诗人寻求个人化的语调所致，而是与其总体的诗歌本体自觉、心理完型、经验图式、认知方式、结构意识等密切相关的。"在这首诗的结语中，"……黑暗从那里来"，一个来自历史隐身之处令人惊悚的黑暗向现实蔓延的情境，被得以象形化表达。

——傅元峰：《论当代汉诗抒情主体在诗美整饬中的作用——以杨键、蓝蓝、潘维的诗作为例》[②]

在蓝蓝21世纪的诗歌写作中，这种坚韧的生活态度，随时赋予她更为全视的现实穿透力，创作的大量诗篇都涉及了公共性书写。尽管生活经历不断地击打着蓝蓝，但波澜反而更加剧了她的生存张力。她抛弃了女性闺房自怜自怨的书写笔调，而将个体生命搁置于整个社会现实生存状况中，与现实的不公和残忍，齐声共振，

---

① 中国戏剧出版社2009年版，第52—53页。
② 《扬子江评论》2011年第4期。

以独白的话语，牵动着整个社会的和声。蓝蓝细腻而敏感的低沉音调，终于突围而出，介入到男性主导政治伦理的公共事物中，在她的声腔中微微地发出颤音，时刻像警钟一般摇响。

——翟月琴：《震颤的低音——诗人蓝蓝的女性书写姿态》①

---

① 《新文学评论》2014年第1期。

陈先发

陈先发（1967—　），安徽桐城人。1989年毕业于复旦大学。著有诗集《春天的死亡之书》《前世》《写碑之心》《养鹤问题》，长篇小说《拉魂腔》，随笔集《黑池坝笔记》等。

前世①

要逃，就干脆逃到蝴蝶的体内去

不必再咬着牙，打翻父母的阴谋和药汁

不必等到血都吐尽了。

要为敌，就干脆与整个人类为敌。

他哗地一下就脱掉了蘸墨的青袍

脱掉了一层皮

脱掉了内心朝飞暮倦的长亭短亭。

脱掉了云和水

这情节确实令人震悚：他如此轻易地

又脱掉了自己的骨头！

我无限眷恋的最后一幕是：他们纵身一跃

在枝头等了亿年的蝴蝶浑身一颤

暗叫道：来了！

这一夜明月低于屋檐

碧溪潮生两岸

---

① 选自《诗刊》2005年第10期。

只有一句尚未忘记
她忍住百感交集的泪水
把左翅朝下压了压，往前一伸
说：梁兄，请了
请了——

2004年6月2日

诗作导读

陈先发擅长在古典文化中发掘现代性因子，其诗歌语言古朴、喜爱用典，但又往往于凝视传统文化艺术时铺陈开对现代特质和生存奥义的讲述和渲染，使得古典传统与现代精神相互激活，为汉语诗歌现代性的开拓深化了新的路径。

《前世》化用了梁山伯与祝英台这一古代经典的爱情传说，诗人以旁观者的视角对旧题材重新编织铺叙，捕捉梁祝为爱殉情、双双化蝶的这一瞬间，将传说中化蝶的痴情忠贞化为大胆独立的反叛歌咏，打破生死阻隔，呼唤生命的蜕变与超越。梁祝的爱情在诗人笔下发生了变异，古典因子与现代思考相融合，既是生命主题的永恒，也是汉语诗性的永恒。

这首诗中，陈先发着重开掘"脱"和"跳"这两个化蝶瞬间的动作，使用了一系列具有力量感的动词，配合浪漫绮丽的想象，烘托出悲壮激愤的情感氛围。诗中出现的长亭短亭、青袍、明月、云、水等意象，都是古典诗歌的经典意象，"他"脱去这些意象，孤身一跃，犹如本心脱去了外物，生命挣脱了束缚，向生命的本真和尊严发出最孤勇热烈的渴求。而这些意象背后，汉语诗性的古典因子，也在个体对生死的思考与追问之中绽放出现代面貌。以古观今，以今发古，这未尝不是诗人给予现代汉语诗歌写作的宝贵经验。

评论精选

物化思维中同时纠缠着轮回方式。时间循环和时间宿命，佛教轮回意识，加之诗人因果式奇妙联想，使得陈先发对生活诠释带有诡秘的仙巫之气，以此破解生命的本质、人生的奥义。生命与艺术的融合，还出现了一种"雕龙"技艺。一种在生命、人格涵养下拥有精确刻度的语言——精准的、控制的，又是充分打开的诗语。它体现在与生命同时动作的爆发力，善于将废铁点化为金石的熔合力，善于高度炼词炼句炼意的锻造力。种种迹象表明，陈先发在诗歌汉化的道路上正进行一场措置裕如的勘探。代表作《前世》集中了他的主要特点，……与其说，这是对爱情坚贞的礼赞，毋宁说，是对至尊生命、优雅人格以及生命蜕变与超越的独唱。

——陈仲义：《灿然于汉化之路上——〈前世〉评点》①

在陈先发的诗歌里，我们每每会被一些精美的熟悉的古代诗歌意象所惊醒，那些熟知的意象经过陈先发的化用竟然有了超越古典意象的意义，而且在具体的诗歌中焕发出新的奇异光彩。比如在诗歌《前世》里他将美丽的梁祝故事经过一番变化，将现代人的情感融化到那古典的意象中，抓住化蝶的刹那，将永恒的爱情和痛心的反叛表达得淋漓尽致。……陈先发的诗歌尝试为我们找到了将僵死的"古代"在现代唤醒，将那些流逝的重新得到，那就是文人的风骨和创造性的词语创新的融合。我们看到的是熟悉的汉语通过他对日常的介入和诗歌独特感受的渗透而有了别样的新意。这在一个新诗发展百年，白话文也倡导了百年的时代里，焕发出汉语新的活力实在是困难的。

——马知遥：《感动写作论》②

丹青见③

棓木，白松，榆树和水杉，高于接骨木，紫荆
铁皮桂和香樟。湖水被秋天挽着向上，针叶林高于
阔叶林，野杜仲高于乱蓬蓬的剑麻。如果
湖水暗涨，柞木将高于紫檀。鸟鸣，一声接一声地
溶化着。蛇的舌头如受电击，她从锁眼中窥见的桦树
高于从旋转着的玻璃中，窥见的桦树。
死人眼中的桦树，高于生者眼中的桦树。
被制成棺木的桦树，高于被制成提琴的桦树。

2004年10月

---

①　《名作欣赏》2011年第21期。
②　中国戏剧出版社2007年版，第208-211页。
③　选自《黄河文学》2005年第5期。

诗作导读

标题《丹青见》出自南宋词人姜夔的《鹧鸪天·元夕有所梦》："梦中未比丹青见，暗里忽惊山鸟啼。"原词意在抒发久别成悲。世上的离别还有什么比生死之别更久更远更遥不可及的呢？陈先发以"丹青见"为题目点明本诗所论中心：生死之辨。

诗作中提及桤木、白松、榆树、水杉、接骨木、紫荆、铁皮桂、香樟、野杜仲、剑麻、柞木、紫檀、桦树等树木，诗人从自己的独特视角出发，将这些或可用作建筑材料或可入药的植物作高低区分，进而延伸至论述桦树在不同境遇下形象、品质会出现高低差别，借此寄托对生命和生死的思考。

"她从锁眼中窥见的桦树/高于从旋转着的玻璃中，窥见的桦树。/死人眼中的桦树，高于生者眼中的桦树。/被制成棺木的桦树，高于被制成提琴的桦树。"这一段堪称全诗的点睛之笔。"从锁眼中窥见"与"从旋转着的玻璃中"窥见的区别在于前者常见于古代场景，后者常见于现代场景，从时间线上看古代已成过去不可更改，现代还在发展仍可改变。"死人眼中"和"活人眼中"的区别在于前者看待事物的观点已成定式，后者看待事物的观点千变万化。"被制成棺木"和"被制成提琴"的区别在于前者承载死去的生命，后者服务于活着的生命。诗人在这些对比中传达了对生与死的考量，表达出对永恒之物的青睐。

全诗仅8行，却囊括了13种意象，以简明的语言和高度凝练的形式，彰显了陈先发诗作内敛深沉的风格。诗人有意追求"意在言外"的效果，采用复杂的意象，看似无意的组合，寄托晦涩而深刻的生命感受，深化文本的意蕴空间，既承接了古典诗歌的意象传统，又暗示了当下复杂琐碎的现实生活。

评论精选

《丹青见》只有凝练精短的八行，却提到了桤木、白松、榆树、水杉、接骨木、紫荆、铁皮桂、香樟、野杜仲、剑麻、柞木、紫檀、桦树等13种树意象。这些树意象一方面构成了诗歌重要的存在实体，使文本厚重，另一方面，它们似乎又都有着深刻的所指。陈先发诗歌中的树意象明显地受古代诗歌精神的影响，但更多地表现为后现代主义的色彩，在诗歌基调上则被涂上了阴冷和宿命的色彩。

——王贵禄、郭养元：《树意象：一种当代诗美流变的历史考察》①

---

① 《理论与创作》2007年第6期。

对于这首诗，评者众多，很多诗评家试图挖掘其中的哲理，但我认为，这恰恰是诗人轻描淡写的内容，《丹青见》的艺术价值同样在于给读者造成的阅读的张力，"梔木""白松""榆树""水杉""野杜仲""柞木""紫荆""铁皮桂""香樟""剑麻"这些意象的排列看似简单随意，但在作者的笔触中包含了一种意在言外的深意，正是这种内敛的风格将读者深深地引入阅读的张力中，在意象的感知过程中，我们的知觉受到了这些普通意象所包孕的生命力的触动，因此会引发一种自动的破解欲望，而作为一个诗性的文本，它内在的思想蕴含就在这种破解的欲望中产生了。"死人眼中的桦树，高于生者眼中的桦树。/被制成棺木的桦树，高于被制成提琴的桦树。"更有一种触目惊心的深刻。作者轻而易举地就将理性的哲思融入一种阅读的落差中，自然地标示出了诗人表达诗性在场的方式。

——段吉方：《陈先发诗歌：生命的昭示》[①]

诗歌的逻辑由自然中的树写到他为的树，进而写到人为的树："死人眼中的桦树，高于生者眼中的桦树。/被制成棺木的桦树，高于被制成提琴的桦树。"最后两句中的"桦树"不是以形象或物的种类存在，它代表两种功能的物体存在。棺木象征着死亡的家，它是生命沉默的所在，而提琴象征着生命的张扬，它是高贵的所在。然而，制作二者的原材料，无法按照自然规律进行高度比较。于是，棺木与提琴都具有了象征意味，它们就象征着生命的两种状态：假如更具体一点说，提琴随着它的提琴手而存在生存价值，提琴手的离去或提琴的毁坏，都将使它的价值短暂存在；棺木陪伴的是死去的人，相对而言，在世的比不在世的生命更加短暂。也就是说，死人的死比生者的生更悠久。这样看来，死人眼中的桦木，会比生者眼中的桦木悠久。从时间的长河看，死比生更长久。诗歌的生死主题在棺材和提琴的象征性的意象中予以充分揭示。

——陈卫：《论陈先发的诗歌修辞》[②]

---

① 《文艺争鸣》2008年第6期。
② 《长沙理工大学学报》（社会科学版）2011年第1期。

养鹤问题①

在山中，我见过柱状的鹤。
液态的、或气体的鹤。
在肃穆的杜鹃花根部蜷成一团春泥的鹤。
都缓缓地敛起翅膀。
我见过这唯一为虚构而生的飞禽
因她的白色饱含了拒绝，而在
这末世，长出了更合理的形体

养鹤是垂死者才能玩下去的游戏。
同为少数人的宗教，写诗
却是另一码事：
这结句里的"鹤"完全可以被代替。
永不要问，代它到这世上一哭的是些什么事物。
当它哭着东，也哭着西。
哭着密室政治，也哭着街头政治。
就像今夜，在浴室排风机的轰鸣里
我久久地坐着
仿佛永不会离开这里一步。
我是个不曾养鹤也不曾杀鹤的俗人。
我知道时代赋予我的痛苦已结束了。
我披着纯白的浴衣，
从一个批判者正大踏步地赶至旁观者的位置上。

2012年4月

诗作导读

　　"鹤"乃东方古典文学中的经典意象，寓意高洁，陈先发化用这一古典意象，以养鹤隐喻写诗，从创作问题深入个体内心的困惑与纠结，既隐含了对当下写作繁杂的批判和忧虑，也对自我内心提出了诘问：在这个"垂死者才能玩下去的游戏"

---

　　① 选自《诗歌月刊》2012年第8期。

中，即使在旁观者的位置上，究竟有没有那只为了虚构而生的，纯净的，有力量的飞禽？我们如何维护内心的纯净？如何坚持内心的诉求？

这是无法回避的问题，既是现实的写作困境，也是精神的自我辩难。陈先发对此采用了多义化、不确定化的处理。他以养鹤象征写诗，再由写诗进入人生观念的讨论。"鹤"本是一种优雅的飞禽，在传统文化中它"为虚构而生"，超越了本来的生物性特质，成为一种高洁的象征，而这对于"我"，一个不曾养鹤也不曾杀鹤的俗人而言，鹤又剥去了象征的外衣，"我"不再对它有任何批判性的观念，回到旁观者的位置，这其中表露出禅宗的顿悟和超越思想。陈先发的诗歌创作深受禅宗思想的影响。他努力在一首诗中构建空白，构建多重象征，深远的空白使得全诗可以容纳更多意义维度，《养鹤问题》便是其中的代表。

评论精选

从某种意义上说，养鹤问题就是写诗问题的隐喻，事实上，当下各种网络体诗歌不也正是一群被驯化得毫无生气的鹤吗？但诗人更多的是强调二者的不同："养鹤是垂死者才能玩下去的游戏。/同为少数人的宗教，写诗/却是另一码事"。坚守语言的高地之诉求溢于言表。只是坚守的姿态不可能像充满理想主义激情的1980年代那样高昂，而是多少有点不情愿地撤退到"旁观者"的位置。在《养鹤问题》一诗的结尾……"纯白"这一刺眼的形容词，不仅让人强烈地感受到旁观者的一种鲜明的拒绝姿态，也让人清晰地看见这个失血时代的突出特征。而从"诗人"到"俗人"的角色转换，也暗示了高蹈之姿的失效和新话语策略的寻找。

——伍明春：《诗人角色的当下境遇：评陈先发的〈养鹤问题〉》①

诗人以一只虚构的"鹤"，对当下诗歌创作、诗人内心的纠结与困惑发出深度的诘问……诗人在诘问中为自己找到了一条路径，就是从浴室里出来，"我披着纯白的浴衣，/从一个批判者正大踏步地赶至旁观者的位置上。"旁观者清，只有这样，诗人与诗歌才能真正地有自己的纯净。当然，如果对这首诗的解读仅限于这个层面，那就显然上了当。这更是一首具有大容量、大思考的诗，这首诗更深层次的诘问，或许更在于每个人无法回避的生命与人生。诗人凭借一只似是而非的鹤，凭借实际很小众的"诗歌"，引出更深入的话题：一个人究竟有没有生命？一个人究竟有没有人生的纯净？应该如何保持人生的纯净？答案在每个人那

---

① 《文学教育》（上半月）2012年第9期。

里，选择也在每个人那里。

——梁平：《更加的安静与结实》①

　　在这首诗中，"养鹤"这种古典行为或"鹤"这种意象本身，已经被诗人锐利的省察解释为"垂死者才能玩下去的游戏"，禁绝了到《周易》《诗经》或"咏鹤诗"中去找寻古典支撑的意图，而重新把形态各异、变动不居的鹤定义为"唯一为虚构而生的飞禽"，它可随时被"代替"："永不要问，代它到这世上一哭的是些什么事物。""哭"使"我"代替了"鹤"，并且把痛彻心扉的当代性凸显出来："我知道时代赋予我的痛苦已结束了。/我披着纯白的浴衣，/从一个批判者正大踏步地赶至旁观者的位置上。"有如《丹青见》中的"死人""棺木"，《前世》中的"父母的阴谋和药汁""与整个人类为敌""脱掉自己的骨头"，以及《鱼篓令》里的"悲悯""揪心"，《箜篌颂》中的"仁心""缄默"和"远古的舌头"，陈先发持之以恒地把"对立"甚至愤怒植入古老的母体，然后再用语言和抒情的利刃割开这一母体（就像他所说的诗歌的"剥皮学"），袒露出自己耿耿于怀的时代性的"批判"。

——何言宏等：《谈陈先发》②

---

①　《光明日报》2013年1月29日第14版。
②　《名作欣赏》2015年第4期。

俞心樵

俞心樵（1968— ），福建政和人，祖籍浙江绍兴。当代诗人、艺术家。代表作有《最后的抒情》《渴望英雄》《墓志铭》等，著有诗集《俞心樵诗选》《安静》《我也很少与自己来往》。

墓志铭①

在我的祖国
只有你还没有读过我的诗
只有你未曾爱过我
当你知道我葬身何处
请选择最美丽的春天
走最光明的道路
来向我认错
这一天要下的雨
请改日再下
这一天还未开放的紫云英
请它们提前开放
在我阳光万丈的祖国
月亮千里的祖国
灯火家家户户的祖国
只有你还没读过我的诗
只有你未曾爱过我

---

① 选自《俞心樵诗选》，俞心樵著，长江文艺出版社2013年版。

你是我光明祖国唯一的阴影
你要向蓝天认错
向白云认错
向青山绿水认错
最后向我认错
最后说要是心樵还活着
该有多好

1989年9月

诗作导读

当下新诗的生产力异常旺盛，用学者孙绍振的话可以形容为："每一树叶的正面和反面，都被诗人写过了。"如何翻陈出新、开辟出崭新的诗意空间，是摆在当下新诗人们面前的一道高墙，这亦使得不少诗人下笔时，费尽心思，汲汲求新，姿态沉重。但俞心樵的诗，却毫无这种沉重负担感，笔力精准，灵动跳跃，读来颇有天外之音、神采飞扬之感。诗人不刻意追求崭新意象的营造，不汲汲于句式章法的斟酌，而是尽情释放奇特妙绝的个性气质，形成恰到好处的抒情层次，使他的诗不加雕饰而熠熠生辉。

《墓志铭》是诗人的代表作。诗人笔触豪放，视野开阔，开篇便毫不掩饰自己的张扬与气魄，"在我的祖国/只有你还没有读过我的诗/只有你未曾爱过我"。他的笃定与骄傲穿透了时空，融入了自然万物，"当你知道我葬身何处/请选择最美丽的春天/走最光明的道路/来向我认错/这一天要下的雨/请改日再下/这一天还未开放的紫云英/请它们提前开放"，这不禁让人联想到"天子呼来不上船，自称臣是酒中仙"的风采。

全诗流露出极为强烈的个人主体精神，并随处渗入个体与集体、自我与他者、生命与世界的对话，极力渲染"我"作为独立主体的高昂姿态，并非在为他者代言。英雄主义、理想主义、爱情主义是俞心樵诗作的精神品质，他曾自述，他原先是抱着消除英雄主义的污染去写诗，却发现很难，因为现实的困难与黑暗的处境，必须要求诗人有很强的意志力与承受力。最终诗人选择在《墓志铭》里以自身为取材立意的源泉，敞开灵魂的血肉，高扬诗的情怀与尊严，并主动形成对自然与现实的观照和介入。诗是他的"墓志铭"，也是他自我的精神写照。

评论精选

俞心樵是一个充满争议的人物，关于他的传闻很多。对于一个诗人来说，诗歌是他的心路历程，是他的人格的力量，是他的灵魂和立场。如果想了解他，在未知他的生活细节的情况下，最好的途径便是去阅读他的作品。他的诗歌是敞开的，是敢于直面人生的。尽管俞心樵对这个时代充满了深刻的怀疑，但他毫无保留地在自己的诗歌里表达了自己，完成了自己，并努力去揭示人的本质与存在。

——黄礼孩：《午夜的孩子》①

俞心樵是骨子里的诗人，浪漫的情怀长在他的血肉里。他借助自然的形象，讴歌情怀的书写，似乎是天生的本能，也是自觉的行为。尽管那些自然形象的单元，是最原始、最朴素的构成："我数不清曾经有多少雨滴扑向故乡的大地/说不完雨过天晴后你对我的恩情"（《还乡》）；"从桃林中伸出的柳枝/在为河流把脉/一弯月亮/狂舔着年轻人的爱情"（《两个雪人炉边谈话》）。诗人是悲观的人，悲天悯人是诗人天性。俞心樵的诗给人印象最深的是：貌似抒情的语句，透彻深层的无尽忧伤。

——高星：《夸夸其谈：我与那些人、那些事、那些书》②

诗人以介入的方式参与到对社会生活的建构，古今中外皆有榜样，但凡经典诗人少有刻意回避对现实的书写，因为那就是文学的重要部分。"我们参与公共生活时被撕破的衣衫/将用火焰、泉水和星星作补丁/他们实质上是同一个东西：神的碎片/没有它们我必然羞愧，疲倦和绝望"（俞心樵《传神》）。诗人在一次访谈中说："尽管我们正置身于一个真正的诗人和真正的诗歌都倍感屈尊的时代。不过，我必须为这句话作出必要的补充，如果没有诗人持续性的屈尊工作，更多人的自由，丰富和尊严是无论如何无从谈起的。"这是一种社会审视，也是一份自我警醒。

——刘波：《论新世纪中生代诗人的写作转型》③

① 中国戏剧出版社2009年版，第92页。
② 文化艺术出版社2014年版，第198页。
③ 《长沙理工大学学报》（社会科学版）2013年第6期。

路 也

路也（1969—　），原名路冬梅，山东济南人。毕业于山东大学中文系，执教于济南大学文学院。著有诗集《风生来就没有家》《我的子虚之镇乌有之乡》《心是一架风车》，长诗《心脏内科》等。

江心洲①

给出十年时间
我们到江心洲上去安家
一个像首饰盒那样小巧精致的家

江心洲是一条大江的合页
江水在它的北边离别又在南端重逢
我们初来乍到，手拉着手
绕岛一周

在这里我称油菜花为姐姐芦蒿为妹妹
向猫和狗学习自由和单纯
一只蚕伏在桑叶上，那是它的祖国
在江南潮润的天空下
我还来得及生育
来得及像种植一畦豌豆那样
把儿女养大

---

① 选自《诗刊》2004年第16期。

把床安放在窗前
做爱时可以越过屋外的芦苇塘和水杉树
看见长江
远方来的货轮用笛声使我们的身体
摆脱地心引力

我们志向宏伟，赶得上这里的造船厂
把豪华想法藏在锈迹斑斑的劳作中
每天面对着一条大江居住
光住也能住成李白

我要改编一首歌来唱
歌名叫《我的家在江心洲上》
下面一句应当是"这里有我亲爱的某某"

2004年6月

诗作导读

　　路也的诗歌平实自然、随意自在，其笔触有着小孩子般的天真，但不显稚嫩，反而流露出一丝灵气才思。她的诗歌让人联想到清代性灵派的诗论主张"情真而语直""性情之外本无诗"，真实坦率地抒发感情，呈现诗歌的自然清新、平易流畅之美。

　　《江心洲》是诗人知名度较高的作品，诗中诗人的思绪就如同江水般缓缓流淌开来，流向了江心洲上的油菜花、芦蒿和猫、狗、蚕，流向了屋外的芦苇塘和水杉树，流向了远方来的货轮和造船厂，这江水流淌着"在它的北边离别又在南端重逢"，包围住了"一个像首饰盒那样小巧精致的家"。这是一首简单直白但不粗糙的诗歌，感情热烈、柔和真纯，就算再无动于衷的读者，也会在阅读过程中被它打动，会心一笑。诗人将诗当作日记来写，用诗对个体生命的触发来引出诗的文本意义，这首诗也源自诗人内心深处对生命的热爱，对个人幸福的渴望。

　　全诗想象别致，笔触生动活泼，表达直率，意象的自然连缀与语言的平实质朴紧密相连，犹如天生一体，恰似绵延的音符一气呵成。诗人在诗中想象的未来生活，建构的"江心洲"这一意象，也因这纯粹天然的表达，多了几分亲近感。从这种自然本真的创作意图之下出发，《江心洲》真正做到了"诗者，心之声也，性情

所流露者也"。

评论精选

　　但这正是路也的不同寻常之处，她能够轻易地使语言充满着"自动生长"的趋势，犹如音乐旋律本身的绵延能力，在不经意中使词语充满感性与气味，发散出令人惊讶的机智与俏皮，同时还要合着自然的弯曲招摇而酣畅淋漓的节拍……这里"细读"式的分析也许是没有必要的多嘴，文本的"一次性呈现"可能就是路也的追求，试图解读其中的"隐喻"与"暗示"的东西可能会误入歧途。我想说的只是一点，在《江心洲》一诗中，随机性的细节渲染与语言本身所产生的自动繁殖性，同其意图要表现的率真与简单——这也许才是置身爱情中的真实状态——之间获得了富有神韵的统一。

　　　　　　　　——张清华：《灵魂的蛇行——解读路也的两首诗》①

　　个人的心理——对幸福的强烈愿望——构成了"江心洲"系列诗歌创作的最重要的内驱力，而追求率真的表达效果使得其整体风格具有日常生活的平实之感，这一点使读者能够相对顺畅地进入文本之中；此外，独特的叙事性策略和对感觉不遗余力的渲染、捕捉也是形成"江心洲"系列诗歌鲜明的主体情怀的重要因素……《江心洲》的执着与单纯是与对生活的热爱密切联系在一起的，诗人在这里对未来做了一个事无巨细的规划，仿佛一切都那么唾手可得。这种可以追溯到每一个毛孔的幸福感与江心洲的动物植物融为一体，细节的真实感能使我们迅速抵达我们记忆深处的现场。

　　　　——龙扬志：《那种飘动在风中的幸福感——略论路也"江心洲"系列的主体情怀》②

　　路也内心深处的割裂感在赋予她悲痛的同时也使重建秩序成为可能。如果说她所建立的"江心洲"只是"子虚之镇乌有之乡"，那么大梦初醒之后该如何安置飘荡的灵魂？……虽然大多批评家都将"江心洲"组诗视作爱情诗，诗歌中确实有直接指涉男女情爱的描写，但这些诗歌摒除了色情和矫情，充溢着灵与肉的融合和生命诞生之初的纯净与健康。

　　　　——李扬：《在闭锁与敞开之间写作——路也新世纪以来诗歌研究》③

---

　　① 《诗探索》2005年第1期。
　　② 《诗探索》2007年第1期。
　　③ 《诗探索》2017年第7期。

朵渔

朵渔（1973—　），原名高照亮，山东单县人。当代诗人、学者。1994年毕业于
北京师范大学中文系。2000年与友人发起"下半身"诗歌运动。现居天津。著有诗集
《暗街》《高原上》《非常爱》，文史随笔集《史间道》《禅机》《十张脸》等。

妈妈，您别难过①

秋天了，妈妈
忙于收获。电话里
问我是否找到了工作
我说没有，我还呆在家里
我不知道除此之外
还能做些什么
所有的工作，看上去都略带耻辱
所有的职业，看上去都像一个帮凶
妈妈，我回不去了，您别难过
我开始与人为敌，您别难过
我有过一段羞耻的经历，您别难过
……
我在风中等那送炭的人来
您别难过，妈妈，我终将离开这里
您别难过，我像一头迷路的驴子
数年之后才想起回家

---

① 选自《十月》2007年第3期。

您难过了吗？

我知道，他们撕碎您的花衣裳

将耻辱挂在墙上，您难过了

他们打碎了我的鼻子，让我吃土

您难过了

您还难过吗？当我不再回头

妈妈，我不再乞怜、求饶

我受苦，我爱，我用您赋予我的良心

说话，妈妈，您高兴吗？

我写了那么多字，您

高兴吗？我写了那么多诗

您却大字不识，我真难过

这首诗，要等您闲下来，我

读给您听

就像当年，外面下着雨

您从织布机上停下来

问我：读到第几课了？

我读到了最后一课，妈妈

我，已从那所学校毕业

诗作导读

作为"下半身"诗歌的命名者和倡导者，朵渔是从实践"下半身"诗歌开始被诗坛重点关注的，但在诗坛外，朵渔早因为2008年汶川地震所写的《今夜，写诗是轻浮的》而声名大噪。《今夜，写诗是轻浮的》一方面被广为赞誉，张清华称之为"地震诗中最好的一首"，另一方面在热潮过后也有学者提出该诗因情感悲愤过激而致失理。在《今夜，写诗是轻浮的》之前，诗人于2007年获得柔刚诗歌奖，在诗会上朗诵的这首《妈妈，您别难过》让现场一片寂静，朵渔本人也几度哽咽。

这首诗大概写在朵渔辞去工作后不久，诗中写道："所有的工作，看上去都略带耻辱/所有的职业，看上去都像一个帮凶"，他回不去了，除了待在家里，不知道还能做些什么，但他"不再回头""不再乞怜、求饶"，他受苦、爱着，"我用您赋予我的良心/说话"，这才是他从那所学校毕业的真正意义。这首诗不仅代表了20世纪90年代以来诗人们重新谋求个人权力话语的渴望，也是当前被"996"工作制压迫得无法喘息的人们的真实心声，其现实性意义超越了时代，获得了一种普遍性的人文价值。

诗人用最日常化、生活化的语言传达灵魂的自白，这自白低沉却又掷地有声。大量的疑问、反问、设问的运用，袒露诗人内心的痛苦与不满；反复修辞的运用，则强化了诗人自我解剖灵魂时的纠结和迷惘。这是一个渴望自主的灵魂，与体制、集体、社会等权力话语之间的搏斗，流溢在字里行间的疼痛与哀鸣，便是诗人渴望向读者投来的重量。他不妥协，不退缩，用诗歌构筑自我与现实黑暗的角斗场，并用诗歌进行灵魂的透视和剖析，在诘问自我中寻找自我。

评论精选

究竟采取怎样的方式直面现实才能体现一种真实？在更多的情况下，朵渔的坚定仅仅与某种感伤的情绪有关——"秋天了，妈妈/忙于收获。电话里/问我是否找到了工作/我说没有，我还呆在家里/我不知道除此之外/还能做些什么/所有的工作，看上去都略带耻辱"（《妈妈，您别难过》）。同样书写自我的独立，朵渔的诗却难掩一丝无奈。由此联想到进入90年代之后"生存是人生第一要务"的论断，朵渔的诗歌无疑揭示了一种时代的真相，而裹挟其中真实的"阵痛感"，也不妨视为对当下进行的一次自我解构后的责问。

——张立群：《"一个幽闭天才"的写作精神——朵渔诗论》[1]

朵渔的诗歌以及物性、现实感、不妥协、不合作、自我意识、自我审视等为特征，在我看来，他的诗歌显示了一种"重量"，他的写作是一种有重量的写作。这种重量既是生活所强加给他的，也是他自我加码自觉承担的，这种重量既体现了一种价值观、精神追求，也体现了一种写作的伦理……《妈妈，您别难过》这首诗大概写于朵渔辞职后不久，他写出了当时内心的挣扎与艰难调整，具有真实、迫人的力量……诗的最后以一个个人化的细节结尾，却极具深意："就像当年，外面下着雨/您从织布机上停下来/问我：读到第几课了？/我读到了最后一课，妈妈/我，已从那所学校毕业。"我们看到，"已从那所学校毕业"的朵渔走在了一条更艰难，但也更具价值感和可能性的道路上。

——王士强：《有重量的写作——论朵渔》[2]

---

① 《名作欣赏》2009年第7期。
② 《新文学评论》2012年第3期。

在很多诗歌中朵渔不无有效地呈现出一代人面对生存黑幕的压力和灵魂的低沉自白，不断与现实摩擦甚至冲撞，不断在龃龉的现场中发出质疑。他在日常的背后揭开由想象的真实、语言的真实和诗歌的真实所构成的常人难以发现的空间，这种发现秘密和日常诗意的强大势能反倒是印证了诗歌、语言和记忆的力量。

——霍俊明：《"羞耻"的诗学与"惯见"的策反者——朵渔论》①

① 《诗探索》2011年第5期。

余
秀
华

余秀华（1976—　　），湖北钟祥人。当代诗人，天生残疾。高中毕业后，赋闲在家。2009年，余秀华正式开始写诗，2014年，《诗刊》发表其诗作。出版诗集有《月光落在左手上》《摇摇晃晃的人间》《我们爱过又忘记》。

我爱你[①]

巴巴地活着，每天打水，煮饭，按时吃药
阳光好的时候就把自己放进去，像放一块陈皮
茶叶轮换着喝：菊花，茉莉，玫瑰，柠檬
这些美好的事物仿佛把我往春天的路上带
所以我一次次按住内心的雪
它们过于洁白过于接近春天
在干净的院子里读你的诗歌。这人间情事
恍惚如突然飞过的麻雀儿
而光阴皎洁。我不适宜肝肠寸断
如果给你寄一本书，我不会寄给你诗歌
我要给你一本关于植物，关于庄稼的
告诉你稻子和稗子的区别
告诉你一棵稗子提心吊胆的春天

---

① 选自《诗刊》（下半月）2014年第18期。

诗作导读

余秀华，这位自20世纪90年代以来唯一一个一本诗集超过10万册销量的诗人，自2014年下半年被《诗刊》推出以来便伴随着"农妇诗人"等标签在新媒体的推动下迅速走红，一时之间，"余秀华热""余秀华现象"成为众多报纸期刊讨论的热词。比起被诗人本人认为"这不是一首好诗，更多是个标题党"的《穿过大半个中国去睡你》，这首《我爱你》更显得婉转动人、纯粹深刻。同样是写生存的苦难，"一颗螺丝掉在地上/……就像在此之前/某个相同的夜晚/有个人掉在地上"（许立志《死亡一种》）是有尊严的，"巴巴地活着，每天打水，煮饭，按时吃药"何尝不是诗人在尽力抹平生命的褶皱，争取有尊严的"活着一种"？

正如诗人为了制造生活的趣味而轮番放进茶杯里的菊花、茉莉、玫瑰、柠檬一样，她也在讲述爱情的这首诗里放进了一些美好的事物：内心的洁白的雪、春天、干净的院子、"你"的诗歌、麻雀儿、皎洁光阴……这是诗人以其敏锐的观察能力对其真实生活场景的一瞥。她似乎对生命深处不平静的声音有特殊的敏感。这声音既有温热的躁动，又有清澈的通透。这看似矛盾的两面，却被她亲近而奇特的想象巧妙融为一体。

在这首诗中，余秀华没有肆情挥洒生命的疼痛，也没有直击爱情和生命存在的虚妄。她退回一个较为平和克制的语境，用最朴素真挚的口语，述说苦难中爱情给予生命的意义。"如果给你寄一本书，我不会寄给你诗歌/我要给你一本关于植物，关于庄稼的/告诉你稻子和稗子的区别/告诉你一棵稗子提心吊胆的春天"，诗人似乎在写一封情书，情书里的内容是：如果你也懂点农家的事，懂得稻子和稗子的区别，你就会懂得我为什么活得小心翼翼，在爱的春天里却这样情意悲切。

评论精选

我觉得余秀华是中国的艾米莉·狄金森：出奇的想象，语言的打击力量，与中国大部分诗人相比，余秀华的诗歌是纯粹的诗歌，是生命的诗歌，而不是充满华丽装饰的客厅。她的诗歌是语言的流星雨，灿烂得你目瞪口呆，感情的深度打中你，让你的心疼痛。如《诗刊》编辑刘年所说："她的诗，放在中国女诗人的诗歌中，就像把杀人犯放在一群大家闺秀里一样醒目——别人都穿戴整齐、涂着脂粉、喷着香水，白纸黑字，闻不出一点儿汗味，唯独她烟熏火燎、泥沙俱下，字与字之间，还有明显的血污。"我不太苟同刘年先生的"血污"说，但余秀华的诗歌是字字句句用语言的艺术、语言的力量和感情的力度把我们的心刺得疼痛的诗歌。

——沈睿：《余秀华：让我疼痛的诗歌》①

近期大众舆论关注的两个诗人，一个是许立志，一个是余秀华。一个是自杀的富士康打工青年，一个是脑瘫症患者。前者把苦难写成了有尊严的诗，是个好诗人，所以大众不会真喜欢他的诗。后者把苦难煲成了鸡汤，不是个好诗人，所以大众必会持续喜欢，热泪涟涟……（余秀华的诗）无论是从其诗歌的整体水平看，还是审视其中的局部的语言、内在情感与精神，都没有太多可观之处。再客观一点说，余秀华的诗歌已经进入了专业的诗歌写作状态，语言基础也不错，具备写出好作品的能力，但对诗歌本身的浸淫还不深，对诗歌的理解也还比较浅。

——沈浩波：《冷看大众狂欢下的"诗人"》②

浏览这两本诗集：一本是沈睿和《诗刊》编辑彭敏作为特约编辑的《月光落在左手上》，一本是余秀华自选集《摇摇晃晃的人间》，两本书有一个明显的共同点，即第一首都是《我爱你》。这显然不是巧合，它充分说明在编辑和作者之间有一个共识，即都喜欢这首被沈睿称赞为"清纯胆怯美丽的爱情诗"。某种意义上，这或许就是她（他）们共同的诗歌和爱情梦想。

——陈亚亚：《余秀华：性别、阶层和残障的三重叙事》③

《我爱你》这首不言爱情的情诗，以冷静朴素语言穿透现实的平淡，从普通人充满伤痛的经历和内心中寻找到爱情简单而完整的存在意义。作者将抒情主体充满现代意味的思索放置于古典诗歌的意境中表现，使诗歌获得了一种崭新的抒情质地。

——唐晴川、汤雪莹：《底层经验的诗性表达——余秀华诗歌解读》④

---

① 《时代人物》2015年第2期。
② 《文学报》2015年1月29日第19版。
③ 《中国图书评论》2015年第7期。
④ 《当代文坛》2015年第6期。

郑小琼

郑小琼（1980—　　），四川南充人。2001年南下东莞打工，开始写诗，是"打工诗歌"创作群体代表人物。作品见于《诗刊》《山花》《星星》《天涯》《钟山》《散文选刊》等刊物；著有诗集《女工记》《黄麻岭》《郑小琼诗选》《纯种植物》《人行天桥》《玫瑰庄园》等。

生活①

你们不知道，我的姓名隐进了一张工卡里
我的双手成为流水线的一部分，身体签给了
合同，头发正由黑变白，剩下喧哗，奔波
加班，薪水……我透过寂静的白炽灯光
看见疲倦的影子投影在机台上，它慢慢的移动
转身，弓下来，沉默如一块铸铁
啊，哑语的铁，挂满了异乡人的失望与忧伤
这些在时间中生锈的铁，在现实中颤栗的铁
——我不知道该如何保护一种无声的生活
这丧失姓名与性别的生活，这合同包养的生活
在哪里，该怎样开始，八人宿舍铁架床上的月光
照亮的乡愁，机器轰鸣声里，悄悄眉来眼去的爱情
或工资单上停靠着的青春，尘世间的浮躁如何
安慰一颗屡弱的灵魂，如果月光来自四川
那么青春被回忆点亮，却熄灭在一周七天的流水线间

① 选自《诗刊》（上半月）2007年第13期。

剩下的，这些图纸，铁，金属制品，或者白色的
合格单，红色的次品，在白炽灯下，我还忍耐的孤独
与疼痛，在奔波中，它热烈而漫长……

诗作导读

该诗选自郑小琼组诗《黄麻岭》。诗中，诗人从打工者的见闻与经历出发，记录下饱含着孤独与疼痛、战栗与浮躁、喧哗与奔波等多重情感体验糅杂的生活，一种陷溺于机械重复的劳动，无声的、丧失姓名与性别的、合同包养的生活。姓名隐进工卡，身体签给合同，青春和爱情在加班和薪水中黯然失色。在日夜不分的劳作中充斥的，是异乡人的疲惫、迷惘和失落，这是郑小琼笔下的疼痛。

诗人也曾迷茫过，在"异乡人的失望与忧伤"的苦海中挣扎过，她不禁发出质问"该如何保护一种无声的生活"，这种无声自然不是指生存环境的寂静无声，而是指向生活投掷去疑问却得不到回复的无声。作为城市这座钢铁巨兽中的弱势群体，她的呼救声被自然而然地消音了，她的身影和生存痕迹出没在工作间中，出没在八人宿舍中，出没在夜间劳作的白炽灯下，却独独不能显现在城市的命脉核心和光明大道上。而这样的生活，还不知道要持续多久，在无尽的忍耐和痛苦中，显得愈发"热烈而漫长"。

在经济高速发展的时代潮流里，人们沉溺于物质享受与消费快感，渐渐失去了对日常生活敏感而坚韧的体验，在近年来都市文化与都市书写大行其道的今天，我们也应该注意到遮蔽在金钱脉络下匍匐游走的底层信号。这些信号在时代的洪流下微不足道，正如个体的命运与意志在时代话语里永远挣扎。诗人真实地记录下底层生活的种种瞬间，她正视苦难，也收藏喜悦，用每一寸细微而真实的颤动，填满她诗歌的枝枝蔓蔓，将其变作一具有温度、有力量的躯体，反抗这消费时代下奢侈的后殖民生活。

评论精选

此组诗着重于挖掘自我与世界的联系，女性在现代社会中所感受到的烦躁与困惑，是很有深度与广度的。

——邹建军：《评郑小琼的〈黄麻岭〉》[1]

---

[1] 《文学教育》（上半月）2008年第3期。

在对"冷漠泛滥的工业时代"进行深度审视与绝地反击中，郑小琼不仅敏锐揭穿了机器生产的非人性，也清醒意识到个体存在的孤独性命运，她以诗歌来反映时代的发现与个体的挣扎，建构起一种异常独特而富有魅力的新诗美学，我将这种新诗美学命名为"凝重美"。

——张德明：《一台大功率的机器在时光中钻孔……》①

她的文字是生机勃勃的，她所使用的细节和意象，都有诚实的精神刻度。她不是在虚构一种生活，而是在记录和见证一种生活——这种生活，是她亲身经历过的，也是她用敏感而坚强的心灵所体验过的。

——谢有顺：《分享生活的苦——郑小琼的写作及其"铁"的分析》②

郑小琼用诗歌正视和收藏自身的苦难、愉悦、不安、败坏、幸运、秘密和瞬间……诗歌就像身体的器官，恰如其分地散布在理所应当的位置。

——柳冬妩：《身位与场位："打工诗歌"的主体痛感》③

铁④

小小的铁，柔软的铁，风声吹着

雨水打着，铁露出一块生锈的胆怯与羞怯

去年的时光落着……像针孔里滴漏的时光

有多少铁还在夜间，露天仓库，机台上……它们

将要去哪里，又将去哪里？多少铁

在深夜自己询问，有什么在

沙沙的生锈，有谁在夜里

在铁样的生活中认领生活的过去与未来

还有什么是不锈的呢？去年已随一辆货柜车

去了远方，今年还在指间流动着

明天是一块即将到来的铁，等待图纸

机台，订单，而此刻，我又哪里，又将去哪里

---

①　《作品》2008年第10期。
②　《南方文坛》2007年第4期。
③　《南方文坛》2008年第6期。
④　选自《诗刊》（上半月）2007年第13期。

"生活正像炉火在烧亮着，涌动着"
我外乡人的胆怯正在躯体里生锈
我，一个人，或者一群人
和着手中的铁，那些沉默多年的铁
随时远离的铁，随时回来的铁，
在时间沙沙的流动中，锈着，眺望着
渴望像身边的铁窗户一样在这里扎根

诗作导读

"铁"是郑小琼作品中出现频率非常高的意象。这首诗中，诗人笔下的"铁"化为了一种无形的元素，渗入了她身体与情绪的每个角落，构成了生活的肌理：小小的铁、柔软的铁、生锈的胆怯与羞怯、沉默多年的铁、随时远离的铁、随时回来的铁……这样的铁是既是写作者"我"的象征，也是跟"我"一样，离开家乡独自在外地拼搏打工的人群的象征。

这首诗节奏舒缓、语言简单质朴又不失凝练。诗人无意将诗歌打造成繁杂难解的牢笼，一字一句贵在真诚，她的诗作带有鲜明的经验性。诗是诗人内心的镜像，汇聚了她生活各个角落、生命各个层面的光与影，因此她毫不隐晦地在这首诗中吐露自己的胆怯与羞怯、无助与迷茫，敢于直言内心深处真正的渴望和梦想："渴望像身边的铁窗户一样在这里扎根"。就算是作为一块小小的铁、生锈的铁，也有着扎根于此的草根梦想，诗末这一句的真情告白让诗歌溢散出一种内在性的说服力。另外，诗人坦陈内心，并不等于粗浅直观地展示亲身经历的打工生活。诗人立足于底层群体的命运体验，对工业、机器、现代人等复杂命题进行深邃而诗意的思考，充沛的情感蕴含理性的闪光。

铁作为异乡人的象征，是沉默多年的，随时远离又随时回来的，这种象征手法形象生动地写出了打工群体生活的动荡不安、颠簸流离。在传统工业题材的诗作中，"铁"是工业文明高度发展的象征；在这首诗里，"铁"变成一具温柔敞开的肉体。冰冷坚硬的特质、工业生产流水化的程序，与诗人赋予"铁"的细微又感性的特征并举，共同构成郑小琼笔下"铁"意象的双重含义——它既映照个体为了生存挣扎的血肉，又无形构成一股压迫人性与精神的对立力量。

评论精选

"铁"的频繁出现在郑小琼这里不是偶然，铁的冷硬、铁的板滞、铁作为工业化生存的象征，作为流水线一般的生产程序的隐喻，作为与细弱的人性与肉体相对照的异化力量的化身……在表现"工业时代的美学"方面，它可以说有着不可替代的意义。铁是黑暗和秩序，也是心灵和命运。它统治着这个世界，这些血肉之躯的生命，让他们更显卑微、无力抗拒。某种程度上，如果说郑小琼的诗歌是有着不寻常的美学意义的话，那么她为这时代提供的最具有隐喻的扩张意义的，就是这以"铁"为关键词和标志的冷硬的工业时代的新美学。

——张清华：《当生命与语言相遇——郑小琼诗歌札记》[①]

铁作为一个坚硬的、冰冷的、无生命的物件变成了现代人的象征。在郑小琼的诗中，一切的铁都是诗歌的主人公，因为她自己生活在铁的世界中，每天都与各种形状的铁打交道。作为物件的铁与作为生命的人有了某种交感，不能不说是机器时代对郑小琼的"赐予"，不管这赐予是福还是祸，她触摸了、感知了、思考了、表达了这时代的真实感受，就够了。这难道不就是人被高强度的劳动、流水线秩序化的操作、冰冷的现代管理制度下被切割和改造的过程吗？人在工业制造和流水线管理的时代像铁一样被制作成社会所需要的主体的过程。脆弱而温柔地敞开了肉体的铁，不正是无可名状的现代人的处境和无可名状的悲哀的写照吗？铁在机器的规制下变成产品，人同样的作为机器的流水线下被规训和制作成合格的现代人。

——韩振江：《两个经典隐喻的当代重述与创设——郑小琼诗歌中的两个维度》[②]

诗人把"铁"这个意象放大了，它不再只是一个个体，它代表了神州大地上千千万万的打工者。日复一日的打工生活磨损着他们的生命，不论白天甚至夜晚，疲惫的生活已使铁露出了"生锈的胆怯与羞怯"，尽管这样，他们依旧忙碌着，只为了一个梦：生活着。这使得郑小琼的诗歌不仅仅停留在现象学的展示和痛苦的倾诉状态，而是通过个人性的文学之思，将她的诗歌提升到一个复杂、深邃的层面。很多的诗歌评论者认为郑小琼的诗是打工群体心声的直观反映，在我看来，这是媒体的大众化与批评的简单化影响的结果。客观地说，当下不少打工诗歌都显得内容简单，意象单薄，表达的情绪较为激烈和外在。这样的诗歌多为"愤怒写作"或者"哀号写作"，在倾泻其情绪的同时，往往并没有一种个人性的精神穿透力加以贯穿，而只是一些"陌生化"的打工生活场景与情感的展示。郑小琼却走得更远，

---

① 《诗刊》2007年第13期。
② 《南方文坛》2011年第1期。

她善于从来自身体内部幽深的孔道里，把底层民众生存的命运思考接通了时代、主流政治的那根粗大的神经，从而赢得了主题上的批判和生存上的个体之思的相互融合。

——江腊生：《底层见证与超越——郑小琼诗歌的整体观照》[1]

女工记·兰爱群[2]

咳嗽　恶心……她遇见肺部

泥沙俱下的气管　塞满毛织厂的毛绒

五金厂的铁锈　塑胶厂的胶质……它们纠结

在胸口　像沉闷的生活卡在血管

阻塞的肺部　生活的阴影

她遇见肺部　两棵枯黄的树木

扎在她的肉体　衰老的呼吸

她　四十二岁　在毛织厂六年

五金厂四年　塑胶厂三年　电子厂两年

她的血管里塞满了尘土与疼痛

拖着疾病的躯体在回乡的车上

疲倦苍白的脸上泛出笑容

1994年出来　2009年回家

她算着这十五年在广东的时光

两个小孩已读完大学　新楼已建成

剩下疾病的躯体　回到故乡衰老

死后　最好埋在屋后的桔树下……

诗作导读

2010年，《人民文学》启动非虚构写作计划，呼吁写作者"走向民间，走向这

个时代丰富多彩的生活内部"，郑小琼的《女工记》即发表在《人民文学》2012年第1期的相关专栏下。非虚构写作的具体内涵在当时并未厘清，一些学者将之概括为"拿起笔来写自己的生活自己的传记，对现实的还原和呈现"。这对郑小琼的诗歌创作来说不是一件很难的事，但为了更贴切真实地呈现女工的生活种种，诗人在写作之前去了江西、湖南、湖北、贵州等很多省市乡村作调查。田野调查的辛苦没有白费，《女工记》组诗相比于诗人以往的同题材诗歌，在挖掘人物和事件的广度和深度上都大大提升，插排其中的"手记"和"后记"也为诗歌的精神内涵拓宽了空间，增强了文本的系统性和内部联系。

《女工记》中诗歌以女工姓名为题，郑小琼对此解释："我个人一直觉得一个人的名字包含着个体的尊严，所以我选择用工友的名字来作为一首诗歌的标题。我呈现的是一个个具体的女工个体的命运，而不是群体的样本化的面孔或公共化的面孔。"由此，诗中的女工们去除了脸谱化的表征，形象更为真实立体。

兰爱群的工作地点并不是一成不变的，她在毛织厂六年、五金厂四年、塑胶厂三年、电子厂两年……她的肺病与这些恶劣的工作环境脱不开干系，诗中形象地描写成"她遇见肺部"，在染上肺病之前，她当然也有肺，但是，在得了病后，肺部有了疼痛后，她才第一次遇见了肺部，第一次感知到人体重要的造血器官"肺"的存在。血栓像沉闷的生活卡在血管，肺部的阴影如同生活的阴影，诗歌以借喻的手法将身体内部的病痛与身体外部的生活联结在一起，生动传神。在第二节诗人罗列了一串琐碎的数字，抽象化概括了一个人循环劳作、压满重担的一生；又以具体的人生活动，将个人经验与集体经验合二为一。诗人一生不分日夜地劳作，处在劳作—抚养子女—衰老—牺牲—换来子女成长的循环中，对艰苦生活处境的描写，直白而生动地呈现了时代洪流下个体命运的渺小无依。一具满是创伤的躯体，一条反复劳作的生命，一处潦草的坟墓，《女工记》刻画的不是传奇小说中主人公们抗争命运不公的傲然姿态和波澜壮阔，而是女工们随命运起伏、平凡卑微的真实生活。

评论精选

《女工记》中一首首以女工姓名为题的诗歌，实际上可以看作一个个奋斗、挣扎在南方工厂机器流水线上的女性肖像和命运图景。为了生计，她们远离家乡，抛下年幼的孩子，与丈夫分离，甚至出卖了身体的健康乃至生命……一个个的女工，她们付出的辛劳、身体的病痛乃至生命都不过是工业时代资本机器上廉价的没有体温的符号。一茬茬的青年女工，将自己的青春与生命给了冷漠的机器，用惨淡的人生换取微薄的生存资本。她们的呼喊和哭泣，她们的坚忍和屈服，化作了《女工记》中一句句愤怒而无奈的诗歌。

——林秀琴：《"非虚构"写作：个体经验与公共经验的困窘》①

这首诗共分为两小节，第一小节主要描写"她"的疾病的症状与病源，"泥沙俱下的气管　塞满毛织厂的毛绒/五金厂的铁锈　塑胶厂的胶质"，这为后来写她的工作经历及返乡埋下伏笔。"她遇见肺部　两棵枯黄的树木/扎在她的肉体　衰老的呼吸"，这句诗将"她的肺部"比作"两棵枯黄的树木"，生动形象地写出"她的肺部"的外形及损害之深；"遇见"一词运用得十分巧妙，当人身体健康的时候，他不会特别注意身体的某个部位，只有当哪个部位或是器官出现问题时，他才会去关注那个具体的部位。因此用"遇见"就仿佛初次发现，表现出"肺部"的病痛之重。第二小节叙述了她的工作经历，以及这十五年的工作对于支撑她的家庭的巨大作用，"她算着这十五年在广东的时光/两个小孩已读完大学　新楼已建成/剩下疾病的躯体　回到故乡衰老/死后　最好埋在屋后的桔树下"，可见，她的打工经历对于她家庭的经济来说是帮助颇大的，但是她所付出的不仅是时间与青春，更是生命与健康。"剩下疾病的躯体　回到故乡衰老/死后　最好埋在屋后的桔树下"，这是多么可悲的场景，女工为了生计付出了劳动与青春，却在本该享受劳动所得的时候忍受疾病的折磨，最终的心愿就是"死后埋在屋后的桔树下"，这不仅是个人的悲哀亦是时代的悲哀。

——陶禹含：《〈女工记〉——底层女工的生活呈现与命运抒写》②

我觉得到写作《女工记》的时候，郑小琼已经初步具备了某种文体上的自觉。"记"本身就像是在跟一种古老的文体对话，就像鲁迅在《阿Q正传》的一开头，故意将"传"跟几千年的"正史"放在一起，以呈现出一种有意味的反讽一样。郑小琼从人群中将一个个女工"掏出来"，她们也不再像此前那样，只是散落在某些句子的局部，而是一个人独自占据了一首诗，并且，在阅读者当下的时空中，被记录了下来。

——王宇平等：《谈郑小琼》③

① 《江西社会科学》2013年第11期。
② 《现代妇女》（下旬）2013年第11期。
③ 《名作欣赏》2015年第31期。

林亨泰

林亨泰（1924—2023），台湾彰化人。高中时接触到"新体诗"，产生兴趣，开始尝试创作。1950毕业于台湾师范大学教育学系。笠诗社发起人之一，首任主编。代表作有诗集《灵魂的啼声》《长的咽喉》《爪痕集》《跨不过的历史》，诗论集《现代诗的基本精神》等。

二倍距离[①]

你的诞生已经
诞生的你的死
已经不死的你
的诞生已经诞
生的你的死已
经不死的你

一棵树与一棵
树间的一个早
晨与一个早晨
间的一棵树与
一棵树间的一
个早晨与一个
早晨间

① 选自《林亨泰诗集》，台北时报出版社1984年版。

那距离必有二倍距离
然而必有二倍距离的

诗作导读

《二倍距离》是一首回文诗。全诗共分三节，每节都是一个回环往复的、未完成的长句子。第一节说的是生与死，是怎样直面生死的人生哲学；第二节说的是时间和空间，是生命多维度的思考。诗人以极富诗性意味的词句叙写哲学概念。而第三节则是第一、二节的融合、提升，以接近物理况味的科学视角总结整首诗。

第一节主语是"你"，说的是"你"的生与死的问题。诗中从"你的诞生""你的诞生已经诞生""你的诞生已经诞生的你""你的诞生已经诞生的你的死""你的诞生已经诞生的你的死已经不死"到"你的诞生已经诞生的你的死已经不死的你的诞生"，在这些语句中，"生""死""诞生""已经"等词语的排列组合无限次循环上升、累积乃至于递进。诗中的"你"是在世间的，又可以是超世间的。总而言之，"你"有在世间的生与死，也有超出世间生与死的不朽维度。

第二节的隐含主语应是"生命"，树在其中是生命的具体表征，诗人围绕着树探讨的是生命的"时间"与"空间"——树与树之间有早晨，早晨与早晨之间有树。既然"树与树之间有早晨"，那么第一个"树"与第二个"树"应当是时间的树，"人不能两次踏进同一条河流"，昨天的"你"与今天的"你"中间在午夜12点时开始分野，"生"本身就包含两个"生"。既然"早晨与早晨之间有树"，那表示"树"并没有因时间的改变而有所移动，因此这句是以空间的角度而言，说明生命也具有相同之处。如果在"生"与"死"之间设一个节点——因为生本身就是两个"生"，那么生命就是"生—生—死—生—生—死"无限循环。既然"生"本身就有一倍距离，那么"生"与"死"之间必然就有二倍距离，所以诗人才在第三段得出结论"那距离必有二倍距离/然而必有二倍距离的"。

诗人通过玩转"诞生""已经""然而"等汉语语词的词性和汉语词句的规范性和完整性对生死、时空等哲学概念进行了一轮又一轮的辩证思考，是对汉语修辞的打破与重构。而因为修辞造就的诗的质感，也给予读者无穷的想象空间，产生多样的、发散的审美效应。诗即是人生，《二倍距离》看似晦涩难懂，但充满了诗人精心铺排的诗心，是独属于诗人自己的诗意哲学。

评论精选

我又一次读到汉语修辞与造句规律的破毁和通过这破毁造成的新的诗的意味。

——熊秉明：《你的诞生已经诞生》①

如果我们进一步抓住"距离"这个"诗眼"，那么我们就可以从第一节诗悟到：无论是生带来死，还是死可以转化为不死，虽然都涉及生死的同一性问题，但是，二者是有区别的，因为前者属于肉体生命问题，后者属于精神生命问题，因此，其中生与死的距离是不一样的……在此基础上，我们再去感悟第二节诗，我们就会感到，既然距离就是显现，二倍距离是必须有的，那么，我们就不仅必须从两倍距离的视程来看待生命存在的形态。再进一步，我们就有可能用一种涅槃的精神来看待世界和人生了。

——江业国：《〈二倍距离〉试解》②

此诗完全打破汉语修辞的语法规范以及对诗歌音韵和谐的弃绝，造就了一场诗歌的陌生化。

——韩再彬：《人生命题的叩问及诗性阅读——探微林亨泰〈二倍距离〉》③

---

① 《读书》2004年第4期。
② 《阅读与写作》2010年第5期。
③ 《名作欣赏》2016年第36期。

余光中

余光中（1928—2017），祖籍福建永春，生于江苏南京。1947年入读金陵大学外语系，1950年因举家迁台，就读于台湾大学外文系，1952年毕业。1953年参与创办"蓝星"诗社，后赴美国进修。1959年获美国爱荷华大学艺术硕士。先后任教台湾东吴大学、台湾师范大学、台湾大学、台湾政治大学。其间两度应美国国务院邀请，赴美国多家大学任客座教授。代表作有诗集《舟子的悲歌》《在冷战的年代》《白玉苦瓜》《天狼星》《紫荆赋》《梦与地理》《守夜人》等。

乡愁①

小时候，
乡愁是一枚小小的邮票，
我在这头，
母亲在那头。

长大后，
乡愁是一张窄窄的船票，
我在这头，
新娘在那头。

后来啊，
乡愁是一方矮矮的坟墓，
我在外头，

---

① 选自《白玉苦瓜》，台北大地出版社1974年版。

母亲在里头。

而现在，
乡愁是一湾浅浅的海峡，
我在这头，
大陆在那头。

诗作导读

这首诗写于1971年，是余光中的代表诗作之一。诗的语言虽然简洁，但情感丰富且真挚，"邮票""船票"等意象具有高度的情感概括力和审美感染力。

"乡愁"本是一个抽象的概念，诗人以"邮票""船票""坟墓""海峡"四个可感的意象为工具，将抽象情感"乡愁"具象化。四个段落、四个意象——小时候的邮票、长大后的船票、母亲逝去后的坟墓，还有那难以逾越的海峡，层层递进，将乡愁演绎出多重丰富的面貌：它可以是亲情，可以是爱情，既是儿女情长，也是家国情怀，是具有一定历史渊源的情感话题。诗人又以"小时候""长大后""后来啊""而现在"作为每节诗的开头，勾画了诗人意想中人物从儿时到成年后，对于"乡愁"体验的变化。"这头""那头""外头""里头"的反复运用，将人物情感被现实之物阻隔的场景深深地埋进读者的心中，"大陆"与"母亲""新娘"的对应又突出了诗人心中对祖国魂牵梦绕、不可割舍的刻骨铭心的爱恋。

《乡愁》一诗体现了余光中对"专求意象"主张的传承与发扬，除此之外，该诗结构的整饬，语言的顺畅，同样值得称道。全诗四节结构工整，诗行错落有致，既有韵脚一致的时候，却又不拘泥于韵脚；没有太多出乎意料的语句，也没有任何辞藻的堆砌，将乡愁这样一种难以名状的情绪描绘得清清楚楚、明明白白，正可谓情到真处最动人。

评论精选

在二十世纪中国新诗史上，余光中的《乡愁》无疑是一首传世之作。

——杨景龙：《"母题""原型"说〈乡愁〉——余光中〈乡愁〉的文本细读》[1]

---

[1] 《名作欣赏》2004年第11期。

余光中从格律诗到自由诗、从现代诗到敲打乐与民歌的生命运动轨迹，典型地浓缩着台湾现代诗从西化到回归的全部历程。也正是在熟知传统又不为之所缚，浪迹现代又知回归的吸收和调整中，正是在传统与现代之间风流洒脱、不固守一端的融化和创新中，诗人才被戏称为"艺术的多妻主义者"；并捧出风格多样的累累硕果……他的诗风多变，但始终坚守着"中国情结"，作品中总是呼啸着古典传统的音响，不论是意境的创造、意象的运用还是音节的讲究都古朴而典雅，古诗佳句的镶嵌、古典节奏色彩与现代白话文体的搭配，愈见其华丽缤纷、音调铿锵。如风传于海内外的《乡愁》是游子思想念归情思的宣泄，含蓄悠远的东方风韵，民歌反复吟唱的节奏，都超越了民歌守成与古董翻版的层次，升起了一缕传统精华的"炊烟"。

——罗振亚：《台湾现代诗人抽样透析——纪弦、郑愁予、余光中、洛夫、痖弦》①

在这首诗里，诗人截取几个生命片段，采撷一些经典的意象写照，将怀乡的愁绪款款道来，节奏舒缓，语势自然，体现出心中那份乡愁悠悠不尽的意味。

——张德明：《从"乡愁"到"再登中山陵"——余光中〈乡愁〉〈再登中山陵〉对读》②

在余光中出版的20多本诗集中，《乡愁》对于余光中广大读者而言是余光中诗歌最耀眼的名片和文学坐标。

——李影媚：《记忆像铁轨一样长——学界纪念余光中先生》③

白玉苦瓜——故宫博物院所藏④

似醒似睡，缓缓的柔光里
似悠悠醒自千年的大寐
一只瓜从从容容在成熟
一只苦瓜，不再是涩苦
日磨月磋琢出深孕的清莹
看茎须缭绕，叶掌抚抱

---

① 《台湾研究集刊》2006年第1期。
② 《名作欣赏》2007年第5期。
③ 《华文文学》2018年第3期。
④ 选自《白玉苦瓜》，台北大地出版社1974年版。

哪一年的丰收像一口要吸尽

古中国喂了又喂的乳浆

完满的圆腻啊醕然而饱

那触觉，不断向外膨胀

充实每一粒酪白的葡萄

直到瓜尖，仍翘着当日的新鲜

茫茫九州只缩成一张舆图

小时候不知道将它叠起

一任摊开那无穷无尽

硕大似记忆母亲，她的胸脯

你便向那片肥沃匍匐

用蒂用根索她的恩液

苦心的悲慈苦苦哺出

不幸呢还是大幸这婴孩

钟整个大陆的爱在一只苦瓜

皮靴踩过，马蹄踩过

重吨战车的履带踩过

一丝伤痕也不曾留下

只留下隔玻璃这奇迹难信

犹带着后土依依的祝福

在时光以外奇异的光中

熟着，一个自足的宇宙

饱满而不虞腐烂，一只仙果

不产生在仙山，产在人间

久朽了，你的前身，唉，久朽

为你换胎的那手，那巧腕

千眄万睐巧将你引渡

笑对灵魂在白玉里流转

一首歌，咏生命曾经是瓜而苦

被永恒引渡，成果而甘

1974年2月11日

诗作导读

白玉苦瓜是故宫的重要文物之一，诗中以"茎须缭绕，叶掌抚抱""完满的圆腻啊醺然而饱""充实每一粒酪白的葡萄"等细腻且诗意盎然的文字描摹了"白玉苦瓜"这个文物的外形。从"千年的大寐""日磨月磋"等文字则可以看出，诗人之意不仅在表述白玉苦瓜这一文物本身，而且意欲通过这个文物窥见其背后的历史与文化积淀。

白玉苦瓜，既是中国历史的旁观者，也是中国历史的见证者。而诗人借白玉苦瓜要表达的是属于自己的历史感悟和对民族的情感。从"似醒似睡，缓缓的柔光里/似悠悠醒自千年的大寐"到"小时候不知道将它叠起/一任摊开那无穷无尽"，再到"只留下隔玻璃这奇迹难信/犹带着后土依依的祝福"和"钟整个大陆的爱在一只苦瓜"，诗人把自己对于中华民族以及民族文化的依恋和祝福都寄托到了眼下的这只白玉苦瓜上，别出心裁地将对祖国的爱意融在一只"苦瓜"里。而如果说以"苦瓜"的"苦"隐喻祖国深受的苦难过于含蓄，那排比句"皮靴踩过，马蹄踩过/重吨战车的履带踩过"则直接写出了中华民族曾经遭遇的苦难与厄运，与"苦瓜"的"苦"形成呼应。

托物言志，寄意于物，《白玉苦瓜》这首诗用的仍旧是诗人擅长的传统诗歌的创作手法，是诗人从心之作，也是中国人对民族历史具有一种与生俱来的共鸣的印证，"一首歌，咏生命曾经是瓜而苦/被永恒引渡，成果而甘"。诗人的语言也如"白玉"一般晶莹剔透，辞藻优美，形容生动，情感熨帖，气韵流畅。

评论精选

在诗人眼里，那不是一件普通的文物，而是凝结着民族历史与民族智慧的文化珍宝。

——李丽中：《白玉苦瓜——故宫博物馆所藏》[1]

《白玉苦瓜》所表达的情思是"传统"的，而采用的形式和手法却很"现代"。最引人入胜的，是诗歌中纵向的历史感，横向的地域感，以及纵横相交的现实感，是层层转换的"三度空间"……展开对古中国悠久文明的吟咏，对民族国家母亲般千丝万缕的思念与感恩，以及关于生命现实经过艺术"脱苦"而达致的甘的体味。这一切让读者感到陌生而丰富，从而引发各自的想象与感慨。

——温儒敏：《生命因艺术而"脱苦"——读余光中先生〈白玉苦瓜〉》[2]

---

[1] 《名作欣赏》1993年第1期。
[2] 《诗探索》2009年第1期。

洛夫

　　洛夫（1928—2018），原名莫运端、莫洛夫，湖南衡阳人。1946年入读岳云中学时开始新诗创作。1949年赴台湾，就读于淡江大学英文系。1954年与张默、痖弦共同创办诗刊《创世纪》，并担任该诗刊总编辑一职多年。著有诗集《灵河》《石室之死亡》《因为风的缘故》《月光房子》等。因秉持超现实主义创作理念，写作手法较为魔幻，有"诗魔"之誉。2001年曾凭借长诗《漂木》获得诺贝尔文学奖提名。

因为风的缘故①

昨日我沿着河岸

漫步到

芦苇弯腰喝水的地方

顺便请烟囱

在天空为我写一封长长的信

潦是潦草了些

而我的心意

则明亮亦如你窗前的烛光

稍有暧昧之处

势所难免

因为风的缘故

此信你能否看懂并不重要

重要的是

---

　　①　选自诗集《因为风的缘故》，台北九歌出版社1988年版。

你务必在雏菊尚未全部凋零之前

赶快发怒，或者发笑

赶快从箱子里找出我那件薄衫子

赶快对镜梳你那又黑又柔的妩媚

然后以整生的爱

点燃一盏灯

我是火

随时可能熄灭

因为风的缘故

诗作导读

　　这首诗写于1988年，是诗人晚年为妻子所写的一首情诗。诗分为两节，笔触随着诗人漫步时的思绪慢慢地展开。第一节溢出的是诗人对妻子浪漫的思念，"顺便请烟囱/在天空为我写一封长长的信"中的"烟囱"本是寻常之物，且在生活中黑黢黢的形象颇为不雅，但诗人以"烟囱"作为浪漫情怀的寄托物，显得别出心裁。"而我的心意/则明亮亦如你窗前的烛光"的"烛光"与第二节中"我是火"形成对应，先说心意是窗前的烛光，后说"我"就是点燃"你"窗前那盏灯的火，字里行间顿时散发出爱情的甜腻。诗人以自然物为意象，书写了对特定之人的万千情意。

　　而第二节则画风突转，从柔情似水跌宕至忧郁感伤，"你务必在雏菊尚未全部凋零之前/赶快发怒，或者发笑/赶快从箱子里找出我那件薄衫子/赶快对镜梳你那又黑又柔的妩媚"，"务必""赶快"二词的运用让诗歌第二节的情感节奏顿时变得紧迫起来。火，随时会熄灭，而且风还不定，所以要在雏菊还在开放的时候，与所爱之人一起去感受、享受生命的美好。

　　诗中"因为风的缘故"一句在第一、第二节结尾处的重复运用，让情感的变化不至于突兀，也给第二节黯然神伤、感怀人生的情感一个轻松的出口，可谓点睛之笔。洛夫的这首诗直探爱情的本质，寻求生命价值的终极关怀。爱情就像诗人笔下平凡温和的生活日常，而这种平静淡泊的生活状态，启发诗人越发珍惜生命与情感的美好，尽情享受生命赠予我们的每一个瞬间。写爱情，却不流于私密的情话吐露，而是上升到生命真谛的参悟，此诗堪称情诗之典范。

评论精选

该诗其实已远远超越了爱情诗的范畴。

——章继光、周颖、蒿子主编：《走进诗魔的意象世界——洛夫自选诗歌深度解读》①

洛夫之"天涯美学"，是中国新诗"古典追求"的另一标本。

——魏云：《中国新诗的古典追求——以余光中、洛夫之诗艺探索为中心》②

洛夫的这首《因为风的缘故》作于其晚年，是在妻子琼芳玩笑式地"索要"之下创作的。产生方式看似偶然、可爱，但其却包孕着对爱情的优美传达与对生命的智性思考……关于爱情，这是一种暮年之爱，不同于年轻人的奔放、炽烈、倾慕、朝思暮想，它来得温润而又直抵灵魂；关于人生境遇与生命价值，它充满了智性空间，带有一种启示我们要及时、酣畅淋漓地享受爱情之美、生命之美的终极关怀。

——张金玲：《互文性视野下的诗歌意象互涉解读——以洛夫〈因为风的缘故〉为例谈诗歌鉴赏的有效方法》③

---

① 湖南文艺出版社2014年版，第90页。
② 《云南大学学报》（社会科学版）2008年第3期。
③ 《语文教学通讯》（学术刊）2019年第3期。

痖弦

痖弦（1932— ），原名王庆麟，河南南阳人。就读于台湾政工干校影剧系。1954年与张默、洛夫共同创办诗刊《创世纪》。1956年提出"新民族诗型"的创作主张，作诗倚重形象和意境，强调中国风与东方味，其《秋歌》可看作对这一主张的实践。1975年担任幼师文化公司总编辑，同时在台湾东吴大学中文系执教。1977年后任《联合报》副刊主编、《联合报》副总编，兼任国立艺术学院副教授。著有诗集《痖弦诗抄》《深渊》《痖弦诗集》等。

芝加哥①

铁肩的都市
他们告诉我你是淫邪的
——C. 桑德堡

在芝加哥我们将用按钮恋爱，乘机器鸟踏青
自广告牌上采雏菊，在铁路桥下
铺设凄凉的文化

从七号街往南
我知道有一则方程式藏在你发间
出租汽车捕获上帝的星光
张开双臂呼吸数学的芬芳

---

① 选自《痖弦诗抄》，香港九龙国际图书公司1959年版。

当秋天所有的美丽被电解
煤油与你的放荡紧紧胶着
我的心遂还原为
鼓风炉中的一支哀歌

有时候在黄昏
胆小的天使扑翅逡巡
但他们的嫩手终为电缆折断
在烟囱与烟囱之间

犹在中国的芙蓉花外
独个儿吹着口哨，打着领带
一边想在我的老家乡
该有只狐立在草坡上

于是那夜你便是我的
恰如一只昏眩于煤屑中的蝴蝶
是的，在芝加哥
唯蝴蝶不是钢铁

而当汽笛响着狼狈的腔儿
在公园的人造松下
是谁的丝绒披肩
拯救了这粗糙的，不识字的城市……

在芝加哥我们将用按钮写诗，乘机器鸟看云
自广告牌上刈燕麦，但要想铺设可笑的文化
那得到凄凉的铁路桥下

诗作导读

　　这首诗写于1958年12月16日。"芝加哥"这个题目一语双关，既是对美国著名工业诗人C. 桑德堡的名作《芝加哥》的同题附和，又是通过同题酝酿的一出对城市、对工业化社会的解构。诗歌从C. 桑德堡的诗句"铁肩的都市/他们告诉我你是淫邪的"到"在芝加哥我们将用按钮恋爱，乘机器鸟踏青"，诗的前两句奠定了全诗讽刺现代社会工业化进程的基调。诗人以"按钮""电解""钢铁""煤屑"等科学名词入诗，弱化了传统诗意与浪漫气息，强化了此诗的讽刺与批判意味，也促成了诗歌表达的陌生化效果。

诗人在一些词句的组织上不仅顾及了押韵顺口，如"出租汽车捕获上帝的星光"和"张开双臂呼吸数学的芬芳"，"光"与"芳"相押；也在错落有致的段落中刻意添置字数相对等的句子，如"一边想在我的老家乡"和"该有只狐立在草坡上"。用音韵的节奏凝固瞬时感觉，又用感觉的变幻牵引全诗深层的音乐性，用形式上的讲究完善了诗本身的听觉和视觉效果。另外，"铺设凄凉的文化""捕获上帝的星光""呼吸数学的芬芳""美丽被电解"中"铺设""捕获""呼吸""电解"等拟人、拟物等修辞手法的运用及具象化的描写，更是将现代化进程中的文化与技术的冲突描写得尤为生动。

在硬朗、知性的笔触中，诗人不仅描写了在现代化进程中"粗糙的，不识字的城市"，还将"昏眩于煤屑中的蝴蝶"与之对比，展现出诗人对大自然的向往之情，以及对现代科技的怀疑与抵触。

评论精选

诗中弥足珍贵的是一种对现代性冷峻的忧思。但一种自觉的省思并非诉诸抽象的概念，而是通过诗歌的感性显现，通过对照强烈的意象纷呈与并置，具体可感地解构了现代化的神话。

——梁燕丽：《痖弦诗歌的异国想象》[1]

痖弦独特的叙述口语方式，表面上看似通俗轻松，而骨子里却贮满深沉，包含着传统的忧苦精神和悲怆沉郁的境界。

——方环海、沈玲：《诗意的视界》[2]

痖弦的诗歌节奏让我们想起了20世纪自由诗的开创者之一庞德的"绝对节奏"（absolute rhythm）理念，即"与想要表达的情感或者情感的影子精确地相互呼应"的节奏。实际上，20世纪初英美自由诗变革的一个根本缘由，就是想追求一种

---

[1] 《华文文学》2011年第3期。
[2] 学林出版社2012年版，第107页。

更为灵活、也更为贴近诗歌表达内容的节奏形式。对于痖弦而言，如何精密地以节奏的方式表现"感觉"，是其诗艺的一个核心，即"从感觉出发"。

——李章斌：《痖弦与现代诗歌的"音乐性"问题》①

---

① 《文学评论》2019年第5期。

郑
愁
予

郑愁予（1933—　），原名郑文韬，祖籍河北宁河，山东济南人。15岁开始创作新诗，1949年随父亲迁往台湾，后进入中兴大学法商学院学习，1963年成为现代诗社中的主要成员。1968年末赴美深造，后任爱荷华大学讲师、耶鲁大学教授。代表作有诗集《梦土上》《衣钵》《燕人行》《寂寞的人坐着看花》等。因其诗作多描写旅人情思，被称为"浪子诗人"。

错误①

我打江南走过
那留在季节里的容颜如莲花的开落

东风不来，三月的柳絮不飞
你底心如小小的寂寞的城
恰若青石的街道向晚
跫音不响，三月的春帷不揭
你底心是小小的窗扉紧掩

我达达的马蹄是美丽的错误
我不是归人，是个过客……

---

① 选自《梦土上》，台湾现代诗社1955年版。

诗作导读

《错误》这首诗，从字面上看，诗人写的是过客和思妇的邂逅，但这首诗也可以理解为对故土的思念。诗人以第一人称的视角，将叙事与抒情熔于一炉。"我打江南走过""我达达的马蹄是美丽的错误/我不是归人，是个过客……"中"我"字的强调，让诗的诉说主体更为鲜明。而在"你"的层面，诗中以"不来""不飞""不响""不揭"四个"不"反复地从侧面描绘了"你"内心的期盼与失落。"我""你"的动作描写以及情感描写，架构了诗的场景，既增强了诗本身的音乐性和节奏感，还兼顾了诗的画面感，以景入情。

从文字上来看，此诗的绝妙之处在于将古典诗词中的经典意象化用于新诗，如"那留在季节里的容颜如莲花的开落""东风不来，三月的柳絮不飞"，古典意象加上比喻、拟人手法的运用，既符合读者对"思妇"和"思乡"的理解，也把诗中的欲抒之情推到了另一个更高的层次，极具想象张力。

无论诗人笔下主要写的是"思妇"的无望等待还是那个再也回不去的梦中江南，"我达达的马蹄是美丽的错误"一句无疑把整首诗拔高到另一个境界。正如陶梁选所言，这句"兼具形、言、义，冲破了前段的寂寞沉静"。诗人在古典的意象与现代的经验中熟练转换，游刃有余，全诗语言清丽，情思缠绵，诗境朦胧，柔婉别致，使"思念"这一最能积淀中国化集体心理的情感绽出曼妙的诗意。

评论精选

他显然是台湾最善于表现离人乡愁题材的诗人之一。郑愁予的创造，是以现代人的感觉方式重新处理传统诗歌题材、意境、形象，用极纯粹的中国语言来写现代人的心境。因此，诗人兼诗评家杨牧称他是"西化"的台湾诗坛中的"中国的中国诗人"。

——洪子诚、刘登翰：《中国当代新诗史（修订版）》[1]

从文本细读的角度出发，《错误》确乎是一首没有瑕疵、不可多得的作品，并且关于它的解读也是丝丝入扣、难有他途。

——陈培浩：《文本细读和文化批判的缝隙——郑愁予〈错误〉新读》[2]

面对千百年来女子如许的痴情和等待，郑愁予终于以《错误》一诗来表白男人

---

① 北京大学出版社2005年版，第319页。
② 《中国文学研究》2011年第2期。

的心事和心声了，从而对女子们的悲剧性命运做了某种意义上的解释和回答。

——张晓峰：《"我不是归人，是个过客……"——郑愁予〈错误〉一诗对中国诗词思妇主题的回应》①

将郑愁予《错误》的艺术特色还原，我们会清楚地看到它是对中国一种传统写法的一脉相承，而郑愁予将其运用得如此炉火纯青（或许无意识的），堪称将古典诗学进行现代转换的典型范例，令人叹服。

——秦国：《郑愁予〈错误〉还原》②

---

① 《名作欣赏》2001年第2期。
② 《学术交流》2011年第5期。

席慕蓉

席慕蓉（1943—　），台湾当代诗人，生于重庆。蒙古族，蒙古语名为穆伦·席连勃，意为浩荡大江河，"慕蓉"即"穆伦"的谐音。1949年到香港，1954年转迁台湾，两年后进入台北师范艺术科学习绘画，毕业后去往布鲁塞尔皇家艺术学院进修。1970年返台后在新竹师专美术科任教。诗歌创作方面，席慕蓉擅写爱情和乡愁，语句优美流畅，具有很强的艺术感染力。著有诗集《画诗》《七里香》《无怨的青春》《时光九篇》等。

一棵开花的树①

如何让你遇见我
在我最美丽的时刻　为这
我已在佛前　求了五百年
求他让我们结一段尘缘
佛于是把我化作一棵树
长在你必经的路旁
在阳光下慎重地开满了花
朵朵都是我前世的盼望

当你走近　请你细听
颤抖的叶是我等待的热情
而当你终于无视地走过
在你身后落了一地的

————————

① 选自《七里香》，台北大地出版社1981年版。

朋友啊　那不是花瓣
是我凋零的心

诗作导读

这首诗写于1980年，是一首典型的爱情诗。爱情从来就不是一个前卫的文艺创作主题，甚至可以这么说，爱情在文学创作领域一直是最常见也最通俗的一个选题。但在这首诗中，诗人另辟蹊径，从宗教的角度切入，在佛家的轮回观念中，把爱情放到了"五百年"这样一个表示恒常的时间维度中，申明一场完美之爱乃是五百年缘分积累的结果，赋予了爱情不一样的面貌。

席慕蓉擅长在诗中创造戏剧化情景，以主客体对话的形式，借第一人称指代抒情主体，借抒情主体之口倾诉细腻婉曲的情感历程。对诗中"我""你"两个人称代词指代意义的搁置，亦丰富了全诗的意蕴。而"花""树"等意象建构的爱情主题，既触发了花带来的诗意美，还兼顾了树予人的时空想象。在诗人的意象经营下，爱情仿佛成了"与天地齐寿，与日月同辉"的存在，也赋予了读者对客观世界中的一草一木以偌大的想象空间，还凭借宗教色彩的神秘气息，增添了深沉诚挚的情感底色。

这首诗也充分体现了席慕蓉语言的细腻与深切。诗人多用口语，浅白直率，但在神态描写和语气词、转折词的运用上，诗人仔细斟酌，力求恰适，精妙捕捉情感动态的每个瞬间，如"在阳光下慎重地开满了花"中的"慎重"，反映的是"我"在爱情中的卑微；"朋友啊　那不是花瓣"中的"朋友"，则通过人称的转换（"你"变为"朋友"），拉开了主客体的情感距离，进一步衬托"我"的被动与失落。全篇无一"爱"字，却几乎事无巨细地描绘出了"我"在爱情中的各种模样，实为爱情诗之经典。

评论精选

这首《一棵开花的树》也是席慕蓉的代表作之一。它抒写了一个怀着至爱深情的女子，终于未被人所理解而失落的心情。诗中的感情被推向极致，造成希望值与失望值之间巨大的落差，是动人的因素之一。这种情形在许多人的人生中是存在的，不少的女子因此而终身不嫁。这首诗最成功处是将自己的心情都寄寓在"一棵开花的树"这个意象上。"一棵开花的树"无论是什么树，都是它"最美丽的时刻"。而"树"的来历因与"佛"有关而带有相当的神秘性,同时也表现了抒情主人公的虔诚与深情。

——邹建军:《席慕蓉抒情诗创作综论》[①]

这首《一棵开花的树》再次以树为喻,不过这次并非述志诗或论诗诗,而是揣想抒情主体"我"该如何布置,好在"最美丽的时刻"与倾诉对象"你"相遇。佛前求五百年,方能化身为树以结尘缘(先彰显时间);"我"如此慎重以对,花独自为"你"绽放(再彰显态度);当期待已久的倾诉对象无视而过,只能人惆怅,花凋零(终彰显结局)。但若仅以少女怀春的角度来诠释此诗,实是窄化了其可能。因为《一棵开花的树》亦可视为"我"这棵树期待在最美丽的时刻,能与诗人"你"某地相会。主客易位之际,解读自然不同——相同的是情、韵与节奏之合拍,堪称是席慕蓉在回归期诗史的抒情诗代表作。

——杨宗翰:《回归期台湾新诗史里的抒情之声——以张错、席慕蓉、方娥真
与温瑞安为例》[②]

---

① 《民族文学研究》1998年第4期。
② 《江汉学术》2016年第6期。

黄
国
彬

黄国彬（1946—　　），笔名凝凝，祖籍广东新兴，生于香港。本硕毕业于香港大学，1992年在加拿大多伦多大学东亚学系取得博士学位。先后任教于香港中文大学、香港大学、加拿大约克大学、香港岭南大学、香港中文大学等高校。诗歌创作方面，29岁集成第一部诗集《攀月桂的孩子》，初获诗名。代表诗集还有《指环》《翡冷翠的冬天》《吐露港日月》《航向星宿海》等。

听陈蕾士的琴筝①

他的宽袖一挥，万籁
就醒了过来。自西湖的中央
一只水禽飞入了湿晓，
然后向弦上的涟漪下降。

月下，银晕在鲛人的泪中流转，
白露在桂花上凝聚无声，
香气细细从睡莲的嫩蕊
溢出，在发光的湖面变冷。

凉露轻轻地敲响了水月，
声音随南风穿过窗棂
直入殿阁。一阵荡漾
过后，湖面又恢复了平静。

---

① 选自《吐露港日月》，香港学津书店1983年版。

他左手抑扬，右手徘徊，
轻拨着天河两岸的星辉。
然后抑按藏摧，双手
游隼般俯冲滑翔翻飞。

角征纷纷夺弦而起，铿然
跃入了霜天；后面的宫商
像一只只鼓翼追飞的鹞子
急击着霜风冲入空旷。

十指在急纵疾跃，如脱兔
如惊鸥，如鸿雁在大漠陡降；
把西风从竹林卷起，把木叶
摇落云烟尽敛的大江。

十指在翻飞疾走，把骤雨
泼落窗格和浮萍，飒飒
如变幻的剑花在起落回舞，
弹出一瓣又一瓣的朝霞。

雪晴，山静，冰川无声。
在昆仑之巅，金色的太阳
击落紫色的水晶。红宝石
珍珠如星云在静旋发光。

然后是五指倏地急顿……
水晶和融冰铿然相撞间，
大雪山的银光蓦然在高空
凝定。而天河也静止如剑。

广漠之上，月光流过了
云汉，寂寂的宫阙和飞檐

在月下听仙音远去，越过
初寒的琉璃瓦驰入九天。

诗作导读

这首诗写于1982年9月2日，是黄国彬的代表作之一。诗题简洁明了点出全诗的主要内容，即通过斑斓的意象和意象的组合变化，变抽象为具体，勾勒出演奏家陈蕾士的多彩音乐和诗人聆听乐章时内心丰富的感受。诗人描摹了"星辉""朝霞""涟漪""白露"等意象，把演奏家陈蕾士用琴筝弹奏的音乐形象化，同时勾勒出演奏家的每个动作。而"流转""溢出""敲响""轻拨""陡降""泼落"等一系列动词的精准运用，更是让画面的生动感陡然上升。诗人以生动的具象化描写，营造出一幅山明水秀的诗化场景，让读者不由得沉浸在其中。"他的宽袖一挥""他左手抑扬，右手徘徊""十指在翻飞疾走"等句夹杂在各个段落之间，琴筝演奏的起伏感和演奏者的激情状态又时刻将读者从诗句中带回到现实。

镜花水月、高山流水，诗人与演奏者成就了知音的共鸣。"凉露轻轻地敲响了水月，/声音随南风穿过窗棂/直入殿阁。一阵荡漾"何不就是水和月，"把西风从竹林卷起，把木叶/摇落云烟尽敛的大江"何不就是高山与流水。诗人以文字将视觉和听觉结合，极具画面感之余，还富有很大的想象空间。"九天""天河""宫阙""云汉"等中国古典意象的出现也彰显了诗人深厚的传统文化底蕴，令人不禁想到唐代诗人李贺的《李凭箜篌引》。

评论精选

历来咏音乐的诗篇，如韩愈《听颖师弹琴》、李贺《李凭箜篌引》一样，黄国彬这一首，也大量运用比喻，化音为画，变抽象为具体。

——黄维梁：《香港文学初探》[1]

他在香港广为人知多多少少与那首著名的诗作《听陈蕾士的琴筝》有关，自1991年起这首诗被列入香港中学会考中国语文科课程，诗评人以"如山韫玉，如玉含光"来赞美这首诗。

——张涛：《论黄国彬作品中的"孤独意识"与"宗教情怀"》[2]

---

① 中国友谊出版公司1987年版，第112-113页。
② 暨南大学硕士论文，2008年，第2页。

秀实

秀实（1954—　），广东番禺人。香港诗人，创"婕诗派"。香港诗歌协会会长，香港散文诗创社社长，世界华文作家交流协会诗学顾问，香港中文大学专业学院写作班导师，香港艺术发展局文委会审批员，广州外语外贸大学创意写作班导师，广东省文化传播学会南方诗歌文化研究专业委员会顾问。曾获"新北市文学奖新诗奖""香港大学中文系新诗教学奖"等奖项。著有诗集《台北翅膀》、《婕诗派》、《步出夏门行》、《与猫一样孤寂》（中英双语诗集）、*A Book of Depression*（英语罗马尼亚语双语诗集）等；诗评集《现代诗话》、《止微室谈诗》（1—5册）等；编有《当代台湾诗选》《当代华语诗歌三百首》等。

白露

真实的事物都很脆弱。明天白露降临
经霜后所有的都逐次暴露了它们的谎言与伪善
我以书写对抗这个气节：白拒绝色彩
露为呈现，在九十九座废墟中隐藏着
一座囚禁着公主的彩色城堡

时间瞒骗着这个凡间，常感到孤寂的日子愉快而充实
那些诗人的宴会熙熙攘攘，来者皆为名利
我退居灯火阑珊处，信仰一个无人晓得的
传说。守候是一种魔法，它把时间的面具卸下
让我看到回廊曲径后的那个背影，仍立在风中

诗作导读

秀实的《白露》，从诗歌的结构来看，具备完整的起与合的两大部分，层次分明，具备对照和隐约的韵律章法。语言修辞中，没有刻意的修饰，但平淡的语言具备质感，语法环环相扣，准确表现，手法平实敦厚，往往以"我"以及"我"的现场感，将读者拉入到具体勾勒的意象群中。

诗歌初次阅读，就好像被一位哲人引入到气候所指的"白露"的记忆和经验记忆中，诗人以雕刻者的刀法，将白露所有的服饰剥掉，只露出骨架和灵魂，而灵魂正是这首诗歌的原浆，即通过白露这个季节，从隐藏的废墟中，展现出了一座"彩色城堡"。而灵魂主脉却是"囚禁"的"公主"，所以从第一节中就透露出诗歌里的哲思汹涌，而且展现的内部格局极大。

第二节首先通过"时间"来评判，并将自己与那些"诗人们"做了划分，高处不胜寒，远离"熙攘""宴会"，从不计"名利"，是"退居"在"灯火阑珊处"，并且心中永存信仰，信仰一个无人晓得的"传说"。因此，诗歌写作变成一座高峰。将时间面具卸下后，"我看到"了"回廊曲径后的那个背影"而且仍然"立在风中"。

诗歌思维哲性丰满，有真实事物的脆弱；霜后事物暴露的"谎言与伪善"，时间瞒骗凡间，具备边缘科学性，从孤寂的日子里常感到"愉快而充实"，不是凡人所为。在众星拱月的描摹中，这个形象丰厚而近似真实，这就是诗歌表现手法的艺术魅力，初学者如能剖析个中诀窍，将极大提升诗歌的创作和拓展！

评论精选

（秀实诗歌）是我喜欢的语言，一种有弹性有温度有湿润感的语言，是我认为的真正的诗歌语言……秀实的诗，一向都是如此书写自己，忠实挖掘自己内在心灵的不安和孤寂；说是有所隐藏，也有所告白和暴露，是真诚的一位诗人，也是一种宿命的不安的诗人。

——安琪：《万物安睡若死，世间独我一人——秀实和他的诗》①

如果以建筑来比喻秀实的诗，在我眼前出现的便是北京的"鸟巢"。鸟巢的结构特点不是横平竖直，而是一种无规律可循的编织，或者说是潜藏得很深的暗合了力学原理的编织。鸟巢入口隐蔽，内部想象空间巨大。这些特点恰恰吻合了秀实诗歌的风格，他营造的诗歌宫殿并不敞开大门，而是一层层的包裹，这包裹本身便

———

① 《海峡瞭望》2016年第7期。

是一重重的表达。他在"倾诉"与"反倾诉"间欲说还休。他的隐晦曲折、含蓄委婉，恰是诗歌的多义性。他阻止着别人的靠近，又似乎在等待、期许着靠近他的人。他对读者是有挑选的，强烈的个性要求着某种唯一。那是一颗安静的心灵，有着独特领悟能力的人抵达的驿站。这几乎成了一场精神与智力的游戏。

——高婕：《语言的鸟巢》①

---

① 《圆桌诗刊》2016年第53期。

苇鸣

苇鸣(1958—)，澳门诗人，原名郑炜明，祖籍宁波，生于上海，成长于港澳。文学博士，教授、博导。原香港大学饶宗颐学术馆高级研究员、副馆长，退休后获荣聘为香港大学饶宗颐学术馆首位杰出院士。有《黑色的沙与等待》、《血门外无血的沉思》、《无心眼集》、《传说》、《自我审查》、《无边的海》（中、法文对照诗选集）、《苇鸣微信诗集》等个人现代诗诗集刊行。曾获1994年9月台湾《创世纪》诗杂志四十周年纪念诗创作大奖、第二届（2022）《半岛诗刊》年度诗人奖等新诗奖项。

树的奋斗史

小树：招风
大树：招风
它们都有叶子

秃树，也招风
它还有枝桠

枯树，更招风
它笔直挺立
更惹狂飚恼

诗作导读

"树的奋斗史"就是苇鸣的奋斗史，诗人借用"树大招风"的譬喻，描述自身在社会中的状况。树可以说是"天生天养"，无论大小，比起其他植物都来得茁壮坚强，然而也最容易招风而受到磨损。当树的叶子和枝桠全被风打散了，树变成一棵"枯树"时，却没有因此被击败，因为其树干更如笔般挺立，更"惹狂飚恼"，其生存意志恰如苇草的强韧个性。①

评论精选

"进一步地他更以广告、报告、撮要等实用文体做诗——毫无定格，大大拓展了诗体的畛域。""更不论工拙、不避鄙俗、不拘文白地大放厥词。"

——羁魂：《无心眼集》序②

此风格的基础，是指涉世的、干预的、质疑的、争辩的。苇鸣诗集的出版，无疑为重找当代诗的主体风格，作出一次无愧的实践。

——吴萱人：《血门外无血的沉思》封底语③

可见苇鸣在要求诗的前卫的同时，透过对诗进行实验的过程中，追求一种精神上的美。这种美是全新的美，它产生于每次创作的开始，完成后就等同经历了一场革命。

——余少君：《集体的传说》④

---

① 见余少君：《集体的传说》，香港石磬文化有限公司2017年版，第92-93页。
② 《无心眼集》，苇鸣著，香港诗双月刊出版社1995年版。
③ 《血门外无血的沉思》，苇鸣著，香港诗坊1991年版。
④ 香港石磬文化有限公司2017年版，第100页。

龚
刚

龚刚（1972—   ），祖籍浙江义乌。澳门大学南国人文研究中心学术总监，澳门大学中文系教授、博导，澳门比较文学学会会长，浙江大学世界文学与比较文学研究所客座教授。获得第五届澳门文学奖小说组冠军，第二届香港紫荆花诗歌奖首奖，首届徐霞客杯世界华文诗歌大赛金奖等。

你和李白早有一场约会

我知道你是骑着唐马走的
你和李白早有一场约会
你迟迟没有赴约
因为你有九条命
剩下的一条　你要用来下酒
把岁月品出卤香

你早就趟过了浅浅的海峡
你的乡愁
是坟里头的母亲
是策马行侠的盛唐

台北的冷雨你听过
黄河的栈道你走过
江南巷口的杏花
闻一闻，就醉了

你不喜欢哭哭啼啼的李煜

你总爱往清淡的日子　撒一点胡椒

有一次撒多了

吓走四个女婿

就像李白的醉书

吓走就吓走吧

只有误解的人

没有误解的爱

看过了花开

也看过了花谢

你放下酒杯

拍拍李白留下的五花马

淡淡一笑说，上路吧

诗作导读

　　谢冕先生在谈到"诗艺的创格"时说道：格式是单纯的，诗句也是单纯的，但自定的诗格却繁衍出丰富的节律变化，从而造出繁富而单纯的综合美感。《你和李白早有一场约会》一诗正好符合这一诗格标准。由此可见，一首好的诗歌应该是朴素的，在朴素的叙述中带给人温暖，又隐隐有些伤痛。诗人龚刚用宁静，简洁而生动的语言，把"骑着唐马的"余光中与飘逸诗仙"李白"约会在一起，具有了卤香与酒的浓烈和杏花的温柔，从而揭示了生命和美的力量，在这里，他没有正面描写"乡愁"的余光中先生的离去，而是通过对"母亲""冷雨""海峡""黄河的栈道"和"江南巷口的杏花"的隐喻，把余先生的生活细节从"约会"中提炼出来，尤其是大气盛唐的生活细节，如："策马行侠""酒杯"和"五花马"等，仿佛余光中先生没有去到天国，而是去了"盛唐"与"李白"相约，以此象征着先生虽去，但穿越了生命时光，与历史"约会"，与时间"约会"。

　　在这里，龚刚似乎在写"约会"，其实真正咀嚼并品味的是自己内心的情感，只是借助两位先贤的"约会"为契机，其思绪从眼前的余光中想到远古的诗仙李太白，从品尝岁月的"酒"和"卤香"回味到"黄河的栈道"的"冷雨"和"江南巷口"的温柔"杏花"，一股思念之情油然而生，而感情却相当节制，变悲痛离别为温情约会，仿佛在告诉我们，余先生的身体与灵魂都已回归到盛唐和天国，从而让诗人之死变为神圣。其情感表现也是层次分明，自然铺叙。尤其还写了一个"哭哭啼啼的李煜"，"撒一点胡椒"却"吓走四个女婿"，最终变成了李白的"醉书"，似乎有些幽默，实际上是通过三个人物的不同安排，揭示了"策马"的李白，"哭啼"的李煜，"乡愁"的余光中三人之间的历史传承和诗人沉浮的命运。最后，诗人龚刚为余光中先生安排了淡淡的告别词，"放下酒杯"，"上路吧"。洒脱而来，自得而去，不是死亡，而是与古代仙人李白还有李煜"约会"。一场生离死别，变成了诗人和历史的相约，情感与心灵的相会，在淡淡地静看花开花落之中，完成了诗人奇绝而辉煌的一生。这首诗不仅在意蕴上一反前人哀悼诗歌的写法，而是为先人的离去创设了一个有趣的语境，没有了前人对死亡的一种悲凉心态，可见龚刚在创作时的独具匠心。其诗歌的语言也是简约明晰、丰润舒阔，仿佛在清淡的酒里洗过一般。这就是纯粹抒情诗意义上的诗歌语言。诗人不事雕琢，语言质朴、透亮、刚健，刻画着诗人的潇洒与沉浮，使其诗歌的意境也具有了酒的力量与诗性的崇高。

　　然而，如果我们仅仅读出这些是不够的。龚刚其实是无法掩饰自己的忧伤，他的心中对余先生的故去极度悲痛，但他把疼痛隐藏在酒里，在诗歌的字里行间。他通过对人们熟悉的场景进行仿佛轻松的描述，但先生故去的痛苦使他颠覆。人们说：含着眼泪的微笑才是最美的。或许，诗人龚刚太热爱余先生，他需要读者介入自己的情感和想象，从而以不同的角度来理解和阐述心中的余光中。其实，在这首诗中，能看到龚刚教授是借助死亡的"约会"来揭示"生命的重生"，他平静地眺望历史与记忆。如"吓走就吓走吧/只有误解的人/没有误解的爱"，似乎突兀，其实却表达诗人自我的内心感受，他如何突破世俗生活中的阻碍而深入生命和爱情的栖居之地，没有误解的爱代表了一种思考的力量。因此，他的"痛"是实在的、代表着神性之爱，而与尘世之爱相交叠的伟大"约会"之情无所不在。诗人龚刚让任何诗者或普通人干干净净、安安静静地生存在时间和空间里，成为一个有良知、有情感的赤子领受着所有的爱。人需要"诗意地栖居"，这就是怀着一颗悲悯的心感受着天空、大地、历史和未来的美好与爱恋，这种感受即是神性，安静而透明，通过永不消散的爱和忧伤洗涤着人的灵魂。

评论精选

　　追求情韵还是理趣，在中国诗史上曾经划分出唐宋。明清诗歌一直是两派的拔河。而今龚刚兄领衔的七剑诗派高张新性灵主义的大旗，不知道是否存在此种溯源，但它针对当代诗歌天机丧失之病而发则是一定的。它似可视作浪漫主义的复活和返照，在浪漫主义那里，诗歌和诗人是统一的，性灵和智慧也并不分裂。感伤的病，也不一定非得玄言晦涩的药去治。

我把新性灵主义理解为一种针对当代诗坛痼疾的救治，是一种返璞归真，也是一种诗艺和诗理探寻的"偏至"。它立足的是"人"，其所涉无论其身其性其灵，都直指诗歌的根本。希望它能踩踏荆棘，开辟当代诗歌的一条道路。

——高远东：《写给〈新性灵主义诗选〉》序二①

龚刚是诗学研究家和评论家，具有丰富的诗歌创作经验。值得注意的是，新性灵主义诗学在文体和语言表达上别具一格，与一般诗论有着本质的不同。新性灵主义诗学并不以系统、严密的理论分析取胜，而常常以三言五语为一则，发表对创作具体问题的直接性感受和意见；采用散文形式和感性语言，承续传统诗话的体式和表达，简练而深刻，真知灼见与隽思妙语时现其中，但不是花样翻新地堆砌废话和炫弄概念，让人读不懂。"闪电没有抓住你的手，就不要写诗"，"智以驭情，气韵为先；一跃而起，轻轻落下"，这样的感性语言和诗性表述元气淋漓，非常睿智和精到，显然更生动、更有魅力，也更负责任，旨在消减关于新诗的隔阂和误解，拉近诗歌的距离。

——陈希：《哪一片云是我们的天》序三②

通过以上诗歌，可以察觉到诗人的理性与理智、对情绪的自觉节制，但又能时刻感知到诗人的在场及个人风度的展现，重在有"我"，重在着"我"，以心为眼，观察感悟世间万物，而这些都与新浪漫主义不谋而合。新浪漫主义扬弃了浪漫主义过于泛滥粗浅的弊病，否定诗歌是放纵个人感情的载体，转而追求更有意义的情感，寻找生命的本真本义。龚诗能在表达个人感情与追求更为高远的立意之间达成平衡，便是将性灵与新浪漫主义会通的结果。

——张政君：《用理性召唤人文精神重回诗歌》③

---

① 《新性灵主义诗选》，龚刚、李磊主编，暨南大学出版社2020年版。
② 《新性灵主义诗选》，龚刚、李磊主编，暨南大学出版社2020年版。
③ 《文艺报》2023年3月20日。